Patrick Dunne

Die Keltennadel

Patrick Dunne

Die Keltennadel

Roman

Aus dem Englischen
von Fred Kinzel

Limes

Der Titel der Originalausgabe
lautet *Days of Wrath.*

Die Übersetzer der Yeats-Gedichte:
»Öl und Blut«: Werner Vordtriede
»Byzanz«: Richard Exner
»Der jüngste Tag«: Erich Kahler

1 2 3 4 5 02 01 00

Satz: Filmsatz Schröter GmbH, München
Druck und Bindung: Ebner, Ulm

ISBN 3-8090-2452-x

Jetzige Zeit und vergangene Zeit
Sind vielleicht gegenwärtig in künftiger Zeit
Und die künftige Zeit enthalten in der vergangenen.
T. S. Eliot, »Vier Quartette«

I
Die Kirche

— I —

Einstimmiger Gesang erklang im Wechsel mit vielschichtig verwobenen Passagen. Mozart hatte die Stimmen im Kopf aus der Sixtinischen Kapelle geschmuggelt und – seine Exkommunikation riskierend – aus dem Gedächtnis niedergeschrieben:

Miserere mei, Deus ...
Erbarme Dich meiner, o Herr ...

Und nun lauschte ihnen der Priester über Kopfhörer.

Pfarrer Liam Lavelle lag mit geschlossenen Augen auf seiner Couch und sah im Geiste Weihrauchschwaden über den Sixtinischen Altar wabern, er sah die Seelen der Toten auferstehen und die Verdammten in die Hölle stürzen. Die quecksilbrige Stimme eines knabenhaften Soprans erklomm das hohe C, so wie es seinerzeit aus der Kehle eines Kastraten im päpstlichen Chor gedrungen sein mochte:

Erbarme Dich meiner, o Herr ...

Und von weitem Glockenläuten. Das Läuten einer Kirchenglocke hinter den Chorstimmen. Pfarrer Lavelle öffnete die Augen und starrte an die kahle Decke seines Wohnzimmers. Hier stimmte etwas nicht. Die Glocke war nicht auf der CD. Er nahm den Kopfhörer ab, und plötzlich war es still.

Dann läutete die Glocke erneut. In seiner Pfarrkirche, weiter unten im Ort. Er sah auf die Uhr. Ein Uhr fünfzehn. Er wälzte sich von der Couch, wobei er seinen Gin Tonic auf dem Teppich umstieß. Mist. Er zog Schuhe an und trat in den Flur. Wieder erklang die Glocke, kein anhaltendes Läuten, sondern nur ein einzelner Schlag. Dieses Theater hatten sie viel zu oft. Sie würden auf Automatik umstellen müssen. Dürfte der letzte von außen zugängliche Glockenturm in der ganzen Diözese sein. Pfarrer Lavelle zog seine Lederjacke an, vergewisserte sich, daß er die Schlüssel einstecken hatte, und öffnete die Haustür.

Es war eine rauhe, windige Nacht. Er schlug den Kragen hoch und ging an seinem Wagen vorbei durch das offene Tor, das auf die Dorfstraße von Kilbride führte. Erst vor einer Woche hatte sich wieder ein Haufen Besoffener den Spaß gemacht, am Glockenseil zu schwingen, meist waren es gelangweilte Teenager aus der Gegend auf dem Heimweg vom Pub. Aber in einer solchen Nacht? Und die Pubs hatten längst geschlossen.

Als er die Straße überquerte, riß ein eisiger Windstoß seine Jacke auf und ließ ihn bis ins Mark frösteln. Die Bö wehte einen weiteren Glockenschlag heran, dessen Nachhall jäh vom Wind abgeschnitten und davongetragen wurde. Pfarrer Lavelle zog den Reißverschluß seiner Jacke zu und vergrub die Hände in den Taschen. Eine Coladose klapperte an ihm vorbei, Schaufensterläden schepperten und ächzten. Noch fünfzig Meter bis zur Kirche. Es läutete noch einmal. War etwa der Wind schuld? Aber immer nur ein Schlag, immer die gleiche Pause zwischen den Schlägen … wie bei der Ankündigung … eines Todes – die Totenglocke! Lavelle verlangsamte seinen Schritt, als er sich dem offenen Seitentor näherte, und blickte die Straße auf und ab. Niemand zu sehen. Er trat aus dem Licht der schaukelnden Straßenlampen in den Friedhof.

Hinter dem Westtor bog er vorsichtig auf den Kiesweg zwischen der Kirche und der Mauer des angrenzenden Parkplatzes. Der Weg führte zum Glockenturm und dem Eingang neben Sakristei und Altar.

»Wer ist da?« rief er in die Dunkelheit.

Nur der Wind antwortete.

Dann bemerkte er einen Lichtschein in den Fenstern. Keine Reflexion, es schien kein Mond. Er tastete sich mit der rechten Hand an den Steinquadern des Gebäudes entlang. Langsam fuhren seine Finger über die abgeschrägte Oberfläche, zuckten aber jäh zurück, als sie auf eine feuchte, schwammige Stelle stießen. Lavelle unterdrückte einen irrationalen Schrecken. Nur ein Mooskissen. Er tastete sich weiter bis zu einer Nische in der Gebäudewand vor, und als er eine Hand an die Tür legte und mit der anderen nach den Schlüsseln griff, ging die Tür auf.

Überrascht sah Pfarrer Liam Lavelle den Hochaltar vor sich in hellem Kerzenschein erstrahlen. Brennende Kandelaber standen in Reihen auf den Stufen, während hinter dem Altartisch sämtliche hohen Kerzen von Haupt- und Seitenaltären zu einem flammenden Halbkreis aufgestellt waren. Ihre flackernden Lichtzungen erzeugten die Illusion, als bewegten sich die Marmorstatuen auf dem Altarbild darüber.

Er trat in den Mittelgang und überflog mit einem raschen Blick das Kirchenschiff, die Bankreihen im Halbdunkel und die Finsternis dahinter. Als er sich dem Kommuniongitter zuwandte, glaubte er kurz, eine der Statuen der Länge nach auf dem Altar liegen zu sehen. Doch als er den Lichtkranz durchschritten hatte, erblickte er entsetzt den Körper einer jungen Frau, die nackt auf dem Altartuch lag. Ihre Haut war wie Kerzenwachs, ihre Hände waren über den Brüsten gefaltet, die Augen geschlossen, und das schwarze Haar breitete sich wie ein Fächer über das weiße Leinen aus.

Lavelle befühlte ihre Stirn und erhielt bestätigt, was er bereits vermutet hatte ... kalt wie der Marmor, auf dem sie lag. Aber da war noch etwas ... es ragte aus ihrer Wange ... eine Art Schmucknadel ... oder ein Spieß. Gleichzeitig nahm er einen heftigen Geruch wahr, keinen Fäulnisgeruch, sondern noch süßer ... sinnlich, dekadent. Überwältigt von einer Ahnung des Bösen, kniete Pfarrer Lavelle nieder und betete.

Auf der gegenüberliegenden Straßenseite war ein Irish Pub. Die Frau, die im strömenden Regen auf das Umschalten der Ampel wartete, hätte normalerweise über diese Ironie gelächelt, aber sie mußte den Mund fest geschlossen halten, um den Speichel zurückzuhalten, den ihre Drüsen unablässig produzierten. Die Übelkeit gewann langsam die Oberhand.

Walk. Weiß war die Farbe des Exils, dachte sie verbittert.

Auf dem Weg über die Straße blieb sie alle paar Schritte stehen und kämpfte gegen den Brechreiz an. Die regennassen Fahrzeugschlangen im abendlichen Berufsverkehr reflektierten einen Wirrwarr aus Neonlichtern von Läden und Reklameschildern. Die Frau blickte starr geradeaus, bis sie den Eingang zur Kneipe erreicht hatte, und trat mit ruckartigen Bewegungen ein. Im Fernseher hinter der Theke lief die Aufzeichnung einer Partie Gaelic Football, die bei strahlendem Sonnenschein gespielt worden war. Eine Handvoll Männer schauten zu, und auch der Barkeeper hatte den Kopf zum Gerät gewandt, so daß er die Frau nicht bemerkte, die die Kapuze ihres Parkas zurückschlug und wie ein Roboter auf die Toilette zusteuerte.

Dort angekommen, schlug sie die Tür einer Kabine hinter sich zu und schloß ab. Sie beugte sich über die Schüssel, stemmte die Hände gegen die Rückwand und ergab sich ihrer Übelkeit. Die erste Konvulsion riß ihr den Kopf zurück, und sie spuckte das saure Erbrochene auf den Boden. Sie trat einen Schritt nach hinten und kauerte sich über die Toilette, die Hände auf die Knie gestützt, das Gesicht fast in der Schüssel. Ein zweiter Krampf förderte so gut wie nichts herauf, aber sie würgte immer weiter. Der Brechanfall ließ ihr die Augen aus den Höhlen treten. Nach einem neuerlichen Würgen spürte sie schließlich etwas in der Kehle. Sie steckte zwei Finger tief in den Rachen und fing an zu ziehen. Zwischen ihren tropfenden Fingern tauchte etwas auf, das wie ein Stück Cellophan aussah. Sie zerrte weiter daran, bis ein in Abschnitte unterteilter Plastikstreifen wie ein riesiger Bandwurm aus ihrem Mund zu gleiten begann. Jeder Abschnitt wies eine leichte Wölbung auf. Sie würgte noch einmal und spie den zusammengerollten Rest des Plastikwurms in die Schüssel. Der Brechreiz ließ nach, und sie holte mehrmals tief Luft. Ihre Kehle war wund.

Sie riß Papier aus dem Spender und schob sich Streifen in Mund und Nase. Dann schneuzte sie sich mit einem frischen Papier. Sie stand auf, ihre Augen brannten. Sie tupfte sie mit dem Klopapier ab und sah auf die Uhr. Fast fünfzehn Stunden. Sie wurde immer besser. Sie sollte Meldung machen. Aber sie wartete lieber, bis sie draußen auf der Straße war.

Sie verließ die Kabine und trat vor das Waschbecken, wo sie einen rosa Seifenklecks in ihre Handfläche drückte und sich die Hände wusch. Dann spritzte sie sich Wasser ins Gesicht und blickte in den Spiegel.

Ihr aschfahles Gesicht wirkte winzig, wie es aus der großen Parkahaube ragte. Die Augen lagen tief über hervorstehenden Backenknochen. Die pergamentdünne Haut der Augenhöhlen sah blutunterlaufen aus und ließ die Augen größer wirken, als sie waren. Sie betrachtete sich aus der Nähe und zwickte sich in die Wangen. Ein zartes, blasses Rosa erschien auf beiden Seiten des Gesichts. Sie runzelte mißbilligend die Stirn. Aber wenigstens dämpfte dieses neue Training ihren Appetit.

Sie ging zurück in die Kabine und spülte. Das Wasser stieg bis zum Rand der Schüssel und lief unter dem Plastikknäuel im Ausfluß langsam wieder ab, ohne es wegzusaugen. Sie beschloß, es dort zu lassen. Ein Kurier, würde man denken, hinter dem jemand hergewesen war. Der in Panik geriet. Sich auf dem Klo des Zeugs entledigte. Man würde die Polizei holen. Aber sie würden keine Drogen finden.

— 3 —

»Sarah Glennon wurde seit zwei Tagen vermißt. Sie war auf dem Fest zum einundzwanzigsten Geburtstag einer Freundin gewesen, in einem Hotel im Norden der Stadt.« Detective Inspector Kevin Dempsey unterrichtete die drei Priester der Gemeinde Kilbride in Liam Lavelles Wohnzimmer vom Stand der Dinge. Er war ein kräftiger Mann mit kurzgeschnittenem grauem Haar, das eine tonsurförmige kahle Stelle einrahmte, und trug einen blauen Regenmantel, aus dem er gerade einen Spiralblock gezogen hatte.

Lavelle hatte Dempsey einen Lehnstuhl angeboten und sich selbst auf den zweiten gesetzt, während sich die beiden anderen Priester die Couch vor dem leeren Kamin teilten. Es war Mittag, im Haus lief keine Heizung, und alle vier froren. Lavelle war außerdem übermüdet – er hatte nicht geschlafen, seit er die Leiche in der Kirche gefunden hatte. Die Priester waren schon am Morgen einzeln vernommen worden, aber sie hatten kaum Informationen zu dem Fall erhalten, der ihre Gemeinde in die Schlagzeilen brachte. Deshalb hatten sie Dempsey um diese Unterredung gebeten.

»Sie teilte sich mit zwei Freunden ein Taxi in die Stadt, um den Nachtbus noch zu kriegen – die drei trennten sich, und sie stieg in den Bus nach Ballinteer, das liegt auf dem Weg in die Hügel vor Dublin. Wir wissen, daß eine junge Frau, auf die ihre Beschreibung paßt, dort in eine durchgehend geöffnete Tankstelle gegangen ist; wahrscheinlich wollte sie ihre Eltern anrufen und sich abholen lassen, aber das Telefon war defekt. Vermutlich beschloß sie dann, die anderthalb Kilometer zu ihrem Elternhaus zu laufen, das außerhalb der Siedlung liegt, an der Straße in Richtung Ticknock. Danach wurde sie nicht mehr gesehen. Wir sind zunächst der Möglichkeit nachgegangen, daß ein Angreifer ihr vom Bus oder der Tankstelle aus gefolgt ist. Inzwischen ist klar, daß sie entführt und ermordet wurde, aber wo und zu welchem Zeitpunkt nach ihrem Verschwinden, kann ich nicht sagen.«

»Hören Sie, Inspector«, knurrte Paddy Quinn, der silberhaarige

Gemeindepfarrer. Er trug als einziger unter Dempseys Zuhörern ein vollständiges schwarzes Priestergewand. »Haben Sie eine Erklärung dafür, warum eine junge Frau, die unseres Wissens keine Verbindung zu Kilbride hat, ausgerechnet in unserer Pfarrkirche tot aufgefunden wird?«

»Nein. Hat jemand von Ihnen eine?«

Lavelle beobachtete, wie der Polizist sie alle drei rasch der Reihe nach ansah, wobei er den Eindruck hatte, daß sein Blick eine Spur länger auf ihm selbst verweilte. Dempseys Augen waren klein für sein Gesicht, oder sie wirkten klein, weil sie über einem Paar feister Wangen saßen, aber sie waren lebhaft und wachsam. Lavelle überlegte, daß sein Bart, die Lederjacke und der offene Hemdkragen ihn in den Augen des Detective nicht nur räumlich von den beiden konventioneller aussehenden Priestern auf der Couch abhob.

Niemand hatte eine Idee.

»Sie sagen, sie wurde ermordet«, wandte sich Conor Lyons, der jüngere der beiden Kuraten, wichtigtuerisch an den Detective. »Auf welche Weise?« Lyons trug einen leuchtendgrünen Golfpullover mit V-Ausschnitt, der ein pastoralgraues Hemd mit Priesterkragen sehen ließ. Sein Gesicht war rosig und glänzte, als hätte er es den ganzen Morgen heftig geschrubbt.

»Die amtliche Pathologin wird in etwa einer Stunde mit der Obduktion beginnen, aber ihre vorläufige Untersuchung weist auf einen Zusammenbruch aller Körperfunktionen infolge massiver Blutung hin – Sarah wurde *ausgeblutet* ... sie hatte kaum noch einen Tropfen Blut in den Adern.«

»O Herr, steh uns bei!« platzte Lyons heraus.

Lavelle schloß die Augen, um einen Blickkontakt zu verhindern, bevor Lyons ihn ebenfalls zu einer melodramatischen Reaktion auffordern konnte. Kein Blut mehr in ihr. Wobei war das eine Bedingung? Bei einem *Opfer*.

»Es sieht aus, als hätten wir es mit einem Ritualmord zu tun«, sagte Dempsey zu Quinn, ohne auf Lyons zu achten. »Erinnert es Sie an irgendeine Zeremonie – eine Schwarze Messe vielleicht?«

»Ich bezweifle, daß einer von uns hier je Zeuge einer Schwarzen Messe oder sonstigen satanischen Treibens war, aber die Verwendung eines weiblichen Körpers in Blasphemien wie der Gnostischen Messe ist bekannt ... allerdings handelt es sich dabei meines Wissens um eine lebende Person, nicht um einen Leichnam. Habe ich recht, Liam?«

Pfarrer Lavelle, der zusammengesunken in seinem Lehnstuhl saß und die Augen geschlossen hatte, nickte zerstreut. Welches Datum war heute? Der 1. Februar. Der Frühlingsbeginn in der Natur, und demzufolge ...

Dempsey wandte sich wieder an Quinn.

»Wurden die Kirche oder der Friedhof in letzter Zeit geschändet?«

»Wissen Sie, Inspector, wir leben in einer Zeit, die keinen Respekt mehr kennt vor Dingen, die früher einmal heilig waren«, sagte Quinn mit einiger Leidenschaft. »Sie benutzen die Kirche als Toilette, sie feiern Trinkgelage auf dem Friedhof, sie rauben sogar den Opferstock für die Kerzen!«

Kerzen. Ganze Reihen von Kerzen, letzte Nacht in der Kirche. Wozu?

»Ich meinte richtige Sakrilege. Gestohlene Hostien, Zeichen von Teufelsanbetung ...«

»Die Kerzen!« Lavelle schien aus einer Trance zu erwachen. »Das Ritual hat mit Feuer, mit der heiligen Brigitta und mit ... *Reinigung* zu tun!«

Er setzte sich aufrecht und fuchtelte mit den Armen in Quinns Richtung. »Wessen Fest ist heute, Paddy?«

»Das der heiligen Brigitta.«

»Und was feiern wir morgen?«

»Die Darstellung Christi im Tempel oder, wie es in meiner Jugend hieß, das Fest Mariae Reinigung.«

»Aber es gibt einen noch älteren Namen dafür.«

»Du meinst Lichtmeß?«

»Richtig. Lichtmeß. Gefeiert mit brennenden Kerzen. Und woran genau erinnert das Fest?«

»An den Besuch der Heiligen Jungfrau im Tempel, vierzig Tage nach Jesu Geburt. Sie ging hin, um sich reinigen zu lassen und um Opfer darzubringen. Soll das eine Bibelstunde werden, Liam, oder worauf willst du hinaus?«

»Nur einen Moment Geduld, bitte. Heute ist der 1. Februar. In Irland nennen wir ihn *La Fheile Bride* – das Fest der heiligen Brigitta. Wir befinden uns im Dorf Kilbride – *Cill Bride* heißt die Kirche der heiligen Brigitta –, und unsere Kirche ist ihr ebenfalls geweiht. Dann die Kerzen. Der Zusammenhang ist folgender: Brigitta ist nicht nur eine christliche Gestalt, es gab auch schon vorher eine Brigida, eine mächtige keltische Göttin, die im Mittelpunkt eines Feuerkults stand. Außerdem gibt es eine Volkssage, an die ich mich nur noch teilweise erinnere, wie die heilige Brigitta mit einer Krone aus Kerzen auf dem Kopf die Heilige Jungfrau in den Tempel begleitet. Kennst du die Geschichte, Paddy?«

»Ja, ich erinnere mich gut. Maria war sehr schüchtern und wollte nicht gesehen werden, und Brigitta mit ihren Kerzen lenkte die Aufmerksamkeit von ihr ab. Aus Dankbarkeit erlaubte sie Brigitta, ihren Festtag vor dem Fest Mariae Reinigung zu feiern ... Aber ich weiß immer noch nicht, worauf du hinauswillst.«

»Aber verstehst du denn nicht? Eine Brigitta, die deutliche Züge der keltischen Gottheit trägt, zusammen mit der Jungfrau Maria in einer Geschichte, in der Kerzenlicht erwiesenermaßen das Vermächtnis der alten Religion ist. Göttin und Gottesmutter in einer Zeremonie vereint, die Feuer, Opfer und Reinigung beinhaltet. Das stellte das Ritual von letzter Nacht dar. Eine Verschmelzung von Lichtmeß und Fest der Brigida. Genau das müssen der oder die Täter im Sinn gehabt haben. Was letzte Nacht drüben in der Kirche stattfand, war nicht nur Mord und Schändung ... es war mehr.«

Er sank erschöpft in seinen Sessel zurück. Dann sagte er mit tonloser Stimme: »Mir ist noch etwas eingefallen. Es heißt, daß am ersten Tag des Frühlings die Göttin Brigida dem toten Winter neues Leben einhaucht. Die Geschehnisse der letzten Nacht in Kilbride haben selbst das noch pervertiert!«

»Ach, hör doch auf«, sagte Lyons nach einigen Sekunden Schweigen. »Dann soll also eine Bande Feueranbeter aus unserer Gegend ein Mädchen entführt und ermordet haben, um das Gegenteil von irgendeinem keltischen Quatsch zu feiern – jetzt laß mal die Kirche im Dorf, Liam!«

Lyons lachte über sein eigenes Wortspiel und brachte Quinn mit einem Augenzwinkern dazu, es ihm gleichzutun.

Lavelle achtete nicht auf ihn. »Ich war derjenige, der sie finden sollte«, sagte er mehr zu sich selbst und legte die Fingerspitzen an die Stirn.

»Apropos toter Winter – besteht die Möglichkeit, diesem Raum hier ein bißchen Leben oder Wärme einzuhauchen, Liam? Ich friere.« Lyons genoß seine Rolle als Spaßvogel.

Dempseys Handy piepste. Er holte es aus seiner Manteltasche. »Dempsey ... gut, dann habt ihr also Eingang, Sakristei und Altar erledigt ... ja, alle Kirchenbänke und Beichtstühle, pudert alles ein ... ja, die Empore ebenfalls.« Er steckte das Telefon wieder ein und setzte sein Gespräch mit den Priestern fort.

»Es scheint, als würden Sie alle hier davon ausgehen, daß mehrere Leute beteiligt waren und daß sie aus der Gegend sind.«

»Für eine Zeremonie braucht man zweifellos mehrere Personen – als ich das letztemal nachgeschaut habe, bestand ein Hexensabbat aus dreizehn«, sagte Lyons. »Und warum sollten sich Leute, die nicht aus der Gegend sind, unsere Kirche aussuchen? Wahrscheinlich weiß nicht mal die Hälfte der Gemeindemitglieder, daß sie überhaupt existiert, von Auswärtigen ganz zu schweigen!«

Lyons' Albernheiten gingen Lavelle auf die Nerven.

Dempsey fuhr geduldig fort. »Wenn ich recht verstehe, gab es also Ihres Wissens keine Anzeichen für Teufelsanbetung, okkulte Praktiken oder dergleichen in Kilbride, ja? Pfarrer Lavelles Idee mit den Festtagen ist demnach von Ihrer Seite die einzige Vermutung, was es mit diesem Ritual auf sich haben könnte. Ist das richtig?«

Die beiden Priester auf der Couch sahen einander an, dann gaben sie mit einem Achselzucken zu erkennen, daß sie ihm nicht widersprechen wollten.

»Wir wissen außerdem, daß Sarah bereits tot war, als sie hierhergebracht wurde. Bei all dem Blutverlust war sie noch leichter, und sie war ohnehin ein zierliches Mädchen. Ein halbwegs kräftiger Mann könnte sie transportiert haben, zwei hätten mit Sicherheit keine Schwierigkeiten gehabt.«

»Aber wie hat es sich abgespielt … wie kamen sie in die Kirche … wie haben sie die Leiche transportiert?« fragte Quinn.

»Gott, das ist wirklich wie bei Burke and Hare.« Lyons wieder.

»Wir reden hier vom Mord an einer jungen Frau, vielleicht auch von Folterung, Hochwürden. Um Leichenraub geht es jedoch nicht.« Offensichtlich ging Lyons auch Dempsey auf die Nerven. »Aber um Pfarrer Quinns Frage zu beantworten … Wir arbeiten an einer Reihe von Möglichkeiten.« Der Detective beugte sich vor und heftete den Blick auf den jungen Priester. »Anscheinend wurde die Seitentür mit dem Reserveschlüssel geöffnet, der immer in der Sakristei hängt, und zwar von *innen* – er steckte noch im Schloß. Woher wußten die Täter, wo sie suchen mußten oder daß er überhaupt da war? Hat es ihnen jemand verraten?«

Lyons krümmte sich unbehaglich auf seiner Couch. »Sie meinen, einer von uns? Na ja, Paddy und ich waren gestern natürlich auf dem Land. Aber Liam war den ganzen Tag hier … in der Gemeinde …«

»Halt verdammt noch mal die Klappe, Conor! Ich kann für mich selbst reden«, brauste Lavelle auf.

Die beiden Priester auf der Couch waren verblüfft über Lavelles Heftigkeit.

»Kein Grund für so einen Tonfall, Liam«, rüffelte ihn Quinn.

»Nein? Ich bin hier nicht derjenige, der seine Sprache nicht unter Kontrolle hat«, sagte Lavelle und sah Lyons böse an.

Lyons zog eine Schnute. »Ich wollte doch nur sagen –«

Dempseys Telefon läutete wieder. Er bat mit einer Handbewegung um Ruhe. »Ja, Jack ... was, jetzt schon? Gut, sag ihr, ich bin unterwegs, und halt solange die Stellung.«

Er stand auf. »Ich muß weg. Seien Sie inzwischen vorsichtig, was Sie zu Reportern oder überhaupt zu irgendwem sagen. Ich würde Ihre Diskretion begrüßen, und das gilt sicher auch für Sarahs Familie.« Er sah Lyons scharf an. »Und nur zur Erinnerung – wir versiegeln den ganzen Tatort, das heißt das Gebäude, die Außenanlagen und den Parkplatz, Sie müssen also für Ihre Gottesdienste in den nächsten Tagen anderweitig Vorkehrungen treffen. Und falls Sie Informationen haben, von denen Sie glauben, sie könnten uns nützen, hier ist die Nummer der Sonderkommission, die wir in Lucan eingerichtet haben.«

Er schrieb eine Nummer in seinen Notizblock, riß die Seite heraus und gab sie Pfarrer Quinn. Das Polizeirevier von Lucan war für die Ermittlungen bei Gewaltverbrechen im Westen Dublins zuständig und lag nur drei Meilen von Kilbride entfernt.

Als er bereits auf dem Weg zur Tür war, drehte er sich noch einmal zu Lavelle um. Er hatte noch eine Frage. »Warum glauben Sie, daß Sie das Mädchen finden sollten?«

»Ich weiß nicht. Ich glaube ... ich bin wohl einfach nur müde.«

— 4 —

Was Jane Wade von der Ausstellung gesehen hatte, reichte ihr, und sie würde auch nicht wiederkommen. Der Bursche war ein großer Selbstdarsteller, aber mit Kunst hatte das nach ihrem Verständnis nichts zu tun. Die Öffentlichkeit schockieren, grausige Denkwürdigkeiten zeigen, das klebrige Innere des Körpers zur Schau stellen – ging das alles nicht schon ein bißchen zu lange so? Gab es keine lebensbejahenden Themen zu erkunden, gerade jetzt im neuen Jahrtausend? Ihr Interview mit Raymond O'Loughlin, dem *enfant terrible* der irischen Kunstszene, war für die morgige Ausgabe der Radiosendung *Artspeak* geplant, zeitgleich mit der Eröffnung seiner neuesten Ausstellung »Cryptology«. Sie konnte es genausogut heute abend bearbeiten, anstatt morgen zur Vernissage zu kommen, deren Besuch er ihr ans Herz gelegt hatte.

Wind und Regen peitschten durch Temple Bar, Dublins Künstlerviertel, als Jane auf ein Café zusteuerte. Sie stieß die Tür auf, ein Wirbel kalter Luft folgte ihr. Sie setzte sich an einen kleinen Tisch neben einem Heizkörper, legte den schlappen Samthut und die Wollhandschuhe ab und stellte die lederne Umhängetasche neben sich auf die Bank. Sofort erschien eine Kellnerin, bei der sie einen Cappuccino bestellte. Jane nahm einen metallicblauen Minirecorder, nicht größer als eine Zigarettenschachtel, aus ihrer Tasche und legte ihn auf den Tisch. Dann steckte sie sich einen winzigen Knopfhörer ins Ohr, startete das Gerät und hörte sich O'Loughlins Antwort auf ihre erste Frage an:

... sagte, Kunst ist überhaupt ganz nutzlos, aber das war nur ein superschlauer Spruch fürs Publikum, das ihm alles kritiklos abnahm, inzwischen begeisterten er und seine Freunde sich für Pornographie von Aubrey Beardsley und wichsten in Meßbücher, während sie Statuen von gehäuteten Märtyrern betrachteten ... Für mich kommt es rund hundert Jahre später darauf an, alles in die Öffentlichkeit zu bringen ... Scheiße, meine Generation ist mit Porno- und Gewaltvideos aufgewachsen, erwarten Sie, daß ich Sonnenuntergänge male ... Wenn ich es täte, würde ich's »Himmlische Pollution« nennen, deshalb haben wir so tolle Sonnenuntergänge und so beschissenes Wetter, ha, ha ...

Sie würde reichlich redigieren müssen. Vorsichtshalber hatte sie aber auch Kara McVey interviewt, O'Loughlins Lebensgefährtin und Leiterin der Riverrun Gallery, in der die Ausstellung stattfand.

Die Kellnerin kam mit dem Kaffee. Jane wurde langsam warm, sie zog den Reißverschluß ihrer wetterfesten, gewachsten Jacke auf, umfaßte die Tasse mit beiden Händen und sah aus dem Fenster. Gut zehn Meter entfernt, auf den Stufen zu einem offenen Platz, versammelte sich eine kleine Gruppe Männer und Frauen in Wind und Regen. Jane beobachtete träge, wie sie zwei Reihen bildeten, eine stand eine Stufe höher als die andere. Sie begannen zu singen. Jane schaute sich im Café um, ob noch jemand die Gruppe bemerkt hatte, und fing den Blick der Kellnerin hinter der Theke auf.

»Bißchen spät dran für Weihnachten, was?« sagte die Bedienung in ihrer trockenen Dubliner Art.

»Wer sind die?«

»Jedenfalls keine Weihnachtssänger – bloß wieder so ein Haufen, der glaubt, daß das Ende der Welt bevorsteht.«

»Leute, die an das tausendjährige Reich Christi und so glauben?«

»Ja, nur daß die Bande hier musikalisch ist und sich offenbar drauf freut. Sie kommen jetzt schon seit Wochen. Ein paar Kirchenlieder, dann hält dieser eine Typ eine Rede, und sie verteilen Flugblätter.«

Jane trank ihren Kaffee aus und zog sich wieder warm an. Sie zahlte an der Theke und dankte der Kellnerin. Als sie auf den Platz trat, hörte sie die letzten Worte eines Chorals:

Reichlich schenkest du Vergebung
Vor dem Tage der Vergeltung.

Ein junger Mann löste sich aus der Gruppe und reichte Jane ein Flugblatt, als sie vorüberging. Es ähnelte mehr einem Comic als einem religiösen Traktat. Sie ging über den Platz zu Merchants' Arch, wo die Leute in der Gasse, die zur Liffey hinabführte, gegen den Wind ankämpften. Sie blieb stehen, um zwei ältere Damen vorbeizulassen; eine stützte sich mit der Hand an der Wand ab, und die andere klammerte sich an sie. Während sich die beiden an Jane vorbei mühten, steckte sie das Flugblatt in ihre Tasche. Vom Platz her schnappte sie einen amerikanischen Akzent auf, der aus einem Megaphon tönte.

Sie hatte bereits beschlossen, einen Bus nach Ryevale zu nehmen, einer Vorstadt fünfzehn Kilometer westlich der Stadtmitte, und sich unterwegs ihr Interview anzuhören. Dann konnte sie ihren Wagen abholen, der dort zur Inspektion war, und das Interview zu Hause bearbeiten.

Bevor sie in der Abbey Street in den Bus stieg, kaufte sie den *Evening Herald* mit der Schlagzeile: RITUALMORD IN KIRCHE.

Die Nachricht vom Fund der Leiche Sarah Glennons war zu spät für die Morgenzeitungen gekommen, aber Jane kannte einige Einzelheiten aus den Radionachrichten und aus Gesprächen im Büro.

Sie setzte sich an ein von Kondenswasser beschlagenes Fenster und las den Bericht in der Boulevardzeitung, während der Bus im Leerlauf stand. Schließlich legte sie die Zeitung in den Schoß, wischte mit dem Handrücken ein Stück Fenster frei und sah hinaus. Auf der anderen Straßenseite lief eine elektronische Botschaft in roten Lettern über die Schaufensterfront einer christlichen Buchhandlung: *… denn der Menschensohn ist gekommen, um zu suchen und zu retten, was verloren war …*

In diesem Augenblick dachte Jane an Sarah Glennon, und sie dachte auch an ihre eigene, verlorene Schwester.

Kilbride lag fünf Kilometer hinter Ryevale, an derselben Busroute, vielleicht sollte sie …

Der Bus fuhr mit einem Ruck aus der Haltebucht und unterbrach ihre Träumerei.

Kurz vor Ryevale packte sie gerade ihren Recorder und ihr Notizbuch zusammen, als sie bemerkte, daß der Fahrgast neben ihr, ein Mann in einer grünen Armeejacke, auf ihre Beine hinabstarrte. Ihr Rock war kurz, aber wegen der Kälte trug sie eine schwarze Wollstrumpfhose. Sie zog ihre Tasche auf den Schoß, aber dann bemerkte sie, daß er in Wirklichkeit in die Zeitung sah.

»Die Frau hatte keine Kleider an«, sagte er, nachdem sie den Kontakt mit einem fiebrigen Augenpaar hergestellt hatte. Sein Gesicht war weiß, es hätte vor Wut sein können, aber er sprach in einer Art Singsang, wie ein Kind. »Man geht nicht ohne Kleider auf den Altar, oder? Sie war eine böse *Schlampe*!« Er schrie das Wort zu Jane hinauf, während sie sich an ihm vorbeizwängte. Es waren nur noch zwei weitere Leute im Bus. Sie drückte erst wenige Meter vor ihrer Haltestelle auf den Summer und sprang hinaus, bevor der Bus richtig stand.

Sie sah, wie der Mann an der Fensterscheibe rieb und zornig zu ihr hinausstarrte, während der Bus in Richtung Kilbride davonfuhr.

— 5 —

Regen schlug gegen die Wagenfenster, als Dempsey zum Tallaght Hospital fuhr. Die Obduktion war bereits im Gange, und Deirdre Figgis, die Pathologin, beschwerte sich wahrscheinlich schon über sein Fehlen. Aber er war bei der Voruntersuchung dabeigewesen und freute sich nicht gerade darauf, mit anzusehen, wie der Körper der jungen Frau seziert wurde. Er widerstand dem Drang nach einer Zigarette, denn er hatte beim Rauchen gern das Fahrerfenster offen, und jetzt würde es hereinregnen.

Diese Priester – wie alt waren die eigentlich? Seit er selbst fünfzig geworden war, benutzte er dieses Alter als eine Art Meßlatte für andere Leute. Quinn – älter, etwas über sechzig. Lavelle – jünger, noch nicht vierzig. Und Lyons – noch jünger, Ende Zwanzig. Da Dempsey um die Mitte des Jahrhunderts geboren wurde, ließen sich seine eigenen Lebenserfahrungen und die anderer Leute von diesem Ausgangspunkt praktisch einordnen. Die Entwicklungsjahre von Quinn – die Kirche im Aufsteigen begriffen, die Balladensängerin Delia Murphy und irische Folkbands, Emigration, wenigstens ein Junge in jeder Familie Priester oder Mönch. Lavelle – ein Bein noch in den Sechzigern, Theologie der Befreiung, sich modern gebende Priester, feministische Nonnen und Liedermacher. Lyons, nur ein paar Jahre vor Dempseys Ältestem – Computer und Videos, Drogen und Gewalt, U2, Priester, die Kinder mißbrauchten, und die Kirche im Niedergang begriffen. Und er selbst? Aus einer Kleinstadt stammend, die sich in seiner Schulzeit noch halb im Mittelalter befand, hatte er die Science-fiction seiner Kindheit Realität werden sehen. Ein Gewirr von Kommunikationsmitteln umspannte den Globus, man konnte Menschen klonen, und das Jahr 2001 war bereits vorüber.

Er fuhr auf den Parkplatz des Krankenhauses, wartete einige Minuten im Wagen und blies Rauch aus dem von der Gebäudewand geschützten Fenster. Die Gerichtsmedizinerin duldete Rauchen unter keinen Umständen. Er schnippte die Zigarette aus dem Fenster. Zeit für Figgy.

Auf dem Weg zum Obduktionssaal kamen ihm Detective Sergeant Jack Taaffe und Mitglieder des Spurensicherungsteams entgegen. Taaffe verabschiedete sich von den anderen und blieb bei Dempsey stehen. Er kleidete sich mehr wie ein leitender Angestellter in der Wirtschaft als ein Polizist: schicke Anzüge und italienische Schuhe, modische Hemden und eine Seidenkrawatte für jeden Wochentag. Obwohl er erst in den Dreißigern war, umrahmten die Reste seines braunen Haars eine umfangreichere kahle Stelle als die seines älteren Kollegen, aber seine Frisur verschleierte diese Tatsache geschickt.

»Sie ist schon fertig, Kevin, finito. Sie räumt gerade auf und möchte, daß du auf den abschließenden Bericht wartest. Mach dich auf einiges gefaßt, es ist einfach grauenhaft. Ich würde den, der das getan hat, jederzeit aufknüpfen – nachdem ich ihm vorher die Eier abgeschnitten habe. Hast du aus den Herren Geistlichen in Kilbride noch was herausgekriegt?«

»Nicht viel. Quinn ist der typische Gemeindepfarrer. Lyons ist ein ziemlicher Quatschkopf. Lavelle war durchaus hilfreich, und er hat das Zeug zu einer Art Erklärung für das Ritual.«

»Auf den müssen wir aufpassen, Kevin. Als erster am Tatort, du kennst das ja. Ich würde alles mit Vorsicht genießen, was er sagt.«

»Hmm ... er wirkt eigentlich ganz ehrlich, allerdings habe ich heute nachmittag erlebt, wie er in Wut geriet. Kann's ihm aber nicht verübeln. Er paßt nicht sonderlich zu den beiden anderen Priestern. Ziemlicher Einzelgänger, würde ich sagen. Quinn hat mir ein paar Hintergrundinformationen über ihn gegeben, denen sollten wir nachgehen.«

»Aha? Hat er sich etwa an Ministranten vergriffen?«

»Na klar, Jack. Einer, den sein Zölibat frustriert – genau wie bei dir, was?« Dempsey gab seinem Kollegen einen freundlichen Klaps mit auf den Weg, dann rief er ihm nach: »Kümmerst du dich darum, daß die ganze Mannschaft um« – er sah auf die Uhr –, »sagen wir, vier Uhr in Lucan versammelt ist. Stimm die Zeit mit unseren Leuten in Ticknock ab – die wollen uns ihre Ergebnisse vorbeibringen. Wo finde ich Figgy?«

»An der Tür steht A3, ist ein kleiner Besprechungsraum gleich über dem Obduktionssaal. Wird noch 'ne Weile dauern, sie ordnet ihre Aufzeichnungen. Und weil du gerade von Frust redest – denk dran: Rauchen verboten!«

Eine halbe Stunde später begann die Unterredung.

»Ich habe Ihnen heute morgen nach meiner ersten Untersuchung bereits mitgeteilt, daß das Opfer zu einem unbestimmten Zeitpunkt vor Entdeckung der Leiche einen massiven und tödlichen Blutverlust erlitten hat.«

Dr. Figgis trug ein zweiteiliges, marineblaues Kostüm mit rosa Bluse und keinen Schmuck außer einer schlanken Uhr am leicht fleischigen Handgelenk. Sie neigte unabhängig vom Anlaß zu einer förmlichen Ausdrucksweise, ein Eindruck, den ihre Stimme, beinahe ein Bariton, noch verstärkte. Dempsey fühlte sich immer an die frühere irische Präsidentin Mary Robinson erinnert. Figgis saß ihm gegenüber an einem Schreibtisch und las von ihrem Laptop ab. Er hielt seinen Spiralblock bereit.

»Die vorderen beziehungsweise oberen Flächen beider Füße weisen je ein rundes Stichmal auf, hervorgerufen von einem Gegenstand, der jeweils die Dorsalis-Pedis-Arterie durchbohrte. Die Blutergüsse um diese Wunden zeigen an, daß die Verletzungen dem Opfer zugefügt wurden, als es noch lebte. Es handelt sich zwar um keine schweren Verletzungen, doch hatten sie durch die Beschädigung der Arterien eine beträchtliche Blutung zur Folge. Im Bereich von Handgelenken und Knöcheln waren Spuren kapillarer Blutergüsse festzustellen, zusammen mit Hautabschürfungen, vor allem an den Handgelenken und Knöcheln selbst. Weiter –«

»Worauf läßt das schließen?«

»Daß ihr in diesen Bereichen sehr engsitzende Fesseln angelegt wurden und daß sie verzweifelt versucht hat, sich aus ihnen zu befreien.«

»Keine Brandspuren von Stricken, keine Fasern auf ihrer Haut?«

»Nein. Ich gehe davon aus, daß die Fesseln aus einem dünnen, glatten Material waren, Plastik vielleicht.«

»Wie Kabelbinder?«

»Nein, biegsamer, so daß man die Fessel sehr eng machen konnte. Ein steiferes Material hätte einen gewissen Bewegungsspielraum gelassen und folglich zu mehr Scheuerspuren geführt. Aber Sie werden wie immer der erste sein, den ich benachrichtige, Detective Inspector, falls ich zweckdienliche Informationen habe. Darf ich jetzt fortfahren?«

»Ja, natürlich, Doktor.« Sie mochte es nicht, wenn sie unterbrochen wurde.

»Weiter also mit anderen äußerlichen Merkmalen: Ich sollte wohl erwähnen, daß der Leichnam des Opfers gereinigt und gewaschen wurde, hergerichtet und aufgebahrt wie für eine Beerdigung, sogar die Fingernägel hatte man ihr geschrubbt. Das ist in Mordfällen nicht die Regel und stellt aus gerichtsmedizinischer Sicht eine zusätzliche Schwierigkeit dar. Und wenn ein Leichnam im Leichenschauhaus zur Beerdigung vorbereitet wurde, sollte man annehmen, auf Seifenrückstände, Körperpuder vielleicht oder Handtuchfasern zu stoßen. Ich habe von alldem keine Spur gefunden, was den Schluß nahelegt, daß man die Tote eventuell mit Wasser abgespritzt hat und anschließend trocknen ließ.

Es gibt zwei Schnittwunden, im Mittel sieben Zentimeter lang, an den vorderen Gelenken, wo die Beine auf den Rumpf treffen – mit anderen Worten, eine in jeder Leiste. Diese Schnitte haben Haut und Sehnen zusammengedrückt und durchtrennt, was auf ein zweischneidiges Tatwerkzeug, etwa eine große Schere schließen läßt. Kein Bluterguß, kein Anzeichen einer Blutung, woraus ich folgere, daß diese Schnitte post mortem ausgeführt wurden. Vielleicht waren die Beine der Toten gespreizt, als die Leichenstarre einsetzte, und es handelte sich um den Versuch, sie zu lösen und geradezurichten, was ohnehin nicht funktioniert hätte. Das Werkzeug, mit dem diese Schnitte ausgeführt wurden, hat noch an drei anderen Stellen Anwendung gefunden – darauf komme ich später zurück.«

Dempsey runzelte die Stirn und unterstrich seine Notizen.

»Dasselbe gilt für die Wunde in der linken Wange ...«

»Inwiefern dasselbe?«

»Ebenfalls eine Post-mortem-Verletzung. Die an der Wange stammt von einem spitzen Metallgegenstand, der an Ort und Stelle vorgefunden wurde – es handelt sich um ein Schmuckstück, die Replik einer keltischen Brosche von schlichter Ausführung. Ursprünglich dienten diese Broschen als Fibeln, als Gewandnadeln, sie mußten also robust sein; diese hier hatte etwa die Stärke einer Stricknadel und lief am Ende spitz zu. Sie ist zehn Zentimeter lang, in einer Goldlegierung gearbeitet und von einer kreisförmigen, erhabenen Verzierung von knapp vier Zentimeter Durchmesser gekrönt, in deren Mitte ein tiefblauer Stein mit goldenen Sprenkeln eingelegt ist. Die Nadel ist bis zu einer Tiefe von fünf Zentimetern eingedrungen, sie wurde zwischen den Zähnen hindurchgezwängt und in die Zunge gestoßen. Ich habe sie mit den Stichwunden an den Füßen verglichen und glaube, diese könnten vom selben Werkzeug stammen.

Auf der linken Fußsohle befand sich eine Spur aus getrocknetem

Blut; ich dachte zunächst, sie rührte von der Wunde auf der Oberseite her, aber das ließ sich nicht mit der Sorgfalt vereinbaren, die zur Säuberung des Leichnams verwandt wurde. Die Spur war nicht sehr ausgeprägt, aber bei genauerer Prüfung erkannte ich, daß sie absichtlich zurückgelassen wurde ... daß man sie sogar entdecken sollte ... es handelt sich nämlich um ein Wort, Inspector, oder den Teil eines Wortes ... geschrieben mit dem Blut der jungen Frau.«

Dempsey sah auf, ihre Blicke trafen sich.

»Ich habe Fotos mitgebracht.«

Sie holte eine digitale Kamera aus ihrem Aktenkoffer und klickte zum ersten Bild, das sie ihm zeigen wollte, bevor sie ihm die Kamera reichte. Er sah es sich an.

»Man kann es kaum erkennen, aber es sieht aus wie vier Großbuchstaben, D-E-D-I, sie erstrecken sich von der Ferse bis zum Fußballen und wurden mit etwas geschrieben, das ungefähr so dick war wie das stumpfe Ende eines Bleistifts. Ich habe überlegt, daß es sich um den Teil eines Wortes handeln könnte, dessen Rest an einer anderen Stelle des Leichnams zu suchen wäre, aber ich habe nichts gefunden. Ich habe eine Probe des Blutes ans Labor geschickt, um bestätigen zu lassen, daß es ihr eigenes ist, und für den Fall, daß sich Verunreinigungen aus einer anderen Quelle finden, möglicherweise Zellmaterial des Mörders.«

»Dedi ... dedi ... Dedikation ...« Ein anderes Wort mit dieser Wurzel fiel Dempsey nicht ein. »Könnte das ›I‹ ein ›L‹ sein?« fragte er.

»Dazu dürfte Ihnen erst recht nichts einfallen, Inspector«, sagte sie trocken. »Und nachdem die ersten drei Großbuchstaben sind, sollte man davon ausgehen, daß der vierte auch einer ist. Ich habe den Polizeifotografen gebeten, ein paar Schwarzweißfotos zu machen. Bestimmt erkennen Sie die Buchstaben besser, wenn Sie die fertigen Negative genau ansehen.«

Das war zumindest eine greifbare, wenn auch rätselhafte Verbindung zu dem unbekannten Täter, dachte Dempsey beim Betrachten der digitalen Bilder. Eine Art Botschaft, die sie entschlüsseln konnten, ein Spiel, das er mit ihnen trieb, oder ein bedeutungsloses Rätsel, das sie nur verwirren sollte.

»Wie gesagt war die Leiche wie für ein Begräbnis hergerichtet – in Mund, Nasenlöchern und Rektum steckte Watte, die offenbar mit einem stark duftenden Öl getränkt worden war. Ich habe eine Probe zur Analyse ans Labor geschickt. Der auffälligste Befund meiner inneren Untersuchung betrifft den Zustand des Genitalbereichs und des Fortpflanzungstrakts. Vulva, Vagina und die benachbarten Organe waren in einem Ausmaß verletzt, daß Blutgefäße barsten, massive Blutungen mußten aufgetreten sein und ...«

Dempsey blickte auf. Die Pathologin geriet sonst nicht leicht ins Stocken. Sie hatte den Kopf zum Fenster gewandt, über das im trüben Nachmittagslicht der Regen strömte. Nach einem Seufzer drehte sie sich wieder um.

»Lokale Blutergüsse und Anzeichen innerer Blutungen weisen darauf hin, daß ihr diese Verletzungen zugefügt wurden, als sie noch lebte. Der Blutverlust durch die Beschädigung der Arterien mußte zu Kreislaufzusammenbruch und Tod führen, ein Prozeß, den die Wunden an den Füßen noch beschleunigten.«

»Wurde sie sexuell mißbraucht – vergewaltigt?«

»In dem Sinne, daß ihr äußerste Gewalt angetan wurde, ja, aber womit, kann ich nicht sagen. Mein Problem dabei ist, daß sie ausgespült wurde, gründlich innerlich gereinigt. Ich habe natürlich einen Abstrich gemacht, aber ich glaube nicht, daß wir Spuren von Samen finden oder von dem Instrument, das ...«

Sie hielt erneut inne.

»Der Angreifer hat etwas benutzt, das sie innerlich buchstäblich ... zerfetzt hat.«

Draußen regnete es heftiger, die tiefhängenden Wolken verdüsterten das letzte Tageslicht. Es wurde dunkel im Besprechungsraum. Dempsey stand auf und schaltete die Neonröhre an der Decke ein. Bevor sie den Raum in ihr ungesundes Licht tauchte, saß er bereits wieder. Dr. Figgis setzte ihren Bericht fort.

»Ich habe die beiden post mortem mit einer Art Schere zugefügten Schnittwunden erwähnt. Es gab drei weitere. Zwei davon haben Sie heute morgen schon gesehen, als wir die Leiche an Ort und Stelle untersucht haben, sie betrafen die Entfernung beider Brustwarzen und der Warzenhöfe.«

Er sah ein Bild von dem geschändeten Körper des Mädchens vor sich, das er schnell wieder aus seinem Kopf verbannte. Während er auf die Beschreibung der letzten Wunde wartete, schrieb er die Zahl ›8‹ in sein Notizbuch und begann Kreise um sie herum zu malen. Er hatte eine Reihe Kreise gezogen, bevor Dr. Figgis anfügte: »In ähnlicher Weise wurde die Klitoris entfernt.«

Dempsey hörte auf zu zeichnen. Er schloß die Augen und holte tief Luft.

Die Pathologin fuhr in ihrem sachlichen Ton fort. »Als Todesursache nehme ich Herzversagen infolge eines Kreislaufzusammenbruchs an, den die schweren Blutungen aus ihren inneren Verletzungen und den Wunden an den Füßen hervorriefen. Ich sollte anfügen, daß sich der beinahe vollständige Blutverlust nur mit Hilfe der Schwerkraft erreichen ließ und ihr Körper in eine entsprechende Lage gebracht worden sein muß.«

»Mit anderen Worten«, sagte Dempsey, »sie wurde aufgehängt ... wie ... wie ein Tier im Schlachthaus.« Abscheu schnürte ihm die Kehle zu und trocknete seinen Mund aus. »Wie lange hat sie gebraucht, um zu sterben?« flüsterte er.

»Nach Einsetzen der schweren Blutungen muß sie innerhalb von Minuten das Bewußtsein verloren haben. Wie lange sie vorher gelitten hat, kann ich nicht genau sagen.«

»Himmel, womit haben wir es hier nur zu tun?«

Dr. Figgis antwortete nicht, sondern las weiter von ihrem Bildschirm ab. »Da es keine Hypostase gab – keine Blutansammlung im Körper –, läßt sich die Todeszeit schwer bestimmen, wie auch die Frage, ob die Leiche längere Zeit auf einer bestimmten Oberfläche gelegen hat. Ich schätze aber, daß der Tod zum Zeitpunkt meiner ersten Untersuchung höchstens sechsunddreißig Stunden zurücklag, da immer noch Anzeichen von Leichenstarre zu bemerken waren.«

»Das heißt, sie lebte nach ihrem Verschwinden noch mindestens zwölf Stunden.«

Dempsey hatte sich, erschüttert von den Einzelheiten über den Tod der jungen Frau, unbewußt eine Zigarette in den Mund gesteckt. Er hielt inne, als der Deckel des Feuerzeugs aufsprang.

»Rauchen Sie ruhig«, sagte Dr. Figgis ungewohnt nachgiebig. »Sie fragen, womit wir es hier zu tun haben – ich weiß es nicht, aber ich habe noch eine kleine Beobachtung für Sie, die bei den Ermittlungen behilflich sein könnte. Nichts Wissenschaftliches, eigentlich nicht mein Fach ...« Sie schloß ihren Laptop. »Vor etwa anderthalb Jahren war eine amerikanische Freundin von mir wegen einer Konferenz zu Besuch. Wir haben uns ein paar Tage freigenommen, sind in den Westen Irlands gefahren und haben Thoor Ballylee in der Nähe von Gort besucht, ein Schloß, in dem der Dichter William Butler Yeats gewohnt hat. Dort gibt es einen Laden, der Bücher und Kunstartikel verkauft. Meiner Freundin hatte es ein Schmuckstück besonders angetan, deshalb habe ich es ihr gekauft, als Andenken an unseren Ausflug. Es war eine keltische Brosche. Und exakt die gleiche habe ich heute morgen in Sarah Glennons Gesicht stecken sehen!«

— 6 —

Lavelle erwachte fröstelnd in seinem Lehnstuhl. Nachdem Dempsey und die beiden Priester gegangen waren, wollte er sich eigentlich für ein paar Stunden Schlaf ins Bett schleppen, aber statt dessen war er hier eingenickt. Er sah auf die Uhr. Es war kurz vor drei.

In der Küche wärmte er sich die Hände an einer Tasse Kaffee und sah in den strömenden Regen hinaus. Der triste Nachmittag gab den Versuch, sich zu behaupten, bereits wieder auf und versank in Dunkelheit.

Warum hatte er soviel Aufmerksamkeit auf sich gezogen? Er hatte es gerade nötig, sich über Lyons' Geplapper aufzuregen. Und woher kam diese unausgegorene Theorie? Wohl aus einem dämmrigen Teil seines Gehirns zwischen Schlaf und Halluzination. Er würde sich mehr anstrengen müssen. Und dann hatte er auch noch Lyons angefaucht. Er haßte es, wenn er wütend wurde, er kam sich dann immer lächerlich vor – nein, schwach.

Er ging nach unten in sein Arbeitszimmer. Der Raum hatte ein Fenster, das auf die Einfahrt hinaussah. Ein kleines Stück innerhalb des Fensters stand ein großer Schreibtisch mit PC, Drucker und Telefon. Bücher und Papiere stapelten sich in den Wandregalen, ein Drehstuhl und ein Aktenschrank standen hinter dem Schreibtisch, ein Sessel davor. Lavelle setzte sich mit dem Rücken zum Fenster und schaltete zunächst eine Schreibtischlampe mit grünem Schirm an und dann den Computer. Nachdem er eine Weile nachgedacht hatte, begann er einige Anmerkungen zu tippen.

WARUM AM ERSTEN TAG DES FEBRUARS?

Februar ist seit römischer Zeit ein Monat der Reinigung (Lupercalia). Beinhaltete Tieropfer. Ersetzt durch Lichtmeß = Reinigung Marias 40 Tage nach Jesu Geburt.

Fastenzeit steht bevor = Vorbereitung auf Ostern, an dem »das Blut Jesu Christi, des Sohnes Gottes, uns von allen Sünden reinigt«. Dann die Auferstehung, die uns Hoffnung auf ein ewiges Leben gibt, symbolisiert von der Osterkerze = ein Licht, das in der Dunkelheit leuchtet.

Im Februar auch keltisches Fruchtbarkeitsfest (Imbolc). Brigida geweiht. Erde wird von zurückkehrender Sonne wiederbelebt. Zeit, in der das Alte beseitigt wird = Frühjahrsputz = Reinigung. Bei manchen Hexenkulten und neoheidnischen Riten zu Imbolc wird eine weibliche Strohpuppe neben einen Phallus-Stab in einen Kerzenkreis gelegt. Eines der vier Feuerfeste.

Feuer wird bei Reinigungsriten benutzt. Anbetung des Feuers in alter Zarathustrareligion Persiens. Hat das Judentum beeinflußt und damit auch Christentum und Islam.

Spuren von Feuer-, Fruchtbarkeits- und Reinigungszeremonien. Naher Osten bis Nordatlantik.

Reinigung = Vorbereitung.

Vorbereitung worauf?

Gegenteil von Fruchtbarkeit = Sterilität.

Gegenteil von Hoffnung = Verzweiflung.

Er kratzte nur an der Oberfläche. Oder vielleicht sah er ein Muster, das in Wirklichkeit gar nicht existierte. Er könnte immer so weitermachen und alle möglichen Interpretationen auftischen. Wer sollte ihm widersprechen?

Während er noch einmal durchlas, was er getippt hatte, nahm er abwesend eine kleine, kegelförmige Meeresmuschel in die Hand, die in einem Behälter für Kugelschreiber und Büroklammern gelegen hatte. Er drehte sie zwischen den Fingern, während er mit der Maus gelegentlich ein Wort auf dem Schirm markierte und unterstrich. Dann fiel ihm plötzlich auf, daß er mit der Muschel spielte. Ein Bild blitzte auf. Eine andere Frau, nackt auf weißem Tuch. Rumpf und Glieder mit Sand bedeckt. Das Haar wie tropfender Seetang über dem Gesicht. Er sah, wie sich am Ende einer Strähne über ihren Lippen Wasser sammelte. Es lief langsam hinab zur Kinnspitze, wo es Tropfen bildete, die in der Schwebe blieben, bis sie eine kritische Masse bildeten und rasch an der Haut über ihrer Kehle hinabglitten, in das gerinnende Blut um die Wunde herum, die in der weichen Kuhle an ihrem Halsansatz klaffte. Dort sammelte es sich eine Weile mit dem dunkler werdenden Blut, verdünnte es und floß dann als zinnoberrotes Rinnsal zwischen ihren Brüsten hindurch.

Lavelle ließ die Muschel wieder an ihren Platz fallen, schloß fest die Augen und legte den Kopf in den Nacken. Nachdem er mit beträchtlicher Mühe seine Konzentration wiedererlangt hatte, tippte er weiter.

WARUM LIESS MAN SIE AUSBLUTEN?

Weil alles mit Blut oder durch Blutvergießen gereinigt werden muß.

Er sah vom Schirm auf und fragte sich, wohin dieser Gedankengang ihn wohl führte.

— 7 —

Er hatte sie besucht ... nach all den Jahren ... die Wohnung hatte hübsch ausgesehen, als er kam ... war es nicht großartig, daß er jetzt Priester war ... im eigenen Land durfte er ja keiner werden ... nein, nach Amerika mußte er gehen ... deshalb nennt man es das Land der unbegrenzten Möglichkeiten ... so ist es ...

all die Jahre hatte sie gehofft ... hatte ihn wie einen kleinen Heiligen erzogen ... keine Mädchen und solche Sachen ... denn er war der Sohn eines Bischofs, und das wußten auf der ganzen Welt nur sie und ihr Junge ...

sie selbst war immer gut gewesen bis auf dieses eine Mal ... wie hätte sie jemandem von dem Tag in der Klosterküche erzählen können, als er vorbeikam und um eine Tasse Tee und Toast bat ... es gefiel ihr nicht, wie er sie ansah ... da hätte sie es schon wissen müssen, aber man durfte zu niemandem was sagen ... er war ein Bischof, und die Nonnen krochen ihm in den Arsch ... wenn sie ihn nicht gerade von vorn bedienten ... was manche von denen unter dem Rock trugen ... wozu brauchten die so ausgefallene Unterwäsche ... vielleicht trieben sie es ja auch miteinander ...

aber jetzt log sie ... sie hatte Ärger bekommen, weil sie log ... sie schlugen sie immer ... deshalb konnte sie es niemandem erzählen ... sie hätten ihr nicht geglaubt ... und dann hätte sie sowieso Prügel gekriegt ...

aber als sie sahen, daß sie in der Tinte saß, da wußten sie genau Bescheid ... und ob sie Bescheid wußten ... deshalb hielten sie es geheim ... dem Bischof zuliebe ...

und jetzt mußte sie auch ein Geheimnis bewahren ... nur fürs erste, hatte er gesagt ... sag fürs erste zu niemandem ein Wort ...

— 8 —

Am nächsten Morgen hatte sich der Nordostwind zwar nicht gelegt, aber er blies nun trocken und kieselhart unter einem bleichen Himmel. Jane sah sich in ihrem Garten nach einer Spur von Frühling um. Sie fütterte noch immer die Vögel und war herausgekommen, um ein paar Saatkrähen und Dohlen zu verscheuchen, die ihre kleineren Verwandten vom Körnertisch und den daran aufgehängten Nußkörben fernhielten. Außerdem verstreuten sie die Körner im halben Garten, wenn sie sich zankten und mit den Flügeln nacheinander schlugen. Jane war jeden Sommer fasziniert von der seltsamen Auswahl an Blumen und Gräsern, die aus den umherfliegenden Samen sprossen. Doch nun begrüßten sie keine neuen Triebe im Blumenbeet – natürlich waren die Schneeglöckchen unter dem Baum schon da, aber die signalisierten für Jane nur das Ende des Winters und nicht den Beginn des Frühjahrs, auch wenn das nicht sehr logisch klang.

In der Küche läutete das Telefon, und sie ging zurück ins Haus. Eine unbekannte Männerstimme fragte, ob sie Jane Wade sei.

»Hier ist Liam Lavelle – Sie wollten mich sprechen?«

Eine angenehme, warme Stimme.

»Ach ja, Pfarrer Lavelle – ich weiß, Sie haben bestimmt viel zu tun ... und nach allem, was gestern passiert ist, sind Sie –«

»Sind Sie die Jane Wade von der Sendung *Artspeak*?«

Er schaltete schnell. Sie hatte am Abend zuvor nichts von ihrem Job gesagt, als sie ihm eine Nachricht auf dem Anrufbeantworter hinterließ.

»Ja, richtig, aber ich wollte Sie in einer persönlichen Angelegenheit sprechen. Vielleicht könnten wir einen Termin irgendwann in den nächsten Tagen vereinbaren?«

»Na ja, ich bin ein bißchen wie die Wettervorhersage – nicht sehr zuverlässig, wenn es über ein, zwei Tage hinausgeht. Heute ist so gut wie jeder andere Tag ... sagen wir um fünf. Ich rufe Sie an, falls es Probleme gibt, am besten geben Sie mir also auch die Nummer von Ihrer Arbeit.«

Sie sagte ihm ihre Büro- und Handynummer.

»Wo finde ich Sie, wenn ich von der Stadt komme?«

Er fragte, ob sie wisse, wo Kilbride liege, und beschrieb ihr dann den Weg zu seinem Haus an der Hauptstraße.

Sie hatte das Gefühl, noch einen Umstand erwähnen zu müssen. »Ich ... ähm ... gehöre übrigens nicht Ihrem Bekenntnis an.«

»Anglikanische Kirche?«

»Ja ... gewissermaßen.«

»Okay. Bis später dann.«

Sie legte auf, ein wenig überrascht von seinem lockeren Benehmen. Sie hatte bisher kaum persönlichen Kontakt mit katholischen Priestern gehabt und schon gar nicht einen in dieser Weise angesprochen. War sie eigentlich noch ganz bei Trost?

Sie ging ins Wohnzimmer. Was würde Hazel davon halten – wenn sie's wüßte? Sie nahm einen gläsernen Briefbeschwerer aus dem Regal, der dort zusammen mit mehreren anderen lag. Ach was, schaden konnte es nicht.

Sie hielt den Briefbeschwerer gegen das Fenster, um das Licht einzufangen. Das Gewirr von Farben und winzigen Bläschen darin war wie ein Miniaturkosmos, in dem sich ferne Sonnen aus galaktischen Gas- und Staubwolken bildeten. Sie drehte den Briefbeschwerer in der Hand – eine Göttin, die die Erschaffung des Universums beobachtet. Er war ein Geburtstagsgeschenk von Hazel, aber für Jane würde er immer mit einem anderen Ereignis in jenem besonderen Jahr verknüpft bleiben.

Der Komet Hale-Bopp hatte damals seit zwei Wochen am Nachthimmel gefunkelt, als Jane eines Tages nach Hause gekommen war und ihre Schwester in heller Aufregung antraf, weil sie etwas im Internet entdeckt hatte. Hazel surfte in letzter Zeit ziemlich oft darin; wie so häufig damals wußte sie nicht recht, was sie mit sich anfangen sollte. Mit ihren zweiundzwanzig hatte sie ein Jahr zuvor einen Abschluß in Wirtschaft gemacht, woran sie jedoch kein Interesse mehr zu haben schien. Jane, die ein Jahr älter war, hatte gerade ihr Diplom in Kommunikationswissenschaft erworben. Schon seit ihrem zweiten Studienjahr hatte sie für die Zeitschrift *Hot Press* auf freiberuflicher Basis Bands besprochen und Musiker interviewt, und nun war sie Reporterin bei RTE, dem nationalen Radiosender. Die beiden Schwestern hatten sich im Vorort Ryevale ein Haus gekauft; das Geld für die Anzahlung stammte aus dem Nachlaß ihres Vaters, der in London an Krebs gestorben war, nachdem er schon lange von ihrer Mutter getrennt gelebt hatte.

An jenem Abend war Jane im nahe gelegenen Maynooth College bei ihrem Italienischkurs gewesen, zu dem sie Hazel vergeblich zu überreden versucht hatte. Anschließend war sie weitere zwanzig Meilen gefahren, um ihre Mutter in der Grafschaft Meath zu besuchen, wo diese eine zunehmend exzentrische Existenz mit einem Antiquitätenhändler führte, der mehr Objekte zu kaufen als zu verkaufen schien. Als sie kurz vor Mitternacht wieder in Ryevale aus ihrem verbeulten Ford Fiesta stieg, blieb sie vor dem Haus stehen und sah zu dem Kometen am klaren Himmel über Dublin empor. Er strahlte hier viel weniger hell, als wenn man ihn von der Wiese hinter dem Haus ihrer Mutter betrachtete, aber er war immer noch beeindruckend.

»Buonanotte«, flüsterte sie ihm in ihrer neuen Sprache zu. Es kam ihr passend vor. Sie übte die beiden letzten Silben mit der Zungenspitze an der Innenseite der Schneidezähne, als die Tür aufging und Hazel aus dem Haus stürzte.

»Du glaubst nicht, was ich gerade im Net gefunden habe – komm schnell rein.«

Auf dem Bildschirm war eine Website zu sehen. *Heaven's Gate.*

»Schau dir das mal an«, sagte Hazel aufgeregt. »Es geht um eine Organisation in Kalifornien, die sich Higher Source nennt, und sie glauben, der Komet ist ein Zeichen, daß sie die Welt verlassen sollen.«

DIES IST DAS ZEICHEN, AUF DAS WIR GEWARTET HABEN. DIE ANKUNFT DES RAUMSCHIFFS AUF DER EBENE ÜBER DER MENSCHLICHEN STEHT BEVOR. SIE WERDEN UNS MIT IN IHRE WELT NEHMEN ... WIR GEHEN MIT FREUDEN ...

»Sie sind fest überzeugt, daß sich hinter dem Komet ein Raumschiff verbirgt – was sagst du dazu?« In Hazels Stimme schwang nicht eine Spur Skepsis mit.

»Verrückt ... aber so sind sie halt in Kalifornien«, spielte Jane das Thema herunter. »Da finde ich ja die Theorie deiner Mutter noch überzeugender – sie hat mir gerade erzählt, daß es ein herabfallender Stern ist ... daß die Astronomen sich und uns jahrelang mit dem Geschwätz über Lichtjahre und unglaubliche Entfernungen nur zum Narren gehalten haben. In Wirklichkeit sind die Sterne nur ein paar Meilen entfernt!«

»Und die Erde ist eine Scheibe, oder?«

Sie lachten beide. Aber Hazel blieb in dieser Nacht noch lange auf und durchstreifte das Internet.

Am nächsten Tag erfuhren sie von den neununddreißig Menschen, die ihrem Leben in San Diego in aller Ruhe ein Ende gesetzt hatten; sie hatten ihre Gesichter mit einem purpurnen Tuch bedeckt, alle trugen neue schwarze Laufschuhe und eine kleine Tasche mit Habseligkeiten für die Reise. Und damals begann auch Hazels Reise ins Ungewisse.

Im Polizeirevier von Lucan saßen Dempsey und Taaffe jeweils am Ende eines langen Tisches, auf dem Schriftstücke, Fotos und Beutel mit Beweismaterial ausgebreitet lagen. Ein Dutzend kreuz und quer stehender Stühle und der Mief von Zigaretten und menschlichen Ausdünstungen zeugten davon, daß sich bis vor kurzem noch sehr viel mehr Leute im Raum der Sonderkommission aufgehalten hatten. Es war die zweite Versammlung dieser Art in ebenso vielen Tagen gewesen.

»Also, was haben wir, Jack?«

Dempsey schlug eine neue Seite in seinem Notizblock auf. Trotz der Wärme im Zimmer trug er seinen blauen Regenmantel. Taaffe hatte ein zitronengelbes Hemd mit passender grüner Krawatte an. Er öffnete eine neue Datei auf dem PC vor ihm und begann eine Liste von Überschriften und Bemerkungen einzugeben, die er gleichzeitig laut mitlas.

»Die Leiche – keine Spuren von Samen oder anderen Körperflüssigkeiten; keine fremden Hautpartikel oder Haare, mit anderen Worten: nichts für einen DNS-Test. Keine losen Fasern. Das Blut auf der linken Fußsohle als das des Opfers bestätigt, ohne anderes Zellmaterial – weitere Analysen werden feststellen, ob Spuren von dem Instrument zurückgeblieben sind, mit dem die Buchstaben geschrieben wurden. Die Watte – handelsübliches Produkt, erhältlich in Drogerien und Supermärkten. Analyse des Duftöls – Ergebnisse werden im Lauf des Tages erwartet. Die Gewandnadel – Nachforschungen in Gort laufen. Die Schrift auf der Fußsohle –« Er nahm ein großformatiges Negativ zur Hand und hielt es gegen das Licht.

Dempsey sah deutlich die gespenstischen Buchstaben, die das Wort bildeten.

»D-E-D-I«, fuhr Taaffe fort. »Teil eines Wortes oder eines fremdsprachlichen Wortes oder vielleicht Initialen, die für einen Namen, eine Organisation oder eine Art Motto stehen. Jedenfalls keine Hinweise, was es bedeuten könnte.«

»Das Turiner Grabtuch.«

»Was?« Taaffe blinzelte seinen Kollegen an.

»Nein, ich meinte das Negativ. Seinerzeit hat erst eine Fotografie enthüllt, was tatsächlich auf dem Tuch war. Mehr wollte ich nicht sagen.«

»Ja, Kevin. Also, Todesart – radikales Ausbluten, die Methode eines gewissen Graf Dracula.« Er versuchte einen transsylvanischen Akzent nachzumachen.

»Sehr witzig, Jack. Aber was hältst du davon: Lassen nicht orthodoxe Juden die Tiere, die sie essen, auf diese Weise schlachten ... damit das Fleisch koscher ist?«

»Nicht nur Juden, glaube ich. Moslems ebenfalls. Bei denen heißt das Fleisch dann *halal*. Dem Tier wird die Kehle durchgeschnitten, das Blut fließt heraus, und dann zieht man es in die Höhe, damit es vollständig ausläuft. Ich weiß das, weil ich auf einem Bauernhof aufgewachsen bin, und einmal hat mich mein Vater in die Wurstfabrik in Sallins mitgenommen. Dort habe ich zugeschaut, wie sie das Vieh für den Export in den Iran vorbereitet haben. Sie haben die Tiere vorher nicht einmal betäubt. Ich mußte schnell raus da. Meinem Vater hat es auch nicht gefallen, und der war weiß Gott nicht zimperlich.«

»Moslems also auch ... interessant. Aber jetzt weiter zum Tatort – fangen wir draußen an, Parkplatz, Friedhof –, was haben wir da?«

»Allerlei Müll – Bonbonpapiere, Streichhölzer, Kippen, Konfetti, Zigarettenschachteln, das meiste irrelevant, weil es vom Regen aufgeweicht ist, und an jenem Abend hat es gegen sechs zu regnen aufgehört. Wir schätzen, daß der Täter frühestens eine Stunde später aufgetaucht ist. Wir haben noch ein paar Fetzen von Supermarkttüten, Folie und anderes Zeug, das der Wind in eine Ecke der Mauer geweht hat. Das hier dürfte noch am ehesten etwas hergeben.«

Er hielt einen Beutel mit einem Stück verknotetem gelbem Kunststoff hoch. »Das Zugband einer Mülltüte aus Plastik, man zieht auf beiden Seiten und bindet sie zu; der Knoten hier war aufgeschnitten statt aufgeknotet ... ein ungewöhnlicher Gegenstand für einen

Parkplatz, so neu, daß es noch glänzt, lag noch nicht lange dort. Möglicherweise von einem großen Müllsack, in dem die Leiche transportiert wurde.«

»Der Sache sofort nachgehen. Küche und Mülleimer von allen drei Priestern durchsuchen ... vielleicht benutzt einer diese Sorte Müllsack. Außerdem die Gärten aller Häuser in der Nachbarschaft und das Pfarrgelände, für den Fall, daß der Sack nur zufällig um diese Zeit verweht wurde ...« Er überlegte einen Augenblick. »Und schick das Stück Plastik wegen eines DNS-Tests ans Labor. Okay, weiter.«

»Bisher nichts vom Friedhof oder dem Gelände um den Glockenturm, keine Fingerabdrücke an der Tür, den Griffen oder dem Reserveschlüssel.«

»Und im Innern der Kirche?«

»Überraschenderweise keine Fingerabdrücke auf den Kerzenhaltern. Die waren nämlich zuvor mit Messingpolitur behandelt worden und haben förmlich auf ein paar Schweißfinger gewartet.«

»Wissen wir, wie die Kerzen angezündet wurden?«

»Jedenfalls nicht mit Streichhölzern, bei mehr als hundert Kerzen hätten wir Streichholzköpfe oder Rußspuren finden müssen. Ein Feuerzeug hätte sich ziemlich überhitzt, und der Täter hätte irgendwo hinaufsteigen müssen, um an die höheren Kerzen zu kommen.«

»Oder einen Wachsstock benutzen müssen. Aber wir haben keinen gefunden, oder?«

»Was bitte ist ein Wachsstock?«

»Jack, du warst offensichtlich kein Ministrant in deiner Jugend. Es ist eine sehr dünne und lange Kerze. Wir sehen noch mal in der Sakristei nach. Was gibt's noch?«

»Nicht viel, und das überrascht, weil das Kircheninnere laut Mrs. Luby jungfräulich sauber war und jede frische Spur sofort verraten hätte.«

»Wer ist Mrs. Luby?«

»Die Mesnerin, sie war ziemlich aus dem Häuschen wegen der

Geschichte, hat aber trotzdem großen Wert auf die Feststellung gelegt, daß die Kirche an diesem Abend blitzblank war.«

»Wieso das?«

»Es hatte mit einer wichtigen Hochzeit am selben Tag zu tun, die Kirche präsentierte sich von ihrer besten Seite, deshalb waren zum Beispiel die Kerzenhalter mit Messingpolitur behandelt worden. Mrs. Luby mußte aber nach der Hochzeit gleich noch eine Säuberungsaktion mit ein paar freiwilligen Helferinnen organisieren. Der Boden war wegen des nassen Wetters mit Schlamm bespritzt, sie mußten alles wischen, und sie haben viel gefegt und gesaugt – Blütenblätter, Taschentücher und Papierschnipsel, was so alles herumlag. Wir hätten uns keine besseren Bedingungen wünschen können, um Fingerabdrücke in den Kirchenbänken, Beichtstühlen oder sonstwo zu nehmen, weil das ganze Mobiliar ebenfalls noch eine Politur verpaßt bekam. Aber wir haben absolut nichts, nicht mal einen Schmutzfleck ... und auch keine Spur auf den Lichtschaltern in der Sakristei.«

»Wie lange war die Kirche nach der Reinigung noch offen?«

»Mrs. Luby sagt, sie hat sofort, nachdem sie fertig war, abgesperrt, so gegen sieben.«

»Wenn der Täter allein war, muß er also vorher ins Gebäude geschlichen sein und sich versteckt haben.«

»Ja, und wie es der Zufall will, finden sich gleich hinter dem Seiteneingang ein paar schwache Stiefelabdrücke aus Kiespartikeln. Die Abdrücke zeigen ins Innere, dann kommt eine Matte, auf die er getreten sein muß, denn wir haben ähnliche Partikel auf ihr gefunden. Die Abdrücke könnten auch später gemacht worden sein, als er die Leiche in die Kirche brachte. Der entscheidende Punkt ist, daß sie sehr groß sind, Schuhgröße zwölf bis vierzehn, was auf eine ungewöhnlich große Person schließen läßt, über einsfünfundneunzig.«

Dempsey sah ihn skeptisch an.

»Ja, ich weiß«, sagte Taaffe, »klingt, als hätten Dracula und Frankensteins Monster in ein und derselben Nacht Kilbride besucht.«

»Lavelle hat jedenfalls Schuhe mit flachen Sohlen getragen, als wir am Schauplatz eintrafen«, sagte Dempsey. »Fällt der Spurensicherung etwas zu den Stiefelabdrücken ein?«

»Sie ähneln dem Profil auf den Sohlen von Gummi- oder Anglerstiefeln.«

»Gut, dann müssen wir die Priester noch ein bißchen mehr belästigen und die Fußbekleidung von allen untersuchen. Gerade bei Gummistiefeln könnte auch ein kleinerer Mann ein paar Nummern größer tragen. Weiter – Zeugen?«

»Mindestens ein Dutzend Leute, die an der Straße wohnen, sagen, sie hätten kurz nach ein Uhr die Glocke läuten hören, aber wir haben nur eine Augenzeugin, eine Mrs. Melia. Sie ist Witwe und lebt allein an der Hauptstraße. Sie hat noch im Bett gelesen. Nachdem die Glocke ungefähr zehn Minuten lang geläutet hatte, ist sie aufgestanden und hat aus dem Fenster geschaut, und dabei hat sie Lavelle die Straße entlanggehen und den Friedhof betreten sehen. Sie hat gewartet, ob jemand herausgerannt kommt, wie sonst üblich, aber nach einer Weile hat sie das Interesse verloren und ist wieder ins Bett gegangen. Die Einfahrt zum Parkplatz kann sie von ihrem Schlafzimmerfenster auf der Giebelseite des Hauses nicht sehen, deshalb hat sie weder ein Fahrzeug noch Scheinwerfer bemerkt. Und es war so windig, daß man keinen Automotor gehört hätte.«

»Verdächtige?«

»Die Priester hatten alle Zugang zur Kirche, aber Quinn und Lyons können wir für diesen Abend ausschließen. Die beiden hatten gemeinsam die Hochzeitsmesse zelebriert und waren anschließend auf der Feier in Mullingar, sechzig Kilometer entfernt, der Bräutigam stammt von einem der großen Gestüte in der Gegend. Lyons ist gefahren. Sie hatten noch einen Fahrgast dabei, Tim Rogers, einen Apotheker aus dem Ort, dessen Frau unpäßlich war und nicht an der Hochzeit teilnehmen konnte. Für Rogers hieß das, daß er sich auf dem Fest ein paar Gläschen genehmigen konnte, weil er eine Mitfahrgelegenheit nach Hause hatte. Sie sind kurz nach elf in Mullingar losgefahren und gegen Mitternacht in Kilbride angekommen. Rogers wohnt neben dem Pfarrhaus am Dorfrand – Lyons hat nebenbei bemerkt eine eigene Wohnung. Der Gemeindepfarrer war müde und ging gleich zu Bett, aber Rogers hat Lyons für seine Dienste als Chauffeur noch auf einen Drink eingeladen. Das heißt, zwischen Mitternacht und ein Uhr fünfzehn war Quinn im Bett und Lyons im Nachbarhaus. Damit bleibt noch –« Taaffe markierte mit dem Cursor den Namen und vergrößerte ihn.

»Lavelle«, sagte Dempsey, während Taaffe seine Fertigkeiten in puncto Textverarbeitung bewunderte.

»Jawoll«, sagte Taaffe. »Er war an dem Abend in Kilbride, den ganzen Tag sogar. Er wohnt in der Nähe und traf als erster am Schauplatz ein. Er hätte ohne weiteres schon früher jemanden ins Gebäude lassen und ihm das Schlüsselversteck verraten können.«

»Faß doch noch mal die erste Version zusammen, die *ohne* Lavelle. Wie hat es sich abgespielt?«

»Täter fährt mit Leiche in Kofferraum oder Heck eines Vans auf den Parkplatz. Eine hohe Mauer grenzt den Friedhof vom Parkplatz ab, mit einem Durchgang für die Besucher. Der Täter parkt nahe an der Mauer, direkt am Durchgang, nur ein paar Meter vom Seiteneingang der Kirche entfernt. Er betritt die Kirche, kurz bevor sie um sieben Uhr geschlossen wird. Versteckt sich irgendwo im Gebäude – in einem Beichtstuhl vielleicht oder auf der Orgelempore. Mrs. Luby geht und schließt ab. Täter geht in die Sakristei und holt Reserveschlüssel. Er bringt mit oder ohne Hilfe die Leiche in die Kirche. Baut alles auf. Verläßt die Kirche durch die Seitentür gegen ein Uhr und fängt an, die Glocke zu läuten. Hört Lavelle rufen. Schleicht auf den Parkplatz und wartet, bis Lavelle in der Kirche ist, dann fährt er weg.«

»Und jetzt die Version *mit* Lavelle.«

»Er hat einen Komplizen – wir wissen, daß jemand die Glocke geläutet hat. Lavelle war schon einige Stunden früher dort, hat seinen Komplizen in die Kirche gelassen und ihm den Reserveschlüssel gezeigt, dann hat er wieder abgesperrt.«

Dempsey war unbeeindruckt. »Aber alle Priester und überhaupt alle Leute, die mit dem Betrieb der Kirche vertraut waren, wußten von dem Schlüssel und hätten einen Komplizen vorab informieren können. Oder falls es ein Einzeltäter war, konnte er ursprünglich beabsichtigt haben, das Schloß aufzubrechen, ist aber zufällig auf den Schlüssel gestoßen. Oder er hat die Kirche sogar schon im Laufe des Tages besucht und dabei den Schlüssel mitgenommen. Wir werden uns ewig im Kreis drehen, solange wir nicht begriffen haben, *warum* Sarah Glennon ermordet wurde. Wie sieht deine Theorie aus?«

»Lavelle und andere sind in einer Art Geheimgesellschaft, wie zum Beispiel einem Pädophilenring. Sie planen ein Ritual, für das sie eine junge Frau, vorzugsweise eine Jungfrau brauchen, vielleicht, um es auf Video aufzunehmen. Sie entführen Sarah, aber die Sache gerät außer Kontrolle, und Sarah kommt um. Also beschließen sie, ganze Arbeit zu leisten und eine Schwarze Messe in der Kirche zu feiern.«

»Was eine ziemliche Dummheit wäre, wenn man keine Aufmerksamkeit auf die Existenz einer solchen Organisation lenken möchte, findest du nicht?«

»Stimmt, aber im Augenblick fällt mir nichts Besseres ein. Was hast du anzubieten?«

»Absolut gar nichts, außer daß mir noch nie ein Sexualverbrechen begegnet ist, bei dem der Täter so *berechnend* vorging. Und das meine ich ernst.«

»Und so brutal dazu. Als Figgy uns die inneren Verletzungen geschildert hat, ist mir nur noch ein Küchenmixer eingefallen – du weißt, was die Klingen anrichten, wenn du sie nur ein paar Sekunden lang einschaltest.«

»Schon gut, Jack. Lavelle hat da so eine Idee, daß es sich um ein Reinigungsritual gehandelt haben könnte. Nicht, daß uns das viel weiterbringt, aber der Mann ist noch in einem anderen Punkt von Interesse. Der *Evening Herald* hat es erwähnt, und Quinn hat es mir gestern bestätigt. Anscheinend war Lavelle vor ein paar Jahren in den Staaten und hat sich über Sekten und dergleichen fortgebildet.

Die Erzdiözese Dublin hat ihn hingeschickt, und jetzt nehmen sie gelegentlich seine Hilfe als Berater in Anspruch. Ich vermute, Lyons hat das der Zeitung gesteckt. Jedenfalls würde es bedeuten, daß sich Lavelle mit ungewöhnlichen Ritualen auskennt.«

»Und deshalb in der Lage wäre, die ganze Geschichte einzufädeln«, warf Taaffe ein. »Wahrscheinlich hat er Kontakte in den Staaten, die für so was jede Summe zahlen, vor allem falls der Mord auf Video zu sehen ist. Ich sage dir, Kevin, der Kerl ist unsere heißeste Spur.«

»Richtig, aber vergiß nicht, daß er bei seinem Anruf aus der Sakristei zu den Beamten gesagt hat, er würde sie durch den Haupteingang in die Kirche lassen, damit am Seiteneingang keine eventuellen Spuren zerstört werden. Nur deshalb haben wir die Fußabdrücke.«

»Spuren, die er absichtlich gelegt haben könnte und die intakt bleiben sollten.«

»Berechtigter Einwand. Aber er drängt sich mir nicht auf. Und seien wir realistisch. Nach allem, was wir heute morgen gesehen und gehört haben – wo stehen wir da? Wir haben einen halben Stiefelabdruck, einen Teil von einem Wort und ein Stück Plastik. Meine Sorge ist, daß das Ritual selbst die Botschaft ist und wir sie bloß nicht verstehen. Deshalb könnte Lavelle von Wert sein. Wenn er nach den Hausdurchsuchungen noch unbelastet ist, nehme ich vielleicht seine Hilfe in Anspruch.«

»Das ist aber verdammt riskant, Kevin. Er könnte uns jederzeit auf eine falsche Fährte locken. Falls er in der Sache mit drinsteckt, wären wir geliefert.«

»Im Augenblick habe ich aber sonst keinen Sektenexperten zur Hand. Außerdem hat er bei dem Treffen etwas in der Art gesagt, daß er die Leiche finden sollte. Er sagt, es sei nur so ein Gefühl, alles würde irgendwie auf ihn abzielen.«

»Du meinst, ein Kult oder eine Sekte, die ihn auf dem Kieker hat?« Taaffe klang skeptisch. »Verdammt schräge Art, sich zu rächen.«

»Ich weiß. Ich werde ihn trotzdem darauf ansprechen. Mal sehen, ob er glaubt, daß irgendeine Gruppe einen Haß auf ihn haben könnte. Aber warten wir erst mal ab, bis die Hausdurchsuchungen bei den Priestern abgeschlossen sind. Inzwischen will ich, daß alle anderen Priester, die in den letzten zwanzig Jahren in der Gemeinde gearbeitet haben, aufgestöbert und befragt werden. Laß dir die Namen von Quinn geben – er muß entsprechende Unterlagen haben. Wenn er nicht genau weiß, wo sie jetzt sind, dann schlag die Namen im Diözesanverzeichnis nach, dort findest du die aktuellen Adressen. Sag Quinn, wir lassen den Fundort in der Kirche noch ein paar Tage lang, wie er ist, er muß also mit seinen Gottesdiensten vorläufig ausweichen. Kümmere dich darum, daß rund um die Uhr jemand vor der Kirche Wache schiebt.«

Dempsey stand auf, aber dann zögerte er und beugte sich zu seinem Kollegen über den Tisch.

»Du hast vorhin Moslems erwähnt, Jack, *halal* und so ... mir ist da was eingefallen. Erinnerst du dich an einen gewissen Bonner – Wayno Bonner? Er wurde letztes Jahr eingesperrt, weil er einen Moslem fast umgebracht hat, einen Algerier, glaube ich. Lar Sweeney vom Revier in der Kevin Street hat mir damals davon erzählt, weil Bonner ein alter Bekannter von ihm ist, der seinen Jungs schon eine Menge Kummer gemacht hat. Eine Zeitlang hat er zu Jesus gefunden, aber dann hat er diesen Kerl in einem Haus an der South Circular Road zusammengeschlagen, schwere Körperverletzung. Beim Verhör hat er eine Menge Unsinn über einen Kreuzzug gegen den Islam erzählt, auf dem er sich befände. Angeblich soll eine geheime Moslembruderschaft existieren, die eine Freveltat gegen die katholische Kirche vorbereitet. Vielleicht lohnt es sich, mit ihm zu reden, mal sehen, was er zu sagen hat. Ich glaube, er sitzt im Mountjoy-Gefängnis. Ich rufe Lar an, damit er mich auf den neuesten Stand bringt.«

Dempsey hatte zwei Wörter in seinen Notizblock geschrieben: *Islam* und *Wachsstock*. Er beugte sich über die Seite und fügte ein drittes hinzu: *Bonner*. Dann steckte er den Block in die Innentasche und ging zur Tür, wo er sich zu Taaffe umdrehte, der noch immer in den Computer tippte.

»Wenn Lavelle bei den Hausdurchsuchungen nicht belastet wird, bitte ich ihn, mit mir zu Bonner zu fahren.«

»Wie bitte? Also, ich –«

Aber Dempsey war schon weg. Taaffe blieb verwundert zurück und fragte sich, was sein älterer Kollege vorhatte. Daß er ein guter Detective war, der von jedem rechtlich erlaubten Mittel Gebrauch machte, um einen Fall zu lösen, stand außer Frage. Aber bei manchen Polizisten aus Dempseys Generation genossen Priester noch immer hohes Ansehen. Ließ er sich dadurch in seinem Urteil über diesen Fall beeinflussen, oder sollte es eines der berühmten Beispiele werden, in denen der Detective Inspector längst am Ball war, während der Rest der Mannschaft noch auf der falschen Seite des Spielfelds herumhampelte?

— 10 —

»Hast du ein Intro und eine Überleitung für den Beitrag über Raymond O'Loughlin?« Sheila McKenna, die Produzentin von *Artspeak,* ging gerade den Ablauf der Sendung durch.

»Wird eben gedruckt.«

Jane stand vom Schreibtisch auf und stellte sich neben den Drukker, aus dem zwei A4-Seiten kamen, je eine für die Sprecherin und die Produzentin. Sie überprüfte den Text und legte die Blätter auf Sheilas Schreibtisch.

Das Team der Sendung verfügte über eigene Räume im oberen Stock des Rundfunkzentrums. Die Studios waren unten im Tiefgeschoß.

»Warst du gestern abend auf der Vernissage in der Riverrun

Gallery?« fragte Sheila, als sich Jane zu ihr an den Schreibtisch setzte.

»Nein, war jemand von euch?« Jane sah sich im Kreis ihrer Kollegen um. Sie arbeiteten zu viert an der Sendung, dazu kam täglich für ein paar Stunden vor der Ausstrahlung noch die Sprecherin, Tara Fitzgerald. Sheila McKenna war die Produzentin der Reihe, vierunddreißig, verheiratet, zwei Kinder. Peter Comiskey, ebenfalls Produzent und Mitte Dreißig, war schwul und lebte mit einem Partner zusammen. Roisin McAteer, ihre Sendeassistentin, war Anfang Vierzig, Single und neigte zu nordirischem Eigensinn.

»Nein, wir schonen uns für Becca de Lacys CD-Präsentation morgen abend«, sagte Peter, der immer ein Auge auf die gehobeneren Anlässe im Kunst- und Showgeschäftskalender hatte. »Zu trinken, was das Herz begehrt, feine Häppchen, und angeblich findet nachher bei ihr zu Hause noch eine Party statt. Zu der sind wir zwar nicht eingeladen, aber vielleicht kann man sich reinmogeln.«

»Bringen wir etwas über das Album?«

»Wahrscheinlich eine Besprechung in der nächsten Woche«, sagte Peter. »Wir haben wegen eines Interviews angefragt, aber sie gibt keine.«

»Wenn ich sie bei der Präsentation zu einem bewegen kann, würden wir es dann verwenden?«

»Hängt natürlich davon ab, was sie sagt«, erwiderte Sheila. »Wenn du was hast, das sich zu senden lohnt, könnte es zusammen mit der Musik ein nettes Programm geben. Dann vergessen wir die CD-Kritik, ich bezweifle ohnehin, daß es noch viel über ein Album von Becca de Lacy zu sagen gibt.«

»Kennt ihr den Witz über Becca?« fragte Peter.

»Nein«, kam es wie aus einem Mund.

»Sie hat doch ihre ersten vier Alben nach den Elementen *Erde, Wasser, Feuer* und *Luft* benannt. Aber jetzt bringt sie seit Jahren nichts zuwege, weil ihr das fünfte nicht mehr einfällt.«

»Ha, ha, sehr komisch«, sagte Jane. »Aber wie heißt die neue CD nun wirklich, weiß das irgendwer?«

»Sie halten es bis morgen abend geheim – große Sache«, antwortete Peter.

Jane setzte sich wieder an ihren Schreibtisch und rief Jessica Smith an, die Marketingchefin der Plattenfirma.

»Jessie, hier ist Jane Wade. Es geht um Becca de Lacys Präsentation. Was wäre, wenn ich morgen abend mit einem tragbaren Recorder auftauchen würde?«

»Hallo, Jane. Na ja, offiziell gibt sie hier bei uns keine Interviews. Nächste Woche findet in L.A. eine via Satellit weltweit übertragene Pressekonferenz zum Album und zur Tour statt, und das war's. Aber versuchen kannst du es immer. Sag bloß nicht, daß ich den Vorschlag gemacht habe, sonst zieht mir George Masterson die Ohren lang.«

»Okay, dann versuche ich sie morgen abend zu erwischen. Habt ihr das Album schon verschickt?«

»Es gab nur ein paar Vorabexemplare, keine Titelliste, kein Cover, ich glaube nicht, daß ich dir eins geschickt habe, aber du kriegst den ganzen Plunder morgen abend.«

Jane legte auf.

»Okay, Leute, dann werde ich morgen abend einen Versuch wagen, während ihr euch alle vollaufen laßt. Es gibt also ein Album *und* eine Tour? Sie ist lange nicht mehr live aufgetreten, oder?« Sie sah Peter an.

»Stimmt, und sie ist im Programm von diesem großen Friedenskonzert nächsten Monat in Israel.«

Während des Telefongesprächs mit der Schallplattenfirma hatte Jane bemerkt, daß ihre Voicemail blinkte. Sie wählte sie an und erfuhr, daß sie drei neue Nachrichten hatte. Eine war von ihrer Mutter, die sich für nächste Woche zum Lunch mit ihr verabreden wollte. Die nächste Stimme war die von Alastair mit der Frage, ob sie irgendwann in nächster Zeit abends auf einen Drink ausgehen könnten. Sie hatten sich seit Weihnachten schon zweimal getroffen, und beide Male hatte er erfolglos versucht, das alte Feuer neu zu entfachen. Diesmal würde sie ihm höflich, aber bestimmt einen

Korb geben. Die dritte Nachricht stammte von Pfarrer Lavelle, der sie um einen Rückruf bat. Er klang ein bißchen gehetzt.

Dann sah sie ihre E-Mails nach. Eine Reihe interner Rundschreiben. Und eine Nachricht von ihrer Freundin Debbie Young von der *Irish Times*. Sie lautete: *Jährliche Generalversammlung des Clubs der Liebesversehrten, Valentinstag, 14. Februar, 20.00 Uhr in Rick's Café. Nimm dir Zeit!*

Sie lächelte über die Nachricht, als Peter Comiskey durch den Raum rief.

»Sag mal, Jane, wohnst du nicht in der Nähe von Kilbride, wo dieser Ritualmord passiert ist? Worum geht es da ... wie man ein paar Hintern mehr in die Kirchenbank kriegt?«

»Wie meinst du das?«

»Ich seh's richtig vor mir, ein Gospelchor heizt den Leuten ein, dann kommt der Priester à la James Brown zum Altar heraus.« Er fuchtelte mit den Armen und begann den Soulsänger nachzumachen: »*Brothers and sisters, it's voodoo time!* Der Priester zeigt auf die Leiche und sagt: *This is mah body!* Und dann legt er los mit: *Get up, I feel like being a sex machine!*«

»Sehr geschmackvoll, Peter. Zufällig habe ich mit einem der Priester in Kilbride gesprochen. Er scheint in Ordnung zu sein – ein richtiger Gentleman sogar.«

»So reden die lieben kleinen Protestanten aus dem Süden«, meldete sich ein nordirischer Akzent hinter der Trennwand zwischen Janes und Roisins Schreibtisch. »In deiner Jugend hat eben nicht die Geistlichkeit entschieden, was gut für dich ist, oder dir erklärt, daß du einen Penis haben mußt, wenn du Priester werden willst.«

»Verschone uns, Roisin«, warf Sheila McKenna ein. »Ich gehe ins Studio hinunter und rede mit Tara. Führst du bitte die Gäste der Sendung in ein paar Minuten nach unten? Sie sind in der Cafeteria.«

Jane ging daran, die Post auf ihrem Schreibtisch zu öffnen. Zwei Bücher, die Autoren standen für Interviews zur Verfügung. Einladungen zu Eröffnungen, Präsentationen, darunter die von Becca de Lacy, die im Museum of Modern Art in Kilmainham stattfinden sollte. Als Roisin die Gäste der Sendung abholen ging, nutzte Jane die Gelegenheit, Pfarrer Lavelle anzurufen.

Er war sofort am Telefon. »Guten Tag, Jane, hören Sie, es tut mir leid, aber hier hat die Polizei alles auf den Kopf gestellt, sie sind auf der Suche nach verschiedenen Dingen ... Ich komme mir fast wie ein Verdächtiger vor, aber wir werden alle überprüft, es ist also nicht so schlimm, wie es sich anhört. Könnten wir unsere Verabredung auf morgen verschieben, ein bißchen früher, so gegen drei?«

Sie sagte, das sei in Ordnung. Es bedeutete, sie konnte heute ein gutes Stück mit einer geplanten Sondersendung über Verona vorankommen, das in diesem Jahr den Titel »Kulturhauptstadt Europas« führte. Jane war begeistert von dem Projekt, für das sie in einigen Wochen in die italienische Stadt reisen würde. Sobald sie ihre übrigen Anrufe erledigt hatte, wollte sie sich an die Arbeit machen.

— *11* —

Vom rückwärtigen Teil der Kirche aus sah Jane das blau-weiße Absperrband der Polizei rund um den Altar. Sie setzte sich in eine Bank und musterte ihre Umgebung. Neugotik. Grau-rosa Marmorsäulen, dunkle Holzbalken, die sich im hohen Dach über das Mittelschiff wölbten, Glasmalereien mit Heiligen und Bibelszenen und an den Wänden der Seitengänge die Stationen des Kreuzwegs, bemalte Relieffiguren in kunstvoll vergoldeten Rahmen. Die Vorstellung, daß die Leiche einer jungen Frau vor kurzem nackt unter den stummen Blicken dieser Plastiken gelegen hatte, schürte in Jane Gedanken über die Sinnlosigkeit des Lebens.

Sie hatte beim Haus des Priesters vorbeigeschaut, einem roten, zweistöckigen Ziegelbau hinter einer Mauer, die bündig mit den anderen Häusern und Läden auf einer Seite von Kilbrides Hauptstraße verlief. Das einst ländliche Dorf war inzwischen von modernen Wohnsiedlungen eingesäumt. Nachdem auf ihr Läuten niemand geöffnet hatte, war sie beinahe schon wieder am Tor gewesen, als oben ein Fenster aufging. Ein Mann mit rötlichem Gesicht und grauem Stoppelbart lehnte sich heraus und rief mit heiserer Stimme: »Er ist drüben in der Kapelle, Miss …«

Wie er mit den gelben Zahnstummeln im offenen Mund den Kopf unter der Dachtraufe hervorstreckte, erinnerte er sie an einen gotischen Wasserspeier. »Er sagte, er ist in einer halben Stunde zurück, falls jemand fragt.« Darauf bekam er einen Hustenanfall und zog sich ins Haus zurück.

Jane schlenderte eine Weile an den Stationen des Kreuzwegs entlang. Sie bewegte sich vorsichtig, unsicher, ob sie in der Nähe eines von der Polizei gesperrten Tatorts überhaupt herumlaufen sollte. An der sechsten Station blieb sie ein wenig länger stehen. Sie zeigte eine Frau, die ein Tuch an das blutüberströmte Gesicht von Jesus hielt. Jane trat näher und las die Inschrift auf dem Messingschild im Rahmen: *Veronika reicht Jesus das Schweißtuch.*

Das, fiel ihr ein, war eines jener Ereignisse, von denen in der Bibel nicht berichtet wird, an das die Katholiken jedoch glauben. Und das Tuch mit dem Abdruck von Christi Gesicht war vermutlich zu einer der ersten Reliquien geworden, auf deren Besitz verschiedene Kirchen und Dome im Mittelalter Anspruch erhoben. Gab es nicht auch Stücke von seinem Leichnam und Erinnerungen an die Kreuzigung, die in Reliquienschreinen in ganz Europa auftauchten … Haare und Fingernagelschnipsel, Dornen, das Holz des Kreuzes, sein Lendentuch, selbst die heilige Vorhaut! Sie verzog das Gesicht. Bei ihrem letztjährigen Spanienurlaub hatte sie in einer jener Kirchen, in denen puppengesichtige Statuen von Jungfrau und Kind standen, einen Glaskasten gesehen, der in einen vergoldeten, barocken Altaraufsatz eingelassen war. In dem Kasten lagen drei Eisenspitzen mit gewölbtem Kopf – jawohl, die bei der Kreuzigung benutzten Nägel! Und was war mit jenen Phiolen mit dem Blut irgendeines Heiligen, das sich ab und an verflüssigte? Das war in Neapel, oder? Und Marias Milch und ihre Menstruationsbinden genauso. Jetzt mußte sie lächeln.

Plötzlich kam ihr in den Sinn, daß Raymond O'Loughlins Ausstellung demselben makabren Instinkt der Menschen Vorschub leistete. Reliquien von prominenten Toten – Berühmtheiten, die unter gewalttätigen oder absonderlichen Umständen gestorben waren. Eine Diashow mit Fotos von John Lennons Autopsie, die von einem Bild zum anderen schaltete, während im Hintergrund »Imagine« lief; Prinzessin Dianas blutgetränkte Unterwäsche an einem Mannequin, das von einer Batterie unablässig blitzender Kameras umringt war; eine von Kurt Cobain benutzte Spritze in einem Rahmen an der Wand, darunter eine Krankenbahre mit Rädern, die vor Riemen und Fesseln nur so strotzte und bei der Vollstreckung zahlloser Todesurteile durch die Giftspritze in den USA eingesetzt worden war. Das alles waren zumindest recht grelle Mahnungen. Und Jane hatte der Anblick eines Teddybärs gerührt, der einen Zipfel des Gefängnisleintuchs umklammert hielt, auf dem der dreifache Mörder Brendan O'Donnell geschlafen hatte.

Aber dann hatte O'Loughlin sie mit kindlicher Freude in eine Installation geschoben, in der sie unvermittelt im Dunkeln stand, während nach Verwesung riechende Knochen und Körperteile an ihr Gesicht streiften. Das Gustostück dieses Gruselkabinetts war ein konservierter Leichnam, von dem der Künstler behauptete, er habe ihn aus einem Dritte-Welt-Land eingeführt, dessen Gesetze den Handel mit Toten zu medizinischen Zwecken nicht verhinderten.

Aber das waren nur makabre Späße. Was sie an der Ausstellung »Cryptology« wirklich anstößig fand, waren die Gläser und Phiolen mit inneren Organen, Körperflüssigkeiten und Exkrementen, die angeblich von bekannten lebenden oder toten Persönlichkeiten stammten. Und hatte O'Loughlin nun genau solche Reaktionen wie ihre provozieren wollen?

Sie wußte nicht, welche Manipulationsleistung sie mehr bewundern sollte – mittelalterliche Reliquien, mit denen man den Leuten das Geld aus der Tasche zog, indem man auf ihre Gutgläubigkeit und ihr Bedürfnis nach sentimentaler Frömmigkeit baute, oder den »Künstler« des dritten Jahrtausends, der einen schnellen Gewinn machte, indem er Leute schockierte, die sich für intellektuell hielten. Und waren seine Kunstprodukte denn echter als der Inhalt eines Reliquienschreins aus dem 12. Jahrhundert? Spielte das überhaupt eine Rolle?

Plötzlich blieb sie wie angewurzelt stehen – hinter ihr war jemand. Sie drehte sich langsam um und sah sich einer der Säulen gegenüber, die den Seitengang vom Mittelschiff trennten. Von der anderen Seite kamen Atemgeräusche. Sie schob sich seitwärts an der Säule vorbei, ohne sie aus den Augen zu lassen. Eine Kirchenbank kam ins Blickfeld, und in der Bank saß, das Gesicht ihr zugewandt – der Mann mit der grünen Jacke, der, dem sie im Bus begegnet war!

Unwillkürlich wich sie zurück, während der Mann aufstand und in den Mittelgang stolperte, wo er halb im Laufschritt der Kirchentür zustrebte. Bevor er hinausging, wandte er noch einmal den Kopf und starrte sie wütend an.

Erschrocken von dieser Begegnung, war sie froh, Stimmen von ihrer Seite des Hauptaltars zu hören. Zwei Männer tauchten, in ein Gespräch vertieft, aus einer Seitentür auf. Der eine war groß, kräftig gebaut, schütteres Haar, glattrasiert; der andere war mittelgroß, mit dunklen Wuschelhaaren und einem kurzgeschnittenen Bart. Sie ging rasch auf die beiden Männer zu, wobei sie bemerkte, daß der größere eine Krawatte unter einem schweren Mantel trug, der bärtige dagegen ein Hemd mit offenem Kragen und eine schwarze Lederjacke; von einem Priesterkragen war bei beiden nichts zu sehen.

Die Männer bemerkten, daß die Frau, die auf sie zukam, ein bißchen außer Fassung war.

»Hallo, alles in Ordnung mit Ihnen?« fragte der kleinere Mann und trat auf sie zu. Die braunen Augen mit den feinen Falten rundherum wirkten freundlich und humorvoll.

»Ja, ich bin nur … ich warte auf Pfarrer Lavelle … ich habe gerade so vor mich hin geträumt, und da hat mich ein Mann ein bißchen erschreckt ... haben Sie ihn gesehen? Ich wußte nicht, daß er da war ... ich habe ihn im Bus auch schon gesehen, und ich ...«

»Ich bin Liam Lavelle. Jane Wade, hab ich recht?«

»Ja.«

Er streckte die Hand aus; sein fester Griff und das entgegenkommende Lächeln beruhigten sie.

»Hat er Sie bedroht?« fragte der größere Mann.

»Das ist Detective Inspector Dempsey«, sagte Lavelle schnell.

»Nein ... nein ... ich war nur so überrascht, das ist alles. Ich habe ihn neulich im Bus nach Kilbride schon gesehen. Er benahm sich ein wenig sonderbar.«

»Dann mach ich mich mal auf den Weg«, sagte Dempsey. »Wir sehen uns später, Herr Pfarrer.«

Er nickte Jane zu, zog sein Handy aus der Innentasche und entfernte sich.

»Nun, Jane, was kann ich für Sie tun?«

»Es geht um meine Schwester. Es könnte sein, daß sie in Schwierigkeiten ist. Die Sorte Schwierigkeiten, mit denen Sie sich auskennen, soviel ich weiß.«

»Gehen wir ins Haus hinauf«, sagte Lavelle und bugsierte sie sanft in Richtung Mittelgang. »Tut mir leid, daß ich nicht da war, als Sie geläutet haben. Hat Charlie Ihnen Bescheid gesagt?«

Sie beschrieb den Mann, der sich aus dem Fenster gelehnt hatte.

»Das ist allerdings Charlie, aber ich bringe den Halunken um – er sollte mein Haus hüten, statt dessen hat er sich zu einem Nickerchen in mein Gästebett gelegt!«

Auf dem Weg aus der Kirche fiel ihm erst auf, wie hübsch und zierlich die Frau war. Leuchtende grüne Augen, kupferfarbenes Haar, das zu einem langen Zopf geflochten war, ein Hauch von Parfum, das ihn aus irgendeinem Grund an die sommerlichen Lichtreflexe auf einem Fluß denken ließ. Vorübergehend stieg die Erinnerung an einen anderen Duft auf, einen schweren, widerlichen, verschwand aber schnell wieder.

»Sieht nach Schnee aus«, sagte er, als sie ins Freie traten. Sie sah zu dem elfenbeinfarbenen Himmel empor, der sich hinter den Dächern zu einem satten Purpur verdunkelte.

»Heute morgen habe ich auf den Hügeln Schnee gesehen. Ich hoffe, wir kriegen welchen, ich liebe Schnee«, sagte Jane fröhlich.

»Ich auch, allerdings habe ich keinen richtig starken Schneefall mehr erlebt, seit ich aus den Staaten zurück bin. Aber vielleicht haben wir heuer Glück, es ist ja noch Zeit.«

Als er die schweren Türen absperrte, fragte Jane, ob das Gebäude seit der Entdeckung der Leiche ständig geschlossen gewesen sei.

»Wir haben die Morgenmesse in die Klosterkapelle verlegt, deshalb sind die einzigen Leute, die hier ein und aus gehen, die Polizisten von der Garda; die restliche Zeit schließen wir die Kirche ab. Ich habe es heute nur vergessen. Dempsey wollte sich noch einmal umsehen, also sind wir auf diesem Weg hineingegangen, weil die Seitentür beim Glockenturm noch gesperrt ist. Dann haben wir uns bei einer Tasse Kaffee in der Sakristei unterhalten – während dieser Zeit müssen Sie gekommen sein. Sie denken immer noch an den Mann, dem Sie begegnet sind, hab ich recht? Ich würde mir nicht den Kopf darüber zerbrechen – wahrscheinlich hat er nur für das arme Mädchen gebetet.«

— 12 —

Als Detective Inspector Dempsey auf dem Weg ins Polizeirevier von Lucan war, meldete sich Taaffe über sein Mobiltelefon. »Wir haben ihn überprüft, Kevin, er ist aus Kilbride, er ist –« Die Verbindung brach ab.

Taaffe war mit dem Ortspolizisten in einem zivilen Fahrzeug auf der anderen Straßenseite gesessen, als der Mann mit der Armeejacke die Kirche verlassen hatte. Der Mann war nicht auf die Straße hinausgegangen, sondern durch den Parkplatz auf das Gelände der nahen Klosterschule. Als Dempsey von der Kirche aus anrief, hatte der Polizist die Verfolgung bereits aufgenommen.

Er parkte und versuchte Taaffe zurückzurufen, aber das Mobilnetz schien in dieser Gegend zusammengebrochen zu sein. Schließlich zündete er sich eine Zigarette an und ging in Gedanken noch einmal die Unterhaltung durch, die er mit Pfarrer Lavelle in dem kleinen Abstellraum hinter der Sakristei geführt hatte, wo nur Kaffee und ein winziger Heizstrahler sie wärmten. Sie waren zusammen zur Kirche gegangen, weil Dempsey hoffte, von diesen langen Wachsdochten, die man zum Anzünden verwendet, einen oder mehrere zu finden, die benutzt waren. Vergeblich. In der Schublade, in der sie aufbewahrt wurden, lagen einige Originalverpackungen und ein offenes Paket, aber alle Dochte waren unbenutzt. Lavelle hatte gefragt, warum er so an ihnen interessiert sei.

»Mrs. Luby erinnert sich, daß sie nach der Hochzeit einen weggeworfen hat, der bis auf einen Stummel heruntergebrannt war«, erklärte Dempsey. »Sie hat noch überlegt, daß sie für die Messe am Tag der heiligen Brigitta einen neuen brauchen würde. Wenn wir also einen oder mehrere benutzte Dochte fänden, wüßten wir, daß in der Nacht, in der Sie die Leiche entdeckt haben, die Kerzen damit angezündet wurden.«

»Und was würde Ihnen das verraten?«

Fragte der Priester aus echtem Interesse, oder hatte er einen anderen Grund?

»Angenommen, wir fänden eine ganze Reihe von teilweise heruntergebrannten Dochten, dann würde das darauf hinweisen, daß mehrere Personen die Kerzen angezündet haben. Oder wir könnten aus einem benutzten Docht errechnen, wie lange der Täter gebraucht hat, sie anzuzünden. Das alles trägt dazu bei, daß wir uns ein Bild machen können ... und wer weiß, vielleicht würden sich in dem Wachs sogar Fingerabdrücke finden.«

Er war sich darüber im klaren, daß er Lavelle in die Überlegungen der Polizei einweihte. Auch wenn die Hausdurchsuchungen keinen der drei Priester belastet hatten, würde Taaffe trotzdem nicht wohl dabei sein. Aber die Tage vergingen, und bisher kamen sie nur langsam voran. Er erwähnte den Stiefelabdruck.

»Sie reden jetzt also von einem Verdächtigen, im Gegensatz zu einer Gruppe oder Sekte?«

»Nach der bisherigen Beweislage scheint nur eine Person die Aktivitäten hier in der Kirche ausgeführt zu haben, aber das schließt nicht aus, daß eine Gruppe hinter dem Mord steckt. Wir wissen, daß Sarah selbst keine Verbindung zu irgendwelchen merkwürdigen Sekten hatte, tatsächlich war sie eine fromme Katholikin und sogar ein paarmal in Lourdes – als eine von diesen jungen Freiwilligen, die den Gebrechlichen helfen. Fakt ist, sie wurde entführt, vergewaltigt und ermordet, ein zufälliges Opfer, wie es aussieht. Aber warum sollte ein Einzeltäter sich soviel Mühe machen, sie als kultisches Opfer zu präsentieren? Wäre es da nicht wahrscheinlicher, daß eine Gruppe mit bizarren religiösen Überzeugungen ein, zwei Mitglieder losgeschickt hat, damit sie die Zeremonie hier ausführen?«

»Sie hören sich an, als würden Sie von einer bestimmten Theorie ausgehen.«

»Ich versuche nur, mich in einem äußerst sonderbaren Fall zurechtzufinden – mir ist jedenfalls bisher nichts Vergleichbares untergekommen. Es gibt allerdings eine Verbindung, der ich nachgehen möchte, eine sehr dürftige, muß ich gestehen. Haben Sie je vom Zehnten Kreuzzug gehört?«

»Nur insofern, als man Opus Dei manchmal vorwirft, sie hätten damit zu tun – eine Art anhaltender Versuch, dem Islam entgegenzuwirken. Mehr eine Idee als eine Organisation.«

»Jedenfalls sind wir letztes Jahr auf einen Haufen, der sich der ›Zehnte Kreuzzug‹ nennt, aufmerksam geworden, als eines der Mitglieder einen Moslem angegriffen hat, in dessen Haus an der South Circular Road er eingebrochen war. Wie es aussieht, unken sie vom Ende der Welt und sind außerdem anti-islamisch eingestellt. Dieser

Wayne – genannt Wayno – Bonner hat den Moslem gefoltert, einen Algerier namens Bourada. Zu den kreativeren Dingen, die er ihm antat, gehörte, daß er ihm mit einem Teppichmesser ein X in die Brust ritzte. Passanten haben den armen Kerl schreien hören und die Garda gerufen. Die hat den Angreifer noch im Haus gefaßt. Er hat eine Menge Unsinn über das Böse am Islam verzapft. Er sagte, dieser Zehnte Kreuzzug hätte ihn geschickt. Dann meldete sich ein Amerikaner namens Turner bei dem ermittelnden Beamten, nachdem ein Zeitungsbericht über den Überfall erschienen war. Er stritt Bonners Behauptungen ab und bezeichnete ihn als gemeingefährlichen Spinner, den sie hätten loswerden wollen und so weiter. Jedenfalls hat Bourada überlebt – mit knapper Not. Bonner wurde verurteilt. Zu seiner Verteidigung sagte er, es gäbe eine geheime Moslembruderschaft in Dublin, die zu einem internationalen Heiligen Krieg gegen das Christentum gehört und eine Art rituelle Tat gegen die katholische Kirche Irlands plant ... als Zeichen ihrer Präsenz im ehemals äußersten Glaubensposten Europas.«

»Klingt ziemlich weit hergeholt.«

»Das dachte ich damals auch. Aber dann hat mich Jack Taaffe gestern auf etwas aufmerksam gemacht.«

»Nämlich?«

»Man hat Sarah verbluten – ausbluten – lassen, eine Methode, nach der manche religiösen Gruppen ihre Tiere schlachten ... damit das Fleisch koscher ist, wie die Juden sagen, bei den Arabern heißt es *halal.* Wenn also eine islamische Sekte mit der Tat zu tun hätte, wäre das nicht ein Zeichen, daß –«

»Jetzt hören Sie aber auf«, unterbrach Lavelle, »das ist völlig absurd. Und ehrlich gesagt frage ich mich, warum Sie mir das alles erzählen. Ich gehöre ja nicht direkt zu Ihrem Ermittlungsteam. Gestern hatte ich sogar den Eindruck, als stünde ich unter Verdacht!«

»Pfarrer Lavelle, neulich sah es so aus, als hätten Sie fast so etwas wie eine Theorie über die rituelle Bedeutung dieses Ereignisses parat. Ich hoffe, daß Ihnen noch mehr dazu einfällt. In der Zwischenzeit brauche ich die Hilfe von jemandem mit Ihren Kenntnissen über Kulte und religiöse Sekten. Pfarrer Quinn hat mir erzählt, daß Sie in den Staaten ein paar Jahre lang an diesen Themen gearbeitet haben und daß Sie die Priester und Bischöfe der Diözese in Sektenfragen beraten. Im *Evening Herald* stand etwas Ähnliches. Die Information stammt offenbar nicht von Ihnen, wenn ich recht verstehe.«

»Von mir? Ich habe mit niemandem gesprochen. Und ich wünschte, Paddy würde nicht mit meinem Lebenslauf hausieren gehen. Hat er Ihnen zufällig auch erzählt, daß ich als Kind Medaillen für Irischen Tanz gewonnen habe?«

»Sie hätten uns die Sache mit den Sekten von sich aus erzählen sollen«, sagte Dempsey in scharfem Ton. »Es könnte eine Verbindung zwischen dem Mord und einer Gruppe geben, der Sie in die Quere gekommen sind. Wurden Sie je von einer dieser Organisationen bedroht? Oder haben Sie einer Anlaß gegeben, Sie ins Visier zu nehmen?«

»Nein, ich halte mich da ziemlich bedeckt. Deshalb bin ich so sauer, wenn etwas davon in die Zeitung gelangt.«

»Gut, hören Sie ... ich möchte nur für die nächsten paar Tage mit Ihnen in Kontakt bleiben, bis wir in der Sache klarer sehen ... Ich würde das sehr begrüßen.«

Lavelles Verdruß ebbte ab. »Also gut, ein paar Tage«, sagte er.

Dempsey informierte ihn über die wichtigsten Befunde von Autopsie und Spurensicherung. Wenn er sich des Priesters bedienen wollte, durfte er nicht viel verschweigen. Woher sollte er wissen, was möglicherweise von ritueller Bedeutung war und was nicht?

»... und wir reden mit den Leuten in Thoor Ballylee über die keltische Gewandnadel, sie vertreiben sie exklusiv, was die Suche ein wenig einengt. Das Öl in der Watte ist Veilchenextrakt – das ist das Parfum, das Ihnen in die Nase gestiegen ist, als Sie der Leiche nahe kamen. Wie ich höre, ist es eine sehr teure Substanz, die Zahl der Läden, die das Zeug verkauft, dürfte also überschaubar sein. Fällt Ihnen irgendwas zu den Buchstaben auf dem Fuß des Mädchens ein?«

»Die sagen mir gar nichts.«

»Denken Sie darüber nach. Wenn ich recht verstehe, wissen Sie über Endzeitsekten Bescheid?« Er ließ ihm keine Zeit für eine Antwort. »Ich möchte, daß Sie heute abend etwas für mich tun.«

»Und das wäre?«

»Bonner sitzt im Flügel C von Mountjoy. Das ist nur eine halbe Stunde Fahrt von hier. Warten Sie um sieben Uhr vor dem Gefängnis auf mich. Wir gehen rein und unterhalten uns mit ihm, vielleicht stoßen wir dabei auf etwas, das wir übersehen haben. Aber machen Sie sich auf einen Haufen Blödsinn gefaßt.«

Vor Verlassen der Sakristei ging Dempsey zu der Schublade mit den Wachsstöcken und nahm einen davon heraus.

»Nur für unsere Materialsammlung«, sagte er.

Er hatte Lavelle nicht alles erzählt. Die Analyse von Sarahs Blut hatte Spuren von Paraffin und Stearin zutage gefördert – Bestandteile von Kerzenwachs. Und er vermutete, bei dem Instrument, mit dem die Buchstaben auf ihren Fuß geschrieben wurden, könnte es sich um einen dieser Wachsstöcke gehandelt haben.

— 13 —

Bei einer Tasse Kaffee in Lavelles Küche erzählte Jane dem Priester, sie habe sich nach der Lektüre des Berichts über den Leichenfund im *Evening Herald* entschieden, mit ihm Kontakt aufzunehmen. »Da gab es eine Bemerkung – ›Pfarrer Liam Lavelle, der Sektenbekämpfer‹ –, und es hieß, daß die Kirche von Kilbride möglicherweise wegen Ihrer Arbeit gegen Sekten und Kulte, hier und in den USA, als Schauplatz für den Ritualmord gewählt wurde. Dann folgte eine Liste von umstrittenen religiösen Bewegungen, die Mitglieder in Irland haben.«

»Das müssen sie von Conor Lyons haben«, entgegnete Lavelle. »Was für ein Blödmann – oh, 'tschuldigung. Ich sollte vielleicht erklären, daß er der zweite Kurat in der Gemeinde ist – und ein ziemliches Plappermaul.«

»Aber stimmt es – ich meine, was Sie in den Staaten getan haben?«

»Ja, aber ich habe das nicht mit dem Ereignis hier in Zusammenhang gebracht. Ich habe nur zufällig gegenüber meinen Kollegen und den Detectives erwähnt, daß ich das Gefühl hätte, ich sei irgendwie ... wie soll ich sagen ... dazu verdammt oder aus irgendeinem Grund dazu bestimmt, die Entdeckung in der Kirche zu machen. Das war um die Mittagszeit des nächsten Tages, und ich glaube, ich war einfach ziemlich müde und wurde langsam ein bißchen paranoid. Jedenfalls sollten wir es dabei bewenden lassen. Gehen wir ins Wohnzimmer, dann können Sie mir von Ihrer Schwester erzählen.«

Lavelle ging vor dem Kamin in die Hocke und setzte ein Feuer in Gang, während Jane in einem Sessel Platz nahm und ihm von Hazel und dem Vorfall mit Heaven's Gate erzählte.

»Sie hat anschließend nicht viel darüber gesprochen, aber von da an bemerkte ich, wie sie sich immer mehr in sich zurückzog und auch unruhiger wurde. Eines Tages verkündete sie, sie würde für ein New-Age-Wochenende zum Thema Gesundheit und spirituelles Bewußtsein nach Galway fahren. Sie ist erst nach einer Woche wiedergekommen. Ihr Zimmer wurde rasch zu einer Art ... Schrein, mit Kristallen und heilenden Steinen, Ölen und Duftlampen, lauter solchen Sachen. Dann fing sie an, ihren Beitrag zu der Hypothek zu vergessen, von der ich ohnehin das meiste bezahlte, und nachdem wir eines Abends Krach deswegen hatten, ging sie fort. Sie schrieb mir schließlich aus West Cork, daß sie auf unbestimmte Zeit wegbleiben würde.«

Das Feuer im Kamin loderte auf, der Priester setzte sich in den Lehnstuhl gegenüber von Jane und hörte aufmerksam zu, während sie fortfuhr. Gleichzeitig war ihm undeutlich bewußt, daß er mehr auf Jane selbst achtete als auf das, was sie über die Beziehung zu ihrer Schwester erzählte.

»In den folgenden Jahren hat sie sich ab und zu gemeldet, meistens aus den Staaten. Sie lebte mit einem Mann zusammen, von dem sie behauptete, er sei Lehrer für Gnostizismus, er würde ihr guttun, und ich solle mir keine Sorgen machen. Letztes Jahr dann rief sie an und sagte, sie sei soeben aus den USA eingetroffen und würde gern zu mir herauskommen und ein paar Sachen abholen, vielleicht auch einige Tage bleiben. Irgendwas mit ihrem Paß war auch noch zu erledigen. Das erste, was mir an ihr auffiel, war ihre äußere Erscheinung. Sie war sehr dünn, fast ausgemergelt. Natürlich dachte ich an Drogen oder Magersucht, aber sie schien guter Dinge zu sein, und ich wollte nicht neugierig erscheinen.«

»Haben Sie noch weitere Veränderungen an ihr bemerkt?«

»Na ja, sie hatte immer ein Faible für Kleidung, ihr Schrank war viel besser bestückt gewesen als meiner, aber nun trug sie ein sehr schlichtes, hemdartiges Kleid und hatte nur eine Garnitur zum Wechseln dabei, und das waren ein T-Shirt und eine Kampfhose. Sie trug keinen nennenswerten Schmuck, und ihr Haar war kurz geschnitten – aber mehr nach der Rasenmähermethode als nach irgendeiner Mode.«

»Haben Sie Ihre Schwester auf diese Dinge angesprochen?«

»Zunächst nicht. Wir haben nur über dieses und jenes geplaudert, aber dann fing sie davon an, wie der Vorfall mit Heaven's Gate sie beeindruckt hätte, nicht weil sie mit den Überzeugungen der Leute übereinstimmen würde, sondern weil sie sich ihrer Sache so sicher gewesen seien.

Sie sagte: ›Wir beide, Jane, sind praktisch ohne Glauben aufgewachsen – irische Protestanten, die selten zur Messe gingen und nur eine vage Vorstellung von ihren vorgeblichen Überzeugungen hatten, die Sorte Leute, die religiöse Inbrunst peinlich fanden. Mir reichte das nicht mehr. Ich brauchte noch etwas anderes in diesem Leben, und jetzt habe ich es gefunden.‹

Was genau sie gefunden hatte, wurde mir nicht recht klar, aber sie sagte, das kommende Jahr sei von großer Bedeutung. Gewisse Ereignisse würden geschehen, und sie müßte vorbereitet sein. Irland würde bei diesen Entwicklungen eine entscheidende Rolle spielen. Ich wollte mehr über die Leute erfahren, mit denen sie zu tun hatte, vor allem über ihren Freund – falls man ihn so bezeichnen konnte –, aber in dieser Beziehung war sie zurückhaltend bis zur Heimlichtuerei. Sie wiederholte nur ständig, daß unser Leben wenig bedeutet, solange wir keinem höheren Zweck dienen. Wir begannen zu streiten. Ich sagte, sie würde einer Gehirnwäsche unterzogen und ihre Persönlichkeit habe sich verändert, ich würde mir außerdem Sorgen um ihre Gesundheit machen. An diesem Punkt wurde sie sehr arrogant. Sie meinte, ich könne die Daseinsebene, die sie erreicht habe, nicht verstehen, sie habe die Welt der Wünsche und Begierden verlassen, sowohl physisch als gefühlsmäßig, und ich versuchte nur, sie wieder in diese Welt hineinzuziehen. Sie erklärte mir, ich gehörte zu einer Vergangenheit, die sie glücklich hinter sich gelassen habe. Ich muß gestehen, ich war gekränkt, so daß ich ihr nahelegte, sie solle einfach wieder abreisen – was sie noch in derselben Nacht tat. Seitdem habe ich nichts mehr von ihr gehört oder gesehen, aber neulich habe ich entdeckt, daß sie sich mit einer Organisation eingelassen hat, die sich die ›Hüter des Siebten Siegels‹ nennt. Sie sind – oder waren – in den Vereinigten Staaten beheimatet, aber das ist so ziemlich alles, was ich weiß.«

Während ihres Gesprächs war es langsam dunkel im Raum geworden, und das knisternde Kaminfeuer begann die schwankenden Schatten der beiden an Wände und Decke zu werfen. Janes Stimme hatte eine nicht definierbare Eigenschaft, die in Lavelle den Wunsch weckte, sie möge fortfahren, so daß er nicht selbst reden mußte, sondern sich aufs Zuhören beschränken konnte. Aber sie wartete darauf, daß er Stellung nahm.

»Ehrlich gesagt, Jane, habe ich mich in den Staaten hauptsächlich mit Bewegungen beschäftigt, die in hohem Maße organisiert waren, über Tausende von Anhängern und üppige Geldmittel verfügten und von streng disziplinierten Leuten nach außen vertreten wurden. Was sie alle verbindet, ist ein gewisses Maß an Kontrolle über das Denken der Leute, die sie anwerben, Gehirnwäsche, wenn man so will. Diese Menschen stellen irgendwann fest, daß sie eingesperrt sind, abgeschnitten von Freunden und Familie, sie stiften ihr Einkommen der Organisation und so weiter. Es gibt natürlich einen gewissen Graubereich, weil viele dieser Anhänger Erwachsene sind, die behaupten können, sie hätten eine freie Wahl getroffen – nur ist es so, daß diejenigen, die es schaffen, den Klauen einer Sekte zu entrinnen, durch ihre Erfahrungen stark traumatisiert sind und meistens bezeugen, sie seien als Mitglieder einem großen psychischen Druck ausgesetzt gewesen.«

»Und worin genau bestand Ihre Arbeit?«

»Ich war in Chicago stationiert, dort gibt es ein Zentrum namens Cultwatch, das eine Datenbank über die Organisationen unterhält – worum es ihnen geht, wo ihr Sitz ist und so weiter. Es soll hauptsächlich Eltern und anderen Verwandten helfen, vermißte Söhne oder Töchter ausfindig zu machen. Gelegentlich kam auch jemand, der vor einer Gruppe auf der Flucht war und den wir dann beim Ausstieg beraten haben.«

»Was bringt Menschen dazu, sich diesen Sekten anzuschließen? Oder welche zu gründen?«

»Normalerweise steht eine gewisse Entfremdung von der Gesellschaft am Anfang. Der amerikanische Soziologe J. Milton Yinger hat vor mehr als dreißig Jahren eine klassische Definition von drei Persönlichkeitstypen formuliert, die wir in Sekten oder Kultgemeinschaften finden. Er nannte sie den Propheten, den Asketen und den Mystiker. Grob gesagt, strebt der Prophet nach Macht in der Welt, der er sich entfremdet fühlt; der Asket will sich aus der Welt zurückziehen und eine andere erschaffen, in der er bestehen kann; und der Mystiker ist jemand, der sich mit einer Gruppe einläßt, ohne notwendigerweise ihre Ansichten zu teilen, und dann jede Gelegenheit nutzt, um sie zu beherrschen. Erkennen Sie Hazel in einem dieser Typen wieder?«

»Na ja, sie hat sich bereits aus der Welt zurückgezogen, bevor sie sich den Leuten anschloß, bei denen sie jetzt ist. Das würde auf Hazel passen. Und dazu kommt, daß sie leicht beeinflußbar ist, was ihr unsere Mutter in unserer Jugend schon ständig vorgeworfen hat.«

»Hmm ...« Lavelle überlegte einen Augenblick. »Manchmal findet man eine Mischung all dieser Typen innerhalb einer Sekte oder sogar verschiedene Ausprägungen davon in ein und derselben Person. Das kann zu unbeständigen Verhältnissen führen, und dann kommt es zu Spaltungen und Splittergruppen. Vielleicht ist Hazel in dieser Phase in mehrere Gruppen ein- und wieder ausgetreten.«

»Möglich, aber ich kann mich nur auf diese eine stützen. Wenn mich mein Eindruck nicht trügt, dann sind Sie diesen Hütern des Siebten Siegels also nie begegnet, oder?«

»Leider nein, Jane. Nicht in meinen drei Jahren in Chicago und auch seither nicht. Ich bin nämlich noch in Kontakt mit Cultwatch, damit ich schon mal weiß, was als nächstes über den Teich kommt. Wann haben Sie zweifelsfrei festgestellt, daß sie sich mit dieser Gruppe eingelassen hat?«

»Das ist etwas, das mich wirklich ärgert. Meine Mutter war Anfang Januar wegen einiger Tests im Krankenhaus, also vor weniger als einem Monat. Wie sich herausstellte, war es falscher Alarm, aber sie macht immer aus allem ein großes Drama. Ich habe sie besucht, und sie erzählt mir, daß Hazel bei ihr war, etwa zu der Zeit, als sie bei mir gewohnt hat. Und nicht nur das, sie hat auch noch eine Nachricht bei ihr hinterlassen, von der nur im Falle von Mutters bevorstehendem oder tatsächlichem Ableben Gebrauch gemacht werden sollte. Es handelte sich um die Website-Adresse für diese Hüter des Siebten Siegels. Ich hätte Mutter ohrfeigen können – sie hatte die ganze Zeit die Möglichkeit, Hazel aufzuspüren. Ich habe die Website gefunden, aber sie enthält keine Kontaktadresse – so viel zu Hazels Umsicht.«

»Vielleicht gab es eine, und sie haben sie aus irgendeinem Grund entfernt. Was haben Sie denn auf der Site gefunden, das von Interesse wäre?«

»Sie beginnt mit einer Art Rätsel, vielleicht können Sie etwas damit anfangen.«

Jane nahm einen Computerausdruck aus ihrer Tasche und gab ihn Lavelle.

DIE STERNE STÜRZEN ZUR ERDE, DIE REITER SIND LOS.
AUS DEM LETZTEN SIEGEL KOMMT DER, DER DEN HIMMEL VERSTUMMEN LÄSST.
IHN ZU FINDEN, MUSST DU DAS GEHEIMNIS SEINER TATEN LESEN,
WO HEILIGER UND GELEHRTER DIE SIEBEN ZEICHEN DES JÜNGSTEN TAGS WEISSAGTEN.

»Das ist ein Verweis auf Irland, oder? Hazel sagte, unser Land würde irgendwie eine wichtige Rolle dabei spielen.«

»Ja, und die Apokalypse offensichtlich auch«, sagte Lavelle, »in dem Sinne, daß es auf die Offenbarung des Johannes verweist – Apokalypse ist griechisch für Offenbarung.«

»Was, glauben Sie, bedeutet es?«

»Die kryptische Sprache ist zunächst einmal ganz normal. Zweitens werden Bilder aus der Bibel verwendet, die Reiter, das Siegel und die Zeichen am Himmel ... die Apokalyptischen Reiter sind natürlich Krieg, Hunger und so weiter. In der Offenbarung erfahren wir jedoch nicht, was zum Vorschein kommt, wenn das siebte und letzte Siegel geöffnet wird, es heißt nur, ›dann trat im Himmel Stille ein, etwa eine halbe Stunde lang‹ ... es ist irgendwie unheimlich, unheilvoll.«

»Und was ist mit den Heiligen und Gelehrten ... ein deutlicher Hinweis auf Irland?«

»Ich glaube, ja. Und die sieben Zeichen des Jüngsten Tags gehen ebenfalls auf die frühe irische Kirche zurück. Wir haben unsere eigene Version vom Ende der Welt entwickelt, manchmal mit sieben, manchmal mit fünfzehn Zeichen. In diesem Fall entspricht die Variante mit sieben Zeichen dem Öffnen des siebten Siegels.«

»Ich verstehe. Anscheinend bin ich ja genau an den Richtigen geraten.«

Ihre Direktheit erwischte ihn auf dem falschen Fuß. »Das weiß ich nicht«, sagte er leicht verwirrt.

»Auf der Website ist noch mehr Zeug«, fuhr Jane fort. »Nach dem Rätsel kommt eine Reihe von Prophezeiungen, jede etwa eine halbe Seite lang, insgesamt sind es neununddreißig.«

»Haben Sie einen Ausdruck gemacht?«

»Ja. Ich werde nicht recht schlau aus ihnen, außer daß sie offenbar alle vom Ende der Welt handeln.« Sie holte ein Kuvert aus ihrer Tasche.

»Lassen Sie das hier«, sagte Lavelle. »Ich seh's mir an, wenn ich mehr Zeit habe.«

»Es tut mir leid, ich habe Ihre Zeit schon zu sehr in Anspruch genommen.«

»Kein Problem. Ich muß nur ein paar Lesungstexte für eine Messe zusammensuchen, die ich morgen nachmittag in der Mädchenschule halte. Die Messe wird für die Friedens- und Versöhnungskonferenz gelesen, die in einigen Wochen in Jerusalem stattfindet. Und dann muß ich mit Dempsey ins Mountjoy-Gefängnis.«

»Hoffentlich nicht für lange.« Sie lächelte schalkhaft.

»O nein«, protestierte er errötend. »Wir reden mit einem Gefangenen.«

»War nur Spaß. Ich mache mich dann mal auf den Weg. Hören Sie, vielleicht ist das Zeug von diesen Hütern ja nur ein Haufen sinnloses Gewäsch, aber ich möchte gern wissen, worauf sich Hazel da eingelassen hat – wären Sie bereit, Ihre früheren Kollegen in den Vereinigten Staaten zu fragen, ob sie diese Organisation kennen?«

»Ja, das könnte ich tun. Ich sage Ihnen Bescheid, wenn ihnen etwas dazu einfällt.«

Als sie gerade aufstehen wollte, fiel ihr Blick auf ein CD-Cover auf dem Wohnzimmertisch.

»Was für eine CD ist das?« fragte sie.

»In der vorletzten Nacht, der Nacht, in der ich Sarahs Leiche entdeckte, habe ich mir ein Stück darauf angehört, Allegris ›Miserere‹. Es erinnerte mich an meinen Besuch der Sixtinischen Kapelle in Rom. Es gab eine Zeit, da durfte das Stück nur dort aufgeführt werden. Ich mußte an das Fresko ›Das Jüngste Gericht‹ denken, und es hat mich beunruhigt, denn der Christus, den Michelangelo dort zeigt, ist ein Christus ... ohne Mitleid.«

Jane betrachtete aufmerksam sein Gesicht. Er blickte gedankenverloren ins Feuer.

»Es stellt Ihren Glauben sicher auf die Probe, wenn Sie sehen, wie einem unschuldigen Mädchen etwas so Schlimmes angetan wird«, sagte sie sanft.

Ein Ausdruck von Besorgnis huschte über sein Gesicht, als er sich wieder zu ihr umdrehte. »Wie? O ja ... das tut es.« Sie schien mitten in sein Herz gesehen zu haben.

Ein lautes Klopfen an der Wohnzimmertür ließ beide in die Höhe fahren.

»Herr Pfarrer ... Herr Pfarrer, sind Sie da?« kam eine heisere Stimme leise vom Flur.

»Ich komme gleich, Charlie«, rief Lavelle, »gehen Sie schon mal in die Küche und machen Sie sich eine Tasse Tee.«

»Puh, hat der mich erschreckt«, sagte Jane und stieß die Luft aus, die sie angehalten hatte.

»Ach, Charlie ist harmlos ... er hat letztes Jahr seine Frau verloren ... haben beide gern gebechert. Jetzt lebt er mit seinem Sohn Pete zusammen. Pete ist nicht ganz richtig im Kopf und kann sehr aggressiv werden. Er verprügelt seinen Vater oft, wenn der betrunken nach Hause kommt, deshalb versteckt sich Charlie manchmal hier und schläft seinen Rausch bei mir aus. Ich gebe ihm noch was zu essen, bevor er heimgeht.«

»›... denn was ihr dem geringsten meiner Brüder getan habt‹«, stimmte Jane an.

»Aha, immer ein Bibelzitat zur Hand, ihr Protestanten«, witzelte er.

»Ach was, ich weiß gar nicht, woher das kam«, sagte Jane, offenbar selbst überrascht von ihrer spontanen Bemerkung. »An diesem Tag muß ich wohl gut aufgepaßt haben in der Bibelstunde.« Sie lachte und stand auf, um zu gehen.

Er nahm ihren Duft wieder wahr. »Darf ich fragen, welches Parfum Sie benutzen?« Ich bin zu vorlaut, dachte er. Das ist zu intim.

»Sicher, es heißt Ysatis«, antwortete sie ohne Zögern. »Wieso fragen Sie?«

»Es ist nur, weil Sarahs Mörder Veilchenöl benutzt hat, um ... ein überwältigender Duft, ich bin ihn nicht mehr richtig losgeworden, bis ich vorhin Ihr Parfum bemerkt habe, und das hat zu meiner Freude diesen anderen Geruch ... wie soll ich sagen ... ausgetrieben.«

Er brachte sie an die Haustür. Draußen war es bereits dunkel. Jane drehte sich am Tor noch einmal um und lächelte ihm zu.

Lavelle ging direkt in sein Arbeitszimmer, wo er den Computer anschaltete und eine E-Mail an eine Adresse in Chicago schickte. Dann lehnte er sich in seinem Sessel zurück, verschränkte die Arme hinter dem Kopf und fragte sich, warum er Jane Wade so attraktiv fand. Und warum er in ihrer Gesellschaft so plump und befangen auftrat. Typischer Fall von Zölibat, dachte sie wahrscheinlich.

— 14 —

Jane parkte so nahe wie möglich am Haupteingang des Museum of Modern Art in Kilmainham, um den Schneeschauern zu entgehen, die der Wind nun im Gepäck hatte. Alle zum Museum gehörenden Gebäude waren hell erleuchtet, um den Rang dieser CD-Präsentation im irischen Musikkalender hervorzuheben. Becca de Lacys New-Age-Klanglandschaften hatten die Sängerin und Komponistin zu einem internationalen Star und zur Multimillionärin gemacht. Sie hatte seit fast fünf Jahren kein Album mehr veröffentlicht, und zusätzlich würde sie in Kürze auf eine Welttournee gehen. Gerüchte über einen künstlerischen Niedergang hatten ebenso die Runde gemacht wie düstere Spekulationen über den Lebensstil, den sie hinter den Mauern ihres Landsitzes in den Hügeln bei Dublin pflegte.

Nachdem Jane ihren Kunstpelzmantel und den Hut an der Garderobe abgegeben hatte, hängte sie sich die Tasche mit dem Recorder über die Schulter und betrat den hohen Festsaal. Das typische dumpfe Rauschen ununterscheidbaren Stimmengewirrs schlug ihr entgegen, gelegentlich durchsetzt von lautem Lachen. Überall standen Grüppchen von Journalisten, Rundfunk- und Fernsehberühmtheiten, führenden Vertretern der Musikindustrie und anderen Gästen herum, redeten, tranken und kauten an mundgerechten Happen. Janes Blick fiel auf riesige papierene Wandbehänge und freistehende Displays, auf denen farbenfrohe Mosaikkunst im Stile Gustav Klimts glitzerte und über einem großen Porträt von Becca de Lacys schönem Gesicht das Wort *Byzanz* – offenbar der Titel des Albums – in goldenen Buchstaben prangte. Der Name der Künstlerin lief senkrecht in roter Schrift an der Seite nach unten, das B war in einem keltischen Knoten mit dem ersten Buchstaben des Titels verschlungen.

Als sich Jane gerade ein Glas Rotwein von einem Tablett nahm, löste sich ein Mann in einer langen, schwarzen Jacke und Röhrenhose aus einer Gruppe, bei der er gestanden hatte, und stürzte auf sie zu. Mit seiner Hakennase und den abstehenden schwarzen Haaren erinnerte er sie an eine Saatkrähe beim Anflug auf ihren Körnertisch. Es war Raymond O'Loughlin, der Künstler. O nein, dachte sie, bitte nicht jetzt.

»Daß wir uns so bald wieder treffen«, sagte er und prostete ihr mit einem großen Glas Gin Tonic zu. »Der rustikale Look steht Ihnen.« Jane trug einen wadenlangen grünen Rock mit einem breiten dunkelbraunen Gürtel, weiche Lederstiefel im gleichen Farbton und eine weiße Bluse mit grünen und roten Stickereien. Sie hatte beschlossen, sich mehr herauszuputzen, als sie es sonst bei solchen Anlässen tat, weil sie sich dann selbstsicherer fühlte, wenn sie Becca de Lacy um ein Interview bat.

»Danke ... nettes Fest, nicht? Sind Sie ein Fan?«

»Von Becca? O nein, nicht die Spur. Ich kann diese New-Age-Kacke nicht ausstehen.«

Jane versuchte es anders.

»Was halten Sie von dem graphischen Design? Ich nehme an, es stammt vom Cover.«

»Auch bloß wieder so ein Schwelgen in der Vergangenheit, ohne sie zu verstehen. Denken Sie mal nach – Klimt lebte vor hundert Jahren, Byzanz erlebte seinen Höhepunkt vor mehr als tausend Jahren, verdammt. Zu ihrer Zeit waren das echte Menschen, echte Orte. Das hier ist alles Oberfläche, es hat keine Substanz. Die Leute fürchten sich vor der Gegenwart, sie haben Angst, sich der Realität zu stellen, und sie tun so, als wäre die Vergangenheit noch weniger real. Das ist wie bei Nekrophilen – eine Leiche reagiert nicht, wenn man sie fickt, sie gibt keine Rückmeldung, man kann sie sich als alles vorstellen, was man will. Und dann erfinden wir interaktive Computertechnik, die uns eine Vorstellung von der Wirklichkeit liefern soll – was zum Teufel soll das alles?«

Jane mußte weg von ihm, auch wenn manches, was er sagte, durchaus einen Sinn ergab. In diesem Moment gesellte sich Kara McVey zu ihnen. Im Gegensatz zu dem kantigen O'Loughlin hatte sie ein rundes, weiches Gesicht mit einer zierlichen Nase, Lippen wie Rosenknospen und großen, braunen Augen. Sie trug ein olivgrünes Kleid im Empirestil. Nachdem sie Jane begrüßt hatte, hakte sie sich bei O'Loughlin ein und begann ihn fortzuziehen.

»Ich hätte gern noch einen Drink, Darling, und dann mußt du unbedingt mit George Masterson reden – er will, daß wir anschließend noch mit ihm auf eine Party gehen.«

Sie entfernten sich und tauchten in der Menge unter. Jane hielt nach Becca de Lacy Ausschau. Sie hatte sich in den letzten Jahren so gut wie gar nicht in der Öffentlichkeit blicken lassen, allerdings war sie bei der einzigen Gelegenheit, bei der Jane sie getroffen hatte, zugänglich und freundlich gewesen. Ein Gelächter, das ihr bekannt vorkam, lenkte ihre Aufmerksamkeit auf eine Versammlung in der Nähe der Bar. Dort amüsierten sich ihre Kollegen von RTE. Sie nickte in ihre Richtung und setzte ihren Weg durch das Gedränge fort.

Plötzlich fragte sie sich, was wohl Charlie Plunkett, der Mann, dem sie im Haus von Liam Lavelle begegnet war, von all diesen gutbetuchten Leuten halten würde, die hier aßen und tranken, als gäbe es kein Morgen, und das alles gratis. Und wie, überlegte sie weiter, würde Lavelle selbst in diese Umgebung passen? Wahrscheinlich ganz gut. Obwohl sie seine Selbstsicherheit bei ihrem Treffen vorhin leicht erschüttert hatte, worüber sie sich klammheimlich freute. Hatte sie nun geflirtet, oder hatte sie es getan, weil er eine irgendwie herablassende Art in bezug auf Hazel an den Tag legte, gerade so als wäre sie einer nur zweitrangigen Sekte beigetreten?

Jane war in die Nähe eines Rednerpults geraten, neben dem eine Gruppe von Leuten stand – unter ihnen Becca de Lacy, groß und gertenschlank, in einem Seidensamtkleid, das um den Körper herum eng saß, aber in weiten, hängenden Ärmeln auslief. Es hatte ein Muster aus purpurnen und goldenen Rauten und Kreisen, deren Umrisse mit winzigen Perlen verziert waren, wie sie auch in Fransen von den Ärmeln und vom Saum hingen. Sie war wesentlich dünner, als Jane sie in Erinnerung hatte, die Sehnen am Hals waren deutlich erkennbar, und die Wangenknochen warfen dreieckige Schatten auf ihr Gesicht. Der Herrenschnitt des tintenschwarzen Haars und ein vamphaftes Make-up verstärkten den ausgemergelten Einruck noch.

Jane ging langsam auf sie zu, während gleichzeitig ein Mann aus der Gruppe an das Rednerpult trat und in ein Mikrophon zu sprechen begann. Es war George Masterson, der Geschäftsführer der Plattenfirma.

»Wer hätte vor zehn Jahren, als wir Becca de Lacys erstes Album veröffentlicht haben, ahnen können, daß sie zur erfolgreichsten weiblichen Musikerin aller Zeiten werden sollte? Man muß fairerweise einräumen, daß Frauen wie Enya oder Sinead O'Connor den Weg für irische Interpretinnen geebnet hatten, aber die Verkaufszahlen von Beccas vier Alben brachen alle bisherigen Rekorde, und sie hat einen eigenständigen Musikstil geschaffen, der oft kopiert, aber nie erreicht wurde. Wie es ein Kritiker ausdrückte, ›spannt sie die Geräusche der Natur vor den Wagen ihrer musikalischen Phantasie, vom Flügelschlag einer Motte bis zur windgepeitschten Küste, vom Seufzer eines Babys bis zum Brüllen des Donners‹. Mit ihrem jüngsten Album *Byzanz* betritt Becca Neuland, sowohl was die Musik als auch die Texte betrifft, aber ihre Fans werden dennoch den unverwechselbaren Sound und die einzigartige Stimme wiedererkennen, die sie so lieben. Und hier ist sie nun, Ladies and Gentlemen: Becca de Lacy!«

Während die Menge applaudierte, rückte Jane näher zum Rednerpult.

»Danke, George.« Becca sprach leise, es war fast ein Flüstern.

Jane bemerkte, daß sie leichte Schuhe trug, die aus demselben Material gefertigt waren wie ihr Kleid.

»Ich bin heute abend hier, um Ihnen zu zeigen, daß ich tatsächlich noch existiere – und nicht nur ein Geist bin, der ein Spukhaus bewohnt ...«

Höfliches Gelächter breitete sich aus.

»Dieses Album ist zum Teil eine Hommage an unseren größten Dichter, einen Schriftsteller, wie er nur alle Jubeljahre auftaucht – ich rede natürlich von William Butler Yeats. Die meisten von uns haben ein paar Gedichte von ihm in der Schule gelernt und es dabei belassen. Ich habe seine Gedanken und sein schriftstellerisches Wirken erst in letzter Zeit besser zu würdigen gelernt, und dafür schulde ich meinem Freund und Lehrer David Edwards Dank – danke, David.« Sie nickte in Richtung eines großen, dunkelhaarigen Mannes mit hagerem Gesicht, der neben George Masterson stand.

»Byzanz war für Yeats ein Symbol für Perfektion, ein Ort, an dem

Kunst, Denken und Leben in Einklang standen. Ich hoffe, mein Album reicht zumindest ein klein wenig an dieses Ideal heran ... Ich danke Ihnen.«

Die Versammlung brach in lang anhaltenden Applaus aus, und dann begann aus zahllosen Lautsprechern überall im Saal Musik zu pulsieren – zunächst hörte es sich an wie eine Zusammenballung von Chören und Klangeffekten, gefolgt von bombastischen Keyboardakkorden und Beccas jäh auf- und absteigendem Gesang, dessen Worte in dem hohen Raum und im Lärm der Gespräche nur schwer zu verstehen waren.

Jane war der Sängerin noch näher gerückt und ergriff nun die Gelegenheit für ihr Interview.

»Becca, ich bin Jane Wade von *Artspeak* – wir sind uns schon einmal begegnet. Hätten Sie Zeit für ein paar Worte?« Sie waren umringt von Beccas Gefolge, das es offenbar kaum erwarten konnte, daß Jane wieder ging.

»Ein bißchen laut hier für einen Mitschnitt, finden Sie nicht?« erwiderte Becca. »Gehen wir ein Stück.«

Seite an Seite mit Becca wurde Jane nun Teil eines geschützten Raumes, der sich durch die Menge bewegte. Sie gingen durch die Saaltüren zu einer Ecke in der Eingangshalle. Jane holte Recorder und Mikrophon heraus.

»Ich habe nur ein, zwei Minuten Zeit«, sagte Becca.

Jane drückte den Aufnahmeknopf und hielt das Mikrophon hoch.

»Was hat Sie dazu geführt, sich von Yeats inspirieren zu lassen?«

»Vor ein paar Jahren hat Joni Mitchell ein Lied geschrieben, das auf seinem Gedicht ›The Second Coming‹ basiert. Mir wurde klar, daß mir dieses und noch sehr viel mehr von seinem Schaffen unbekannt war. Außer ›Down by the Sally Gardens‹ und ›The Stolen Child‹ hatte ich nie etwas gehört, das vertont wurde. Dann gab es Ende der Neunziger ein Album, auf dem Leute wie die Cranberries oder Van Morrison seine Gedichte umsetzten. Ich fing an, ihn neu zu lesen, stellte aber fest, daß ich Hilfe brauchte, um zu verstehen, wo seine Ursprünge lagen. An diesem Punkt kam David ins Spiel ...«

Sie blickte sich nach ihrer Gruppe um, die während des Gesprächs mit Jane ein wenig zurückgeblieben war – er war nicht unter ihnen. »Wir haben uns letztes Jahr in New York kennengelernt. Janet Klein, die Künstlerin, die mein letztes Plattencover gestaltet hatte, hat uns vorgestellt. Er machte sich in den dortigen Kreisen gerade einen Namen als spiritueller Lehrer, der Yeats als einen Propheten des New Age ansah. Vermutlich war es der irische Aspekt, der meine Neugier weckte. David hat gewissermaßen die Tür aufgeschlossen ... aber hören Sie sich das Album an, es ist mehr als eine Vertonung von Yeats.«

Sie hatte erst ein, zwei weitere Fragen beantwortet, als sich George Masterson zwischen die beiden drängte.

»Tut mir leid, aber Becca fliegt noch heute nacht zum Albumstart in den Vereinigten Staaten nach L. A. – sehen Sie zu, daß Sie eine von den CDs ergattern ...« Mit diesen Worten führte er die Sängerin zu einer schwarzen Limousine, die vor dem Eingang parkte.

Jane entdeckte Jessica Smith am Empfangstisch und holte sich ihr Album ab. Spontan beschloß sie, nicht wieder in den Saal zu gehen, sondern sagte Jessica gute Nacht, ließ sich Hut und Mantel geben und verließ das Museum. Ihre Stiefel knirschten auf der dünnen Schneeschicht, die inzwischen gefallen war.

— 15 —

Pfarrer Lavelle fand es schon überraschend, daß Bonner überhaupt einem Treffen zugestimmt hatte, aber wie ihm Dempsey erläuterte, als sie durch das Tor des Mountjoy-Gefängnisses schritten, war es gerade die Aussicht auf die Begegnung mit dem Priester gewesen, die den Ausschlag dafür gegeben hatte. »Das verstehe, wer will«, sagte Lavelle, während sie an den Mauern und Türmchen des alten

Gefängnisflügels entlanggingen, die sich nun weiß vom Nachthimmel abhoben, weil der Schnee auf ihnen liegenblieb. »Ist er eigentlich vorbestraft?«

»Wayno hat mehr Gefängnisaufenthalte hinter sich als ich warme Mahlzeiten«, sagte Dempsey. »Bewaffneter Raub, unter anderem mit Spritzen und Messern, Heroin- und Kokainhandel, Überfälle, Einbrüche, Autodiebstähle, was Sie wollen. Einiges davon begangen, während er auf Kaution draußen war oder Freigang hatte. Jetzt strebt er eine vorzeitige Entlassung an, weil er drogenfrei ist, seine Irrtümer einsieht und so weiter.«

Sie trafen Bonner wie vereinbart im Besucherzimmer. Er saß ganz allein an einem langen Tisch, der in der Mitte von einem dreißig Zentimeter hohen Gitter geteilt wurde. Ein Gefängnisbeamter stand an der Eingangstür zum Zellentrakt. Bonner machte aus einer Bibel und einem zweiten Buch, das offen daneben lag, Notizen in einen Schulblock.

»Überlassen Sie die Befragung hauptsächlich mir«, knurrte Dempsey aus dem Mundwinkel.

Bonner blieb sitzen, als der Detective sich und den Priester vorstellte. Sein Schädel war kahl rasiert, er trug einen dünnen Schnurrbart, und seine blasse Haut war von Aknenarben übersät. Dempsey fragte ihn zunächst, wie er mit dem Zehnten Kreuzzug in Kontakt gekommen sei. Bonners rotgeränderte, hellblaue Augen blickten rasch von einem Mann zum anderen.

»Na ja, ich hab so einiges angestellt, nicht? Häuser ausgeraubt, Autos aufgebrochen, alles, damit ich meine Sucht finanzieren konnte. Eines Nachts bin ich in diesem Haus in Castleknock … keiner daheim, ein Kinderspiel, das Ganze, aber ich kann nicht alles mitnehmen, also schnapp ich mir den Videorecorder, und dann schau ich mich nach Schmuck oder Bargeld um. Auf einmal hör ich, wie die Haustür aufgeht, ich also nichts wie raus auf den Flur, mit einem Messer in der Hand. Da steht dieser Typ vor mir. ›Aus dem Weg, verdammt noch mal‹, ruf ich und zeig ihm das Messer, aber er rührt sich nicht, und dann weiß ich nur noch, daß ich auf dem

Boden liege und keinen Muskel mehr bewegen kann. Und ich schwöre, er hat mich nicht mal angerührt. Der Mann war James Turner, und in dieser Nacht begann mein neues Leben in Jesus. Gelobt sei der Herr!«

»Was hat Turner getan? Sie von den Drogen weggebracht ... Ihnen einen Job besorgt, oder was?« fragte Dempsey.

»Er hat mir erklärt, daß ich zu ihm geschickt wurde, damit ich gerettet werden kann. Und daß ein Kreuzzug gegen das Schwert des Islam im Gange ist, der nach der Weltherrschaft strebt ... daß der Kampf in jedem Land der Erde stattfindet und der Islam besiegt werden muß, damit Christus in Herrlichkeit wiederkehren kann. Wenn einer so daherredet, würde ich normalerweise sagen, das ist Scheiße, klar, aber seine Worte ließen mich alles ganz deutlich sehen, wie eine Vision oder eine ... Offenbarung. Ich hab seitdem keine Drogen mehr angerührt.«

»Erzählen Sie uns mehr von der Organisation hinter diesem Kreuzzug«, hakte Dempsey nach. »Wo treffen sie sich? Wie viele Leute sind daran beteiligt?«

»Jetzt mal langsam, Sherlock, ein netter kleiner Plausch war ausgemacht, oder? Sie glauben doch nicht im Ernst, daß ich meine Brüder in Christus verrate.«

»Aber haben die Sie nicht enteignet, als es ihnen gerade paßte?«

»Gehört zur Ausbildung, verstehen Sie? Schafft Ruhe in der Organisation. Hab ich kein Problem damit.«

»Wieviel sind Sie denn bereit, über die Organisation zu sagen?«

»Wovon wir hier reden, ist der zehnte und letzte Kreuzzug – die entscheidende Schlacht gegen den Islam. James Turner ist aus den Staaten gekommen, um die irische Gruppe aufzubauen – es handelt sich um eine internationale Bewegung, die vom Papst und von christlichen Gruppen auf der ganzen Welt unterstützt wird ... hab ich recht, Hochwürden?«

Lavelle hatte bereits beobachtet, daß Bonner ihm ständig Blicke zuwarf, während er auf Dempseys Fragen antwortete, als wollte er seine Reaktion abschätzen. Nun zog er ihn direkt ins Gespräch.

»Soviel ich weiß, versucht der Papst gerade eine Art Versöhnung mit dem Islam zustande zu bringen ... und mit dem Judentum ... in Israel findet in Kürze eine Friedens- und Versöhnungskonferenz statt, an der alle drei Glaubensgemeinschaften teilnehmen. Meiner Ansicht nach sind Sie deshalb auf dem Holzweg, Wayno.«

»Wußten Sie, daß Termin und Ergebnis ebendieser Konferenz, von der Sie da reden, schon vor vielen hundert Jahren vorhergesagt wurden?«

»Nein, das wußte ich nicht, Wayno, und ich finde es ganz erstaunlich.«

»Ich glaube, Sie verarschen mich, Herr Pfarrer ... Sie sollten toleranter sein, mehr Verständnis haben ... könnte sein, daß Sie zur Abwechslung mal was Nützliches lernen – und nennen Sie mich nicht ›Wayno‹, ich bin Ihnen noch nie im Leben begegnet.«

»Entschuldigung – ich wollte niemand beleidigen.«

Bonner starrte die beiden wütend an, er schnaufte heftig durch die Nase und schürzte aggressiv die Lippen. Dann blätterte er in seinem Schreibblock, fand die gesuchte Eintragung und las langsam, jedes Wort mit dem Zeigefinger nachfahrend:

*»Durch das Erscheinen einer falschen Heiligkeit wird die Versammlung an die Feinde verraten ... große Mengen falscher Lehren werden vorgeführt, und Rom wird von den Mohammedanern gekränkt w*erden ...

Genau das wird passieren, glauben Sie mir ... Hochwürden.« Er sprach den Titel des Priesters mit offenkundiger Verachtung aus.

Lavelle widerstand dem Drang, ihm zu antworten.

»Sie behaupten, es gibt hier bei uns eine Art geheime Bruderschaft unter den Moslems«, sagte Dempsey, der unbedingt verhindern wollte, daß die Unterhaltung aus dem Gleis lief.

»Nicht nur bei uns, Sherlock. Der Dschihad gegen das Christentum wird in jedem Land gepredigt. Wir leben in den letzten Tagen, verstehen Sie, und Satans Armee ist auf dem Vormarsch – der Islam ist die am schnellsten wachsende Religion der Erde, und es steht geschrieben: ›Der Antichrist wird kommen aus dem Stamme Ismael‹, womit die Araber gemeint sind, die unter den Einfluß des unheilvollen Propheten Mohammed gerieten, der im Jahr 666 zur Hölle gefahren ist. Sehen Sie sich an, wie die Schwarzen in den Staaten vom Islam beherrscht werden. Sehen Sie sich den Aufstieg von antichristlichen, anti-weißen Nationen und Rassen an. Europa ist umzingelt von islamischen Ländern, und dahinter warten die Chinesen mit einer Armee von zweihundert Millionen Soldaten darauf, in den alles entscheidenden Krieg einzugreifen ... was glauben Sie, warum die in den letzten zwanzig Jahren des Jahrhunderts nur noch männliche Kinder gezüchtet haben? Türken erobern deutsche Städte, Araber machen das gleiche in Frankreich, und England ist überlaufen von Asiaten und Moslems.

Unser Land hat die reinste Rasse der Welt. Was glauben Sie, warum so viele Leute von überall her bei uns wohnen? Weil sie wissen, was kommt und wo sie am sichersten sind. Es wurde prophezeit, daß Irland von der Großen Drangsal verschont bleibt, aber damit das passieren kann, müssen wir die Kräfte des Satans draußen halten. Ein Asteroid ist unterwegs zu uns, er ist das Werkzeug, mit dem der Herr die Entrückung der Gläubigen bewirkt, bei der sie zu Millionen in einem Augenblick in den Himmel auffahren werden. Anschließend wird der Botschafter aus dem All auf die Erde stürzen, und die Zeit der Drangsal, die Tage des Zorns, werden beginnen, wie uns die Offenbarung, Kapitel acht, verrät ...«

Er suchte eine weitere Stelle in seinem Block heraus und las:

»Da fiel ein großer Stern vom Himmel; er loderte wie eine Fakkel ... Ein Drittel des Wassers wurde bitter, und viele Menschen starben ... Da wurde ein Drittel der Sonne und ein Drittel des Mondes und ein Drittel der Sterne getroffen, so daß sie ein Drittel ihrer Leuchtkraft verloren und der Tag um ein Drittel dunkler wurde und ebenso die Nacht.«

Er sah von der Seite auf.

»Es wird keine Jahreszeiten mehr geben, nur noch Winter, und er wird sieben Jahre Elend und Tod bringen, in denen das verbliebene Volk des Herrn unter dem Joch des Antichrist und seiner Anhänger, den Schlächtern des Korans, leiden wird. Denn es steht geschrieben ...«

Er blätterte und fand ein weiteres Zitat:

»Seine Henker werden bei der Peinigung der Christen solche Wunder wirken, daß die Leute denken werden, der Antichrist sei der wahre Gott. Diese Schlächter werden den Christen nicht einmal erlauben, als Märtyrer zu sterben, denn sie werden ihre Qualen verlängern, bis sie ihren Glauben widerrufen und sich dem Willen Allahs unterwerfen ...«

Bonner sah die beiden an. »Und dann wird es einen weiteren Abfall vom Glauben geben, da viele, die übriggeblieben sind, sich täuschen lassen ... denn es heißt auch:

Ein Mohammedaner, das Geschöpf des Antichrist, wird vorgeben, konvertiert zu sein, und nachdem er Kardinal geworden ist, wird er den Papst töten und sich zum Gegenpapst ausrufen, und zwei Drittel der Christen werden ihm folgen.«

Bonner klappte seinen Schreibblock mit der Miene eines Menschen zu, der soeben eine unanfechtbare Wahrheit dargelegt hat. »Aus diesen Prophezeiungen ersieht man, daß die Moslems mit jedem verfügbaren Mittel versuchen werden, das Christentum auszurotten, und deshalb müssen wir sie nun zurückdrängen, damit wir später, wenn die ›Könige des Ostens‹, die Chinesen, in die Entscheidungsschlacht von Armageddon eintreten, noch genügend Streiter haben, uns ihnen zu widersetzen, bis das Zeichen des Menschensohns am Himmel erscheint – die Wiederkunft des Herrn –, der die Ungläubigen vernichten und seine tausendjährige Herrschaft des

Friedens und der Gerechtigkeit auf Erden errichten wird. Gelobt sei Christus!« Bonners Gesicht war gerötet.

Lavelle rutschte auf seinem Stuhl hin und her und hustete. Ihm kam es plötzlich so vor, als wäre die Luft vergiftet, als wären Galle und Schwefel Bonners verzerrtem Mund entströmt.

Dempsey wirkte völlig verdutzt, deshalb richtete Lavelle im sachlichsten Tonfall, zu dem er fähig war, eine Frage an Bonner: »Könnte man Ihnen nicht vorwerfen, daß Sie diese Schriftstellen aus dem Zusammenhang gerissen haben, daß Sie willkürlich Zitate auswählen und entstellen, bis sie Ihnen in den Kram passen?«

»Mal langsam, Hochwürden Siebengescheit – von wem haben wir denn diese Prophezeiungen über den Islam am Ende der Zeit?«

»Manches hört sich nach Hildegard von Bingen an.«

»Sie sind aber schwer auf Draht, Herr Pfarrer – in Ihrem Verein kennen heutzutage nur noch die wenigsten ihre Propheten, die nicht im Alten Testament stehen. Ganz recht, und Hildegard nennt uns auch folgende Anzeichen für das Zeitalter des Antichrist.« Er zitierte aus dem Gedächtnis:

»Er wird Religion zu einer bequemen Angelegenheit machen, für die keine Entsagung oder Disziplin nötig ist; Schmausen und Trinken im Übermaß ist gestattet, er wird freie Liebe predigen und Familien auseinanderreißen; er wird alles Heilige verhöhnen und die Kirche lächerlich machen, Bescheidenheit wird verdammt werden und Hochmut ermuntert. Er wird behaupten, daß Sünde und Laster gut sind, und den Weg zur Hölle zum Pfad in den Himmel erklären …

Als Priester müssen Sie zugeben, daß das eine exakte Beschreibung unserer Zeit ist, und das bedeutet, der Antichrist wandelt bereits auf Erden, oder glauben Sie nicht an ihn? Filtern Sie die härteren Brocken in der Bibel einfach heraus, weil Ihnen der Mumm für das fehlt, was die großen Propheten zu sagen hatten? Und dann werfen Sie mir vor, daß ich eine willkürliche Auswahl treffe?«

»Nein, ich glaube nicht an den Antichrist«, sagte Lavelle ruhig.

»Und deswegen sind nämlich Sie auf dem Holzweg, Hochwürden, nicht ich. ›Oh, ihr Kleingläubigen.‹«

Dempsey mischte sich ein. »Was hat das alles damit zu tun, daß Sie sich diesen einen unglücklichen Menschen, diesen Khaled Bourada, herausgepickt und ihn fast umgebracht haben?«

»Na, Sherlock, Sie haben auch noch einiges zu lernen. Er kam in den Neunzigern hierher und behauptete, er sei vor den Fundamentalisten in Algerien geflohen. Wir haben herausgefunden, daß er in Wirklichkeit ein Mitglied der Islamischen Heilsfront war und hier ihren Dschihad ins Leben rufen sollte. Das sind die Schweinehunde, die selbst ihre eigenen Männer, Frauen und Kinder abschlachten, wenn sie eine Revolution anzetteln wollen. Unsere Londoner Gruppe, die die Aktivitäten von islamischen Terroristen überwacht, hat uns über ihn aufgeklärt. Sie haben eine Gewalttat vorausgesagt, die zu verstehen geben sollte, daß der Heilige Krieg in Irland angekommen ist. Es war Zeit für einen Gegenschlag – um zu zeigen, daß wir ihnen auf die Schliche gekommen sind.«

»Aber warum sollten sie sich ein kleines Land wie Irland zum Ziel nehmen?« fragte Dempsey. »Wir hatten all die Jahre gute Beziehungen zu den arabischen Staaten.«

»Dafür gibt es jede Menge Gründe. Für die Islamische Heilsfront ist die Europäische Union die Rückkehr des Heiligen Römischen Reichs, ja? Und denken Sie dran, daß Irland einst das strahlende Licht des christlichen Glaubens war und Europa aus dem finsteren Mittelalter gerettet hat. Vergessen Sie das nicht, ja? Dann sind wir auch ein Land, in dem es keine Moslems gab, bevor sie in den Neunzigern scharenweise daherkamen – Bosnier, Araber, Pakistani, Schwarze. Wir waren also das letzte Land der Erde, das ihnen in die Hände gefallen ist. Außerdem haben wir eine wirtschaftliche Erfolgsgeschichte, auf die die EU stolz ist, und wir sind immer noch ein christliches Land, im großen und ganzen. Wenn sich der Antichrist also dranmacht, Europa zu unterwandern, dann sieht man sofort, wie wichtig Irland für seinen Plan ist.«

Dempsey seufzte, und Lavelle konnte nachfühlen, wie sehr ihm Bonners Wortschwall und seine rassistischen Hetztiraden auf die Nerven gingen. Aber Dempsey gelang es, sich zu beherrschen, und er fragte sachlich: »Sie haben versucht, Informationen aus Bourada herauszuholen. Was hat er Ihnen erzählt?«

»Natürlich hat er geleugnet, etwas über den Dschihad zu wissen, er wußte nichts von geplanten Bombenanschlägen und Flugzeugentführungen ... also habe ich eine andere Methode versucht ... Ich habe ihn gefragt, welche rituelle Handlung er sich ausdenken würde, wenn er Christen beleidigen wollte. Sein Englisch war nicht besonders, deshalb konnte ich ihm nicht so ganz folgen, aber jetzt ergibt alles einen Sinn.«

»Aber Sie haben den armen Mann gefoltert, er mußte sich etwas ausdenken, wahrscheinlich war es ein Haufen Quatsch, was ihm gerade in den Sinn kam«, hielt Dempsey dagegen.

»Glauben Sie, was Sie wollen, ich weiß jetzt, was sie vorhatten, weil es bereits passiert ist«, sagte Bonner selbstgefällig. Er ließ einige Augenblicke der Stille verstreichen, in denen er ihre wachsende Neugier und Frustration auskostete. »Ein Angriff auf die Christenheit, ja? Was würden Sie tun? Nun, diese islamischen Fundamentalisten verachten Frauen und besonders die jungfräuliche Mutter Jesu. Der Tod eines jungen Mädchens, einer Jungfrau, wäre also plausibel, und da sie die Taufe durch Wasser ablehnen, würden sie ein Blutritual wählen, an einem Ort, der den Christen heilig ist, und weil sie das heilige Kreuz hassen, würden sie ein eigenes Zeichen auf ihr hinterlassen – die Zahl des Tiers oder ein Zeichen des Bösen.«

Bonner wartete ab, was sie mit dem Trumpf anfangen würden, den er gerade gespielt hatte.

Lavelle sah Dempsey an. Das Gesicht des Polizisten zeigte nicht die Spur einer Reaktion. »Hat James Turner Ihnen den Angriff befohlen?« Er ließ nicht locker.

Bonner war enttäuscht. »Jeder von uns weiß selbst, was er zu tun hat – und mehr kriegen Sie nicht aus mir raus, Sherlock, klar?«

»Eines noch«, sagte Dempsey, »Sie haben Ihre Visitenkarte auf dem Opfer hinterlassen – wieso ein X?«

»Ein X? Dann wollen wir doch mal sehen, was unserem gelehrten Freund hier dazu einfällt.« Er schlug eine neue Seite in seinem Block auf, schrieb drei X untereinander und hielt sie den beiden entgegen. »Na, Hochwürden, irgendwelche Vorschläge?«

Lavelle überlegte kurz, bevor er antwortete: »X – eine andere Form des christlichen Symbols, abgeleitet vom Anfangsbuchstaben für Christus im Griechischen, die Form heißt auch *crux decussata* oder manchmal Andreaskreuz.«

Bonner machte einen Haken hinter das oberste X. »Weiter.«

»Von Kreuz kommen wir auf Kreuzzug ... und *decussis* war das römische Zahlzeichen für zehn – ein X. Für Ihre Bewegung bedeutet es also ... der zehnte christliche Kreuzzug?«

Bonner machte zwei weitere Haken, dann zog er von jedem X eine Linie, und dort, wo die drei Linien zusammenliefen, malte er eine wesentlich größere Version des Buchstaben. Er hielt die Seite wieder hoch.

»Eins mit Stern, Hochwürden. Mit diesem dreifachen Zeichen reinigen wir das Symbol von der Verfälschung, die es durch Science-fiction und Satanskult erfahren hat, und geben ihm seine wahre Bedeutung und seine vom Erlöser der Menschheit ausgehende Macht zurück. Und glauben Sie, es ist nur Zufall, daß der Asteroid, der auf uns zufliegt, mit X bezeichnet wurde, als man ihn 1997 entdeckt hat? Dieses X steht nicht für unbekannt, keineswegs. Es ist der ganz persönliche Poststempel des Herrn, der uns damit sagen will, daß er von ihm kommt. Gelobt sei Jesus Christus!«

Er klappte seinen Block zu, stand auf und sah mit einem triumphierenden Grinsen auf den Priester hinab.

»Sie kennen die Macht des Symbols ebenfalls. Ich wette, Sie haben das Kreuzzeichen gemacht, als Sie die Leiche in der Kirche fanden, hab ich recht? Denn Sie haben ohne Zweifel die Gegenwart des Leibhaftigen gespürt.«

Er drehte sich um, ohne die beiden Männer noch eines Blickes zu würdigen, und machte dem Gefängnisbeamten ein Zeichen, daß er hinausgeführt werden wollte.

In Dempseys Wagen versuchten die beiden, klug aus all dem zu werden, was sie gerade gehört hatten.

»Er ist ein Bekloppter«, sagte Lavelle, »ein Spinner, den man mit einer äußerst gefährlichen Form von rassistischem Chiliasmus gefüttert hat. Ein Haufen paranoides Zeug über das heutige Geschehen auf der Welt, vermischt mit Dingen, die vor tausend Jahren die Runde machten, als der Islam als Ketzerei und physische Bedrohung für das Christentum angesehen wurde.«

»Ich dachte, wir hätten dieses ganze Millenniumszeug hinter uns, seit die Welt zur Jahrtausendwende nicht in Stücke geflogen ist.«

»So einfach ist das leider nicht. Das Kalenderdatum ist für diese Leute nur ein Fingerzeig. Manche Millenaristen sind schon vor hundertfünfzig Jahren in den Staaten in Aufregung geraten. Das war der Beginn der Adventisten vom Siebenten Tag. Und der Asteroid, von dem Bonner geredet hat, ist erst in fünfundzwanzig Jahren fällig.«

»Aber er wird nicht ...«

»Nein, er trifft nicht auf die Erde. Aber es wird ziemlich knapp. Und wer weiß, was noch alles draußen im Weltraum lauert? Mehr als fünfhundert Jahre vor Christus hat die zoroastrische Religion in Persien behauptet, das Ende der Welt würde durch einen Kometen herbeigeführt werden. Wir mußten nicht erst auf die moderne Astronomie warten, um auf solche Gedanken zu kommen. Deshalb wird es immer Leute geben, die Armageddon vorhersagen, solange wir diesen Planeten bevölkern, darauf können Sie wetten.« Lavelle kam zu Bewußtsein, was er soeben gesagt hatte. »Und das bedeutet auch, daß irgendwer am Ende zwangsläufig recht behält«, scherzte er.

Das war Dempsey zu hoch. »Ich verstehe. Was ist mit der Beschreibung des Ritualmordes – hat es bei Ihnen geklingelt, als uns Bonner damit konfrontiert hat?«

»Er muß von dem Mord an Sarah Glennon gelesen oder gehört haben, und dann hat er es mit Aussagen vermischt, die er aus diesem Bourada herausgepreßt hat. Daß Moslems Maria verachten würden, ist zum Beispiel Unsinn. Weil sie nämlich glauben, daß sie tatsächlich die Mutter Jesu ist, nur ist das ihrer Überzeugung nach durch Allahs Wille geschehen, nicht durch direkte Einmischung unseres Herrn.«

»Und das Zeichen auf Sarahs Leichnam?«

»Denken Sie darüber nach. Bonner hinterläßt sein Markenzeichen auf den Leuten, die er angreift. Was wird er dann wohl auftischen, wenn er sich ein neuerliches gewalttätiges Szenario vorstellen muß?«

»Hmm ...« Dempsey überlegte einige Augenblicke. »Und warum glauben Sie, war er so aggressiv gegen Sie?«

»Er wollte mich nur irgendwie drankriegen, aus Gründen, die nur er kennt. Manche von diesen Bibelbewegungen sind sehr antiklerikal eingestellt ... wahrscheinlich hat er davon was aufgeschnappt.«

Dempsey schien sich mit Lavelles Erklärung zufriedenzugeben.

»Aber was ist mit dem Dschihad, von dem er gefaselt hat? Haben Sie sich den Hintergrund seines Opfers einmal angesehen?« wollte der Priester wissen.

»Ja. Professor Khaled Bourada ... der arme Kerl war eigentlich Universitätsdozent und Koranexperte. Anscheinend hielten ihn die Fundamentalisten in Algerien ebenfalls für gefährlich – für gefährlich liberal. Sonst ist nichts über ihn bekannt. Er ist kurz nach seiner Entlassung aus dem Krankenhaus wieder nach Algerien gezogen.«

»Vermutlich fühlte er sich dort sicherer«, sagte Lavelle mit einem bitteren Lachen. »Und wie geht es nun weiter?«

»Wir werden unverzüglich diesem James Turner einen Besuch abstatten.« Er sah auf die Uhr. »Oder jedenfalls gleich morgen.«

»Wozu und warum *wir*?«

»Um diesem Kauderwelsch auf den Grund zu gehen. Wenn der Zehnte Kreuzzug ein ureigenes Interesse daran hat, anti-islamische

Gefühle zu entfachen, dann könnte Sarahs Tod genau das gewesen sein, was sie gebraucht haben, falls Sie mir folgen können.«

»Und warum *wir*?«

»Weil es hilfreich ist, zu wissen, daß jemand nicht von einem australischen Bier phantasiert, wenn er dreimal ein X aufs Papier malt. Oder wenn einer mit Zitaten wie von dieser Hildegard anfängt – wer war das übrigens?«

»Die heilige Hildegard – Mystikerin, Musikerin und apokalyptische Seherin, ist vor fast neunhundert Jahren gestorben. Das ist alles, was Sie im Augenblick von ihr wissen müssen.«

— *16* —

Während Lavelle durch leichte Schneegestöber nach Kilbride zurückfuhr, dachte er über den Mischmasch an Prophezeiungen vom Ende der Welt nach, die sie im Gefängnis gehört hatten. Das, was man korrekt als »Apokalyptische Eschatologie« bezeichnete, hatte seine Aufmerksamkeit in den vergangenen Jahren mehr beansprucht, als ihm lieb war. Seit den Anfangszeiten seiner Beschäftigung mit ausgefallenen Sekten bei Cultwatch hatte er erlebt, wie die Leute immer empfänglicher für das Endzeitfieber wurden, je näher das Jahr 2000 rückte, und nun, da das dritte Jahrtausend tatsächlich angebrochen war, wurde es immer schlimmer. Was ihn faszinierte, war, daß es nicht ältere Traditionskatholiken waren, die den Weltuntergangsspekulationen auf den Leim gingen, sondern die Akte-X-Generation, die mehr über die Offenbarung des Johannes wußte als ihre Eltern, und sei es auch aus Fernsehserien. Diese Generation schien sich förmlich danach zu sehnen, daß ein schreckliches Ereignis zu ihren Lebzeiten stattfand – eine unkontrollierbare Seuche, die Kollision mit einem Asteroiden, ein Angriff von Außerirdischen. Irgendeine globale Katastrophe, die den blinden Glauben der Welt an Konsum und Wirtschaftswachstum erschüttern würde. Als Beichtvater, als Berater für Teenager und Eltern mußte er bei diesem Thema auf dem laufenden sein, und in letzter Zeit hatte es die Gefahren des Drogenkonsums als das Diskussionsthema Nummer eins in den Schulen abgelöst.

Von allen Mystikern und Propheten, die seit biblischen Zeiten in apokalyptischen Vorhersagen geschwelgt hatten, war Hildegard von Bingen als Person vielleicht die ungewöhnlichste. Bekannt als die »Sibylle vom Rhein«, hatte sie schon als Kind Visionen gehabt, aber erst als über vierzigjährige Nonne begann sie diese aufzuschreiben. Sie schrieb außerdem über Wissenschaft und Medizin, erfand nur so zum Spaß ihre eigene Sprache und war Künstlerin und Musikerin, auch wenn es bis Ende des 20. Jahrhunderts dauerte, bis ihre geistliche Musik allgemein bekannt wurde. Wie viele christliche Denker des Mittelalters arbeitete sie die Ausbreitung des Islam in ihre Mutmaßungen über die Wiederkunft Christi ein, aber noch größere Sorge bereitete ihr der sittliche Verfall des Klerus in ihrer Zeit. Vielleicht rührte Bonners Feindseligkeit ihm gegenüber teilweise daher.

Eine Sache hatte er Dempsey allerdings lieber nicht anvertraut: Eine Besonderheit von Hildegards Endzeitprophezeiungen lag in einer manchmal düsteren sexuellen Metaphorik. Die menschliche Rasse und die Kirche waren für sie weibliche Prinzipien, symbolisiert durch Eva und die Jungfrau Maria. Der zügellose Klerus ihrer Zeit war der Vorbote des männlichen Antichrist, und sie stellte das Verhalten der Geistlichen als sexuelle Gewalt gegen die Kirche, die Jungfrau, dar. In einer ihrer Visionen beschrieb sie, wie der Antichrist aus dem Leib der Kirche auftauchte, nachdem er ihr Inneres mit zahllosen bösartigen Eisenzähnen geschändet hatte!

Wenn er Dempsey davon erzählte, würde er dessen Verdacht bestärken, daß der Zehnte Kreuzzug mit dem Mord zu tun hatte. Und genau das sollte er nach dem Willen einer äußerst gerissenen Person glauben.

Und doch war Lavelle beunruhigt, denn bei dem Mord an Sarah Glennon gab es tatsächlich eine schwache Verbindung zum Todfeind des Kreuzzugs, zum Islam. Taaffes Idee von der rituellen Schlachtung von Tieren hatte die Polizei nun dazu gebracht, in einer Richtung zu suchen, die er selbst bereits erforscht hatte – Bluttabus und Reinigungsriten bei semitischen Religionen. Die Quelle dazu war das dritte Buch der Bibel, bekannt als Levitikus. Dort erhielt Moses die Grundregeln für Tieropfer sowie das Verbot, das Blut von Tieren zu verzehren. Dort waren auch rituelle Reinigungen einschließlich des Vergießens von Blut beschrieben. Und außerdem fanden sich eine Reihe von speziellen Tabus rund um das Blut von Frauen, mit denen sich Lavelle besonders eingehend beschäftigt hatte.

Laut Levitikus war eine Frau, die ein Kind geboren hatte, sieben Tage lang unrein und mußte weitere dreiunddreißig Tage warten, bis ihr Blut gereinigt werden konnte. Deshalb war die Mutter Christi zu Lichtmeß in den Tempel gegangen – der Tag, an dem Sarahs Leiche in die Kirche gelegt wurde. Zusätzlich wurde das Menstruationsblut von Frauen für eine derart verseuchte Substanz gehalten, daß in religiösem Sinn alles unrein war, was mit ihm oder mit einer Frau, die ihre Periode hatte, in Berührung kam. Das vollständige Ausbluten eines weiblichen Körpers ließ sich deshalb als radikale oder vielleicht auch präventive Reinigung auffassen.

So weit war Lavelle gewesen, bevor er von Taaffes Theorie hörte, die ihm äußerst unwahrscheinlich vorkam. Trotzdem hatte er sich damit beschäftigt. Das Schächten, die bei Moslems gesetzlich vorgeschriebene Art des Tötens von Tieren, erforderte eine Methode namens *dhabh* – das Wort bedeutete, wie Lavelle nicht entgangen war, Reinigung. Und das Ziel bestand darin, mittels Durchtrennen von Halsschlagader sowie Luft- und Speiseröhre einen massiven Blutverlust herbeizuführen – von denen, die das Schächten praktizierten, wurde es mit dem Argument verteidigt, daß es zu einem sofortigen Verlust des Bewußtseins führte. Doch bei dem Mord an Sarah war diese für den Ritus so charakteristische Tötungsmethode nicht angewandt worden. Alles in allem glaubte Lavelle, den Vergleich zu Recht zurückgewiesen zu haben.

Was ihm wirklich Sorge bereitete, war die sexuelle Verstümmelung. Er wußte, daß Frauen in vielen Teilen der Welt noch an den Genitalien verstümmelt wurden, und zwar hauptsächlich in Ländern, in denen der Islam die vorherrschende Religion war.

Deshalb war er beunruhigt.

— 17 —

Meistens erfüllte Lilienduft den Raum, und wenn keine Lilien da waren, roch der Raum, der einst eine Kapelle gewesen war, dennoch nach Kirche.

Glenncullen House war ein georgianischer Herrensitz in den Bergen vor Dublin, den Lord Charles Fitzmaurice im 19. Jahrhundert einem Nonnenorden vermacht hatte. Der Adlige war unter dem Einfluß von Kardinal Newman zum katholischen Glauben konvertiert, und da er keine Erben hatte, überließ er die Liegenschaft den Barmherzigen Schwestern als Exerzitienhaus. Umgeben von Wald und mit Blick über Dublin, bot es nun Becca de Lacy sowohl Abgeschiedenheit als auch Nähe zur Stadt. Und die Kapelle, die sie zu ihrem Schlafzimmer umgebaut hatte, war der Mittelpunkt von Beccas Welt.

Ein dreiteiliges Fenster mit einer Glasmalerei des irischen Künstlers Harry Clarke über ihrem Bett illustrierte Verse aus dem Gedicht »La Belle Dame Sans Merci« von Keats, in dem ein Ritter in den Bann einer Frau aus dem Jenseits gerät. Das Mittelglas wurde von der aufwendig gekleideten Zauberfee aus dem Gedicht dominiert, mit ihren wallenden, rötlich-goldenen Haaren, den fiebrigen Augen und den bleichen Gesichtszügen. Eines der Seitenfenster zeigte den Ritter, wie er über das verwüstete Land streift, das andere die Geisterkönige und -prinzen seines Traums, die ihn vor der Macht der schönen Frau warnen. Lilien und Rosen umrahmten jede Szene. Das antike Fenster war in London versteigert worden, und Becca ließ es anstelle des viktorianischen Bibeltriptychons einsetzen, das ursprünglich seine düsteren Schatten in die aufgegebene Kapelle im Nordflügel des Hauses geworfen hatte. Nun zauberte die Sonne tagsüber glitzernde Sprenkel von Clarkes leuchtendbuntem Glas auf Decke, Wände und Fußboden; nachts konnte Becca langsam kreisende Scheinwerfer an den Außenmauern einschalten, um einen ähnlichen Effekt zu erzielen.

Die gegenüberliegende Wand war kahl und weiß bis auf eine Skizze, die der französische Maler Gustave Moreau für sein Gemälde der vor Herodes tanzenden Salome angefertigt hatte. David hatte sie zu dem Kauf überredet, da er meinte, die Skizze sei ein guter Ausgleich zu dem Belle-Dame-Fenster mit seinen geisterhaften Kriegern im Banne der Elfenschönheit; Johannes der Täufer sei ein Mensch aus Fleisch und Blut gewesen, ein Asket, der weiblicher Sinnlichkeit widerstanden und so dem Fleisch seinen Sieg über den Geist verweigert habe. Salome hatte Lilien in der Hand. Gelegentlich fiel ein rubinroter Strahl aus dem Fenster auf die Zeichnung und ließ sie noch mehr wie das Gemälde aussehen, dem sie vorausging.

An den anderen Wänden hatte Becca die mit Schnitzereien verzierte Holzverkleidung der alten Kapelle belassen. Es gab Lampen von Tiffany und den Gebrüdern Daum und Vasen von Gallé, in denen immer Lilien standen.

Aus den angrenzenden Räumen war unter anderem ein in Marmor und Eiche gehaltenes Badezimmer geworden, in dem Becca ihre kostspieligen Öle und Parfums aufbewahrte, und ein Aufnahmestudio und Büro mit allem, was sie zum Kontakt mit der Außenwelt brauchte. Im Südflügel, auf der anderen Seite des Treppenabsatzes, hatte sie ein Wohnzimmer mit getönten Panoramafenstern eingerichtet, von dem sie einen Blick über das Grundstück und die Stadt dahinter hatte, ohne daß sie selbst gesehen werden konnte. Hier oben servierte ihr Molly, die Köchin und Haushälterin, ihre Mahlzeiten, aber sie aß wenig, und sie ging, außer zu Besuchen im Studio oder bei ihrer Plattenfirma, selten aus dem Haus – höchstens an einem frostigen Herbstmorgen oder an einem Sommerabend, nachdem es geregnet hatte.

In diesen Räumen verbrachte sie den größten Teil ihrer Zeit, sie komponierte, lauschte Aufnahmen von Naturgeräuschen – Wind, Meer, Vogelgesang, Wale, Wasserfälle –, und in letzter Zeit las und diskutierte sie Texte, die ihr David vorgeschlagen hatte.

Am Abend vor der CD-Präsentation in Dublin hatte eine ihrer Unterhaltungen zu einer unerfreulichen Auseinandersetzung geführt, die sie nun, als sie auf der Fahrt zum Flughafen in Ruhe darüber nachdenken konnte, zutiefst beunruhigte. David hatte ihr bei der Vorbereitung ihrer Rede geholfen, und sie sprachen gerade über Yeats. Er wollte, daß sie ein bestimmtes Gedicht zitierte, aber sie war dagegen.

»Du mußt, es ist die großartigste seiner prophetischen Äußerungen«, beharrte er. Er benutzte bisweilen gern den Begriff »Äußerung«, denn er sah in Yeats ebensosehr den Propheten wie den Dichter.

»Aber warum?« fragte sie noch einmal. »›Der Jüngste Tag‹ ist gar nicht auf dem Album. Es ist ohne Belang.« Sie mochte das Gedicht in letzter Zeit überhaupt nicht mehr, weil es in einer beunruhigenden Bildersprache den Zustand der Welt beschrieb, wenn die christliche Ära von einer neuen Epoche der Gewalt abgelöst werden würde. Das war nicht Beccas Vorstellung vom New Age, von einer neuen Zeit.

»Ohne Belang? Ohne *Belang?*« Er war wütend. »Es handelt davon, wozu wir da sind – und du wirst deinen Teil beisteuern!«

Mit diesen Worten stürmte er hinaus.

Sie fragte sich, was er gemeint hatte – sie würde ihren Teil beisteuern? Wollte er sie dazu zwingen, das Gedicht in ihre Rede aufzunehmen? Oder meinte er etwas anderes? Ein wenig beklommen versuchte sie, sich die letzten Zeilen von »Der Jüngste Tag« in Erinnerung zu rufen.

»Verzeihen Sie, Miss de Lacy?«

Ihr Chauffeur sah sie mit seitwärts geneigtem Kopf im Rückspiegel an. »Wir nähern uns dem Flughafen. Soll ich den Vertreter von Aer Lingus anrufen, damit er Sie abholt und zur VIP-Lounge bringt?«

»Ja, das wäre nett, danke.«

Woran hatte sie gerade gedacht? Ach ja – die unerfreuliche Geschichte mit »Der Jüngste Tag«. Später hatte sie David angerufen und versucht, die Wogen wieder zu glätten. Er sagte, sie solle das Gedicht vergessen.

»Was geschehen ist, ist geschehen«, sagte er, offenbar wieder milder gestimmt wegen ihrer Entscheidung. Doch dann fügte er mit Nachdruck hinzu: »Und was zu tun ist, wird getan werden, ist es nicht so?«

»Ich ...« Wozu verlangte er nun ihr Einverständnis?

»Du wirst das Versprechen einlösen, das du mir gegeben hast?«

Jetzt wußte sie Bescheid. »Ja«, antwortete sie furchtsam. Das beruhigte ihn noch weiter. Und dann hatte sie die Übung vorgeschlagen, die ihnen größere Nähe und Harmonie zu bringen schien, hauptsächlich wegen des spirituellen Hochs, das er daraus bezog. Ihr Interesse daran war mehr fleischlicher Natur.

Er war einverstanden, endgültig besänftigt nun. Und genau an diesem Punkt ging wieder alles schief. Grauenhaft schief. Sie verbannte alle Gedanken daran aus ihrem Kopf und dachte an die Reise, die vor ihr lag.

— 18 —

Am nächsten Morgen nahmen Lavelle und Dempsey an Sarah Glennons Begräbnis teil. Auf den Hügeln war noch Schnee zu sehen, ein beißender Wind blies über den Friedhof. Auf dem Rückweg vom Grab überraschte ein plötzlicher Regenguß die Trauernden, und die beiden Männer suchten unter einem Baum Schutz. Lavelle bemerkte, wie tapfer sich Sarahs Eltern und Angehörige hielten, wenn man ihren Schmerz und ihre absolute Bestürzung über das bedenke, was ihrer Tochter zugestoßen sei.

»Gott stehe ihnen bei«, sagte Dempsey. »Ich weiß nicht, wie es mir ginge, wenn es meine Grainne gewesen wäre. In gewisser Weise ist es wahrscheinlich leichter zu ertragen, wenn man weiß, daß der Mörder und das Opfer in irgendeiner Beziehung standen. Aber so ... aus heiterem Himmel. Irgendein Verrückter fällt dein Kind an ... und du darfst dir gar nicht ausmalen, welche Qualen und Todesangst sie durchgemacht hat ... das ist zuviel.« Er schaute, ob der Regen schon nachließ.

Eine schwere Wolke ließ einen weiteren Guß befürchten, aber dann war der Schauer so schnell vorüber, wie er gekommen war. Die Sonne schien hinter der Wolke hervor und tauchte die Ränder in ein gleißendes Licht. In den Bäumen begannen Amseln zu flattern und sich zu zanken, und die beiden Männer gingen weiter.

Ihre Autos hatten sie neben einem Pub auf der anderen Straßenseite abgestellt. Während sie darauf warteten, den glitzernden Asphalt überqueren zu können, holte Dempsey sein Telefon aus der Tasche und wählte.

»Irgendwelche Neuigkeiten wegen Turner, Jack?«

Lavelle schlenderte zu seinem Wagen mit dem Nummernschild von 1999, während Dempsey ein Stück zurückblieb. Der Hit von Prince kam ihm in den Sinn. Komisch, wie weit in der Zukunft 1999 zu liegen schien, als die Platte herauskam. Jetzt war es Vergangenheit. Er hörte den Detective im Hintergrund murmeln.

»Scheiße ... wann? ... Ja, ja ... Mhm. Okay.«

Dempsey steckte sein Telefon weg und holte Lavelle ein.

»Turner ist in London ... er ist gestern abgereist und bleibt mindestens einen Monat weg, weil er an einer Reihe von Konferenzen und Kundgebungen in Großbritannien teilnimmt – soweit die schlechte Nachricht. Die gute Nachricht ist, daß wir drei von diesen Gewandnadeln aufgespürt haben. Sie wurden vor etwa einem Jahr zu einem Mann namens Mathers nach Sligo geschickt. Der Laden, der sie verkauft, hat seitdem keine mehr vorrätig. Die Schmuckstücke sind von Hand gefertigt, und die Künstlerin, die sie herstellt, war in letzter Zeit im Ausland. Das könnte also eine vielversprechende Spur sein. Das einzige Problem ist, daß die Adresse von diesem Mathers wie eine Nachsendeadresse aussieht, die Polizei von Sligo kümmert sich darum. So oder so werde ich hinfahren müssen, wahrscheinlich nach dem Wochenende, falls sich inzwischen nichts Neues ergibt.« Er sah auf die Uhr. »Es ist gerade halb eins vorbei, wie wär's mit einem Sandwich?« Er deutete mit dem Daumen zum Pub.

»Gut, ich komme mit. Ich muß zwar noch eine Messe im Mädchencollege von Kilbride lesen, aber erst um drei.«

Sie bestellten am Tresen Suppe und Sandwiches und setzten sich in eine Ecke der Kneipe. Dempsey zündete sich eine Zigarette an, während sie auf ihr Essen warteten.

Lavelle nutzte die Gelegenheit zu einem privaten Gespräch mit dem Polizisten. »Wie viele Kinder haben Sie?« fragte er.

»Zwei Söhne, Phelim und Cormac, und dann noch Grainne, unsere Jüngste, sie ist neunzehn.«

»Und was treiben sie alle?«

»Gehen alle aufs College, übers ganze Land verteilt. Susan und ich haben das Haus jetzt wieder für uns allein, jedenfalls während der Woche. Am Wochenende hat man das Gefühl, als würde die halbe Studentenschaft Irlands bei uns wohnen, sie bleiben die ganze Nacht auf, schlafen den ganzen Tag und fressen uns die Haare vom Kopf. Wir genießen es trotzdem, vielleicht weil wir wissen, daß sie Sonntagabend alle wieder verschwinden.«

Ein Barkeeper kam mit ihrer Bestellung. Dempsey drückte seine Zigarette aus. »Bedauern Sie es, keine eigene Familie zu haben?«

»Manchmal«, sagte Lavelle, »wobei das den meisten Männern nicht unbedingt als erstes in den Sinn kommt, wenn sie sich zu einer Frau hingezogen fühlen, das ist bei mir nicht anders. Was Kinder angeht, habe ich genügend Neffen und Nichten, die mich auf Trab halten, und vielleicht wird es Priestern ja schon in naher Zukunft möglich sein, zu heiraten – falls bis dahin noch welche von uns übrig sind, denn wenn uns nicht der Mangel an innerer Berufung aussterben läßt, dann sind es die Pluralisten, die uns in etwa mit Medizinmännern gleichsetzen.«

Sie aßen einige Minuten schweigend, dann sprach Dempsey aus, was ihm durch den Kopf ging.

»Ich denke, wir wurden beide im Laufe der Jahre von gesellschaftlichen Veränderungen berührt, guten wie schlechten. Für mich war die negative Seite die allgemein zunehmende ... Grobheit im Verhalten gegenüber anderen, in der harmlosesten Form ist es Rüpelhaftigkeit, in der schlimmsten ein Mangel an Achtung vor dem Leben oder vor dem, was wir früher als die ›Unantastbarkeit‹ des Lebens bezeichnet haben.«

»Da haben Sie wohl recht. Aber jemand, der uns zuhörte, würde vielleicht sagen, daß man von einem Priester und einem Polizisten nichts anderes erwarten kann. Die müssen ja von Berufs wegen über einen Verfall der Sitten jammern.«

»Nur daß wir auf unserem Gebiet tatsächlich Spezialisten sind, in meinem Fall sind es Verbrechen, in Ihrem christliche Werte. Unser Blickwinkel beruht auf Erfahrung.«

»Womit stützen Sie also Ihre Behauptung – Statistiken, Studien und dergleichen?«

»Lassen wir den wissenschaftlichen Kram beiseite. Aus Zahlen können Sie immer dies oder jenes herauslesen. Ich rede nur über meine persönliche Sicht der Dinge. Ich habe erlebt, wie in den letzten zwanzig Jahren Grenzen überschritten wurden. Ich glaube, die Gewalt im Norden hat viele davon niedergerissen. Zum Beispiel dieser Zwischenfall in Belfast in den Achtzigern, als ein paar getarnte britische Soldaten mit ihrem Wagen versehentlich in ein IRA-Begräbnis gerieten und von der wütenden Menge angegriffen wurden. Erinnern Sie sich an das Foto, auf dem einer von ihnen tot und fast nackt auf der Erde liegt? In einem Moment bist du noch in deinem Auto, um dich herum ein kreischender Pöbel, Fernsehkameras nur ein paar Meter entfernt ... fünf Minuten später liegst du zusammengeschlagen und ohne Kleider da, dein Henker setzt dir eine Waffe an den Kopf, und die ganze Welt kann dich in diesem bemitleidenswerten Zustand sehen ... das hat gezeigt, wie rachsüchtig und bösartig wir sein können.«

Das Bild hatte sich auch in Lavelles Gedächtnis eingebrannt. Er sah den toten Soldaten auf dem Rücken liegen, die Arme ausgestreckt wie Christus am Kreuz. Und jemand beugte sich auf dem Foto über ihn. »Wissen Sie noch, da war auch ein Priester auf dem Foto«, erinnerte er Dempsey. »Alex Reid, der dem armen Mann die Sterbesakramente gespendet hat.«

»Was natürlich gut gemeint war«, sagte Dempsey, »aber von manchen dazu benutzt wurde, den Vorwurf der blanken Barbarei abzuschwächen – ›Seht her, im Grunde sind wir ganz anständig.‹ Zufällig spielt bei dem anderen Beispiel, an das ich oft denke, ebenfalls ein Priester eine Rolle. Das war, als Mitte der neunziger Jahre Brendan O'Donnell diese Künstlerin, ihren kleinen Sohn und den örtlichen Kurat in den Wäldern von Galway erschoß ... vorsätzlich, einen nach dem anderen und jede Sekunde auskostend.«

Der Fall hatte die Nation schockiert und unter Lavelles Zeitgenossen eine große Debatte darüber ausgelöst, ob O'Donnell das personifizierte Böse oder das verdorbene Produkt einer lieblosen Erziehung sei. »Er war doch wohl verrückt, oder? Er wußte gar nicht, was er tat.«

»Nein, er war nicht verrückt«, beharrte Dempsey. »Er war wirr, gestört ... aber er wußte genau, was er tat, er kannte seine Opfer, und er empfand keine Reue, weil er sie getötet hatte. Bis zu einem gewissen Maß war er das häßliche Entlein des flotten neuen Irland, das damals auftauchte – egoistischer, zu beschäftigt, um sich um andere zu sorgen. Der entscheidende Punkt ist aber, daß er auf einen Streich sämtliche Tabus gebrochen hatte – die Mutter, das Kind und den heiligen Mann. Das war für mich das Ende einer bestimmten Art von Irland – das Land, in dem ich aufgewachsen war, gab es nicht mehr.«

»Und es war auch denkwürdig, daß die Frau, Imelda Riney, eine Vertreterin der New-Age-Gemeinschaft war, die in diesem Teil Irlands lebte, während Joe Welsh, der Priester, die katholische Tradition repräsentierte«, sagte Lavelle.

»O'Donnell selbst behauptete ja, daß Pfarrer Welsh, kurz bevor er ihn umlegte, noch sagte: ›Erschieß dich nicht, Brendan.‹ Er wußte, der Typ war so durchgeknallt, daß er sich womöglich selbst umbrachte. Bewundernswert, wenn man bedenkt, daß der arme Mann in irgendeinem abgelegenen Waldstück kniete und kurz vor seiner Hinrichtung stand.«

»Ja. Ich weiß nicht, ob ich das fertigbringen würde«, sagte Lavelle. »Aber was ist mit dem Mord an Sarah Glennon, wie paßt der in Ihr Schema?«

»Ich glaube, das ist wieder ein Schritt weiter – das Opfer ist nur ein Werkzeug, mit dem der Mörder seine Botschaft ausdrückt, ihre Identität ist völlig gleichgültig, jede beliebige Frau hätte den Zweck erfüllt, und damit ist auch jede Frau in Gefahr, falls er – oder sie – beschließt, erneut zu töten.«

»Hmm ...« Lavelle suchte nach den richtigen Worten, um den Sachverhalt auf seine Weise zusammenzufassen. »Dann war Sarahs Tod kein Zweck an sich, sondern ein Mittel zum Zweck, und während O'Donnells Opfer für sich genommen Symbole waren, diktiert uns Sarahs Mörder die Bedeutung ihres Todes?«

»Ja, so könnte man sagen. Und er hat uns entweder Hinweise gegeben, die bei richtiger Deutung zu ihm führen, oder er will uns verwirren und in eine falsche Richtung schicken. So oder so ist dieser Mordfall schwer zu lösen, falls er nicht mit uns kommuniziert und dies oder jenes verrät. Und sollte dazu ein weiterer Mord gehören, dann hätten wir es mit einem Serienmörder zu tun, und das wäre Neuland für mich. Deshalb möchte ich, daß Sie mir etwas Schriftliches an die Hand geben, sobald Sie dazu kommen.«

»Etwas Schriftliches? Sie meinen eine Art Bericht ... Theorien ... was genau?«

»Einfach Ihre Gedanken zu dem, was Sie als ›Reinigungsritual‹ bezeichnet haben. Führen Sie das näher aus, was Sie bereits gesagt haben. Warum ist dieses oder jenes Element enthalten? Was könnte im Kopf des Täters vorgegangen sein? Lassen Sie nichts aus, man weiß nie, was von Belang ist.«

Der Barkeeper kam und fragte, ob sie Tee oder Kaffee wünschten. Lavelle bestellte ihn schwarz, Dempsey bat um Milch. Als der Mann wieder hinter der Theke verschwunden war, sagte Dempsey, er habe noch eine Frage an Lavelle.

»Nachdem ich gesehen habe, wie gut Sie Bonners Kreuzworträtsel gelöst haben – ha, merken Sie's: *Kreuz*wort!« Dempseys eher kummervolles Wesen ließ selten eine flapsige Bemerkung zu, und wenn es geschah, dann wirkte es ziemlich schwerfällig. »Also, hier nun meine Frage an Ihr Allgemeinwissen: Haben Sie je von Lapislazuli gehört? Es ist kein Tip für die Pferderennbahn, so viel kann ich verraten.«

»Na ja, ich weiß, daß *lapis* das lateinische Wort für ›Stein‹ ist. Bekomme ich einen halben Punkt?«

»Nicht schlecht. So heißt der blaue Edelstein, der in den oberen Teil der Keltennadel eingelegt ist. ›Lazuli‹ ist das gleiche wie ›azur‹, wie ich mir sagen ließ, beide abgeleitet von – na? – einem arabischen Wort. Man lernt eben nie aus.« Er stand auf. »Entschuldigen Sie mich, ich muß mal auf den Pott.«

Dempsey machte sich auf den Weg zur Toilette.

Arabisch. Noch ein Pfeil, der in die Richtung zeigte, die Lavelle nicht einschlagen wollte. Sein Instinkt führte ihn woanders hin. Er holte einen Kugelschreiber aus seiner Jacke und begann auf eine Papierserviette zu kritzeln:

[Weihnachten – 40 Tage – Brigitta/Lichtmeß/Reinigung/Tod/Blutopfer] [Aschermittwoch – 40 Tage – Ostern/Osterkerze/Reinigung/Tod/Blutopfer] ???

Beim Händewaschen in der Toilette las Dempsey geistesabwesend die Etiketten auf den Automaten für Zahnpasta und Kondome:

Gefühlsintensiver durch Noppen ...

Statt des Warmluftstroms benutzte er ein Papierhandtuch zum Händetrocknen, und gerade als er das Papierknäuel in den Abfallbehälter werfen wollte, fiel sein Blick wieder auf die Kondomwerbung:

... durch Noppen ... Noppen ...

War das möglich? Ein Kondom, versehen mit Noppen, die aber nicht aus Gummi waren, sondern aus etwas ... das eine Frau innerlich in Fetzen riß, während sie vergewaltigt wurde?

»Ich hatte eine wahrlich grauenhafte Idee, womit Sarahs Mörder sie vergewaltigt haben könnte«, sagte Dempsey, als er mit Lavelle das Pub verließ.

»Und ich habe ein paar Übereinstimmungen herausgefunden, die mit der zeitlichen Planung ihres Todes zu tun haben.« Er gab dem Polizeibeamten die Serviette. »Sollte es zu einem zweiten Mord kommen, dann weiß ich wahrscheinlich, wann er geschehen wird.«

19

Nachdem Lavelle im Mädchencollege die Messe gelesen hatte, packte er gerade sein Meßgewand im Lehrerzimmer zusammen, als es an der Tür klopfte.

»Herein«, sagte er, und eine Schülerin, die er kannte, trat zögerlich ein.

»Hallo, Emily«, begrüßte er sie fröhlich.

»Guten Tag, Herr Pfarrer«, antwortete Emily nervös. Emily hatte eine Zahnspange, eine Brille und einen hohen IQ.

»Was kann ich für dich tun?« fragte er und faltete seine Soutane in eine schmale Reisetasche.

»Diese Konferenz, für die wir heute die Messe gehalten haben – ist es unrecht, ihr *kein* Glück zu wünschen?«

»Na ja, es ging wohl mehr darum, Gottes Segen dafür zu erbitten, würde ich sagen. Damit Gutes aus ihr entsteht. Du bist demnach nicht damit einverstanden?«

»Mein Dad sagt, daß die Religionen an allem Ärger in der Welt schuld sind, und wir wären besser dran, wenn man alle Leute, die an der Friedenskonferenz teilnehmen, mit einem Schiff aufs Meer fahren und versenken würde.«

»Und denkst du, er hat recht?«

»Ich weiß jedenfalls, daß viele Menschen in Religionskriegen getötet wurden. Und daß die spanischen Katholiken alle Kulturen Südamerikas ausgerottet haben.«

Lavelle seufzte und setzte sich auf einen Stuhl mitten im Zimmer. »Da hast du wohl recht, aber glaubst du, diese Leute haben getan, was ihre Religion in Wahrheit von ihnen verlangt hat?«

»Dad sagt, von der Bibel gibt es so viele verschiedene Interpretationen, daß allein das beweist, daß alles nur Quatsch ist.«

»Setz dich, Emily.« Emily nahm in einem Stuhl gleich hinter der Tür Platz. »Du hast doch einen Hund zu Hause. Wenn ich mich recht erinnere, hast du einmal erzählt, er sei ein Streuner gewesen.«

»Ja, Jabba. Wir haben ihn aus dem Tierheim.«

»Kennst du die Geschichte von dem Mann, der in einen See gefallen ist und in letzter Sekunde von einem streunenden Hund vor dem Ertrinken gerettet wurde?«

»Nein.«

»Gut. Also, in der Geschichte faßt der Mann als Folge seines Erlebnisses eine große Zuneigung zu herrenlosen Tieren. Nun ist er ein Kaufmann, ein bißchen wie dein Vater, und er hat zwei Töchter – anders als bei deiner Familie, denn da gibt es nur dich, richtig?«

»Stimmt.«

»Aber für die Geschichte brauchen wir zwei. Jedenfalls unternimmt der Kaufmann häufig lange Reisen, und kurz nach seiner Rettung aus dem See muß er wieder zu einer aufbrechen. Aber bevor er abreist, bittet er seine Töchter, je ein Heim für herrenlose Tiere zu gründen, jede in einer anderen Stadt. ›Wenn ich zurückkomme‹, sagt er, ›schaue ich mir an, was ihr zustande gebracht habt, und danach entscheide ich, welche von euch beiden es verdient hat, meinen Reichtum zu erben.‹ Er fährt also los, und als er ein Jahr später zurückkommt, macht er einen Überraschungsbesuch bei einer der Töchter. Sie hatte ein hübsches Heim gebaut, in dem die Tiere offensichtlich gut versorgt waren. Aber der Vater sieht auch, daß nur wenige Tiere in dem Heim sind. Darauf fährt er in die andere Stadt, und was, denkst du, findet er vor?«

»Ich weiß nicht.«

»Das Heim der anderen Tochter ist bis unters Dach voller Tiere – Hunde und Katzen, sogar Schafe, Kühe und Schweine. Aber sie sehen alle nicht sonderlich glücklich aus, sie machen eher einen elenden und vernachlässigten Eindruck. Der Vater sagt nichts, aber als er durch die Stadt geht, kommt er zu einer Versammlung auf einem Platz. Die Stadtleute und die Bauern aus der Umgebung sind zusammengekommen, und sie sind alle sehr aufgebracht, weil jemand ihre Tiere gestohlen hat. Der Vater weiß sofort, was geschehen ist. Seine Tochter hat Haustiere und Vieh gestohlen und sie gewaltsam in ihr Heim geschafft, wozu sie natürlich kein Recht hatte. Aber war der Vater im Unrecht, als er seine Töchter aufforderte, Tierheime zu gründen?«

»Nein.«

»Wie hättest du ausgelegt, was von dir verlangt war?«

»So wie die erste Tochter, glaube ich.«

»Das denke ich auch. Aber ich wette, du kennst Mädchen, die es anders machen würden, vor allem, wenn sie meinen, sie erben dann das Vermögen ihres Dads.«

»Ich glaube schon.«

»Und so geht eben manchmal alles daneben. Aber die Idee war trotzdem gut, und manche Leute verstehen sie auch richtig. Wir sollten also die ursprüngliche Botschaft nicht verdammen. Klingt das vernünftig für dich?«

»Ja.«

Lavelle kam plötzlich zu Bewußtsein, daß er sich nach der Schule mit einem Teenager im gleichen Raum aufhielt. Er schob seinen Stuhl zurück und bereitete sich zum Gehen vor. Draußen wurde es bereits dunkel. »Wie kommst du nach Hause, Emily?«

»Ich hab mein Fahrrad dabei.«

»Ich hoffe nur, du hast ein Licht dran, die Straße zu dir ist gefährlich. Bis dann, Emily.«

Sie war schon halb aus der Tür, als sie sich noch einmal umdrehte. »Manchmal fällt es mir einfach schwer, zu glauben.«

»Ja, mir auch«, sagte er und langte nach dem Lichtschalter neben der Tür.

»Ehrlich?« Sie freute sich.

»Natürlich. Das geht allen so, auch Priestern.«

»Dann finden Sie also auch, daß alles manchmal so kompliziert ist?« Emily war inzwischen auf dem Flur.

»So ist es.« Er folgte ihr nach draußen und schloß die Tür hinter sich.

»Und haben Sie manchmal Angst, daß das Böse über das Gute siegen wird?« sprudelte sie heraus.

»Ja, manchmal. Aber in solchen Zeiten denke ich immer an ein altes irisches Sprichwort: ›Alle Dunkelheit der Welt kann eine kleine Kerze nicht am Scheinen hindern.‹«

Emily dachte einen Moment darüber nach, dann lächelte sie ihn breit an. »Hey, das gefällt mir, das ist cool. Bis bald, Herr Pfarrer. Wiedersehen.«

»Auf Wiedersehen, Emily.«

Auf dem Parkplatz des Colleges setzte er sich in seinen Wagen und sah den Umschlag, den Jane ihm gegeben hatte, auf dem Beifahrersitz liegen. Er hatte gehofft, ihn beim Mittagessen durchlesen zu können, aber dann hatte er die Zeit im Gespräch mit Dempsey verbracht. Nach der Begegnung mit Bonner war er nicht in der Stimmung für weitere Prophezeiungen. Aber wenn es Jane Wade helfen konnte ...?

Er schaltete das Leselicht ein und holte das geheftete Dokument aus dem Kuvert. Die Prophezeiungen waren numeriert und erstreckten sich über rund zwanzig Seiten. Es gab keinen Hinweis auf ihre Herkunft, sie wirkten, als wären sie einem umfangreicheren Text entnommen worden. Es schien sich um die Schilderung einer Reise zu handeln, auf der dem Erzähler verschiedene Personen begegnen, mit denen er die zukünftige Geschichte der Welt und die Zeichen für das Ende diskutiert. Nachdem Lavelle die Seiten überflogen hatte, wußte er eines mit Bestimmtheit: Er hatte dieses Material noch nie gesehen. Und was ihm als ungewöhnlich auffiel, war, daß es sich bei dem Erzähler zwar eindeutig um einen Christen handelte, daß jedoch Vertreter anderer Religionen um ihre Ansicht gefragt wurden.

Wie bei prophetischen Schriften üblich, wimmelte es vor unklaren Andeutungen, obwohl ...

Er holte einen Kugelschreiber aus dem Handschuhfach und strich einen Abschnitt von Prophezeiung 36 an:

Und an jenem Ort befand sich ein Jude, ein Arzt in Diensten eines christlichen Adligen ... und er sagte: »Wenn mehr Kinder Israels in einer Generation zugrunde gehen, als bisher auf der Welt gelebt haben, und wenn ihre Leichen als Rache für die Kreuzigung von Christen zu Asche verbrannt werden ... dann werden ihre überlebenden Söhne und Töchter den Anfang vom Ende sehen, bevor auch sie zugrunde gehen ...«

Das klang wie eine Vorhersage des Holocaust, gefolgt vom Ende der Welt bis ... 2020?

Er blätterte zurück zu Prophezeiung 3 und strich ein weiteres Zitat an:

Und ich traf einen christlichen Priester aus Ägypten ... Er sagte: »Ich sehe die christlichen Könige im Krieg miteinander und Ost und West entzweit ... die Söhne Ismaels am Tor des Kaisers, und die Christen färben die Straßen Jerusalems rot vor Blut ...«

Das konnte eine Beschreibung der großen Kirchenspaltung sein, der Belagerung Konstantinopels und des Gemetzels der Kreuzritter unter Juden und Moslems. Oder gleichermaßen ein Ereignis in der Zukunft. Falls die Prophezeiungen chronologisch geordnet waren, dann mußten sie, da sie die Zeit der Kreuzzüge umfaßten, im frühen Mittelalter geschrieben worden sein. Aber natürlich war er damit schon in die Falle getappt, sie als Vorhersage zu lesen, obwohl sie wahrscheinlich im nachhinein geschrieben wurden. Das Ganze konnte letzten Monat verfaßt worden sein – wie sollte er das wissen? Aus reiner Neugier schlug er die letzten drei Einträge auf.

Prophezeiung 37: Und beim Durchqueren der Wüste traf ich einen der Magier, die an Ahura Masda als den einzig wahren Gott glauben und das heilige Feuer in seinen Tempeln hüten. Ich sagte: »Seit dreimal tausend Jahren sind eure Gathas auf den Lippen von Herrschern ... sag mir, wie werde ich das Ende der Zeiten erkennen?« Und er sagte: »Unsere Zeit rinnt schon jetzt aus dem Stundenglas ... aber wenn wir nur mehr eine Handvoll auf Erden sind und die Feuer beinahe gelöscht sind, dann werden Ungläubige ein Feuer entfachen, das mit der Hitze von einer Million Sonnen brennt. Weil sie den Geist des Feuers nicht ehren und ein großes Unrecht begangen haben ... werden die drei Erlöser der Welt hervorkommen und ihre Städte bis auf die Grundmauern niederbrennen mit dieser abscheulichen Erfindung ... dann wird ein neuer Stern am Himmel erscheinen ... er wird nicht als ein Zeichen kommen, sondern auf die Erde stürzen, und alles Leben darauf wird vernichtet werden ...«

Die Magier wurden als die Priester Zarathustras angesehen. »Gathas« waren ihre religiösen Gesänge, und die Ankunft der drei Erlöser gehörte zum Endzeitglauben dieser alten Religion. Als das Auftauchen von Atomwaffen interpretiert, ließ sich die Prophezeiung Mitte bis Ende des 20. Jahrhunderts ansiedeln. Und wie es der Zufall wollte, existierte nur noch ein kleiner Rest von Anhängern Zarathustras auf der Welt.

Prophezeiung 38: Und in einer Stadt traf ich einen gebildeten Mann, einen Gefolgsmann Mohammeds, der mir von einer Zeit erzählte, da Christen schlecht vom Propheten sprechen und behaupten würden, er sei zur Hölle verdammt, um dort auf ewig von einem Schwert entzweigehauen zu werden ... er aber sagte: »Die Christen werden in Stücke gerissen werden wie Tiere, die sich von ihrer eigenen Art ernähren ...« Dies und andere unvorstellbare Geschehnisse sah er vorher ... und solcherart war ihm zufolge das Zeichen für das Ende der Menschheit: »Du wirst wissen, daß der Tag des Jüngsten Gerichts nicht mehr fern ist, wenn das Eis auf dem Dach der Welt zu schmelzen beginnt und die Meere das Land überfluten ...«

Lavelle erinnerte sich, daß Dante in seiner *Göttlichen Komödie*, im *Inferno*, Mohammed im neunten Kreis der Hölle angesiedelt hatte, weil man ihn für einen christlichen Schismatiker hielt. Diese Prophezeiung klang, als sollte der Gründer des Islam gerächt werden, indem der Westen durch die Ausbeutung des arabischen Öls die Welt in ein Treibhaus verwandelte. Sie bezog sich vermutlich auf das späte 20. Jahrhundert.

Bevor er Prophezeiung 39 ansah, überlegte er, ob es nicht eigentlich vierzig Vorhersagen sein sollten. Wenn ja, dann mußte die vorletzte auf der Website logischerweise in der Gegenwart angesiedelt sein und die quälende Möglichkeit offenlassen, daß die vierzigste etwas über die nahe Zukunft verriet. Vielleicht war das die Masche, mit der die Sekte operierte. Leute anlocken, indem man ihnen Wissen über die Zukunft in Aussicht stellte. Clever. Und reiner Schwindel.

Aber die neununddreißigste Prophezeiung verblüffte ihn.

In einer Stadt traf ich einen Mann, der Heiligenbilder fertigte ... um mit ihm ins Gespräch zu kommen, fragte ich: »Welche sind die gebührenden Formen der Kunst?« Und er sagte: »Drei sind zu beachten, keine Götzenbilder ist die erste, zweitens, wenn du mußt, dann stelle den Geist nachdenklich dar, und drittens und letztens, zeige die Leiden des Erlösers, der Heiligen und Märtyrer.« »Und welches Zeichen wirst du mir gewähren, damit ich weiß, wann die Welt zu Ende geht?« Und er entgegnete: »Wenn die heiligen Buchstaben Seines Namens nicht mehr in Ehren gehalten werden, dann wird einer kommen, der sie vor aller Welt zum Gespött macht. Er wird Wunder wirken, um die Ungläubigen von seiner Macht zu überzeugen. Und sie werden sagen: Ja, groß ist er, daß er selbst das Kreuz Christi auf den Kopf stellt und als sein Spielzeug im Kreise dreht, gewiß ist er unbesiegbar. Ich aber sage, wehe jenen, die solcherart sich täuschen lassen, denn das wird der Anfang vom Ende sein, und er, den sie für seinen Wagemut verehren, wird sich mit Feuer gegen sie wenden, um ihnen die Augen auszubrennen, und mit Schwefel, um ihr Fleisch wie Kerzentalg zu schmelzen, denn er wurde geschickt, um die Spreu vom Weizen zu trennen und den Weg zu ebnen für die Wiederkunft des Herrn ...«

Das schien auf eine Zeit zurückzugehen, als die Ostkirche von der Auseinandersetzung um den Bildersturm ergriffen wurde. In gewissem Maße vom Islam beeinflußt, breitete sich damals eine Bewegung aus, die jede Verwendung von Menschenbildern in der religiösen Kunst ablehnte. Welchen zeitgenössischen Bezug das haben sollte, war Lavelle schleierhaft, es sei denn, dachte er schmunzelnd, es war als Seitenhieb gegen nichtreligiöse Leute gedacht, die X-mas-Karten verschicken, ohne daran zu denken, daß das X, das Chi, für Christus stand. Wie überrascht sie wären, wenn all diese Vergeltung über sie hereinbräche!

Er steckte die Papiere wieder in das Kuvert und warf es auf den Rücksitz. Eines war den Auszügen, die er gelesen hatte, zumindest gemeinsam: äußerste Gewalttätigkeit. Er war froh, daß ihm Emily beim Lesen nicht über die Schulter geschaut hatte.

Um fünf Uhr traf Lavelle zu Hause ein. Als er in die Auffahrt einbog, bemerkte er, daß die Vorhänge in seinem Arbeitszimmer zugezogen waren. Er wollte gerade den Schlüssel ins Türschloß stecken, als Charlie Plunkett von innen öffnete.

»Ah, da sind Sie ja, Herr Pfarrer. Man hat Sie schon gesucht.«

»Wie sind Sie hereingekommen, Charlie? Und wer sucht nach mir?« Er ging in die Küche und stellte den Teekessel auf den Herd, während Charlie einen Zettel vom Tisch nahm.

»Ich bin zur Hintertür hereingekommen, und zwar gerade zur rechten Zeit, weil das Telefon geläutet hat, und ich habe die Nachricht entgegengenommen.« Er hielt den Zettel unter die Küchenlampe. »Eine Miss Jane Wade. Sie ruft später noch mal an.«

»Danke, Charlie. Wer noch?«

»Mrs. Melia war hier. Ich hab ihr gesagt, daß Sie fast den ganzen Tag weg sind.« Lavelle lächelte. Charlie kannte sich aus. Mrs. Melia war eine Wichtigtuerin, die unter den fadenscheinigsten Vorwänden vorbeikam, weil sie hoffte, diese oder jene Klatschgeschichte aufzuschnappen, die sie in ihrer Damenrunde weitererzählen konnte. »Und eine Frau wartet auf Sie. Ich habe sie ins Arbeitszimmer gesetzt. Ich glaube, sie heißt Sherry. Mrs. Sherry.«

Er erinnerte sich an die Verabredung. Eine Mutter, die den Verdacht hatte, daß ihr Mann die Töchter mißbrauchte. Das würde hart werden.

»Hatten Sie selbst etwas auf dem Herzen, als Sie gekommen sind, Charlie?«

»Es war nur wegen Pete. Er ist mir betrunken durch das ganze Dorf nachgelaufen und hat mich bedroht. Er war wütend, weil ihn die Polizei wegen neulich in der Kirche verhört hat. Seitdem hängt er pausenlos an der Flasche. Ich bin hier, um ihm aus dem Weg zu gehen.«

»Dann war das also Pete. Er hat nämlich dieser Miss Wade, mit der Sie heute gesprochen haben, einen Heidenschrecken eingejagt. Was hat er in der Kirche gemacht?«

»Keine Ahnung. Er benimmt sich schon die ganze Zeit komisch, seit Sie das Mädchen gefunden haben.«

»Okay, Charlie, gehen Sie ins Wohnzimmer und schalten Sie die Glotze an. Wenn Sie es schaffen, können Sie auch den Kamin einheizen.«

Charlie hatte im Arbeitszimmer die Vorhänge zugezogen, um Mrs. Sherry ein wenig Ungestörtheit zu sichern. Als Lavelle eintrat, saß sie mit dem Rücken zu ihm in einem Lehnstuhl.

»Tut mir leid, daß ich Sie warten ließ«, sagte er freundlich und nahm an seinem Schreibtisch Platz.

»Schon gut, Herr Pfarrer.«

Sie war eine gutaussehende Frau Ende Dreißig, aber nun war ihr Gesicht fleckig und geschwollen vom Weinen.

Der Computer war an, und Lavelle wollte ihn abschalten, weil der Bildschirmschoner eine störende Folge bunter Muster auf den Monitor zeichnete, die sich endlos auflösten und neu zusammensetzten. Er berührte eine Taste und sah, daß die E-Mail-Funktion noch an war. Ein ungeöffneter gelber Briefumschlag lag auf dem Grund der Eingangsbox, und daneben stand das Wort »Hüter«. Es würde warten müssen.

Eine Stunde später brachte er Mrs. Sherry zur Tür, und als er ins Arbeitszimmer zurückging, kam Charlie mit einer Kanne Kaffee und einem Teller Keksen aus der Küche.

»Hier, Herr Pfarrer, Kaffee, damit Sie wach bleiben.« Charlie stellte das Tablett auf den Schreibtisch und sah neugierig zu, wie der Priester seinen PC startete und mit der Maus die E-Mail öffnete.

»Danke, Charlie. Ich muß erst noch diesen Brief aus den Staaten lesen, aber dann unterhalten wir uns.«

»Nein, nein, schon in Ordnung. Mir geht's prima. Ich wollte sowieso gerade gehen.« Er ging und verließ das Haus, wie er gekommen war, durch die Küche. Lavelle begann zu lesen.

VON: BRAD GUTERSON, CULTWATCH, CHICAGO

Hallo, Liam,

es hat eine Weile gedauert, bis ich die Hüter des Siebten Siegels gefunden habe, weil

a) mehrere Vereine mit ähnlichen Namen hier existieren

b) dieser spezielle sich anscheinend aufgelöst hat.

Aber rate mal, wer einer der führenden Köpfe in der Organisation war? Dein alter Freund Michael Roberts ... erinnerst du dich an den Zwischenfall mit Opus Dei? Mike hat sich danach anderen Dingen zugewandt, zum Beispiel den Penitentes in New Mexico. Wir kennen einige seiner Schritte aus dieser Zeit, weil wir nach dem Zwischenfall auf dem Campus ein paar mögliche Opfer in Umlauf setzten und einige Treffer landeten. Die Hüter waren ursprünglich eine Wüstenkommune in New Mexico und nannten sich die »Adventisten vom Siebenten Siegel«; denen hat sich Roberts angeschlossen. Im März 2000 reisten sie nach Israel, wurden unter dem Verdacht, es handle sich um eine Selbstmordsekte, ausgewiesen und bei ihrer Rückkehr vom FBI verhört. Infolge von Streitigkeiten trennte sich Roberts von ihnen und gründete einen extremeren Flügel. Unter dem neuen Namen Hüter des Siebten Siegels zogen sie an die Ostküste, in den Norden des Staates New York, angeblich gibt es in der Nähe keltische (jawohl: keltische!) Dolmen und Menhire. Diesen Teil der Geschichte haben wir von einem ehemaligen Mitglied namens Jerry Rawlings, der sich in N.Y. an Cultwatch wandte und letztes Jahr dort an unserem Aussteigerprogramm teilnahm. (Versuche im Moment den Mann ausfindig zu machen. Wir ermitteln anhand von Aufzeichnungen, die sein damaliger Berater gemacht hat.) Laut Rawlings führten die Hüter ein Leben voll harter Askese, vermischt mit apokalyptischen Überzeugungen. Roberts war offenbar versessen auf »missionarische« Tätigkeiten, die ihn und andere für bestimmte Zeiträume von der Gemeinde wegführten. Während einer solchen Abwesenheit vor etwa achtzehn Monaten begannen andere Mitglieder zu murren, und als die Missionare wiederkamen, hatten sie eine Rebellion am Hals. Roberts löste die Gemeinde auf, und sie zerstreuten sich.

Seitdem gibt es keine Spur von Roberts, und leider tauchte bei unseren Nachforschungen bisher auch keine Hazel Wade auf.

Du fehlst uns,
Brad

Lavelle starrte einige Minuten lang auf den Schirm. Das Schrillen des Telefons erschreckte ihn, so daß er es halb vom Schreibtisch stieß und Mühe hatte, es richtig zu fassen zu bekommen. Er hörte die blecherne Stimme aus dem Hörer.

»Hallo? Sind Sie das ... Liam? Hier ist Jane, ich wollte nur fragen ...?«

»Jane! Tut mir leid, ich war gerade ganz woanders. Ich habe Antwort aus Chicago erhalten, wegen der Hüter des Siebten Siegels ... Sie haben mich doch gebeten, nachzufragen.«

»Und, wie sieht es aus?«

»Leider keine Nachricht von Hazel. Aber dafür etwas anderes, eine Verbindung, an die ich nie im Leben gedacht hätte ... es wird eine Weile dauern, bis ich das erklärt habe.«

»Ich habe Sie wegen einer völlig anderen Sache angerufen ... ich möchte, daß Sie sich etwas anhören, und wollte vorschlagen, Sie schauen heute abend bei mir vorbei. Es gibt auch was zu essen ... falls Sie Zeit haben?«

»Ich habe bis acht Uhr hier Dienst – danach könnte ich kommen.«

»Schön. Mögen Sie Hühnchen?«

»Ja – und ich bringe Wein mit, wenn Sie einverstanden sind ... auf diese Neuigkeit brauche ich einen Drink. Sie müssen mir nur noch erklären, wie ich Sie in Ryevale finde.«

— 20 —

An jenem Sommerabend waren sie zu dritt, alles Priesterstudenten, mit dem Bus vom Clonliffe Seminar nach Howth Head auf der Nordseite der Dublin Bay gefahren. Dort gab es nahe dem Leuchtturm von Bailey eine kleine, abgelegene Bucht, in der sie gern schwammen.

Nachdem sie einige Minuten im Wasser gewesen waren, tauchte etwa zwanzig Meter entfernt eine Robbe auf und sah sie neugierig an.

»Kleb ihr einen Bart an, und sie sieht aus wie du, Liam Lavelle«, sagte Ger Moloney, der sich auf einen Felsen unter der Wasseroberfläche gestellt hatte, um die Robbe besser sehen zu können.

»Ich habe hoffentlich mehr Haare auf dem Kopf ... weil wir gerade dabei sind – hat dir schon mal jemand gesagt, daß du wie eine ertränkte Ratte aussiehst?« sagte Liam und schubste seinen Kollegen ins Wasser.

Als sie nach dem Schwimmen einen steilen Pfad aus der Bucht hinaufstiegen, fing Jeff Clark, ein Gaststudent aus Boston, von neuem mit den Tiervergleichen an.

»Habt ihr schon mal bemerkt, wie Pater Fletcher immer über seine Brille schaut – erinnert mich an diesen Seevogel, wie heißt er gleich? Ach ja ... ein Tölpel ... vor allem wegen dieser Nase ...«

»Und Martin Gaughran ist eindeutig ein Frosch – tut mir leid, Marty«, sagte Ger, während sie durch duftenden gelben Stechginster marschierten. »Und was wäre Brian McKeown?«

Liam schlug eine Eule vor.

»Genau. Merkt ihr, daß es hauptsächlich die Augen ausmachen – Robbe, Frosch, Eule?« beobachtete Jeff. Er dachte einen Augenblick nach, dann fragte er: »Und wie sieht es mit Michael Roberts aus?«

Niemand antwortete.

Liam brach das Schweigen, indem er das Thema wechselte. »Hey, ihr Faulpelze, ich fange nächste Woche einen Tauchkurs an. Macht jemand mit?«

»Wo?«

»In Sandycove, auf der Südseite, gibt es eine Tauchschule. Drei Stunden im Schwimmbecken, dann geht's hinaus ins Meer.«

»Jetzt weiß ich, wie seine Augen sind«, murmelte Jeff und runzelte die Stirn.

»Wessen Augen?« fragten die andern unisono.

»Die von Michael Roberts – sie sind wie die Augen eines Hais.« Mit der kehligen Stimme von Quint in dem Film *Der weiße Hai* fuhr er fort: »Die Sache ist nämlich die bei einem Hai, daß er leblose Augen hat, schwarze Augen, Augen wie eine Puppe. Wenn er dich angreift, scheint er gar nicht zu leben ... bis er zubeißt ...«

Ihr sorgloses Geplapper schien einen ernsteren Einschlag bekommen zu haben, den Ger zu zerstreuen versuchte.

»Roberts ist ein komischer Kauz, das stimmt – ha, Kauz, da haben wir's ja schon wieder!«

»Ich kann nur sagen, daß ich den Kerl unheimlich finde, und das liegt nicht nur an seinem Verhalten, da ist noch was anderes«, sagte Jeff.

»Vielleicht hat es mit seiner Herkunft zu tun«, sagte Liam. »Er ist nicht gerade ein Kind reicher Eltern und glaubt, daß unsereins aus einer privilegierten Schicht kommt. Ich glaube, darin liegt teilweise sein Problem.«

»Privilegierte Schicht, daß ich nicht lache«, sagte Ger. »Er ist einfach ein arroganter, heimlichtuerischer Klugscheißer, der glaubt, daß sich die ganze Welt um ihn dreht.«

»Aber vergiß nicht«, widersprach Liam, »daß er im letzten Jahr schlimme Prügel für seine Ansichten bezogen hat, vor allem für die über das Geistige. Von uns bekam er kaum Unterstützung, deshalb fühlt er sich wahrscheinlich isoliert. Fletcher hat ihm sogar manichäischen Dualismus vorgeworfen ... Materie ist böse, all das Zeug, das Augustinus guthieß, bevor er konvertierte. Aber Michael sieht es im Sinne einer Rückkehr zum keltischen Christentum, zu den Bußvorschriften. Ein Besuch bei Céli Dé zwecks Inspiration.«

»Wer um alles in der Welt war das denn?« fragte Jeff.

»Die Diener Gottes – eine asketische Bewegung, die sich im achten Jahrhundert hier in den Klöstern entwickelte. Der heilige Maelruain von Tallaght war ihr Hauptvertreter«, erklärte Liam.

»Du willst also sagen, daß diese Jungs ziemlich streng waren, ja? Ich meine, das Klosterleben damals war wohl ohnehin kein Zuckerschlecken«, mutmaßte Jeff.

»Richtig«, sagte Liam. »Strenges Fasten war Pflicht, sie haben sich gegenseitig gegeißelt, und es gab noch weitere ... bizarre Praktiken.«

»Zum Beispiel?«

»Ein Mönch, der sich angeblich sieben Jahre lang an eisernen Haken aufhängte, eine Nonne, die einen Hirschkäfer in einem Behälter an ihre Seite schnallte, so daß er sich in sie hineinfraß ...« Liam sah, wie Jeffs Gesichtsausdruck von Ungläubigkeit zu Ekel wechselte.

»Igitt!«

»Ja, und sie hatten für alles eine Strafe«, fügte Ger an. »Was, du hast in der Kirche gefurzt? Vierzig Peitschenhiebe, die werden dir helfen, dich zu bessern. Eine Fliege ist auf deinem Mund gelandet, obwohl du fasten solltest? Zehn Wochen bei Schwarzbrot und Wasser, mein Junge!«

»Na, vielleicht sollte man Roberts klarmachen, daß er von seiner Persönlichkeit her mehr in eine klösterliche Umgebung passen würde«, sagte Jeff. »Oder noch besser in eine Einsiedelei, wenn möglich auf einem hohen Felsen mitten in der Wüste!«

Sie kamen zur Haltestelle, wo der Bus schon wartete. Jeff redete immer noch über Roberts.

»Was glaubt ihr, treibt er heute? Die meisten von uns sind beim Schwimmen, Radfahren, Fußballspielen ... ich wette, er hockt im Seminar in seinem Zimmer.«

»Jetzt laß mal gut sein, Jeff«, verteidigte Liam Roberts ein weiteres Mal. »Vielleicht betet oder meditiert er, das könnten wir auch ruhig ein bißchen öfter tun.«

Sie fuhren mit dem Bus bis Fairview und gingen von dort zu Fuß zum Clonliffe College.

Liam und Jeff mußten auf dem Weg zu ihren Zimmern an dem von Michael Roberts vorbei. Ein seltsames Geräusch ließ sie im Flur stehenbleiben. Sie hörten es wieder. Ein Klatschen, gefolgt von einem Stöhnen und Wimmern. Liam legte das Ohr an die Tür und klopfte.

»Alles in Ordnung bei dir?« Keine Antwort. Er drückte die Klinke und öffnete die Tür.

Roberts stand mit dem Rücken zu ihnen neben seinem Bett. Die Vorhänge am Fenster waren zugezogen, und die Nachttischlampe brannte.

Auf seinen Schultern und den ganzen Rücken hinab waren blutige Striemen zu sehen. Er trug nur eine Art ledernes Suspensorium, und um einen Oberschenkel hatte er ein Gerät zur Selbstkasteiung gebunden, wie es manche Mitglieder von Opus Dei benutzen; es nannte sich *cilicio* und war ein stachliges Band, dessen Sinn darin bestand, daß es extrem unangenehm war. Es schnitt ihm ins Fleisch, so daß er blutete. Das Bett – nackte Bretter ohne Matratze oder Laken – war mit Pornoheften übersät ... Sadomaso-Material, weibliche Genitalien in gynäkologischer Genauigkeit zur Schau gestellt.

Die beiden blieben wie angewurzelt stehen, entsetzt von dem Anblick.

»Großer Gott, Michael ...«, stotterte Liam.

Roberts drehte sich um, in der Hand hielt er eine kurze Peitsche aus geknoteten Schnüren, ähnlich einer neunschwänzigen Katze. Sein dichtes, dunkles Brusthaar war blutverkrustet. Er brüllte, dann ging er mit erhobener Geißel auf sie los. Sie wichen in den Flur zurück, und als Liam gerade einen Peitschenhieb abwehrte, kam Pater Fletcher, aufgeschreckt vom Lärm, die Treppe herauf und wurde Zeuge der Szene, bevor Roberts ihnen die Tür vor der Nase zuschlug.

Liam und Jeff erhielten die Aufforderung, dem Dekan Bericht zu erstatten. Michael Roberts wurde noch in derselben Woche aus dem Seminar geworfen.

Lavelle war nun schon seit einer halben Stunde bei Jane. Er hatte ihr die ganze Geschichte erzählt, während sie zwischen der Küche und dem Eßbereich ihres Wohnzimmers hin- und herlief.

»Und was ist danach aus ihm geworden?« fragte sie, wieder auf dem Weg zur Küche. Lavelle stand an einem Fenster und sah in den strömenden Regen hinaus. Schließlich drehte er sich um und setzte sich in einen bequemen Polstersessel vor das falsche Kaminfeuer.

»Nachdem man ihn aus dem Seminar geworfen hatte, war es mit der Priesterweihe natürlich vorbei.«

»Aber Sie haben ihn wieder getroffen ... in den Staaten?« Jane kam mit einer Flasche Shiraz zurück, die Lavelle mitgebracht hatte, und goß zwei Gläser ein. Nachdem sie ihm eines gegeben hatte, setzte sie sich auf die Lehne des Sessels gegenüber. Er bemerkte die sanfte Rundung ihrer Knie unter der schwarz glänzenden Strumpfhose. Sie trug einen kurzen, rotbraun und schwarz karierten Wickelrock und einen schwarzen Pullover mit rundem Ausschnitt, und ihr kupferrotes Haar war offen und fiel in Wellen auf ihre Schultern.

»Ich habe ihn gar nicht persönlich getroffen. Es war so, daß die Beschwerde eines Studenten bei uns einging, der in einem von Opus Dei geführten Heim wohnte –«

»Das ist eine katholische Laienorganisation, die aber von manchen Katholiken mit Mißtrauen betrachtet wird, ja?«

»Richtig. Sie bezeichnen sich selbst als ›Das Werk‹. Auf der einen Seite haben sie den päpstlichen Segen, andererseits wirft man ihnen vor, eine Sekte zu sein. Jedenfalls war dieser Student Mitglied bei Opus Dei, das, was sie einen ›Numerarius‹ nennen. Aber die Praktiken, zu denen er und andere Numerarii im Wohnheim von einem ihrer geistigen Führer aufgefordert wurden, waren so extrem, daß er beschloß, ihn zu melden. Der Student gab nur widerstrebend den Namen des Betreffenden preis und wollte auch selbst anonym bleiben – er befürchtete Schikanen, falls man ihn identifizierte. Die Gebietsleitung von Opus Dei sicherte eine Untersuchung nach Eingang einer offiziellen Beschwerde zu. Ich schilderte in einem Schreiben die Darstellung des Studenten von der Sache ... beispielsweise wurden sie zu exzessivem Gebrauch der Disziplin, sprich der Peitsche, ermuntert ... das ging soweit, daß sie damit die Genitalien bearbeiten sollten. Etwa einen Monat später teilte man mir in einem Brief mit, daß der geistige Führer des fraglichen Wohnheims zufällig zur Zeit, da meine Beschwerde einging, von seinem Posten zurückgetreten und ersetzt worden war. Keine Schuldzuweisung, kein Eingeständnis von irgend etwas. Der zurückgetretene Leiter war ein gewisser Michael Roberts. Sie behaupteten, er sei hoch gebildet, von untadeligem Charakter und religiöser Überzeugung, Inhaber eines Theologiediploms der Gregorianischen Universität in Rom und langjähriges Mitglied von Opus Dei. Ich wußte, das war unser Michael.«

»Wann hat er in Rom studiert?«

»Gar nicht. Aber er hatte auch nicht gelogen. Wie wir alle studierte er am Clonliffe College in Dublin für seinen Bachelor of Divinity. Aber das Diplom wird von der Gregorianischen Universität in Rom verliehen. Und obwohl man ihn in Clonliffe hinauswarf, durfte er dennoch sein Examen ablegen. Deshalb kam es ihm in den Staaten ganz gelegen, daß er Clonliffe überhaupt nicht erwähnen mußte. Hätten sie am College nachgefragt, wäre ans Licht gekommen, daß man ihn wegen ›Erregung schweren Ärgernisses‹, wie es im kanonischen Recht heißt, des Seminars verwiesen hatte.«

»Welche Qualifikationen hatte er noch? Die Jobs für Leute mit einem Diplom in Theologie dürften dünn gesät sein.«

»Er hatte genau wie ich ein Hauptdiplom am UCD abgelegt. Es wird Sie nicht überraschen zu hören, daß Michaels Fach die Kelten waren.«

»Und Ihres?«

»Geschichte.«

»Ebenfalls keine Überraschung«, zog sie ihn auf. »Und das war das letzte, was Sie bis heute von Roberts hörten?«

»Nein. Zu meiner Verwunderung erhielt ich vor ein paar Jahren einen Brief von Jeff Clark, kurz vor seinem Tod, in dem er Michael Roberts erwähnt.«

»Jeff ist gestorben?«

»Selbstmord – er wurde beschuldigt, sich an Ministranten vergriffen zu haben. Zwar stellte sich seine Unschuld heraus, aber er hat es nicht ertragen, es hat ihm sehr zugesetzt ... er begann zu trinken.«

»Was hat er über Roberts geschrieben?«

»Es war ein weitschweifiger Brief. Unter anderem schrieb er, Roberts habe ihm nie verziehen, daß er gegen ihn aussagte ... daß er glaube, Roberts stecke hinter den Ereignissen, die zu seinem Niedergang führten. Der Brief war voll paranoidem Zeug, ich glaube, er war betrunken, als er ihn schrieb.«

»Ich kann nicht glauben, daß sich Hazel mit einem Typ wie Roberts eingelassen hätte. Nach allem, was Sie sagen, ist er pervers oder sadomasochistisch veranlagt.«

»Er ist sehr überzeugend und kann auch charmant sein. Aber ich glaube, er hat eine Persönlichkeitsstörung, die ihn dazu treibt, sich selbst zu bestrafen. Jedenfalls können wir nicht absolut sicher sagen, ob Hazel mit ihm zu tun hatte oder noch hat.«

»Da fällt mir ein – haben Sie die Prophezeiungen aus der Website gelesen?«

»Ja. Die helfen uns nicht weiter.«

Jane sah enttäuscht aus. »Gar nichts von Interesse?«

»Nein. Alles frei erfundene Effekthascherei, mit der sie Leute anlocken, die im Netz surfen.«

»Na gut.« Jane seufzte und leerte ihr Glas. Dann hellte sich ihre Miene auf. »Sie müssen hungrig sein. Lassen Sie uns essen.«

Sie ging in die Küche und kam mit zwei Servierschalen zurück, die sie auf den Eßtisch stellte. Lavelle zog seine Lederjacke aus und brachte die Weinflasche mit, um ihre Gläser neu zu füllen. Während Jane Hühnchen und überbackene Kartoffeln austeilte, bediente er sich selbst aus der Salatschüssel.

»Sehen Sie – der Peperonimann!« Er hielt sich ein Stück Peperoni vors Hemd, das denselben Farbton hatte. Jane war der weiche Stoff bereits aufgefallen, es paßte zu seinem leicht zerknautschten, zwanglosen Auftreten, das sie anziehend fand. Sie lächelte und setzte sich an den Tisch.

»Wer sind diese Penitentes, denen sich Roberts laut Cultwatch angeschlossen hat?«

»Die Reste einer katholischen Laiengesellschaft, die vor ein paar hundert Jahren in New Mexico aufkam. In den Sangre-de-Cristo-Bergen.«

»Den Blut-Christi-Bergen?«

»Ja. Sprechen Sie Spanisch?«

»Nein, Italienisch. Das ist verwandt. Erzählen Sie mir mehr von den Penitentes.«

»Damals waren Priester Mangelware in so abgelegenen Gebieten, deshalb gründeten die Männer eine Brüderschaft, Los Hermanos Penitentes. Sie waren karitativ tätig, aber bekannter wurden sie durch Praktiken wie Geißelung und Selbstbestrafung, vor allem zur Osterzeit, wenn sie die Leiden Christi nachahmten – sie veranstalteten Prozessionen mit schweren Kreuzen, die ihnen ins Fleisch schnitten, peitschten sich selbst und gegenseitig aus, kreuzigten sich …«

»Igitt!« sagte Jane angewidert. »Und sie existieren immer noch?«

»Nur mehr wenige von ihnen. Aber das Komische dabei ist, daß diese Gegend New Mexicos eine Brutstätte religiöser Aktivitäten geworden ist. Dort gedeihen alle möglichen Anschauungen und Praktiken, von den Penitentes über die New-Age-Anhänger bis zur Pfingstbewegung.«

»Klingt, als würde einer wie Roberts dort nicht weiter auffallen«, bemerkte Jane.

»Genau so ist es. Und außerdem lernt er eine ganze Palette neuer und bizarrer Ideen kennen.« Lavelle spießte ein Stück Hühnchen auf und lehnte sich genießerisch zurück. »Schmeckt übrigens hervorragend«, sagte er und prostete ihr zu.

»Danke. Ich erinnere mich, irgendwo gelesen zu haben, daß Kinsey, der Sexualforscher im letzten Jahrhundert – ich kann mich noch immer nicht daran gewöhnen, vom letzten Jahrhundert zu sprechen –, daß also dieser Kinsey unvorstellbare Dinge mit sich anstellte, um eine Erregung zu erreichen. Zum Beispiel … aber vielleicht sollte ich gar nicht …«

»Weil ich Priester bin und womöglich verlegen werde? Kein Problem, ich habe von ihm gelesen – die Pfeifenreiniger in seiner Harnröhre, die Kugelschreiberköpfe, die Schnur um seinen Hodensack. Der Unterschied ist der, daß er die Empfindung zu vergrößern versuchte. Unser Freund befaßt sich jedoch genau mit dem Gegenteil – mit einer Form extremer Triebunterdrückung.«

Lavelle nahm sich noch Salat und sah sich um. »Mir gefällt Ihr Haus«, sagte er.

Obwohl es modern und von kargem Design war, hatte es eine persönliche Note, zu der unter anderem ein gutbestücktes Bücherregal, einige vorzügliche Aquarelle und eine von hinten beleuchtete Vitrine voll gläserner Briefbeschwerer beitrugen.

Da Jane den Mund voll hatte, erwiderte sie das Kompliment nur mit einem Nicken. Sie schluckte und wischte sich mit der Serviette den Mund ab, bevor sie antwortete.

»Das Anwesen heißt eigentlich Cyber Lawns – weil Ryevale doch angeblich das irische Silicon Valley ist und so. Hazel und ich fanden es zum Schreien, in einem Haus zu wohnen, das nach einem Science-fiction-Film klingt. Aber es ist okay. Ich habe noch kein Verlangen, wegzuziehen.«

Sie unterhielten sich weiter mit der Zwanglosigkeit von Leuten, die sich schon viel länger kennen. Gegen Ende des Essens deutete Lavelle mit einem Kopfnicken in Richtung Vitrine.

»Nette Sammlung von Briefbeschwerern, die Sie da haben.«

»Ja, und das sind noch nicht einmal alle. Mein Vater hat mein Interesse dafür geweckt. Er liebte Glas. Kein Waterford-Kristall, wohlgemerkt. Er besaß einige hübsche Art-déco-Stücke. Ich glaube, Mutter hat sie verkauft. Jedenfalls haben meine Freunde auf diese Weise nie das Problem, nicht zu wissen, was sie mir schenken sollen. ›Jane hat Geburtstag? – Dann kriegt sie einen Briefbeschwerer!‹«

Sie lachte. Ihre grünen Augen leuchteten schalkhaft, und ihr Lachen war temperamentvoll und ansteckend. »Das hat sich gemein angehört«, tadelte sie sich schnell. »Ich mag sie wirklich, je mehr, desto lieber.« Sie lachte wieder.

Auch er lachte, wie jemand, der nach Tagen unter der Erde wieder die Sonne sieht.

»Sie leben allein«, sagte er. Es war ihm so herausgerutscht. Unangemessen. Der falsche Zeitpunkt.

»Ja.« Und sie fügte hinzu: »Genau wie Sie.«

Etwas geschah zwischen ihnen. Ohne Worte.

Jane schob ihren Stuhl zurück und begann Teller und Schalen abzuräumen. »Dessert gibt es leider keines. Möchten Sie etwas Käse oder einen Kaffee?«

»Kaffee wäre toll.«

Während Jane in die Küche ging, stand Lavelle auf und ging zur Glassammlung. Er nahm einen bunten, durchsichtigen Briefbeschwerer zur Hand und betrachtete ihn mit zusammengekniffenen Augen aus verschiedenen Blickwinkeln, bevor er ihn zurück ins Fach legte. Ein blaues Stück daneben war voller eingeschlossener Luftbläschen. Er zuckte zusammen und sah schnell weg. Aber die Erinnerung, die sie auslösten, hatte ihn bereits eingeholt.

Er trat von der Vitrine zurück und versuchte, mit fest geschlossenen Augen und geballten Fäusten die Bilder aus seinem Kopf zu vertreiben. Es half nichts. Er sah die Panik in ihrem Gesicht, sah sie nach ihm greifen, während die Luft in ihren Lungen zu Kohlendioxyd wurde und sie zum Atmen zwang. Ihr vor Schmerz und Angst verzerrtes Gesicht. Die verzweifelt ausgestreckten Hände, ihre nachlassende Kraft. Dann strömten die Luftblasen aus Mund und Nase in einer silbernen Prozession nach oben zum Licht, und mit ihnen entwich das Leben aus ihr.

— 21 —

Sie hatte dem Bischof Tee und Toast auf das Zimmer gebracht, das ihm die Nonnen gegeben hatten … er lag im Bett und bat sie, sich zu ihm zu setzen, und wie sie denn heiße, und dann erzählte er ihr ein paar Witze …

dann fuhr er mit der Hand in ihre Bluse und sagte, er sei schließlich auch nur ein Mann, und er werde bei Mutter Celestine ein gutes Wort für sie einlegen, manche Mädchen seien eben extra für Priester und Bischöfe auf der Welt, ob sie das denn nicht wisse ... sonst würden sie alle den Verstand verlieren ... dann schlug er die Bettdecke zurück und forderte sie auf, sein Ding in den Mund zu nehmen, das in die Höhe stand, aber dann zog er ihr den Slip aus und sagte, sie müsse ihn bis zum Ende gehen lassen oder er werde Mutter Celestine erzählen, sie sei eine Prostituierte ...

was hätte sie denn tun sollen ... sie würden sie ohnehin wieder schlagen ... selbst als sie schwanger war, wurde sie geschlagen ... oder war das wieder eine Lüge ... manchmal wußte sie es nicht genau ...

nachdem sie ihn bekommen hatte, wurde sie in einem abgeschlossenen Teil des Krankenhauses untergebracht ... keine Besucher, keine Blumen, keine Karten ... keine Glückwünsche ... aber nun hatte er sie wieder besucht, und das machte sie glücklich ... außer, daß er sie wieder gebeten hatte, es niemandem zu sagen ...

das war keine Lüge, sagte er ... aber sie war doch stolz darauf, daß er Priester war ... diese eingebildeten Weiber hinten im Flur sollten es ruhig wissen ... aber sein Gesicht verdüsterte sich wie immer, und er sagte, nein, ich war gar nicht hier ... ich war nie hier ...

— 22 —

Jane sagte etwas, stellte eine Frage. Lavelle öffnete die Augen und wandte sich von den Briefbeschwerern ab.

»Verzeihung, was ...«, krächzte er. Er räusperte sich. »Was haben Sie gesagt?«

»Ob Sie Ihren Kaffee mit Zucker trinken. Sind Sie taub?« zwitscherte sie aus der Küche.

»Ein Stück bitte. Wenn es löslicher ist.«

Die Bilder verblaßten. Er merkte, daß er die Fingernägel in die Handflächen gebohrt hatte, und öffnete die geballten Fäuste.

»Sie sind hier in einem Nobelrestaurant«, sagte Jane. »Ich bringe Ihnen eine Zuckerschale, das ist höflicher, auch wenn Sie tatsächlich nur löslichen Kaffee bekommen.«

Er lächelte. Ihr erfrischender Humor vertrieb die letzten Reste einer unerfreulichen Erinnerung.

Er näherte sich den Bücherregalen. Sein Blick fiel auf eine Fotografie auf dem Kaminsims. Auf dem Bild waren drei lächelnde Teenager zu sehen: Jane, ein junger Mann und ein Mädchen, bei dem es sich nur um Hazel handeln konnte. Sie war schlanker als Jane, ihre Haare und Augen im Vergleich zu ihrer Schwester von unbestimmbarer Farbe, und ihr Lächeln war nicht so strahlend. Ihr Gesichtsausdruck verriet innere Unruhe. Aber die beiden waren unverkennbar Schwestern, und der Junge war offensichtlich mit ihnen verwandt. Hatte Jane je einen Bruder erwähnt? Lavelle erinnerte sich nicht.

Für ihn waren das protestantische Gesichter. Aber weshalb? Lag es an den Augen? Den Zähnen? Oder verwechselte er »protestantisch« mit »anglo-irisch«, was ja nicht dasselbe war? Aber die Wades hatten diesen Blick.

Er merkte sich in Gedanken vor, nach dem Jungen auf dem Foto zu fragen, und ging weiter zu den Bücherregalen. Eine große Auswahl an Romanen, klassische wie zeitgenössische. Geschichte, Lyrik, Frauenthemen. Psychologie – nein, eigentlich eher Psychiatrie. Er fragte sich, wieso. Dabei fiel ihm etwas ein.

»Ach, übrigens«, rief er zu Jane in die Küche, »der Kerl, der Sie in der Kirche erschreckt hat ... und dem Sie vorher schon im Bus begegnet sind ... das war Charlie Plunketts Sohn Pete. Ich hab Ihnen ja erzählt, wie er Charlie behandelt. Er gerät in Kneipenschlägereien und weiß der Himmel, was noch. Ich glaube, er ist schizophren. Er ist einer von diesen Fällen, mit denen niemand etwas zu tun haben will, bis sie ernsthaft Schaden anrichten – und dann fragen alle, warum niemand etwas getan hat.«

»Das kenne ich nur zu gut«, hörte er sie sagen. Dann kam sie mit einem Tablett ins Wohnzimmer. »Der Kaffee ist serviert.« Was meinte sie mit »nur zu gut kennen«? Er wollte gerade fragen, aber als er den Mund zum Sprechen öffnete, legte Jane einen Finger an die Lippen und bedeutete ihm zu schweigen.

»Jetzt wird ein paar Minuten nicht geredet. Lehnen Sie sich zurück und trinken Sie Ihren Kaffee. Ich möchte Ihnen ein Musikstück vorspielen.«

Jane ging zur Stereoanlage in einer Ecke des Raums. »Wissen Sie noch, daß Sie mir von Veilchenöl erzählt haben?«

Lavelle nickte. Und ihr Parfum hatte den Geruch vertrieben.

»Becca de Lacy hat ein neues Album veröffentlicht«, sagte sie, »und ich glaube, Sie werden überrascht sein, was ich drauf entdeckt habe.«

Jane startete die CD und drückte die Pausentaste. »Nur zur Erklärung ... Das Album heißt *Byzanz,* und soweit ich feststellen kann, hat Becca einige Titel und Zeilen von Gedichten W. B. Yeats' genommen und ihre eigene Musik dazu komponiert. Die Texte sind ziemlich unklar, und die Idee dahinter scheint teilweise zu sein, daß das altertümliche Irland und Byzanz in verschiedener Hinsicht verbunden waren ... aber hören Sie ... Stück Nummer eins.«

Es begann mit etwas, das wie das Summen von Bienen klang, bevor es in den sonoren Basso profundo eines griechisch-orthodoxen Männerchors überging. Eine zweite Gruppe männlicher Stimmen fiel ein, sie sangen in der kraftvollen Art von Carl Orffs »Carmina Burana«, mit zunehmender Intensität, bis sie wie sturmgepeitschte Wellen gegen den unerschütterlichen Fels des byzantinischen Chors prallten. Und in den Mix eingeflochten war eine entfernte Stimme, die etwas rezitierte. Ein plötzlicher, schriller Akkord, von schweren Glocken angeschlagen, beendete den Fluß der widerstreitenden Gesänge. Es war die Sorte Dissonanz, die in Thrillern das Publikum zusammenzucken läßt. Daraus entwickelte sich ein melodiöses Instrumentalmotiv, und dann begann Becca in ihrer typischen Art zu singen – vom tiefen Alt bis zur piepsenden Kleinmädchenstimme in einem einzigen Atemzug. Jane hielt die CD an.

»Was können Sie damit anfangen?«

»Hmm ... Lateinisch und Griechisch, aber so, wie es aufgenommen ist, verstehe ich den Sinn der Worte nicht. Ich vermute, es soll das Schisma, die Spaltung zwischen östlicher und westlicher Christenheit darstellen – Rom und Byzanz.«

»Noch etwas?«

»Der Akkord, den die Glocken anschlagen. Er ist ein Beispiel für das, was man früher *musica diabolis* – den Teufelsakkord – nannte. In der Kirchenmusik war eine solche Kombination nicht denkbar.«

»Was ist mit der Stimme, der Männerstimme, die etwas aufsagt?«

»Sie ist sehr leise und verzerrt. Ich habe sie nicht richtig gehört.«

»Ich auch nicht, bis ich folgendes tat.«

Sie drehte an einem Knopf und spielte die CD erneut, aber diesmal hörte man nur den linken Lautsprecher. Die Stimme war deutlicher, aber Lavelle verstand die Worte noch immer nicht. Es klang wie eine Beschwörung, eine Art Raunen.

»Ich habe es mir vorhin über Kopfhörer angehört. Es ist ein Gedicht. Erst dachte ich, es handle sich um eine Aufnahme von Yeats persönlich, die irgendwie bearbeitet wurde. Es existieren Aufnahmen von ihm. Aber die Stimme hat einen ganz leichten amerikanischen Akzent, deshalb kann er es nicht sein. Das Gedicht selbst hat nur zwei Strophen, und Beccas Song hat den gleichen Titel wie das Gedicht. Ich habe es in einer Anthologie von Yeats nachgeschlagen.«

Sie hatte das Buch herausgelegt und holte es jetzt.

»Und? Worauf wollen Sie hinaus?«

»Es heißt ›Öl und Blut‹.«

Er begann sich leicht unbehaglich zu fühlen ... unheilvolle Worte, irgendwie ... Sarah ...

Jane ließ die CD wieder laufen und las mit der Männerstimme mit:

»Im Grab aus Gold und Lapislazuli
Entströmt den heiligen Körpern, die da ruhn,
Ein Wunderöl, das wie von Veilchen riecht.

Doch unter schwerer Last zerstampften Lehms
Liegen die Vampirkörper voll von Blut,
Die Laken blutig und die Lippen feucht.«

Ein unbestimmtes Gefühl von Gefahr regte sich in Lavelle, als hätte eine Geistererscheinung den Raum betreten. Aber das war bestimmt alles nur Zufall ... *Öl* ... *Veilchen* ... *Vampire* ... *Lapislazuli* ... welche Verbindung könnte –?

Er versuchte, dieses Gefühl abzuschütteln.

»Sie wollen nicht ernsthaft einen Zusammenhang zwischen diesem Gedicht und Sarahs Tod andeuten, oder? Ich habe es schon einerseits mit Dempsey zu tun, der überall Verschwörungen sieht, zum anderen mit religiösen Fanatikern und ihren Weltuntergangsprophezeiungen, und jetzt kommen Sie noch mit einer Art Geheimcode, der in eine Popaufnahme eingebaut sein soll ... so wie Charles Manson dachte, die Beatles wollten ihm auf *Sergeant Pepper* etwas mitteilen.«

»Es war hauptsächlich das *White Album* ... Nein, so habe ich es nicht gemeint.«

Er sah, daß er sie verlegen gemacht hatte.

»Ich will damit nicht sagen, daß Sie sich lächerlich benehmen. Aber nach der Geschichte mit Hazel, und was ich Ihnen über Roberts erzählt habe ...«

Er machte es nur noch schlimmer. Vielleicht war der Wein schuld.

»Moment mal, ich dachte nur, die Übereinstimmung könnte Sie interessieren, das ist alles. Ich habe keinen Zusammenhang mit dem Mord nahegelegt, Sie sind derjenige, der das tut.« Ihr Gesicht rötete sich ein wenig.

»Tut mir leid, ich wollte nicht … Haben Sie sonst noch etwas entdeckt?«

»Ich habe heute ein bißchen zum Thema Veilchen nachgelesen. Das Parfum ist sehr teuer in der Herstellung, es überwältigt unseren Geruchssinn und ist mit mindestens drei bemerkenswerten historischen Persönlichkeiten verknüpft. Eine ist Napoleons Frau Josephine, die in dem Zeug gebadet hat. Es gibt ungefähr fünfhundert Arten von Veilchen, aber das Parfum stammt nur von einer einzigen kleinen Blume, *Viola odorata* …«

»Sie sprachen von drei historischen Persönlichkeiten, wer waren die anderen beiden?«

»Kaiserin Elisabeth von Österreich – Sissi. Sie liebte die Blumen und die Farbe Violett, ließ einen ihrer Räume im Palast in dem Ton ausstatten, trug Kleider in der Farbe, und die Leute legen mehr als hundert Jahre nach ihrer Ermordung noch immer frische Veilchen auf ihren Sarkophag in Wien …«

»Und die dritte?«

»Ach ja, weil Veilchenöl für einzigartig und herausragend gehalten wurde wie er selbst, war es anscheinend das Lieblingsparfum des Propheten Mohammed.«

Draußen wurde der Regen, der über die Dächer strich, zu Graupel.

— 23 —

Der Lampenschirm war trüb und hing bis knapp über Augenhöhe von der Decke. Ein mit Klebeband daran befestigter schwarzer Plastiksack zentrierte das Licht auf einen Kreis in der Tischmitte und beließ das übrige Zimmer in Dunkelheit. Als sie die Augenbinde abnahm, konnte sie den Mann, der ihr gegenübersaß, nicht sehen, nur seine verschränkten Finger auf der Tischplatte; zwischen den Knöcheln sprossen schwarze Haare.

Erstaunlich, daß ihm ein so männliches Merkmal geblieben war, dachte sie. Aber das war reine Mutmaßung von ihr. Als sie seinen Geruch wahrnahm, war sie nicht mehr so sicher. Er war zweideutig.

Sie war mit einem Taxi über die Brücke zum Lagerhaus gefahren, dann hatte sie sich mit der Schlafmaske einer Fluggesellschaft die Augen verbunden und draußen gewartet, bis sie kamen. Dann eine weitere Autofahrt, auf der sie zwischen zwei Leuten gesessen war. Sie hatten kein Wort gesprochen, aber sie roch ihren Männergeruch – obwohl »Mann« für die beiden nicht ganz zutraf. Sie waren geschlechtslos. Der dritte, der Fahrer, verströmte eindeutig männliche Pheromone; die interessierten sie zwar nicht mehr, aber sie nahm sie immer noch wahr.

Der Raum mußte klein sein, denn ihr Stuhl war gegen die Wand gestoßen, als man sie setzte. Und sie spürte die Gegenwart der drei anderen Männer unmittelbar außerhalb des Lichtkreises.

»Wer *bist* du?« fragte der Mann gegenüber. Er wollte die offizielle Antwort hören.

»Ich bin eine der Erwählten. Über das Verlangen hinaus. Über Weiblichkeit hinaus.«

»Möchtest du über das Menschliche hinausgehen?«

»Ja.«

»Kennst du alle Prophezeiungen?«

»Alle außer der letzten. Sie wurde mir noch nicht gewährt.«

»Was glaubst du, sagt sie voraus?«

»Ich weiß nur, daß es an uns ist, sie zu erfüllen.«

»Verstehst du, warum wir uns auf diese Weise treffen müssen? Im geheimen?«

»Ja.«

»Du bist eine der Erwählten. Du hast das Verlangen überwunden und die Weiblichkeit. Hast du auch die Angst überwunden?«

»Ja.«

»Was ist weißes Märtyrertum?«

»Exil.«

»Was ist grünes Märtyrertum?«

»Leiden.«

»Was ist rotes Märtyrertum?«

»Tod.«

»Bald ist die Zeit für dich gekommen, die letzte Prophezeiung zu lesen. Bist du bereit, die Rolle zu spielen, die dir darin zugewiesen wird, egal welche Farbe die deine ist?«

»Ich bin bereit.«

»Was ist mit der Farbe Blau?«

Sie zuckte. Das kam unerwartet. »Sie ist für jemanden bestimmt, der sich nicht zum Märtyrer eignet. Der aber sterben muß.«

Einer der Männer, die im Dunkeln saßen, stand auf und kam an den Tisch. Es war der ganze Mann. Er legte etwas vor den Fragesteller und zog sich wieder zurück. Sie wagte nicht, hinzusehen.

»Das ist deine letzte Prüfung«, sagte der Mann vor ihr.

Sie wappnete sich.

»Wir wollen, daß du etwas überbringst.«

Sie entspannte sich ein wenig und blickte auf den Tisch. Es war ein Brief. Der Umschlag war ein mattes Dunkelblau mit leuchtender Goldschrift darauf.

Eine Stimme aus der Dunkelheit sagte: »Was du auch tust, mach ihn nicht auf, und schick ihn nicht mit der Post.« Der Akzent war irisch. Nordirisch.

Der Fragesteller schob ihr den Brief zu. Er lag mit der Vorderseite nach unten.

Als sie ihn aufhob, fühlte er sich steif an und war in der Mitte gebaucht. Sie betrachtete die Schrift auf der Rückseite. Zwischen Zeilen, die wie ein Gedicht aussahen, standen in mädchenhafter Schrift die Worte: VEILCHEN SIND BLAU.

»Ich hasse Verräter«, sagte der Nordire. »Verräter und Informanten. Sie sind der Abschaum der Erde.«

Während sie das Kuvert umdrehte, um die Adresse zu lesen, lächelte sie freudlos über seine Bemerkung. Er mochte einer neuen Sache dienen, aber seine alten Vorurteile waren immer noch intakt.

II
Das Beinhaus

— 24 —

Als der Kellner mit einer zweiten Flasche Wein kam, wollte Jane gerade sagen, er müsse sich im Tisch geirrt haben, aber dann wurde ihr klar, daß ihre Mutter die Bestellung wahrscheinlich mit einem Handzeichen arrangiert hatte, als sie nicht hinsah. Typisch.

»Mummy ... ich glaube nicht –«

»Jane, Liebes, heute machen wir einen drauf. Nur die Ruhe. Entspann dich.«

Was sie meinte, war, daß Elizabeth Wade (nicht Liz, auf gar keinen Fall Lizzy) einen draufmachte. Jane wußte, ihre Mutter würde den größten Teil der Flasche leeren, und dabei würde ihre Stimme immer höher und schriller werden, was Leute wie sie an Orten voller Menschen offenbar für angemessen hielten. Die beiden saßen im Bistro Zrazy, einem beliebten Treffpunkt zur Mittagszeit in Ballsbridge, keine zehn Minuten vom Rundfunkzentrum entfernt. Die Tische standen dicht gedrängt und waren hauptsächlich von leitenden Angestellten besetzt, die Geschäfte abschlossen, oder von Frauen mittleren Alters, die beim Essen den neuesten Klatsch austauschten.

»Also, Liebes, was ist nun mit Hazel? Hast du von ihr gehört?« Sie hatten gerade den Hauptgang beendet, Lachs für Jane, Kalbfleisch für Elizabeth, die sich nun eine Zigarette anzündete. Jane überlegte, ob sie etwa in einem Nichtraucherbereich des Restaurants saßen. Sie hatte bei der Tischbestellung vergessen, danach zu fragen.

»Nein, ich habe nichts von ihr gehört, aber ich habe mehr über die Sekte erfahren, mit der sie sich eingelassen hat, und es gefällt mir nicht.«

»Sie war immer ein sehr leicht zu beeinflussendes Kind«, sagte Elizabeth. »Ein Verstand wie nasser Zement. Aber in was sie da auch hineingeraten sein mag, es ist bestimmt ganz harmlos.«

»Da wäre ich mir nicht so sicher«, warnte Jane. »Bei vielen dieser Sekten steht Selbstmord auf dem Programm. Manche haben zu Beginn des Jahrtausends Schlagzeilen gemacht, aber das war nur der Anfang, wie es aussieht. Und wenn man unsere Familiengeschichte bedenkt ...«

»Ach, sieh doch nicht immer so schwarz, Kind. Scott war schizophren, der Arme. Da konnte man nichts machen. Hazel ist nur willensschwach. Sag ihr, wo es langgeht, gib ihr Befehle, dann ist sie glücklich.«

Das Zigarettenende ihrer Mutter war zu einem gefährlich herabhängenden Schlauch aus Asche geworden. Jane sah sich verzweifelt nach einem Aschenbecher um und fing den Blick des Kellners gerade noch rechtzeitig auf. Er stellte einen vor Elizabeth, die geistesabwesend ihre Asche hineinschnippte. Ein Teil fiel auf ihre Brust, ihren »Kontinentalsockel«, wie sie gern sagte.

Elizabeth Wade war das Muster einer Rubensfrau. Sie weigerte sich, auch nur über Abnehmen nachzudenken, und behauptete, ihr Partner Nicky habe gern »ein bißchen was in der Hand«. Und nun kam der Kellner wieder und fragte, ob sie ein Dessert wünschten. Jane bestellte einen Kaffee, während ihre Mutter um ein Mokkaeis bat, außerdem ein wenig Käse und Cracker.

»Warum glaubst du, daß diese Leute, bei denen Hazel ist, auf Selbstmord aus sind?« fragte Elizabeth. »Auf Hungern schon eher, die Ärmste hatte nichts auf den Rippen, als sie mich im Krankenhaus besuchte.«

»Dieser Priester, bei dem ich war, Liam Lavelle –«

»Jung? Alt?«

»Mitte bis Ende Dreißig, würde ich sagen. Ist das wichtig?« fragte

Jane leicht gereizt. »Jedenfalls hat er bestätigt, daß sich diese Hüter des Siebten Siegels einer Endzeitterminologie bedienen, und möglicherweise werden sie von einem religiösen Spinner angeführt, der sich als eine Figur aus der Apokalypse versteht. Und nicht nur das, er ist wahrscheinlich auch noch sexuell gestört.«

»Und das hast du von einem katholischen Priester!« Elizabeth verdrehte die Augen. »Was wissen die denn von Sex? Wetten, er onaniert. Tun sie alle, pausenlos. Müssen sie wohl, die Ärmsten.«

»Mummy, bitte!«

»Tut mir leid, Kind. Haben wir etwa eine kleine Schwäche für ihn, hm?«

»Hör zu, können wir uns nicht einfach unterhalten, ohne daß du mich in Verlegenheit bringst? Ich würde es sehr begrüßen. Und bitte sprich nicht so laut. Ich möchte dich etwas fragen. Du hast doch Englische Literatur studiert. Wieviel weißt du noch von W. B. Yeats? Nicht so sehr seine Poesie, sondern mehr seine Ansichten.«

»Hmm ... Eigentlich nicht mehr viel. War natürlich nach dieser Maud Gonne verrückt. Irischer Nationalist. War ein bißchen auf Feen fixiert und hat sich nebenbei mit Zauberei beschäftigt. Glaubte, daß die Geschichte eine Frage von Kreisen oder Kreiseln sei, genau weiß ich es nicht mehr. Du solltest mit Cousin Jeremy reden, der hat ein Buch über den alten Willie Yeats geschrieben.«

»Jeremy Swann? Ich wußte gar nicht, daß er ein Buch geschrieben hat.«

»Ist auch schon eine Weile her. War Dozent am Trinity. Allerdings nicht für Englische Literatur, sonst hätte ich ihn gehabt. Muß Geschichte gewesen sein. Jetzt lebt er im Ruhestand und wohnt in Rathgar. Seine Frau heißt Beryl, glaub ich.«

Der Kellner brachte Elizabeths Dessert und einen Kaffee für Jane. Elizabeth riß entzückt die Augen auf wie ein kleines Mädchen und schlang ihr Eis herunter.

Jane versuchte sich an die Swanns zu erinnern, einen Zweig ihrer Verwandtschaft, dem sie selten begegnet war. In der Familie ihrer Mutter gab es einen Hang zu künstlerischen oder geisteswissenschaftlichen Berufen, während die Seite ihres Vaters im wesentlichen aus Geschäftsleuten bestand.

»Ich weiß noch, daß ich als Teenager einmal auf einem Silvesterfest dort war«, sagte Jane. »Daddy war auch da. Sie haben keine Kinder, oder?«

»Nein. Keine Abkömmlinge. Wollten es so. Sie müßten unter J. A. Swann im Telefonbuch stehen.« Elizabeth stieß auf, dann erhob sie sich ohne Vorwarnung von ihrem Stuhl. »'tschuldigung, ich muß mal für Damen.«

Jane sah ihrer Mutter nach, wie sie sich zwischen den Tischen hindurchschlängelte, gelegentlich jemanden bat, den Bauch einzuziehen, oder regelrecht einen Stuhl zur Seite kippte. Wie immer empfand sie eine Mischung aus Zuneigung und Gereiztheit. Sie hatte bemerkt, daß Elizabeth einen purpurnen Rock mit passendem Oberteil trug, die sie ihr einmal zu Weihnachten geschenkt hatte, und sie wußte, sie trug die Kombination wegen ihres Treffens. So aufmerksam konnte ihre Mutter sein. Jane sah auf die Uhr. Vielleicht würde sie noch mit ihr in Evans Laden für Übergrößen gehen und ihr etwas kaufen, eine Bluse vielleicht, obwohl sie eher einen richtigen Mantel brauchte statt des anorakähnlichen Dings, mit dem sie heute aufgetaucht war. Aber in spätestens ein, zwei Stunden würden sie sich wieder in den Haaren liegen. Ein andermal.

Zum Teil waren die Reibereien zwischen ihnen auf gewisse Charakterzüge zurückzuführen, die ihnen gemeinsam waren, ein Umstand, der Jane gelegentlich beunruhigte. Dazu gehörte der Hang, rundheraus zu sagen, was sie empfand, ohne allzu langes Nachdenken. Als sie Nicky zum erstenmal traf, hatte sie ihn unverblümt gefragt, ob er Elizabeth liebe. Er war sprachlos, weil er nicht erwartet hatte, von dieser jungen Frau ins Verhör genommen zu werden, die ja eigentlich seine Stieftochter war. Als ihre Mutter davon erfuhr, rüffelte sie Jane und sagte, sie sei noch nicht in dem Alter, in dem ihre Kinder sich benehmen durften, als wären sie ihre Eltern.

Der Kellner kam mit Käse und Crackern, und Jane bat ihn um die

Rechnung. Dann sah sie Elizabeth auf derselben umständlichen Route wie zuvor den Tisch ansteuern.

Sie sah ein bißchen aufgeregt aus, als sie sich setzte, schenkte sich noch Wein ein und sagte laut: »Mir ist auf dem Klo etwas eingefallen. Ein ordinäres, kleines Gedicht über Yeats und Maud Gonne, das damals von einer Studentengeneration an die nächste weitergegeben wurde. Wahrscheinlich hat mich die Erwähnung deines Priesterfreundes darauf gebracht. Willst du es hören?«

Sie legte ohne Rücksicht los:

»Yeats Willi wichst,
Es ist wie verflixt,
Maud bringt ihn um den Verstand.
Im Geist ist sie sein,
Doch sie läßt ihn nicht rein,
So hilft er sich mit der Hand.«

Es war ordinär. Jane wurde augenblicklich rot und bemerkte gleichzeitig einige mißbilligende Mienen um sie herum.

Dann brach sie in Lachen aus.

— 25 —

Auf der Zugfahrt von Londons Heathrow Airport in die Stadt sah Dempsey mit Graffiti besprühte Wände und die Giebelseiten von Häusern vorbeihuschen. Gelegentlich tauchte ein X in den Sprüchen auf, und schließlich entdeckte er auf einer Strecke von rund einer Meile mehrere Male drei von ihnen zusammen in einem senkrechten Muster. Nach den ein- und aussteigenden Fahrgästen zu urteilen, lebten offenbar viele Moslems in dieser Gegend. Waren die

Graffiti Hinweise auf die Aktivitäten des Zehnten Kreuzzugs, oder sah er nur eine düstere Botschaft in zufälligen Schmierereien? Immerhin war an der letzten Haltestelle eine aufreizende Werbung für Damenunterwäsche rot übermalt gewesen, die Farbe strömte vom Schritt des Models und von den Brustwarzen unter dem BH. Aber das bedeutete nicht, daß ihr Mörder in der U-Bahn Amok lief. Und in einem Schriftstück, das ihm Lavelle vor ein paar Tagen gegeben hatte, warnte der Priester ebenfalls davor, einen überlegten Plan in Dingen zu sehen, die möglicherweise gar nicht zusammenhingen.

Dennoch beunruhigte ihn die Zerstörung des Plakats aus mehreren Gründen. Ein neuer Hinweis auf ... ja, auf was eigentlich? Er dachte an die Filmplakate, die in seiner Kindheit vor dem Kino in der Nachbarschaft hingen. Auf denen hatte der Besitzer manchmal das üppige Dekolleté des weiblichen Stars mit schwarzer Tinte übermalt. War das das andere Extrem? Es hatte auch einen Jungen gegeben, der gern eine Ausschnittslinie auf die Brüste der Mädchen in den Comics seiner Schwester zeichnete, um anzuzeigen, daß sie im Besitz dieser geheimnisvollen, faszinierenden Kurven waren. Heutzutage war von dem Geheimnis nicht mehr viel übrig, dachte er. War es das, was dieser Welt fehlte – das Geheimnisvolle?

Und konnte Sarah Glennons Schicksal eine Reaktion auf die offene Darstellung weiblicher Sexualität in den Medien sein? Gerade fromme Moslems liebten es nicht gerade, wenn der weibliche Körper in der Öffentlichkeit gezeigt oder gar zur Schau gestellt wurde. Dempseys Gedanken drehten sich in einem frustrierenden Kreis, der zwei Stränge zu haben schien, die jeweils in eine andere Richtung gingen. Vielleicht lag es daran, daß Lavelle in seinem Bericht den Aspekt der weiblichen Sexualität ins Spiel gebracht hatte, während er die islamische oder pseudo-islamische Dimension gleichzeitig verwarf:

Nach mehr als einer Woche des Nachdenkens über das Ritual enthält es für mich immer weniger ein islamisches Element, vorgetäuscht oder nicht. Hätte jemand gewollt, daß es wie ein muslimischer Ritus aussieht, dann hätte er das sehr viel offensichtlicher machen können.

Oberflächlich betrachtet, mag es danach aussehen, aber ich bin überzeugt, dem Mord liegt ein komplexer und düsterer Gedankenprozeß zugrunde, der Elemente von Reinigungsritualen vom Nahen Osten bis zum keltischen Irland enthält.

Wenn wir wissen, was diese verschiedenen Elemente verbindet, werden wir klarer sehen, und es wird hoffentlich Ihre Chancen vergrößern, den oder die Verantwortlichen zu finden.

Dann hatte Lavelle die Bedeutung der vierzig Tage unterstrichen, der keltischen Riten, die den Beginn des Februars umgaben, und der Bluttabus, die sich in der Bibel finden ... und schließlich hatte er Dempsey im Schnelldurchgang durch die Religionsgeschichte geführt. Was würde Taaffe wohl davon halten? dachte er und wandte sich vom Fenster ab.

In diesem Moment fing Taaffe seinen Blick auf. »Wer kauft ihnen bloß diesen Schwachsinn ab?«

Der Detective Sergeant saß ihm gegenüber und blätterte in Pamphleten des Zehnten Kreuzzugs und Flugblättern, die für öffentliche Auftritte James Turners in verschiedenen britischen Städten warben. Das Material hatte ihnen die britische Polizei geschickt, die außerdem Turners Aufenthaltsort für sie ermittelt hatte. Widerwillig hatte Turner einem Treffen mit den irischen Polizisten in seinem Hotel in Swiss Cottage zugestimmt. Es war sein letzter Tag in London, und er beendete diesen Teil seiner Tournee mit der Rede auf einer Evangelistenkundgebung am Abend.

»Das ist nicht nur religiöse Bigotterie, es ist außerdem rassistisch«, sagte Taaffe. »Propaganda von der Überlegenheit der Weißen.«

»Ich habe von Bonner in Mountjoy schon einiges darüber gehört«, erwiderte Dempsey.

»Das Zeug über den Koran hier dürfte einigen Leuten ziemlich sauer aufstoßen«, sagte Taaffe, nahm eine Broschüre und las laut vor: »›Der Koran ist ein schlechtes Buch, nicht das Wort Gottes, sondern das Werk Satans ...‹«

Dempsey sah, daß sich in dem halbvollen Waggon einige Leute

nach ihnen umdrehten. Er legte den Finger an die Lippen und verdrehte die Augen zu Taaffe, damit der den Mund hielt.

»Stoff für eine Fatwa, würde ich sagen, hör dir das an«, plapperte Taaffe weiter. Dempsey trat ihm ans Schienbein, und endlich begriff er.

Der Zug hielt, und mehrere Passagiere stiegen aus. Als er wieder anfuhr, waren die beiden fast allein im Wagen.

»Es ist trotzdem ein bißchen lächerlich«, sagte Taaffe. »Ich habe ja nur zitiert. Wenn ich das gleiche mit der Bibel tun würde, gäbe es kein Problem. Es ist diese Angst, Moslems zu beleidigen, weil sie glauben, der Koran ist das Wort Gottes.«

»Vielleicht ist es am besten, vor beiden ein bißchen Respekt zu zeigen.«

»Wir sollten sagen dürfen, was wir denken, ohne uns lange den Kopf zerbrechen zu müssen. Freie Meinungsäußerung und so. Wenn wir nachgeben, buttern sie uns unter.«

»Turner und seinesgleichen argumentieren wahrscheinlich genauso«, sagte Dempsey. »Aber wenn Leute wie er das Sagen hätten, wäre ich noch wesentlich besorgter. Soviel ich diesen Broschüren entnehme, sind sie nicht nur gegen den Islam.«

»Ja, sie behaupten, daß Jesus kein Jude war, sondern Galiläer. Und die Juden seien überhaupt nicht die Kinder Israels, weil die Israeliten eine weiße Rasse sind. Und wer sind dann die wahren Israeliten? Die Angelsachsen, Kelten, Skandinavier, Germanen ... wie kann jemand so ein Zeug schlucken? Dann sagen sie, es gebe eine jüdische Bruderschaft mit dem Namen ›Illuminati‹, die weltweit den Geldmarkt beherrscht. Einer erstaunlichen Logik zufolge sollen sie sich mit arabischen Ölscheichs in einer Verschwörung gegen den Westen zusammengetan haben. Und schau dir das an ...«

Taaffe hielt ein dünnes Heftchen im Zeitschriftenformat hoch. Es sah aus wie eine knallbunte Comicversion der Bibelgeschichte. Eine Balkenüberschrift verkündete im Stil einer Zeitung: WORLDSEND TIMES – *Die Schlagzeilen von morgen schon heute!*

»Handelt sich vermutlich um einen Führer zum Ende der Welt für

Boulevardpresseleser wie mich«, sagte er. »Nur daß mir auf Seite drei statt Mandys Titten ein Bild vom Antichrist ins Auge springt!«

Taaffe war in redseliger Stimmung. Dempsey wollte eigentlich seine Gedanken für ihr Treffen mit Turner sammeln und überlegen, wie er seine Erkenntnisse aus dem Besuch in Sligo mit den Aktivitäten des Zehnten Kreuzzugs unter einen Hut bringen konnte. Aber sein Partner war nicht zu bremsen.

»Vermutlich können Scharlatane wie Turner jetzt wunderbar mit den Vorurteilen der Leute spielen, weil der Papst und die anderen religiösen Führer auf dieser Konferenz miteinander ins Bett hüpfen wollen. Und in diesem Heft hier behaupten sie, daß Jerusalem der Ort ist, an dem der nächste Weltkrieg beginnt. Die Sicherheitsdienste in Israel dürften inzwischen langsam am Durchdrehen sein. Und wahrscheinlich dachten sie nach den Jahrtausendfeiern in Jerusalem, das sei erst mal das Ende ihrer Kopfschmerzen.«

»Soviel ich von Lavelle weiß«, ließ sich Dempsey widerwillig ins Gespräch ziehen, »glauben viele dieser unbelehrbaren Millenniumstypen, daß wir jetzt erst auf die Zielgerade zum Ende einbiegen. Selbst Katholiken machen jetzt mit, weil sie glauben, daß dieser Papst der letzte ist.«

»Ja. Und dem Zehnten Kreuzzug zufolge war Fatimas drittes Geheimnis eine Prophezeiung, daß ein Teufelspapst im Vatikan regieren würde.«

»Offenbar machen alle das Theater vom Ende der Welt mit«, meinte Dempsey. »Ich habe in Sligo aus der New-Age-Ecke dasselbe gehört.«

»Allerdings behauptet der Zehnte Kreuzzug, die Birkenstockheinis seien Agenten des Satans, die falsche Prophezeiungen verbreiten. Das hat was von: ›Verpißt euch und vermasselt uns nicht die Tour, das ist unsere Szene.‹ Deshalb gilt ihnen alles, woran die New-Age-Leute glauben, als absolut suspekt – von Heiltherapien bis Tarotkarten. Wahrscheinlich brauchst du nur ein Horoskop am Morgen zu lesen, und schon bist du mit dem Teufel im Bunde. Und was –«

»Paß auf, Jack«, unterbrach Dempsey. »Ich habe Lavelles Bericht dabei, damit du ihn dir mal ansehen kannst.«

Er zog einen zusammengefalteten A4-Umschlag aus der Innentasche seines Mantels. »Sag erst was dazu, wenn du alles gelesen hast, okay?«

Er gab Taaffe das Kuvert und schaute wieder aus dem Fenster. Horoskope. Heiltherapien. Das war seine zweite Zugfahrt innerhalb einer Woche, und die erste hatte ihn mit einer Welt in Berührung gebracht, in der sich James Turner und seine Glaubensgenossen ausgesprochen unwohl fühlen würden.

— 26 —

Der Zug war vorbei an aufgeweichten Feldern und über angeschwollene Flüsse gebraust, und Dempsey hatte wenig Anzeichen für neues Wachstum in den Gestrüppen und Dickichten entlang der Bahnlinie bemerkt. Keine »Neubelebung der Natur«, wie es Lavelle in seinem Bericht genannt hatte, den er in dem leeren Abteil las. Aber als sich der Zug der Nordwestküste näherte, sah er, daß der Schlehdorn in den Hecken bereits Blüten trug, wie Sahnekleckse waren sie über die kahlen Zweige verteilt. Das mußte die Wirkung des Golfstroms sein. Oder der globalen Erwärmung.

Als der Zug in Sligo einfuhr, betrachtete Dempsey das noch weiße Plateau von Ben Bulben, das wie ein umgedrehter Schiffsrumpf drohend über der Stadt lag.

Nach einem Treffen mit der örtlichen Polizei spazierte er an dem kühlen, aber klaren Nachmittag durch die Stadt, bis er zu einem Laden namens Earthwise kam, den ein gewisser Mr. Greg Mathers als Nachsendeadresse für die Gewandnadeln benutzt hatte.

Bislang hatte man Mathers noch nicht aufgespürt, aber der Polizei von Sligo zufolge war er dort gut bekannt wegen seiner Teilnahme an der Winter- und Sommerakademie zu Yeats. Er war angeblich Amerikaner oder Amerikaner irischer Abstammung, Ende Dreißig und hatte einige Freunde in der Gegend gewonnen. Die meisten seiner Bekannten stammten allerdings nicht von dort. Sligo war ein Zufluchtsort für Künstler, Aussteiger und New-Age-Herumtreiber geworden, und unter diesen Leuten verkehrte Mathers bei seinen Besuchen. Bei der Kursanmeldung hatte er das Earthwise als Adresse angegeben.

Dabei handelte es sich um einen Reformkostladen mit einem kleinen Eßbereich im hinteren Teil, wo man aus einer Vitrine mit Salaten, Bohnen und vegetarischen Quiches wählen konnte. Moira Maxwell, die Besitzerin, war in den Fünfzigern, mit Haar wie Stahlwolle, das sie mit Kämmen aus dem Gesicht hielt. Dempsey hatte sich telefonisch mit ihr verabredet, und sie saßen zusammen im Eßbereich, in dem außer ihnen niemand war.

Da die Polizei sie bereits mehrmals vernommen hatte, antwortete sie ihm mechanisch und mit einer gewissen Gereiztheit. Jawohl, Mr. Mathers sei gelegentlich zu Besuch in der Stadt, und der Nachsendedienst, den Earthwise anbot, könne gegen eine geringe Gebühr von jedermann genutzt werden. Sie unterhielten Kontakte mit den Vertreibern verschiedenster alternativer Produkte, und so habe sich ihre Funktion als Sammel- und Nachsendestelle entwickelt. Sie habe nicht besonders auf Mr. Mathers geachtet. Eine Beschreibung? Groß und bärtig. Dunkel. Ob sie das nicht bereits wüßten. Nein, es sei ihr nicht bekannt gewesen, daß er den Laden bei der Anmeldung für die Yeats-Akademie als Adresse angegeben hatte. Dann stellte Dempsey eine Frage, von der er wußte, daß sie neu für die Frau war. Sie dachte gründlich darüber nach.

»Veilchenöl? Davon habe ich noch nie gehört, jedenfalls nicht im Zusammenhang mit Aromatherapie. Aber wir bekommen manchmal Anfragen von Therapeuten und anderen Kunden nach ausgefallenen Ölen. Um diese Dinge kümmert sich Gaye bei uns.«

Sie nickte in Richtung ihrer Verkäuferin, die vorn im Laden gerade eine Kundin bediente. Dempsey hatte die Frau zuvor beobachtet und war zu dem Schluß gekommen, daß sie mit halbem Ohr ihrer Unterhaltung folgte. Er wußte, er würde aus Moira Maxwell nicht mehr viel herausbekommen, deshalb dankte er ihr, und als sie eine Freundin begrüßen ging, die soeben zur Tür hereinkam, spazierte er im Laden umher und wartete darauf, ein paar Worte mit Gaye wechseln zu können.

Er vertrieb sich die Zeit, indem er Anzeigen für Kurse und Dienstleistungen las, darunter holotropes Atmen, eine Tätigkeit, die offenbar mit schamanischem Trommeln zu tun hatte. Es gab Reiki, Seiki, Heilen durch Energie, Farbtherapie, die Dienste eines Hellsehers, eines geistigen Lehrers und eines Astrologen, einen Vortrag über Engel und Elfen und einen Workshop, den ein Anhänger der Reinkarnationslehre gab, der zudem ausgerechnet Tänzer war. Es gab auch ein Regal mit Büchern, und Dempsey zog wahllos eins heraus. Es trug den Titel: *Abriß der Theosophie.*

Der Klappentext verriet ihm, daß alle Religionen einer Quelle entsprangen, die dem Eingeweihten von der Theosophie enthüllt wird. Schriftsteller und Künstler wurden aufgezählt, die aus diesem Quell des Wissens getrunken hatten, von dem irischen Dichter W. B. Yeats bis zu dem amerikanischen Maler Jackson Pollock. Dempsey blätterte in dem Band, fand aber wenig von Interesse, bis sein Blick auf einen Absatz fiel:

> … alle Informationen, die einen Menschen aus der äußeren Welt erreichen, tun dies durch eine Art Schwingungen … wenn ein Mensch ein Empfindungsvermögen für zusätzliche Schwingungen entwickeln kann, wird er auch zusätzliche Informationen erhalten; er wird das, was man allgemein »hellsichtig« nennt.

Ich könnte ein paar zusätzliche Informationen gebrauchen, dachte Dempsey schmunzelnd. Dann überlegte er, daß diese Schwingungen die Beach Boys in den Sechzigern vielleicht zu ihrem Hit »Good Vibrations« inspiriert hatten. Schließlich blätterte er zum Ende des Buchs und sah eine Liste mit weiteren Titeln inklusive Preisen.

Vier große Religionen: Hinduismus, Buddhismus, Zoroastrismus, Christentum – Annie Besant 2s. 0d.
Der Weg der Initiation – Dr. Rudolph Steiner 3s. 6d.
Praktischer Okkultismus – H. P. Blavatsky 1s. 0d.
Das Parfum Ägyptens – C. W. Leadbeater 3s. 6d.

Der letzte Titel machte ihn neugierig. Vielleicht hatten sie ihn vorrätig. Erst als er das Buch schloß, fiel ihm auf, daß die Preise aus der Zeit vor Einführung des Dezimalsystems stammten. Er hatte sie gelesen, ohne sich etwas dabei zu denken. Wahrscheinlich hatte ihn die Erinnerung an die sechziger Jahre dafür empfänglich gemacht. Er schlug das Buch noch einmal auf und entdeckte zu seinem nicht geringen Erstaunen, daß er den Nachdruck eines Werks in der Hand hielt, das 1915 zum erstenmal veröffentlicht wurde!

Er stellte es ins Regal zurück, als befürchtete er, es könnte verhext sein.

Die Kundin, die Gaye bedient hatte, ging, und Dempsey sprach die Verkäuferin an. Sie war Anfang Dreißig, trug das Haar in gefärbten Zöpfen, und ihre Ohren waren mit einer ganzen Reihe von Ringen geschmückt. Ihrem Akzent nach war sie Engländerin.

»Ich bin Detective Inspector Dempsey. Gaye ...? Ich habe Ihren Nachnamen nicht mitbekommen.«

Sie mied seinen Blick und schaute auf ihre Kasse hinab.

»Simmons«, antwortete sie knapp.

»Ich muß Ihnen einige Fragen stellen, Gaye. Es dauert nur ein paar Minuten ...«

Ein neuer Kunde betrat den Laden und kam an den Tisch. Moira unterhielt sich mit ihrer Freundin im Teeraum. Gaye sah erst den neuen Kunden an, dann Dempsey.

»Wie Sie sehen, sind wir beschäftigt.« Sie war nervös und trommelte mit ihren beringten Fingern auf der Kasse.

»Ich kann warten.«

»Ich würde lieber woanders reden. Ich mach um vier Uhr Schluß, weil ich meine Kinder abholen muß. Wir treffen uns draußen, in Ordnung?«

Dempsey sah auf die Uhr. Noch eine Stunde.
»Also dann um vier.«

Bis Gaye mit ihrer Arbeit fertig war, ging Dempsey in ein Pub namens Red Hanrahan's und bestellte ein Käsesandwich. Dann las er noch einmal den Teil von Lavelles Bericht, der sich mit den beiden Punkten beschäftigte, über die er in Sligo Fragen stellen wollte – die Keltennadel und das Duftöl.

Duftöle sind bei Reinigungsriten gebräuchlich, weil angenehme Gerüche als in sich rein angesehen werden. Sie finden seit langem Verwendung bei der Salbung und Einbalsamierung von Leichnamen vor der Beerdigung, und die sterblichen Überreste mancher Heiliger verströmten angeblich noch Jahre nach ihrem Tod einen Wohlgeruch. Häufig wurde Blumenduft, vor allem von Rosen, mit Marienerscheinungen (»die reinste ihres Geschlechts«) in Verbindung gebracht, und offenbar fand der Prophet Mohammed Gefallen an dem aus Veilchen gewonnenen Parfum. Weihrauch wird in ganz Fernost und in katholischen Kirchen bei Zeremonien benutzt.

Schmuckstücken, Edelsteinen und Amuletten werden oft reinigende Kräfte zugesprochen. Ihr Einflechten in die Verbände ägyptischer Mumien mag diese Funktion gehabt haben, nährte aber auch Spekulationen über ihre Bedeutung als prophetische Talismane. Es heißt, daß an Tutenchamuns Mumie 144 solcher Gegenstände gefunden wurden – eine Zahl, die manche mit den 144 000 Gerechten in Verbindung gebracht haben, denen am Tag des Jüngsten Gerichts nicht der Prozeß gemacht wird, weil sie, wie es in der Offenbarung heißt, »diejenigen sind, welche sich ihre Jungfräulichkeit bewahrten und nicht besudelt wurden von (Sex mit) Frauen«.

Um vier Uhr wartete er gegenüber des Earthwise. Gaye kam aus dem Laden und blickte ungeduldig in beide Richtungen, bis eine Lücke im Verkehr ihr das Überqueren der Straße ermöglichte. Er wußte, sie hatte ihn gesehen, aber sie hielt den Kopf gesenkt und eilte auf einen nahen Parkplatz.

»Moment mal, Miss Simmons«, sagte er, als er sie eingeholt hatte. »Sie sagten doch, wir treffen uns ...«

»Nicht auf der Straße, wenn ich bitten darf«, zischte sie aus dem Mundwinkel und setzte brüsk ihren Weg fort. »Und ich habe wirklich nicht viel Zeit, Inspector. Eine Nachbarin holt immer um drei Uhr meine Kinder von der Schule ab. Wenn ich sie bis fünf nicht bei ihr geholt habe, macht sie mir heftige Vorwürfe.«

Sie kamen zu einem roten, mit Gänseblümchen bemalten Kombi. Im selben Moment prasselte ohne Vorwarnung ein Hagelschauer vom Himmel.

»Setzen Sie sich lieber rein«, sagte Gaye mürrisch. Dempsey tat, wie geheißen, wobei er ein flaches Päckchen Zigarettenpapier der Marke Rizla vom Beifahrersitz aufhob.

»Wieso stecken Sie Ihre Nase in unsere Angelegenheiten?« sagte sie plötzlich. Es war mehr ein Verweis als eine Frage.

»Wenn Sie mit ›uns‹ Leute meinen, die auf der Suche nach einem alternativen Lebensstil hierhergekommen sind – ich habe nicht die Absicht, irgendwem in die Quere zu kommen«, sagte Dempsey. »Es ist nur so, daß eine bestimmte Person, mit der wir uns gern unterhalten würden, anscheinend mit Leuten Ihrer ... Überzeugung verkehrt. Warum, weiß ich nicht genau. Was hat Sligo an sich, das Menschen wie Sie hierherführt?«

»Hier gibt es eine Verdichtung spiritueller Energie, und auf die wollen wir uns einstimmen, falls Sie wissen, was ich meine.«

»Eine Verdichtung spiritueller Energie«, wiederholte Dempsey. »Verdichtung wozu?« Hagelkörner trommelten auf das Dach und hüpften über die Motorhaube.

»Wir haben erst in den letzten fünfzig Jahren begonnen, die Bedeutung der altertümlichen Bauwerke auf der Erde zu verstehen, Sie haben bestimmt im Fernsehen schon mal was darüber gesehen.«

Dempsey nickte weise, und sie fuhr fort.

»Stonehenge, Newgrange, die ägyptischen Pyramiden, mexikanische Tempel – sie hängen alle zusammen, weil sie etwa zur selben Zeit von Menschen erbaut wurden, die viel mehr von den Sternen verstanden, als es unsere heutigen Astronomen tun. Es ist wie ... eine kosmische, spirituelle Uhr, die ständig vor sich hin tickt, und diese Bauten sind die Instrumente, mit denen man diese Zeit berechnet. Die Maya haben einen Steinkalender gebaut, der so genau ist wie eine Atomuhr, und er sagt das Ende der Zeit für das Jahr 2012 nach unserem Kalender voraus, und dieses Datum wird auch von Inschriften auf den Pyramiden bestätigt.«

»Das Ende der Welt?« Jetzt geht das wieder los, dachte er.

»Die meisten von uns glauben, daß es das Ende einer Art Unwissenheit bedeutet, verstehen Sie? Ein Tor zu einer neuen Welt des Geistes – eine andere Ebene des Daseins. Die geistigsten von uns fühlen es bereits. Und am stärksten ist es, wenn wir uns an einem Ort voll alter Weisheit und Nähe zum Geist versammeln, wie in Sligo.«

»Und deshalb kommt auch Greg Mathers hierher – abgesehen von seiner Teilnahme an den Yeats-Kursen, meine ich?«

»Hören Sie, ich kenne Greg wirklich nicht sehr gut. Ich weiß nur, daß er den Ruf hat, eine Art Mystiker zu sein, ein Mensch mit einer tiefen Achtung vor der alten keltischen Religion. Nennen Sie ihn einen Druiden, wenn Sie wollen. Er wurde wohl durch die Lektüre von Yeats dazu angeregt hierherzukommen. Wir stellen keine Fragen, woher einer kommt oder wohin er geht. Soviel ich weiß, war Greg seit letztem Jahr nicht mehr hier. Jedenfalls war er nicht bei der Yeats-Winterakademie. Das ist alles, was ich weiß.«

»Aha«, sagte Dempsey und holte seine Zigaretten hervor. »Stört es Sie, wenn ich rauche?«

Gaye schüttelte den Kopf.

»Sie auch?« fragte er und bot ihr eine an.

»Nein danke.«

Er hatte das Päckchen Rizla auf die Ablage gelegt. Er sah, wie sie darauf schielte und gab es ihr. »Sie drehen lieber selbst, was?«

»Ach, kommen Sie Inspector. Ich denke, Sie wissen, daß Typen wie wir mehr auf Gras stehen.«

Sie hatte die Ironie in seinem Tonfall nicht bemerkt. Er täuschte Überraschung über ihre Enthüllung vor, runzelte die Stirn und sagte: »Wirklich? Sie rauchen Marihuana?«

In diesem Moment schien Gaye aufzugehen, daß es dumm von ihr gewesen war, das Thema anzuschneiden, und sie folgerte irrtümlich, daß sich Dempseys Ermittlung darum drehte. »Sie verdächtigen Greg Mathers nicht etwa des Drogenhandels, oder?«

Das war ihm noch nie in den Sinn gekommen. Aber er würde es sich merken.

»Ich kann Ihnen wirklich nicht sagen, warum wir Mr. Mathers vernehmen wollen, außer daß wir möglichst wenig Aufsehen bei der Suche nach ihm erregen wollen. Aber ich spüre, daß Sie mir nicht alles erzählen. Aus irgendeinem Grund wollten Sie von Anfang an nicht mit mir reden. Warum?« Er kurbelte das Fenster nach unten und blies eine Rauchwolke in die kühle Abendluft. Der Hagel hatte so beiläufig geendet, wie er begonnen hatte.

»Also gut, ich sag es Ihnen. Letztes Jahr hat die Polizei einen holländischen Kriminellen gejagt, der sich angeblich hier herumtrieb, und überall in der Stadt waren Presseleute. Es war Sommer, und die Revolverblätter hörten von einem Lunasa-Fest auf dem Knocknarea. Sie machten eine Hexensabbatgeschichte daraus, mit Nackttänzen, Satansriten, Teufelsanbetung, all so Zeug. Eine Weile danach waren die Einheimischen hier viel weniger tolerant. Es gab sogar Versammlungen vor Beginn des Schuljahrs, bei denen Eltern dagegen protestierten, daß unsere Kinder in dieselben Schulen gehen wie ihre. Das hat sich wieder gelegt, aber durch Ihre Untersuchung könnte alles von vorn losgehen, egal worum es sich handelt. So, und jetzt muß ich wirklich gehen.«

»Nur noch eines. Hatten Sie je eine Anfrage nach Veilchenöl?«

»Nein, noch nie.« Er hatte das Gefühl, sie sagte die Wahrheit. Oder jedenfalls etwas, das er glauben konnte.

Auf der Rückfahrt von Sligo rief Dempsey den Kriminalreporter der *Sunday World* an, den er gut kannte, und bat ihn, im Archiv nach einer Geschichte über ein heidnisches Fest in Sligo zu suchen. Am nächsten Morgen brachte ein Kurier einen Satz Fotokopien. Obenauf lag eine Doppelseite mit der Schlagzeile: (NACKT-)TANZ BEI MONDFEST. *Zügellose Heiden lassen bei Hexensabbat in Sligo die Hüllen fallen.*

Zwei Fotos begleiteten den Artikel. Eines zeigte einen Halbkreis von Leuten, die mit erhobenen Armen hinter einem lodernden Feuer standen. Die Qualität des Bildes war sehr schlecht, und die Teilnehmer trugen lose Gewänder, unter denen man mit Mühe hier und dort die Rundung einer Brust ausmachen konnte. Das zweite war die verschwommene Nahaufnahme eines Mannes mit Maske, die den oberen Teil seines Gesichts verdeckte. Aus der Maske standen zwei Hörner hervor, die an eine Ziege erinnerten. Die Bildunterschrift lautete: *Der »Hörnergott« beim Sabbat in Sligo.*

Der Artikel nannte keine Namen, deutete aber an, daß die Teilnehmer der Feier hauptsächlich Fremde waren, die sich in der Gegend niedergelassen hatten.

Der Artikel der folgenden Woche war kleiner, aber das Bild des Mannes mit der Maske war erneut abgedruckt, diesmal unter der Schlagzeile.

SLIGO-HEIDEN LEUGNEN TEUFELSRITUAL

Nach Abdruck eines Exklusivfotos in der *Sunday World*, das einen Hexensabbat auf dem Knocknarea in Sligo zeigt, sagte ein Ratsmitglied diese Woche im Sender RTE, »daß Fremde und Zugereiste den Namen Sligo zu einem Synonym für Heidentum und finstere Kulte machen«. Eine Anruferin beim Sender, die sich Margaret nannte, erzählte hingegen, sie sei bei dem Lunasa-Fest gewesen, und es habe sich um die harmlose Feier eines alten irischen Festtages gehandelt. Sie behauptete weiter, viele der Teilnehmer seien Christen gewesen.

Die *Sunday World* kann außerdem verraten, daß es sich bei dem »Hörnergott« (siehe oben), der an dem Ritual teilnahm und mit unserem Fotografen sprach, um Greg Mathers handelt, einen selbsternannten »Druiden« und gelegentlichen Besucher der Gegend.

Damit hatten sie eine Verbindung zwischen Mathers und heidnischen Ritualen. Sie würden ihn finden müssen, und zwar schnell. Dempsey entging auch nicht, daß Mathers zum Zeitpunkt der Aufnahme keinen Bart trug.

»Hier müssen wir raus.« Taaffe stieß ihn mit dem Fuß an. Dempsey schreckte hoch. Die U-Bahn fuhr in die Haltestelle Green Park ein. Sie mußten auf die Jubilee Line wechseln und bis Swiss Cottage fahren, von wo sie zu Fuß zu Turners Hotel gehen konnten.

Als sie auf den Bahnsteig traten, sagte Taaffe, er habe Lavelles Bericht erst zur Hälfte gelesen. Dempsey sah auf die Uhr. Es war kurz nach elf.

»Wir sind sowieso zu früh dran. Du kannst den Rest lesen, während wir auf Turner warten.«

Taaffe hoffte, daß sie die Angelegenheit möglichst schnell hinter sich bringen würden. Er wollte noch einkaufen gehen. Ein neues Hemd und vielleicht eine Krawatte. Und zur Abwechslung mußte er bei einem Ausflug nach London nicht an ein Mitbringsel für Ciara denken.

— 27 —

... wie ich schon sagte, hatte die zoroastrische Religion Persiens einen Einfluß auf das Judentum und damit indirekt auch auf das Christentum und den Islam. Direkter beeinflußte sie das Christentum jedoch durch einen ihrer Ableger, den Manichäismus, eine dualistische Religion, in der Geist = gut und Fleisch = böse ist.

Christliche Haltungen zur Sexualität – und insbesondere zu Frauen – wurden stark durch die Ansichten des heiligen Augustinus geprägt, durch den im 5. Jahrhundert ein manichäischer Zug in das Christentum gelangte. Er glaubte, daß es die Lust dem Fleisch (= böse) ermöglicht, die Oberhand über den Geist (= gut) zu gewinnen. Zur menschlichen Fortpflanzung ist jedoch Verlangen erforderlich, und deshalb setzte er den Geschlechtstrieb mit der Erbsünde gleich – eine Last, die der Menschheit wegen des Vergehens von Adam und Eva aufgebürdet wurde.

Etwa einhundert Jahre später, und obwohl das Christentum die rituellen Gesetze des Alten Testaments inzwischen größtenteils über Bord geworfen hatte, beharrt Papst Gregor in einem Brief an die englische Kirche noch darauf, daß Geschlechtsverkehr während der Menstruation verboten sei, und weist darauf hin, daß das alte Gesetz den Tod für jeden Mann vorschrieb, der einer Frau in dieser Zeit sexuelle Avancen machte. Zusätzlich sagt er noch, das Vermächtnis der Erbsünde sei nicht, wie oft angenommen, in den Schmerzen der Geburt zu suchen, sondern im *Vergnügen am Sex*. Damit haben sich also einige alte Tabus, die den Fortpflanzungsprozeß der Frau umgaben, mit einer später hinzugekommenen und zutiefst negativen Einstellung gegenüber dem sexuellen Verlangen als solchem vermischt. Und Frauen galten als die hauptsächlichen Anstifter dieses Verlangens. Das hatte eine deutliche Auswirkung auf christliche Asketen.

Im keltischen Mönchstum entwickelte sich der Glaube, daß die Lüsternheit von Frauen mit der Blutmenge in ihren Körpern zusammenhänge und daß sich beides durch strenges Fasten verringern lasse. Reinheit = Verlust der Libido = Mangel an Blut. Sexuelles Vergnügen war etwas, das man meiden mußte, wenn man geistige Vollkommenheit erreichen wollte, und Frauen hatten ein Problem – zuviel Blut. Und noch ein zweites vielleicht, damals nicht ausgesprochen, aber eventuell begriffen (und gefürchtet): Die Klitoris einer Frau ist das einzige menschliche Organ, das ausschließlich der Lust dient. Was uns zu den Verstümmelungen führt.

Die Verstümmelung der *weiblichen* Genitalien wird in Teilen der Welt, darunter in vielen islamischen Ländern, rituell praktiziert. Das kann von teilweiser oder ganzer Entfernung der Klitoris bis zu der radikalen Form der pharaonischen Infibulation reichen (weil ihre Ursprünge angeblich im alten Ägypten liegen), bei der die äußeren Genitalien vollständig entfernt werden. Das Christentum wiederum billigt zwar keine rituelle Entmannung, aber es gab in der frühen Kirchengeschichte *Männer*, die das Gebot des heiligen Paulus, »Eunuchen Gottes« zu sein, wörtlich nahmen. In jüngster Zeit ließen sich mehrere Mitglieder der Sekte Heaven's Gate kastrieren. Und die orthodoxe Kirche hat einige bizarre Sekten hervorgebracht, darunter die russischen Skoptsy (»Die Kastrierten«) des achtzehnten Jahrhunderts, bei denen sich sowohl männliche als auch weibliche Anhänger verstümmelten, wobei sich die Frauen oft die Warzen beider Brüste abschnitten …

— 28 —

»Ziemlich derbes Zeug für einen Priester, was?«

Taaffe hatte Dempsey das Schriftstück von Lavelle zurückgegeben, ohne es zu Ende zu lesen. Die beiden saßen in der Halle von Turners Hotel, mit Blick auf die Treppe und den Lift.

»Wie meinst du das?«

»Du weißt, wie ich über ihn denke. Und jetzt dieses ganze Geschwafel von Fotzen und Mösen. Vielleicht geht ihm einer ab dabei. Findest du es nicht ein bißchen komisch?«

»Ich habe ihn gebeten, uns seine Ideen mitzuteilen. Er wollte eigentlich gar nichts mit der Sache zu tun haben. Aber das hier ist seine ehrliche Meinung, und ich finde, die steht ihm zu. Er hätte auch um den heißen Brei herumreden können.«

»Gut, aber führt es uns irgendwo hin? Was mich angeht, macht es die ganze Sache nur noch verwirrender.«

»Das dachte ich zunächst auch. Aber jetzt ... jedenfalls sehe ich genausowenig, welche Verbindung es zwischen einem Druiden, oder was dieser Mathers ist, und dem Mann geben soll, den wir jetzt treffen. Wenn überhaupt etwas, dann sind sie Gegensätze. Aber wie Lavelle sagt, bezieht das Ritual alle möglichen Traditionen mit ein. Hast du seine Schlußfolgerung gelesen?«

»Nein, erzähl sie mir. In leicht verständlichen Worten, wenn es geht.«

»Daß es eine Art Warnung ist.« Dempsey blätterte zur letzten Seite und zitierte: »›Will man uns sagen, daß das kommende Frühjahr keine Zeit der Neubelebung, sondern des Welkens ist, nicht der Fruchtbarkeit, sondern der Sterilität, nicht der Auferstehung und des Versprechens ewigen Lebens, sondern des Todes und der Verzweiflung?‹«

»Na, das ist ja wunderbar, Kevin. Aber ich sag dir jetzt mal meine Interpretation von Lavelles Bericht, falls er überhaupt etwas wert ist – daß wir nämlich nach einem Haufen Verrückten suchen sollen, die sich als Hexen, Ayatollahs, Mönche oder weiß der Kuckuck was ausgeben. Wir brauchen nur die Läden zu überprüfen, die Theaterkostüme verleihen, und schon haben wir sie festgenagelt.«

Dempsey lächelte nachsichtig. »Schon gut, mach ruhig deine Witze, Jack. Aber mal im Ernst – laß uns die Sache nicht unnötig komplizieren. Eine Person könnte die Tat durchaus allein begangen haben. Gut, er hat vielleicht Verbindungen zu anderen, aber das verschleiert nur seinen wahren Plan. Mit anderen Worten, ein Psychopath, der ausführt, wovon andere in seiner Umgebung nur faseln. Wenn es so ist, dann suchen wir eindeutig nach einem religiösen Spinner, möglicherweise ein Priester oder ein Ordensmitglied, mit einer erheblichen sexuellen Störung, ein großer Frauenhasser –«

»Das trifft so ziemlich auf die meisten Priester Irlands zu, würde ich sagen. Keine große Hilfe.«

Wie konnte Taaffe nur so wild zwischen Verteidigung der Redefreiheit und den klischeehaftesten Vorurteilen hin und her pendeln? Dempsey überlegte, ob er etwas entgegnen sollte, aber er wurde langsam ungeduldig. Sie waren zwanzig Minuten vor der vereinbarten Zeit in dem leicht schäbigen Hotel angekommen. Um fünf vor zwölf hatte Dempsey die Dame am Empfang gebeten, Turner anzurufen, daß sie hier seien.

»Mr. Turner sagt, er duscht nur noch eben und kommt dann nach unten«, hatte sie beim Auflegen gesagt.

Seitdem hatte niemand den Lift benutzt. Sie hatten zwei Männer zusammen ins Hotel kommen sehen, die über die Treppe zu ihren Zimmern gegangen waren.

Taaffe redete immer noch.

»Angenommen, unser Gespräch mit Turner führt uns zu der Annahme, daß er tatsächlich mit dem Vorfall in Kilbride zu tun hatte – was dann?«

»Er ist nicht der Typ, der sich die Hände selbst schmutzig macht – falls er in die Sache verwickelt ist. Aber wenn er glaubt, daß der Zehnte Kreuzzug zuviel Druck bekommt, dann macht er es vielleicht wie mit Bonner und wirft den Täter den Wölfen vor. Er hat mit Sicherheit eine ganz gute Vorstellung davon, wer zu so etwas fähig wäre.« Dempsey sah wieder auf die Uhr. Es war fast halb eins. Er ging noch einmal zum Empfang.

»Sie haben vor etwa einer halben Stunde mit Mr. Turner gesprochen. Er wollte nur noch duschen. Könnten Sie ihn bitte noch einmal anrufen?«

Diesmal gab ihm die Empfangsdame den Hörer, während sie die Zimmernummer wählte. Niemand ging ans Telefon. Hatte Turner beschlossen, sich vor der Befragung zu drücken? Aber wie hatte er das Hotel verlassen? Er ließ es noch eine Minute läuten, dann legte er auf. Hier stimmte etwas nicht. Er winkte die Empfangsdame zu sich, log ihr vor, er sei von Scotland Yard, und ließ sich einen Schlüssel für Turners Zimmer geben.

Er ging zum Aufzug, und während er wartete, rief er seinem Kollegen zu: »Jack, ich fahre rauf zu Turner. Warte hier und halt jeden auf, der aus dem Lift steigt oder die Treppe herunterkommt. Sag, du bist vom Yard.«

Im dritten Stock überprüfte er die Zimmernummern, dann wandte er sich nach links, stieg eine kurze Treppe hinab und bog rechts in einen schmalen Gang. Schließlich klopfte er an Turners Tür. Keine Antwort. Der Fernseher im Zimmer dröhnte in voller Lautstärke. Er drückte die Klinke, aber die Tür war verschlossen.

»Mr. Turner«, rief er, »ich bin Detective Inspector Dempsey. Bitte öffnen Sie die Tür.« Keine Reaktion. Er legte das Ohr an die Tür, hörte jedoch nur das Fernsehgerät.

Er sperrte mit dem Schlüssel auf und trat ein.

Gleich links war die Tür zum Bad. Sie war zu, aber er hörte die Dusche laufen. Auf den schmalen Gang folgte das Zimmer, ein Einzelbett linker Hand und genau vor ihm ein halboffenes Fenster, durch das Wind und Regen drangen, so daß sich der Spitzenvorhang nach innen blähte. Auf einem Brett hoch an der Wand stand der Fernseher, er schaltete ihn aus, damit er klar denken konnte.

Dempsey ging zum Fenster und schaute nach draußen. Etwa drei Meter tiefer lag ein Flachdach, das zu einem Anbau des Hotels zu gehören schien. Hatte sich Turner aus dem Staub gemacht? Als er sich vom Fenster wegdrehte, streifte der Vorhang seine Wange und hinterließ einen Tropfen Flüssigkeit auf der Haut. Dempsey wischte ihn ab. Es war Blut.

Er sah sich im Zimmer um. Kein Anzeichen von Unordnung. Er schlich zur Badezimmertür und öffnete sie vorsichtig.

Der Raum war voller Dampf. In der Duschkabine rauschte und gurgelte das Wasser. Unter Dempseys Füßen knirschte Glas. Langsam begann sich der Dampf zu verziehen, und die Kabine wurde sichtbar. Die Schiebetür hing in einem komischen Winkel. Ein Schub frischer Luft wehte weitere Dampfschwaden beiseite, und jetzt sah er es, nur ein kurzes Stück vor ihm.

Turner saß nackt in der Duschwanne. Ohne Kopf.

Der Wasserstrahl aus der Dusche endete sprudelnd in einer großen, klaffenden Lücke zwischen seinen Schultern und ließ Blut an die Wände der Kabine spritzen.

Dempsey taumelte rückwärts zur Tür. Der Dunst hatte sich inzwischen fast ganz aufgelöst, und er sah Blutspritzer an den Fliesen, der Decke und dem Spiegel. Er blickte auf seine Füße hinab und stellte fest, daß er in den Glasscherben von der Spiegelablage stand, auf dem Boden lag außerdem der Inhalt eines Waschbeutels und eine zerbrochene Brille.

Und noch etwas zog seine Aufmerksamkeit an. Er sah sich den Spiegel genauer an; eine Blutspur zerfloß langsam im ablaufenden Kondenswasser. Es sah aus wie arabische Schrift, geschrieben mit Blut. Aber er kannte sich zuwenig aus, um es mit Bestimmtheit sagen zu können. Und sie löste sich auf.

Nachdem sich der Nebel restlos geklärt hatte, entdeckte der Inspector weitere Anzeichen eines Kampfes. Das Handwaschbecken war gesprungen und blutverschmiert. Ganze Scherben waren abgebrochen und lagen mit dem restlichen Unrat auf dem Boden. Dort hatten sie Turner hingerichtet. Es mußten mindestens zwei Angreifer gewesen sein, einer, der ihm die Arme auf dem Rücken festhielt, während der andere ihm den Kopf ins Waschbecken drückte – die beiden Männer, die vorhin die Treppe hinaufgegangen waren!

Er riß Toilettenpapier von der Rolle und drückte es gegen den Duschhebel, um das laufende Wasser abzustellen. Der leicht schwammige Körper vor ihm füllte die Wanne fast vollständig aus. Aber wo war der …?

Der Toilettendeckel war zugeklappt, doch als Dempsey einen Schritt zurücktrat und genauer hinsah, merkte er, daß er nicht ganz auflag. Er holte einen Kugelschreiber aus der Innentasche seines Jacketts und ging in die Hocke. Mit Hilfe des Stifts hob er den Deckel wenige Zentimeter an, bevor er ihn rasch wieder fallen ließ. Unter dem Sitzrand, gerade noch sichtbar, baumelte ein leberfarbener Klumpen Etwas an einem gallertartigen Faden Blut.

Dempsey ging zurück ins Zimmer, um zu telefonieren. Er brauchte nicht weiterzusuchen.

— 29 —

Rick's Café bereicherte erst seit kurzem das blühende Nachtleben Dublins. Wie nicht anders zu erwarten, hingen an den Wänden Standfotos von Bogart und der Bergman, dazu Szenen aus *Casablanca*. Es gab Perlenvorhänge, mit Quasten geschmückte Sofas und Kissen, Ventilatoren von der Größe eines Flugzeugpropellers und einen Hauspianisten. Und sie hatten phantastische Cocktails. Heute, am Valentinstag, bekam man zwei für den Preis von einem.

»Ausgezeichnete Wahl, Debs«, sagte Jane, die noch nie in dem Lokal gewesen war. Sie schlürfte ein purpurnes Gebräu durch einen rosa Strohhalm. Ihre dunkle und zierlich gebaute Freundin tat das gleiche.

Jane und Debbie waren die einzigen Mitglieder im »Veteranenclub der Liebesversehrten«, und die Mitgliedschaft würde enden, falls eine der Parteien heiratete oder sich auf eine feste Beziehung einließ. Außerdem gab es die Bestimmung, daß ihre Schwesternschaft schlicht in »Veteranenclub« umbenannt werden würde, wenn sie beide mit dreißig, sprich, in zwei Jahren, noch nicht unter der Haube wären.

Es hatte Tradition, daß sie sich am Valentinstag trafen und mit Cocktails betranken. Mit möglichst vielen verschiedenen. Das war ein wunderbarer Vorwand, unter viel Gelächter über ihr Liebesleben zu reden.

Debbie nahm den Strohhalm aus dem Mund und fragte: »Und wie geht es Alastair? Ist er noch aktuell?«

»Wenn's nach mir geht, nicht.« Jane bereute es nicht, Alastairs Einladung zu einem neuerlichen Treffen abgelehnt zu haben. Das letzte Telefongespräch hatte sie endgültig davon überzeugt, daß er alles genauso haben wollte wie früher. Er hatte sie gefragt, ob sie zu einem Rugbyspiel und danach auf ein paar Drinks mitkommen wollte. Sie wußte, was das bedeutete. Er hätte den ganzen Abend mit seinen Rabaukenfreunden gebechert, dann hätte er auf irgendeiner Party betrunken an ihr herumgegrapscht, und schließlich wäre er auf einem Sofa eingeschlafen. Sie schauderte allein bei dem Gedanken.

»Wer hat Schluß gemacht? Du?«

»Eigentlich keiner von uns. Es hat irgendwie von allein aufgehört.«

»Dann heißt es also zurück ans Reißbrett für ihn ... und für dich auch, gewissermaßen.«

»Ha, ha, sehr komisch.« Alastair war Architekt. »Und wie sieht's bei dir aus? Tut sich was, wie man so schön sagt?«

»Nö. Ein, zwei traurige Gestalten. Nein, halt – das war unfein. Nette Kerle, eigentlich. Aber eben kein Pep. Apropos Pep – wir brauchen unbedingt noch was zu trinken. Pizzazz ist angeblich der letzte Schrei.« Debbie winkte dem Barkeeper.

Noch mehr als Jane wünschte sich Debbie eine feste Beziehung.

Über Heirat sprachen sie zwar selten, aber Jane wußte, ihre Freundin würde freudig zum Altar schreiten, sobald ihr der Richtige über den Weg lief.

Der Cocktail, den sie jetzt tranken, war eine merkwürdige bläuliche Mischung, und Debbie versuchte sich in Farbbestimmung. »Indigo? Nein, Indigo ist dunkler. Veilchen? Nein, denn ›Rosen sind rot, Veilchen sind blau‹, und da ist mehr Purpur drin als Blau. Stell dir vor, wir müßten blaue Nahrung essen. Iii. Irgendwie können wir nicht ...«

»Debs«, unterbrach Jane, die plötzlich ernst geworden war. »Kennst du jemanden, der ein Parfum benutzt, das auf Veilchen basiert? Oder hast du überhaupt mal eins gerochen?«

»Nein, das kann ich mit Sicherheit ausschließen. Muß sehr süß sein. Eine Art viktorianischer Duft, würde ich sagen. So wie Lavendel früher sehr beliebt war, aber jetzt hört man nichts mehr davon.«

»Hmm ...« Jane sah im Geiste, wie sie und Hazel sich hinter den Kleidungsstücken im Schrank ihrer Eltern versteckten. Sie hatten an diesem Tag beschlossen, nach Narnia zu fahren, jenem von C. S. Lewis erdachten Ort der Wunder, der sich ihnen erschließen würde, wenn sie genügend Geduld aufbrachten. Doch nach einer Weile wurde ihnen der Duft von den Lavendelkissen ihrer Mutter zuviel, und sie krochen wieder aus dem Schrank.

»Was ich sagen wollte«, fuhr Debbie fort, »ist, daß man bläulich gefärbtes Essen nicht runterkriegen würde, wenn man es serviert bekäme. Unsere Sinne sagen uns, wir sollen es nicht tun.«

»Ist das jetzt eine Tatsache?«

»Aber mit blauen Drinks liegt die Sache anders«, sagte Debbie. »Ich habe zum Beispiel das Aussehen von Curaçao schon immer gemocht.«

»Und von grünem Chartreuse«, warf Jane ein.

»Weil er so gut zu deinen Augen paßt, meine Liebe.« Debbie hatte die Stimme gesenkt, so daß sie wie ein Schwerenöter in mittleren Jahren klang. Dann hatte sie eine Idee. »Vielleicht sollten wir zur Abwechslung Liköre trinken.«

»Nein, da kleben dir nach zwei Gläsern die Lippen zusammen.«

»Mmm ... Ich hätte nichts dagegen, wenn sie mit den Lippen von dem Typ da drüben zusammenkleben würden.« Debbie sah zu einem großen, gutangezogenen jungen Mann mit gemeißelten Zügen und dem Körperbau eines Bodybuilders hinüber, der an der Bar eine Runde Drinks bestellte.

»Nicht mein Typ«, sagte Jane. Und sie wußte, er wäre auch nicht der Richtige für Debbie. Aber ihre zierliche Freundin hatte ein offenkundig defektes Peilgerät, das sie ständig an Männer geraten ließ, deren Nacken umfangreicher war als ihre eigene Taille. Das wäre für sich genommen noch kein Fehler gewesen, nur hatten sie selten das Hirn, das eine solch massive Stütze nötig gemacht hätte.

»Und? Sag schon«, versuchte Debbie nachzuhelfen. »Was genau wäre denn zur Zeit dein Typ?«

Jane sah zu dem Kraftpaket hinüber, das auf seine Drinks wartete. »Zunächst mal sollte er gut entwickelt sein, was den Verstand angeht. Der Rest kann an den Rändern ein bißchen unordentlich sein, oder nennen wir es zerknautscht ... ach ja, und er sollte rücksichtsvoll sein, warmherzig, witzig ...« Sie verstummte. Wen beschrieb sie da? Und hatte sie nicht etwas ausgelassen? Eine gewisse ... Arroganz? Nein, das war zu stark. Selbstsicherheit, das ja, aber nicht die Blasiertheit eines Alastair ...

»Wie heißt er?« erriet Debbie ihre Gedanken.

Jane schaute überrascht. »Wen meinst du mit ›er‹?«

»Es ist offensichtlich, Süße. Du hast dich in jemand verguckt.«

»Nicht richtig. Es ist nur ... du triffst jemanden, der anders ist, und du denkst dir, hey, der Typ hat was Anziehendes, den würde ich gern besser kennenlernen. Aber das ist in diesem Fall unwahrscheinlich – er ist Priester.«

»Ein *Priester?*« brüllte Debbie.

Mehrere Leute wandten den Kopf zu ihnen.

»Psst, Debbie, du bist ja schlimmer als meine Mutter.«

»Aber doch wohl kein katholischer Priester?«

Jane nickte widerstrebend. Mist. Wieso hatte sie überhaupt davon angefangen?

»Du kannst doch nicht mit einem *Priester* ausgehen!«

»Ich gehe nicht mit ihm aus.« Sie biß die Zähne aufeinander und zeigte sie ihrer Freundin. »Und jetzt Schluß damit. Du nervst.«

Debbie sah sie immer noch mißtrauisch an.

»Los, noch einen Cocktail«, wechselte Jane das Thema.

Ihre Freundin sah nun besorgt aus. »Aber du bist vorsichtig, ja?«

»Klar.«

»Na ja, vielleicht ist es gar nicht so schlimm, wie ich dachte. War nicht sogar der heilige Valentin auch Priester oder Märtyrer oder so?« Debbie kicherte schon wieder.

»Das stimmt. Und er liegt in Dublin begraben.«

»Hör auf, mich zu veräppeln.«

»Doch, wirklich. Der Papst hat seine Überreste, Gebeine nehme ich an, irgendwann im 19. Jahrhundert der Karmeliterkirche in der Whitefriars Street geschenkt. Ich weiß das, weil die Kirche nur ein Stück vom Dublin Institute of Technology entfernt ist, an dem ich studiert habe. Und vor ein paar Jahren gab es einen Streit mit einer Kirchengemeinde in Glasgow, die behauptete, sie hätte die echten Gebeine.«

»Weißt du, was«, sagte Debbie und erhob ihr Glas. »Wir trinken zu Ehren von Valentins Skelett.«

»Ob sie wohl ein Parfum ausströmen?«

»Wer?«

»Seine Knochen.«

»Was hast du heute bloß dauernd mit Parfums?«

Jane überlegte rasch. Sie durfte nicht zuviel verraten. Nicht einmal Debbie. Sie hatte sie heute abend schon einmal aufgeschreckt.

»Ach, ich recherchiere nur gerade über die großen Parfums dieser Welt«, log sie. »Eine Kunst für sich, heißt es. Man mischt alle möglichen Zutaten zusammen, um neue Düfte zu kreieren. Ich habe alle Parfums von A bis Z durch, aber Veilchenöl oder -extrakt scheint nicht vorzukommen. Und doch stand es früher mal hoch im Kurs.«

»Veilchen. Hmm ... Da gab's letztes Jahr mal was über ein gestohlenes Parfum, das auf Veilchen basiert. Im Sommer. Es war keine große Sache, aber ich weiß es noch, weil Gerry Stephenson einen sehr witzigen Artikel in unserer Gesellschaftskolumne geschrieben hat. Ich glaube, es ist in der Yeats-Sommerakademie passiert.«

»Im Ernst? Könntest du das für mich ausgraben?«

»Klar, kein Problem. Also, was ist nun mit diesem Priester?«

»Debbie, vergiß bitte, daß ich ihn erwähnt habe, ja?« In was hatte sie sich da nur hineingeritten?

»Okay. Sag mir nur noch seinen Namen, und ich schwöre, ich fange nie wieder davon an. Versprochen.«

»Lavelle. Liam Lavelle. In Ordnung?«

»Ja, ja. Es hätte schlimmer sein können. Pfarrer Mickey O'Toole oder so.«

»Deborah Young, deine Ungezogenheit kennt keine Grenzen«, sagte Jane mit gespielter Empörung. Dann ahmte sie einen nordirischen Akzent nach. »Und was noch schlimmer ist, ich entdecke eine Spur religiöser Bigotterie in deiner Haltung, meine kleine Presbyterianerin.«

Debbie war nicht aus dem Norden, und es machte sie wütend, wenn Jane sie gelegentlich mit den engstirnigeren Vertretern ihrer Konfession aus diesem Landesteil in einen Topf warf.

»Laß das, Jane. Du weißt, ich hasse es.«

»Dann hör *du* aber auch auf.«

»Also gut, in Ordnung. Friede?«

Der gutaussehende Sexbolzen ging mit seinen Drinks vorbei und pickte sich mit unfehlbarem Gespür Debbie für einen kurzen Augenkontakt heraus. Doch in diesem Moment rief jemand in der Nähe nach ihm. »Ulick. Ulick Mee.«

Er schaute in die Richtung der Stimme.

»Hallo, Tanya. Schön, dich zu sehen.« Er winkte einer jungen Frau zu und setzte seinen Weg fort.

Jane und Debbie sahen einander an.

»Ulick Mee!« Mit weit aufgerissenen Augen wiederholte Debbie den Namen.

Dann bekamen beide einen Lachanfall.

— 30 —

Es machte Rawlings nervös, daß er zum Briefkasten mußte. Selbst hier in seiner Heimatstadt, wo er alle Leute kannte und wo ihm alles auffallen würde, was nicht an seinem Platz war. Ein Fremder. Selbst ein fremdes Auto. Er verließ sich auf sein Ortsgefühl, damit seine Antenne empfindlich für alles Ungewöhnliche blieb. Für alles, was nicht ins Bild paßte.

Vielleicht war es dumm gewesen, nach Hause zu kommen. Sie würden es herausfinden.

Aber er fühlte sich hier sicherer als auf den Bürgersteigen New Yorks oder in einer einsamen Wohnung, wo man zusammenfuhr, wenn jemand an die Tür klopfte. Hier hatte er Nachbarn. Nette, gesetzte Menschen wie seine Eltern, die so erleichtert gewesen waren, als er den Klauen der Sekte entronnen war, daß sie ihn aufgenommen hatten, ohne Miete vom ihm zu wollen oder ihn zu einem Job zu drängen. Gerade kam die alte Dame aus dem Nachbarhaus aus der Tür, warm angezogen für ihren Morgenspaziergang im Park.

»Guten Morgen, Mrs. Schwarz«, rief er ihr über die Hecke zu, die den Fußweg zu den beiden Häusern trennte.

»Guten Morgen, Jerry. Wie geht's?« fragte sie und schloß die Tür.

»Danke, gut.« Seine Eltern waren für ein paar Tage bei der Schwester seiner Mutter zu Besuch, damit er in Ruhe an der Seminararbeit schreiben konnte, die er nie zu Ende gebracht hatte. Allerdings brachte er etwas ganz anderes zu Papier.

Er öffnete den Briefkasten und holte die Post heraus. Drei oder vier Briefe an verschiedene Mitglieder seiner Familie und eine Zeitschrift, die an ihn selbst adressiert war. Er prüfte sie sorgfältig und brummte zufrieden. Als er den Briefkasten schloß, tauchte Mrs. Schwarz am Ende ihres Gehwegs neben ihm auf. In diesem Moment glitt ein Brief, den er zuvor nicht bemerkt hatte, unter der Zeitschrift hervor und fiel zu Boden.

»Ich helfe dir«, sagte sie freundlich.

Sein Blick fiel auf das Kuvert. Es waren Herzen darauf gezeichnet und gekritzelte Bruchstücke von Gedichten.

»Nein, Mrs. Schwarz, lassen Sie ihn einfach liegen.«

»Oh, schau, es ist eine Valentinskarte. Wer, glaubst du, schickt dir die?« Sie hob sie auf. »Muß ein Mädchen aus dem Ort sein – da ist kein Stempel und keine Briefmarke drauf.« Sie befühlte das Kuvert.

»Es wäre mir wirklich lieber, wenn Sie ...« Er begann zurückzuweichen.

»Aha, da muß auch was drin sein, es ist ein bißchen ausgebeult.«

Er wich immer weiter in Richtung Haus zurück, während Mrs. Schwarz versuchte, ihm die Valentinskarte zu überreichen.

»Sei doch nicht so schüchtern, Jerry. Das ist doch nett, wenn man eine unbekannte Verehrerin hat.«

»Hören Sie, Mrs. Schwarz, ich fürchte, da könnte etwas Schlimmes drin sein. Legen Sie es einfach zurück in den Briefkasten.«

Sie mißverstand ihn. »Ach so, jetzt verstehe ich. Jemand, der dir einen Streich spielt. Der deine Gefühle verletzen will. Weißt du, was, ich werfe mal einen Blick hinein, und wenn es so ist, dann erspare ich dir das Schlimmste.«

Er konnte es nicht fassen. Er drehte sich um und eilte zur Tür. Diese Närrin.

»Es ist eine von diesen Musikkarten, glaube ich«, hörte er sie sagen. »Auf dem Kuvert sind lauter Herzen und Blumen, und da steht: *Was vermißt Du am meisten an jenen, die Du geliebt und verlassen hast, wenn in der Dämmerung Deines Lebens die Schatten näher rücken und Dir nur noch die Erinnerung als Trost bleibt? Was ist das Eine, das Dir immer in den Sinn kommt?* ... und dann macht man sie auf und –«

»Haa haa haa –«

Das pfeifende, schrille Schmettern eines Pappkarton-Clowns. Rawlings zog im Hauseingang den Kopf ein und erwartete, daß es jeden Moment einen Knall geben würde.

»Haa haa ha –«

Er wartete einige Sekunden, dann richtete er sich auf und drehte sich um.

»Ach herrje«, seufzte Mrs. Schwarz und wollte die Karte gerade zuklappen.

»Was steht drinnen? Was sieht man?« fragte er, legte seine Post auf die Eingangstreppe und ging den Gehweg zurück.

»Schau selbst, wenn du unbedingt willst«, sagte sie. »Ich mag es nicht laut sagen.«

»Okay, aber machen Sie die Karte nicht zu, ja?«

Sie hielt sie ihm vollständig aufgeklappt hin. Er nahm sie ihr aus der Hand. Vor einem grellroten Hintergrund sah man die Zeichnung eines Blinden, der heftig onanierte und das Ejakulat aus seinem überdimensionierten, angeschwollenen Penis bildete das Wort SEX.

Rawlings wußte, die Karte kam von ihnen. Der Clown beendete sein Gelächter: »– aa.«

Die Explosion schleuderte Mrs. Schwarz auf die Straße hinaus, wo sie wie eine Stoffpuppe liegenblieb.

Rawlings stand noch, aber sein Kopf war nach hinten geschnellt, so daß sich die Haut des Halses straff über das gebrochene Ende der Wirbelsäule spannte. Sein Hinterkopf ruhte zwischen den Schulterblättern, und die blutigen Augenhöhlen blickten für einen Moment den Gehweg vor der Haustür hinab, bevor seine Beine in den Knien einknickten.

— 31 —

Die große, gekachelte Kuppel der Hagia Sophia tauchte, flankiert von ihren vier Minaretten, aus dem Morgennebel auf und glitzerte in den ersten Sonnenstrahlen. Vom oberen Teil der Kuppel aus schaute eine winzige Gestalt über die Stadt. Es war Becca de Lacy. Von ihrem Aussichtspunkt aus war Istanbul eine Stadt der Kirchenkuppeln, Moscheen und Minarette. Dann verschwanden die Moscheen und Minarette, und das moderne Istanbul auf seinen sieben Hügeln wurde durch Gebäude ersetzt, die aus purem Gold zu sein schienen und in der Sonne leuchteten.

Becca ging allein eine Straße entlang. Diese war mit glitzernden Mosaiken gepflastert, und von den Wänden der Gebäude sahen strenge Männer und Frauen in steifer Haltung herab. Becca bewegte den Mund, aus dem jedoch kein Laut drang. Sie kam an eine mit funkelnden Juwelen verzierte Tür. Die Tür öffnete sich nach innen und ließ einen jungen, blonden Mann sehen, der in einer Mönchskutte an einem Pult saß und an einem farbig bebilderten Manuskript arbeitete. Es war das Book of Kells, Irlands bedeutendste Handschrift.

Während Becca eine Seite betrachtete, die einen der vier Evangelisten zeigte, verwandelte sich das Blatt in eine Ikone, an der ein Mönch mit Lockenhaar und düsteren Zügen arbeitete. Becca ging rückwärts aus der offenen Tür und stand auf der aus dem Atlantik ragenden Insel Skellig Michael, hinter ihr lag eine winzige Siedlung aus bienenkorbförmigen Steinhütten.

Jane, die einen Kater auskurierte, brauchte eine halbe Minute, bis sie begriff, daß im Fernsehen das Video zum Titelsong von Beccas neuer CD gezeigt wurde. Sie tastete nach der Fernbedienung, um den Ton anzustellen, und fand sie, als gerade eine Montage aus Ikonen und verschnörkelten Buchstaben mit dem Mosaikbild einer byzantinischen Kaiserin endete, deren Gesicht sich dann in das von Becca verwandelte. Daraufhin wurde jedes einzelne der zahllosen kleinen Mosaiksteinchen zu einer Reproduktion des Hauptbildes.

Das Video war ein wahrer Gewaltritt, vom Computer erzeugte Hexerei.

Jane fiel ein kurzes, wiederkehrendes Motiv auf, das nur für einen Sekundenbruchteil aufzutauchen schien. Es war das einzige Schwarzweißbild in dem Video und erschien immer dann, wenn es eine Montage aus Buchillustrationen gab. Sie drückte den Aufnahmeknopf ihres Videorecorders, in dem immer ein Band eingelegt war. Wenn sie die Sequenz auf dem Band erwischte, konnte sie sich später genauer damit beschäftigen.

Während des restlichen Liedes wurden die Szenen aus verschiedenen Blickwinkeln wiederholt, dann endete es damit, daß Becca die Straße in die andere Richtung ging, während die Herrscher und Heiligen auf den Mosaiken dreidimensional wurden, von den Wänden stiegen und ihr in einer bunten Parade folgten. Schließlich wurde die erste Einstellung in einer neuen Version wiederholt: Becca sah von der Kuppel aus zu einem der Minarette, und während ein bärtiger Muezzin auf der Brüstung seinen Gebetsaufruf begann, wurden Bild und Ton langsam ausgeblendet.

Der Fernsehmoderator verriet im Anschluß an das Lied seinen Zuschauern, daß Becca de Lacy in Kürze ihre Welttournee in Istanbul, der Stadt auf dem Video, beginnen würde. Jane beendete die Aufnahme und spulte das Band zurück.

Sie sammelte Geschirr und Besteck zusammen und ging in die Küche. Aus den Augenwinkeln bemerkte sie eine aufgeregte Betriebsamkeit draußen beim Körnertisch. Eine Schar Finken und Meisen war plötzlich aufgeflogen und hatte in den Bäumen und Büschen Zuflucht gesucht. Die Krähen schon wieder, dachte sie und ging hinaus in den Garten. Es hatte strengen Frost gegeben, und der Reif auf dem Gras funkelte und glitzerte unter dem strahlendblauen Himmel. Doch bei den Missetätern handelte es sich um ein Taubenpärchen mit eleganter Kragenzeichnung, das alle Samen verschlang. Sie brachte es nicht übers Herz, sie zu verscheuchen. Die beiden waren seit Jahren da, und man sah sie stets zusammen. Ein Paar. Seit wann schon? Und war es tatsächlich immer dasselbe Paar?

Es hatte eine Zeit gegeben, da hätte sie Scott fragen können. Von ihrem Bruder hatte sie erfahren, daß diese Vögel mit dem graubraunen Gefieder ursprünglich in Südasien beheimatet und erst in den letzten fünfzig Jahren westwärts gewandert waren. Scott war ein begeisterter Vogelbeobachter und stolz darauf, sie zu erkennen und ihre Namen zu wissen. Bei Spaziergängen in Waldgebieten konnte er Vögel an ihren Rufen identifizieren, an der Küste konnte er die verschiedenen Arten bestimmen, die sich undeutlich vor dem Horizont abhoben. Jane erinnerte sich, wie aufgeregt er war, als einmal eine Schar Zeisige in ihren Bäumen landete. Sie hatte sie für Grünfinken gehalten, aber er hatte ihr eifrig die feinen Unterschiede erläutert.

Er hatte sie auch darauf hingewiesen, daß eine Amsel, aus der Nähe betrachtet, mit ihrem orangeroten Schnabel und der dazu passenden Iris um eine schwarz glänzende Pupille genauso schön war wie jede exotische Art, die man in einer Natursendung im Fernsehen gezeigt bekam. Man übersieht sehr vieles, wenn es einem zu vertraut ist. Seine persönlichen Favoriten waren die frechen, lärmenden Stare.

Und dann hatte er ihr eines Tages, an einem Morgen wie diesem, bei einer Wanderung in den Dubliner Hügeln einen Wanderfalken gezeigt, der wie ein Stein vom Himmel stürzte. Aber auf dem Rückweg sagte er, er wisse, wie es sei, ein Falke zu sein und rohes, warmes Fleisch zu essen, weil er am Vorabend in einem der Außengebäude auf dem Grundstück ihrer Mutter in Meath ein Kätzchen getötet und gegessen habe. Jane zuckte bei der Erinnerung zusammen und ging ins Haus zurück, um sich zu beschäftigen.

Die Uhr auf dem Fernseher zeigte 9:20 Uhr. Sie war spät dran und hatte einen Termin in der italienischen Botschaft um halb elf. Das Video würde warten müssen. Aber da sie ihren Bericht über das Album später senden würden, beschloß sie, Sheila McKenna eine E-Mail mit einem Absatz zu schicken, den die Sprecherin noch erwähnen konnte.

Abspann: ... die Musik und Gedanken der Becca de Lacy, und sie sprach mit Jane Wade. Wenn an der CD Byzanz schon mehr dran ist, als das Ohr wahrnimmt, jedenfalls beim ersten Hören, dann achten Sie auf das Video des Titelsongs. Passiert hier auch mehr, als das Auge wahrnimmt? Als Geschichtslektion mag es ein bißchen zu tricklastig sein, aber es ist allemal sehenswert.

Jane fand, ihr Feature über die CD und ihr Kommentar deuteten zwar noch keinen Zusammenhang mit gewissen Ereignissen an, verrieten aber jedem, der Bescheid wußte, daß sie nicht nur die Musik untersuchte. Mit Speck fängt man Mäuse. Vielleicht.

Bevor sie das Fernsehgerät ausmachte, schaltete sie noch auf einen Nachrichtenkanal, da sie die Neun-Uhr-Kurznachrichten verpaßt hatte. Gerade wurde James Turners Tod gemeldet, dazu ein kurzer Ausschnitt von einer Rede, die er bei einer Kundgebung gehalten hatte. Jane kam die Stimme irgendwie bekannt vor. Sie fragte sich, ob das der Mann war, von dem Liam Lavelle irgendwann gesprochen hatte. Der Beitrag berichtete vom Fund seines enthaupteten Körpers in einem Londoner Hotel und endete mit dem Kommentar, er sei das Opfer islamischer Fundamentalisten geworden.

— 32 —

Lavelle saß in der Einfahrt in seinem Wagen. Er war seit mindestens einer halben Stunde da, die Dunkelheit senkte sich auf sein Haus, und noch immer ging er nicht hinein.

Gegen halb fünf hatte er einen Anruf von Conor Lyons erhalten. Vor dem Mädchencollege habe es einen Unfall gegeben. Eine Schülerin sei schwer verletzt. Ob er hinfahren könne.

»Wieso gehst du nicht hin, Conor? Du hast Dienst, und außerdem ist es nicht weit von dir.«

»Ich erwarte einen wichtigen Anruf, Liam. Ich darf mich nicht vom Fleck rühren.«

»Was für einen wichtigen Anruf, Herrgott noch mal?«

»Ach, rein privat«, flötete Lyons herablassend. »Hat mit der Erzdiözese zu tun. Von einem der Bischöfe. Und du weißt ja, einen Bischof läßt man nicht warten.«

Wozu lange streiten, dachte Lavelle. Die Zeit verrinnt.

Er fuhr hinaus zur Schule. Er sah die Blaulichter der Ambulanz und der Polizeiautos auf der langen geraden Strecke in der Dämmerung blinken. Als er am Unfallort vorfuhr, luden zwei Sanitäter gerade eine Bahre in einen Krankenwagen. Die Polizei leitete den Verkehr an der Unfallstelle vorbei und hielt Zuschauer, hauptsächlich Schülerinnen, fern. Einige der Mädchen weinten. Lavelle öffnete die Tasche, die er auf dem Beifahrersitz stehen hatte, und entnahm ihr eine silberne Dose mit Öl für die Letzte Ölung.

Einer der Polizisten erkannte Lavelle und ließ ihn durch. »Eins der Mädchen aus der Schule, Hochwürden. Sie ist am Kopf verletzt. Es war Fahrerflucht.«

Lavelle stieg in den Krankenwagen, wo ihm die Mannschaft Platz machte. Er beugte sich vor und sah in Emilys Gesicht; ihr Kopf ruhte in einer Halskrause, die Brille fehlte, ihre Augen standen offen und blickten ins Leere, aus einer Schwellung auf ihrer Stirn tropfte Blut.

»Gehirnerschütterung«, sagte einer der Sanitäter und drückte ihr eine Sauerstoffmaske über Mund und Nase. »Aber wenn es ein Schädeltrauma ist, dann könnte –«

»Schafft sie weg hier, schnell!« rief Lavelle zur Überraschung der beiden Helfer.

Er machte rasch mit dem Öl das Kreuzzeichen auf Emilys Stirn. Öl und Blut, schoß es ihm durch den Kopf. Dann sprang er aus dem Wagen, der Fahrer schloß die Hecktür und rannte nach vorn. Mit Blaulicht und Sirene brauste der Krankenwagen davon.

»Das war aber ein kurzer Besuch, Herr Pfarrer«, sagte der Polizist, der ihn durchgelassen hatte. »Es steht nicht gut um sie, oder?«

»Nein ... gar nicht«, sagte er geistesabwesend. Er sah wieder den Körper auf dem weißen Tuch vor sich. Spürte Panik aufsteigen. Und den Schatten der Verzweiflung näher rücken.

»Das ist das Fahrrad der Kleinen«, sagte der Polizist und deutete zu einem Graben auf der anderen Straßenseite, aus dem ein verbeultes Vorderrad ragte. »Es hat sie erwischt, als sie aus dem Tor kam und auf die andere Seite wollte. Sie flog in die Luft, landete auf dem Dach des Wagens und prallte von dort wieder ab. Ihre Freundinnen haben alles gesehen. Der Schweinehund ist weitergefahren. Der Sergeant sagt gerade ihrer Mutter Bescheid.«

Das freistehende zweistöckige Haus lag in einer besseren Wohnsiedlung am Rand von Kilbride. Als Lavelle eintraf, ging der Sergeant der Ortspolizei gerade. »Die Mutter ist mit ein paar Frauen im Haus«, erklärte er dem Priester. »Der Vater ist auf dem Weg von der Arbeit hierher, um sie ins Krankenhaus zu fahren.«

»Danke, Sergeant.«

Die Eingangstür war offen. Lavelle hörte Stimmen aus der Küche im rückwärtigen Teil des Hauses und folgte ihnen. Brenda O'Neill lehnte an der Spüle und hielt eine Zigarette in den zitternden Fingern, während eine Nachbarin sie zu trösten versuchte. Eine andere Frau goß Tee in Tassen, die auf dem Tisch standen.

»Mrs. O'Neill?« sagte Lavelle leise von der Tür aus. Sie drehte sich um und riß erschrocken die Augen auf. »Oh, Herr Pfarrer«, sagte sie und forschte in seiner Miene nach der schlechten Nachricht, die er zweifellos brachte. »Sind Sie gekommen, um mir das Schlimmste zu sagen?«

»Nein, Mrs. O'Neill. Emily ist auf dem Weg ins Krankenhaus. Sie ist in guten Händen. Bestimmt geht es ihr bald wieder besser.«

»Es heißt, sie ist bewußtlos. Kopfverletzungen. Das klingt sehr ernst, oder?«

»Das kann man schwer sagen, bevor sie richtig untersucht wurde. Kann ich inzwischen etwas für Sie tun? Soviel ich weiß, ist Ihr Mann schon unterwegs. Müssen Sie sonst noch jemanden benachrichtigen?«

»Nein. Aber haben Sie vielen Dank. Unsere Emily ist ein großartiges Mädchen, nicht wahr?«

»Und ob. Ich freue mich immer, wenn ich mit ihr plaudern kann.«

»Und sie schwärmt geradezu von Ihnen, wußten Sie das? Letzte Woche kam sie von der Schule heim und hat etwas von Ihnen in ihrem Zimmer aufgehängt. Möchten Sie es sehen?«

»Ja, sicher«, sagte er. Es würde die Frau für ein paar Minuten ablenken. Ob sie wohl wußte, daß er schon einmal in ihrem Haus gewesen war?

Das Zimmer war, wie Teenagerzimmer sind: Poster von Film- und Popstars, ein Bündel Medaillen von Reitturnieren, Kuscheltiere aus Kindertagen auf einem Bord, immer noch in Ehren gehalten. Und genau über ihrem Kopfkissen ein rosa Blatt Papier, auf dem in ordentlicher blauer Schrift geschrieben stand: *Alle Dunkelheit der Welt kann eine kleine Kerze nicht am Scheinen hindern.*

»Sie sagte, das sei das Beste, was sie je gehört habe. Natürlich hat ihr Vater ihrer Begeisterung gleich einen Dämpfer aufgesetzt –«

Sie hörten eine laute Männerstimme von der Treppe her. »Brenda, wo bist du? Was ist los?« Als Sean O'Neill den Treppenabsatz erreichte, kamen die beiden gerade aus dem Zimmer. »Verflucht noch mal, Brenda, was treibt *der* denn hier? In Emilys Zimmer. Er ist in Emilys Zimmer!«

»Schon gut, Sean, ich habe Pfarrer Lavelle nur gezeigt –«

»Hören Sie, Lavelle«, unterbrach er, »unsere Tochter ist schwer verletzt. Das ist eine private Angelegenheit. Sie stören nur. Also, raus ...« Er zeigte mit dem Daumen zur Treppe.

»Aber Sean, er tut doch nur seine Pflicht.«

»Das ist keine Pflicht, Mrs. O'Neill«, sagte Lavelle leise. »Ich wollte kommen. Ich mag Ihre Tochter sehr und –«

O'Neill hatte die Faust geballt und hielt sie Lavelle unter die Nase. »Wenn Sie den Namen meiner Tochter noch einmal in den Mund nehmen, dann ... dann bringe ich Sie um. Und jetzt raus hier, auf der Stelle!« Sein Gesicht war von Haß verzerrt.

Lavelle fuhr noch einmal zum College, um mit der Leiterin, Mrs. Henry, oder mit Lehrern und Schülerinnen, die noch da waren, zu sprechen. Sie würden Hilfe brauchen. Er war bestürzt über die heftige Reaktion von Emilys Vater, aber nicht völlig überrascht. Es war die Unterhaltung, die er in der Woche zuvor mit dem Mädchen gehabt hatte, die ihm keine Ruhe ließ. Die oberflächliche Parabel zum Verständnis des Evangeliums, die er sich ausgedacht hatte. Der eingängige Spruch, der ihr so viel bedeutete.

Er war gerade im Lehrerzimmer und redete mit Mrs. Henry, drei Lehrern und einigen Schülerinnen, als das Telefon läutete. Das Gespräch brach abrupt ab. Mrs. Henry nahm den Hörer ab, lauschte einige Sekunden, ohne ein Wort zu sagen, und legte wieder auf. »Man hat Emily an einen Herz-Lungen-Apparat angeschlossen«, sagte sie ernst. »Sie ist möglicherweise hirntot.«

In seinem Wagen kaute Lavelle immer wieder die letzten Worte durch, die er mit Emily gewechselt hatte.

»Dann finden Sie also auch, daß manchmal alles sehr kompliziert ist?«

Ja, Emily, das ist es.

»Und befürchten Sie manchmal, daß das Böse über das Gute siegen könnte?«

Ja, Emily. Aber alle Dunkelheit der Welt kann …

Und nun flackerte ihre eigene kleine Kerze und würde bald erlöschen. In dieser Welt jedenfalls.

Das Telefon läutete, als Lavelle zur Haustür hereinkam.

Er nahm ab. »Liam Lavelle«, sagte er knapp.

»Hallo, Liam, ich bin's, Jane …«

»Ja, Jane, was gibt es?« Er merkte, er klang zu grob. »Tut mir leid, es ist nur … eine Schülerin vom Mädchencollege ist heute abend schwer verletzt worden … ein Unfall mit Fahrerflucht. Man hat mich zum Unfallort gerufen und … sie wird es nicht überleben …«

»Ich verstehe. Ich rufe morgen wieder an.«

»Nein, schon gut. Reden Sie nur.«

»Bestimmt?«

»Ja, nur zu.«

»Das wird Ihnen jetzt bekannt vorkommen. Aber ich möchte, daß Sie sich etwas ansehen. Und bevor Sie fragen – jawohl, es hat mit Becca de Lacy zu tun.«

Ein wenig besessen war sie ja schon von dieser Idee. Und im Augenblick kam es ihm reichlich trivial vor. Aber er fand zunehmend Gefallen an Jane Wade.

»Soll ich vorbeikommen?«

»Wenn Sie Zeit haben. Heute ist Faschingsdienstag, also raten Sie mal, was ich gemacht habe?«

»Natürlich, morgen ist ja Aschermittwoch. Das hatte ich völlig vergessen. Was, sagten Sie, haben Sie gemacht?«

»Ich sagte es nicht. Sie sollten raten. Krapfen. Faschingskrapfen.«

»Ja, natürlich ...«

»Eines noch. Dieser Bericht, den Sie der Polizei gegeben haben – ich würde ihn gern lesen, wenn ich darf.«

»Sicher, ich drucke ihn für Sie aus«, sagte er wenig begeistert.

»Warum schicken Sie ihn nicht per E-Mail?«

»Äh ... ja, gut. Wie ist Ihre E-Mail-Adresse?«

Auf der Fahrt nach Ryevale brachte Lavelle die Heizung seines Wagens nicht zum Laufen. Bei Jane würde es wenigstens warm sein. Sie hatten in der vergangenen Woche einige Male telefoniert, und es gefiel ihm, wie ungezwungen sie miteinander reden konnten. Er befürchtete nur, sie könnte gekränkt sein, weil er das Gedicht von Yeats nicht in seinem Bericht erwähnt hatte. Nach reiflicher Überlegung war er zu dem Schluß gekommen, es könnte lächerlich klingen, und ließ es lieber weg.

Jane empfing ihn an der Tür, sie trug einen hellbraunen Pulli und ausgewaschene Jeans. Die Wärme im Haus war ihm höchst willkommen, und als sie ihm ein Glas Wein anbot, nahm er dankbar an. Er setzte sich auf die bequeme Couch im Wohnzimmer, und binnen Minuten mußte er seinen dicken Wollpullover ausziehen. Es war kurz nach neun, er hatte den ganzen Tag nichts gegessen und merkte, wie ihm der Wein sofort in den Kopf stieg und ihn wohltuend benebelte.

»Ich habe schon am Nachmittag versucht, Sie zu erreichen«, sagte Jane. »Ich dachte, Sie wollten zu Hause bleiben.«

»So war es auch geplant, aber Conor Lyons hat mich ein bißchen hereingelegt. Er hat die Frühmesse für mich gehalten, dafür habe ich um elf Uhr eine Taufe für ihn übernommen. Nur mußte er anschließend bis vier im Kloster Exerzitien für die Nonnen halten, und davon hatte er kein Wort gesagt. Ich war völlig unvorbereitet. Als ich damit fertig war, wurde ich zu dem Unfall gerufen. Lyons hatte eigentlich Dienst, aber er sagte, er könne nicht weg. So – jetzt habe ich aber genug gejammert.«

»Kannten Sie das Mädchen gut, das überfahren wurde?«

»Ja ... Emily O'Neill.«

»Und sind ihre Eltern nette Leute?«

»Hmm. Die Mutter ist eigentlich ein anständiger Mensch. Aber sie muß doch wissen –« Er unterbrach sich.

»Sie muß was wissen?« Jane ließ sich nicht so leicht abspeisen.

Er holte tief Luft. »Sie sind Journalistin. Was ich jetzt sage, ist nicht für die Öffentlichkeit bestimmt, okay?«

»In Ordnung.«

»Emilys Vater ist Sean O'Neill.« Er wartete, ob es bei ihr ankam. Der Name sagte Jane nichts.

»Sean O'Neill ist einer der größten Drogenhändler im Raum Dublin.«

»Oh«, sagte Jane. »Ich verstehe. Wußte Emily das?«

»Soweit sie Bescheid wußte, war das alles Vergangenheit. Ihr Vater ist jetzt ein achtbarer Geschäftsmann – hat er ihr jedenfalls erzählt.«

»Und Sie und Emily ... was war da?«

»O'Neill ist in den letzten zwei Jahren dreimal umgezogen. Jedesmal hatte es damit zu tun, daß Emily in der Schule von Eltern und anderen Kindern schikaniert wurde, die über ihren Vater Bescheid wußten. Er wollte sie unbedingt in eine Schule bringen, wo man sie nicht kannte, deshalb ist er hierher nach Kilbride gezogen. Ich kannte Emily schon eine Weile, ein Priester aus einem anderen Teil der Diözese hat mich auf den Hintergrund ihres Vaters aufmerksam gemacht. Also ging ich eines Tages zu ihm nach Hause, als er allein war und … habe ihn erpreßt.«

Jane blieb der Mund offen. »Das ist nicht Ihr Ernst.«

»Verstehen Sie, ich wußte, Emily war wirklich glücklich in unserem College, und wenn auch sonst wenig für ihren Vater spricht, wollte er immerhin, daß sie eine anständige Erziehung bekommt. Ich erklärte ihm also, ich wisse, daß sein Geschäft nur Tarnung und der Drogenhandel noch immer seine Haupteinnahmequelle war. Und als Preis dafür, daß ich den Mund hielt, sollte er ihn einschränken. Ich sagte, ich würde die Namen seiner Bandenmitglieder kennen, die kleineren Dealer, die Schläger. Falls einer von denen in Zeitungsberichten auftauchte, falls es irgendwelche Schießereien in Unterweltkreisen oder Drogenrazzien gäbe, die ich mit ihm in Verbindung bringen könne, dann würde ich den Lehrern und Eltern alles erzählen.«

»Das wäre hart für Emily gewesen«, sagte Jane streng.

»Dazu wäre es nie gekommen. Ich hatte in jeder Hinsicht nur geblufft. Ich kannte seine Handlanger nicht, und ich hätte Emily nicht seinetwegen leiden lassen. Ich habe selbst nicht geglaubt, daß es funktioniert, aber zu meinem Erstaunen hat er es mir abgekauft. Allerdings erst nachdem er mir gedroht hatte.«

»Gedroht … Sie zu töten?«

»Ja. Er hat einige plumpe Bemerkungen über pädophile Priester gemacht und daß es niemand bedauern würde, wenn es einen dieser angeblich enthaltsamen Typen weniger gäbe. Ich sagte, daß ich, gerade weil ich unverheiratet sei, keine Angst vor ihm hätte. Ich müßte mir keine Sorgen machen, daß meiner Frau oder meinen Kinder etwas zustieße oder daß ich eine Familie zurückließe, falls er mich umbringen würde.«

»Wieder nur geblufft, hoffe ich.«

»Vielleicht. Aber er hat mir geglaubt.«

»Und Emily ist in der Schule geblieben.«

»Ja, aber er hat sie immer wieder raffiniert benutzt, um mir zuzusetzen. Und meine große Sorge ist nun, daß ich sie benutzt habe, um ihm zuzusetzen.«

»Hat er seinen Teil der Abmachung eingehalten?«

»Er hat sich nicht aus dem Drogengeschäft zurückgezogen, falls Sie das meinen. Leute wie er können dem großen Geld nicht widerstehen. Aber er wurde in letzter Zeit sehr viel zurückhaltender.«

»Falls das nur ein, zwei Menschen vor der Zerstörung durch Drogen bewahrt hat, war es die Sache wert. Das wäre mein Urteil.«

»Es freut mich, daß Sie das sagen. Manchmal fragt man sich schon. Gelegentlich ist alles so kompliziert, wie Emily meinte.«

»Und wenn es so ist, mit wem reden Sie dann? Mit wem teilen Sie die Last?«

»Na ja ... vielleicht gehe ich zur Beichte.«

»Das meine ich nicht. Ich rede von einem Freund, von jemand, der sich Ihren Kummer anhört, der sich um Sie sorgt. Wir alle brauchen jemanden.«

Ihre Worte waren wie Balsam, wie der warme Wein, den er trank, und sie setzten ein Gefühl tief in ihm frei. Er schluckte heftig.

»Es gab jemanden ... früher ... sie ...« Er blockte ab. Das war ein Ort, den nur er betrat, egal, wie schmerzlich der Besuch dort war, er würde ihn versteckt halten, ein geheimer Schrein für Verlust und Schuld, keinem anderen Menschen bekannt. Es war besser so.

»Liam«, sagte Jane sanft. »Welchen Sinn hat es, wenn man über jedes Thema auf dieser Welt reden kann, aber nicht fähig ist, die eigenen Gefühle auszudrücken?«

Er sah sie an. »Aber das ist selbstsüchtig.«

»Nein, Liam. Für mich hört es sich eher nach Stolz an. Die Angst, verletzlich zu wirken. Ich bin stärker als alle anderen. Ich komme besser zurecht als die gewöhnlichen Sterblichen um mich herum. Und ich kann ihr Leid auch noch tragen.«

Nun bohrte sie tief in seine Seele, und die Wahrheit ihrer Worte stemmte die Türen seines verborgenen Allerheiligsten auf.

»Es gab eine Frau ... in den Staaten ... wir haben uns verliebt.« Er sah Jane an, nicht um Mitleid zu heischen, sondern in der vergeblichen Hoffnung, nicht mehr sagen zu müssen.

»Weiter«, beharrte sie sanft.

»Sie ist gestorben. Es war ein Unfall, und ich ... ich hätte sie retten können.«

— 33 —

Kevin Dempsey trank selten allein. Aber heute abend fühlte er sich wie einer dieser vom Glück verlassenen Detectives im Fernsehen, die nur noch den Barkeeper als Ansprechpartner haben.

Natürlich hatte er ein Zuhause, eine liebevolle Frau und all das. Aber manchmal mußte man eben allein sein. Manchmal zielte das Verständnis einer Ehefrau ins Leere, weil das Problem tief in einem selbst versteckt war und nur man selbst daran rühren konnte. Im Sommer wäre er an einem Tag wie diesem zum Angeln gegangen. Er sah auf die Uhr. Selbst nach zehn Uhr wäre es an einem Sommerabend noch hell genug. Diese Zeit mochte er am liebsten. Wenn die meisten Menschen Licht in ihren Häusern machten, und er war da draußen, der Fluß glitzerte, die Fledermäuse schwirrten, und der Tag verschmolz unendlich langsam mit der Nacht – der größte Zauber, den diese Insel zu bieten hatte. Nicht wie an den Orten, an denen er Urlaub gemacht hatte, wo es eben noch Tag war, und kaum genehmigte man sich einen Drink in einer Bar, schon war es Nacht, wenn man wieder herauskam ... Aber es war nicht Sommer. Zwischen Winter und Frühling lag oft die rauheste Zeit des Jahres.

Als vor einer halben Stunde sein Telefon geläutet hatte, war er nicht überrascht gewesen, Jacks Stimme zu hören. Er sagte, natürlich würde er gern auf einen Drink mit ihm gehen. Die Kumpel, mit denen man arbeitete, wußten eben immer Bescheid, darauf war Verlaß. Es ging nicht nur um das Horrorerlebnis in London. Das war zweifellos grauenhaft gewesen, aber noch mehr zählte, daß es eine Art Omen war. Dempsey spürte, daß diese ganze Ermittlung aus dem Gleis lief. Sie machten alles, wie es sich gehörte, aber die normale Polizeiarbeit förderte einen feuchten Dreck zutage. Fragebögen, Klinkenputzen, Straßensperren sowohl in Ticknock als in Kilbride, bei denen die Autofahrer gefragt wurden, ob sie etwas gesehen hätten, die Vernehmungen der früheren Pfarrer in der Gemeinde – all das hatte nichts ergeben. Dasselbe galt für Sligo. Keine Spur von diesem Greg Mathers. Keine Anmeldung in einem Gästehaus. Keine Buchung bei einer Fluggesellschaft oder Fährlinie. Er jagte Phantome. Sein einziger Strohhalm war das Schriftstück des Priesters. Und was nützte ihm das? Er hatte viel riskiert, als er Lavelle ins Vertrauen zog. Bekam er etwas zurück? Oder wurde er nur in die Irre geführt?

Er drückte eine weitere Zigarette in einem Aschenbecher aus, der vor Kippen bereits überquoll.

Wenigstens eine seiner Ahnungen hatte sich jedoch bezahlt gemacht. Der gelbe Plastikfetzen. Es stammte nicht von einer Mülltüte. Man hatte mikroskopisch kleine Gewebeteile daran gefunden – und die stimmten mit Sarah Glennons DNS überein. Wahrscheinlich hatte das Plastik zu ihren Fesseln gehört. Nun lief die mühevolle Arbeit, Herstellern und Verteilern von Bindematerial aus Plastik nachzuspüren. Eine Aufgabe, die Wochen in Anspruch nehmen würde. Und das gleiche geschah mit den Herstellern von übergroßen Schuhen.

Er trank noch einen Schluck Guinness. Er saß auf einem Barhocker und hatte Probleme, beide Füße auf der Querleiste unterzubringen, deshalb streckte er ein Bein aus und stützte es auf der Messingschiene unter der Theke ab. Welche Größe hatten seine Gummistiefel, die er beim Fischen trug? Zwölf. Eine Nummer höher als seine Schuhgröße, damit die dicken Socken Platz hatten. Aber angenommen, er müßte seine Schuhe unter den Gummistiefeln tragen? Eine lächerliche Idee. Aber er war plötzlich froh, daß ihm das eingefallen war.

In diesem Moment gab ihm Jack Taaffe einen Klaps auf den Rücken.

»Wie geht's, Kevin? Noch ein Guinness, ja? Wie ich sehe, bist du mit dem hier fast fertig.«

»Galoschen«, orakelte Dempsey und hob sein Glas.

»Selber Galoschen. Wovon zum Henker redest du?«

»Der Täter, er hat keine Stiefel getragen. Er hat Galoschen über den Schuhen getragen. Deshalb waren die Abdrücke so groß.«

»Ich weiß nichts von Galoschen.« Taaffe versuchte die Aufmerksamkeit des Barkeepers auf sich zu lenken. »Und warum hat er sie getragen?«

»Um seine Schuhe zu schützen. Es hat fast den ganzen Tag geregnet.«

»Es hat gegen sechs Uhr aufgehört. Wenn die Leiche nach sieben Uhr auf den Parkplatz gebracht wurde, warum brauchte der Kerl die Dinger dann?«

»Weil es noch geregnet hat, als er losfuhr. Das bedeutet, die Leiche wurde von einem Ort nach Kilbride transportiert, der mindestens eine Stunde Fahrzeit entfernt ist.« Dempsey trank sein Guinness aus und nippte dann von einem kleinen Glas, das er in der Hand hielt.

»Du meine Güte, Kevin – auch noch einen zum Nachspülen! Ich sehe dich nicht gerade oft Whiskey trinken. Was ist es, Jameson?«

Dempsey nickte.

Der Barkeeper kam zu ihnen. Taaffe bestellte zwei Guinness und einen Whiskey. »Warum hat er sie nicht ausgezogen?« fragte er Dempsey.

»Ich glaube, das hat er. Aber erst in der Kirche. Das erklärt, warum wir nirgendwo auf dem Boden Spuren davon gefunden haben, obwohl frisch geputzt war.«

»Das könnte hinkommen. Alle Achtung, Kevin. Wie groß ist der Kerl dann?«

»Etwa meine Größe, würde ich sagen.«

Die Drinks kamen, und Taaffe hob sein Glas. »Auf dein Wohl«, prostete er seinem Kollegen zu. »Aber auch wenn ich deine Entdeckung nicht schmälern will – viel weiter bringt sie uns eigentlich nicht.«

»Nein«, stimmte Dempsey traurig zu. »Der Durchbruch, den wir in diesem Fall bräuchten, stellt sich nicht ein.«

Taaffe nahm auf einem Barhocker Platz. »Mann, das war eine böse Szene gestern. Diese Scheißkerle. Jetzt stehen wir wieder mit leeren Händen da, und niemand hilft uns aus der Patsche. Als nächstes werden unsere Köpfe rollen.«

Das Gelächter über diese Bemerkung half ihnen, ein wenig von dem Schrecken zu vertreiben, der ihnen nach dem Erlebnis vom Vortag immer noch in den Knochen saß.

»Hast du es Susan erzählt?« fragte Taaffe und steckte sein Kleingeld weg.

»Ja. Ohne die grusligen Details. Ich will nicht, daß sie Alpträume wegen Dingen bekommt, die sie nicht zu wissen braucht.«

»Vielleicht habe ich das bei Ciara gemacht, zuviel daheim abgeladen«, sagte Taaffe. »Vielleicht war das auch ein Grund.«

Er litt immer noch unter seiner Trennung vor einem halben Jahr. Obwohl es mehr so gewesen war, daß Ciara sich ohne Vorwarnung aus dem Staub gemacht hatte. Dempsey ließ seinen Kollegen an der Wunde zupfen, die er offenbar noch hin und wieder vor anderen bloßlegen mußte.

»Ich wollte, ich wüßte, was den Ausschlag gegeben hat. Warum sie von mir wegging.«

»Sie war ebenfalls unter Druck, Jack. Nach allem, was du mir erzählt hast, hat sie genau wie du auf Hochtouren gearbeitet, um die Hypothek und eure Rechnungen zu bezahlen. Bist du sicher, daß es nicht doch damit zu tun hatte, daß sie eine Familie haben wollte, Kinder großziehen?«

»Das hatten wir alles geklärt. Wir hätten es uns erst in drei Jahren leisten können.«

»Ich weiß, ich wiederhole mich, aber Kinder kriegen ist eine Sache, die man neben allem anderen macht. Es gibt keine ideale Zeit dafür. Und von allem anderen abgesehen, bieten sie ein neues Gesprächsthema, ein gemeinsames Interesse. Es kann manchmal schwierig für eine Beziehung sein, wenn es keine Abwechslung voneinander gibt. Dann wird es zu intensiv« – Dempsey winkte erneut dem Barkeeper –, »zu selbstbezogen in gewisser Weise, falls das kein Widerspruch ist.«

»Vielleicht hast du recht, Kevin. Aber wir waren sowieso viel zu verschieden, Ciara und ich. Zum Beispiel ist sie ganz versessen auf Musik, geht viel in Clubs und so weiter. Selbst nach einer harten Arbeitswoche zog sie los zum Feiern. Wenn ich dagegen mich anschaue – ich glaube, das letzte Mal, daß ich Musik gekauft habe, das war eine Cassette von Celine Dion.«

Dempsey deutete mit Blick zum Barkeeper auf sein leeres Whiskeyglas und zeigte auch zwei neue Pints an. Seine Reaktionszeit wurde länger. Er mußte überlegen, was sein Kollege vor ein paar Sekunden gesagt hatte. Ach ja, jetzt wußte er es wieder.

»Aber das ist nicht so wichtig, oder? Ich meine, ich war ein Beatles-Fan, und Susan stand auf die Rolling Stones.«

Er merkte, daß er das Bild von Männern heraufbeschworen hatte, deren Gesichter wie Dörrpflaumen nach Ablauf des Verfallsdatums aussahen. Die Runde kam, und Dempsey schob einen Schein über den Tresen.

»Ich meine, damals war Jagger für unsereins ein eingebildeter Fatzke, und wir haben auf jede Beatles-Platte gewartet, als wäre sie die neueste Botschaft des Himmels.«

Dempsey wußte allerdings, daß Taaffe, hätte er damals schon dazugehört, wahrscheinlich ein Fan von Engelbert Humperdinck gewesen wäre. Die Niedertracht dieses Schnulzensängers war für alle Zeit in das kollektive Gedächtnis der Beatles-Gemeinde eingebrannt, weil er verhindert hatte, daß die beste Schallplatte der vier überhaupt – *Strawberry Fields Forever* – Platz eins der Hitparade erreichte. Tatsächlich erinnerte Taaffe Dempsey an seine älteren Brüder, die erst auf Schnulzensänger und dann auf irische Showbands standen und sich wie Schieber kleideten. Aber das war natürlich lange her, und Jack war gut zehn Jahre jünger als er selbst. Und doch war er irgendwie altmodischer. Wahrscheinlich hatte er sich in Wirklichkeit ein althergebrachtes, häusliches Leben gewünscht, und Ciara wollte nichts davon wissen. Während er diesen Gedankengang verfolgte, merkte er, daß Taaffe mit ihm redete. Er wurde langsam betrunken.

»'tschuldige Jack, was hast du gesagt?«

»Ich wollte nur kurz auf den Fall zurückkommen.«

Taaffe beugte sich zu ihm und sprach in einem vertraulichen Tonfall. Auch wenn ihnen eine Trennwand aus Holz und Glas eine gewisse Ungestörtheit sicherte, befanden sie sich immerhin in einer öffentlichen Kneipe. »Es gibt etwas, das mir wirklich zu schaffen macht, und ich muß es hier und jetzt sagen –«

»Es ist Lavelle, richtig?« Dempsey leerte seinen Whiskey in einem Zug.

»Ja. Und versteh mich nicht falsch, das ist keine Kritik an dir. Aber er war der einzige außerhalb unseres Ermittlungsteams, der wußte, daß wir James Turner vernehmen wollten. Hab ich recht?«

»Und?«

»Du hast doch gesagt, daß Turner der Typ ist, der notfalls den Täter ans Messer liefern würde. Vielleicht wußte Lavelle das auch. Verstehst du, was ich meine?«

»Du meinst, daß Lavelle der Mörder ist. Und daß er Turner umlegen ließ. Aber dafür haben wir keine Beweise, Jack. Wir brauchen Beweise.«

»Vielleicht finden wir sie ja noch. Inzwischen sollten wir einen großen Bogen um ihn machen. Erzähl ihm nichts mehr. Und was dieses verdammte Zeugs angeht, das er für uns getippt hat – kompletter Blödsinn, wenn du mich fragst. Es war von Anfang an falsch, ihn mit einzubeziehen.«

»Du hast recht, Jack, du hast verdammt noch mal recht«, sagte Dempsey und erhob sein Guinness. Sie ließen die Gläser klirren. Und schlossen die Reihen.

— 34 —

»Sie hieß Paula. Paula Ryman. Sie kam eines Tages auf der Suche nach Hilfe ins Cultwatch Centre in Chicago.« Lavelle saß auf der Vorderkante des Lehnstuhls, schaute in sein Glas und ließ den Wein darin träge kreisen. »Sie geriet an mich als Berater.«

Jane trank einen Schluck von ihrem Wein und wartete darauf, daß er fortfuhr. Sie saß in dem Sessel gegenüber, auf den Kaffeetisch zwischen ihnen hatte sie die Weinflasche gestellt.

Lavelle setzte sein Glas ab, lehnte sich zurück und fixierte einen Punkt an der Decke. »Sie sagte, ihr Mann habe sich urplötzlich einer religiösen Sekte angeschlossen. Er hatte ihr am Morgen ihres dreißigsten Geburtstags eine handschriftliche Notiz hinterlassen, daß er seinen Job aufgegeben habe, daß er sie verlassen und sie ihn nie wiedersehen würde.«

»Das muß ein schwerer Schlag gewesen sein«, sagte Jane mitfühlend.

»Und es kam völlig überraschend«, sagte Lavelle. »Max Ryman war ein gefragter Werbefachmann in der City. Und doch hatte ihn ein billiges Flugblatt, das auf einem Parkplatz unter seinen Scheibenwischer gesteckt wurde, in die Sekte gebracht. Binnen eines Monats hatte er mit den Leuten Kontakt aufgenommen, und dann verschwand er.«

»Und was haben Sie für die Frau getan?«

»Ich habe die Sekte ausfindig gemacht. Sie nannten sich Zeugen der Wildnis und hatten ein Lager in einem Forstgebiet nahe dem

Lake Superior – etwa fünfhundert Kilometer von Chicago entfernt. Eine Mischung aus rechtsextremer Miliz und Bibelfundamentalisten. Ich bin mit Paula zu ihnen raufgefahren. Das Lager war ausgebaut wie ein Fort der Kavallerie ... überall schoben Bewaffnete Wache. Sehr einschüchternd. Jedenfalls wollte Max sie nicht sehen, erklärte sich schließlich aber bereit, mich zu treffen. Sie mußte draußen auf dem Parkplatz bleiben. Als sie mich hineinließen, saß er an einem grobgezimmerten Holztisch, links und rechts von ihm je ein Kerl mit einer Maschinenpistole.

Ich versuchte ihm zu erklären, was Paula durchmachte, bat ihn, sich alles noch einmal zu überlegen. Aber ich hätte genausogut gegen eine Wand reden können. Dann fing er mit seiner Leier an, die ungefähr so ging: ›Gott hat mir befohlen, die Welt da draußen zu verlassen, weil der Antichrist im Weißen Haus sitzt und seine Niedertracht in ganz Amerika um sich greift, in der Stadt wie auf dem Land. Nur eine Kraft, die durch den Kontakt mit der Schöpfung Gottes gestärkt ist, kann hoffen, das Böse zu vertreiben, das sich überall im Land ausbreitet ...‹ Es war einfach hoffnungslos, mit einer Person dieser Geistesverfassung in einen Dialog treten zu wollen. Paula hat fast während der gesamten Rückfahrt geweint. Es war schlimmer, als wenn er gestorben wäre oder sie betrogen hätte. Er wirkte, als hätte man bei ihm eine Lobotomie vorgenommen.«

»Und dann haben Paula und Sie also ... eine Beziehung angefangen?« fragte Jane vorsichtig.

»Das hat sich mit der Zeit so entwickelt, wir haben es gar nicht richtig gemerkt. Sie hat einen Anwalt engagiert, um in den Besitz von Sparguthaben und Kapitalanlagen zu kommen, die Max der Sekte überschrieben hatte. Hin und wieder zogen sie mich zu Rate. Paula unterrichtete in einer Sonderschule, in den Sommerferien hatte sie viel Zeit, und wir haben uns oft gesehen. Ich denke, es ging ihr sehr schlecht, und es half ihr, wenn sie mit mir darüber reden konnte. Sie wiederum fragte mich über das Zölibat aus und was es bedeutet. Damals gaben gerade einige Priester in der Diözese ihr Amt auf und heirateten, es war also ein aktuelles Thema.«

»Und wie sahen Ihre Ansichten dazu aus?« fragte Jane.

»Meine Interpretation ging dahin, daß Ehelosigkeit nicht dasselbe wie Keuschheit sei. Bei ersterem würde man sein Leben Gott weihen, anstatt es mit einem anderen Menschen in der Ehe zu teilen. Das andere sei eine Gewissensfrage, bei der es darum gehe, wie man sein Sexualleben mit seinen allgemeinen Überzeugungen in Dekkung bringe. Und ich kann Ihnen sagen, daß sie dieses Gespräch gut in Erinnerung behielt.«

»Wie meinen Sie das?«

»Außer ein, zwei Umarmungen war nicht viel zwischen uns gewesen, aber ein paar Wochen vor Schulbeginn lud sie mich zum Essen in ein Restaurant ein. Sie sagte, sie habe einiges Geld von Max' Sparkonten erhalten, und das wolle sie feiern. Bei unserem Treffen zog sie dann irgendwann zwei Flugtickets aus der Tasche und sagte: ›Du kannst dein Gelübde der Ehelosigkeit ruhig halten, aber wird es nicht Zeit, daß weniger Keuschheit zwischen uns ist?‹ Sie hatte uns einen Flug nach Miami gebucht, mit Unterbringung in einem Strandhaus auf den Florida Keys.

Sie hatte sich noch etwas anderes von dem gemerkt, was ich sagte. Daß ich nämlich bei ihr sein wollte, wenn sie zum erstenmal das Meer sieht. Sie hatte es noch nie gesehen, was ich als Ire ganz ungewöhnlich fand. Aber ich hatte ebenfalls eine Überraschung für sie auf Lager. Als ausgebildeter Tauchlehrer war ich entschlossen, ihr auch die Tiefen des Meeres zu zeigen.«

»Wann haben Sie einen Tauchkurs gemacht? Im Seminar?«

»Ja, und ich habe die Tauchlehrerausbildung gleich angehängt. Als wir in Florida ankamen, habe ich sie sofort für einen zweitägigen Crash-Kurs angemeldet, ich dachte, sie kann mit meiner Hilfe im Laufe unserer Woche darauf aufbauen. Sie war zunächst unsicher, aber nachdem sie ihr erstes Korallenriff gesehen hatte, hielt sie nichts mehr zurück. Wir mieteten ein Dinghi mit einem Außenborder und fuhren zu den Tauchplätzen und Inseln der Keys. Wir lagen faul herum, schwammen, tauchten zu Riffen und Wracks, sammelten Muscheln – sie war verrückt nach Muscheln und hat viel mehr davon eingesammelt, als wir je hätten nach Hause schaffen können … wenn wir … wenn sie nicht …«

Er hielt inne. Dann löste er seinen Blick von der Decke und sah Jane direkt in die Augen.

»Es hätte nie passieren dürfen. Ich hätte sie retten können …« Nun kam der schwierige Teil. Zwar hatte er damals der Polizei wieder und wieder alles geschildert, aber seitdem hatte er die ganze Geschichte niemandem mehr erzählt, und die Abfolge der Ereignisse war zu einem Wirrwarr vereinzelter Bilder geworden. Doch die Jahre, die mittlerweile ihre Patina auf seiner Erinnerung hinterlassen hatten, waren nun wie weggewischt.

»Sind Sie je mit Sauerstoffflasche getaucht?«

»Nein … nur hin und wieder geschnorchelt, als Kind.«

»Nun, ob Tauchen oder Schnorcheln, es gibt eine goldene Regel: Man tut es nicht allein. Und warum?« Sofort sprach der Lehrer aus ihm.

»Weil dann niemand da ist, der einem helfen kann, wenn man in Schwierigkeiten gerät«, sagte Jane.

»Richtig. Und deshalb sollte man seinen Tauchpartner nie auch nur aus den *Augen* lassen.« Er sagte es mit einigem Nachdruck. »Wir hatten gerade vor einer kleinen Insel in den Keys angelegt, nach einem Tauchgang zu einer gesunkenen Galeone«, fuhr er fort. »Paula hatte bemerkt, daß wir über Korallen gefahren waren, und schlug vor, wir sollten hinausschwimmen und sie uns ansehen, nur mit Brille und Schnorchel, ohne Sauerstoffgerät. Wir sind ungefähr hundert Meter da draußen, als sie nach unten zeigt. Genau unter uns ist dieser wunderschöne Engelbarsch, etwa tellergroß, und er ist in einem Stück Fischernetz gefangen, das vom offenen Meer hereingetrieben und an einer Koralle hängengeblieben ist. Das Wasser ist nur rund vier Meter tief. Paula klopft mir auf die Schulter und sagt, wir sollten tauchen und ihn retten. Wie Sie wissen, atmet man mit einem Schnorchel nur voll ein, taucht und bläst die Luft wieder heraus, wenn man auftaucht. Sie beherrschte das inzwischen, aber ich sagte, es sei gefährlich, ohne Messer in die Nähe eines Netzes zu kommen. Man braucht sich nur mit einem Finger oder einer Zehe in den Maschen zu verfangen, und schon ist man in Schwierigkeiten. Ich sagte, ich würde zurückschwimmen und mein Tauchermesser holen, und bat sie, zu warten. Ich war nach einer Minute am Strand, aber auf dem Rückweg konnte ich das Ende ihres Schnorchels nicht sehen, obwohl das Meer glatt war. Mist, dachte ich, sie ist allein getaucht. Aber es war schlimmer.

Als ich zu der Stelle kam, an der ich sie verlassen hatte, entdeckte ich sie fast am Grund unten. Sie hatte den Fisch befreit, aber ihr Arm war irgendwie im Netz hängengeblieben. Sie kämpfte heftig. In so einer Situation kann man nicht lange überlegen. Ich holte Luft, tauchte hinab und versuchte das Netz von der Koralle loszuschneiden. Aber sie packte mich, was es schwieriger machte, an das Netz heranzukommen. Sie war in Panik, offenbar schon zu lange unten, die Verzweiflung in ihren Augen ...

Aber dann wurde ihr Griff schwächer, und ich konnte das Netz durchschneiden. Ich sah die Luft aus ihrem Mund und ihrer Nase entweichen, aber ich mußte selbst unbedingt atmen, deshalb schwamm ich an die Oberfläche. Ich dachte nur, vielleicht komme ich rechtzeitig zurück, bevor sie Wasser in die Lunge bekommt ... man fängt an, sich verrückte Hoffnungen zu machen ...

Ich ging wieder runter und schaffte es, sie heraufzuholen. Dann schleppte ich sie zum Strand und legte sie rücklings auf ein Handtuch. Ich erinnere mich, daß es weiß war. Ich fühlte nach einem Puls. Nichts. Ich fing mit Wiederbelebung an – zwei Atemstöße in den Mund, fünfzehnmal auf den Brustkorb pressen. Nur bekam ich keine Luft in ihre Lungen. Sie dehnten sich nicht aus. Ich dachte, irgendwas muß ihre Luftröhre blockieren. Ich mußte jetzt wirklich scharf überlegen. Ich war dabei, sie zu verlieren. Mein Messer hatte ich fallen gelassen, aber ihres war noch da, bei ihrer Tauchausrüstung, die am Strand lag. Es ging um Leben oder Tod. Ich packte das Messer und machte einen Einschnitt in ihre Luftröhre, genau hier ...« Er zeigte auf seinen Halsansatz.

»Dann führte ich einen Schnorchelschlauch ein. Ich dachte, wenn ihre Atemwege frei sind, könnte ich ihr Herz wieder zum Schlagen bringen. Ich blies Luft über den Schlauch in ihre Lungen. Ich sah, wie ihre Brust sich hob und senkte. Zwei Atemstöße, fünfzehnmal pressen. Kein Herzschlag. Ich blies ihre Lungen wieder auf, aber kein Reflex setzte ein, sie atmete nicht wirklich. Ich machte immer weiter, wollte sie mit Willenskraft am Leben halten, dachte, sie muß doch reagieren ... es war sinnlos. Völlig sinnlos. Sie starb dort am Strand ... mit einer Wunde in der Kehle, die ich ihr beigebracht hatte. Und rein technisch war sie nicht ertrunken.«

»Was war dann ... woran ist sie ...?«

»Ich brachte sie im Dinghi zurück zur Unterkunft. Als man sie im Krankenhaus untersuchte, wurde die Polizei hinzugerufen. Es sah ausgesprochen verdächtig aus. War sie ertrunken, oder hatte man sie erstochen? Ich hatte Spuren von einem Kampf im Gesicht und an den Armen, Kratzer und Druckstellen, wo sie sich an mich geklammert hatte. Ich hätte den Luftröhrenschnitt ja machen können, um die Tatsache zu verbergen, daß ich sie ertränkt hatte, obwohl ein Teil von dem Netz noch um ihren Arm gewickelt war, was für meine Version der Ereignisse sprach.

Man hat mich den ganzen Tag und die halbe Nacht verhört, bis der Autopsiebericht kam. Paula war an einem Kehlkopfkrampf gestorben. Das ist eine seltene Reaktion auf ein plötzliches Eindringen von Wasser in die Atemwege. Die Luftröhre macht dicht, und die Person erstickt buchstäblich. Und das ist Paula passiert. In ihren Lungen war kein Wasser.«

»Wie furchtbar«, sagte Jane. »Und dann hat man Sie auch noch eines Verbrechens verdächtigt. Das muß entsetzlich für Sie gewesen sein.«

»Es war alles andere als angenehm, aber ich war die ganze Zeit wie benommen. Ich durfte natürlich gehen, obwohl die Polizei nicht glücklich darüber war. Aber da Paulas Eltern nicht auf einer Anklageerhebung bestanden – sie zogen es wohl vor, an einen Unfall zu glauben –, konnten sie wenig dagegen tun.«

»Aber Sie fühlten sich verantwortlich.«

»Natürlich. Zunächst einmal hatte ich sie ja zum Tauchen gebracht. Dann hatte ich eine Grundregel mißachtet und sie allein gelassen. Und ich hatte eine schlechte Entscheidung getroffen. Um ihr die zusätzliche Zeit zu verschaffen, die sie gebraucht hätte, um durchzuhalten, hätte ich tief einatmen, tauchen und ihr die Luft von Mund zu Mund weitergeben können. Dann das Netz zerschneiden, und sie wäre nach oben gekommen.«

»Sie haben getan, was Sie für richtig hielten. Es war eine schwierige Entscheidung.«

»Ja? Es hat mich jedenfalls sehr lange verfolgt. Selbst jetzt habe ich manchmal noch ...«

»Haben Sie den Leuten in Chicago erzählt, was passiert ist?«

»Nicht im einzelnen. Nur daß sie ertrunken ist. Ein außergewöhnlicher Unfall.«

»Und hier?«

Er schaute sie entgeistert an. »Natürlich nicht«, antwortete er, als hätte sie ein augenscheinliches Prinzip nicht verstanden. »Zu kompliziert. Erst hätte ich schon mal eine sexuelle Beziehung erklären müssen und dann noch einen tragischen Tauchunfall.«

»Dann haben Sie also die ganze Zeit damit gelebt? Wie lange ist es her, fünf, sechs Jahre? Haben niemandem etwas erzählt, alles für sich behalten. Eine Frau, in die Sie sich verliebt haben, die auf tragische Weise ums Leben kam, wofür Sie sich verantwortlich fühlten. Und Sie reden mit ... keinem Menschen?«

»Bis jetzt«, sagte er.

»Und wie fühlen Sie sich?«

»Es ist ... es tut gut, endlich darüber geredet zu haben. Ich brauchte wohl jemanden, dem ich vertrauen konnte.«

»Nein, Liam, der Mensch, dem Sie vertrauen mußten, waren Sie selbst. Daß Sie Ihren Schmerz ausdrücken können, statt ihn zu verstecken. Und jetzt müssen Sie sich so weit vertrauen, daß Sie Ihre Schuld loslassen können, statt sich an sie zu klammern.«

Ihm war nicht mehr wohl bei der Sache. War er nicht schon weit genug gegangen? Er unternahm einen vergeblichen Versuch, das

Thema zu beenden. »Sie könnten recht haben. Aber bin ich nicht eigentlich hier, um etwas über Becca de Lacy zu erfahren? Sollten wir nicht –«

»Das können wir alles morgen erledigen. Sie bleiben nämlich, wo Sie sind, und erzählen noch ein bißchen weiter.«

Er hatte noch eine Ausrede. »Aber morgen ist Aschermittwoch. Ich muß in der Frühe eine Messe lesen.«

»Ich krieg Sie schon wach. Sie können duschen, nach Kilbride zu Ihrer Messe fahren und zum Frühstück wiederkommen, okay?« Sie war offenbar fest entschlossen.

»Frühstück?«

»Ja, und raten Sie, was es gibt?« Sie sah auf die Uhr, bevor sie aufstand und beiden Wein nachschenkte. »Krapfen.«

— 35 —

Die Nonnen gaben ihr Arbeit als Putzfrau im Krankenhaus, und sie mietete eine Wohnung in Blackrock, nur ein Stück vom Meer entfernt, an der Buslinie ... kein Bad, nur die Toilette im Hinterhof, aber sie hielt die Wohnung sauber und ordentlich, und manchmal mußte sie ihn den ganzen Vormittag allein lassen, aber er brüllte nicht wie andere Babys, denn sie hatte ihm beigebracht, sich zu benehmen ...

dann ging er zur Schule ... er ist ein heller Junge, hieß es, aber niemand wußte, wieviel Mühe sie sich gab, damit er auf dem rechten Weg blieb ... keine Mädchen, das war das wichtigste ... sie hielt ihn fern von ihnen und ihren kleinen Fotzen ... dreckige Sündenlöcher, mit denen sie die jungen Männer in die Falle locken, damit sie den Rest ihres Lebens für sie sorgen müssen ...

gut, manchmal trank sie einen über den Durst, und dann nahm

sie ihn gern mit ins Bett und schlief ein, und wenn sie aufwachte, stand er oft vor ihr und sah sie an, aber er sagte nichts ... nie hob er die Stimme oder kritisierte sie ... er war so gut ...

manchmal nahm sie ihn mit ins Krankenhaus ... und eines Tages, als er vielleicht dreizehn war, putzte sie im Leichenschauhaus, und da erwischte sie ihn, wie er das Laken von einer armen toten Frau gezogen hatte, und er machte etwas ganz Scheußliches mit sich selbst ... sie mußte es nachher vom Boden aufwischen ...

sie sagte, er müsse Buße tun und daß er mit einer Nadel hineinstechen soll, wenn er merkte, daß er groß wurde, dann wäre Schluß damit ... und nach dieser Sache mußte sie auf dem Foto, das sie am Meer von ihm gemacht hatte, den Zwickel seiner Badehose ausschneiden ... es kam ihr nicht richtig vor, daß diese schreckliche Ausbuchtung auf dem Kaminsims zur Schau gestellt wurde ... nicht, daß es jemand gesehen hätte, sie hatten nie Besuch, aber man konnte nie wissen, man mußte vorsichtig sein ...

— 36 —

Nach dem Frühstück in Janes Küche räumte Lavelle das Geschirr ab, während Jane im Wohnzimmer den Videorecorder vorbereitete. Die beiden hatten bis spät in die Nacht geredet, und er hatte in ihrem Gästezimmer geschlafen. Wie geplant, war er zur Messe nach Kilbride gefahren.

Als Paddy Quinn die Asche segnete, kam Lavelle zu Bewußtsein, daß die Zeremonie dem Segnen der Kerzen zu Lichtmeß ähnelte. Dieser Gedanke nagte die ganze Zeit an ihm, während er mit dem Daumen das Kreuzzeichen auf die Stirn der Gläubigen machte, um sie daran zu erinnern, daß sie nur Staub waren und unausweichlich zu diesem Zustand zurückkehren würden. Schließlich aber tat er die Ähnlichkeit der beiden rituellen Handlungen als bloßen Zufall ab, und nun versuchte er, sich als Gedächtnisübung die Worte des Priesters beim Verteilen der Asche in der alten Lateinischen Messe in Erinnerung zu rufen.

In diesem Moment rief Jane nach ihm. »Es kann losgehen, kommen Sie.«

Memento homo quia pulvis es et in pulverem reverteris. Das war es.

»Bitte nehmen Sie Platz«, sagte sie, als er ins Wohnzimmer kam.

Als er saß, fragte sie: »Wollen Sie diesen Aschenfleck auf Ihrer Stirn eigentlich den ganzen Tag dort lassen?«

»Solange er hält. Ich finde, wir sollten hin und wieder daran denken, daß wir sterblich sind. Ich habe mehr mit diesem Raymond O'Loughlin gemein, als Sie glauben.« Er grinste.

»Raymond O'Loughlin? Ich verstehe nicht ...«

»Ich habe Ihr Interview mit ihm in Artspeak gehört. Am ersten Tag, an dem wir uns sprachen.«

»Ja, richtig, ich vergaß, daß Sie ein Hörer sind.«

»Er steht in der Tradition der Memento-mori-Kunst, würde ich sagen.«

»Sie meinen diese Skulpturen von Skeletten, in denen Würmer herumkriechen? Pest, Totentanz, die Apokalyptischen Reiter ...?«

»Genau. Und Flagellantengruppen, die durchs Land ziehen und das Ende der Welt verkünden – unsichere Zeiten.«

»Flagellanten? Aber wozu sich noch in Selbstbestrafung ergehen, wenn das Jüngste Gericht vor der Tür steht?«

»Erlösung durch Schmerz – nur wer sich selbst blutig schlägt, wird erlöst. Solche Anschauungen hatten viele Asketen im Mittelalter. Die Flagellantenbewegung ging noch einen Schritt weiter und behauptete, es sei notwendig, daß alle es tun.«

»Da scheint mir ein Aschenfleck ja eine vergleichsweise fröhliche Angelegenheit zu sein«, sagte Jane.

Er lächelte und versuchte ein wenig Begeisterung in seine Stimme zu legen: »Nun zu Becca de Lacy. Mal sehen, was Sie entdeckt haben.«

»Okay. Wir hatten Becca, das Album. Jetzt geht es um Becca, das Video. Passen Sie gut auf.«

Sie machte das Fernsehgerät an und schaltete auf den Videokanal. »Den Ton brauchen wir nicht. Schauen Sie nur ganz genau hin.«

Wie die meisten Videos wirkte es ohne Musik wie eine Reihe unzusammenhängender Bilder und Szenen. Erst die Musik schafft den Zusammenhang. Als es zu Ende war, sagte Jane: »Es verlangt nicht viel Interpretation. Verbindungen zwischen Irland im Goldenen Zeitalter und Byzanz. Das Book of Kells und griechische Ikonen. Vielleicht enthält es auch einen Kommentar dazu, daß der Islam eine der ältesten Kathedralen der Christenheit in eine Moschee verwandelt hat. So vieldeutig, daß sich niemand beleidigt fühlt, schließlich tritt sie in Istanbul auf. Viel mehr ist nicht drin, oder?«

»Ich sehe jedenfalls nichts.«

»Gut, dann wollen wir einmal genauer hinschauen. Und wußten Sie übrigens, daß die Mönche, die das Book of Kells schufen, Lapislazuli zur Herstellung eines blauen Pigments verwendeten? Es mußte aus Afghanistan nach Irland importiert werden. Zu einer Zeit, da sich der Islam in diesem Teil der Welt ausbreitete. Ich wollte das nur erwähnen. Und noch etwas über Lapis –«

»Jane, bitte – das Video.« Er hatte ihr von dem blauen Stein in der Gewandnadel erzählt. Aber er fand, sie war im Moment ein bißchen zu sprunghaft.

»Okay, das Ganze noch mal.« Jane ließ das Band schnell vorlaufen, bis sie zu einer der ganzseitigen Illustrationen aus der Handschrift kam. »Das hier – es sieht wie ein großes, verziertes X aus, das über die Seite tanzt. Was bedeutet es?« fragte sie.

Lavelle war bequem auf der Couch gelümmelt. Jetzt setzte er sich gerade.

»Man nennt es das Chi-Rho. Sie sehen dort noch zwei andere stilisierte Buchstaben, das P und das I. XPI ist das griechische Monogramm für Christus. Es ist das erste Wort des Matthäusevangeliums. Die Seite, die wir hier sehen, ist wahrscheinlich die schönste im ganzen Buch.«

»Und das I ist das, was wie ein L mit dem kurzen Fortsatz in die falsche Richtung aussieht?« fragte sie.

»Ja, und an der Seite erkennen Sie drei Engel.«

»Jetzt sehen Sie sich das an«, sagte Jane.

Sie ließ das Video bis zu einer Stelle des Liedes laufen, an der eine rasche Montage von Bildern erschien, darunter ein kurzes Aufblitzen der Seite mit dem Chi-Rho in Weiß auf Schwarz.

»Das passiert mehrmals«, sagte sie. »Nun gehen wir zurück und untersuchen es genau.«

Das Videogerät erlaubte ihr, jedes Bild einfrieren und einzeln betrachten zu können. Sie hielt bei der einfarbigen Version der Seite. Es war das Chi-Rho, aber es stand auf dem Kopf. Und nicht nur das, es war auch noch negativ. Das X sah immer noch wie ein X aus.

»Was sehen Sie jetzt?« fragte sie.

»Das X auf dem Kopf ... das Innere nach außen ... denken Sie an Blasphemie?« Er dachte selbst an den Zehnten Kreuzzug. Und an noch etwas anderes, aber die Erinnerung war zu verschwommen, es fiel ihm nicht ein.

»Nein, ich schaue auf das L«, sagte Jane. »Aus dem ist eine Sieben geworden.«

»Und?«

»Die sieben Zeichen des Jüngsten Gerichts – erinnern Sie sich an die Website der Hüter? Vielleicht geht es gar nicht um die sieben Zeichen. Denken Sie sich ein Komma nach der Zahl, dann könnte es heißen: Die Sieben, Zeichen des Jüngsten Gerichts. Überlegen Sie doch mal, welch große Rolle die Sieben bei allem spielt, was Sie mir erzählt haben. Sieben Siegel. Sieben Jahre der Drangsal. Und die anderen Zeichen könnten demnach alles sein, was auf dieser Seite hervorgehoben ist. X für Christus, nicht nur auf den Kopf gestellt, sondern negativ – vermutlich der Antichrist –, und drei Engel, die in dieser Gestalt ihre negativen Gegenteile sind – Teufel oder Dämonen. Das alles sind vorbereitete Zeichen, nach denen die Sektenmitglieder Ausschau halten sollen.«

»Jetzt mal langsam, jetzt mal ganz langsam. Sind Sie übergeschnappt? Vor einer Woche haben Sie Becca de Lacy und das Gedicht von Yeats mit dem Mord in Verbindung gebracht. Jetzt soll Becca auch noch mit der Sekte vom Siebten Siegel zu tun haben. Ich glaub's einfach nicht.«

»Ich weiß, es ist ein bißchen viel auf einmal, aber ich habe so ein Gefühl in der Magengegend. Irgendwas an diesem ganzen Projekt von Becca de Lacy ist komisch.«

»Du lieber Himmel, Jane, Sie machen mir eine Heidenangst. Und ich weiß nicht genau, ob das mehr an Ihrer merkwürdigen Besessenheit von der ganzen Sache liegt oder an der Möglichkeit, daß Sie recht haben könnten. Ich drehe wirklich langsam durch bei dieser Geschichte.«

»Gut, es ist ziemlich ausgefallen. Aber ich habe Ihren Bericht gelesen, und ich muß sagen, verrückter finde ich meine Einfälle auch nicht.«

»Moment mal. Nur damit ich alles recht verstehe. Sie glauben, daß jemand Anweisungen von Becca de Lacys Album bezieht, und vielleicht auch von ihrem Video. Daß es eine Verbindung zwischen der Leiche in der Kirche und den Hütern des Siebten Siegels gibt. Daß ihre Musik als eine Art heiliger Text oder Folge von Befehlen interpretiert wird oder ... was genau glauben Sie eigentlich?«

»Ich weiß, es wird mich noch einige Überzeugungsarbeit kosten, aber es stimmt, ich glaube inzwischen tatsächlich, daß ihr Album und das Video eine Art Code oder Geheimbotschaft enthalten. Aber nicht wie bei der Beatles-Platte, von der wir gesprochen haben. In diesem Fall sind sie absichtlich hineingemischt. Ich behaupte nicht, daß Becca dafür verantwortlich ist. Es könnte jemanden geben, der vorab wußte, was auf dem Album sein wird, und das Ritual ausgeführt hat, um die Bildersprache der CD widerzuspiegeln. Das könnte jemand aus der Schallplattenbranche oder von den Medien sein – einige Exemplare der CD wurden schon vor der Präsentation verschickt. Im Fall des Videos könnte ein Mitglied der Sekte daran mitgearbeitet und einen Teil des Materials vorgeschlagen oder geändert haben. Oder vielleicht ist Becca de Lacy tatsächlich selbst Mitglied der Sekte und hat ihre Schallplatte und das Video absichtlich verschlüsselt.«

»Aber welche Verbindung gibt es zwischen dem Gedicht auf der CD und dem Video? Keine. Selbst wenn man in seiner wildesten Phantasie einen Zusammenhang von Video und Hütern des Siebten Siegels konstruiert, verbindet beides noch immer nichts mit dem Album oder dem Tod von Sarah Glennon. Und was mich beunruhigt, ist, daß Sie nun auch noch Becca de Lacy persönlich mit einem Mord in Verbindung bringen. Wie können Sie das auch nur einen Augenblick glauben? Es gibt so etwas wie semiotische Erregung, und ich glaube, die erleben wir beide gerade, nicht nur Sie.«

»Soll heißen?«

»Daß wir übersensibilisiert sind und alles für bedeutsam und miteinander verknüpft halten. Dem winzigsten Bruchstück eine immense Wichtigkeit beimessen.«

»Sie meinen, als nächstes sehe ich das Gesicht Christi in meinen Cornflakes?«

»Ja, genauso funktioniert es. Besonders bei Endzeitgläubigen. Die Leute lesen alles mögliche in vage Prophezeiungen und zufällige Ereignisse hinein.«

»Die Sache ist nur die, Liam, daß ich nicht an das Jüngste Gericht glaube. Ich hoffe, ich bin ein rational denkender Mensch. Ich habe Phantasie, das ja, aber ich glaube nicht, daß ich unter Wahnvorstellungen leide!« Sie schrie es fast, als fühlte sie sich bedroht. Und sie schien dem Weinen nahe zu sein. Er hatte es schon wieder getan.

»Ich wollte Sie nicht kränken. Es tut mir leid.«

»Schon gut. Es ist nur ...« Ihre Stimme verlor sich.

»Alles in Ordnung?« fragte er besorgt.

»Ja, ja, alles klar. Hören Sie, ich kann ja verstehen, daß Sie glauben, ich sei auf dem Holzweg, aber wenn man bedenkt, daß es in diesem Zusammenhang in der letzten Woche zwei Morde gab ...«

»*Zwei?*«

»Haben Sie das von James Turner nicht gehört? Das war doch der Typ vom Zehnten Kreuzzug, den Sie erwähnt haben, oder?«

»Ja. Was ist passiert?«

»Er wurde ermordet, oder besser gesagt hingerichtet. Vorgestern, in London, von islamischen Extremisten. Sie haben ihm den Kopf abgeschnitten.«

»Großer Gott. Ich frage mich, warum mir das Dempsey nicht erzählt hat.«

»Vielleicht, weil Sie der islamischen Dimension oder der Rolle des Kreuzzugs bei der ganzen Sache nicht viel Beachtung schenkten.«

Der Zehnte Kreuzzug. Das X. Das Chi-Rho in dem Video. Negativ, auf den Kopf gestellt ... *und sie werden sagen, ja, groß ist er, daß er selbst das Kreuz Jesu Christi auf den Kopf stellt und wie ein Spielzeug im Kreise dreht, gewiß ist er unbesiegbar ...*

»Jane, erinnern Sie sich noch an die Prophezeiungen von der Website, die Sie ausgedruckt haben? Es waren insgesamt neununddreißig. Die letzte ergab keinen Sinn für mich, aber ...«

Er zögerte. Genau davor hatte er gerade gewarnt.

»Ich glaube, jetzt ergibt sie einen.«

— 37 —

Lavelle war zu Hause und versuchte, sich einen Reim auf alles zu machen, was er und Jane bislang entdeckt hatten. Er ging an seinem PC den Bericht durch, den er für Dempsey geschrieben hatte. Dann versuchte er ihn mit dem Gedicht und dem Chi-Rho, den beiden Morden, dem Zehnten Kreuzzug, den Hütern des Siebten Siegels und den Prophezeiungen in Einklang zu bringen. Es war tatsächlich möglich, eine Verbindung zwischen dem Siebten Siegel und dem Kreuzzug herzustellen. Aber das erklärte nichts.

Wenn man die beiden Organisationen entwirrte oder sie als parallel verlaufend, aber nicht verbunden ansah, dann wurde manches etwas klarer. Zum Beispiel hatte Bonners Gefasel keine der Prophezeiungen auf der Website enthalten. Und auch wenn Lavelle nicht wußte, inwieweit sich Michael Roberts' Ideen gewandelt haben mochten, die Sorte Fundamentalismus, die Bonner ausgespuckt hatte, war bestimmt nicht sein Feld. Aber Roberts war natürlich ein Verfechter asketischer Werte, und Lavelles Bericht für Dempsey tendierte in diese Richtung. Wenn er ...

Jane hatte da so eine Bemerkung gemacht, als sie vorhin das Video ansahen. Etwas über seinen Bericht. Er griff zum Telefon. Sie hatten vereinbart, sich zu melden, falls einem von beiden etwas einfiel.

»Jane, ich bin's. Hören Sie, Sie haben heute etwas über meinen Bericht gesagt ... Es fällt mir nicht mehr ein ...«

»Daß ich froh bin, Sie kennengelernt zu haben, bevor ich dieses Zeug las, weil ich mir sonst womöglich Sorgen gemacht hätte, was eigentlich so in Ihrem Kopf vorgeht.«

»Nein, Jane, seien Sie mal einen Moment ernst. Es war da, wo ich von Fasten und weiblichem Sexualtrieb geschrieben habe ... in der keltischen Askese. Und Sie sagten ...?«

»Ach ja, ich sagte, daß sie mit anderen Worten zur Magersucht gezwungen wurden. Und wie erstaunlich es sei, daß man Frauen schon damals höher achtete, wenn sie weniger weiblich aussahen.«

»Und Sie sagten, daß bei Frauen, die eine wirklich strenge Diät halten, schließlich die Regel aufhört.«

»Ja. Man nennt es Amenorrhöe. Und ich sagte, daß mir Hazels Aussehen Sorgen machte, als ich sie zuletzt sah; selbst meine Mutter hat eine entsprechende Bemerkung gemacht. Außerdem war mir aufgefallen, wie dürr Becca de Lacy geworden ist. Man sieht es auch in dem Video. Sie ist wunderschön, aber wie ein Skelett.«

»Richtig. Dann habe ich Ihnen die Geschichte von Copar, der Schwester des heiligen Molaise erzählt, die zu ihrem Bruder kam und sagte, sie brenne vor Lust.«

»Und um zu zeigen, wie wichtig Blut ist, stach er ihr dreimal mit einer Nadel in die Hand, und drei Ströme Blut flossen heraus.«

»Deshalb setzte er sie auf eine strenge Diät.«

»Bis schließlich kein Tropfen Blut mehr fließt, wenn er sie in die Hand sticht. Sehen Sie, ich kann mich genau erinnern.«

»Ich glaube, wir sind da auf einer Spur, Jane. Hazel ... Becca ... die heiligen Frauen der Kelten.« Er tippte eine Notiz in den Computer. »Aber jetzt noch etwas anderes ... Lapislazuli ... da habe ich Sie ziemlich rüde unterbrochen. Sie wollten noch etwas sagen ... Wir dürfen nichts außer acht lassen.«

»Ich habe es nicht mehr erwähnt, weil ich Angst hatte, ich könnte ... semiotisch erregt wirken.« Er hörte ein unterdrücktes Kichern. »Entschuldigung. Ich weiß, was es war. Ich bin auf die Tatsache gestoßen, daß man die goldenen Sprenkel in Lapislazuli im Nahen Osten als ›Sterne am Himmel‹ bezeichnet. Und da ist mir das Rätsel auf der Website eingefallen, wo es heißt ›die Sterne fallen auf die Erde‹. Ich dachte, das ist komisch – der Stein in der Gewandnadel war Lapislazuli. Das war alles.«

Lavelle tippte, während sie sprach. Das Wort erschien auf dem Schirm und sprang ihn förmlich an.

»Das ist es. Die Gewandnadel!«

»Was?«

»Es war die ganze Zeit da, und ich habe es nicht gesehen. Es gibt eine ähnliche Legende über eine Begegnung zwischen einer Frau namens Samhtann und dem heiligen Maelruain von den Céli Dé. Nur beweist sie ihre Heiligkeit, indem sie eine *Gewandnadel* in ihre *Wange* sticht, und es fließt kein Blut. Das muß die Bedeutung der Nadel in Sarah Glennons Gesicht sein – sie zeigt an, daß das Mädchen blutleer und deshalb rein, über alles Geschlechtliche hinaus war.«

»Und noch etwas. Wer, sagten Sie, war ein Bewunderer dieses heiligen Maelruain?«

»Habe ich so etwas gesagt? Wer?«

»Michael Roberts.«

Zuerst konnte Lavelle es gar nicht glauben. Dann ging ihm die Ungeheuerlichkeit dieser Feststellung auf.

»Michael Roberts, natürlich. Sie hängen alle zusammen. Roberts, das Siebte Siegel, Becca und der Mord. Das ist beängstigend, Jane.«

»Sollen wir zu Dempsey gehen und ihm alles erzählen?«

»Noch nicht. Wir brauchen mehr Beweise. Er würde uns nur auslachen. Und wenn nicht er, dann Taaffe.«

»Ich treffe mich mit Jeremy Swann. Er ist ein Cousin meiner Mutter und ein großer Yeats-Kenner. Vielleicht kann er mir einen Ansatzpunkt für die Lyrik liefern.«

»Wann treffen Sie ihn?«

»Irgendwann nächste Woche.«

»Versuchen Sie, es vorzuverlegen. Ich habe ein ausgesprochen schlechtes Gefühl bei dieser Sache.«

— 38 —

Raymond O'Loughlin hielt in der Bar des Clarence Hotel am Liffey-Ufer Hof. Seine Freundin Kara McVey kümmerte sich um die Galerie, die sich zehn Gehminuten entfernt am anderen Ende der Kais, gleich über der Church Street Bridge, befand.

Sie hatten sich für kurz nach sechs, wenn Kara die Galerie zumachte, im Hotel verabredet. Es war Aschermittwoch, und nach ein paar Drinks wollten sie in ihre Wohnung in Temple Bar fahren und eine Party für einige Freunde geben. Der Anstoß dazu kam von einer Sitte, die sich in Dublins Literaten- und Künstlerkreisen eingebürgert hatte, nämlich am Karfreitag eine feuchtfröhliche Dinnerparty zu feiern – ein weltlicher Protest gegen die Schließung aller Pubs an diesem Tag. O'Loughlin nannte seine Veranstaltung »Haschermittwoch«, und die Idee war, daß sich alle bekifften und dann den *Exorzist* auf Video anschauten, teils zum Spaß und teils deswegen, weil manche Szenen unter Rauschgifteinwirkung noch krasser waren. Das würde Raymonds berüchtigten Ruf aufpolieren, und er hatte noch ein paar Extravergnügen auf Lager, damit seine Gäste ihn in guter Erinnerung behielten.

Zu O'Loughlins Clique gehörten im Moment unter anderem Thea Power, Kunstkritikerin der *Sunday Times,* und James Driscoll, Herausgeber des *Dublife,* eines Veranstaltungsführers für die Stadt. O'Loughlin hatte sie zu einem kleinen Spiel überredet, das er gern spielte und bei dem es darum ging, charakteristische Momente der jüngsten Geschichte festzumachen. Irgendwer durfte ein Thema vorgeben, und die andern mußten ein bestimmtes Ereignis nennen, das für Niedergang oder Entwicklung seither stand. O'Loughlin hatte sie aufgefordert, das Ereignis zu benennen, das die Befreiung ihrer Generation von den Fesseln der katholischen Kirche markierte. Driscolls Vorschlag war »der Tag, an dem wir das Foto eines katholischen Priesters auf der Titelseite einer Zeitung sahen, und darunter die Worte: *Das Gesicht des Bösen*«.

Er bezog sich auf einen Geistlichen, der des pädophilen Mißbrauchs zahlloser Schulkinder schuldig gesprochen wurde.

»Der Tag, an dem Papst Johannes Paul II. auf irischem Boden landete und ganz Irland zu seiner Begrüßung kam«, sagte Thea Power. Das verwirrte alle, bis Thea erklärte, ihrer Ansicht nach sei das der letzte Jubeltag der Kirche gewesen, denn ironischerweise begann nach diesem Tag im Jahr 1979 ihr Niedergang.

Dann mischte sich O'Loughlin mit einem seiner Lieblingsbonmots ein, das er durch Gebrauch immer mehr verfeinert hatte.

»Der Tag, an dem bekanntgegeben wurde, daß Sinead O'Connor die Rolle der Jungfrau Maria in Neil Jordans Film *The Butcher Boy* spielt.«

Das weckte stets Interesse und gab ihm die Gelegenheit zu erklären, wie facettenreich sein Beispiel war. Mit einigen Pints hinter der Binde trug er nun dick auf.

»An diesem Tag wußten wir, daß sich alles endgültig geändert hatte. Erstens gab es einen irischen Regisseur, der mehrere Hollywoodfilme hinter sich hatte – zehn Jahre zuvor noch undenkbar. Zweitens einen äußerst erfolgreichen weiblichen Popstar aus Irland – wow! Die ein Bild des Papstes auf der Bühne zerrissen hatte und weltweit Schlagzeilen machte. Was?? Und dann darf sie eine kettenrauchende Jungfrau Maria in einem Film spielen, der das Leben in einer irischen Kleinstadt beschreibt. Das gibt's doch gar nicht!«

Alle verstanden die Botschaft und waren angemessen beeindruckt.

»Sehr gut, Raymond. Sehr gut.«

Er rutschte von seinem Hocker und ging zur Toilette. Von dort rief er Kara über sein Handy an. Es war genau sechs Uhr.

»Los, sperr ab und komm rüber.«

»Es ist nur noch ein Besucher in der Galerie, Raymond. Ich warte noch, bis er geht, und bin dann gleich bei euch. Betrink dich nicht.«

O'Loughlin ging mit einem Lächeln im Gesicht zurück. Er wollte Power und Driscoll etwas erzählen, das ihm noch mehr Publicity einbringen könnte.

»Hey ...« Er ließ sich schwer auf seinen Hocker sinken und unterbrach ihr Gespräch.

»Wißt ihr, was in keinem Bericht über meine Ausstellung erwähnt wurde? Ratet mal. Die Kirche neben der Galerie ist St. Michan, und wofür ist die berühmt? Für ihre Mumien. Gibt es massenhaft in den Gewölben dort. Ist das nicht phantastisch? Sollte man doch unbedingt erwähnen. Mumifizierte Leichen, Tür an Tür mit einer Ausstellung namens ›Cryptology‹. Toll, oder?«

Kara hatte im Eingangsbereich bereits einige Lichter ausgemacht, und jetzt kam sie hinter einem kleinen Empfangstisch hervor, an dem sie gesessen hatte. Sie hätte den Besucher fast wieder weggeschickt, als er zehn Minuten vor sechs eintraf, aber er kam ihr bekannt vor, und sie wollte ihn nicht vor den Kopf stoßen. Als er in die Ausstellungsräume ging, hatte sie ihm nachgesehen und bemerkt, daß er eine Ledertasche bei sich hatte. Aber nicht das weckte ihre Aufmerksamkeit. Er trug Gummistiefel, sie schauten unter seiner Hose hervor. Es war zwar ein nasser Abend, aber heutzutage sah man eigentlich nur noch Arbeiter und Kinder in der Stadt mit Gummistiefeln herumlaufen.

Daran dachte sie, als sie in den ersten von drei Räumen ging, aus denen die Galerie bestand. Es war der kleinste der drei und enthielt die Mementos der Berühmtheiten. Die anderen beiden Räume zweigten nach links und rechts ab. Kara steckte den Kopf in den rechten und rief. Keine Antwort. Mit den Gläsern voll Körperteilen, Knochen und Flüssigkeiten sah es hier aus wie im Seziersaal einer chirurgischen Fakultät. Sie schaltete das Licht aus und näherte sich dem größten der drei Räume, der gegenüberlag. Er wurde von O'Loughlins großer Installation dominiert, die von schwarzgestrichenen Wänden umgeben war und drei Viertel der Deckenhöhe erreichte.

Kara stand im Eingang zu dem Raum und rief.

»Entschuldigen Sie, wir schließen jetzt.«

Niemand antwortete.

Sie machte alle Lichter im Raum aus. Ihr war ein bißchen unheimlich zumute. Wo steckte der Mann? Ein Geräusch veranlaßte sie, die Lichter wieder anzumachen.

»Hallo, ich muß Sie bitten, zu gehen.« Immer noch keine Antwort.

Sie wollte nicht mehr warten. Die Sache machte sie sehr nervös. Das quietschende Geräusch von Rädern und ein Schatten, der über die Decke huschte, ließen sie innehalten, und dann tauchte um die Ecke der Installation die Rollbahre auf, auf der viele berüchtigte Verbrecher per Giftspritze ins Jenseits befördert worden waren. Kara blieb wie gebannt stehen, während der schwarzgekleidete, große Mann das Gefährt auf sie zuschob; er hatte die Zähne zu einer Art Lächeln entblößt, und man hörte kein Geräusch von seinen Schritten. Sie fühlte sich schwach und merkte, daß sie dabei war, ohnmächtig zu werden, aber er war rechtzeitig bei ihr und fing sie auf, bevor sie zu Boden sank.

— 39 —

An dem Tag, an dem sie sagten, ein solcher Junge müßte Priester werden, war sie sehr glücklich, denn sie wußte, er mußte einer werden, um sie alle zu retten …

wissen Sie, daß es einen Mangel an Berufenen gibt, sagten sie, und bei all den Drogen und wo sie es heutzutage schon in jungen Jahren treiben, da gereicht Ihnen der Bursche zur Ehre, und wir bringen ihn im Priesterseminar unter, wenn er das will … das hieß, sie hatten die ganze Zeit gewußt, wer er war, aber nie etwas gesagt …

und er ging zum Priesterstudium, mein Junge, der seinen Vater nicht kannte, der weder Opa und Oma noch Tante und Onkel jemals kennenlernte, aber er war der beste von allen … bis er eines Tages nach Hause kam und sagte, sie wollten ihn nicht zum Priester weihen, vielleicht wegen etwas, woran ich schuld war … er war wütend auf mich … ich sagte, er sei mehr Priester als jeder von denen … was das heißen solle, wollte er wissen und tat mir zum erstenmal in seinem Leben weh, bis ich ihm erzählte, daß er der Sohn des Bischofs war … das beruhigte ihn, und er versprach mir, er würde Priester werden, wenn das mein Wunsch sei … ein reiner und heiliger Mann wollte er werden und die Geißel des dreckigen Abschaums dieser Erde, der alles verhöhnt und in den Schmutz zieht, was heilig ist in der Welt …

und jetzt hatte er sie wieder besucht … diesmal hatte er es sehr eilig gehabt … nur zum Umziehen, hatte er gesagt … sie mußte es jemandem erzählen, sie war so stolz auf ihn … er hatte etwas bei ihr gelassen, also würde er wiederkommen … vielleicht fragte sie ihn noch einmal … komisch allerdings, daß er sie nicht gesegnet hatte … oder ein Gebet gesprochen …

— 40 —

Raymond O'Loughlin wurde zunehmend betrunken und merkte nicht mehr, wie die Zeit verging. Der Geräuschpegel in der Bar stieg mit der Zahl der Gäste an. Er unterhielt sich über ein, zwei Meter Abstand schreiend mit jemandem, den er kaum kannte. Er mußte sich unbedingt erleichtern, aber er harrte aus, weil der Kerl wohlhabend und wie ein potentieller Käufer aussah. Schließlich entschuldigte er sich aber doch, und nachdem er sich durch das Gedränge zur Toilette gekämpft hatte, pinkelte er sich versehentlich ins Hosenbein, während er noch an den Knöpfen seiner Jeans fummelte.

»Scheiße, Scheiße, Scheiße«, brüllte er und schlug mit der Faust an die Wand.

»Selber Scheiße«, sagte ein kahlgeschorener Jugendlicher am Pissoir neben ihm.

»Halt bloß dein beschissenes Maul!«

Aggression brandete in O'Loughlin auf, er stellte sich dicht vor den Jugendlichen und atmete ihm schwer ins Gesicht. Der junge Mann drehte sich halb weg, aber plötzlich stieß er den Kopf mit großer Gewalt mitten in das Gesicht des Künstlers. O'Loughlin knallte gegen die Urinbecken und glitt zu Boden. Aus seiner Nase tropfte Blut auf sein Hemd. Bevor der Jugendliche schnell das Weite suchte, trat er ihm noch ein paarmal in die Rippen.

»Verdammt ...« O'Loughlin rappelte sich hoch und sah in den Spiegel. Seine Nase war geschwollen und blutete. Er drehte den Wasserhahn auf und holte sich Toilettenpapier aus der nächsten Kabine. Dann fiel ihm ein, er könnte auf die Uhr schauen. Es war fast halb neun. Er ging wieder in die Kabine und schloß die Tür.

»Der Teufel soll dich holen, Kara«, murmelte er und zog sein Handy aus der Tasche. Er hatte Mühe, sich an die Nummer zu erinnern. Als er es endlich geschafft hatte, meldete sich niemand.

»Zum Teufel mit dir, Kara«, schrie er in das Gerät. »Ich komm rüber.«

Dann stolperte er aus der Toilette, das Papier ins Gesicht gedrückt. Er ließ die Bar links liegen und ging direkt zum Ausgang.

Zitternd und zerzaust kämpfte er sich durch Regen und Graupelschauer auf die andere Flußseite und kam schließlich vor der Galerie an. Die Lichter waren aus, aber als er durch die Glastür schaute, konnte er den wenige Meter entfernten Empfangstisch sehen. Karas Schlüssel lagen darauf. O'Loughlin drückte auf die Klinke, die Tür ging auf. Er machte Licht und rief ihren Namen.

Nachdem er ein kurzes Stück in den Hauptausstellungsbereich gegangen war, spürte er, wie seine Schuhe am Boden klebten. Beim ersten Hinsehen hielt er es für Farbe, aber dann hämmerte die Erkenntnis in sein benebeltes Gehirn. Das Blut sickerte unter der großen Installation hervor. Er torkelte um die Ecke und fiel gegen die Rollbahre, seine rudernden Hände erfaßten das triefendnasse Laken.

Er betrat den abgegrenzten Bereich, der wie eine Geisterbahn auf dem Rummel angelegt war. In den verschiedenen Abteilungen hingen schauerliche Objekte herab und strichen über das Gesicht des Besuchers, während Lichter der Reihe nach an- und ausgingen, ausgelöst von Wärmesensoren. In der letzten Kammer herrschte absolute Dunkelheit. Er zögerte, dann trat er über die Schwelle. Im ersten Moment nach dem Angehen des Lichts wähnte er sich Auge in Auge mit dem Exponat, dem Höhepunkt seines Erlebnisparcours – ein teilweise sezierter, mit Formaldehyd getränkter Leichnam, der so von der Decke hing, daß der Besucher nur wenige Zentimeter von dem abgehäuteten Schädel entfernt war.

Doch es war Kara, die ihn aus leeren Augen ansah, ein Gegenstand steckte in ihrer Wange, ihr weißer, nackter Körper drehte sich langsam in dem Ledergeschirr, in dem sonst der anonyme Tote hing. Blut glänzte auf ihren Schenkeln, lief in kleinen Bächen ihre Beine hinab und tröpfelte von den Füßen, Tropfen für Tropfen, in die Lache auf dem Boden.

Das Byzantinische Reich bestand mehr als tausend Jahre lang. Sein Mittelpunkt war Konstantinopel (heute Istanbul). 330 von Kaiser Konstantin gegründet und nach ihm benannt, sollte die Stadt das »zweite Rom« werden. Byzanz entwickelte sich als eine Mischung aus griechischem Denken, römischer Organisationskunst und christlichem Glauben und erreichte unter Kaiser Justinian im sechsten Jahrhundert einen architektonischen und künstlerischen Höhepunkt. Während Justinians Herrschaft wurden drei Bauwerke errichtet, die für die religiösen Prinzipien stehen, aus denen sich mit der Zeit die griechisch-orthodoxe Kirche entwickelte: die »große Kirche der heiligen Weisheit« (Hagia Sophia) in Konstantinopel, das befestigte Katharinenkloster auf dem Berg Sinai in Ägypten und die Basilika San Vitale im italienischen Ravenna.

Jane lag im Bett und las einige Seiten, die sie sich am frühen Abend aus dem Internet heruntergeladen hatte. Sie hatte eigentlich nach Material über Verona gesucht, dann war Ravenna in ihr Blickfeld geraten, und das wiederum veranlaßte sie, weitere Bezüge zu Byzanz auszugraben. Sie blätterte zu einem Abschnitt über byzantinische Kunst.

Heute kann man hier Fresken oder Mosaike sehen, in denen der Blick – ob von Heiliger oder Muttergottes, Engel oder Prophet, Christus oder Märtyrer – den Betrachter in ein Reich der geistigen Ruhe zieht. Kein Wunder, daß der Künstler in Byzanz ebenso hoch in Ehren gehalten wurde wie der Priester; sein Schaffen galt als heilige Verrichtung. Es ging ihm nicht um innovative Maltechniken oder naturalistische Porträts. In einem theokratischen Staat zählte nicht das Individuum, weder als Künstler noch als Gegenstand der Kunst, sondern vielmehr das Absolute und Übermenschliche in stilisierter Erstarrung.

Jane fragte sich, ob es das war, was die verschwundene Kultur von Byzanz so attraktiv für Becca de Lacy machte. Es war leicht zu verstehen, warum sie Yeats fasziniert hatte, einiges davon klang in seinen Gedichten »Byzanz« und »Meerfahrt nach Byzanz« an, die sie in der Nacht zuvor gelesen hatte. Er mußte ein strenger, fast priesterlicher Mensch gewesen sein, der vielleicht die Bedeutung der

Stellung eines Dichters in der Gesellschaft überschätzte. Priesterlich. Das hatte einen archaischen Beiklang. Unbekannte Rituale und geheimnisvolle Beschwörungsformeln. Das alte Ägypten. Die Azteken. Die keltischen Druiden. Aber Liam Lavelle? Er war jedenfalls nicht in diesem Sinne priesterlich.

Was war zum Beispiel der Unterschied zwischen ihm und Alastair? Sie dachte daran, wie ihr Alastair einmal Fotos gezeigt hatte, aufgenommen in einer mittelalterlichen Kirche in Kilkenny, die seine Firma renovierte. Es handelte sich um Wasserspeier, auch Sheela-na-gigs genannt, weibliche Skulpturen, die lüstern ihre Genitalien zur Schau stellten. Alastair machte derbe Bemerkungen darüber, es war seine Art, eine gewisse Form männlicher Verlegenheit zu verbergen. Aber Lavelle war anders. Er wirkte selbstbewußt, was seine Sexualität anging, weder prüde noch geil.

Und die Spur Arroganz, die sie am Anfang abstoßend fand, hatte in ihrem Gespräch über Paula eine Erklärung gefunden. Sie lächelte, als sie an ihre erste Begegnung dachte und wie sie ihn durcheinandergebracht hatte. Sie lächelte ziemlich viel in letzter Zeit, wenn sie an Liam Lavelle dachte.

Der Radiowecker neben ihrem Bett zeigte 23.55 Uhr. Sie wollte die Nachrichten um Mitternacht hören, deshalb las sie noch ein letztes Stück aus den Seiten, die sie sich zusammengestellt hatte.

Konstantinopel war eine Stadt sagenhaften Reichtums, außerordentlicher Schönheit und imposanter Macht. In seiner Blütezeit gab es angeblich Häuser mit Türen aus Elfenbein, hinter denen die Bewohner in juwelenverzierten Betten schliefen. Durch die Entwicklung einer eigenen Form kirchlicher Organisation und religiösen Ausdrucks kam es zu einer allmählichen Lockerung der Bindungen an Rom, die ihren Höhepunkt im großen Schisma von 1054 erreichte. Nach der Abspaltung von der lateinischen Kirche wurde Byzanz zur lohnenden Beute für die Kreuzfahrer; im Jahr 1204 nahmen sie Konstantinopel ein und schlachteten viele Einwohner ab. Sie plünderten Kirchen und Paläste, schmolzen Statuen ein, um Münzen daraus zu machen, verfrachteten unbezahlbare Kunstschätze nach Europa und setzten sich selbst als Herrscher ein. Unter ihnen erlitt Byzanz einen steilen Niedergang; es kam zwar noch einmal zu einem letzten Aufblühen seiner früheren Pracht, doch bald traten die

Kräfte des Islam auf den Plan. Da die Westchristen das Schicksal Konstantinopels nicht kümmerte, wurde es 1453 von den ottomanischen Türken unter Sultan Mehmed II. schließlich erobert. Der letzte Kaiser, mit dem passenden Namen Konstantin, fiel kämpfend auf den Mauern der Stadt.

Jane legte die Seite auf die Bettdecke und schaltete das Radio ein. Dann stand sie auf und ging in die Küche hinunter, um sich ein Glas Wasser zu holen. Als sie die Treppe heraufkam, hörte sie, wie die Kurznachrichten begannen: »Streit um die Tagesordnung der Friedens- und Versöhnungskonferenz, die übernächste Woche in Israel beginnt ... Zwei Menschen sterben bei Autounfall auf der M 50 ... Leiche einer Frau in der Church Street in Dublin gefunden. Sie soll in der Kunstgalerie gearbeitet haben, in der sie entdeckt wurde ...«

Jane machte lauter, als eine Kunstgalerie erwähnt wurde, aber es kamen keine weiteren Einzelheiten. Sie kannte nur eine Galerie in der Church Street, aber vielleicht hatte sie sich ja verhört.

Sie nahm ein weiteres Blatt zur Hand, diesmal eine einzelne Faxseite mit einem Zeitungsartikel, und stieg wieder ins Bett. Trotz der Unmengen von Cocktails an ihrem Valentinsabend hatte Debbie Young nicht vergessen, den Artikel für sie herauszusuchen. Das Fax war schon am Nachmittag ins Radio Centre gekommen, aber Jane hatte nicht die Zeit gefunden, mehr als einen flüchtigen Blick darauf zu werfen.

EIN HAUCH VON SKANDAL

In der Yeats-Sommerakademie in Sligo gab es diese Woche rote Ohren – oder vielleicht sollte man sagen: blaue. Passend zum diesjährigen Thema – französische Poeten, die Yeats beeinflußten – hatte der Verlag von Hilary Lawsons neuer englischer Übersetzung von Baudelaires Gedichtband *Les Fleurs du Mal* beschlossen, ihr ein teures Parfum aus reinem Veilchenöl zu schenken; es sollte bei einem Empfang anläßlich der Buchveröffentlichung im Sligo Park Hotel überreicht werden. Doch als Hilary die Veranstaltung verließ, entdeckte sie, daß das Geschenketui *sans parfum* war. Ein Teilnehmer des Empfangs hatte das duftende Präsent mitgehen lassen. Offenbar wurde daraufhin beschlossen, keinen Stunk zu machen, und die Polizei wurde nicht alarmiert.

Mancher Teilnehmer hätte sicher die Nase gerümpft über das Ansinnen, ihn zu durchsuchen. Wie ein Witzbold meinte, wäre die Angelegenheit ohnehin ein Fall für Spürhunde gewesen.

Zweifellos amüsant. Aber hatte die Sache auch eine düstere Bedeutung? Lohnte es sich, den Artikel ihrer Sammlung von Notizen beizufügen?

Da war doch noch etwas über Yeats gewesen, etwas, das sie erledigen wollte ... Jeremy Swann! Sie mußte sich Fragen für ihr Treffen überlegen, das sie auf den nächsten Tag vorverlegt hatte. Von ihrem Arbeitsplatz waren es zehn Minuten Fahrt nach Rathgar. Sie hatten sich für Janes Mittagspause verabredet.

Das Telefon auf ihrem Nachttisch läutete.

»Jane – Liam hier. Es hat noch einen Mord gegeben.«

»Der in der Church Street? Ich habe es gerade in den Nachrichten gehört ...«

»Ja, aber das Entscheidende ist – unser Mörder hat wieder zugeschlagen. Ich meine der Mörder von Sarah Glennon.«

»Das ist ja schrecklich. Woher wissen Sie das?«

»Von Dempsey. Er hat doch tatsächlich Detective Sergeant Taaffe zu mir geschickt, und ich mußte Rechenschaft darüber ablegen, was ich heute abend gemacht habe. Ich ließ mich aber nicht beeindrukken und habe ihn angerufen. Er wollte nicht viel herausrücken, aber ich habe zwei und zwei zusammengezählt. Das Opfer heißt Kara McVey, soviel hat er mir immerhin verraten.«

»Dann ist es die Riverrun Gallery. Kara ist Raymond O'Loughlins Freundin. Ich habe erst vor zwei Wochen ein Interview mit ihr gemacht. Wie furchtbar.«

»Ich glaube, sie halten ihn fest und verhören ihn.«

»Was? O'Loughlin? Er ist niemals der Täter. Ich kenne ihn, mehr oder weniger.«

»Jedenfalls liege ich mit meinem Vorschlag, was den Zeitpunkt angeht, nicht völlig daneben.«

»Ich dachte, Sie sprachen von ... Ostern?«

»Ja, aber heute ist der erste Tag der Fastenzeit. Aschermittwoch. Vierzig Tage von jetzt bis Ostersonntag. Es paßt irgendwie.«

»Moment mal. Ich will etwas nachsehen.« Sie zog ein bestimmtes Buch aus einem Stapel neben ihrem Bett. Einige Seiten waren mit gelben, selbstklebenden Zetteln markiert.

»Ich habe hier das zweite Gedicht von Yeats, das auf Becca de Lacys Album auftaucht. Der Titelsong, ›Byzanz‹, der mit dem Video. Sie verwendet ein paar Zeilen daraus:

Kuppel im Mond- und Sternenglanz verschmäht
Die Menschlichkeit,
Alle Verflochtenheit,
Wie Wut und Schlamm der Menschen Adern bläht.

Ein Bild vor mir, ists Mensch ists Schatten,
Mehr Schatten wohl, mehr Bild als Schatten,
Denn Hades Spindel tief im Mumientuch
Wahrt vor Labyrinthes Trug.
Ein Mund, der weder Feuchte hat noch Hauch;
Hauchloser Mund ruft um –
Heil! Übermenschentum,
Todleben, Lebentod nenn ich es auch.«

»Damit läßt sich nicht viel anfangen«, sagte Lavelle.

»Außer folgendem: Raymond O'Loughlins Spezialität sind anatomische Exponate, und seine Ausstellung heißt ›Cryptology‹, wie Sie wissen. Was er in dem Interview allerdings nicht erwähnte, ist, daß die Galerie direkt neben der Kirche St. Michan liegt.«

»St. Michan. Die mit den konservierten Toten in der Krypta … Mumien.«

»Jetzt haben Sie's. Dann geben Sie mir also recht, was die Gedichte betrifft?«

»Ja. Und ich glaube, es ist Zeit, daß wir mit alldem zu Dempsey gehen. Er wird uns für verrückt halten, aber das sind inzwischen zu viele scheinbar zufällige Übereinstimmungen, als daß wir weiter darüber hinwegsehen könnten. Ich rufe ihn morgen an.«

»Warten Sie erst noch mein Treffen mit Jeremy Swann ab. Ich bin morgen mittag mit ihm verabredet.«

»Rufen Sie mich an, wenn Sie was Neues haben, dann besuchen wir Dempsey.«

Er legte auf, bevor ihm Jane von Debbies Fax erzählen konnte. Sie würde es ihm am nächsten Tag sagen.

Sie wollte gerade die Nachttischlampe ausmachen, als das Telefon erneut läutete.

»Jane«, sagte Lavelle, »es ist unglaublich, aber es gab noch einen Mord.«

Sie setzte sich mit einem Ruck im Bett auf.

»Guterson hat mir eine E-Mail geschickt. Ich habe sie jetzt erst geöffnet. Dieses frühere Mitglied des Siebten Siegels, Jerry Rawlings, der Cultwatch Informationen über die Sekte geliefert hat – er wurde am Valentinstag von einer Briefbombe getötet. Das FBI untersucht den Fall.«

— 42 —

»Schön, dich zu sehen, Jane. Wie geht es deiner Mutter? Ich habe sie eine Ewigkeit nicht mehr getroffen.«

Jeremy Swann, spindeldürr und weißhaarig, führte sie über einen schlecht beleuchteten Flur zum Arbeitszimmer seines Hauses.

»Beryl wird uns gleich Tee bringen. Wir essen selten zu Mittag – zwei Mahlzeiten pro Tag genügen vollauf in unserem Alter.«

Er öffnete die Tür und schob Jane ins Zimmer. Es roch muffig und feucht. Sie behielt ihren Mantel an, setzte sich auf ein altes Sofa und ließ den Blick über die Bücherregale schweifen, die vom Boden bis zur Decke reichten. Swann holte hinter seinem Schreibtisch einen elektrischen Heizkörper hervor, den er einsteckte und vor Jane auf den abgetretenen Teppich stellte.

»Ich stell die Zentralheizung hier drinnen nicht an«, sagte er. »Ich mag sie nicht besonders, sie macht mich schläfrig.«

Er nahm auf einem Stuhl mit hoher Lederlehne hinter dem Schreibtisch Platz.

»So, was willst du nun wissen? Ich bin mir nicht sicher, ob ich dir helfen kann, aber einen Versuch können wir ja wagen, nicht?«

Am Telefon hatte er sein Buch und sein Wissen über Yeats ziemlich heruntergespielt. Es berührte Jane, als sie nun mehrere Bücher und Notizen über den Dichter auf seinem Schreibtisch liegen sah. Wahrscheinlich war er froh über den Zeitvertreib gewesen. Höflich fragte sie, ob sie einen Blick in sein eigenes Buch werfen dürfe, da sie es noch nie gesehen habe.

»Aber natürlich.« Er nahm einen schmalen Band zur Hand, dessen Umschlag fast wie neu aussah. Jane stand auf und langte über den Schreibtisch, um ihn entgegenzunehmen. »Es wurde gut besprochen«, sagte er, »aber verkauft hat es sich beschissen.«

W. B. Yeats – Der Dichter als Historiker. Nicht gerade ein packender Titel, dachte sie.

»Wann fing dein Interesse für Yeats an?« fragte sie. Sie lehnte sich zurück und blätterte in den vergilbten Seiten mit den Eselsohren.

»Als ich noch ein Junge war, würde ich sagen. Ich war ganz verzaubert von all dem Sagengut in den Gedichten. Wollte das ›geraubte Kind‹ sein, das ›zu den Wassern und der Wildnis‹ gerufen wird. Die Vorstellung der Geisterreiter, die im Morgengrauen von Knocknarea zum Ben Bulben ziehen, hat mir allerdings auch ein bißchen angst gemacht, muß ich sagen. Tja – jedenfalls sitzen wir jetzt hier.« Er wartete darauf, daß Jane anfing.

»Wie gesagt, ich recherchiere für eine Sendung«, log sie. »Über seine Ansichten und Überzeugungen in bezug auf das dritte Jahrtausend. Wir besprechen ihn und andere Denker und inwieweit ihre Visionen mit der heutigen Wirklichkeit übereinstimmen.«

»Ich bin froh, daß du ihn als Denker bezeichnest. Es war nämlich nicht so, daß er nur gut mit Worten umgehen konnte. Manche Leute halten sein Interesse an Magie und Mystik für ziemlich pubertär, tatsächlich aber hat er alles, was ihn interessierte, seinem persönlichen Ziel unterworfen, das darin bestand, den spirituellen Kern der menschlichen Existenz zu erforschen, die alte Religion der Menschheit, wenn man so will. Er behauptete, alle Erinnerungen gehörten zu *einem* großen Gedächtnis, der Anima Mundi, zu der man durch den Gebrauch von Symbolen in Kunst, Literatur und Religion Zugang findet. In deinen Ohren klingt das jetzt im dritten Jahrtausend sicher nach keiner sonderlich ausgefallenen Idee, aber für das konventionelle Denken zu Beginn des 20. Jahrhunderts war es ausgesprochener Hokuspokus. Yeats war seiner Zeit in vielerlei Hinsicht voraus.«

Jane machte gelegentlich einen Eintrag in ihr Notizbuch, während er sprach.

»Was die Geschichte angeht, so benutzte er die Vorstellung von sich ausdehnenden und zusammenziehenden Kreiseln, um seine Theorie zu erklären.«

»Kreiseln?«

»Ja. Stell dir vor, du hast zwei von diesen altmodischen Kreiseln, die Holzdinger, die wir als Kinder mit einer Peitsche auf dem Gehsteig vorwärtsgetrieben haben.«

Ihr verwirrter Gesichtsausdruck ließ ihm eine neue Methode der Annäherung geraten erscheinen.

»Ja, natürlich, das war vor deiner Zeit.«

Er dachte einige Augenblicke nach.

»Jetzt weiß ich es. Ein Computermodell. Das dürfte dir näher liegen. Stell dir zwei kegelförmige Gebilde vor, die sich auf deinem Schirm schnell um die eigene Achse drehen, die spitzen Enden zeigen aufeinander. Jetzt stell dir vor, sie durchdringen einander. Schieb sie so nahe zusammen, daß die Spitzen jeweils die Grundfläche des anderen berühren. Denk dir die Spitze des linken Kegels als den Beginn einer Zivilisationsform, deren Entwicklung genau in dem Augenblick beginnt, in dem die andere ihren Zenit erreicht hat – die Grundfläche des anderen Kegels. Die neu auftauchende Kultur breitet sich aus, bis sie ihre volle Ausdehnung erreicht hat, und an diesem Punkt hat sich die vorhergehende zu einer Spitze verjüngt. Dann fängt alles von vorn an. Nicht als exakte Wiederholung der Geschichte, aber mit immer gleichen Grundzügen.«

»Zum Beispiel?«

»Ein Beispiel, ja natürlich. Aber laß mich erst noch sagen, daß diese Zyklen, wie wir sie nennen wollen, auf gegensätzlichen Modellen menschlicher Werte oder Tugenden basieren. Das Rationale und Objektive gegen das Subjektive und Phantastische, etwa in dieser Art. Und Yeats hat letzteres bevorzugt oder auf jeden Fall mehr gefeiert. Eines seiner Systeme besteht aus Zyklen von fünfhundert Jahren. So ist Athen, die griechische Kultur auf ihrem Höhepunkt, eine besondere Zeit für ihn, während fünfhundert Jahre später das Christentum die Herrschaft übernimmt und zum dominierenden Ethos wird. Im Lauf der nächsten fünfhundert Jahre taucht die byzantinische Kultur auf, die einen neuen Höhepunkt darstellt, aber die nächste dominante Periode ist das starre Denken des Mittelalters, nicht sein Fall, wie es heißt, zum Glück erwächst daraus jedoch die Renaissance, vor der er wiederum große Achtung hatte.«

»Und danach, die Spanne bis zu und einschließlich seiner eigenen Zeit, wie hat er die gesehen?«

»Er verachtete das mechanische Zeitalter und den Aufstieg politischer Systeme wie Demokratie oder Sozialismus. Doch dieser Kreisel erreichte während Yeats' Lebenszeit seine volle Ausdehnung, deshalb glaubte er, wir stünden am Beginn eines neuen Zeitalters, welches dasjenige, das er durchlebte, umstürzen würde.«

»Und wie sollte dieses neue Zeitalter, dieses New Age, aussehen?«

»Geistiger, in seinem Sinne. Eine Zeit, in der Hellsehen und magisches Denken vorherrschen würden. Er lag also nicht weit daneben, oder? Wenn man bedenkt, woran die Menschen heute alles glauben, von Tarotkarten bis Heilen durch Kristalle und was weiß ich noch. Er betonte auch immer wieder, daß die Iren, die ihren Sinn für das Spirituelle – die Nähe zur Natur und ihren Göttern, wenn man so will – noch nicht verloren haben, daß die Iren also bereit sein müßten, künftig eine führende Rolle auf der Weltbühne zu übernehmen. Es hätte ihm bestimmt gefallen, wie heutzutage alles Keltische groß in Mode ist, was meinst du?«

»Ja, das glaube ich auch.«

»Da wäre nur ein Problem.«

»Ein Problem?«

»Dieses wundervolle neue Zeitalter ist noch nicht gekommen, wie ich leider sagen muß. Man könnte sich vorstellen, daß es sanft eingeleitet wird, wenn man sich umsieht, könnte man meinen, es hat bereits begonnen, aber ich fürchte, dem ist nicht so. Offenbar kann eine große Umkehr der Spiralbewegung nie ohne Gewalt und Blutvergießen beginnen, und die kommende wird ein Übermaß davon bieten.«

»Wieso das?«

»Weil sie im Gegensatz zum Christentum steht, das Yeats, wie ich mir notiert habe, definiert als ›eine Ordnung, die über sich selbst hinaus auf eine transzendentale Macht blickt ... dogmatisch, nivellierend‹ – im Sinne von gleichmachend, denke ich –, ›einigend, weiblich, human, Friede ihr Mittel und Zweck.‹ Aber darauf folgt eine Phase, die einer ›immanenten Macht gehorcht, ausdrucksstark, hierarchisch, vielfältig ist‹ – im Sinne vieler Glaubensrichtungen oder Götter, nehme ich an –, ›maskulin, hart und‹ – sein letztes Adjektiv – ›chirurgisch‹.«

Jane, die ursprünglich bezweifelte hatte, daß sie Dinge von Belang erfahren würde, war nun sehr konzentriert.

»Und es ist bemerkenswert«, fuhr der alte Gelehrte fort, »daß viele bedeutsame Epochen von einzelnen Persönlichkeiten eingeleitet werden, Weisen, wenn man so will, Jesus und Mohammed zum Beispiel. Die Beschreibung, die ich vorgelesen habe, könnte sich also auf den nächsten Avatara anwenden lassen.«

»Avatara?«

»Jemand, der die Prinzipien verkörpert, die eine Epoche ins Rollen bringen. Und der, dessen Ankunft nun fällig ist, hört sich nach einem ziemlich unappetitlichen Burschen an. Wie Yeats in den letzten beiden Zeilen von ›Der Jüngste Tag‹ fragt:

Welch wüste Bestie, deren Stunde nun gekommen ist,
Schlampt gegen Bethlehem in ihre Geburt?«

Jane hörte so gespannt zu, daß sie ihre Notizen vergaß.

»Unsere schöne neue Welt beginnt mit einem Zähnefletschen, wie mir scheint, und nicht mit einem Wimmern, hi, hi.« Er kicherte über seinen gelehrten Witz.

»Dann glaubte Yeats also an die biblischen Prophezeiungen – über das Ende der Zeiten?«

»Nein. Er hat, wie gesagt, die Geschichte nicht linear gesehen. Auch wenn dieses Gedicht letzten Endes auf der Wiederkunft Christi beruht, wie Matthäus sie beschreibt.«

Die Chi-Rho-Seite aus dem Book of Kells – der Anfang des Matthäusevangeliums! »Hatte das Book of Kells eine Bedeutung für Yeats?« fragte Jane so beiläufig wie möglich.

Er sah sie verwundert an. Die Frage schien in keinem Zusammenhang mit dem zu stehen, worüber er gesprochen hatte.

»Ja, natürlich. Und ob. Es verbindet das keltische Irland und Byzanz, für ihn die beiden perfekten Kulturen.«

»Und was war so besonders an Byzanz?«

»Er behauptete, daß im frühen Byzanz das religiöse, ästhetische und praktische Leben eine Einheit bildeten, wie vielleicht nie zuvor und nie mehr danach in der überlieferten Geschichte. Und ich habe noch einen Bibelverweis für dich: Er glaubte, die Architektur von Byzanz spiegle die Heilige Stadt wider, wie sie in der Offenbarung des Johannes beschrieben wird.«

»Dann hat er also doch einige Seiten des Christentums akzeptiert?«

»O ja. Aber nach christlichen Begriffen dürfte er ein Gnostiker gewesen sein, der an eine andere Offenbarung glaubte, als sie in den kanonischen Büchern des Neuen Testaments enthalten ist. Manches davon findet sich in den Apokryphen oder anderen unterdrückten oder längst vergessenen Texten. Er hat sicher auch Kenntnisse über verborgene Wissensquellen aus dem Rosenkreuzertum und der Theosophie aufgeschnappt.

Yeats glaubte, daß das Christentum, als es nach Irland kam, dem Druidentum aufgepfropft wurde und viele Einsichten der alten Religion beibehalten hat, darunter auch die Idee der Reinkarnation – der Präexistenz der Seele, wenn man so will. Er dürfte zu seiner Zeit auch Theorien darüber gehört haben, daß die keltischen Klöster Zentren des Studiums der Alchimie und Magie gewesen seien. Oder daß die runden Türme, wie sie von den Mönchen erbaut wurden, mit der zarathustrischen Feueranbetung in Zusammenhang standen.«

Jane war wie gebannt. Sie hatte seit zehn Minuten ihre Haltung nicht verändert. »Hat er christliche Heilige oder Mystiker verehrt?«

»Hmm ... der heilige Antonius der Wüste kommt in den Gedichten vor. Vermutlich weil seine strenge ägyptische Askese von den keltischen Mönchen übernommen und weiterentwickelt wurde. Außerdem faszinierten ihn Berichte von Heiligen, deren Körper konserviert wurden. Wie Theresia von Avila, deren Körper angeblich duftendes Öl verströmte.«

Jane begann wieder zu schreiben, sie notierte Stichwörter, die ihr helfen sollten, sich später zu erinnern. Sie wünschte, Liam könnte das alles hören. Mist, sie hätte ihren Recorder mitnehmen sollen.

»Wie steht es mit anderen religiösen Symbolen ... drei Engeln, zum Beispiel?«

»Ich glaube, jetzt hast du mich drangekriegt. Laß mich nachdenken. Drei Bettler, ja, drei Einsiedler ebenfalls. Dann haben wir die Stücke. Du hast sicher recht, in denen kommt so vieles vor. Die Gedichte ... hmm. Warte mal. Gelten die drei Weisen auch? Wohl kaum.«

»Was ist mit ihnen?« Sie war neugierig. Die zarathustrischen Priester wurden in einer der Prophezeiungen der Hüter des Siebten Siegels erwähnt.

»Er hat ein Gedicht geschrieben, wie sie zur Geburt Christi kommen, aber enttäuscht sind, weil sie etwas viel Gewaltigeres erwartet hatten. Deshalb müssen sie auf die Wiederkunft des Herrn warten, auf den Jüngsten Tag. Und wir haben gehört, womit dann zu rechnen ist.«

Die drei Weisen bei der Wiederkunft Christi? Die Prophezeiung des Siebten Siegels bezog sich auf drei Retter der Welt, die am Ende der Zeit eintreffen, soweit sie sich erinnerte. Sie schrieb es trotzdem auf. Dann merkte Jane, daß Jeremy verstummt war, und sah von ihrem Notizbuch auf. Er blickte gedankenverloren zur Decke.

»Ich habe ihn einmal gesehen«, sagte er verträumt. »Yeats, meine ich. Gegen Ende seines Lebens. Ich lief damals natürlich noch in kurzen Hosen herum. Muß in Rathfarnham gewesen sein. Wir wohnten da draußen. Natürlich war er damals schon ein berühmter Mann. Senator. Nobelpreisträger. Gründungsmitglied des irischen Nationaltheaters, all das. Er war sehr beeindruckend. Schwarzer Mantel und Hut. Ein Dichter, der seine Berufung kennt.«

Der alte Mann sah in den Garten hinaus, den noch immer der Winter im Griff hatte. Dachte er an seine Kindheit in einer sonnigen Straße in Rathfarnham? Jane war verblüfft. Sie saß tatsächlich einem lebenden Verbindungsglied zu einer Persönlichkeit gegenüber, die sie für ein Fossil in den trockenen Sphären der Literaturgeschichte gehalten hatte. Beinahe konnte sie sich vorstellen, wie Yeats hinter ihren Verwandten trat und mit ernster Miene fragte, was sie hier trieben. Sie spürte, daß ihr Interview, das soviel Überraschendes zutage gefördert hatte, zu Ende war. Sie klappte ihr Notizbuch zu.

Er bemerkte es und schrak aus seiner Träumerei auf. »War's das schon, mein Kind? Konnte ich dir ein wenig helfen?«

»Ja, ich danke dir vielmals. Ach übrigens, nur falls ich sie nachschlagen will ...« Sie klappte ihr Buch wieder auf. »Gibt es bestimmte Gedichte über die heilige Theresia und den heiligen Antonius? Wenn ja, notiere ich mir die Titel.«

»Natürlich.«

Er stöberte in seinen Büchern, in die er an verschiedenen Stellen Zettel geschoben hatte. Es waren Originalausgaben der Gedichte, wie Jane bemerkte, keine späteren Sammlungen.

»Theresia ist aus dem Gedicht ›Schwanken‹, das direkt hinter ›Byzanz‹ kommt, wie es der Zufall will. Beide sind aus dem Band *Die Wendeltreppe*. Antonius erscheint an verschiedenen Stellen, glaube ich. Eine ist in ›Dämon und Bestie‹, das steht genau vor ›Der Jüngste Tag‹ in ... du meine Güte, wie heißt es gleich wieder? Früher hätte ich es auf Anhieb heruntergerasselt.« Dann fand er es. »Ja, natürlich, da ist es ja.« Er hielt die Titelseite hoch, so daß Jane sie lesen konnte: *Michael Robartes und der Tänzer*.

Sie beugte sich vor und las laut. »Michael Robartes und ...« Sie verstummte und starrte auf den Namen. Ihre Kopfhaut begann zu kribbeln. Michael Robartes? Offenbar hatte sie in ihren *Gesammelten Gedichten* über den Namen hinweggelesen.

»Eines von mehreren Alter egos, die WB benutzte«, erklärte Jeremy. »Der Robartes in den Gedichten ist ein Sucher okkulter Wahrheit, der erscheinen kann, wem er will, oder aber andere durch seine magischen Kräfte zu sich rufen kann. Basiert in hohem Maße auf dem Mann, der Yeats am meisten beeinflußt hat, als er sich mit dem Okkulten beschäftigte.«

»Und wer war das?«

»MacGregor Mathers. Yeats und er gehörten beide dem Hermetischen Orden der goldenen Morgenröte an.«

Jane hatte die Namen niedergeschrieben und einige Buchstaben gestrichen: *Michael Roberts. Greg Mathers.*

Es klopfte an der Tür, und Beryl, gebeugt und lächelnd, kam mit einem Tablett herein.

»Hallo, Jane. Du mußt ja schon ganz erfroren sein. Jeremy denkt aber auch nie mit. Geht es dir gut, Kind? Liebe Güte, du siehst aber wirklich aus, als könntest du eine Tasse Tee vertragen.«

— 43 —

Sie hatten sich im Spa Hotel in Lucan verabredet, um sich vor ihrem Treffen mit der Polizei auf eine Strategie zu einigen. Die Hotelbar war von der altmodischen Sorte, mit geräumigen Sitzgelegenheiten und einer ruhigen Atmosphäre. Über dem Kamin, gleich hinter dem Eingang zur Bar, hing ein großes Gemälde des irischen Patrioten Patrick Sarsfield und seiner Soldaten, die im 17. Jahrhundert gekämpft hatten. Als Lavelle kurz nach sechs Uhr eintraf, waren nur wenige Gäste anwesend, sie saßen auf hohen Stühlen an der halbrunden Theke. Er bestellte einen heißen Whiskey und suchte sich eine Ecke in der Nähe des offenen Feuers.

Er rieb die kalten Hände aneinander, und als der Whiskey kam, wölbte er sie um das Glas. Zur Zeit hatte er ständig Probleme mit Heizungen. Das Heizöl für sein Haus war ihm zu Beginn des Jahres ausgegangen, und er würde erst Ende Februar Geld für eine neue Lieferung haben. Und obendrein spielte die Heizung in seinem Auto verrückt, entweder briet sie die Insassen, oder sie ließ sie erfrieren.

Er drehte sich um und sah aus dem Fenster; draußen schneite es leicht. Als er den Kopf wieder wandte, sah er Jane von der Hotelhalle her eintreten, aber sie bemerkte ihn nicht in seiner Kaminecke und ging an der Theke vorbei zu einer Nische am anderen Ende der Bar. Er stand auf, und als sie ihn entdeckte, lächelte sie. In ihrem Pelzmantel und der Mütze mit den Schneeflocken darauf erinnerte sie ihn an Julie Christie in *Doktor Schiwago*, ein Video, das seine Schwester Mary immer zu Weihnachten hervorgeholt hatte, wenn er die Familie besuchte. Jane nahm ihre Mütze ab, setzte sich und schüttelte ihre kupferfarbenen Locken. Dann klopfte sie die letzten noch nicht geschmolzenen Flocken von der Mütze und öffnete den Mantel. Sie trug einen schwarzen, mittellangen Rock und eine plissierte Leinenbluse mit hohem Kragen und einer Kamee in der Mitte.

»Sie sind sehr hübsch angezogen«, sagte er mutig.

»Das ist mein Suffragetten-Aufzug«, sagte sie und machte ein gespielt strenges Gesicht. »Kein Make-up, wie Sie bemerken werden. Sie haben es hier nicht mit einer frivolen Dame zu tun.«

»Sie würden in der Baker Street Nummer zehn bestimmt Eindruck machen«, neckte er. »Was die Jungs im Polizeirevier von Lucan angeht, bin ich mir allerdings nicht so sicher. Wie auch immer – möchten Sie einen Drink? Einen, der zu einer Dame paßt, natürlich.«

»Man sollte nicht nach starken alkoholischen Getränken riechen, wenn man den Hütern des Gesetzes gegenübertritt, würde ich meinen. Angesichts des unbarmherzigen Wetters könnte ich mich jedoch zu einem heißen Port überreden lassen.«

Er lächelte und ging zur Theke.

Sie beobachtete, wie er höflich wartete, bis der Barkeeper eine Unterhaltung mit einem anderen Gast beendet hatte, bevor er bestellte. Dann plauderte er mit einem der Männer an der Bar, bis der Drink kam. Er schien mit sich und der Welt im reinen zu sein, seine Körpersprache war offen, gewandt, und als er dem Mann etwas erklärte, setzte er die Hände ein, um seine Ansicht zu unterstreichen. Feingliedrige Hände, aber auch kräftig und ausdrucksvoll.

Lavelle sah genau in dem Moment zu Jane hinüber, in dem sie sich dem Gemälde über dem Kamin zuwandte. Sie ist sehr attraktiv, dachte er. Ich muß auf mich aufpassen. Nichts sagen, was ich bereuen könnte. Das Gespräch neutral halten.

»Der Earl of Lucan«, sagte er, als er zurückkam und den Drink auf den Tisch stellte. »Das war Sarsfields Titel. Hat 1690 in der Schlacht am Boyne gegen Wilhelm von Oranien gekämpft und wurde später durch eine Laune des Schicksals in den Niederlanden getötet.«

»Ein schreckliches Gemälde«, sagte Jane trocken. »Die Sorte Schinken, die der Freund meiner Mutter kauft und verkauft. Oder vielmehr kauft und dann nicht loswird.«

Er bemerkte, daß Jane ebenfalls die Hände um das Glas wölbte, bevor sie einen Schluck nahm.

»Habe ich schon erwähnt, daß ich meine Mutter vor ein paar Tagen getroffen habe?« fragte Jane. »Sie ist hin und wieder sehr lustig, aber sie kann mir auch ganz schön zusetzen.«

»Inwiefern?«

»Sie hat das Talent, zielsicher ein Thema anzusteuern, das mir am Herzen liegt, und herabsetzende, ungehobelte Bemerkungen darüber zu machen.«

»Und was war diesmal ihre Zielscheibe?«

»Na ja, eigentlich Sie.« Sie sah ihn direkt an. Einige Augenblicke lang schwamm er in den grünen Teichen ihrer Augen, und sein Herz klopfte ein wenig schneller.

»Was hat sie ... Warum ...?« stammelte er.

»Ach, nichts. Vergessen Sie es.« Sie sah wieder zu dem Gemälde. »1690, man kann wohl sagen, daß damals das religiöse Schisma Irlands so richtig begann.«

Ein Themenwechsel. Er war erleichtert. Und doch entwickelte sich etwas zwischen ihnen. Und es wurde immer schwerer, darüber hinwegzusehen.

»Allerdings benutzen wir das Wort ›Schisma‹ nicht sehr häufig, hab ich recht?« sagte Lavelle.

»Das liegt wahrscheinlich daran, daß ich über Byzanz nachgelesen habe«, erwiderte Jane. »Die Parallelen zur Spaltung zwischen Rom und Konstantinopel lassen sich nur schwer übersehen. Obwohl ich gar nicht genau weiß, wie es dazu kam.«

»Wie es der Zufall will und weil wir gerade von Worten sprechen – darauf lief es letzten Endes hinaus. Auf ein Wort.«

»Ein einziges Wort?«

»*Filioque.* Lateinisch für ›und vom Sohn‹. Die Westkirche behauptete, die dritte Person der Dreifaltigkeit, der Heilige Geist, entspringt dem Vater *und* dem Sohn. Der östliche Flügel sagte nein – nur vom Vater. Aber Rom preschte vor und schob das Wort als christlichen Glaubensartikel ins Credo ein, und – peng! – gab's eine Spaltung, die fast tausend Jahre dauerte. Als angehende Theologen im Seminar haben wir die Debatte nur so zum Spaß immer wieder mal aufgewärmt. Wir nahmen die Sache nicht ernst – bis auf Michael Roberts, soviel ich mich erinnere.«

»Das paßt irgendwie«, bemerkte Jane. »Und weil wir gerade von

Roberts sprechen, was meinen Sie, wie wir Dempsey unser Anliegen am besten unterbreiten?«

Jane hatte ihn telefonisch von ihrem Treffen mit Jeremy Swann und von Debbies Fax unterrichtet.

»Wir legen am besten schnell etwas auf den Tisch, das ihn verblüfft, dann ist seine Aufmerksamkeit geweckt«, sagte Lavelle. »Ich werde zuerst ein, zwei allgemeine Bemerkungen über Ihre Nachforschungen machen. Dann überrasche ich ihn mit dem Zusammenhang zwischen den Namen Mathers und Robartes. Die Polizei weiß bereits um eine Verbindung zwischen Mathers und der Gewandnadel. Sie, Jane, haben eine Verbindung zwischen Mathers und Yeats. Und Yeats ist die Verbindung zu Becca de Lacy. Er muß also dieser Linie folgen: die CD, das Video, die Chi-Rho-Seite, die Prophezeiung, die Hüter des Siebten Siegels. Von dort aus dann zurück zu Roberts – Robartes –, womit wir wieder bei Yeats wären und der Kreis sich schließt.«

»Was ist mit dem Parfum? Ist das relevant?«

»Ich würde ihm das Fax zeigen, sicher. Es ist ein weiteres Bindeglied – Yeats, die Sommerakademie, Sligo. Sollen sie selbst sehen, was sie damit anfangen können.«

»Dann werde also hauptsächlich ich reden müssen. Aber Sie werden mich die ganze Zeit unterstützen, will ich hoffen.«

»Nicht nur das. Ich habe darüber nachgedacht, inwieweit noch andere Puzzleteile damit zusammenhängen, und ich wette, Dempsey wird mich einem Test unterziehen, ob das, was Sie sagen, mit dem Material übereinstimmt, das er von mir bekommen hat.«

»Und stimmt es überein?«

»Jedenfalls in dem Maße, daß ich überzeugt bin, die richtige Richtung eingeschlagen zu haben, auch wenn ich zunächst einmal eine großflächige Umgebungskarte zeichnen mußte. Es ist, als würde der Weg gerade eingetragen, aber wir wissen noch nicht genau, wohin er führt.«

»Was ist mit dem Mord an Rawlings? Haben Sie Dempsey davon erzählt?«

»Nein. Das sollten wir in der Hinterhand behalten, falls er sich nicht überzeugen läßt.«

»Haben Sie ihm von der Gewandnadel und der keltischen Legende erzählt?«

»Nein, das habe ich mir ebenfalls für unser Treffen aufgehoben.« Er kicherte. »Ich muß schließlich sehen, daß ich auch etwas vom Ruhm abbekomme!«

»Nur gut, daß wir Witze darüber machen können«, sagte Jane. »Ich glaube, wenn wir zuviel über die Sache nachgrübeln würden, bekämen wir noch Verfolgungswahn. Aber es ist schade, daß wir uns unter solchen Umständen kennenlernen mußten.« Wieder hielt ihn ihr Blick fest und schien etwas andeuten zu wollen.

»Aber ist es nicht oft so?« sagte er. »Daß Leute, die in einer unangenehmen Lage zusammengewürfelt werden, eine starke Bindung entwickeln?« Ihr Zug.

»Und wenn es vorbei ist? Wenn die Krise vorüber ist? Wird dann nicht wieder alles wie vorher?« Nun war er am Zug.

»So wie bei Geißeln, die sich in der Zeit der Gefangenschaft gegenseitig helfen und dann wieder getrennte Wege gehen?« Er war sich der köstlichen Gefahr im Unterton ihres Gesprächs durchaus bewußt. Es war immer noch sein Zug.

Ihre Hand lag mit gespreizten Fingern auf dem Tisch. Er schob seine auf sie zu, bis sich ihre Fingerspitzen berührten. Dann verschränkten sie die Finger versuchsweise für einige Augenblicke. Mit seinem Zeigefinger streichelte er den weichen Hügel an ihrem Daumenansatz.

»Ich glaube nicht«, sagte er zärtlich.

Als hätten sie sich überhaupt nur deshalb berührt, schüttelten sie sich daraufhin formell die Hand und wünschten einander viel Glück.

— 44 —

Auf dem Tisch lag ein neues Kuvert. Die Männer im Halbdunkel waren wieder da und auch der eine ihr gegenüber, von dem sie nur die Hände im Lichtkegel sah.

Und die rituellen Fragen wieder. Und ihre Antworten.

Dann der Grund für dieses Treffen. Der Umschlag war ein normales, braunes Briefkuvert. Enthielt er die letzte Prophezeiung? Dieser gewöhnliche Umschlag?

»Nun, mein Kind. Bevor du dieses Kuvert erhältst, müssen wir uns noch auf eine Sache verständigen. Bald, sehr bald sogar, wird eine geringfügige Operation nötig werden.«

Sie dachte an noch mehr Schmerz. Fragte sich, wieviel sie noch ertragen konnte. Welchen Teil ihres Körpers sie noch verlangen konnten.

»Laß es mich erklären. Es ist eine ganz einfache Prozedur, bei der dir etwas in den Körper eingepflanzt wird. Ein kleines Implantat. Das ist alles. Sind wir uns einig?«

Das war ja gar nicht so schlimm.

»Ja.«

»Dieses Implantat, von dem die Rede ist«, sagte der Nordire aus dem Dunkel. »Es hat auch eine dekorative Seite. Du wirst einen Stein in den Nabel bekommen, genau so einen wie dieser hier.«

Er trat vor und legte einen winzigen Edelstein auf den Tisch. Er leuchtete mehr im Licht, als daß er funkelte. Sie hob ihn auf und betrachtete ihn genauer.

Er war blau.

Der Mann gegenüber schob ihr das Kuvert zu. »Das ist dein Schicksal, seit mehr als tausend Jahren vorherbestimmt. Es führt kein Weg zurück. Hast du verstanden?«

»Ja.«

»Setz deine Augenbinde wieder auf. Was sind schließlich einige Minuten Blindheit, wenn in Kürze die Schuppen der Unwissenheit für immer von deinen Augen fallen werden?«

— 45 —

Das Vernehmungszimmer im Polizeirevier von Lucan war nicht der Ort, den sich Lavelle ursprünglich für ihr Treffen mit Dempsey vorgestellt hatte. Es war ein sehr formeller Rahmen – der Hinweis auf eine Veränderung in seiner Beziehung zu dem Detective Inspector. Auch hatte er nicht gewußt, daß Taaffe mit am Tisch sitzen und schon vor dem Gespräch schlechte Laune verbreiten würde. Taaffe knurrte etwas, als der Priester Jane vorstellte. Schon als sie das Treffen vereinbarten, hatte Lavelle den Eindruck gehabt, daß Dempsey alles andere als erfreut darüber war, daß er sie mitbrachte. Er hatte ihm jedoch klarzumachen versucht, daß die Dinge, die sie herausgefunden hatten, nach Janes Begegnung mit Swann noch überzeugender geworden waren.

Nun spürte Lavelle nur noch Feindseligkeit.

»Wir haben es mit einem weiteren Mord zu tun«, sagte Dempsey, »deshalb werden Sie sicher verstehen, daß unsere Zeit sehr kostbar ist. Soviel ich weiß, haben Sie Informationen, die Sie uns zur Kenntnis bringen möchten?«

Dempseys formaler Polizeijargon veranlaßte Lavelle, die Atmosphäre zu reinigen.

»Moment, meine Herren. Ich war Ihnen bei Ihren Ermittlungen behilflich, wie Sie es gerne nennen. Ich habe außerdem vor ein paar Tagen einen nächtlichen Besuch von Detective Sergeant Taaffe erhalten, der alles andere als angenehm war, aber ich verstehe, daß Sie gründlich vorgehen müssen. Wenn Sie jetzt aber wirklich gründlich sein wollen, schlage ich vor, Sie hören sich an, was wir zu sagen haben, und zwar unvoreingenommen und mit ein bißchen weniger Aggressivität.«

Bevor Dempsey etwas sagen konnte, reagierte Taaffe bereits.

»Hochwürden. Sie beherrschen Ihren Job, richtig? Und ich beherrsche meinen. Und jetzt weiter im Text.«

Lavelle warf Jane einen Blick zu. Sie zuckte die Achseln, als wollte sie sagen: Was tun wir hier eigentlich?

»Gut, meine Herren«, sagte er. »Wir werden Ihre Zeit nicht vergeuden. Wir übergeben alles Ihrem Chief Superintendent.«

Sie erhoben sich, um zu gehen.

Dempsey wedelte mit der Hand. »Setzen Sie sich. Wir hören zu. Nun setzen Sie sich schon. Bitte.«

Sie zögerten.

»Hören Sie«, sagte Dempsey. »Wir haben wenig oder gar nicht geschlafen. Die Medien stürzen sich auf uns wie die Fliegen auf einen Kuhfladen. Wir haben Druck von oben, da brauchen wir uns nichts vorzumachen. Aber wir wissen es zu schätzen, daß Sie uns helfen wollen.«

Sie nahmen wieder Platz.

Taaffe setzte eine angewiderte Miene auf, die Lavelle zu ignorieren beschloß. Er schlug vor, Jane solle »Detective Inspector Dempsey« ihre Seite der Geschichte erzählen, um zu betonen, mit wem sie hier kommunizieren wollten.

Von Beginn ihres Berichts an hörte Dempsey aufmerksam zu und machte sich gelegentlich Notizen; seine Miene blieb teilnahmslos. Taaffe spielte mit seiner roten Seidenkrawatte, verdrehte die Augen zur Decke oder lächelte grimmig vor sich hin. Bis Jane von Greg Mathers sprach und ihnen anschließend Debbies Fax zuschob. Taaffe schaute drein, als hätte ihn der Lehrer beim Unfugmachen erwischt, und fing an, sich Notizen in ein Schreibheft mit festem Rücken zu machen. Jane fuhr wie geplant fort, bis sie bei Becca de Lacy und den Hütern des Siebten Siegels angekommen war. Als sie geendet hatte, herrschte fast eine Minute lang Schweigen. Taaffe stand der Mund offen. Diesmal sprach Dempsey als erster.

»Das ist das Absurdeste, was ich in meiner ganzen Polizeilaufbahn gehört habe. Total verrückt. Aber ich bin gewillt, wenigstens einem Teil davon Glauben zu schenken. Und ich muß Miss Wade besonders für diesen Zeitungsartikel danken. Nun würde ich gern hören, wie Pfarrer Lavelles Ansichten in dieses Szenario passen. Aber zunächst hätten Sie sicher gern eine Tasse Tee oder Kaffee. Wenn Sie uns kurz entschuldigen. Was möchten Sie haben?«

Lavelle bat um einen Kaffee, Jane lehnte dankend ab. Es war offensichtlich, daß Dempsey seinen Kollegen zu einer kurzen Besprechung aus dem Raum holte. Jane fragte nach der Toilette, und man beschrieb ihr den Weg.

Lavelle stand auf, trat vor das kleine Fenster und sah hinaus. Ein heller Stern blinkte und funkelte tief am nun klaren Himmel über Lucan. Er sandte nadelspitze Lichtsignale aus, bald blau, bald rot, bald grün. Das mußte der Sirius sein, der hellste Stern am Himmel, fast zehn Millionen Lichtjahre entfernt und mit der mehr als zwanzigfachen Leuchtkraft der Sonne.

Lavelle hatte früher ein kleines Teleskop besessen. Er hatte es immer auf dem Fensterbrett seines Schlafzimmers stehen. Jedesmal, wenn er etwas Aufregendes entdeckte, rief er nach seiner Mutter. Sie versäumte es nie, die Treppe hinaufzusteigen und Interesse zu zeigen, obwohl es sie, wie ihm Jahre später klarwurde, in Wirklichkeit wenig interessiert hatte. Seine älteren Geschwister liebten ihn abgöttisch, und sie waren es auch, die Geschenke wie Teleskope möglich machten. Sein Vater war plötzlich gestorben, als Liam vier war, und er hatte kaum etwas hinterlassen, wovon seine Mutter eine achtköpfige Familie hätte ernähren und kleiden können.

Er dachte daran, wie sehr er sich auf seine Mutter gefreut hatte, als er endgültig aus den Staaten nach Hause kam. Er rief sie noch am Tag seiner Ankunft an und sagte, er würde später vorbeikommen. Er hatte ein teures Schmuckstück für sie gekauft und wollte ihre Freude erleben, wenn ihr endlich etwas von Wert gehörte, etwas, von dem sie sich nie vorgestellt hätte, daß sie es einmal besitzen würde. Kaum eine halbe Stunde nach ihrem Telefongespräch rief sein ältester Bruder an, um ihm mitzuteilen, daß sie tot war. Ein Herzinfarkt. Er legte die sternförmige Diamantbrosche, die er ihr gekauft hatte, dann zu all dem Krimskrams und wertlosen Schmuck in ihr Zimmer. Es war ihm egal, wenn sie mit dem Rest weggeworfen wurde.

Er fragte sich, wo seine Mutter jetzt war. Konnte sie ihn sehen? War sie sich seiner bewußt? Es war sehr unwahrscheinlich, und dennoch begleitete ihn diese Vorstellung überallhin. Oder war es nur die Erinnerung an seine Mutter?

Er überlegte oft, daß man sich alle Menschen, die man gut kannte, tote oder lebende, ins Gedächtnis rufen und in seiner Phantasie vorbeiziehen lassen konnte, jeden für ein oder zwei Sekunden, in denen nur kurz ihre Züge aufblitzten. Tatsächlich kamen sie oft ungebeten. Wie oft am Tag marschierte einem ein Teil dieser Prozession durch den Sinn? Und doch dauerte es nur ein, zwei Generationen, bis diese geisterhafte Gesellschaft in keiner Erinnerung mehr existierte. So wie das Abbild eines Lichtblitzes auf der Netzhaut immer schwächer wird, bis er ganz verschwunden ist. Im Gedächtnis der anderen gibt es keine Unsterblichkeit.

Sirius schien zu tänzeln und hielt doch seine Position am Himmel. Eine Täuschung, die durch die Atmosphäre hervorgerufen wird, wie er wußte. Dieser Stern – das war tatsächlich etwas, das der Ewigkeit näher war als die Gedanken von Menschen. Wenn er die Hand ausstrecken und ihn wie einen Edelstein in die Finger nehmen könnte ...

Dempsey und Taaffe machten in einer kleinen Küche weiter unten im Flur Tee und Kaffee.

»Jetzt kann mich gar nichts mehr überraschen«, sagte Taaffe. »Gedichte und Popvideos, Mannomann. Was für ein Mist kommt wohl als nächstes? Das sind alles nur Lavelles Mätzchen. Wahrscheinlich bumst er die Frau, was das Zeug hält, und verspricht ihr, er findet ihre Schwester, aber inzwischen redet er ihr den ganzen Quatsch von Geheimzeichen und toten Dichtern ein.«

»Bist du eifersüchtig? Sie ist eine Wucht, soviel steht fest. Aber ich denke, Miss Wade ist eine eigenständige Frau, Jack. Nach ihrer Aussage hatte *sie* zunächst Mühe, Lavelle zu überzeugen. Ich gebe zu, daß die Sache mit Becca de Lacy ans Phantastische grenzt, aber das mit dem Namen Mathers ist interessant. Ich habe ihn nur einmal gegenüber Lavelle erwähnt, und der muß ihn ihr gesagt haben. Wir wissen, daß Mathers existiert, ob der Name nun falsch ist oder nicht, und es hört sich so an, als hätte er sich nach dieser historischen Figur benannt, von der sie gesprochen hat. Und dann ist da noch die Verbindung zu Yeats. Lavelle wußte nicht, aus welchen Gründen sich Mathers in Sligo aufhielt. Und dieser Zeitungsartikel verrät uns nicht nur, woher das Parfum stammt, sondern auch, daß offenbar Mathers derjenige war, der es geklaut hat. Tote Dichter hin oder her, die beiden sind an was dran. Aber versteh mich nicht falsch. Lavelle steht natürlich immer noch unter Verdacht. Ich denke, wir müssen jetzt einen entschlossenen Versuch unternehmen, ihn entweder festzunageln oder uns Gewißheit darüber zu verschaffen, daß er unschuldig ist.«

»Wir haben noch die anderen Stiefelabdrücke in der Galerie. O'Loughlin hat nicht allein gehandelt.«

»Kannst du dir vorstellen, daß zwei wie Lavelle und O'Loughlin unter einer Decke stecken? Ich nicht. Aber wir lassen Lavelle in den nächsten Tagen noch einmal kommen und vernehmen ihn. Und sei übrigens vorsichtig, was du sagst, wenn wir wieder da reingehen – wir haben O'Loughlin noch nicht des Mordes angeklagt.«

»Ich soll vorsichtig sein? Du bist doch derjenige, der das Risiko eingeht, einem wie Lavelle vom Stand unserer Ermittlungen zu erzählen. Komm mir nicht auf die Tour, Kevin.«

»Ach, so ist das! Aber wenn ich ihm nichts gesagt hätte, wären die beiden heute abend nicht hier, oder?« sagte Dempsey und gab seinem Kollegen einen freundschaftlichen Klaps hinters Ohr.

Im Vernehmungszimmer setzten sich alle vier wieder hin, und Dempsey fragte Lavelle, ob das, wovon Jane redete, mit seinen Spekulationen übereinstimmte.

»Zunächst einmal sollten wir den Zehnten Kreuzzug beiseite lassen«, schlug Lavelle vor. »Wenn man das tut, wird alles ein bißchen klarer.«

Dann erzählte er ihnen von Michael Roberts, seiner Verbindung zu ihm und den Informationen, die er von Guterson bei Cultwatch bekommen hatte.

»Nehmen wir also an, daß Roberts der Führer einer in den USA beheimateten Endzeitsekte ist, die sich die Hüter des Siebten Siegels nennt«, fuhr er fort. »Aus irgendeinem Grund werden sie wieder aktiv, nachdem sie sich offenkundig schon aufgelöst hatten. Sie machen Irland zur Basis ihrer Operationen, bei denen sie Frauen als Opfer bei einer Art Reinigungsritual ermorden. Reinigung, darauf habe ich bereits hingewiesen, bedeutet normalerweise Vorbereitung auf etwas. Weiterhin ist mit diesen Morden Roberts' persönliche religiöse Symbolik verknüpft, die eine Parodie der meisten in ihr enthaltenen Weltanschauungen darstellt, mit Ausnahme der asketischen Werte der frühen irischen Kirche und möglicherweise der alten Religion der Kelten. Alles ist von einem Haß auf weibliche Sexualität durchzogen. Ich nehme an, auch an Kara McVeys Leiche hat man eine Gewandnadel gefunden?«

Taaffe sah eine Gelegenheit, ihm ein Bein zu stellen. »Woher –«

»Ja, das stimmt«, schnitt ihm Dempsey das Wort ab. »Was bedeutet es?«

Der Detective Sergeant schnalzte mit der Zunge.

Lavelle erzählte ihnen die Geschichte von Samhtann, die sich eine Fibel in die Wange steckte.

»Können Sie genauer erklären, was das aussagt?« hakte Dempsey nach.

»Die toten Frauen wurden gereinigt – bis aufs äußerste –, man ließ alles Blut aus ihren Körpern laufen. Dann steckte man die Nadel in sie, um deutlich zu machen, daß sie sich in einem veränderten, vollkommenen Zustand befanden. Eine ›schreckliche Schönheit‹ hätte es Yeats vielleicht genannt.«

»Es gibt also einen frauenfeindlichen Aspekt. Weiter«, ermunterte ihn Dempsey, »was noch?«

»Dieser Frauenfeindlichkeit ist dann eine apokalyptische Weltanschauung aufgepropft. Sie basiert jedoch nicht auf der Bibel, sondern hat mit der Lyrik und den prophetischen Ansichten von William Butler Yeats zu tun. Aus den Apokalyptischen Reitern des siebten Siegels sind zum Beispiel die mythologischen Reiter des keltischen

Jenseits geworden. Auf einer neuen Ebene wiederum finden wir eine persönliche Fehde mit mir, zu der die Planung des ersten Mordes und der Fundort der Leiche paßt. Und irgendwie ist es der Sekte gelungen, die Musik Becca de Lacys zu unterwandern, die sie auf irgendeine Art manipulieren, vielleicht um ihren Mitgliedern überall auf der Welt Zeichen zu senden. Ich habe allerdings keine Ahnung, worum es dabei gehen könnte.«

Dempsey holt tief Luft. »Das ist eine ziemlich komplizierte Vorgehensweise. Warum machen sie sich all die Mühe?«

»Wer weiß? Dafür kann es alle möglichen Gründe geben. Vielleicht ist Roberts übergeschnappt und übertreibt es einfach. Weiß der Himmel, mit welcher kranken Geistesverfassung Sie es hier zu tun haben.«

»Wie würde Mathers in dieses Szenario passen?«

»Er ist der Kerl, an den die Gewandnadeln geschickt wurden, mehr haben Sie mir nicht gesagt. Also ist er wahrscheinlich ein Mitglied der Sekte.«

»Was wissen Sie über den Hörnergott?«

Die Frage überraschte Lavelle, er blickte von Dempsey zu Jane und wieder zurück, bevor er antwortete. »Ich nehme an, Sie beziehen sich auf den keltischen Gott Cernunnos. Der ist das Vorbild für den Teufel im europäischen Volksglauben.«

»Den Teufel?« Dempsey klang bestürzt.

»Ja. Aber seine ursprüngliche Rolle war die des Jägers, der das Merzvieh aussonderte, um die Herde rein zu halten. Er war außerdem sowohl Sohn als auch Geliebter der Muttergottheit, deshalb heißt er manchmal auch ›Der dunkle Sohn der Mutter‹.«

»Ich verstehe«, sagte Dempsey und machte sich eine Notiz. »Gut. Ich danke Ihnen beiden. Wir werden an Roberts dranbleiben und schauen, ob seine Organisation hier Fuß gefaßt hat. Sie können das ab jetzt uns überlassen.«

Taaffes Handy läutete, er drückte es fest ans Ohr und verließ rasch den Raum. Dempsey steckte sein Notizbuch weg und machte Anstalten aufzustehen.

Lavelle hob die Hände.

»Moment! Nicht so schnell, Kevin. Wir haben es verdient, mehr darüber zu erfahren, was hier vor sich geht. Über den Mord in der Galerie, zum Beispiel.«

Dempsey beugte sich über den Tisch.

»Ich will offen zu Ihnen sein, Herr Pfarrer. Daß ich Sie in die Sache einbezogen habe, hat mir schon einige Kopfschmerzen bereitet. Zum jetzigen Zeitpunkt sind drei Leute tot. Es ist Zeit, daß ein normales Ermittlungsverfahren angewandt wird.«

»Das ist Blödsinn, Kevin, und das wissen Sie genau. Ein normales Ermittlungsverfahren hätte das, worüber wir heute abend gesprochen haben, nicht zutage gefördert. Ich weiß, Ihr Kollege hat Vorurteile, und die sind anscheinend im großen Stil in diese Untersuchung geraten.«

»Also gut, ich gestehe. Ich mache mir Sorgen, daß die ganze Stadt von der Geschichte erfährt. Sie haben Miss Wade eingeweiht, ohne mich vorher zu fragen. Sie arbeitet bei den Medien, wenn Sie wissen, was ich meine.« Er vermied es, Jane anzusehen.

»Jane kann darauf sicher selbst antworten.«

»Wenn ich darf?« sagte sie sarkastisch. »Ich kann Ihnen versichern, Inspector, daß ich in dieser Angelegenheit bisher diskret war. Meine Schwester könnte Mitglied dieser Sekte sein, und ich bin um ihre Sicherheit besorgt. Wenn ich der Ansicht wäre, daß es ihr hilft, würde ich den Weg gehen, den Sie andeuten, aber vorläufig bin ich noch überzeugt davon, die Sache sollte unter uns bleiben, falls Sie mir folgen können.«

Dempsey lächelte. Sie war gerissen. Er würde Ärger mit Taaffe bekommen, aber zum Teufel damit. Er hatte nun mal seinen eigenen Stil.

»Ich gebe Ihnen einen kurzen Überblick, aber nur unter einer Bedingung – Sie verfolgen die Sache nicht mehr auf eigene Faust. Es könnte gefährlich werden. Es könnte uns sogar behindern oder einen Verdächtigen warnen. Wenn Sie irgendwelche Nachforschungen anstellen wollen, reden Sie zuerst mit uns. Ist das klar?«

Beide nickten.

»Ich fange mit Mathers an. Er war letztes Jahr im August in der Yeats-Sommerakademie in Sligo. Er nahm außerdem an einem heidnischen Fest teil, und zwar als Hörnergott verkleidet.«

»Das beweist meinen Hinweis auf die alte Religion der Kelten«, sagte Lavelle. »Und der Jäger-Mörder-Gott repräsentiert gewalttätige, männliche Werte.«

»Jedenfalls haben wir Mathers noch nicht gefunden«, sagte Dempsey. »Aber wir können nun annehmen, daß er das Parfum gestohlen hat, das bei dem Ritual verwendet wurde, und zusammen mit der Keltennadel bringt ihn das direkt mit dem Mord an Sarah Glennon in Verbindung.«

»Sie sagen, an der Leiche des letzten Opfers wurde ebenfalls eine Gewandnadel gefunden. Was ist mit dem parfümierten Öl?« fragte Lavelle.

Dempsey schüttelte den Kopf. »Der Mörder muß irgendwie gestört worden sein. Er hatte nicht die Zeit, das Ritual zu vollenden. Aber die Vorgehensweise war dieselbe. Kara McVeys Leiche hing in der Galerie. Man hatte ihr die gleichen Verletzungen wie Sarah Glennon zugefügt. Der Täter hat sie dazu auf eine Rollbahre gefesselt, die zur Ausstellung gehörte. Die Leiche wurde nicht für eine Beerdigung vorbereitet, aber auf den Fuß waren dieselben Buchstaben geschrieben. Und wie gesagt, die Nadel steckte in ihrer Wange – wieder die Verbindung zu Mathers. Ich habe die Leiche gestern abend gesehen und war heute vormittag bei der Autopsie dabei. Es war schrecklich, das kann ich Ihnen sagen. Und um alles noch schlimmer zu machen, falls das überhaupt möglich ist, war Kara McVey im dritten Monat schwanger.«

»O Gott, wie furchtbar«, flüsterte Jane.

»Wer hat sie gefunden?« fragte Lavelle.

»Raymond O'Loughlin. Er hatte mit ein paar Freunden gezecht und behauptet, als Kara nicht wie vereinbart zu ihnen stieß, sei er in die Galerie gegangen und habe die Leiche entdeckt. Er selbst war ziemlich zugerichtet – seine Nase war gebrochen, er war voller Blut und betrunken. Bei unseren Vernehmungen sagte dann ein Mann, mit dem er vorher zusammengewesen war, O'Loughlin hätte in einer Toilettenkabine seine Freundin wüst am Telefon beschimpft. Ich muß sagen, als ich die Ausstellungsgegenstände sah ... es hat ihn jedenfalls nicht unverdächtiger gemacht. Wir fanden außerdem eine gewisse Menge Drogen in der Wohnung der beiden und eine Reihe von Gegenständen, deren Natur man als satanisch oder okkult bezeichnen könnte. Wir haben ihn jedenfalls verhört, aber noch keine Anklage erhoben. Außer seinen Schuhabdrücken fanden wir in der Galerie noch Spuren, die jenen auf dem Fußboden in Ihrer Kirche ähnelten. In Blut. Gut sichtbar, den ganzen Weg bis zum Ausgang. Draußen hat dann der Regen alle eventuellen Spuren weggewaschen.«

»Was hat Raymond zu sagen?« fragte Jane.

»Er sagt, daß ein Besucher eintraf, als Kara McVey gerade absperren wollte. Zu diesem Zeitpunkt hat er mit ihr telefoniert. Wir haben seine Anrufe überprüft, er hat tatsächlich in der Galerie angerufen. Aber mit wem hat er gesprochen? Wir können nicht wissen, ob sie es war. Andererseits mußte der Mörder seine Aktivitäten abkürzen, was für O'Loughlins Darstellung sprechen könnte.«

»Was ist mit dem Zehnten Kreuzzug? Wo stehen Sie bei Ihren Ermittlungen?« fragte Lavelle.

»Das scheint im Augenblick eine Sackgasse zu sein. Scotland Yard ist überzeugt, daß Turner von islamischen Extremisten getötet wurde.« Er sah Lavelle direkt an. »Wir könnten natürlich anfangen, jeden Moslem in Dublin zu vernehmen, aber das würde einigen politischen Aufruhr verursachen, wie sich denken läßt. Übrigens wird unser Freund Bonner bald entlassen. Wir werden ein Auge auf ihn haben.«

Lavelle zeigte sich wenig interessiert an der Nachricht über Bonner. Er wollte sichergehen, daß der Detective alles beachtete, was er und Jane gesagt hatten. »Hören Sie, Kevin, ich weiß, Sie versuchen zwei Morde aufzuklären, und Sie denken wahrscheinlich, daß dieses Weltuntergangszeug nicht Ihr Fach ist. Aber bedenken Sie immer, daß die beiden Gedichte auf der CD Hinweise zu den Morden enthalten. Es gibt noch ein drittes Gedicht, nicht wahr, Jane?«

»Worum geht es in dem?« fragte Dempsey.

»Soweit ich mich erinnere, geht es irgendwie um einen Turm«, antwortete Jane.

»Geben Sie uns Bescheid, wenn Sie Genaueres sagen können.«

»In Ordnung. Aber ich denke, eine entscheidende Frage haben wir bisher nicht gestellt.«

»Nämlich?« fragte Dempsey.

»Was ist das Motiv dieser Leute? Warum führen sie diese Morde mit solcher Entschlossenheit aus? Dahinter muß irgendein Grundprinzip stehen. Ein Plan.«

»Ihrer eigenen Theorie zufolge reagieren sie auf verschlüsselte Botschaften auf diesem Album oder interpretieren sie.«

»Ich denke, das ist nur ein Teil des Ganzen. Das halbe Puzzle, wenn man so will. Vielleicht sollten Sie mit Becca de Lacys Leuten reden oder noch besser mit der Frau selbst, dann finden Sie zumindest heraus, ob sie weiß, was vor sich geht. Ich glaube, sie ist zur Zeit im Ausland, am besten, Sie setzen sich mit ihrer Plattenfirma in Verbindung. Ich kann Ihnen Namen und Telefonnummern nennen.«

»Ja gern, vielen Dank. Und keine Sorge, wir tun, was zu tun ist. Eins nach dem andern.«

Jane sah Lavelle an. »Das war's dann wohl. Zeit zu gehen. Danke, Inspector.«

»Nennen Sie mich ruhig Kevin, Miss Wade.«

»Und Sie mich Jane.«

Sie standen eben alle auf, als Taaffe wieder hereinkam. Er ging zu Dempsey und flüsterte ihm etwas ins Ohr.

»Die Spurensicherung hat bestätigt, daß die Stiefelabdrücke mit denen in der Kirche übereinstimmen«, sagte Dempsey laut.

Taaffe sah vom Inspector zu den beiden und wieder zurück. Er war augenscheinlich verärgert, daß sein Kollege vertrauliches Material an die beiden weitergab.

»Was meine Theorie bestätigt, daß der Mörder Galoschen getragen haben könnte«, fuhr Dempsey fort. »Denn es hat auch diesmal geregnet. Die Frage ist nun, wer heutzutage überhaupt noch Galoschen trägt.« Lavelle sah, daß Taaffe ernsthaft eingeschnappt war. Dempsey sprach Jane und ihn an.

»Amerikanische Touristen?« schlug Lavelle vor.

Dempsey holte geräuschvoll Luft. »Damit könnten Sie sogar recht haben.«

In diesem Moment klappte Taaffe sein Notizbuch laut zu und sah Lavelle böse an.

Lavelle sah rot. Er beugte sich über den Tisch und nahm Taaffe scharf ins Visier. »Ich weiß, Sie hassen mich und wofür ich stehe. Aber darunter darf die Arbeit nicht leiden, die *Sie* tun müßten, nicht ich.«

»Wovon zum Teufel reden Sie, Mann?«

»Sie glauben, dieses Sektenzeug, das wir hier auftischen, ist nichts als ein Haufen Mist, oder?«

Taaffe grinste höhnisch und nahm sein Notizbuch zur Hand.

»Dann schlage ich vor, Sie nehmen mit dem FBI Kontakt auf«, sagte Lavelle und sah Taaffe unverwandt an.

»Was hat verdammt noch mal das FBI damit zu tun?« sagte Taaffe und klang bereits weniger selbstbewußt.

»Vor ein paar Tagen wurde in den Staaten ein Mann namens Rawlings ermordet. Er war auf der Flucht vor den Hütern des Siebten Siegels. Damit hat das FBI zu tun.«

Lavelle machte auf dem Absatz kehrt und ging zur Tür, die er für Jane aufhielt. Mit Genugtuung vermerkte er, daß Taaffe wie vom Donner gerührt dastand, während Dempsey wieder Platz genommen hatte und sein Notizbuch hervorholte.

»Guten Abend, Inspector«, sagte Jane fröhlich. »Guten Abend, Sergeant«, fügte sie hinzu, streckte die Hand aus und hob Taaffes rote Krawatte an. »Keine gute Wahl – nicht zu diesem Hemd ...«

— 46 —

Auf dem Parkplatz blieben Lavelle und Jane noch kurz neben ihren Autos stehen, bevor jeder wieder seiner Wege gehen würde.

»Das haben Sie gut gemacht, da drinnen«, sagte Lavelle.

»Sie waren aber auch nicht schlecht.« Jane lächelte.

»Ich hätte wegen Taaffe nicht die Fassung verlieren dürfen. Ich hasse mich, wenn mir das passiert.«

»Er hat es darauf angelegt, und er mußte wissen, daß Sie ihm gewachsen sind.« In Janes Stimme lag eine Spur Bewunderung.

»Dann bin ich also nicht in Ihrer Achtung gesunken?«

»Natürlich nicht, Dummkopf.« Sie ging zu ihm und küßte ihn auf die Wange. Als sie sich abwenden wollte, ergriff er ihre Hände und küßte sie; nur leicht strichen seine Lippen über ihre Finger.

»Wir sind ein gutes Team, oder?« fragte er und sah ihr forschend in die Augen.

Jane rückte näher an ihn heran. »Als Hobbydetektive? Zweifellos.« Sie wußte, was er in Wirklichkeit meinte. Und er wußte, er mußte die richtigen Worte finden.

»Und auch in anderer Hinsicht.« Er ärgerte sich über seine plötzliche Ausdrucksarmut. Aber Jane las in seinem Gesicht und antwortete, indem sie ihre Hände in die seinen verschränkte und noch näher kam. So standen sie einen Augenblick, bis er mit einer raschen Bewegung fest die Arme um sie schlang; sein Mund war dicht vor ihrem. Im Polizeirevier ging eine Tür auf und zu. Sie hörten Stimmen in der klaren Nachtluft näher kommen.

»Nicht hier«, flüsterte Jane. »Komm zu mir nach Hause.«

Jane hatte die Vorhänge in ihrem Wohnzimmer zugezogen und eine CD eingelegt. Draußen fuhr Lavelles Wagen vor, und als sie ihm die Tür öffnete, erklang im Hintergrund ein Sopran.

Er hatte unterwegs in einem Spirituosenladen haltgemacht.

»Ich habe Brandy gekauft. Nach alldem brauchen wir etwas Stärkeres als sonst. Ich hoffe ... du trinkst welchen.« Er war nun ein bißchen verlegen. Wie ließ sich der Augenblick von vorhin erneuern? Ging das überhaupt?

»Natürlich«, log sie, zum zweitenmal in zwei Tagen.

»Mozart, ›Laudate Dominum‹ ... wundervoll«, sagte er, als er ins Wohnzimmer ging.

»Unglaublich, diese zwei Polizisten, oder?« Jane ärgerte sich immer noch über die Skepsis der beiden. »Dempsey ist ganz in Ordnung, um gerecht zu sein. Aber ich glaube nicht, daß sie die Geschichte mit Becca de Lacy ernst nehmen.«

»Laß ihnen Zeit, es zu verdauen«, sagte er. »Sie müssen vieles überlegen. Übrigens, ich weiß ja, daß ich einen Aussetzer bei Taaffe hatte, aber was hat dich über seine Krawatte lästern lassen?«

»Ach ... ich habe nur gehört, wie er schlecht über dich geredet hat, als ich von der Toilette zurückkam. Er hätte noch was ganz anderes verdient.«

»Weißt du, was ich getan habe, als du hinausgegangen bist? Ich habe zum Himmel hinaufgeschaut und Sirius dort oben funkeln sehen, so fern, so schön, und ich dachte ... ich würde ihn gern vom Himmel pflücken und dir schenken.«

»Nur für mich. Mein eigener Stern. Und ich weiß, wo ich ihn aufbewahren würde.«

Sie hüpfte davon und kam mit Hazels Briefbeschwerer wieder. Sie kniete sich neben ihn, er konnte ihr Parfum riechen. Ein lichtdurchfluteter Sommerweg.

»Ich würde ihn hier reintun. Das ist meine Sternfabrik, aber sie hat noch nicht einen produziert. Vielleicht braucht es ja einen richtigen Stern, damit sie in Schwung kommt. Oder der Hazel wieder zu mir führt.« Sie hielt den Briefbeschwerer in den gewölbten Händen und starrte hinein, ihre Augen schwammen in Tränen.

»Du vermißt sie sehr, oder?« Lavelle drückte sie an sich.

»Ja, ich vermisse sie schrecklich. Und ich mache mir Sorgen um sie, Liam, große Sorgen.« Sie schmiegte sich an seine Brust, fühlte sich beschützt, mochte seinen Geruch. Er spürte, wie sich ihre weichen Brüste an seinen Körper preßten.

In seinen Armen liegend, schloß sie die Augen, während der Chorteil des Stückes anschwoll und den Raum erfüllte. Lavelle bemerkte die winzigen Tropfen, die wie Tau auf ihren Wimpern lagen. Und auch in seinen Augen standen Tränen. Die Schönheit der Musik drang tief in seine Seele. In Zeiten wie diesen, wenn von seinem Glauben so gut wie nichts übrig war, konnten ihn die grandiosen Klanggebilde Mozarts über die Grausamkeit der Welt erheben und in die Nähe Gottes führen. Wenn ein Mensch zum Lob Gottes einen Freudengesang von solch sinnlicher und himmlischer Schönheit komponieren konnte, dann mußte Er existieren. Das war natürlich mittelalterliches Denken, aber für den Augenblick genügte es ihm. Und dieses großartige, zitternde Geschöpf in seinen Armen. Auch dafür dankte er.

Jane bedeutete dieser Moment, dieses Jetzt, alles. Sie spürte seine Nähe mit jedem Nervenende ihres Körpers, und eine glückselige Schwere breitete sich in ihr aus.

Sie lauschten vereint, bis das Stück zu Ende ging, der Sopran hoch über den Chorstimmen geschmeidig wieder einsetzte und die letzten harmonischen Akkorde des »Amen« sie beide sanft in eine Stimmung schweigenden Nachdenkens trugen.

Sie hielten sich weiter an den Händen gefaßt und starrten ins weiche Halbdunkel des Zimmers.

Aber Lavelle plagte noch eine Neugier. »Was genau hat Taaffe über mich gesagt?« flüsterte er.

»Er sagte ...« Jane spielte mit dem Gedanken, es zu beschönigen, aber dann beschloß sie, offen zu sein. »Er sagte: ›Wahrscheinlich bumst er die Frau, was das Zeug hält ...‹«

Lavelle kicherte.

Jane wandte ihm das Gesicht zu und sah ihm tief in die Augen.

»Hat er in die Zukunft gesehen?« fragte sie.

— 47 —

Irgendwo über Kanada geriet Becca de Lacys Flugzeug in Turbulenzen. Sie wurde aus einem Traum gerissen, einem Traum von Buntglaslandschaften und geisterhaften Gestalten, die endlos Verszeilen intonierten, mit denen sie vergeblich versuchten, die unsagbare Trauer ihres Schicksals auszudrücken, eines Schicksals, das sie dazu verdammt hatte, auf ewig in einer kristallinen Wildnis dahinzusiechen.

Diese Träume befielen sie seit ihrem Abflug von Irland, und Becca wußte, sie entsprangen dem Vorfall von der Nacht vor der CD-Präsentation. Nach dem Streit mit David wegen des Gedichts hatte sie versucht, ihn zu beschwichtigen, indem sie eine spirituelle Übung vorschlug, die er »Das Schwert der Begierde« nannte. Und dabei war alles fürchterlich schiefgelaufen.

»Du bist zu meiner *anam-chara*, meiner Seelengefährtin, geworden«, hatte David eines Abends mitten im Sommer gesagt, als sie im Salon saßen. Draußen vor dem Fenster flogen Geschwader von Saatkrähen zu ihren Schlafplätzen in den Bäumen. »Deshalb kann ich dir jetzt von der äußersten Prüfung erzählen, der ich mich unterziehe.«

Er neigte zu einer geschraubten Sprechweise, an die sie sich jedoch gewöhnt hatte.

»In dieser Welt, in der alle Wünsche umgehend befriedigt werden, muß derjenige, der sich über die schmutzige Flut des Lebens zu erheben trachtet, fähig sein, sich zu bezähmen. Der Körper läßt sich zwar durch Fasten und Bußübungen unterwerfen, aber dennoch bleibe ich ein Opfer der sinnlichen Begierde, getrieben vom Verlangen nach körperlicher Vereinigung mit einer Frau, denn dieses – wie der Mönch Evagrius uns lehrt – ›befällt mit größerer Heftigkeit jene, die Enthaltsamkeit üben, weshalb du dich schulen mußt wie ein gewandter Athlet, um ihm zu widerstehen‹.«

Dann erzählte er ihr von einer höfischen Liebestradition, bei der ein Ritter und seine unerreichbare, weil einem anderen versprochene Dame sich vor Verlangen brennend nebeneinanderlegten, getrennt von einem Schwert, das zum einen die Kluft symbolisierte, die zwischen ihnen herrschen mußte, zum anderen die Gefahr, die ihrer Reinheit, ihrem Leben gar, drohte, sollten sie diese mißachten.

»Das sind zwar nur Märchen«, sagte er, »aber richtig verstanden, kann das Schwert der Begierde eine mächtige Waffe im Kampf gegen unsere verderbte Natur sein. Kannst du mir folgen?«

Er sah Becca forschend an. Sonst führte er seine Bußübungen immer allein aus. Nun bat er sie, an einer teilzunehmen. Aber es hörte sich ein wenig lächerlich an. Sie wollte ihn allerdings nicht verärgern. »Das klingt nach einer äußerst raffinierten Anmache«, wich sie aus, »aber du weißt, ich habe nicht vor, dich zu verführen, das ist nicht mein –«

Er brachte sie mit einer Geste zum Schweigen. »Ich habe dich viele Dinge gelehrt und meinerseits viel aus deiner Aufmerksamkeit gelernt, aber du vergißt im Augenblick die Ehrerbietung, die wir uns schulden – das ist kein Kinderspiel hier.« Ein Aufblitzen von Zorn, ein Anflug jener düsteren Stimmung, bei der sich Becca vor Angst immer die Eingeweide zusammenzogen. »Du hast mich von den Erwählten sprechen hören und daß ihnen Sex und Ehe nicht bestimmt sind. Ich weiß, keine Frau ist weniger zügellos als du, ich habe es in deinen blassen Zügen gesehen, als wir uns kennenlernten. Aber du bist dennoch begehrenswert für mich. Und wenngleich Sonne und Mond nie vereint sein können, sind doch manchmal beide am Himmel zu sehen ... und wie schön ist das.«

Sie ließ sich erweichen. »Was soll ich tun?«

»Wir werden von Zeit zu Zeit beisammenliegen. Du darfst mich mit deinem Fleisch in Versuchung führen, wenn du es wünschst, aber wenn wir reden, dann nur von geistigen Dingen. ›Augen können wegblicken von ihren Verlockungen, aber Ohren können ihre Worte nicht aussperren.‹ Und unsere Körper dürfen sich nicht berühren. Niemals.«

Becca hatte nur wenige, flüchtige Beziehungen gehabt. Sie empfand kaum Vergnügen an körperlicher Intimität mit Männern oder

Frauen. Und sie glaubte, daß David auf seine Weise jene Überwindung des Verlangens anstrebte, die das Fundament des wahrhaft Geistigen ist. Er hatte auch ihren jüngsten Ausbruch von Kreativität angeregt.

»Ist das dein Ernst?« fragte sie

»Nie war mir etwas so ernst. Sind wir uns einig?«

Beim ersten Mal hätte sie beinahe losgelacht, als er mit einem weißen Gewand bekleidet in ihr Schlafzimmer kam. Es erinnerte sie an die Leinengewänder, die Priester bei der Messe unter dem farbigen Ornat tragen. Und er hatte ein weiteres über dem Arm hängen, das sie anziehen sollte. Aber mit ihrer Leichtfertigkeit war es vorbei, als sie sah, wie er ein Schwert in einer Bambusscheide unter der Robe hervorzog. Sie erkannte die orientalische Herkunft, nicht nur wegen der Scheide; als er es ihr zeigte, sah sie auch, daß das lange Heft lackiert und mit seidenen Troddeln verziert war.

Er zog das Schwert mit seiner leicht gekrümmten Klinge aus der Scheide und erklärte stolz: »Als Yeats 1920 zu Besuch in den Vereinigten Staaten war, schenkte ihm Seine Exzellenz Junzo Sato, der japanische Honorarkonsul, diese alte Samuraiwaffe. Sie soll zwischen uns liegen, um uns vor uns selbst zu schützen.« Er bat sie, das Gewand anzuziehen. »Und schau in deinem Kleiderschrank nach einem seidenen Halstuch«, fügte er an.

Auf den Rückweg vom Badezimmer wühlte sie in einer Schrankschublade und fand ein Halstuch. Wozu er das wohl brauchte – für irgendein albernes Sexspiel? Nein, nicht David.

»Nun gib acht«, sagte er und nahm ihr das Halstuch ab, als sie zu ihm vor das Podest trat, auf dem ihr breites Bett stand. Er warf das Tuch in die Luft, und als es abwärts schwebte, drehte er die Schwertklinge mit der scharfen Seite nach oben und hielt die Waffe vor sich gestreckt. Das Halstuch landete auf der Klinge, wurde für einen winzigen Moment in seinem Fall aufgehalten und sank dann in zwei Hälften auf den Boden. Becca war beeindruckt.

»Die Schneide ist so fein, daß sie in dieser Welt fast nicht existiert«, sagte er bewundernd. »Zu schieren Stahlatomen geschliffen von einem Krieger, der auch ein geistiger Lehrer war. Ein Zeremonienschwert, das zu unserer Übung paßt.«

Er nahm sie bei der Hand und führte sie die zwei Stufen auf das Podest hinauf zum Bett. Dann legte er das Schwert auf den purpurnen Satinbezug, streckte sich auf einer Seite des Bettes aus und bedeutete ihr, sich ebenfalls hinzulegen.

Zuerst lag sie steif da, dann entspannte sie sich und fühlte die Wärme seines Körpers, der ihrem nahe war, ihn aber nicht berührte. Sie sandte keine Signale in seine Richtung aus, deshalb handelte es sich als Übung im Widerstehen von Versuchung schwerlich um eine echte Herausforderung, es sei denn, er war sehr leicht erregbar.

Nach einigen Minuten des Schweigens begann er über die Askese der Wüstenmönche zu sprechen, über die Versuchungen des heiligen Antonius und die klösterlichen Disziplinen Ägyptens, die von der frühen keltischen Kirche übernommen wurden. Becca wurde schläfrig und bekam nur noch einzelne Brocken seines Monologs mit, bei dem er es irgendwie schaffte, Yeats und den Fortgang der Weltgeschichte mit einzubeziehen. Etwa eine Stunde später wachte sie auf und merkte an dem noch warmen Körperabdruck neben ihr, daß er soeben den Raum verlassen und das Schwert mitgenommen hatte.

Die nächste Gelegenheit, bei der sie das Lager teilten, war an einem warmen Abend im Spätsommer. In der duftgeschwängerten Luft des Raumes war selbst das Leinengewand zu heiß, und Becca verschaffte sich Erleichterung, indem sie es vorn aufknöpfte und öffnete. Sie merkte, daß er den Kopf auf ein Kissen gestützt hatte und sie ansah.

»Du brauchst wegen deiner Nacktheit keine Zurückhaltung zu üben«, sagte er. »Wenn du glaubst, ich bedarf weiterer Prüfungen, so hast du als meine Seelengefährtin das Recht dazu. Aber du darfst mich nie berühren oder dich mir hingeben. Das wäre ... unser Ende.«

Und dann erzählte er ihr von seiner Bewunderung für den Gelehrten Origen, den größten Denker der frühen griechisch-orthodoxen Kirche, der sich kastrieren ließ, damit er Frauen unbefangener als Priester dienen konnte, und sie erfuhr, daß die ägyptischen Mönche einen Gürtel um ihre Lenden trugen, der ihre Ablehnung alles Unreinen ausdrücken sollte.

Tonfall und Klang seiner Stimme, mit der er nüchtern Beispiele für die Unterdrückung der Sexualität psalmodierte, wirkten seltsam erregend auf Becca. Diesmal schlief sie nicht ein, und nach einer Stunde der Stille bemerkte sie, daß sein Atem tief und gleichmäßig ging, als befände er sich in Trance. Irgendwann stöhnte er, und seine Hand krallte sich in das Laken, auf dem sie beide lagen. In Becca flackerte eine Empfindung auf, die wie ein Fangarm nach ihr zu greifen schien. Kurz darauf stand er auf und verließ den Raum. Von da an freute sie sich auf ihre Begegnungen.

Manchmal trug sie das Gewand, manchmal trug sie nichts, manchmal befühlte sie ihren Körper durch das Material hindurch oder ließ ihre Hände darunter gleiten und berührte die Rundungen ihrer Brüste, ihren weichen Bauch, oder gleich neben sich den flachen, unnachgiebigen Stahl des Samuraischwerts. Manchmal stöhnte sie auch vor Lust.

Davids Reaktion war stets dieselbe. Obwohl sie ihn niemals nackt sah und obwohl er bisweilen sogar knurrte wie ein Tier, glaubte sie nicht, daß er körperlich erregt wurde. Ihr selbst aber hatte das »Schwert der Begierde« einen Zugang zu ihrer Sinnlichkeit eröffnet.

In jener Nacht jedoch, nachdem sie sich gestritten hatten, ging etwas schief. Vielleicht hatte sie ihr Bemühen übertrieben, ihn für die vorhergehende Auseinandersetzung zu entschädigen. Sie wußte, je mehr sie ihn in Versuchung führte, desto größer war seine Leistung, wenn er nicht reagierte. Auf diese Weise wurde der geistige Nutzen gemessen.

Becca war parfümiert und in einem seidenen Kimono in dunkelstem Rosa aus dem Badezimmer gekommen. Am Fußende des Bettes streifte sie das Kleidungsstück ab und stand in hauchzarter Unterwäsche vor ihm, dazu Strümpfe, die ihre milchigen Schenkel sehen ließen. Mit überkreuzten Armen zog sie das Spitzenhemd über den Kopf, entblößte langsam ihre Brüste mit den rosigen Warzen. Dann stellte sie abwechselnd ein Bein aufs Bett und rollte die Strümpfe nach unten auf, bevor sie ihm den Rücken zuwandte, mit den Händen die Hüfte hinab in ihren Slip fuhr und ihn auf halbe Schenkelhöhe schob; schließlich bückte sie sich und zog ihn ganz aus.

Er beobachtete sie, sein Blick schien eine Mischung aus Faszination und Beunruhigung auszudrücken. Dann schloß er die Augen.

Beccas eigene Erregung hatte inzwischen einen Punkt erreicht, der nach einem Ventil verlangte. Doch sie widerstand und reizte sich noch weiter, indem sie das Schwert vom Bett aufhob und mit dem kalten Stahl über die Innenseite ihrer Schenkel und über ihre Brüste strich, um ihn schließlich an ihre Lippen zu führen und diese lasziv, gefährlich über ihm zu schließen.

Sie legte das Schwert aufs Bett, stieg selbst hinauf und kniete sich rittlings über Davids Unterschenkel, wobei sie darauf achtete, ihn nicht zu berühren. Nun begann sie sich zu streicheln, nur leicht zunächst, dann heftiger und schneller, während sie immer feuchter, voller und weicher wurde. Sie verdrehte die Augen nach oben, zu dem von hinten angestrahlten Fenster und sah die Inschrift:

Sie tat sehr lieb und süß fing sie
Zu klagen an

Becca verlor sich in einer ansteigenden Flut von Empfindungen. Ihre eigene Wellenbewegung war zunächst die einzige, die sie wahrnahm, aber dann durchlief ein Beben das Bett, und sie sah, daß Davids ganzer Körper wie in einem Krampf zuckte. Sein Atem ging im Gleichklang mit ihrem eigenen, der immer schneller wurde, bevor Wogen der Lust sie laut aufschreien ließen. Gleichzeitig stieß er ein fürchterliches Heulen aus, zog die Beine unter ihr hervor und preßte die Hände in den Schritt ... und nun sah sie zunächst nur einen Punkt und dann einen sich ausbreitenden Blutfleck durch sein weißes Gewand dringen. Bestürzt rückte sie von ihm ab. Er wälzte sich auf allen vieren vom Bett auf den Boden und stolperte halb kriechend aus dem Zimmer. Kurz darauf hörte sie, wie die Haustür krachend zugeschlagen wurde.

Nach einer Nacht, in der sie immer wieder aus düsteren Träumen aufschreckte, erwachte sie schließlich, als ein fahles Licht durch das Buntglasfenster strömte. In den Morgenstunden war Schnee gefallen und hatte sich wie eine Decke über Rasen und Bäume gelegt. Becca hüllte sich in einen schwarzen Umhang, nahm das Schwert in seiner Scheide mit und verließ das Haus. Sie ging ein Stück die Allee entlang über den jungfräulichen Schnee, dann bog sie auf einen breiten Pfad ab, der sie an immergrünem Lorbeer und dunklen Stechpalmendickichten vorbeiführte, in denen noch vereinzelt Beeren hingen.

Sie hatte sich seit einem Vorfall im letzten Herbst nicht mehr auf diesen Pfad gewagt. An einem Nachmittag voller honigfarbenem Licht hatte sie einen Spaziergang über den Landsitz gemacht. Da sie wußte, daß David an diesem Tag nicht da war, schlug sie den Weg zu dem ehemaligen Kornspeicher ein, in dem seine Wohnung lag. Das Summen von Insekten hoch droben in den Bäumen zog sie vorwärts. Es war ein Geräusch, das sie möglicherweise auf ihrem Album verwenden konnte. Je weiter sie vordrang, desto lauter wurde das Summen und Surren um sie herum. Dann stieg ihr ein süßlicher Geruch in die Nase. Sie blieb stehen und wollte herausfinden, welche spätblühende Pflanze hier ihren leicht widerwärtigen Duft in die warme Nachmittagsluft verströmte. Unmittelbar neben ihr schwebten Insekten über der freiliegenden Wurzel eines Baumes. Ein Fliegenpaar landete mit wütendem Gesumme auf ihrem Schuh. Sie zuckte mit dem Fuß und trat versehentlich gegen das, woran sie sich gütlich getan hatten. Zunächst hielt sie es für ein Stück morsches, ausgebleichtes Holz. Dann verpestete ein süßlicher, ekelerregender Gestank die Luft, eine Mischung aus verdorbenem Fleisch und überreifem Obst. Auf dem Laubhaufen zu ihren Füßen lag etwas, das wie ein vertrockneter Phallus aussah. Es war eine Stinkmorchel, deren übelriechendes, schleimiges Fleisch die Fliegen ausgehöhlt und zernagt hatten. Dann traf Becca der Gestank erst richtig, und sie machte sich, mit Übelkeit kämpfend, auf den Rückweg.

Doch nun hatte der Schnee die Landschaft neu geformt, sie befand sich in einer Welt des reinsten Weiß, und die Luft war schneidend kalt und klar. Es half ihr, die Erinnerung an den grotesken Pilz und seinen widerwärtigen Geruch abzuschütteln.

Hinter den Stechpalmen schwankten die kahlen Äste von Linden und Buchen mit ihrer weißen Kruste im eisigen Wind. Becca zitterte, sie war es nicht gewöhnt, im Freien zu sein. Molly hatte ihren freien Tag, das hieß, sie und David waren die einzigen Menschen auf diesem windgepeitschten Berghang. Als sie um eine Kurve bog, flogen drei große Vögel auf, die im Schnee gepickt hatten, und suchten flügelschlagend Zuflucht in den Bäumen. Dann sah sie das Blut.

Leuchtende Spritzer davon tränkten den Schnee. Angst griff wie ein Schraubstock nach Becca. Die Vögel mußten ... Ihr wurde schlecht bei dem Gedanken. Als sie langsam zu der von Blut befleckten Stelle vorrückte, fiel ihr auf, daß keine menschlichen Fußspuren zu sehen waren. Aber überall waren die Abdrücke der vierzehigen Vogelfüße. In der Mitte eines Flecks entdeckte sie etwas, das wie ein gelber Kiesel aussah – der Stein einer Beere. Die Vögel hatten die Beeren der Stechpalmen gegessen, und die hatten ihre Exkremente rot gefärbt!

Beunruhigt von diesem neuerlichen seltsamen Vorzeichen, näherte sie sich dem Getreidespeicher, einem zylindrischen Steinbau aus dem achtzehnten Jahrhundert. Er hatte sieben Stockwerke oder Ebenen; man erreichte sie über eine Treppe, die sich wie ein Korkenzieher außen um das Gebäude wand. Sie hatte es renovieren lassen und die ersten beiden Ebenen zu einer Wohnung für David ausgebaut. Durch den Schnee ringsum wirkten die Steine noch schwärzer als sonst und trugen zu der düsteren und bedrohlichen Atmosphäre des Ortes bei. Becca stieg eine Treppe hinauf und klopfte zaghaft an die Eichentür. Nach etwa einer Minute hörte sie, wie der Riegel zurückgeschoben wurde. David öffnete die Tür und stand in einem roten Talar vor ihr, ein Zorn so eisig wie der Morgen prägte sein unrasiertes Gesicht.

»Ist alles in Ordnung, David? Es tut mir leid wegen letzter Nacht, ich –«

»Was tust du hier? Wie kannst du es wagen, in meine Privatsphäre einzudringen!« fauchte er sie an.

»Ich habe mir Sorgen gemacht ... Ich dachte, du seist ... verletzt. Daß vielleicht das Schwert ...« Sie zog die antike Waffe unter dem Umhang hervor.

Er riß es ihr aus der Hand. »Du darfst nie davon sprechen, weder jetzt noch später. Und du mußt ... du mußt dich selbst durch Gebet und Fasten züchtigen, wie ich es dir beigebracht habe ... In uns beiden ist ein Übermaß an Blut.«

Er drehte sich abrupt um und schlug die Tür zu.

Verängstigt und gedemütigt kroch sie zurück zum Haus. Im Badezimmer erbrach sie heftig, und dann lag sie die nächsten Stunden auf ihrem Bett und grübelte darüber nach, wie ihre Gefühle immer mehr von Davids Launen abhingen. Im jetzigen Zustand fühlte sie sich der CD-Präsentation nicht gewachsen. Sie würde George Masterson anrufen und ihr Erscheinen absagen. Vielleicht verschob sie sogar ihren Flug nach Los Angeles.

Aber am Nachmittag kam David zum Haus und flößte ihr, ohne die Ereignisse des Morgens oder der Nacht zu erwähnen, neue Zuversicht ein.

Nun, als sie im Flugzeug wieder in den Schlaf sank, stieg eine Flut von Bildern und Worten mit wachtraumhafter Klarheit in ihr auf. Salome, deren sinnliches Gesicht sich in die versteinerten Züge der Belle Dame verwandelt hatte, sprach zu ihr:

Die Lilie auf deiner Stirn
Seh ich von Fiebern feucht und fahl,
Und rasch auf deiner Wange welkt
Das Rosenmal.

Salome hob den Kopf Johannes' des Täufers von einem Silberteller und küßte die blutbefleckten Lippen, während drei Vögel Blutstropfen aufpickten, die in den Schnee spritzten. Die Ritter und Adligen mit ihren Leichengesichtern versammelten sich um sie und streckten die Hände nach dem tropfenden Ding aus. Becca spürte, wie eine eisige Hand nach ihr griff.

Die Stewardeß hatte sie an der Schulter berührt. »Sie zittern ja. Darf ich Ihnen eine Decke bringen?«

»Wie ...? Oh, nein danke, es geht schon.«

Eine weitere Inschrift auf dem Fenster kam ihr in den Sinn.

Und Mund um Mund verging vor Gier
Und klaffte warnend, weit und bang –
Da fuhr ich auf und fand mich hier
Auf dem kalten Hang.

Sie schloß wieder die Augen, elftausend Meter über der Nachtseite der Erde.

III

Der Turm

— 48 —

Im Dämmerlicht erstreckten sich purpurne Wolkenstreifen in parallelen Bändern über den zartrosa Himmel. Sie sahen aus wie in die Länge gezogene Cinemascope-Bilder. Während der Nacht hatte es geregnet, und die Straße glitzerte wie ein blaues Satinband, als Lavelle über Nebenstraßen nach Kilbride fuhr.

Die Gerüche und die Berührung von Janes Körper hafteten noch an ihm, er schmeckte und spürte noch ihre Lippen. Aber alle Erinnerungen an ihren Liebesakt wurden überstrahlt von einem Gefühl der Hochstimmung, der Freude sogar.

Was zwischen ihm und Jane vorgefallen war, hatte tiefreichende Auswirkungen, und er wußte nicht genau, wie er diese mit seiner Berufung in Einklang bringen konnte. Hatte er damals bei Paula viel Gewissenserforschung betrieben? Nicht daß er sich erinnern konnte. Vielleicht, weil sich ihre Beziehung entwickelt hatte, ohne daß er es recht bemerkte. Was war also diesmal anders? Die Chemie, die vom ersten Tag an zwischen ihm und Jane gestimmt hatte? Das Band, das ihre gemeinsame Erfahrung schuf? Er war sich sicher, daß er Paula geliebt hatte, aber auf andere Weise.

Er kam an eine Kreuzung und wartete auf eine Lücke in der morgendlichen Fahrzeugschlange, die Kilbride verließ. Pendler auf dem Weg nach Dublin. Ehemänner und -frauen. Eltern. Angestellte, Fabrikarbeiter, Verkäufer, die alle ihren Beschäftigungen nachgingen. Das richtige Leben.

Er bog auf die Hauptstraße, seine gehobene Stimmung war inzwischen ein wenig verflogen. Immerhin war er mit Leib und Seele Priester, oder etwa nicht? Katholischer Priester. Und Jane war Protestantin. Ihre Anschauungen und Werte waren über Generationen geprägt worden. Eine Kombination, die nicht gutgehen konnte, ein sicheres Rezept für Unglück, fast schon klischeehaft zum Scheitern verurteilt. Was hatte er sich eigentlich dabei gedacht?

Als er in Kilbride ankam, hob sich der Steilturm von St. Brigid als Silhouette vor einem mittlerweile golden und zinnoberrot glühenden Sonnenaufgang ab. Er hatte verschlafen und war in aller Eile von Jane aufgebrochen. Jetzt blieben ihm nur zwanzig Minuten, um zu duschen und vielleicht noch eine Tasse Kaffee zu erwischen, bevor er zur Acht-Uhr-Messe in die Kirche mußte.

Als er in der Einfahrt aus seinem Wagen stieg, bemerkte er, daß alle Vorhänge auf der Straßenseite des Hauses zugezogen waren. Er konnte sich nicht erinnern, daß er sie zugezogen hatte, es war später Nachmittag gewesen, als er wegging. Er ging zur Hintertür und fand sie offen. Charlie mal wieder, dachte er; wahrscheinlich schlief er oben. Dann sah er einige Hemden verstreut im Garten liegen. Er hatte sie zum Trocknen an die Wäscheleine gehängt – von der war allerdings nichts zu sehen. War es so windig gewesen?

In der Küche herrschte noch dieselbe Unordnung, die er zurückgelassen hatte, nur ein Unterteller, der vor Zigarettenkippen überquoll, schien nicht dazuzugehören. Und Charlie rauchte nicht. Er ging weiter in sein Arbeitszimmer. Die Vorhänge waren zu, ansonsten alles wie immer.

Außer – da war etwas auf dem Schreibtisch.

Er schaltete das Licht an. Von einer Ecke zur anderen war ein X in die polierte Holzoberfläche geritzt.

Und ein Wort, entlang eines Arms des X: *Satansbrut.*

»Bonner!«

»Richtig, Pfaffe.«

Lavelle fuhr herum und sah Bonner mit einem Teppichmesser in der Hand im Türrahmen stehen. Als er näher kam, wich Lavelle hinter den Schreibtisch zurück und griff rasch nach dem Telefon, stieß jedoch in der Aufregung den Hörer von der Gabel, so daß er in der Luft baumelte. Bonner war plötzlich neben ihm und hielt ihm das Messer an den Hals. Schon floß Blut aus einem ersten Kratzer.

»Du bist geliefert, Mann. Ich bin hier, um dir die Sterbesakramente zu spenden, falls du weißt, was ich meine.« Seine Augen waren wild und blutunterlaufen. Er mußte auf irgendeiner Droge sein. »Und es gibt kein Entkommen vor Wayno. Oder Wayne, für dich.«

»Hören Sie, Wayne«, sagte Lavelle leise, »warum gehen wir nicht in die Küche und klären die Sache in aller Ruhe. Ich muß wissen, warum Sie hier sind.«

»Du mußt überhaupt nichts wissen, Pfaffe. Jetzt setz dich hin.« Er drückte ihn in den Sessel, holte ein Stück Nylonschnur aus seiner Tasche und warf es auf den Schreibtisch.

Es waren immer noch ein paar Wäscheklammern dran. Solche lächerlichen Details gingen Lavelle durch den Kopf. Oder die Beobachtung, daß Bonners Sprache verkommen war. Er wußte, er konzentrierte sich nicht genügend darauf, wie gefährlich die Situation war. Dann befahl ihm Bonner, eine Schlinge zu nehmen, die er gemacht hatte, und sie über sein linkes Handgelenk und die Sessellehne zu streifen. Sobald Lavelle das getan hatte, zog Bonner die Leine fest, dann führte er sie hinter seinem Gefangenen herum und schlang sie ihm um den Hals. Er befahl Lavelle, die rechte Hand auf die andere Stuhllehne zu legen, und während der zu gehorchen schien, wechselte er das Messer in die andere Hand und beugte sich vor, um den Arm des Priesters festzubinden. In diesem Moment stemmte Lavelle mit aller Kraft die Füße in den Boden und schwenkte den Stuhl mit seiner gefesselten Hand herum, dann packte er ihn mit der freien Hand und rammte ihn gegen Bonner. Doch das Gewicht des Sessels zog ihn mit sich, und er fiel gegen Bonner, der mit den Armen ruderte, um das Gleichgewicht zu halten. Die Klinge drang tief zwischen Lavelles Rippen. Er stöhnte auf, und als Bonner das Messer herauszog, stürzte er vornüber zu Boden.

»Augen auf, Hochwürden. Los, machen Sie die Augen auf.«

Eine freundliche Stimme, oder? Aber irgendwer riß seinen Kopf an den Haaren nach hinten. Und was war das für ein Geruch? Ja, er konnte die Augen öffnen.

Er blickte in Wayne Bonners Gesicht und roch seinen Tabakatem. Dann spürte er den Schmerz. Er begann als Empfindung von Schnitten in der Haut, verlagerte sich dann aber nach innen und wuchs zu einer Qual an, die ihn stöhnen ließ. Er war an den Stuhl gefesselt, und dieser war zwischen Schreibtisch und Aktenschrank gezwängt. Er zitterte vor Kälte, sein Hemd war aufgeschlitzt. Er sah die Wunde, auf einer Seite lief ein schmales Rinnsal Blut heraus.

Sein Kopf sank wieder schlaff nach vorn, als Bonner losließ und sich auf die Schreibtischkante setzte.

»Ich wollte, daß du das siehst, bevor du abkratzt«, sagte Bonner.

Lavelle überlegte, ob die Klinge in seine Lunge eingedrungen war, denn er keuchte und hatte Mühe beim Atmen. Wahrscheinlich füllte sie sich langsam mit Blut.

»Aber erst – du wolltest reden? Gut, aber ich rede. Ich zahle dir hiermit heim, was du James Turner angetan hast. Du hast Dempsey dazu angestiftet, daß er den Briten erzählt, Turner hätte mit dem Mord an dem Mädchen zu tun. Einer Polizei, die von Arabern und Pakistani durchsetzt ist. Das war der Vorwand, nach dem sie gesucht haben, um James zu kriegen. Also gaben sie einem islamischen Killerkommando einen Tip. Und das alles, weil du die Vorstellung nicht ertragen hast, daß hier ein Mann ist, der die Wahrheit kennt und die Arbeit tut, die du und deine verkommene Kirche aufgegeben habt, weil ihr an nichts mehr glaubt.«

Lavelle hatte das Bedürfnis zu husten, konnte aber nicht genügend Luft für eine Kontraktion seiner Lungen aufbieten. Blut begann in seine Kehle zu laufen. Es schmeckte salzig und nach Eisen. Er war im Begriff, ohnmächtig zu werden. Eine Sekunde lang glaubte er Charlie Plunkett in der Tür zu sehen. Aber das war ein Irrtum. Er verlor langsam das Bewußtsein.

Als er wieder zu sich kam, stand Bonner mit dem Messer über ihm.

»Das muß jetzt sein, sonst hast du nichts von dem Spaß.«

Bonner hieb mit der Klinge zweimal diagonal über Lavelles Brust, oberflächliche Schnitte nur, die ihn dennoch aufstöhnen ließen. Dann sagte er: »Kennst du das Lied ›The First Cut is the Deepest‹? Das stimmt nicht. Ich habe nur den Umriß angezeichnet. Damit ich sehe, was ich tue. Und jetzt zur eigentlichen Tat.«

Lavelle bildete sich nun ein, Charlies Sohn Pete mit einem hoch über den Kopf erhobenen Spaten hinter Bonner treten zu sehen. Und er glaubte mit Bestimmtheit zu sehen, wie Bonners Kopf herumschwenkte und dann auf ihn zukam, wobei allerdings das halbe Gesicht fehlte und ein Auge auf die Wange hing und wie ein kugelförmiger Bungeespringer auf und ab schnellte.

Dann wurde es schwarz um ihn.

— 49 —

Jane hatte ihn geneckt, weil sie am Freitag freihatte und im Bett bleiben konnte. Das Radioteam wollte statt dessen am Samstag an den letzten Vorbereitungen für ihre Sendungen aus Verona arbeiten. Lavelle mußte die Frühmesse in Kilbride halten, und dann hatte er vormittags und nachmittags Unterricht im Mädchencollege. Sie wollte natürlich, daß er blieb. Sich krank meldete. Lyons bat, ihn zu vertreten. Aber er wollte Lyons nichts schuldig sein, da seine Beziehung zu ihm ein wenig angespannt war.

Und ob er denn nicht irgendein Tabu brechen würde, wenn er die Kommunion spendete, nachdem er bei ihr gewesen war, hatte sie gegurrt, um dann kokett zuzugeben, daß ihr jedes Mittel recht sei, wenn sie ihn zum Bleiben bewegen konnte. Er lachte und sagte, zum Glück lebten sie nicht mehr in den Zeiten des Céli Dé, als man einem Priester in seiner Lage nie wieder erlaubt hätte, eine Messe zu lesen. In den Augen der Kirche hingegen sei das Sakrament an sich wirksam, ungeachtet des Zustands dessen, der es erteilte. Er versprach anzurufen, sobald er konnte. Auf jeden Fall vor Mittag.

Sie hatten sich sanft und auch wild geliebt, manchmal hatten seine Hände die Landschaft ihres Körpers voller Neugier erkundet, als befände er sich auf einer wissenschaftlichen Expedition, dann wieder so zärtlich, als würde jede heftige Berührung einen Stromschlag auslösen. Bald hatte er nur die Hände über ihre runden Brüste gewölbt, dann wieder seine Zunge um ihre Brustwarzen kreisen lassen, während seine Finger durch ihre feuchten, anschwellenden Falten glitten, als müßte er jede Erhebung und jede Senke ihres Körpers erforschen. Und als sie ihn in sich aufnehmen wollte, zögerte er und öffnete sie erst zur Gänze, als würde er sich darauf vorbereiten, einen heiligen Ort zu betreten, ihren Hunger nach ihm auf diese Weise steigernd. Und als er in sie eindrang, war es, als wären sie seit undenklichen Zeiten füreinander geformt gewesen, und als sie gekommen waren, hatte sie ihn von Kopf bis Fuß mit Küssen bedeckt.

Sie griff nach zwei Kissen, drückte sie an sich und lächelte bei der köstlichen Erinnerung. Die Kissen rochen noch nach ihm, und sie vergrub ihr Gesicht darin. Sie hatte ihn beobachtet, als er schlafend neben ihr lag, hatte über seinen Bart gestrichen und war durch sein Haar gefahren, und sie hatte ihn sanft auf die Wange geküßt, bevor sie sich an ihn schmiegte, als der Schlaf auf sie herabsank.

Sie langte nach der Zudecke und schloß sie in ihre Umarmung mit ein. Von draußen hörte sie den Chor der Morgendämmerung, die Vögel sangen aus voller Kehle, als wollten sie den Frühling drängen, endlich den Griff des Winters zu lösen. Zwischen den barocken Liedern von Amsel und Drossel zwitscherten die Spatzen mit ihren schlichteren Stimmen, aber gelegentlich bot einer einen Pfeifton auf, der sich wie ein Bogenstrahl silbriger Flüssigkeit in die Luft ergoß. Sie schlief wieder ein.

Es war schon Mittag vorbei, als sie aufwachte und sich wunderte, warum Lavelle nicht angerufen hatte. Sie mußte einige Telefonate machen, wollte aber den Zauber nicht brechen. Bestimmt hatte er viel zu tun. Dann begann ein Gedanke an ihr zu nagen. Sie hatten kein Kondom benutzt. Jane hatte gesagt, sie würde die Pille nehmen – sie log ziemlich oft in letzter Zeit. Sie würde sich auf den Weg machen und eine »Pille danach« besorgen müssen. Wie lange konnte sie damit warten? Waren es zweiundsiebzig Stunden? Sechsunddreißig? Sie wußte es nicht mehr.

Jane wälzte sich noch eine Stunde im Bett hin und her, dann stand sie auf. Noch immer kein Wort von ihm. Insgeheim hatte sie gehofft, er würde nicht nur anrufen, sondern bei ihr vorbeikommen. Er hatte mittags länger als eine Stunde frei und war nur zehn Minuten Fahrzeit entfernt. Aber weder das eine noch das andere geschah. Na, sie würde jedenfalls nicht schmachtend auf ihn warten.

Sie zog einen Bademantel an und ging in die Küche, um etwas zu essen. Eine Schüssel Cornflakes war alles, was sie hinunterbrachte. Sie hatte vorgehabt, Debbie anzurufen, sich für das Fax zu bedanken und eine Verabredung nach ihrer Rückkehr aus Verona zu treffen, aber sie war jetzt nicht in der Stimmung dazu. Die anderen Anrufe waren unwichtig und konnten warten.

Sie beschloß, das Erdgeschoß sauberzumachen, und während sie arbeitete, hob sie zweimal den Telefonhörer auf, einmal, um zu überprüfen, ob es funktionierte, und einmal, weil sie kurz davor war, ihn anzurufen. Dann ging sie wieder nach oben und duschte. Auf dem Wecker neben dem Bett war es nach drei Uhr.

Wie konnte er ihr versprechen, er würde anrufen, und es dann nicht halten! Sie fing an, das Bett zu machen. Bedeutete sie ihm so wenig? Wütend warf sie ein Kissen gegen das Telefon auf der Kommode, so daß der Hörer von der Gabel fiel. Wenn er sich nun erklären wollte, würde er es persönlich tun müssen.

Den restlichen Nachmittag und Abend saß sie in ihrem Bademantel vor dem Fernseher. Draußen wurde es dunkel, und jedesmal, wenn sich Autoscheinwerfer dem Haus zu nähern schienen, lief sie ans Fenster und schaute hinaus. Schließlich zog sie die Vorhänge zu.

Nachdem sie ein paar Tortillachips gegessen hatte, holte sie eine große Flasche Coca-Cola aus dem Kühlschrank in der Küche. Dabei entdeckte sie die Brandyflasche, die hinter dem Vorhang auf dem Fensterbrett stand. Die hatte sie beim Saubermachen übersehen. Sie hatte den Deckel des Abfalleimers schon angehoben, um sie wegzuwerfen, aber statt dessen füllte sie ein halbes Glas und mischte es mit dem Cola. Dann warf sie sich aufs Sofa und brütete vor sich hin.

Wo zunächst nur Enttäuschung gewesen war, verdüsterten nun erste Zweifel ihre Gefühle für Liam Lavelle. Und wo Zorn gewesen war, flüsterte ihr nun die Angst unerfreuliche Dinge über ihn ein. Bestenfalls war er herzlos, gleichgültig. Und schlimmstenfalls war er ein sexueller Wüstling mit einer von Religion und erzwungener Ehelosigkeit versauten Persönlichkeit.

Sie goß sich noch mehr Brandy ein und gab einen Spritzer Coke dazu. Sie dachte daran, was sie über abweichendes Verhalten in ihren Psychiatriebüchern gelesen hatte. Gräßliche Fallbeschreibungen stiegen in ihr auf, je mehr der Alkohol ihre Phantasie anregte. Was genau war wohl zwischen Lavelle und dieser Frau in den Staaten passiert?

Nach einem weiteren Drink begannen sich ihre Gedanken im Kreis zu drehen und wurden zunehmend unzusammenhängend. Er hatte mit großem Gefühl von Paula gesprochen, aber war das echt oder nur gut gespielt gewesen? Warum mochte Taaffe ihn nicht? Welche Faszination hatte ein mitleidloser Christus für ihn? Warum war er so von Blut und weiblicher Sexualität besessen? Wie war Paula Ryman wirklich gestorben?

Dann begann die Benommenheit einzusetzen, und nicht einmal eine Stunde nach ihrem ersten Brandy schwankte Jane nach oben in ihr Bett und schlief ein.

Am nächsten Morgen um neun Uhr duschte sie, zog sich an und fuhr ins Dorf hinunter. Sie fühlte sich benebelt. Mußte sie sich die Pille danach von einem Arzt verschreiben lassen? Sie wußte es nicht. Sie würde in einem Café am Ort frühstücken und darüber nachdenken. Erst holte sie sich aus einem Zeitungsladen noch die *Irish Times*, dann ging sie ein paar Türen weiter in das Café. Sie setzte sich an einen Tisch und schlug die Zeitung auf. Rechts vom Aufmacher, einem Bericht über den Israelbesuch des amerikanischen Präsidenten im Vorfeld der Friedenskonferenz, sah sie die Schlagzeile:

OPFER DES MESSERSTECHERS WAR BERATER DER POLIZEI

Pfarrer Liam Lavelle, der gestern bei einer Messerattacke in Kilbride verletzt wurde, soll die Polizei über mögliche Aspekte des Ritualmords in dem Dorf zu Beginn des Monats beraten haben. Pfarrer Lavelle ist informeller Berater der Erzdiözese in Sektenfragen. Ein Sprecher des St. Vincent's Hospital bezeichnete seinen Zustand gestern als ernst. Inzwischen geht die Polizei davon aus, daß der Mord an Kara McVey (29) in Zusammenhang mit der Tötung der 20jährigen Sarah Glennon steht, deren Leiche Anfang des Monats in der Pfarrkirche von Kilbride entdeckt wurde. Der Messerangriff auf Pfarrer Lavelle könnte von einer Person ausgeführt worden sein, die Kontakte mit einer Gruppe namens Der Zehnte Kreuzzug hat. Die Polizei bestreitet, daß der Angriff und möglicherweise auch die kürzlichen Morde mit einer internen Fehde in der Organisation zu tun haben. Der mutmaßliche Angreifer des Priesters wurde durch das beherzte Eingreifen von Gemeindemitgliedern, die Zeugen des Angriffs im Haus des Pfarrers wurden, selbst erheblich verletzt. Der Täter, Wayne Bonner (26), ist der Garda nicht unbekannt. Er soll schwere Kopfverletzungen erlitten haben und wurde ins St. James Hospital gebracht. Sein Zustand wurde gestern abend als kritisch bezeichnet.

Jane stürzte aus dem Café und rannte zu ihrem Auto, das sie an der Hauptstraße geparkt hatte. Sie wendete, ohne auf das Hupen der anderen Fahrer zu achten, und raste in Richtung Dublin.

— 50 —

Detective Dempsey saß mutlos und allein in der Einsatzzentrale in Lucan. Er hatte gerade eine der schwersten Demütigungen in seiner ganzen Laufbahn erlitten.

Sein Vorgesetzter, Chief Superintendent Bill McDonagh hatte eine Versammlung aller mit dem Fall befaßten Beamten einberufen. Außer einer erweiterten Mannschaft der Polizei, die inzwischen an der Morduntersuchung arbeitete, nahmen daran auch drei Detectives teil, mit denen McDonagh das Team verstärkt hatte. Der Superintendent hatte vor, selbst stärker in die Ermittlungen einzugreifen, und hatte Dempsey nach dem Angriff auf Lavelle am Vortag befohlen, Tom Dixon, einen bekannten Antisekten-Aktivisten der Irisch-Christlichen Mission zu Rate zu ziehen. An diesem Punkt spürte Dempsey zum erstenmal, daß ihm die Untersuchung zu entgleiten drohte. Und die gerade zu Ende gegangene Besprechung hatte seine Befürchtungen bestätigt.

Taaffe hatte an der Zusammenkunft nicht teilgenommen. Er war in Kilbride, um die routinemäßige Suche rund um Lavelles Haus zum Abschluß zu bringen, die seit dem Zwischenfall lief, und Dempsey wartete bereits auf seine Rückkehr. Er zündete sich eine weitere Zigarette aus der Packung auf dem Tisch an und nahm einen langen Zug. Dann blätterte er eine neue Seite in seinem Notizbuch auf und griff zu einem Kugelschreiber. Doch mit einem Seufzer legte er ihn wieder weg, stützte den Kopf in die Hände und starrte hinaus auf den Dorfplatz von Lucan.

Dempsey hatte schon vor Beginn der Besprechung kein gutes Gefühl gehabt. McDonagh war in voller Uniform erschienen, da er wußte, daß Fotografen und Fernsehkameras anwesend sein würden. Die Aufstockung der Zahl von Detectives und Polizisten führte die Medien auf die Spur einer größeren Geschichte, eines Pfusches der Polizei vielleicht. Und irgendwer hatte das Gerücht über eine interne Fehde gestreut. Vor dem Revier hatte McDonagh einige optimistische, wenngleich vage Statements über den Fortgang der Untersuchung abgegeben. Das alles trug zu Dempseys wachsendem Eindruck bei, daß man ihn an den Rand drängte.

Nur wenige Minuten nach Beginn der Besprechung hatten mehrere hochrangige Beamte der Garda bereits negative Ansichten über die Bearbeitung des Falls geäußert. Die einhellige Meinung am Tisch war, daß O'Loughlin einer der Hauptverdächtigen sei und daß nicht energisch genug in diese Richtung ermittelt werde. Dempsey entgegnete, es gebe immer die Tendenz, sich an das Bekannte und Greifbare zu halten. Eine Spatz-in-der-Hand-Mentalität, die vollkommen verständlich sei. Doch nach den Aussagen des Künstlers, den er auch selbst mehrmals vernommen habe, sei er von O'Loughlins Schuld nicht sehr überzeugt. Mit dieser Ansicht stand er jedoch allein da.

Dann erklärte Dempsey, daß Mathers bisher nicht aufzustöbern gewesen sei, man habe aber die Polizei in Großbritannien und den Vereinigten Staaten alarmiert, für den Fall, daß er sich in einem dieser Länder verstecke. Roberts' Existenz sei zweifelsfrei belegt. Er war in den achtziger Jahren ins Studentenverzeichnis von Clonliffe eingetragen und hatte 1990 einen Paß beantragt, seither jedoch nicht mehr. Roberts hatte Clonliffe bei der Beantragung des Passes als Wohnsitz angegeben. Seine Geburtsurkunde besagte, daß er im National Maternity Hospital in Dublin zur Welt gekommen war. Vater unbekannt.

Anschließend zitierte Dempsey Tom Dixon mit der Aussage, die Hüter des Siebten Siegels hätten keine Mitglieder in Irland. Dennoch würden Taaffe und er in Erwägung ziehen, Becca de Lacy zu vernehmen, die soeben aus den Vereinigten Staaten zurückgekehrt sei. An diesem Punkt spürte Dempsey, wie sein Ansehen den Bach runterging. Nicht ohne abfällige Äußerungen kamen die übrigen anwesenden Detectives zu dem Schluß, die Verbindung zu Becca de Lacy sei wahrscheinlich ein Reklametrick, der auf leichtgläubige Fans abziele, eine Masche, um ihrer Musik den Anschein von Bedeutsamkeit und Geheimnis zu verleihen. Ein uniformierter Beamter wies darauf hin, daß man Heavy-Metal-Bands seit Jahren vorwarf, Teufelskult zu fördern und verschlüsselte Geheimbotschaften auf ihren Alben zu verbreiten. Es gab sogar Gelächter, als ein anderer Beamter einwarf, Beccas CD sei womöglich vom Arts Council mitfinanziert worden, um Lyrik wieder populär zu machen.

Dempsey versuchte einiges an Glaubwürdigkeit wiederzuerlangen, indem er rasch den Bogen zum Zehnten Kreuzzug schlug, der wegen Bonners Angriff auf Lavelle wieder im Rennen war. Bonner war früher als erwartet aus dem Gefängnis entlassen worden. Er war direkt nach Kilbride gefahren und hatte gewartet, bis Lavelle nach Hause kam. Soviel Dempsey aus dem Verletzten herausbekam, brachte Bonner den Priester mit dem Tod an seinem Mentor James Turner in Verbindung. Tom Dixon behauptete, die Mitgliederzahl des Zehnten Kreuzzugs in Irland sei klein, aber in Ländern mit größeren Einwanderungszahlen sei sie im Steigen begriffen. Er hatte Beispiele zitiert, wo rechtsgerichtete katholische Geistliche mit Bibelfundamentalisten gemeinsame Sache machten – Gruppen, die sich üblicherweise gegenseitig als »Verfluchte« oder »die Hure Babylon« bezeichneten. Worauf es ankam, war, daß diese Mischung von Gegensätzen naturgemäß instabil und Spaltungen unterworfen war. Und aus diesem Grund war Lavelle noch immer mit von der Partie.

»Das ist aber nicht der einzige Grund, warum Ihr Freund Lavelle eine so große Rolle spielt, wenn Sie mich fragen«, warf McDonagh an dieser Stelle ein und streute noch Salz in die Wunde, indem er das Wort »Freund« betonte. Der Chief Superintendent hatte seine Meinung bislang für sich behalten, während er der Debatte lauschte. Aber nun zog er Dempsey vollständig den Boden unter den Füßen weg.

»Ich habe sämtliche Berichte zu diesem Fall gelesen«, fuhr McDonagh fort, »ich habe gehört, was Sie alle zu sagen haben. Und nichts davon bringt mich von einer Vorgehensweise ab, zu der ich mich bereits heute morgen entschlossen habe. Ich werde das Drogendezernat einschalten.«

Es wurde still im Raum. Dempsey war verblüfft. Das Drogendezernat hatte in den letzten Jahren mit beträchtlichem Erfolg gegen Irlands Drogenbarone gekämpft, und viele ihrer Anstrengungen zielten auch darauf ab, internationalen Schmugglern das Handwerk zu legen, die an der langen Küstenlinie des Landes Drogenlieferungen für den europäischen Kontinent entgegennahmen. Aber McDonaghs Ankündigung verwunderte ausnahmslos alle Anwesenden.

»Wenn Sie die Akten sorgfältig lesen, werden Sie sehen, warum das die richtige Maßnahme ist.« Der Chief sah Dempsey an. »Vier der Namen in Ihrem Bericht haben eine gemeinsame Verbindung – illegale Betäubungsmittel. Bei Bonner ist es am offensichtlichsten, wenn man seine Vorstrafen betrachtet. Sie selbst haben eine mögliche Verbindung zwischen Mathers und der Verbreitung von Cannabis im Gebiet von Sligo festgestellt. Cannabis wurde auch in O'Loughlins Wohnung gefunden, zusammen mit einer kleinen Menge Kokain. Und noch ein weiterer Name hat eine erwiesene Verbindung zu einem großen Drogendealer – Liam Lavelle.«

Dempsey war sprachlos.

»Ich habe alle Namen mit unserer Datenbank von Drogenstraftätern abgleichen lassen. Letztes Jahr ist Sean O'Neill, ein bekannter Drogenhändler, nach Kilbride gezogen, und die Drogeneinheit hat ihn überwacht. Sie hatten einen Hinweis, daß es möglicherweise zu einer größeren Verschiebung von Drogen durch O'Neills Bande kommen würde, deshalb beobachteten sie, wer bei ihm ein- und ausging. Lavelle wurde als einer der Besucher identifiziert, zu einem Zeitpunkt, als O'Neill allein im Haus war. Er blieb«, McDonagh wühlte in seinen Unterlagen, »fast eine ganze Stunde.«

»Könnte es mit seiner seelsorgerischen Tätigkeit zu tun gehabt haben?« fragte Dempsey, womit er sofort lautes Gelächter am Tisch hervorrief.

»Ach ja?« witzelte jemand. »Hat er vielleicht O'Neill die Beichte abgenommen?«

»Dieser Besuch allein wäre noch nicht verdächtig«, erklärte McDonagh. »Aber zusammen mit Bonners Wunsch, Lavelle im Gefängnis zu treffen oder ihn vielmehr zur Rede zu stellen, mit seiner offenkundigen Feindschaft und dem nachfolgenden Angriff auf ihn drängt sich zweifellos die Frage auf, ob es eine Verbindung zwischen den beiden und O'Neill gab oder noch gibt. Und außerdem sind diese sogenannten Sekten eigentlich nur ein Vorwand für ein internationales Drogenkartell. Die US-Polizei hat uns bestätigt, daß ein früheres Mitglied einer dieser Gruppen kürzlich von einer Briefbombe getötet wurde. Eine Information, die uns Lavelle freundlicherweise zur Verfügung gestellt hat. Es war die Sorte Mord, die man eher mit Bandenkriegen assoziieren würde. Wir bitten die zuständigen Stellen in den Staaten, entsprechende Nachforschungen anzustellen.« Er klappte seinen Ordner mit selbstgefälliger Miene zu: Brillant, seine Analyse des Materials, nicht wahr? Das hätte eigentlich allen ins Auge springen müssen.

»Und was ist mit der bisherigen Ermittlung?« fragte einer der Detectives.

»Ach so, ja. Inspector Dempsey und Sergeant Taaffe können ihre Untersuchung der Morde an den beiden Frauen zunächst fortsetzen, unterstützt von anderen Beamten. Aber wenn es binnen einer Woche keinen Fortschritt gibt, werden wir die bisherige Vorgehensweise neu bewerten müssen. Bis dahin sollte die Drogeneinheit in der Lage sein, einen Bericht abzuliefern, auch wenn beide Teams durch Lavelles Gesundheitszustand aufgehalten werden dürften. Bevor er nicht vernehmungsfähig ist, können wir ihn offiziell nicht festnehmen. Das war's für den Augenblick.«

Dempsey drückte seine Zigarette aus und zündete sich sofort eine neue an. Dieser Fall schien ihm völlig aus der Hand zu gleiten. Einer der Schlüssel für seine erfolgreiche Karriere bei der Polizei war seine besondere Weltsicht gewesen; er betrachtete seine Umgebung als ein Dorf. Oder, wenn es um die Stadt ging, als mehrere, sich überschneidende Dörfer. Dies ging auf seine Kindheit und Jugend in einer Kleinstadt zurück, wo praktisch jeder jeden kannte oder zumindest jemanden, der einen darüber aufklären konnte, wer dieser oder jener war – eine endliche Kette von Beziehungen. Als er in Dublin zu arbeiten begann, stellte er fasziniert fest, daß die Großstadt kein Ameisenhügel mit anonymen Einzelwesen war, sondern ein Netzwerk kleinerer Gemeinschaften, die jeweils wie ein Dorf im größeren Ganzen funktionierten. Im Lauf der Zeit beobachtete er zwar, wie dieser Gemeinschaftssinn durch Wohnsiedlungen am Stadtrand aufgesplittert wurde, aber er entdeckte auch, daß die Menschen immer noch funktionierten, als wären sie untereinander verbunden, auch wenn ihr Arbeitsplatz, ihre Freunde und die Orte, an denen sie einkauften, geographisch weit auseinander lagen. Wenn man die Aktivitäten eines durchschnittlichen Bürgers über einen kurzen Zeitraum auflistete, sah man, daß er eine Umgebung bewohnte, die in ihren Ausmaßen etwa einem Dorf entsprach, wenn auch aus getrennten Teilgebieten zusammengesetzt. War es zu einem Verbrechen gekommen, behielt man eine Karte der entsprechende Größe im Kopf, nicht eine der ganzen Stadt, des Landes oder des Planeten. Und in diesem Netzwerk von Menschen fand man normalerweise seinen Täter.

Aber Dempsey war klar, daß diese Methode in den letzten Jahren auf die Probe gestellt wurde; schuld daran war eine großstädtische Gewalt, die zunehmend wahllos ausbrach, oft begünstigt durch Drogen und Alkohol. Es hätte ihn nicht überrascht, wenn O'Loughlin tatsächlich in einem Dubliner Hotel von einem wildfremden Menschen angegriffen worden wäre, wie er behauptete. Im vorliegenden Fall sagte ihm sein Instinkt, daß die eine sichere Karte die Beziehung zwischen Roberts und Lavelle war – eine frühere Bekanntschaft, ein Motiv für Rachegelüste, der Weg dazu eine Art religiöse Vendetta. Das war das Gebiet, das Dempsey am liebsten angesteuert hätte. Aber die Zeiten hatten sich geändert. Er war sich seiner Sache nicht mehr sicher. Er rieb eine Stelle auf seinem Kopf, die früher einmal Haare getragen hatte. Die Befriedigung, die er einst daraus bezogen hatte, den Haaransatz zu kratzen, war lediglich noch eine sinnlose Gewohnheit. Und vielleicht war sein methodisches Vorgehen auch nichts anderes.

Wenig begeistert nahm er den Kugelschreiber wieder zur Hand und begann einen Eintrag in sein Notizbuch:

1. O'Loughlin – Interesse an Okkultem/anatomischen Proben, Drogenkonsument
2. Mathers – hat mit okkulten Dingen zu tun, eventuell Drogen
3. Roberts – hängt mit Mathers und Lavelle zusammen
4. Bonner – Vorstrafen wegen Drogen, Verbindung zu Lavelle

5. O'Neill – Drogenhändler, Verbindung zu Lavelle
6. Hüter d. 7. Siegels – ermorden Rawlings, warum will Lavelle, daß wir es erfahren?
7. Zehnter Kreuzzug – ermorden Turner, warum will Lavelle, daß wir wegschauen?
8. Lavelle – siehe 1–7

Er sah, wie alles zusammenhing. Ein Drogenring, offenbar mit so vielen Tentakeln wie ein Tintenfisch. Und waren deshalb letzten Endes zwei Frauen und zwei Männer ermordet worden – wegen Drogen?

Taaffe und er würden sich nun darauf konzentrieren müssen, Mathers zu finden und überzeugendes Beweismaterial gegen O'Loughlin zusammenzutragen. Ansonsten blieb ihnen nur, zu warten, bis Lavelle soweit genesen war, daß sie ihn verhaften konnten. Aber aus welchen Gründen? Er wollte der Drogeneinheit voraus sein. Er brauchte nur etwas Greifbares, um weitermachen zu können. Etwas, das wie bei dem Spiel namens Flaschendrehen am Ende auf den Missetäter zeigte.

Und genau dieses Etwas legte Sergeant Taaffe eine Minute später vor Dempsey auf den Tisch.

— 51 —

Lavelle sah aus den Augenwinkeln Jane im Eingang zu seinem Zimmer stehen. Sie hatte die Tür halb aufgemacht, unsicher, ob sie eintreten sollte. Er klopfte der dunkelhaarigen Frau, die seine Kissen aufschüttelte, auf die Schulter, und sie drehte sich um.

»Hallo«, sagte sie zu Jane. »Kommen Sie rein, er beißt nicht. Er könnte es sowieso nicht in diesem Zustand.«

Lavelle lag in einer leicht aufgerichteten Position, aus seiner Seite lief ein Plastikschlauch, der irgendwo unter dem Bett verschwand. Ein zweiter Schlauch kam aus seiner Nase, und seine Brust war mit Verbänden umwickelt.

Jane näherte sich langsam dem Bett.

Die Frau begrüßte sie per Handschlag.

»Hallo, ich bin Mary, Liams Schwester.«

Lavelle sah, daß Jane erleichtert war.

»Hallo, Mary. Jane Wade, eine Freundin von Liam. Wie geht es ihm?«

»Schon ganz gut. Den Umständen entsprechend.«

Lavelle knurrte etwas. Es irritierte ihn, daß man so über ihn sprach.

»Ich überlasse Liam jetzt Ihnen. Ich wollte sowieso gerade gehen.« Mary beugte sich vor und gab ihrem Bruder zum Abschied einen Kuß auf die Stirn.

»Auf Wiedersehen, Jane. War nett, Sie kennenzulernen.«

»Sie ebenfalls, Mary.«

»Kommen Sie doch mal im Pub vorbei«, sagte Mary, als sie schon in der Tür war.

»Im Pub?«

»Hat Ihnen Liam das nie erzählt? Mein Mann und ich haben ein Pub draußen in Portmarnock, das Silver Dolphin. Sie sind uns jederzeit herzlich willkommen.«

»Danke, Mary, ich komme gern. Bis dann.«

Jane setzte sich in einen Stuhl und sah Lavelle an. Er ließ eine Hand unter der Bettdecke hervorgleiten. Sie faßte sie mit beiden Händen.

»Was ist denn passiert, Liam? Es tut mir leid, daß ich nicht früher da war. Ich dachte ... ich bin manchmal so dumm. Ich will nur, daß es dir bessergeht. Mehr als alles andere auf der Welt.« Sie spürte, wie er ihre Hand drückte.

»Was soll das werden – eine Totenrede?« flüsterte er rauh. »Ich bin okay. Und jetzt, da ich dich sehe, geht es mir gleich noch besser.« Er drückte wieder ihre Hand.

»Was ist passiert?«

»Das war Bonner. Er glaubt, ich bin für Turners Tod verantwortlich. Wie geht es ihm, weißt du das? Niemand sagt mir etwas.« Seine Stimme schwankte beim Atemholen.

»Sprich nicht. Ich will dir nur sagen, daß du mir viel bedeutest und daß ich Angst hatte, du könntest mir genommen werden. Das klingt egoistisch, aber solche Sachen passieren ständig ...«

Nun erstickte ihre eigene Stimme in Tränen, und als sie seine Hand küßte, hatte sie einen salzigen Geschmack im Mund. Lavelle sah, wie sie erschauerte, doch dann spürte er eine Veränderung. Sie begann zu lachen. Sie hob den Kopf, Tränen vergrößerten ihre grünen Augen, als sie ihn anlächelte. »Weißt du, daß ich dich bereits mehr oder weniger als pervers abgestempelt hatte?«

Er versuchte zu grinsen, aber es wurde mehr eine Grimasse.

»Wie ... in einem von diesen vielen Psychiatriebüchern, die bei dir im Regal stehen?«

»Ja. Wie kommst du darauf?« Sie war verblüfft.

»Ich habe zwei und zwei zusammengezählt. Es gibt einen persönlichen Grund für dein Interesse an Psychiatrie, richtig?«

»Ja.«

»Jemand aus deiner Familie?«

»Ja.«

»Der Junge auf dem Foto ... mit dir und Hazel?«

»Scott, ja. Aber ich will nicht darüber reden.«

»Erzähl mir von ihm.«

»Ach, Liam, nicht jetzt. Ich erzähle es dir ein andermal.«

»Jetzt.« Er drückte ihre Hand so fest, daß sie nachgeben mußte.

»Na gut. Scott war der Älteste. Der beste große Bruder, den man sich wünschen kann. Hazel und ich haben ihn angebetet. Er war wie Errol Flynn und Mary Poppins in einem. Er hat auf uns aufgepaßt. Uns erzogen. Spiele für uns erfunden. Als wir dann etwas für ihn tun mußten, konnten wir es nicht. Es war schrecklich. Sie haben Schizophrenie bei ihm diagnostiziert, nachdem er anfing ... sich seltsam zu benehmen. Er kam ins Krankenhaus, sie verschrieben ihm Medikamente, eine Therapie und alles. Aber irgendwo tief in sich drin merkte er, daß es unerträglich war. Daß er nicht mehr derselbe Mensch wie früher war. An einem Weihnachtstag dann war er bei meiner Mutter in Meath, einige Zeit nachdem Daddy gestorben war. Er wußte nicht, daß ich zu Besuch kam. Mutter sagte, sie hätten eine Auseinandersetzung gehabt. Ich fand ihn in einem Schuppen. Er hatte sich mit einer Sichel den Hals aufgeschnitten, und das Blut lief in einen Eimer, einen Zinkeimer, den er sich an den Hals hielt. Er sieht mich kommen und sagt auf seine sanfte Art: ›Keine Angst, Jane, das ist kein richtiges Blut.‹ Und ich weiß bis auf den heutigen Tag nicht, ob er das wirklich glaubte oder ob er mich mit seinem großen, weichen Herzen vor der Realität seiner Tat schützen wollte.«

Sie weinte nun hemmungslos, die Tränen liefen ihr über die Wangen.

Lavelle zupfte ein Papiertaschentuch aus einer Schachtel auf dem Nachttisch, und sie nahm es dankbar. Er versuchte sie zu trösten. »Vielleicht wäre es schlimmer gewesen, wenn er weitergelebt hätte. Für ihn, meine ich.«

»Das sage ich mir auch manchmal. Es war wohl die Wirkung auf uns ... Hazel hat es sehr schwer genommen ... Warum ausgerechnet Scott? Das hat ihr zu schaffen gemacht.«

»Was meinst du, wie es *dich* hauptsächlich beeinflußt hat?«

»Ich denke, zusammen mit dem Verlust von Daddy durch die Trennung und jetzt von Hazel macht es mich nervös, was Bindungen angeht.«

»Und außerdem machst du dir gelegentlich Sorgen, was dein eigenes Verhältnis zur Realität angeht, hab ich recht?«

»Ja, ich glaube, das stimmt. – Aber was mache ich hier eigentlich?« Jane setzte sich gerade. »Du wirst fast umgebracht, und ich hocke hier und jammere wegen mir herum. Ich habe draußen mit einer Schwester gesprochen. Du hast einen Lungenkollaps. Das heißt, du mußt mindestens eine Woche hierbleiben. Und ich fliege am Montag nach Verona. Aber ich könnte jemanden als Ersatz nach Italien schicken, wenn –«

»Denk nicht mal dran. Hier werden die ganze Woche lang Leute aufmarschieren. Und außerdem kann ich mir keine Erregungen leisten.« Er brachte ein schiefes Grinsen zustande.

»Das war eine ganz besondere Erfahrung, Liam.« Sie sah ihm in die Augen und fügte an: »Eine, die ich gern wiederholen möchte.«

»Schwester! Schwester!« rief er zum Schein. »Schaffen Sie diese Frau hier raus. Sie will, daß ich einen Herzinfarkt bekomme!«

Jane lächelte ihn an. »Ich komme morgen wieder vorbei. Ich arbeite am Vormittag, also bin ich kurz nach Mittag hier.« Sie war im Begriff, ihn auf die Stirn zu küssen, aber statt dessen drückte sie ihm einen Kuß auf die Wange.

Lavelles Zimmer lag im dritten Stock des Krankenhauses. Als Jane im Erdgeschoß aus dem Aufzug trat, schlossen sich gerade die Türen des zweiten Aufzugs gegenüber, und sie erhaschte noch einen Blick auf die beiden Detectives. Sie nahm an, daß sie Liam besuchen kamen. Nett von ihnen. Wahrscheinlich wollten sie auch noch ein paar Einzelheiten über den Angriff erfahren. Sie überlegte, ob sie noch einmal nach oben fahren und fragen sollte, ob es schon Fortschritte bei – nein, nicht jetzt.

Auf dem Weg durch die Eingangshalle dachte sie daran, daß sie soeben eine Seite von Liam kennengelernt hatte, von der sie wenig wußte. Eine Schwester, die mit ihrem Mann im Norden von Dublin ein Pub führte. Deren Kinder sich wahrscheinlich immer freuten, wenn Onkel Liam zu Besuch kam oder einen Ausflug mit ihnen machte. Erst jetzt fiel ihr wieder ein, daß sie vergessen hatte, die Pille danach zu kaufen. Sie wollte versuchen, auf dem Nachhauseweg daran zu denken. Aber irgendwie kam es ihr nicht mehr so wichtig vor.

— 52 —

Zu Hause angekommen, wechselte Jane in ein Paar bequeme Wildlederhausschuhe, in denen sie gern herumschlurfte, wenn sie sich entspannte. Sie bemerkte, daß ihr Telefon im Schlafzimmer noch immer ausgehängt war, und beschloß, es dabei zu belassen. Sie überprüfte auch nicht ihr Handy auf Nachrichten. Sie wollte sich hermetisch vor der Welt verschließen, um mit all den widerstreitenden Gefühlen ins reine zu kommen, die sie in den letzten vierundzwanzig Stunden durchlebt hatte. Unterwegs hatte sie sich bei Marks and Spencer ein indisches Menü mitgenommen. Nachdem sie das verzehrt hatte, wollte sie sich mit einem Glas Wein aufs Sofa kuscheln und ein Leihvideo anschauen. Irgendeinen anspruchslosen, romantischen Unsinn. Danach hatte sie dann hoffentlich die Ruhe gefunden, die sie zum Nachdenken brauchte. Am nächsten Morgen würde sich das Sendeteam im Büro versammeln und alle Pläne durchgehen, den Inhalt der drei Sendungen aus Italien besprechen, entscheiden, was sie live senden und welche bereits fertigen Beiträge sie integrieren wollten. Aber bis dahin gehörten ihre Gedanken ihr selbst.

Als sie am nächsten Morgen ihre Mailbox abhörte, waren drei Nachrichten von Debbie darauf. Wahrscheinlich hatte ihre Freundin von dem Überfall auf Lavelle gelesen, aber es war noch zu früh, sie zurückzurufen. Debbie schlief grundsätzlich gern lange, besonders aber am Sonntagmorgen.

Sie hatte eine CD für Lavelle gekauft, die sie zusammen mit ihrem Discman, einer Viertelliterflasche Rotwein, einem Stück Dolcelatte-Käse und einem Glas Oliven in ihre Tasche packte. Irgendwie muß ich Italien im Sinn gehabt haben, dachte sie.

»Gut, Dienstag konzentrieren wir uns auf Literatur. Tara, Autoren und Kritiker im Hof von Julias Haus. Wenn es regnet, gehen wir nach drinnen. Jetzt zu Janes komödiantischen Einschüben. Vielleicht könntest du uns noch ein bißchen mehr darüber erzählen, Jane, damit alle Bescheid wissen.«

Das Team saß an einem langen Konferenztisch im Radio Centre, und Sheila McKenna ging kurz den Ablauf jeder einzelnen Sendung durch. Mit der Unterstützung der italienischen Regierung und des Kulturhauptstadt-Komitees von Verona konnten sie sich eine spannendere Vorgehensweise leisten, als einfach für drei Tage ein Sendestudio zu mieten.

»Es handelt sich um zwei frühere Schauspieler der ›Reduced Shakespeare Company‹. Das Festival-Komitee hat sie eingeladen, sich etwas für Englisch sprechende Touristen in der Stadt auszudenken, und so haben sie Romeo und Julia fürs Straßentheater adaptiert. Es ist wirklich nur eine Nebenvorstellung zu den beiden Shakespeare-Dramen, die in Verona spielen und fast das ganze Jahr lang aufgeführt werden – *Romeo und Julia* und *Die beiden Veroneser*. Wir nehmen Auszüge aus Wortwechseln zwischen den Liebenden, die sie im Stil berühmter Paare von heute spielen, mit verschiedenen Akzenten, Anreden und so weiter. Ich glaube, es reicht, wenn Tara gelegentlich zu ihnen überleitet, indem sie zum Beispiel sagt: ›Und wie geht es wohl unserem unglückseligen Liebespaar inzwischen ...?‹ Etwas in dieser Art. Die beiden werden im Innenhof spielen, und Julias Balkon wird für die entsprechende Szene ebenfalls mit Mikros bestückt.«

»Wie viele Nummern bringen sie?« fragte Tara.

»Ich denke, drei dürften genügen, aber sie könnten auch mehr machen«, antwortete Jane.

»Ich glaube auch, daß drei in Ordnung sind, aber sie können eine auf Abruf bereithalten, falls unsere Gäste nicht so faszinierend sind, wie wir hoffen«, meinte Stella.

»Vergiß nicht, ich kann auch einen Kurzbeitrag über die fünf Bücher machen, die die italienische Bestsellerliste anführen«, sagte Jane. »Zusammenfassungen von den aktuellen Spitzenreitern habe ich schon vorbereitet, und die Liste der neuen Woche lasse ich mir morgen vom italienischen Buchhändlerverband an Ort und Stelle geben. Dann schneide ich noch ein paar Stimmen von Käufern in den Läden hinein und fertig.«

»Willst du nach Leuten suchen, die Englisch können?« fragte Peter Comiskey.

»Wenn ich welche finde«, sagte Jane. »Wenn nicht, spreche ich selbst eine Übersetzung darüber.«

»Ausgezeichnet«, sagte Peter. »Von deinem Italienisch werden wir da unten alle profitieren.«

Sie gingen weiter zur Mittwochsendung, die lose mit Malerei und Architektur überschrieben war und aus Castelvecchio übertragen wurde, wo es eine der besten Kunstgalerien in der Region gab. Das war hauptsächlich das Fach von Peter und Tara, und sie umrissen den andern kurz Inhalt und Aufmachung der Sendung. Sie fand im wesentlichen live statt, enthielt aber auch einen bereits aufgezeichneten kleinen Rundgang durch Veronas Kirchen und Paläste.

Die abschließende Donnerstagsausgabe war die ehrgeizigste der drei. Sie wurde während einer Probe von Verdis *Aida* aus dem römischen Amphitheater Veronas gesendet und würde neben Auszügen aus der Oper auch Interviews mit den Solisten, alles Sänger der internationalen Extraklasse, beinhalten. Die Verbindung zwischen der Sendung und den Probenaktivitäten sollte zum großen Teil von einem Englisch sprechenden Vertreter des Festivalkomitees hergestellt werden, der viele Jahre lang bei der RAI, dem staatlichen italienischen Rundfunk, gearbeitet hatte.

»Was ist, wenn es regnet?« fragte Roisin McAteer bedrückt.

»Sie haben diese riesigen Planen, die über die Sitzreihen hinausreichen, also mach dir keine Sorgen«, antwortete Sheila. »Wir treffen Fabrizio morgen abend, dann gehen wir die Einzelheiten für Donnerstag durch. Was mich beunruhigt, ist, daß wir keine Aufzeichnung haben, auf die wir zurückgreifen können, wenn es ein Problem mit dem Ton gibt oder wenn ein Gast nicht rechtzeitig von der Bühne zu uns kommt. Das Studio ist gleich auf der Rückseite des Amphitheaters.«

»Es paßt vielleicht nicht so gut in eine Opernsendung, aber ich habe daran gedacht, ein Feature über die meistverkauften Popkünstler im Land zu machen, vor allem diejenigen, die bei uns nicht bekannt sind. Ein paar Musikschnipsel, dazu wieder einen Off-Kommentar, der die Künstler vorstellt und vielleicht noch etwas von den Texten.«

»Gute Idee«, sagte Sheila, »sollten wir auf jeden Fall machen. Eine ganze Sendung mit Oper könnte ohnehin zuviel werden.«

Bis Mittag waren die Vorbereitungen für die Übertragungen aus Verona im großen und ganzen abgeschlossen. Eine Sendung für Montag war bereits aufgezeichnet, weil das ihr Reisetag war. Und Peter Comiskey sprach jetzt schon davon, daß sie am Donnerstag groß Essen gehen könnten, da sie aufgrund einer glücklichen Fügung keine Freitagsausgabe von *Artspeak* produzieren mußten. Ihr Sendeplatz wurde an diesem Tag von einer Vorschau auf die Friedens- und Versöhnungskonferenz in Jerusalem besetzt.

Als sie an ihre Schreibtische zurückkehrten, um noch letzte Kleinigkeiten zu erledigen, fand Jane auf ihrer Voicemail mehrere Nachrichten aus den letzten beiden Tagen, darunter eine von Debbie vom selben Morgen.

Sie rief ihre Freundin an und begann sich zu entschuldigen. »Hi, Debbie, tut mir leid, daß ich nicht zurückgerufen habe, ich –«

»Was für ein aufregendes Leben du doch führst, Jane Wade. Als du diesen Priester erwähnt hast, wußte ich gleich, das wird eine Achterbahnfahrt. Aber im Ernst, du warst nicht selbst in Gefahr, oder?«

»Nein, ich war nicht dabei, als er angegriffen wurde.«

»Ich meine doch nicht den Messerstecher, Dummchen. Ich meine in Gefahr durch Pfarrer Lavelle selbst.«

»Ich kann dir nicht folgen.«

»Dann weißt du es also noch gar nicht? Es war zu spät für die Sonntagsausgabe, aber unser Kriminalreporter bringt es morgen früh. Die Polizei weiß etwas über Lavelle. Sie bringen ihn mit dem Mord an Sarah Glennon in Verbindung. In diesem Augenblick steht ein Polizist vor seinem Krankenzimmer Wache.«

»Das glaub ich einfach nicht … Hör zu, Debbie, vielen Dank, ich rufe dich wieder an.«

Zum St. Vincent's Hospital waren es nur drei Minuten Fahrzeit.

Jane stapfte den Flur entlang, die Tasche umgehängt, Entschlossenheit im Blick. Vor dem Zimmer saß tatsächlich ein Polizeibeamter in Zivil. Sie senkte den Kopf und wollte die Tür aufdrücken, aber der Mann sprang auf und versperrte ihr den Weg.

»Sie dürfen da nicht rein, Miss. Keine Besucher erlaubt.« Er sah aus wie etwa zwanzig und war sehr nervös.

Jane holte tief Luft. »Detective Inspector Dempsey hat meinen Besuch bei Pfarrer Lavelle genehmigt«, log sie. »Ich bin seine Frau, verdammt noch mal!«

Und damit stieß sie die Tür auf und ließ den jungen Beamten verwirrt stehen.

»Jane – wie hast du es geschafft, hier hereinzukommen?« fragte Lavelle, als sie auf sein Bett zuging. »Himmel, tut das gut, ein freundliches Gesicht zu sehen.« Er lag so ziemlich in der gleichen Stellung wie am Vortag, aber der Schlauch in seiner Seite fehlte, und seine Stimme war kräftiger. Jane setzte sich zu ihm an den Bettrand.

»Was ist los? Hat man dich angeklagt?«

»Na ja, sie können mich in meinem Zustand nicht richtig verhören. Aber ich stehe wieder unter Verdacht, und diesmal glauben sie, sie haben mich. Zunächst einmal hat Taaffe in meinem Arbeitszimmer einen Zeitungsausschnitt über Paulas Tod gefunden.«

»Und?« Leise Unruhe regte sich irgendwo in Jane.

»Das ist noch keine Sache, aber kennst du diese langen, gewachsten Dochte, mit denen in einer Kirche die Kerzen angezündet werden? So einen haben sie in meinem Garten unter der Hecke gefunden. Dempsey hat vom ersten Tag an danach gesucht. Schlauer Bursche auf seine Art.«

»Und was beweist das?«

»Daß ich damit die Kerzen angezündet habe. Aber das ist noch nicht alles. An einem Ende von dem Ding finden sich Blutspuren. Sarahs Blut. Ich habe also auch die Buchstaben damit auf ihren Fuß geschrieben.«

»Aber jeder hätte den Docht in deinen Garten legen können. Um dich mit dem Mord in Verbindung zu bringen.«

»Und genauso war es auch. Wir beide wissen das. Aber die Jungs von der Polizei müssen dringend Bewegung in den Fall bringen. Und zumindest Taaffe ist von meiner Schuld überzeugt. Er läuft herum, als hätte er den Nobelpreis für Kriminalistik erhalten.«

Keiner der beiden hatte Taaffe ins Zimmer kommen hören.

»Und was ist mit dem ganzen Zeug, das wir ...« Sie verstummte, als der Sergeant plötzlich neben ihr stand.

Sie sah zu ihm hinauf, und er senkte den Kopf an ihr Ohr und zischte: »Ich würde Ihnen raten, aufzustehen und ruhig mit mir den Raum zu verlassen. Ihre Tasche nehmen Sie mit. *Sofort!*« brüllte er.

Taaffe führte sie über mehrere Korridore zu einem Büro, das er vorübergehend nutzte, und bedeutete ihr einzutreten.

»Wieso bringen Sie mich hierher? Ich habe Ihnen nichts zu sagen.«

»Der diensthabende Beamte hat mich informiert, wie Sie ihn ausgetrickst haben, um zu Lavelle zu kommen. Vielleicht finden Sie das ja komisch, aber aus meiner Sicht haben Sie sich verdächtig benommen, und das Gesetz ermächtigt mich, Sie zu vernehmen. Als erstes zeigen Sie mir bitte den Inhalt Ihrer Tasche.«

»Machen Sie sich nicht lächerlich. Ich bin hier, weil ich einen kranken Freund besuchen will. Sie wissen genau, daß nicht mehr dahinter ist.«

»Wenn Sie nicht kooperieren, kann ich eine Kollegin kommen lassen, die eine Leibesvisitation bei Ihnen vornimmt. Es wird etwa eine Stunde dauern, bis sie da ist. Wollen Sie warten?«

Jane stellte barsch ihre Tasche auf den Bürotisch und begann den Inhalt auszupacken, zuerst den Discman und die anderen Dinge, die sie für Liam mitgebracht hatte.

»Alles da für ein kleines Picknick im Krankenzimmer, was?« höhnte er.

Sie achtete nicht auf ihn. Brieftasche, Kreditkarten, Visitenkarten, Handy, Lippenstift, Make-up, Taschentücher, Parfum, alles kam auf den Tisch. Dann zog sie den Reißverschluß einer Seitentasche auf und entnahm ihr ein Notizbuch, einen Kugelschreiber, einige gefaltete Pressetexte, ihren Paß und Flugtickets.

»Laufen Sie immer mit Flugtickets und einem Paß in der Tasche herum?«

»Ich reise morgen nach Italien.«

»Nach Italien. Morgen. Wie interessant.« Er setzte sich hinter den Schreibtisch und forderte sie mit einer Geste auf, gegenüber von ihm Platz zu nehmen. »Und warum das?«

»Ich arbeite bei RTE.« Ihr Tonfall war eisig. »Wir machen kommende Woche eine Sendung aus Verona.«

»Das müssen wir überprüfen.«

»Tun Sie das. Verdammt noch mal –«

»Leeren Sie bitte Ihre Tasche zu Ende.«

»Sie ist leer.«

»Darf ich mal sehen?«

»Oh, bedienen Sie sich nur«, sagte sie und schob den schlaffen Behälter über den Tisch.

Er wühlte heftig darin herum. Jane fand seine Miene widerlich. Auf der Rückseite der Tasche war ein Fach mit Klettverschluß, das sie übersehen hatte. Er riß es auf und langte hinein. Dann sah er sie an und zog eine farbige Broschüre heraus, die er langsam entfaltete. Sie steckte dort, seit Jane sie in Temple Bar von der Sängergruppe entgegengenommen hatte. Taaffe prüfte die vierseitige Publikation sorgfältig von vorn bis hinten.

»Nur gut, daß ich mich mit diesem Müll schon auskenne«, sagte er. »Ich weiß verdammt genau, warum Sie es vor mir verstecken wollten.«

»Das ist ein Flugblatt, das man mir auf der Straße in die Hand gedrückt hat. Ich habe es nicht versteckt, ich hatte es komplett vergessen. Würden Sie endlich aufhören, sich wie ein Idiot zu benehmen?« Sie war ernsthaft wütend.

»Idiot, meinen Sie? Na, wir werden ja sehen.« Er griff zum Telefon auf dem Schreibtisch und wählte eine Nummer.

»Kevin, hier ist Jack. Ich habe vor zwanzig Minuten Jane Wade im Krankenhaus gefaßt. In Lavelles Zimmer. Sie hat ihren Paß und Tickets dabei, um morgen ins Ausland zu fliegen ... ja, Italien.

Außerdem hat sie versucht, ein Schriftstück in ihrer Tasche zu verstecken ...« Er hielt die Broschüre hoch. »Es ist dieser Comic vom Zehnten Kreuzzug, die *Worldsend Times*. Interessant, oder? ... Ja, ich auch. Was soll ich mit ihr machen? ... Findest du das wirklich richtig? ... Also gut.«

Jane hatte den Inhalt ihrer Tasche wieder eingeräumt und griff gerade nach Paß und Flugtickets, als Taaffe mit der Hand darauf schlug.

»Das behalten wir vorläufig. Und die Broschüre und die CD. Ich denke, ich konfisziere den CD-Player auch gleich, dann kann ich sie mir anhören. Vielleicht sind ja geheime Botschaften drauf.« Er grinste wieder höhnisch und nahm sich eine ihrer Visitenkarten, auf denen auch ihre Privatadresse stand.

»Fahren Sie heim und warten Sie, bis am Abend jemand von uns zu Ihnen kommt. Wir nehmen eine Aussage von Ihnen auf. Ist das klar?«

Jane raffte wortlos ihre Tasche zusammen und stürmte aus dem Raum.

Auf der Heimfahrt fuhr sie unkonzentriert, mißachtete mehrere rote Ampeln und wurde von anderen Autofahrern angehupt, weil sie ohne zu blinken die Spur wechselte. Sollte sie sich an einen Anwalt wenden? Wie konnten sie es wagen, sie so zu behandeln? Würde man sie davon abhalten, nach Italien zu fliegen? Und was war mit Liam? Was würde er tun? Kafkaesk, das Ganze. Völlig absurd.

Als sie in Ryevale ankam, hatte sie sich schon wieder etwas beruhigt. In gewisser Weise war die ganze Sache sogar komisch. Zwei Leute, die versucht hatten, ein mörderisches Rätsel zu lösen, wurden mit dem Verbrechen in Zusammenhang gebracht. Als würde man Cluedo spielen, und wenn man den Umschlag öffnet, steht der eigene Name auf der Karte.

— 53 —

Kurz nach zehn Uhr abends läutete es an Janes Tür, und sie stellte erleichtert fest, daß Dempsey allein davorstand. Er trat ein und setzte sich; die Einladung zu einer Tasse Kaffee lehnte er dankend ab und kam ohne Umschweife zur Sache.

»Wir haben wegen der Italienreise bei Ihrem Arbeitgeber nachgefragt, und das scheint in Ordnung zu sein. Allerdings entscheiden andere Faktoren darüber, ob Sie fliegen können; es wird davon abhängen, was ich heute abend von Ihnen zu hören bekomme.«

Er zückte einen ausgefransten Reporterblock. »Gehören Sie einer Organisation namens der Zehnte Kreuzzug an?«

»Ganz sicher nicht.«

»Erklären Sie mir, wie Sie in den Besitz dieser Broschüre gelangten.«

Jane zählte die Ereignisse jenes Tages auf, darunter auch, daß sie in der Zeitung von dem Ritualmord in Kilbride gelesen und beschlossen habe, wegen ihrer Schwester Kontakt mit Liam Lavelle aufzunehmen. Sie fügte an, daß es ironischerweise wahrscheinlich Inspector Dempsey selbst gewesen sei, der ihr eine erste Ahnung von der Existenz des Zehnten Kreuzzugs verschaffte.

»Ich muß betonen, wie ernst wir den Fund dieser Broschüre nehmen«, sagte er gewichtig. »Zusammen mit neu aufgetauchten Indizien untermauert es eine Theorie, die einige meiner Kollegen schon früher ins Spiel gebracht haben.«

»Was für eine Theorie ist das?«

»Daß es beim Zehnten Kreuzzug zu Fraktionskämpfen gekommen sei. Angeblich soll es in der Organisation öffentlich bekannte Mitglieder geben und einen geheimen inneren Zirkel, dem möglicherweise Geistliche angehören. James Turner soll dieser Theorie zufolge gewußt haben, wer Sarah getötet hat, er wußte, daß es sich um eine Strategie handelte, um anti-islamische Ressentiments zu entfachen, war aber nicht damit einverstanden gewesen. Selbst Bonner soll den Täter gekannt haben, befürchtete aber, man könnte ihn umlegen, wenn er singt. In einem Gespräch, das wir mit ihm führten, schien er Lavelle zu signalisieren, er wüßte etwas. Dann wird Turner umgebracht, und man läßt es so aussehen, als wären es islamische Extremisten gewesen. Liam Lavelle war der einzige Mensch außerhalb der Polizei, der davon Kenntnis hatte, daß Jack und ich nach London fahren und Turner vernehmen wollten. Bonner wußte, Lavelle war in der gegnerischen Fraktion von Turner, brachte ihn auch mit diesem Mord in Verbindung und wollte Rache. Die ganze Zeit spielt Lavelle natürlich die Idee herab, der Zehnte Kreuzzug könnte mit Sarahs Tod zu tun haben. Können Sie mir folgen?«

Jane runzelte skeptisch die Stirn. Sie antwortete nicht.

»Deshalb ist alles, was Lavelle mit dem Kreuzzug in Verbindung bringen könnte, von Bedeutung. Die Annahme ist keinesfalls abwegig, daß er die Broschüre einstecken hatte, als man ihn ins Krankenhaus brachte, und daß er sie Ihnen gab, um sie loszuwerden.«

Das konnte sie nicht durchgehen lassen. »Aber es ist absolut unwahr. Und noch letzte Woche hätten Sie ein ganzes Zimmer voll Broschüren bei ihm finden können, und Sie hätten angenommen, daß er für Sie recherchiert. Warum ist jetzt alles anders?«

»Weil wir ein entscheidendes Beweisstück entdeckt haben. Zu unserem Glück ist es unter einen Teil der Hecke gerollt oder geweht worden, der trotz des vielen Regens trocken blieb.«

»Dieser Wachsdocht, der Ihnen so wichtig ist. Den könnte jemand absichtlich dorthin gelegt haben.«

»Da wäre allerdings der Umstand, daß Lavelle an dem Tag, an dem Sie zur Kirche kamen, unbedingt von mir wissen wollte, warum dieser Docht so wichtig für die Untersuchung ist. Vielleicht hat er ihn auf dem Rückweg zu seinem Haus verloren und ist deshalb in Panik geraten.«

»Aber wenn er ihn benutzt hätte, um mit Sarahs Blut zu schreiben, hätte er selbstverständlich gewußt, wie wichtig das Ding ist. Das hält keiner Prüfung stand.«

»Ich fürchte, da ist noch mehr. Es hat mit einem Zwischenfall in Florida vor ein paar Jahren zu tun.«

»Ja, ich weiß Bescheid.«

Dempsey griff in seine Tasche und holte ein gefaltetes Blatt Papier heraus. Als er es aufklappte, kam ein fotokopierter Zeitungsausschnitt aus dem *Miami Herald* zum Vorschein. Jane konnte die Schlagzeile lesen: VERDÄCHTIGER IN RÄTSELHAFTEM TODESFALL WIEDER FREI.

»Wir haben uns mit der Polizei in Miami in Verbindung gesetzt. Sie waren damals nicht glücklich über diesen Fall. Lavelle blieb trotz ihres Mißtrauens auf freiem Fuß.«

»Er hat mir die ganze Geschichte erzählt. Es war ein Unfall. Er hat versucht, ihr das Leben zu retten, Herrgott noch mal!« Jane fluchte selten, aber sie war jetzt fuchsteufelswild.

»Beruhigen Sie sich. Hat er Ihnen erzählt, wo er diesen Ausschnitt aufbewahrte, das Original aus der Zeitung, meine ich?«

»Nein. Warum sollte er?«

»Er lag zusammengefaltet und versteckt in einer Muschel in seinem Arbeitszimmer. Taaffe fand die Muschel auf dem Boden, sie muß bei Bonners Besuch dort gelandet sein. Der Ausschnitt war herausgefallen. Warum sollte ein Mensch ein Souvenir auf diese Weise aufheben?«

»Weil es eine Erinnerung an sie war. Haben Sie alle nur Stroh im Kopf?«

»Ich sage Ihnen hier und jetzt, Miss Wade, Sie mögen gefühlsmäßig mit diesem Mann verbunden sein, von mir aus sind Sie ein Liebespaar, aber Sie müssen den Tatsachen ins Auge sehen.«

Jane war trotz aller gegenteiligen Anstrengungen rot geworden. Die Sache wurde langsam unerträglich. Jetzt drangen sie auch noch in ihre Privatsphäre ein, zerrten intime, zärtliche Dinge ans Licht und beschmutzten sie. Sie stand auf.

»Hören Sie, Inspector, ich brauche einen Drink. Die Sache macht mir wirklich zu schaffen.« Sie wartete nicht auf eine Antwort, sondern ging zum Schrank und holte die Brandyflasche heraus. Es reichte noch für einen Drink, vielleicht für zwei. »Möchten Sie einen?« fragte sie und goß sich ein Glas ein.

»Nein, danke.«

Sie hatte nichts zum Mischen. Sie nahm einen Schluck, und ihr Mund brannte. Warum trank sie dieses Zeug? Aber vielleicht betäubte es ja ihre Verletztheit. Sie nahm mit dem Drink in der Hand wieder Platz.

»Das muß sehr schwer für Sie sein, es tut mir leid«, sagte Dempsey nicht ohne Anteilnahme. »Aber ich fürchte, wir sind noch nicht fertig. Der ganze Fall läßt noch eine völlig andere Deutung zu. Ich darf nichts darüber verlauten lassen, außer daß all diese Sektenaktivitäten möglicherweise gar nicht das sind, wonach sie auf den ersten Blick aussehen. Darf ich Ihnen ein, zwei Fragen stellen, nur zur Befriedigung meiner persönlichen Neugier?«

»Wenn es sein muß. Nur zu.«

»Nehmen Sie Drogen?«

Jane verschluckte sich fast an ihrem Brandy. »Drogen?« spuckte sie. »Nein ... ich ... na ja, ein-, zweimal habe ich einen Joint geraucht«, sagte sie schuldbewußt.

»Sie sind also kein regelmäßiger Konsument?«

»Auf keinen Fall.«

»Nimmt oder verteilt Ihres Wissens Liam Lavelle ... illegale Mittel?«

»Asche.«

»Asche?«

»War nur ein schlechter Witz. Natürlich nicht, Inspector. Lieber Himmel, heute abend geraten wir aber in sonderbare Gefilde«, sagte sie mit einem Anflug von Hysterie in der Stimme.

»Kennen Sie eine Person namens Sean O'Neill, die in Kilbride wohnt?«

»Ja, ich habe von ihm gehört.«

»Sie haben von ihm gehört? Können Sie das genauer erläutern?«

Jane erzählte Dempsey von der Begegnung zwischen Lavelle und O'Neill.

»Und Sie glauben Lavelles Version der damaligen Ereignisse?«

»Natürlich. Warum sollte ich ihm nicht glauben?«

Dempsey machte sich ein paar Notizen, dann erhob er sich zum Gehen.

»Bitte hören Sie, was ich zu sagen habe, Miss Wade, und hören Sie genau zu. Gelegentlich haben wir es mit Verbrechern zu tun, die von der Arbeit der Polizei fasziniert sind, die oft soweit gehen, bei der Untersuchung ihrer eigenen Straftaten mitzuhelfen, vielleicht Hinweise geben und dann eine falsche Fährte legen, wenn ihnen die Sache zu brenzlig wird. Diese Leute neigen dazu, die Polizei für dumm zu halten, aber zuletzt bringt sie in der Regel ihre eigene Arroganz zu Fall. Sie verstehen es aber häufig sehr gut, andere Leute zu manipulieren. Ich möchte, daß Sie in Gedanken die Ereignisse der letzten Wochen noch einmal durchgehen. War es ein glücklicher Zufall für Liam Lavelle, daß Sie genau in diesem Augenblick aufgetaucht sind? Haben Sie in seine Pläne gepaßt, weil Sie die Aufmerksamkeit von ihm selbst ablenkten? Als Sie anfingen, die Verbindung zu Becca de Lacys Musik herzustellen, kam ihm diese neue Richtung da vielleicht gelegen? Sehen Sie, er hat Sie entweder an der Nase herumgeführt, oder Sie sind seine Komplizin.«

»Ich muß das alles nur träumen. Es kann gar nicht anders sein ... ich ...«

»Wissen Sie was – ich gehe noch einmal das Risiko ein. Ich lasse Sie morgen nach Italien fliegen. Soviel ich weiß, werden Sie am Freitag morgen zurückerwartet. Sie brauchen Zeit, um über das nachzudenken, was ich gesagt habe. Und ich kann in den nächsten Tagen noch nicht viel mit Lavelle anfangen. Wenn Sie wieder hier sind, nehmen wir eine vollständige Aussage auf. Vielleicht sehen Sie die Dinge bis dahin in einem anderen Licht.«

— 54 —

Nach einer sonderbaren Wendung der Ereignisse sieht sich ein Priester, der vor drei Tagen bei einem Überfall verletzt wurde, nun selbst Vorwürfen im Zusammenhang mit dem Mord an zwei Frauen ausgesetzt. Der Geistliche hatte der Polizei bei der Untersuchung der beiden Tode geholfen. Pfarrer Liam Lavelle wurde am Freitag bei einem Zwischenfall in seinem Haus durch einen Messerstich verletzt; bei dem mutmaßlichen Täter handelt es sich um das Mitglied einer Endzeitsekte, die als der Zehnte Kreuzzug bekannt ist. Die Polizei bestritt nachfolgend, daß innerhalb der Organisation ein Machtkampf stattfinden würde, obwohl einer ihrer Führer, ein gewisser James Turner, letzte Woche in London bei einer Art Hinrichtung getötet wurde. Die Sekte ist in Großbritannien und anderswo wegen ihrer aggressiv anti-islamischen Gesinnung berüchtigt.

Die Leichen von Sarah Glennon und Kara McVey wurden beide in diesem Monat und in ähnlicher Weise verstümmelt aufgefunden, was die Polizei zu der Annahme führt, daß ein Serienmörder im Raum Dublin sein Unwesen treibt. Da die Umstände der Morde rituelle Elemente aufweisen, zog man Pfarrer Lavelle, einen Experten für Sekten und Kulte, zu Rate. Die Leiche des ersten Opfers wurde in der Kirche St. Brigid in Kilbride gefunden, und der Fund wurde der Polizei von Pfarrer Lavelle gemeldet, der in der Gemeinde Kurat ist.

Seit dem Zwischenfall am Freitag morgen sind neue Indizien aufgetaucht, in deren Folge die Polizei eine Anklage gegen Pfarrer Lavelle vorbereitet. Sobald sich sein Gesundheitszustand bessert, wird man ihn aller Voraussicht nach in Haft nehmen. Eine weitere Entwicklung in diesem Fall führte gestern abend zur Vernehmung einer Bekannten des Priesters, der RTE-Journalistin Jane Wade. Letzte Woche wurde der Künstler Raymond O'Loughlin, der Lebensgefährte des zweiten Mordopfers, zwölf Stunden lang von der Polizei festgehalten. Anschließend entließ man ihn, ohne Anklage zu erheben. Inzwischen läuft im Nordwesten des Landes eine Großfahndung nach einem Mann, den die Polizei zu vernehmen wünscht. Die Behörden haben eine Beschreibung des Mannes veröffentlicht, von dem man weiß, daß er häufig die Gegend von Sligo besucht, und seinen Namen mit Greg Mathers angegeben. Wie ein Pressesprecher der Garda sagte, sei man bestrebt, Mr. Mathers zu vernehmen, um ihn aus den Nachforschungen streichen zu können. (Außerdem in dieser Ausgabe: Heiliger Mord – S. 7; Warum der Glaube an das Tausendjährige Reich nicht verschwinden wird – S. 10.)

Jane hatte die *Irish Times* schon vor der Fahrt zum Flughafen gelesen, deshalb konnte sie den Fragen ihrer Kollegen in der Abflughalle zuvorkommen. Sie erklärte, das alles sei nur eine groteske Folge von Mißverständnissen, und sie würde es sehr begrüßen, wenn sie auf der Reise nicht weiter darüber sprechen müßte. Alle im Team fühlten sofort mit ihr und spielten die Sache herunter, auch wenn sie offenkundig neugierig waren, wie Jane in diesen Fall und an einen katholischen Priester geraten war.

Im Flugzeug saßen Jane und Sheila McKenna nebeneinander und versuchten über Italien und die Sendungen zu reden, als wäre nichts geschehen. Nach einer längeren Gesprächspause fragte Sheila, wie Jane dazu gekommen war, Italienisch zu lernen.

»Als ich ein junges Mädchen war, fuhr einmal die ganze Familie zusammen in den Ferien in die Toskana«, antwortete Jane, froh um die Ablenkung. »Unsere Eltern besuchten ein paar von den Städten in der Gegend mit uns, aber die meiste Zeit blieben wir in der Nähe des Hauses, das wir gemietet hatten, spielten in den Feldern und stiegen auf Bäume. Eines Tages erkundeten wir einen Bach in einem kleinen Tal, und da trafen wir einen Jungen namens Antonio. Ich fand, er war der entzückendste Bursche, den ich je zu Gesicht bekommen hatte.«

»Wie alt warst du damals?«

»Zwölf. Er war fünfzehn.«

»Erste Liebe?«

»Und wie. Er war nicht nur klein, dunkelhaarig und hübsch, sondern er wußte auch, daß man das Herz einer Zwölfjährigen gewinnt, indem man ihr beibringt, wie man kleine Fische mit bloßen Händen fängt und Eidechsen aus Mauerritzen lockt.«

Sheila lächelte. »Konnte er denn Englisch?«

»Nein, und das war der entscheidende Punkt. Wir konnten kein Wort Italienisch, und er konnte zwei Worte Englisch – Coca und Cola. Wir kommunizierten trotzdem prächtig. Am Anfang war mein Bruder Scott ein bißchen eifersüchtig, weil er immer die Robinson-Crusoe-Gestalt in unserem Leben gewesen war – Baumhäuser bauen, Pfeil und Bogen basteln, solche Dinge. Aber Antonio führte ihn in alle Methoden der Anmache ein, über die südländische Jungs verfügen, und abends paradierten sie immer durchs nahe Dorf und übten ihre Fertigkeiten. Er zeigte sogar Hazel, wie man eine Olive mit den Zähnen entkernt und mit dem Stein dann beim Ausspucken jedes Ziel in Reichweite trifft. Er war schwer in Ordnung.«

»Habt ihr euch mal geküßt?«

»Ja. Einmal. Am Bach. Mehr schlecht als recht.«

»Und am Ende der Ferien seid ihr voller Versprechungen auseinandergegangen, nehme ich an.«

»O ja. Wir haben gestikuliert und auf Postkarten gedeutet. ›Du schreibst mir, ich schreibe dir.‹ Als wir zu Hause waren, habe ich ihm einen Brief auf englisch geschickt, aber keine Antwort bekommen. Ich brütete eine Weile vor mich hin, und dann teilte ich meinem Vater mit, daß ich Italienisch lernen will. Er war süß und hat mir eine Grammatik und ein Wörterbuch gekauft. Ich gab nach einer Woche auf, aber irgendwie blieb der Wunsch doch erhalten. Und so habe ich Antonio auch noch mein Italienisch zu verdanken.«

Ihre Unterhaltung endete an dieser Stelle, weil die Stewardeß das Frühstück servierte. Jane stocherte in ihrem Essen und dachte daran, wie ihr Vater, Scott und Hazel aus ihrem Leben verschwunden waren. Sollte das gleiche mit Liam Lavelle passieren? Sie versuchte, die unerfreulichen Gedanken zu unterdrücken, die aus der von Dempsey gelegten Saat des Zweifels sprossen.

Als die Stewardeß die Tabletts einsammelte, bat Jane um eine italienische Zeitung, um nachzusehen, ob etwas Interessantes über die kommenden Kulturveranstaltungen in Verona darin stünde.

Die Titelgeschichte im *Corriere della Sera* befaßte sich mit der Versammlung religiöser Führer am kommenden Wochenende in Israel. Sie bildete den Auftakt zu einem zunächst einmonatigen Dialog zwischen den »Menschen des Buches«, womit Religionen gemeint waren, die ihre Wurzeln in der Bibel hatten – Juden, römische und griechisch-orthodoxe Katholiken, die verschiedenen protestantischen Konfessionen sowie schiitische und sunnitische Moslems. Es hatte eine Auseinandersetzung darüber gegeben, wie Ostern im Terminplan unterzubringen sei, da sich einige jüdische Teilnehmer gekränkt fühlen konnten, in geringerem Maße auch die Moslems. Ein Kompromiß sah vor, die Plenarsitzungen am Palmsonntag des christlichen Kalenders enden zu lassen, eine Woche vor Ostern, dem Tag, an dem Christus von den Bürgern Jerusalems willkommen geheißen wurde – ein annehmbares Symbol für alle. Falls bis dahin alle Bedingungen geklärt waren, sollte nach Ostern ein ständiges Gremium eingerichtet werden, ähnlich einem Ökumenischen Rat. Dieses würde als ein Katalysator der Versöhnung wirken und dazu dienen, die durch religiöse Differenzen entfachte Kriegsgefahr zu verringern.

Neben der Titelgeschichte gab es eine Spalte in Fettdruck.

REISE NACH JERUSALEM

Wie plaziert man die religiösen Führer der Welt bei einer Konferenz so, daß alle den gleichen Status haben? An einem runden Tisch natürlich. Aber wie weist man vorweg die Führer aus? Moslems haben kein Gegenstück zum Papst. Soll der Patriarch von Moskau mit seiner zahlenmäßig überlegenen Gemeinde vor dem nominellen Oberhaupt der Orthodoxen, dem Patriarchen von Konstantinopel, rangieren? Oder, um ein scholastisches Rätsel der Art zu umschreiben, wie sie seinerzeit die Reformation auslöste: Wie viele protestantische Bekenntnisse können auf einer Nadelspitze tanzen? Und ist Tanzen bei einem solchen Anlaß überhaupt erlaubt? Für Christen ist dies eine ernste Zeit, aber sie schließt den Einsatz von Chören und Orchestern oder sogar liturgischem Tanz nicht aus. Die Orthodoxen hingegen tolerieren keine Musikinstrumente in ihrer Liturgie, die Moslems haben keine Liturgie, und die Juden wollen nichts mit unziemlichen Feiern an ihrem Sabbat, dem Tag der Eröffnung, zu tun haben. Die Wahl eines Samstags steckte allein schon voller Schwierigkeiten. Ursprünglich wollte man das Problem umgehen, indem man den Start dieses historischen Unterfangens auf keinen der heiklen Tage für die jeweiligen Konfessionen legte (Freitag für Moslems, Samstag für Juden, Sonntag für Christen). Dann sagten die römischen Katholiken, sie hätten kein Problem mit einem Sonntag. Es gehe immerhin um das Werk des Herrn. Daraufhin argwöhnten alle, die Katholiken hätten ihnen ein Schnippchen geschlagen, und wollten die Eröffnung nun an ihrem heiligen Wochentag haben. Der Kompromiß war der jüdische Sabbat, weil dieser Glaube der Urquell, der älteste sei (»Alter vor Schönheit«, wie ein Kardinal witzelte). Die strenggläubigen Juden tobten, die Palästinenser sagten, das sei ein Komplott der Israelis, aber das Organisationskomitee ließ sich nicht beirren.

Das waren nur einige der Probleme, die vor Beginn der Konferenz ausgeräumt werden mußten. Auch die Wahl des Veranstaltungsorts für das Friedenskonzert, das zeitgleich zur Eröffnung stattfinden soll, war nicht unumstritten. Doch dann machte jemand einen Vorschlag, dessen Logik sich niemand entziehen konnte: Bethlehem ist für die Christen der Geburtsort Jesu, für die Juden ist es die Stadt Davids, und es liegt in der Gerichtsbarkeit des islamischen Staats Palästina. Das muß zur Abwechslung eine Frage gewesen sein, in der die Einigung leichtfiel.

Auf diesem Friedenskonzert würde Becca de Lacy auftreten, fiel Jane wieder ein, als sie den Artikel las. Doch während sie die Zeitung faltete und in die Sitztasche vor ihr stopfte, beschloß sie, alle weiteren Stichworte aus dieser Ecke zu ignorieren.

— 55 —

Ihre Rolle in der Geschichte war bereits festgelegt. Das erleichterte es ihr, die Last zu tragen, den Schmerz zu erleiden, das Eindringen in ihren Körper zu erdulden.

Im Spiegel hob sich der kleine blaue Edelstein in ihrem Nabel von der Röte der gereizten Haut dahinter ab. Sie tastete ihren Bauch ab. Da drinnen war etwas, befestigt an dem Knopf in ihrem Nabel, es war teils fest, teils flüssig. Was benutzte man bei Implantaten? Sie fuhr den Umriß mit ihren Zeigefingern nach. Es hatte etwa den Durchmesser von ... Sie hakte ihren BH auf und fuhr mit den Fingern um die fast glatten Kugeln ihrer Brüste, frei von jeder Verfärbung oder unerwünschten Erhebung. Wie blasse Nektarinen, dachte sie, sogar was die einwärts geschlagenen Falten anging, über denen sich die Brustwarzen befunden hatten.

Sie hatte ein nabelfreies Top getragen, um an den elektronischen Sicherheitschecks auf den Flughäfen vorbeizukommen. Der Nordire hatte ihr entsprechende Anweisungen gegeben. »Laß sie sehen, daß du einen hübschen kleinen Nabelschmuck trägst, lächle und spazier einfach durch. Nach der Landung gehst du in die Ankunftshalle. Dort wirst du abgeholt und bekommst Tickets und alles, was du sonst brauchst. Deine Kontaktpersonen werden sich nicht namentlich ausweisen. Such dir eine Toilette und tu, was du tun mußt. Dann checkst du wieder ein. Die andern fliegen mit derselben Maschine, aber nicht neben dir. Benutz immer deinen irischen Paß. Nimm weder telefonisch noch auf andere Weise zu irgendwem Kontakt auf, es sei denn, es ist ausdrücklich erlaubt.«

Sie setzte sich aufs Bett, von wo aus sie sich noch immer im Spiegel sehen konnte. Sie fühlte sich jetzt beinahe in Hochstimmung. Da war nur eine Sache. Dieser Priester, von dem sie ihr erzählt hatten. Eine Gefahr, nicht nur für sich selbst, sondern auch für jemand anderen. Konnte sie wirklich gar nichts tun? Es war einen Versuch wert. Aber sie würden sie beobachten und belauschen.

— 56 —

Als Janes Flugzeug in Verona landete, erwachte Becca de Lacy gerade fröstelnd aus einem Mittagsschlaf in ihrer Hotelsuite in Istanbul. Sie war nach einem langen Flug aus Los Angeles an diesem Morgen eingetroffen. George Masterson hatte sie in einer Limousine abgeholt und zum Hotel gebracht, wo er und Beccas Tourmanager schon am Vortag Zimmer bezogen hatten. Für diesen Nachmittag war noch eine Probe im Galatasaray-Stadion geplant, zur Vorbereitung auf das Konzert am folgenden Abend. Es war ihr erster Liveauftritt seit Jahren, und sie hatte zwar schon in L. A. mit ihren Begleitmusikern geübt, aber es war wichtig, daß sie das Programm in voller Länge am Veranstaltungsort noch einmal durchgingen und sich nicht nur auf einen Soundcheck am Nachmittag verließen. Außerdem gab es einige knifflige visuelle Effekte, die ein präzises Timing erforderten. In Wirklichkeit war all das aber nur eine Probe für das Konzert in Israel, das am Wochenende stattfand und live in die ganze Welt übertragen wurde. Ohne ein bißchen Schlaf wäre sie bis zum Nachmittag fix und fertig gewesen. George hatte Vorsorge getroffen, daß sie um zwei Uhr abgeholt wurde.

Nachdem sie einen seidenen Morgenrock übergestreift und ihr Frösteln auf die Klimaanlage zurückgeführt hatte, schob sie ein Panoramafenster auf, das auf einen eigenen Balkon mit einem Blick nach Süden auf die Stadt ging. Als sie nach draußen trat, hob eine warme Brise die Stores an. Unter ihr lagen Moscheen, Minarette und die Kuppeln vieler Kirchen, und in der dunstigen Ferne beim Hafen konnte sie die Hagia Sophia, die Kirche der Heiligen Weisheit, erkennen, die sie zum erstenmal in natura sah. Sie war in Istanbul, weil das zum Titel ihres Albums paßte und helfen würde, den türkischen Markt für ihre Musik zu erweitern. Und wie David in einer seltenen Anwandlung von Leichtfertigkeit gesagt hatte, war Konstantinopel schon oft der Startplatz für Kreuzzüge ins Heilige Land gewesen, und genau dorthin reiste sie als nächstes. Trotz der milden Luft schauderte sie wieder und zuckte bei der Erinnerung an einen Traum zusammen, von dem sie eigentlich aufgewacht war.

Als sie David eine eigene Wohnung im Getreidespeicher anbot, hatte er zunächst gezögert und gesagt, daß Ungestörtheit von äußerster Wichtigkeit für ihn sei. Die hatte sie ihm zugesichert und deshalb nie jemandem von seiner Anwesenheit erzählt, noch ihn seit seinem Einzug selbst besucht. Näher als am Morgen der CD-Präsentation, als sie an seine Tür geklopft hatte, war sie einem Besuch bei ihm nie gekommen. Damals hatte sie bei einem Blick über seine Schulter für einen kurzen Moment eine Skizze an der Wand hängen sehen. Sie erkannte sie als das zweite der beiden Werke von Gustave Moreau, die sie auf Davids Anraten in London ersteigert hatte. Mit der Salome-Zeichnung konnte sie leben, aber die andere gefiel ihr ganz und gar nicht, und sie hatte sie ihm als Geschenk vermacht, das er anscheinend zu schätzen wußte. Die Skizze war der Entwurf für ein Gemälde namens »Fleur Mystique«.

Darauf lagen in einer kahlen Felsenlandschaft die Körper toter und sterbender christlicher Märtyrer rings um den Fuß eines gewaltigen Lilienstengels, der senkrecht aus den Felsen drang, steif und geädert wie der Schaft eines erigierten Penis. Das aufgeplatzte obere Ende ließ ein gleichermaßen großes Bild der Heiligen Jungfrau sehen, welche die Blütenblätter der Lilie auseinanderspreizte und wie auf einem Thron in ihrer Mitte saß. In einer Hand hielt sie ein Kreuz, in der anderen eine Lilie, ein Wasserfall aus Blut strömte unter ihr zu Boden, und Blut tropfte von den Gestalten unter ihr auf den Fels, sickerte in die Erde und nährte die monströse Pflanze.

Becca wußte, daß es Blut war, obwohl es sich nur um eine Zeichnung handelte, denn als sie die Skizze an jenem Morgen in Davids Wohnung wiedersah, war sie verändert, man hatte ihr Farbe hinzugefügt, und der Wasserfall leuchtete in einem grellen Scharlachrot.

Nachts schlichen sich nun Bilder dieser Zeichnung und der Szenen der Glasmalerei in ihre Träume, begleitet von Angstgefühlen. Vielleicht war das Ausbleiben ihrer Periode eine Reaktion auf die Blutigkeit des einen und die blasse Tödlichkeit des anderen. Sie konnte nicht ohne Widerwillen an Blut denken.

In diesem Augenblick gellte der Aufruf zum Mittagsgebet aus dem Minarett einer Moschee, die ein kurzes Stück unterhalb des Hotels lag, und den ganzen Weg in die Stadt hinein antworteten ihm andere. Die Brüstung des Minaretts lag einige hundert Meter entfernt auf Augenhöhe von Becca, und sie hielt forschend nach dem Muezzin Ausschau. Doch schließlich wurde ihr klar, daß das ohrenbetäubende Klagen aus einem Lautsprecher an der Wand der Brüstung kam.

— 57 —

Die Schwester, die sich um Lavelles Verbände kümmerte, hatte einen harten Gesichtsausdruck und erfüllte ihre Aufgabe mit wenig Feingefühl. Er zuckte zusammen, als sie den Verband über der Stichwunde an der Seite grob wegriß.

»Tut weh, was?« fragte sie. »Gut so.«

Sie war Ende Dreißig, etwa so alt wie er selbst.

»He, was haben Sie für ein Problem?« fuhr er sie an.

»Priester«, antwortete sie und legte hastig einen neuen Verband über die Wunde. »Priester haben früher dieses Land beherrscht. Und Nonnen. Nonnen in Krankenhäusern wie diesem hier. Oder Schulen. Wurde alles von Priestern, Brüdern und Nonnen geleitet. Dann kam man euch auf die Schliche. Sexueller Mißbrauch, Prügel für hilflose Waisen in eurer Obhut, Kindern das ganze Leben ruiniert –«

»Jetzt mal langsam«, protestierte er, »das geht zu weit – wir haben schließlich auch das eine oder andere richtig gemacht.«

»Ach ja? Wenn das einer wie Sie sagt, muß es ja stimmen.« Sie brachte ihre Arbeit so rasch wie möglich zu Ende und ging.

Seit er im Krankenhaus unter Bewachung stand, hatte ihn das Personal professionell, wenn auch nicht besonders freundlich behandelt. Nun hatte er eben seine erste Erfahrung mit offener Feindseligkeit gemacht, und sie erschütterte ihn.

Klerusfeindlichkeit hatte sich in den letzten Jahren wie ein Unkraut in Irland breitgemacht. Und als Folge davon hatte Lavelle erlebt, wie die katholischen Laien ihren Glauben so schnell aufgaben, als wären sie gerade aus einem bösen Traum erwacht. Er wurde nun häufig von Menschen angesprochen, die plötzlich feuilletonistische Einsichten in ihre Religion gewonnen hatten. »Das ist alles nur ein Märchen, Herr Pfarrer – Jesus, die Wiederauferstehung, das ganze Zeug«, so lautete eine typische Aussage.

Ja, es hatte den äußeren Anschein eines Märchens, damit die Menschen die Sache verstehen konnten. Der religiöse Impuls, der offenbar in ihre Seele eingebrannt war, brauchte gewisse Konventionen – Rituale, die Möglichkeit des Transzendenten, ethische Erfordernisse und eine Geschichte, die es dem einzelnen erlaubte, einen Sinn in seiner Existenz zu sehen. Das war die Stärke von Märchen und Mythen: eine Sammlung von Geschichten, die uns versichern, daß unsere Bemühungen einerseits alltäglich sind, andererseits aber doch zum außerordentlichen Abenteuer des Daseins gehören.

Die Geschichte von Jesus und seiner Wiederauferstehung zielte dagegen höher. Sie besagte, daß es wahrhaftig ein paralleles Universum gab, in dem die Leiden und Härten des Lebens eine Bedeutung erlangten, anstatt offen und unbeantwortet zu bleiben. Und daß Gott die Kluft zwischen diesen beiden Welten überbrückte, als hätte diese Welt im Augenblick Seines Todes einen Blick in das Wurmloch geworfen, das in die andere führte.

Aber das hörte sich vermutlich alles nur so gut an, wenn man bereits überzeugt war. Und war er noch überzeugt? Er würde genauer darüber nachdenken müssen, wenn er wieder kräftiger war.

Aber das Verhalten der Krankenschwester ging ihm nicht aus dem Kopf.

Das Ironische dabei war, daß Jane als Protestantin nichts von der Bitterkeit in sich hatte, die das Verhältnis zwischen der katholischen Geistlichkeit und ihrer Herde vergiftete. Kamen sie auch deshalb so gut miteinander aus? Weil sie keine Schwierigkeiten damit hatte, daß er Priester war? Keinen Argwohn, was seinen Charakter betraf? Immerhin heirateten die Pastoren der anglikanischen Kirche und hatten Familie. Wäre er ein Pastor, hätte er nun zweifellos ein passendes Bibelzitat zur Hand. Er dachte angestrengt nach. Jesus hatte da etwas gesagt ... im Johannesevangelium ...

Wenn die Welt euch haßt, dann wißt,
daß sie mich schon vor euch gehaßt hat.

Das genügte für den Augenblick.

— 58 —

Gegenüber der Arena von Verona bietet der breite Gehsteig auf der Piazza Bra, den sie den »Listone« nennen, Cafébesuchern und Spaziergängern jede Menge Platz, einander zu beobachten. An diesem sonnigen, aber kühlen Frühlingsmorgen saßen nur wenige Einheimische an Tischen im Freien, die Radiocrew jedoch, die dem unwirtlichen irischen Wetter entflohen war und es kaum erwarten konnte, italienisches Ambiente einzusaugen, trotzte frohgemut der leichten Kühle an einem ansonsten makellosen Tag. Die Sendungen am Dienstag und Mittwoch waren gut gelaufen, und das Team entspannte sich vor der letzten an diesem Nachmittag; sie sendeten aus dem Amphitheater, das nur ein Drittel der Größe des Kolosseums hatte und in der nächsten Woche der Schauplatz einer spektakulären Aufführung von Verdis *Aida* sein würde. In der im Spätsommer stattfindenden Opernsaison wurde dieses Werk in der Arena am häufigsten gespielt, aber anläßlich Veronas Ernennung zur Kulturhauptstadt Europas hatte man dieses Jahr eine zusätzliche Aufführungsreihe im Frühjahr angesetzt.

Jane hatte ihren Bericht über italienische Popmusik bereits aufgezeichnet. Das bedeutete, ihre Arbeit war, abgesehen von ihrer inoffiziellen Rolle als Dolmetscher, erfolgreich zu Ende gebracht, und sie hatte nun Zeit zum Grübeln. Sie saß ein kleines Stück abgerückt von ihren Kollegen und trug eine dunkle Sonnenbrille, weniger zum Schutz vor der grellen Sonne, sondern weil die rotgeränderten Augen ihre Gefühle verraten hätten.

Alles, was sie sicher über Liam Lavelle zu wissen glaubte, schien sich in nichts aufzulösen. Es begann mit der E-Mail über Michael Roberts, die er angeblich erhalten hatte, die sie aber nie zu Gesicht bekam. Wenn das Schreiben eine Erfindung war, hatte er sie von Anfang an für dumm verkauft. Aber selbst die Annahme, daß es existierte, war kein Trost, denn es hatte ihm die Gelegenheit gegeben, Roberts überzeugend als einen Psychopathen darzustellen, der wütend auf ihn war, während er gleichzeitig die Rolle des Zehnten

Kreuzzugs herunterspielen konnte, den die Polizei von Beginn an im Visier gehabt hatte. Dann hatte er seiner Geschichte zusätzliches Gewicht verliehen, indem er plastische Einzelheiten über Rituale und Religionen lieferte, was in Jane wilde Phantasien auslöste und wahrscheinlich die Ermittlungen in dem Fall durcheinanderbrachte. Ein Meisterstück dann, wie er sich zunächst skeptisch gegeben hatte, als sie die Verbindung zu Becca de Lacy und Yeats einbrachte, sie schließlich aber voll unterstützte. Und zu guter Letzt – das schlimmste von allen Täuschungsmanövern – gewann er ihr Mitleid für seine vorgeblich angeschlagenen Gefühle, darauf aufbauend ihre Zuneigung, und dann … Wie hatte sie so leicht darauf hereinfallen können? Ihre Recherchetätigkeit beim Rundfunk hatte ihr eigentlich einen gesunden Zynismus vermittelt, wenn es darum ging, daß wildfremde Menschen ihre Tüchtigkeit in diesem oder jenem beteuerten, vor allem was ihr Wissen, ihre Aufrichtigkeit betraf. Unbedingt genau zuhören. Aber im Zweifelsfall nach Verstand und nicht nach Gefühl urteilen. Und was war passiert? Sie kannte den Mann erst wenige Tage, und schon war er in ihrem Bett. In ihr. Und sie hatte ihn nicht einmal gebeten, ein Kondom zu benutzen. Sie konnte sogar schwanger sein.

Sie spielte mit dem Henkel der Cappuccinotasse vor ihr, aus der sie kaum getrunken hatte. Sie mußte etwas tun. Einen Spaziergang machen. Am besten gleich in den Adige springen.

»Ich hoffe, ich störe dich nicht, Jane.« Es war Peter Comiskey. »Geht es dir gut? Kann ich dir irgendwie helfen?« Er meinte es ehrlich. Er hatte häufig eine Antenne für die Gefühle von Leuten, wo andere nichts merkten.

Sie antwortete nicht, weil sie wußte, daß ihr die Stimme versagen würde.

»Hör zu, du hast hier tolle Arbeit geleistet. Fühl dich nicht genötigt, bis morgen herumzuhängen. Du wirst eine phantastische Party heute abend verpassen, aber möglicherweise ist dir sowieso nicht danach. Wenn es dir hilft, Klarheit zu gewinnen, dann flieg ruhig heute schon heim. Das würden alle verstehen.«

»Danke, Peter«, konnte sie flüstern. »Vielleicht mach ich ein bißchen Shopping und treffe euch dann später.«

»Wie du willst. Kein Problem. Und weil es mir gerade einfällt: Ich war am Freitag ein, zwei Stunden im Büro und hatte so einen Typ am Telefon, der ein Band von einer bestimmten Sendung haben wollte. Genauer gesagt, ging es ihm um deinen Beitrag über Becca de Lacy.«

Jane nickte. Solche Anfragen waren völlig normal, und die Leute wurden üblicherweise an die Soundbibliothek verwiesen, von der sie gegen Gebühr eine Kassette erhielten.

»Er hatte einen Tonfall, der mir nicht gefiel, deshalb habe ich ihn ein bißchen ausgefragt. Ich war sehr höflich. ›Und Ihr Name, Sir?‹ ›Edwards‹, sagt er. ›Ich vertrete Becca de Lacy.‹ ›In einem juristischen Sinn?‹ frage ich. Und da sagt er glatt zu mir: ›Hör zu, Junge, kann ich dieses Band haben oder nicht?‹ ›Hör zu, Junge‹ – kein Witz. Mit einem amerikanischen Akzent. Nur damit du Bescheid weißt. Ich habe keine Verleumdung in dem Beitrag entdecken können, aber mach dich einfach darauf gefaßt, daß der Rundfunkdirektor einen Brief von ihm bekommt. Okay, Spatz?«

»Ja. Danke noch mal, Peter.«

Sie wußte seine Sorge und sein Feingefühl zu schätzen. Er konnte natürlich auch zynisch und sarkastisch sein. Aber sie vertraute ihm, sie konnte sich auf ihn verlassen. Jane ging durch den Kopf, daß sie mehr über ihren schwulen Kollegen, über das Auf und Ab seines Lebens und seiner Gefühle, seine triviale und seine ernste Seite wußte als über Liam Lavelle. Und warum hatte sie die offenkundigen Anzeichen nicht beachtet? Ein Priester, der sie in Gespräche über Sadomasochismus und andere abscheuliche Praktiken verwickelte, der nach dem Unterricht mit Schulmädchen verkehrte, der ohne Zögern mit ihr geschlafen hatte. Ein Mann, den die Polizei von zwei Ländern des Mordes verdächtigte! Er widerte sie nun an, ein Fremder mit finsteren Motiven, dem sie sich törichterweise hingegeben hatte. Wie konnte sie das geschehen lassen?

Jane stand vom Tisch auf und entfernte sich unbemerkt von ihren Begleitern. Sie ging in die Richtung der Via Mazzini, einer schmalen, den Fußgängern vorbehaltenen Einkaufsstraße. Sie dachte kurz an Peters Gespräch mit David Edwards. Konnte es sein, daß die mehrdeutigen, aber raffinierten Bemerkungen, die sie in ihren Beitrag über Beccas Album und das Video eingeflochten hatte, die erhoffte Reaktion auslösten? Edwards war Beccas spiritueller Berater. Darüber hinaus hatte er ihr Yeats nahegebracht. Wozu brauchte er das Band? Es sei denn ...? Aber das riß wieder die Erinnerung an alle Erlebnisse auf, seit Lavelle sie wie eine hämisch feixende Gestalt aus einem mittelalterlichen Danse macabre hinters Licht geführt hatte. Das tat zu sehr weh. Lieber nicht daran denken.

Sie schaute sich ohne großes Interesse in verschiedenen Läden um. Am Dienstag abend hatte sie in besserer Laune ein Paar dunkelgrüne Schuhe gekauft, die für eine Prinzessin der Medici gefertigt hätten sein können. Sie waren aus weichstem Kalbsleder, paßten ihr perfekt und schienen kein Gewicht zu haben, als Jane sie anprobierte. Nun ging sie an dem Schuhgeschäft vorbei, weiter zu einer Buchhandlung, in der sie einige Leute interviewt hatte. Sie blieb kurz davor stehen und überlegte, was sie für ihre Mutter und Debbie kaufen könnte. Ein Stück die Straße entlang gab es einen Geschenkartikelladen mit einigen ausgefallenen Sachen und nicht zu teuer. Als sie gerade weitergehen wollte, fiel ihr Blick auf einen Buchtitel in der Auslage und ließ sie innehalten: LA VISIONE DI GORMAN. *Il segreto del monte Sinai.*

Sie ging in den Laden, um sich das Buch genauer anzusehen.

Mit seiner Lage auf der Halbinsel Sinai, dort, wo sie sich zu einer Spitze zwischen dem Golf von Suez und dem Golf von Akaba verengt, ist das Kloster der heiligen Katharina wahrhaftig ›ein Rätsel im Gewand eines Geheimnisses in einem Mysterium‹.

Jane lehnte an den Bücherregalen und las die Einleitung zu *Die Vision des Gorman.* Das Buch hatte zwei italienische Autoren, Adelmo Celani und Marco Perselli und trug den Untertitel *Das Geheimnis vom Berg Sinai.*

Im Jahr 527 von dem großen byzantinischen Kaiser Justinian gegründet, wurde das Kloster eintausendfünfhundert Jahre lang von der Geschichte übergangen. Während Eroberer kamen und gingen, Reiche aufstiegen und versanken, führte die kleine Gemeinde von Mönchen ein Leben in Gebet und Meditation in dieser befestigten Anlage hoch auf dem Berg Sinai.

Am Aufstieg zum Kloster liegt ein wahres Memento mori für alle Könige und Herrscher dieser Erde – ein Beinhaus mit den Gebeinen der Mönche, die hier Jahr für Jahr aufgetürmt wurden, Schädel auf Schädel und alle Gliedmaßen von Tausenden von Individuen, ein riesiger Haufen.

Die Gebeine der heiligen Katharina selbst sollen sich im Kloster befinden, in einem Sarg aus Gold mit Einlegearbeiten aus Lapislazuli. Sie war die schöne Märtyrerin, die der Kaiser Maxentius auf einem Rad mit Eisenspitzen zerbrechen wollte, aber statt dessen brach das Rad selbst. So wurde sie geköpft, und aus ihren Adern floß kein Blut, sondern Milch. Engel brachten ihren Leichnam weg, und fünfhundert Jahre später fanden ihn die Mönche auf dem Berg Sinai. Bis heute sollen ihre sterblichen Reste den Duft parfümierten Öls verströmen.

Doch ihre Knochen sind nicht das Geheimnis dieses Ortes. Und auch nicht die vorzüglichste Ausstellung byzantinischer Mosaiken und Ikonen der ganzen Welt, die darauf wartet, den Besucher in diesem scheinbar weit abgelegenen Außenposten christlicher Askese zu überraschen. Oder die Stelle im Boden der Kapelle, an welcher angeblich der brennende Dornbusch gestanden haben soll. Es ist auch nicht die unschätzbare Sammlung religiöser Handschriften in der Bibliothek des Katharinenklosters, die sie zur zweitwichtigsten nach der des Vatikans macht. Aber in dieser Sammlung befindet sich ein Buch. Und dieses Buch könnte der Schlüssel zu einigen der anderen Geheimnisse des Klosters sein.

Jane blätterte die nächsten Seiten durch, wobei sie gelegentlich eine Stelle las, auf die ihr Blick gerade fiel. Dann sah sie etwas, das sie ein wenig länger verweilen ließ. Plötzlich trug sie das Buch zu einem Ladentisch, legte es darauf und las mit klopfendem Herzen weiter.

Falls es noch eines Beweises für die Bedeutung dieses Buches bedurft hätte – die Art, wie es sich präsentierte, als man es fand, wäre ein Indiz für seinen Wert. Illustrierte Bücher von hohem künstlerischem Wert wurden oft in sogenannten Schreinen eingeschlossen – ein Kasten oder eine Truhe aus wertvollem Metall, verziert mit Edelsteinen.

Die *Vision* selbst ist eine eher schlichte Handschrift, die schwerlich wegen ihrer künstlerischen Ausführung so hoch geschätzt wurde, und doch wurde sie in einem emaillierten Goldschrein gefunden, auf dessen Deckel sich eine Schmuckarbeit befand, die vermutlich Namen und Herkunft des Verfassers darstellte. Es handelt sich dabei um eine Art keltische Brosche oder Gewandnadel, eingelegt mit Lapislazuli. Die Aufbewahrung des Buches in einem mit Juwelen geschmückten Schrein weist darauf hin, daß es verehrt wurde. Unsere Phantasie könnte uns an diesem Punkt zu der Annahme verleiten, daß die beschriebene Schmucknadel die goldgesprenkelte Iris von Gormans sehendem, in die Zukunft schauendem Auge symbolisierte.

Jane blätterte eine Seite weiter im Text, dann immer hastiger noch eine und noch eine, bis sie über einer Seite längere Zeit brütete. Sie hob den Kopf und blickte wieder nach unten, als könnte sie nicht glauben, was sie da las. Sie wälzte Vokabeln im Kopf, um sicherzugehen, daß sie alles richtig verstanden hatte. Dann klappte sie das Buch zu und eilte mit einem Blick auf die Uhr zur Kasse.

Eine Minute später kam sie aus dem Laden, und nach weiteren dreißig Minuten war sie auf dem Weg zum Flughafen, um nach Dublin zurückzufliegen.

— 59 —

Der vielleicht merkwürdigste Anblick für einen Besucher mit christlichem Hintergrund im Katharinenkloster ist die Moschee innerhalb der Klostermauern. Und noch befremdlicher wirkt die Tradition, daß die Abtei von muslimischen Beduinen beschützt wird. Der Sage nach verfügten die Mönche sogar über einen Brief von Mohammed selbst, der ihre Sicherheit garantiert! Und im Gegenzug boten die Mönche Pilgern Schutz, die den Sinai auf dem Weg nach Mekka durchquerten.

Diese gütlichen Regelungen sind Teil einer Tradition, in deren Verlauf nicht nur der Islam dem Kloster Schutz gewährte, sondern auch die Kreuzritter des Mittelalters, das Ottomanische Reich der Türken, das zaristische Rußland und neuerdings die Israeli und Ägypter. Wie kommt es, daß ein Ort, der unbezahlbare Kunstschätze beherbergt, von den Raubzügen der Kreuzfahrer wie der Janitscharen gleichermaßen verschont blieb?

Janes Flugzeug war soeben gestartet, sie saß an einem Fenster und übersetzte die Einleitung der *Vision des Gorman*. Sie tippte in ihren Laptop, den sie zusammen mit dem Buch auf dem Klapptisch aufgebaut hatte.

Wir glauben, daß die Antwort 1975 entdeckt oder, genauer gesagt, wiederentdeckt wurde. In diesem Jahr durchbrachen Bauarbeiter bei Renovierungsmaßnahmen im Kloster eine Wand und fanden dahinter einen erstaunlichen Schatz von dreitausend weiteren Handschriften und Kunstwerken. Zur Verwunderung der Bibelgelehrten waren darunter Dokumente in zahlreichen Sprachen, nicht nur der Region, sondern bis über Persien hinaus und sogar aus Fernost. Und von noch größerer Bedeutung, wie wir sehen werden, war ein Manuskript in der isolierten Halbunzial-Schrift des äußersten Westens, eine kalligraphische Besonderheit, die in den Schreibstuben von Irland und Northumbria entwickelt wurde. Es war dieses Buch, das die Patriarchen der griechisch-orthodoxen Kirche veranlaßte, sich zu einem Konklave zu versammeln. Und das in der Folge die Aufmerksamkeit des Vatikans erregte und zum Gegenstand von geheimen Verhandlungen zwischen der ägyptischen Regierung und dem Heiligen Stuhl wurde.

Jane brauchte eine Pause. Es war anstrengend, den Text zu übersetzen und dabei gleichzeitig niederzuschreiben. Sie winkte einem Steward und bat um einen Gin Tonic. Wein würde sie nur schläfrig machen, und sie war entschlossen, die Übertragung bis zur Ankunft in Dublin fertig zu haben.

Die Mönche des Katharinenklosters wußten, daß sie ihren privilegierten Status einem Geheimnis verdankten, das von allen Konfessionen über die Jahrhunderte eifersüchtig gehütet wurde, bis ein Ereignis im 15. Jahrhundert die Mönche vorübergehend zum Verlassen des Klosters zwang. In einem Pogrom, das auf die koptischen Christen Ägyptens abzielte, brachen die mamelukischen Türken mit der Tradition und bedrohten die Klosterbewohner. Es ist mehr als wahrscheinlich, daß die wertvollsten Handschriften damals hinter der Wand versteckt wurden. Doch das Geheimnis des Katharinenklosters starb mit dem Abt, dem die Verantwortung oblag, es an seinen Nachfolger weiterzugeben. Als die Mönche zurückkehrten, handelte es sich buchstäblich um eine neue Generation. Danach herrschte wieder die alte Tradition, und das Leben ging seinen gewohnt ruhigen Gang.

Doch eine kleine Anzahl von Menschen auf den höchsten Ebenen von Kirche, Synagoge und Moschee erhielt Kenntnis von dem verlorenen Buch. Zum Teil wurde sein Inhalt auch in esoterischen Kreisen bekannt und in Geheimgesellschaften bis auf den heutigen Tag überliefert. Das Buch selbst hielt man bis zu der schicksalhaften Entdeckung im Jahr 1975 für verlorengegangen. Unter den alten Handschriften, Papyrusrollen, Schriftfragmenten und Büchern, die an jenem Tag ans Licht kamen, befand sich ein Manuskript, das ein irischer Mönch namens Gorman in lateinischer Sprache geschrieben hatte. Es wurde im achten Jahrhundert in dem Schriftstil verfaßt, der jedem vertraut ist, der das Book of Kells kennt. Es kam jedoch nicht aus Irland, sondern entstand in Nordafrika. Es war auch keine Abschrift der Evangelien oder des Alten Testaments, sondern ein eigenständiges und einzigartiges Werk, teils Offenbarung, teils Reiseerzählung, ein Stil, den die keltische Kirche liebte. Aber darüber hinaus war die *Vision des Gorman* eine Chronik, und zwar nicht vergangener Ereignisse, sondern der Zukunft. Und mit der Zeit sicherte die unheimliche Genauigkeit der Prophezeiungen in dem Buch, die alle »Religionen der Schrift« betrafen, seinen Hütern eine sichere Reise durch die Geschichte.

Liegt darin das Geheimnis des Katharinenklosters am Berg Sinai? Wir glauben, ja. Sie können sich nun Ihre eigene Meinung bilden.

»Entschuldigung?« Der Steward schaute ein bißchen ratlos. Auf Janes Tisch war kein Platz mehr. Ein Mann neben ihr klappte seinen Tisch herunter, damit sie den Plastikbecher und die Minidose Tonic Water darauf stellen konnte.

»Danke«, sagte Jane.

»Fleißig, die Dame«, bemerkte er.

»Ja, ich habe morgen eine Prüfung.« Sie lächelte ihm zu, wie es fleißige Damen tun, und tippte weiter.

DIE VISION DES GORMAN – WAS SAGT UNS DAS BUCH ÜBER DIE ZUKUNFT?

Das Katharinenkloster hatte bereits dreihundert Jahre erfolgreichen Wirkens hinter sich, als die Handschrift verfaßt wurde. Zu dieser Zeit war Nordeuropa im Niedergang begriffen, aber in Irland hatte sich ein »goldenes Zeitalter« klösterlicher Kultur entwickelt. Es gilt heute durchaus als wahrscheinlich, daß es in gewissem Umfang zu Kontakten zwischen irischen Mönchen und ihren Pendants in byzantinischen Klöstern oder bei den koptischen Kirchen Ägyptens kam. Doch während die Mönche und Schriftgelehrten, die sich als Missionare ins nördliche Europa wagten, umfangreiche Zeugnisse ihrer Anwesenheit hinterließen, gibt es kein entsprechendes Material im orthodoxen Christentum.

Das macht die *Vision* als Dokument um so bemerkenswerter. Wir müssen uns einen Mann vorstellen, der weit von seinem Heimatland entfernt ist und sich zunächst wahrscheinlich mit Latein und ein paar Brocken Griechisch durchschlagen muß. Dem Text nach sieht es jedoch so aus, als hätte er Griechisch beherrscht und ein gewisses Verständnis semitischer Sprachen erlangt, möglicherweise auch von Altpersisch oder sogar Sanskrit.

Jane nippte an ihrem Drink und übersprang eine Reihe von Seiten, auf denen die jüngere Geschichte der *Vision* ausführlich dargestellt war. 1989 – mit Genehmigung der ägyptischen Regierung von der Amerikanischen Stiftung für Menschheitsstudien auf Mikrofilm gebannt. Widerstand religiöser Gruppen gegen eine Übersetzung und Veröffentlichung. 1995 – eine Vereinbarung erlaubt, daß Auszüge in den Originalsprachen in einer philologischen Arbeit in Deutschland veröffentlicht werden. Diese Auszüge haben die Verfasser ins Italienische übersetzt und mit ihren Kommentaren und Deutungen versehen zugänglich gemacht. Dann kam eine Stelle, an der Jane die Erzählung wiederaufnehmen wollte.

Obwohl seine *Vision* nur imaginäre Begegnungen während vierzig Tagen in der Wüste schildert, ist er wahrscheinlich tatsächlich ausgiebig gereist und hat ketzerische christliche Ideen und andere religiöse Anschauungen aufgenommen, die überall in der Region zu finden waren und seiner keltischen Neigung zum Synkretismus vermutlich gefielen. Sein Appetit auf Zahlen, besonders Triaden, ist ein weiterer keltischer Zug, ebenso wie seine Fixierung auf die Zeichen des Weltuntergangs. Sein Name, Gorman, könnte vom gälischen Wort »gorm« gleich »blau« abgeleitet sein; vielleicht hat er den Namen angenommen, da er ständig an seine äußere Erscheinung erinnert worden sein dürfte, falls er – was wahrscheinlich ist – blaue Augen hatte.

Die Prophezeiungen in der *Vision* sind für alle religiösen Institutionen wenig tröstlich. Vieles von dem, was sie vorhersagen, ist bereits eingetreten. Kein Wunder, daß das Buch durch die Jahrhunderte so gut bewacht wurde. Kein Wunder, daß die religiösen Führer der modernen Welt wollen, daß es geheim bleibt. *Die Vision des Gorman* enthält vierzig Prophezeiungen. Wie viele davon wurden noch nicht erfüllt? Sehen Sie selbst. Eines ist sicher – die Folgerungen für unsere Generation sind beängstigend.

»Verzeihung, aber den müssen Sie ausmachen.« Der Steward hatte sich in die Sitzreihe gebeugt und Jane angesprochen.

»Entschuldigung, was sagten Sie?«

»Ihr Laptop – den dürfen Sie leider während des Flugs nicht einschalten.«

»Ach so, daran habe ich nicht gedacht. Tut mir leid.«

Verdammt. Sie würde bis Dublin warten müssen, bevor sie die vierzigste Prophezeiung übersetzen konnte.

— 60 —

Jane war fast einen ganzen Tag früher als geplant zurück in Irland. Sie kam sich wie ein Spion vor, der mit dem Fallschirm im feindlichen Hinterland abgesetzt wird und ein paar wenige kostbare Stunden gut nutzen muß. Sobald sie in der Ankunftshalle war, rief sie Jessica Smith über ihr Handy an.

»Hallo, Jessie. Sag mal, kennst du das Video zu *Byzanz*?«

»Klasse, oder?«

»Ja. Weißt du, wer der Regisseur ist? Oder wer es gemacht hat?«

»Nicht genau, aber ich weiß, daß George Masterson direkt mit Becca darüber verhandelt hat, und Zoopix in Dublin hat daran mitgewirkt. Sie haben alle ihre Videos bisher produziert. Ruf dort an und frag nach Ollie Andrews. Es ist allerdings schon fast sechs. Kann sein, daß niemand mehr im Büro ist.«

»Noch etwas. Wie ich sehe, wurde das Album in den Orbis Studios gemischt. Weißt du, wer der Toningenieur war?«

»Ich glaube, das war Tosh Jackson. Auch einer, der alle ihre Sachen bisher gemacht hat. Sie arbeitet gern immer mit denselben Leuten.«

»Und eine letzte Frage, Jessie. Dieser David Edwards, Beccas Guru. Hattest du mal Kontakt mit ihm?«

»Ja, aber nur am Telefon. Er wollte jeweils genau wissen, wann das Video gezeigt wird, in welchen Sendungen, nicht nur hier, sondern auch in Großbritannien und auf dem Festland. Und er will wissen, wie oft die Stücke auf dem Album und die Single im Radio gespielt werden. Er sagt, er überwacht das für Becca. Ich muß ihm jedesmal eine E-Mail schicken. Er bringt mich noch zur Raserei, das kann ich dir sagen.«

»Gut. Ich meine, schlecht für dich. Und wohin schickst du die E-Mails?«

»Ich glaube, das ist Beccas Studio.«

»Heißt das, er ist im Land?«

»Diese Woche habe ich noch nichts von ihm gehört. Wahrscheinlich ist er mit ihr und George beim Start der Tournee dabei.«

»Sie reisen jetzt weiter nach Israel, oder?«

»Ja. Zum Friedenskonzert am Wochenende.«

»Vielen Dank, Jessie. Bis demnächst.«

Sie mußte schnell überlegen. Sie rief bei Zoopix an und erfuhr, daß Ollie Andrews nicht zu sprechen war. Er drehte gerade ein Video. Die Aufnahmen fanden in den Docks von Dublin statt. Am nächsten Morgen vor Sonnenaufgang waren sie dem Drehplan nach in der Nähe der East Link Bridge.

Tosh Jackson nahm ihren Anruf entgegen. Jane behauptete, für einen Rückblick auf Beccas Karriere zu recherchieren, jetzt, da das fünfte Album veröffentlicht war. Ob er mit ihr reden wolle. Wenig begeistert sagte er, sie solle gegen neun Uhr ins Studio kommen, aber daran denken, daß er um zehn mit einer wichtigen Aufnahme-Session anfangen würde.

Als sie vom Flughafen losfuhr, rief sie die Auskunft an und bekam die Nummer des St. Vincent's Hospital. Sie bat darum, zu Liams Station durchgestellt zu werden, und kam an eine freundliche, junge Stimme. Eine Schwesternschülerin.

»Ich möchte eine Nachricht für Liam Lavelle hinterlassen. Ich rufe aus Italien an.«

Das Lügen wurde ihr langsam zur Gewohnheit.

»Wer spricht dort bitte?«

»Sagen Sie ihm, Jane hat angerufen, und sie hat den Beweis gefunden, den er braucht und ... daß ich ihn liebe.«

Am anderen Ende herrschte vorsichtiges Schweigen.

»Schon gut, ich bin seine Schwester.«

»Ich werde es ausrichten.«

»Danke.«

Das brachte sie auf eine Idee. Wie hieß das Pub gleich wieder? Sie rief erneut bei der Auskunft an. »Ich brauche die Nummer eines Pubs in Portmarnock ... irgendwas mit Dolphin.«

»Das erste Wort wissen Sie nicht zufällig?« fragte der gutgelaunte Angestellte.

»Nein, es ist eine Farbe, glaub ich.«

»Blau?«

»Nein, nicht blau.«

»Sollen wir alle Regenbogenfarben durchgehen? Vielleicht hilft das Ihrem Gedächtnis nach.«

Ich bin wieder in Irland, dachte sie, und lächelte für sich. »Nein, ich glaube, von denen ist es keine.«

»Wie ist es dann mit Früchten, Pastellfarben, Edelmetallen?« Er genoß das Geplänkel.

»Sie haben den Nagel auf den Kopf getroffen – Silber! Das Silver Dolphin.«

Eine Stimme vom Band sagte die Nummer durch.

Mary ging ans Telefon.

»Mary, hier ist Jane Wade. Wie geht es Liam?«

»Eigentlich ganz gut, wenn man bedenkt, was alles passiert ist. Was halten Sie von der ganzen Sache, Jane? Ist er ernsthaft in Schwierigkeiten?«

»Nicht mehr lange. Wir müssen nur noch die Polizei davon überzeugen, daß er unschuldig ist, und daran arbeite ich gerade. Dürfen Sie ihn jederzeit besuchen?«

»Mehr oder weniger. Allerdings wird alles durchsucht, was ich mitbringe.«

»Ich möchte, daß er sich etwas ansieht – ein Dokument. Es ist sehr wichtig, daß er es bald bekommt, und es müßte möglich sein, daß man es zu ihm schmuggelt, wenn Sie das Risiko nicht scheuen.«

»Ich gehe heute abend noch zu ihm. Können Sie es mir bringen, oder soll ich es irgendwo abholen?«

»Das ist die Schwierigkeit. Ich muß es noch fertigstellen und ausdrucken. Könnten Sie bei mir zu Hause vorbeikommen? Das wäre phantastisch.« Jane war inzwischen nur noch zehn Minuten von Ryevale entfernt. »Sagen wir in einer Stunde? Ich wohne in Ryevale. Fahren Sie über die M50.«

»Das kann ich machen.«

Jane erklärte ihr den Weg. »Sie werden sich beeilen müssen, wenn Sie vor Ende der Besuchszeit noch ins Krankenhaus wollen. Ich sehe zu, daß ich das Schriftstück fertig habe, wenn Sie kommen.«

Sie machte die Haustür hinter sich zu und überlegte, was sie tun mußte. Die Übersetzung der Prophezeiung tippen, ausdrucken und zusammen mit dem Rest Mary geben. Dann noch einen Ausdruck machen und ein Faxgerät suchen, das man nicht zu ihr zurückverfolgen konnte. Das konnte eventuell bis morgen früh warten. Vielleicht Debbie heute abend noch anrufen.

Sie ging in die Küche, schaltete den Kessel an und ermahnte sich, daß sie ihren Vorrat an Bohnenkaffee erneuern mußte. Italien hatte ihren Geschmack für das Echte neu geweckt. Aber wahrscheinlich würde sie doch ihrer Gewohnheit treu bleiben und am Morgen Tee trinken. Dann sah sie sich plötzlich mit Liam in einem Straßencafé in Italien sitzen. Wenn das alles vorbei war, könnten sie ja ... aber das war Träumerei.

Sie konnte noch einen Anruf erledigen. Aber erst mußte sie die letzten Zeilen der Gedichte von Yeats noch einmal lesen, die auf der CD zitiert wurden. Sie kamen gegen Ende des Albums, als wieder die tiefen Stimmen der orthodoxen Mönche in die Musik gemischt waren. Jane ging nach oben in ihr Schlafzimmer und holte sich den Band mit den gesammelten Gedichten. Dann setzte sie sich auf den Bettrand und verglich die Verse. Sie hatte bereits herausgefunden, daß Auszüge aus zwei Gedichten zusammengewürfelt waren – »Blut und der Mond«:

Aufrecht in der Gruft stehen die Toten,
Doch Winde vom Meer her aufbrausen:
Sie schwanken, wenn die Winde sausen,
Alte Knochen auf dem Berg, sie schwanken.

Und »Der schwarze Turm«:

Gesegnet diese Felsenmasse,
Gesegneter noch dieses Turmes Wacht;
Eine blutige, anmaßende Macht
Stieg auf aus dieser Rasse,
Gab Namen ihr und Herrschaft,
Stieg auf wie diese Mauern aus diesen
Sturmgepeitschten Hütten –
Ein mächt'ges Bildnis
Dichtet' ich zum Hohne
Und sing es Reim um Reim,
Zum Hohne einer Zeit,
Halb tot auf der Mauerkrone.

Sie rief gleich vom Schlafzimmer aus an. Er war zu Hause. »Hallo, Jeremy, hier ist Jane Wade. Deine Auskünfte über Yeats letzte Woche haben mir sehr geholfen. Aber ich hätte noch ein, zwei Fragen an dich, wenn es dir nichts ausmacht.«

»Ach ja, unser W. B. Natürlich, Kind, frag nur.«

»Hat er je das byzantinische Kloster auf dem Berg Sinai besucht, das Katharinenkloster?«

»Das glaube ich nicht. Er dürfte Mosaiken und byzantinische Kunst in Ravenna gesehen haben. Und er wird natürlich darüber gelesen haben.«

»Er scheint häufig einen Turm als Symbol zu verwenden. Was bedeutet das?«

»Türme hatten alle möglichen Bedeutungen für ihn. Er hat eine Weile in einem normannischen Gebäude gewohnt – Thoor Ballylee. Erinnerst du dich an die Kreisel, von denen wir gesprochen haben? Er hat sich die Wendeltreppen in dem Turm gern als Metapher dafür vorgestellt. Und natürlich steht der zerfallende Turm auf Tarotkarten für den Zerfall schlechthin. Manche Leute glauben, daß das Gedicht ›Der schwarze Turm‹ das letzte war, das er geschrieben hat.«

»Bei unserem Treffen hast du erzählt, daß er verschiedene Alter egos in seinen Gedichten benutzte, um bestimmte Ideen auszudrükken. Eines war Michael Robartes. Welche Namen hat er noch verwendet?«

»Red Hanrahan war einer ... Owen Aherne auf jeden Fall ... sonst fallen mir gerade keine ein.«

»Edwards?« sagte sie aufs Geratewohl.

»Nein, Edwards nicht.«

Sie wollte schon »Gorman« vorschlagen, aber Yeats war 1939 gestorben, und das Buch wurde erst 1975 entdeckt. Es sei denn, eine der esoterischen Gesellschaften, denen er angehörte, hatte Kenntnis davon ...

»Er hatte natürlich einen Geheimnamen für sich.« Jane hätte seine Bemerkung fast überhört.

»Yeats hatte einen Geheimnamen?«

»Einen okkulten Titel oder eigentlich ein Motto. Den hat er sich zugelegt, als er sich Der Goldenen Morgenröte anschloß. Er heißt: *Demon est deus inversus.*«

Als Jane nicht antwortete, nahm er an, sie hätte nicht verstanden. »Das ist Lateinisch. Steht heutzutage natürlich nicht mehr auf dem

Lehrplan. Es bedeutet, der Teufel ist die Kehrseite Gottes. Abgekürzt DEDI. So hat er unterschrieben. Seinerzeit benutzte man gern Akronyme.«

— *61* —

Sie war froh, als er den Koffer wieder abholte, den er bei ihr gelassen hatte ... er enthielt Gewänder ... nicht nur Priesterkleidung, auch andere ... und als sie die hochhob und darunter nachschaute, wußte sie sofort, sie hätte es nicht tun sollen ... vielleicht brauchte er das alles ja zur Vertreibung von bösen Geistern ... solche Dinge machten sie doch ... sie hatte es im Fernsehen gesehen ...

sie hatte sich davor gefürchtet, daß er ihn holen kam ... er würde merken, daß sie ihn geöffnet hatte ... aber sie hatte ihn angelogen ... er kam und suchte danach ... was suchst du, fragte sie, als hätte sie nie einen Blick darauf geworfen ... einen Koffer, den ich aus Versehen hier vergessen habe ... nicht meiner, er gehört einem Freund, sagte er ... einem Priesterfreund ... er war noch dort, wo er ihn stehengelassen hatte, neben dem Sofa ... du hast ihn nicht etwa aufgemacht, wollte er wissen, und sie log wieder ...

darf ich ihnen jetzt erzählen, daß sie dich in Amerika zum Priester geweiht haben, bettelte sie, um ihn abzulenken ... wozu, sagte er, es wird dir sowieso niemand glauben ...

sollte das heißen, sie durfte es sagen, überlegte sie seitdem ... wenn es jemanden gäbe, dem sie es erzählen könnte und der es nicht für eine Lüge halten würde, dann wäre alles gut, dachte sie ... aber wen kannte sie schon ... niemand besuchte sie ... nur die hochnäsigen Luder auf der Etage, die immer in ihre Wohnung schauen wollten ... und die würden es ihr niemals glauben ... genausowenig, wie sie ihr glauben würden, daß sie in diesem Koffer die Hörner des Teufels gesehen hatte ...

— 62 —

Mary saß neben dem Bett und flüsterte seinen Namen. »Liam, wach auf … wach auf, Liam.« Wozu weckte sie ihn. Heute war keine Schule. Und sie hatte ihren Mantel an.

»Geh weg«, sagte er und drehte sich im Bett um. Sie stieß ihn an der Schulter. »Was ist?« rief er und war plötzlich hellwach. Es war tatsächlich seine Schwester. Lavelle blinzelte ein paarmal und setzte sich auf. »Tut mir leid, Mary, ich habe geträumt. Wie spät ist es?«

»Kurz vor acht. Hör zu, Liam, ich habe etwas für dich. Von Jane. Ich lege es in dein Nachtkästchen. Hol es raus, wenn ich weg bin, aber laß es niemanden sehen.«

Er beobachtete verwundert, wie sie ihren Mantel aufknöpfte und erst die Bluse aus dem Rock zog und dann ein Kuvert, das sie flach auf dem Bauch getragen hatte.

»Ich soll dir von Jane sagen, sie holt noch ein paar Informationen ein, bevor sie mit der ganzen Geschichte zur Polizei geht. Sag also keinem was, sonst verdirbst du alles.«

Mary redete wie eine Filmfigur. »Roger«, flüsterte er, um das Spiel mitzumachen.

Er sah die Tür des Nachtkästchens auf und zu gehen.

»Das war's. Ich gehe lieber, bevor sie Verdacht schöpfen«, sagte Mary und stopfte sich die Bluse wieder in den Rock. »So spät war ich noch nie bei dir zu Besuch.«

»Danke, Schwesterherz.«

Mary stand auf und knöpfte den Mantel zu. »Ich melde mich wieder«, sagte sie und ging.

Mit dem Rücken zur Tür öffnete Lavelle sein Nachtkästchen und nahm das Kuvert heraus, ließ den Inhalt herausgleiten und legte das Kuvert zurück. Dann griff er zur Fernbedienung und schaltete das TV-Gerät in der Zimmerecke ein. In einer Haltung, die aussah, als würde er fernsehen, begann er das Schriftstück zu lesen.

In einem hastig verfaßten Begleitschreiben erklärte Jane die Bedeutung der Buchstaben auf den Füßen der ermordeten Frauen und wie sie die Quelle der Prophezeiungen auf der Website des Siebten Siegels gefunden hatte. Und er hatte recht gehabt, insgesamt waren es vierzig. Er blätterte weiter und begann die Hintergrundinformationen zur *Vision des Gorman* zu lesen.

Als er mit der Einleitung fertig war, legte er sich zurück und versuchte die Auswirkungen von Janes Zufallsentdeckung zu begreifen. Die Hüter des Siebten Siegels bezogen ihren Antrieb aus einem uralten Text, der die keltische und die byzantinische Welt zu einer Zeitbombe zusammenführte, die seit dreizehn Jahrhunderten tickte. Und er hatte die Prophezeiungen achtlos auf den Rücksitz seines Wagens geworfen!

Was besagte also die vierzigste? Er legte sich wieder auf die Seite und begann zu lesen.

Die heilige Katharina selbst war Gormans letzte Gesprächspartnerin. Ihr Kopf war wieder mit dem Körper vereint, und sie redete auf dem Gipfel des Berges über ihr Märtyrertum und zwangsläufig auch vom Ende der Zeiten. Einiges davon hört sich an, als wäre es in die späteren europäischen Überlieferungen vom Antichrist eingeflossen, zum Beispiel bei Adso, Hildegard von Bingen und anderen. Hier und an anderen Stellen im Text, wenn die Aussichten unabwendbar düster sind, bemüht sich Gorman um ein Wort des Trostes für seine Landsleute.

»… Und dann brach sie einen Dorn von einem Busch, der in der Nähe wuchs, drückte die Spitze in ihre Wange und sagte: ›Sieh, wie ich mit diesem Dorn mein Fleisch durchdringe, doch es fließt kein Blut heraus …‹ Und ich sah staunend, daß sie die Wahrheit sprach, denn was aus der Wunde strömte, war Milch, nicht Blut … Und dann sagte sie: ›Aber am Ende der Zeiten wird die Lust der Frauen keine Grenzen kennen … und einer wird kommen … aus dem siebten Siegel wird der Reiter gesandt werden … und er wird ein Tier mit drei Köpfen voller Eisenzähne sein, das das Blut der Wollust vergießen wird … Die Nachricht von seinem Kommen wird auf der ganzen Welt binnen eines einzigen Tages bekannt sein … Und die Erde wird das Geräusch seines Kommens hören … Die Frau in all ihren Aufmachungen wird seinen Zorn spüren … denn sie hat die Männer des Glaubens vom Pfad der Tugend abgebracht … denn die Fleischesblumen ihrer Lust werden zu den Warzen, welche die Welpen säugen, die ihren blutigen Eingeweiden entspringen … solcherart wird der Mann auf ewig versklavt … Aber es wird nicht in ihrer

Macht stehen, ihn mit ihren Listen zu verführen, vielmehr wird es in jener Zeit, wenn das Tier aus dem siebten Siegel über die Erde streift, besser für eine Frau sein, wenn sie unfruchtbar ist, wenn ihr Schoß welkt und die Milch ihrer Brüste sich in Blut verwandelt ...‹

Und wer wird das Tier loslassen, fragte ich. Und sie sagte: ›Eine tugendhafte Frau, welche die drei Farben des Martyriums erfahren wird, um alle Sünden ihres Geschlechts zu sühnen.‹

Und dann fragte ich sie, ob die Menschen meines Volkes vor dem Zorn des Tiers verschont blieben, und sie sagte, niemand könne ihm entrinnen, aber drei Zeichen würden ihnen offenbar werden, um sie zu warnen, daß das Tier unter sie komme. Und ich fragte, welche Zeichen das seien. Und sie sagte: ›Folgende drei Zeichen werden sie sehen: Drei Frauen wird man, gereinigt von Lust, an drei Orten finden, und an ihnen sieben Siegel ihres neuen Lebens in Keuschheit – eine Jungfrau in einer Kirche, eine Frau mit Kind in einem Beinhaus und eine Metze in einem Turm.‹«

Beim letzten Satz hatte Jane die Schrift vergrößert.

Drei Orte. Drei Frauen. Drei Tode.

Einer fehlte noch.

— 63 —

Am nächsten Morgen stand Jane früh auf und fuhr im Dunkeln in die Dubliner Innenstadt. Debbie wartete an einer zugigen Ecke nahe der Büros der *Irish Times*. »Das zahl ich Ihnen heim, Miss Wade. Mir stehen noch drei Stunden Schlaf zu.«

Jane gab ihr das Kuvert. »Nicht gucken, versprochen? Fax es einfach an die Nummer, die ich dir auf den Umschlag geschrieben habe. Dann steckst du alle Seiten wieder rein, und wir treffen uns hier.«

»Du könntest mitkommen und es selbst machen.«

»Ich will nicht, daß sich jemand bei euch an mich erinnert. Uhrzeit und Absender werden auf dem Fax sein, das heißt, die Polizei wird kommen und Fragen stellen.«

Debbie zog verschnupft von dannen, steif wie eine Marionette im eisigen Wind.

Jane rechnete damit, daß Dempsey umgehend benachrichtigt wurde, wenn das Dokument eintraf. Sie hatte am Abend zuvor noch wegen der Faxnummer im Polizeirevier angerufen. Eine E-Mail hätte man vielleicht erst entdeckt, wenn es schon zu spät gewesen wäre. Vermutlich würden sich Dempsey und Taaffe in Lucan treffen, die Folgerungen aus dem Fax diskutieren und sich daranmachen, den Absender herauszufinden. Um so besser, daß sie daran gedacht hatte, es von der Zeitung aus zu faxen. Sie würden glauben, ein Journalist hätte das Ganze ausgegraben, und dadurch wirkte es glaubhafter und würde ihnen zusätzliches Kopfzerbrechen bereiten. Über die Auszüge aus der *Vision des Gorman* hatte sie in Großbuchstaben getippt:

DEDI
WAR DER NAME VON W. B. YEATS IM
ORDEN DER GOLDENEN MORGENRÖTE.
DENKEN SIE DARÜBER NACH.
UND ZUM WEITEREN BEWEIS DAFÜR, DASS LAVELLE
UND WADE
RECHT HATTEN, LESEN SIE DAS FOLGENDE.

Alles in allem hoffte sie, die beiden Beamten würden aufgrund dieser Ablenkung nicht daran denken, daß um zehn Uhr Janes Maschine aus Italien landen sollte. Sie brauchte zumindest einen vollen Vormittag. Aber selbst wenn sie entdecken sollten, daß Jane bereits wieder im Lande war, würden sie Mühe haben, sie zu finden. Sie wollte, daß das nächste Treffen zu ihren Bedingungen stattfand.

Debbie kam um die Ecke. »Kein Problem. Niemand war in der Nähe des Faxgeräts, das ich benutzt habe.« Sie gab Jane das Kuvert zurück.

Jane küßte sie auf die Wange. »Dafür ist bald ein neuer Besuch in Rick's Café fällig. Auf meine Kosten.«

Debbie faßte sich an die Stirn. »O nein, nicht schon wieder«, stöhnte sie. »Ich muß los, Jane, bye-bye.«

Debbie ging zu ihrem Auto, das neben Janes in einer nahen Busbucht stand. Jane stieg in ihren Wagen und fuhr über die O'Connell Bridge und dann die Kais an der Mündung der Liffey entlang. Nahe dem Point Club sah sie Bogenlichtlampen und am rechten Flußufer geparkte Lkws. Andrews drehte ein Video im Hafenviertel und wollte offenbar die Zeit nutzen, bevor der Verkehr über die nahe gelegene Mautbrücke zu strömen begann. Sie parkte auf dem gepflasterten Rand des Kais, knapp einen Meter vor dem nicht gesicherten Absturz in die unruhigen Fluten des Flusses. Sie hatte Andrews bereits gesehen. Er trug einen weißen Anorak und stand unter dem Baldachin eines Catering-Wagens, redete mit dem Personal und trank aus einem dampfenden Kaffeebecher.

Jane stapfte gegen die steife Morgenbrise, die vom Fluß heraufkam, zu der Gruppe.

»Entschuldigen Sie, Ollie, wir sind uns schon einmal begegnet. Jane Wade. Ich habe früher bei Hot Press gearbeitet.«

»Ach ja, Jane. Wie geht's?«

»Gut, danke. Hören Sie, ich bin gerade auf dem Weg zur Arbeit vorbeigekommen. Im Büro sagte man mir gestern, daß Sie heute hier unten drehen. Ich muß jetzt gleich eine Recherche über Musikvideos als Kunstform zu Ende bringen. Ich bräuchte ein bißchen Hintergrundinformation über Becca de Lacys Video zu *Byzanz*. Zum Beispiel, wer die Ideen dazu hatte.«

Andrews sagte, seines Wissens stamme das Konzept von Becca selbst. Sie hätten das Skript von George Masterson bekommen, und es sei sehr detailliert gewesen und habe sogar Vorschläge für zu verwendende Standfotos enthalten. Das war kurz nach Weihnachten. Sie hatten eine Reihe von Szenen mit Becca in ihrem Studio in Dublin gedreht, die Standfotos aufgetrieben oder selbst geschossen und alles Material an Dreamtime Productions in Los Angeles geschickt, wo sämtliche Computereffekte und die Redaktion gemacht wurden. Becca dürfte eine Rohfassung gesehen und eventuell kleinere Änderungen vorgeschlagen haben, aber in dieser Phase hätte sie bereits direkt mit L. A. verhandelt.

»Hatten Sie je mit David Edwards zu tun?«

»Nicht, daß ich wüßte.«

»In dem Video wurde ein bestimmtes Dia benutzt. Haben Sie das hergestellt?«

»Ich habe es in dem fertigen Video bemerkt. Es war nicht im Skript oder in der Liste der benötigten Dias. Aber es könnte aus dem farbigen Original entwickelt worden sein.«

Ein Stück entfernt versuchte eine junge Produktionsassistentin seine Aufmerksamkeit zu erwecken.

»Ich muß wieder an die Arbeit. Sie entschuldigen mich?«

Jane ging zu ihrem Auto zurück und steuerte es gerade vorsichtig an einem geparkten Lkw vorbei, als Andrews neben ihr auftauchte und sie anhielt. Sie ließ das Fenster herunter, und er beugte sich zu ihr herab.

»Sasha hat mir gerade etwas erzählt, als ich ihr erklärt habe, wonach Sie fragten. Sie soll es Ihnen selbst sagen.«

Die junge Frau streckte den Kopf zum Fenster herein. »Haben Sie diesen Radiobeitrag gemacht, in dem es heißt, daß das Album und das Video eine versteckte Bedeutung hätten?«

Jane fragte sich, was jetzt komme würde. »Ja. Das war nur Spekulation.«

»Ich habe Sie damals gehört und mir gedacht: Na und? Eine Menge Künstler bitten uns, irgendwelches Zeug in ihre Videos zu schneiden, Aufnahmen von Orten oder Bilder, die eine persönliche Bedeutung haben oder die nur die eingefleischtesten Fans wiedererkennen.«

»Verstehe. Also ist an Beccas Video nichts Ungewöhnliches.« Sie legte wieder den ersten Gang ein.

»Das habe ich nicht gesagt. Als ich genauer darüber nachdachte, fiel mir ein, daß ich einen Anruf von David Edwards erhielt, als wir gerade das Material zusammentrugen, und er sagte, ich soll aus der Seite mit den Großbuchstaben ein auf dem Kopf stehendes Negativ-Dia machen lassen. Ich fragte ihn, wer das autorisiert hätte, und er schickte mir ein Fax mit Beccas Briefkopf und Unterschrift und den auf dem Skript vermerkten Einschüben. Auf dem Fax stand, Dreamtime in Los Angeles hätte ein Duplikat des Skripts erhalten, und sie würden das Dia erwarten. Ich hatte eine kleine Frage und rief die Nummer auf dem Begleitschreiben an. Es läutete nur endlos. Ich war in Eile und vergaß es. Erst als ich Ihren Radiobeitrag hörte und das Video ein paarmal angesehen hatte, dachte ich, daß die ganze Sache doch irgendwie merkwürdig arrangiert wurde. Das ist alles.«

»Sie haben mir sehr geholfen, Sasha. Vielen Dank.« Jane drehte das Fenster hoch und fuhr am Set vorbei, wo vier junge Männer auf einem Stapel Paletten eine Schrittfolge übten.

Fünf Minuten später war sie am anderen Ende der Kais und parkte den Wagen in einer Seitenstraße nahe der Orbis Studios. Ihr Treffen mit Tosh Jackson war erst um neun Uhr. Sie ging in Richtung Stadtmitte, und nach wenigen hundert Metern wehte der Duft von gebratenem Speck mit der frischen Brise heran, die um die Ecken und durch die Gassen fegte. Er kam aus einem unscheinbaren Lokal in einer schmalen Seitengasse, das um diese frühe Stunde schon geöffnet hatte. Jane fror und hatte Hunger. Sie brauchte ein Frühstück.

Nachdem sie sich aus ihrer zweiten Kanne Tee eine Tasse eingeschenkt hatte, holte sie ihre *Gesammelten Gedichte* hervor und las noch einmal alle Gedichte, die auf der CD zitiert wurden. Es schien, als könnte man die ausgewählten Stellen unter jeweils drei Aspekten sehen.

Beim ersten Lesen bekam man Yeats' ursprüngliche Absicht vermittelt, die reichhaltige Symbolik, die vielleicht eine Reaktion in nicht so leicht zugänglichen Teilen des Bewußtseins auslösen sollte.

Beim abermaligen Lesen riefen die Auszüge makabre Bilder wach, die mit dem Kloster auf dem Berg in der ägyptischen Wüste verknüpft waren – ein Körper, der duftendes Öl verströmt, Mumien, trockene Knochen im Wind.

Außerdem lieferten die Zeilen einen Hinweis darauf, wo die Opfer der Ritualmorde zu finden waren. Wenn man die Hinweise mit der

Vision des Gorman verglich, erhielt man sie bestätigt, und dazu eine Beschreibung des Frauentyps, der als Opfer ausgewählt wurde. Bislang gab es eine Jungfrau in einer Kirche, eine schwangere Frau in einem Beinhaus. Blieb der Turm – auch er im Gedicht eindeutig widergespiegelt – und ... das nächste Opfer. Eine Metze – wahrscheinlich eine Prostituierte. Jane sah auf die Uhr und fragte sich, ob Dempsey und sein Kollege wohl etwas anfangen konnten mit dem Material, das sie inzwischen gelesen haben mußten.

— 64 —

»Was hältst du davon?« fragte Taaffe. Sie waren in ein Café gegenüber des Polizeireviers gegangen, wo sie einen anständigen Kaffee bekamen.

»Wenn man es für bare Münze nimmt, hilft es Lavelle«, sagte Dempsey. »Wir haben damit eine Erklärung für die Buchstaben, die Gewandnadel, die Auswahl der Opfer und ihren Fundort und auch für die Wunden am Körper, wenn man sie als sieben zählt. ›Sieben Siegel ihres neuen Lebens in Keuschheit‹, so hieß es doch, oder?«

»Aber an beiden Opfern fand man neun Wunden, nicht sieben.«

»Zähl sie von den Füßen aufwärts. Dort sind es zwei. Zwei Schnitte in der Leiste, macht vier. Zähl die Verstümmelung der Genitalien als eine. Macht fünf. Zwei weitere Verletzungen an den Brüsten ergibt sieben. Was bedeutet, der Stich mit der Gewandnadel gehört nicht zu den rituellen Verwundungen oder Verstümmelungen, sondern war ein Test oder Beweis für ihren veränderten Zustand, wie Lavelle uns erklärt hat.«

»Du fällst schon drauf rein, Kevin. Du fängst an, die Wirklichkeit der Phantasie anzupassen.«

»Nein, ich stelle mich nur der sehr realen Möglichkeit, daß jemand von diesem Buch mit Prophezeiungen dazu inspiriert wird, die Morde zu begehen. Und es sieht so aus, als hätte ein Journalist die Geschichte. Oder jedenfalls teilweise. Andererseits ...«

Er überlegte.

»Andererseits hört es sich immer noch verrückt an«, ließ Taaffe nicht locker. »Ein Archäologe oder was immer als Serienkiller. Eine Art Indiana Jones mit Dachschaden.«

»Für mich gibt es keinen Zweifel, daß wir es hier mit einer überdurchschnittlichen Intelligenz zu tun haben«, sagte Dempsey. »Mit jemandem, für den die Ritualmorde nur Teil eines größeren Plans sind.«

»Ja, und wir wissen, worum es sich dabei handelt – um Drogen«, sagte Taaffe mit Nachdruck.

Dempsey schüttelte den Kopf. »Ich glaube nicht, daß das Ganze irgendwas mit Drogen zu tun hat, Jack. McDonaghs Theorie hat mich nie überzeugt, deshalb habe ich gestern auf eigene Faust etwas unternommen. Ich habe mit Sean O'Neill gesprochen.«

»Oh, verflucht. Ich hoffe nur, die Jungs vom Drogendezernat kriegen nicht raus, daß du ihnen ins Handwerk pfuschst.«

»Ich habe mir eine gute Zeit ausgesucht. Sie lassen ihn ein paar Tage in Ruhe. Er hat gestern seine einzige Tochter beerdigt.«

»Und was hast du gemacht, am Grab mit ihm gesprochen?« fragte Taaffe sarkastisch.

»Nein. Ich habe ihn einfach angerufen. Wir kennen uns schon lange. Vor zwanzig Jahren hat Sean O'Neill einen BMW gestohlen und mit seinen Kumpels eine Spritztour gemacht. Nicht zum erstenmal, er war schon ein alter Bekannter bei der Polizei. Ich war auf dem Nachhauseweg und hörte, wie ein Streifenwagen, der ihn verfolgte, über Funk eine Meldung durchgab. Ich war gerade in der Gegend und wußte, er mußte gleich aus einer nahen Wohnsiedlung herauskommen. Ich stellte meinen Wagen quer in die Zufahrt zur Siedlung, um ihn aufzuhalten, aber er versuchte an mir vorbei auf die Hauptstraße zu kommen. Dabei verlor er die Herrschaft über den Wagen und prallte gegen eine Mauer. Der Flitzer ging in Flammen auf. Seine Kumpel auf dem Rücksitz wurden herausgeschleudert, aber O'Neill war eingeklemmt. Ich rannte zum Auto und zog ihn heraus, kurz bevor es ein einziger Feuerball war.«

»Dann schuldet er dir also seit damals noch einen Gefallen.«

»Nicht direkt. Aber er bringt mir vielleicht widerwillig Respekt entgegen. Jedenfalls habe ich ihn angerufen und mein Beileid ausgedrückt. Er wußte noch, wer ich bin. Dann sagte ich, daß mich seine Reaktion auf ein paar Namen interessieren würde, weiter nichts. Ich würde die Namen sagen, und egal wie er darauf reagierte, ich würde nicht aktiv werden, keinen Aktenvermerk machen, niemandem berichten. Die Sache bliebe auf jeden Fall unter uns, sagte ich. Um mich zu vergewissern, daß er offen antwortete, fing ich mit einem Namen an, den er kennen mußte, einem Kerl, der mit Drogen handelt, dem es bisher aber gelang, eine saubere Weste zu behalten. O'Neill hielt nichts zurück. Was er mir erzählte, hätte locker gereicht, den Kerl einzubuchten. Dann nannte ich ihm die Namen auf unserer Liste, einen nach dem anderen. Und er stritt ein ums andere Mal ab, sie zu kennen. Bis auf den letzten Namen – Lavelle.«

»Tatsächlich?«

»Weißt du, was er sagte, als er Lavelles Namen hörte? ›Ein verfluchter Moralapostel.‹ Dann legte er auf.«

»Hmm.« Taaffe war enttäuscht. »Du meinst also, es gibt keinen Drogenaspekt?«

»Soviel ich sehe, nicht.«

»Dann sind wir also wieder bei unseren Endzeitsekten, toten Dichtern und Prophezeiungen gelandet?«

»Meiner Meinung nach, ja.«

»Okay, was ist damit: Die Person, die uns dieses Fax geschickt hat, steckt in der Sache drin, und es ist ein letzter verzweifelter Versuch, Lavelle rauszuhauen?«

»Wie meinst du das?«

»Dieses Buch und die Gedichte und so weiter. Angenommen, die Sekte, sei es das Siebte Siegel oder der Zehnte Kreuzzug, hat mit Hilfe dieses Buches die Ritualmorde geplant. Es als Handbuch genommen, wenn man so will. Nachdem nun Lavelle einiges davon verraten hat, uns gewissermaßen ein bißchen geneckt und sich außerdem als hilfreich ausgegeben hat, dachte er, das würde reichen, damit wir das Interesse an ihm und der Sekte verlieren. Zu weit hergeholt für die Trottel von der Polizei. Aber als wir ihn nun direkt mit dem ersten Mord in Verbindung brachten, sind sie in Panik geraten. Deshalb haben sie uns das Buch zugespielt, damit es so aussieht, als sei Lavelle von Anfang an ehrlich gewesen. Wenn wir es ihnen abkaufen, stehen wir ohne Verdächtigen da, sie machen sich aus dem Staub, und niemand hört je wieder was von ihnen, während wir weiter auf der Insel im See von Inisfree und im alten Ägypten herumschnüffeln und nach Beweisen suchen.«

»Das sind ja wilde Theorien, Jack. Aber du mußt dich schon entscheiden. Lavelle müßte ein erstaunlicher Verrenkungskünstler sein, wenn er gleichzeitig schuldig und unschuldig sein soll. Er hat uns zwar in diese Richtung geführt, aber eigentlich war es Jane Wade, die ihn und uns darauf gestoßen hat. Wer uns auch das Fax geschickt hat, er oder sie ist meiner Ansicht nach aufrichtig von Lavelles Unschuld überzeugt. Und von welcher Person wissen wir, daß sie alle diese Einzelheiten genau kennt und wahrscheinlich Lavelle für unschuldig hält?«

»Jane Wade.«

»Genau. Und jetzt hat sie ihre Drohung wahr gemacht und die Medien eingeschaltet. Oder aber ...«

»Aber sie ist in Italien.« Taaffe sah auf die Uhr. »Deiner Aussage nach muß sie in etwa einer Stunde in Dublin ankommen.«

»Hmm ...«

»Was ist mit der *Irish Times*? Hast du jemanden darauf angesetzt?«

»Wird überprüft. Ich würde sagen, der Zeitpunkt war kein Zufall. Wahrscheinlich war noch niemand im Büro. Und das führt mich zu der Annahme, daß es möglicherweise nicht das ist, wonach es aussieht.«

»Also kein Versuch der Presse, einen Knüller zu landen?«

»Wahrscheinlich nicht. Wade könnte alles schon vor ihrer Abreise vorbereitet haben. Und jemand anderer hat es dann für sie ausgeführt. Die Frage ist, warum ließ sie es erst heute morgen faxen?«

»Weil sie heute zurückkommt?«

»Weißt du, was ich glaube? Ich glaube, sie ist schon da. Auf zum Flughafen.«

— 65 —

Tosh Jackson war ein wortkarger Mensch. Als renommierter Toningenieur, der im Laufe der Jahre mit irischen und internationalen Musikgrößen gearbeitet hatte, gab er nie Interviews, woran sich Jane aus ihrer Zeit bei Hot Press erinnerte. Nun sah er sie dennoch durch seine dunkle Sonnenbrille an, die zusammen mit einem mächtigen, über den Mund hängenden Schnauzer verhinderte, daß sie seinen Gesichtsausdruck lesen konnte. Mit seiner kräftigen Statur hatte er sich in einen Drehstuhl neben einem Mischpult gezwängt, und das schwarze T-Shirt spannte sich wie ein Trommelfell über seinen Bierbauch. Er hatte die Arme verschränkt und antwortete brummelnd und einsilbig auf ihre Fragen.

Ob Becca das Album in ihrem eigenen Studio aufgenommen habe?

»Ja.«

War er bei allen Phasen der Aufnahme dabeigewesen?

»Ja.«

War Becca für die endgültige Abmischung in die Orbis Studios gekommen?

»Hmm.«

War das David Edwards' Stimme, die die Gedichte zitierte?

»Hmm.«

Hatte er viel mit Edwards gesprochen?

»Nein.«

Wußte er, wo Edwards wohnte?

»Nein.«

War Edwards mit Becca auf der Tournee?

»Keine Ahnung.«

Wenn das so weiterging, würden sie den ganzen Tag brauchen, aber Jane wußte, er hatte um zehn Uhr einen Aufnahmetermin, und dann würde sie gehen müssen. Sie machte zwar Fortschritte, aber nicht schnell genug. Das Telefon läutete, und er drehte sich weg und zog die Schultern ein, weil er nicht wollte, daß sie das Gespräch mithörte. Sie mußte es anders versuchen.

Beccas Mythos bestand zum Teil darin, daß sie ursprünglich eine traditionelle irische Sängerin war, die in den Liedern und Geschichten ihres Volkes wurzelte und in den Quell ihrer keltischen Vergangenheit tauchte, um ihren Kompositionen eine authentische Reinheit zu verleihen. Jane wußte, daß Rebecca Lacy, wie sie damals hieß, ihre Karriere mit einer Ausbildung zum Toningenieur bei Tosh Jackson begonnen hatte. Ihr Talent als Pianistin, Sängerin und Komponistin war nur den Mitgliedern einer Rockband bekannt gewesen, mit der sie seit zwei Jahren in schmuddligen Pubs und kleineren Clubs in Dublin und Umgebung spielte. Als eines Tages eine Sängerin nicht zu einer Aufnahme im Studio erschien, erbot sich Becca einzuspringen, und von da an bekam sie regelmäßig Arbeit von Tosh. Er war es auch, der ihr vorschlug, ein paar Demos von ihren eigenen Sachen aufzunehmen, die er dann an eine Plattenfirma weitergab. Der Rest war Geschichte oder vielmehr ein Märchen. Allerdings stimmte es, daß Becca das meiste Rohmaterial selbst aufnahm und ihre Studioerfahrung zu großem Vorteil einzusetzen wußte. Der entscheidende Punkt war jedoch, daß sie immer noch mit Tosh arbeitete, wofür sie ihn vermutlich gut bezahlte. Und je größer der Mythos Becca de Lacy wurde, desto wertvoller wurde seine Diskretion. Deshalb würde so ohne weiteres nicht viel aus ihm herauszubekommen sein. Jane mußte die Sache anders angehen.

Er beendete sein Telefongespräch und drehte sich wieder zu ihr um, dann schaute er mit schräg gelegtem Kopf zur Studiouhr über der

Glasscheibe vor ihm. Er drückte auf einen Knopf, und die Lichter im Studio gingen an. Er warnte sie schon mal vor.

»Hören Sie, Tosh, ich will ehrlich zu Ihnen sein. Ich glaube, Becca ist in Gefahr.«

An seiner unergründlichen Haltung änderte sich nichts; Jane sah nun, daß auf seinem großen schwarzen T-Shirt die unpassenden Worte *Jede Kunst ist sinnlos* prangten.

»Vor zwei Wochen«, sprach sie weiter, »erfuhr ich, daß eine religiöse Sekte mit dem Namen ›Die Hüter des Siebten Siegels‹ das Album *Byzanz* als eine Art Code benutzen. Sie betrachten Becca als eine Art Instrument oder Gefäß für den Kontakt zwischen ihnen und Gott. Das Problem ist, daß es ihnen weniger um Becca zu tun ist als um die Botschaft, für deren Übermittlung sie ihrer Meinung nach auserwählt wurde. Falls Becca spitzkriegt, was abläuft, und irgendwelche herabsetzenden Aussagen über die Anschauungen der Gruppe macht, dann fürchte ich, könnten sie ziemlich unangenehm werden.«

Sie hielt den Atem an.

Einen Moment lang glaubte sie, er würde zu lachen anfangen. Aber er tat etwas völlig anderes. Er sagte: »Ich hab's verdammt noch mal gleich gewußt. Ich sagte, dieses ganze nachträglich hineingemischte Chiffrezeug führt nur dazu, daß es irgendwer für eine Botschaft des Himmels hält, wie das dritte Geheimnis von Fatima. Ich hab's ihr gesagt, aber sie wollte nicht hören. Dieser Spinner von Edwards hat sie irgendwie versaut. Und dem Ganzen die Krone aufgesetzt hat dann das verborgene Stück. Das ist ihnen wahrscheinlich eines Abends eingefallen, als sie zuviel Karottensaft intus hatten, verdammt noch mal.« Er hielt brummend inne. Offenbar war er es nicht gewohnt, so viele Worte zu machen.

»Das *verborgene* Stück? Was ist das denn?«

»Ach, die Idee ist, daß man zusätzliche Stücke auf CDs packt, weil sie soviel Aufnahmekapazität haben. Man läßt eine lange Lücke nach dem letzten Lied und schreibt nichts davon auf die Plattenhülle. Eines Nachts hört man sich dann die CD an, man hat vielleicht ein bißchen was geraucht, die Musik ist seit zehn Minuten aus, und man genießt die Stille, und mit einem Schlag steht man senkrecht, weil noch eine Nummer in voller Lautstärke von der CD dröhnt. Sie haben es mir inklusive Anweisungen hereingeschickt. Nimm das mit auf das Masterband, elf Minuten und sechs Sekunden nach dem Ende des letzten Stücks. Basta.«

Jane sah auf die Uhr. Es war genau zehn.

»Was ist auf dem Stück?«

»Irgendwelche Worte und ein fürchterlicher Krach. Und so blöde Fledermausschreie oder was.«

»Fledermäuse? Sie meinen Aufnahmen von Fledermäusen?«

»Möglich. Könnten auch künstlich hergestellt sein. Das Zeug ist Ultraschall, im Bereich von sechzig Kilohertz. Für das menschliche Ohr nicht wahrnehmbar, also was soll das Ganze? Andererseits hatte sie von Insekten bis Walen schon alles mögliche auf ihren Alben. Von den Walgeräuschen waren manche so *tief*, daß man sie praktisch nicht mehr wahrnimmt. Man *fühlt* sie mehr, als daß man sie hört.«

»Sie haben die Aufnahme nicht zufällig hier, oder?«

»Nein. Das ist alles bei Becca. Sie vergibt ihr Material in Lizenz an die Plattenfirma, wußten Sie das?«

»Ich hab so was gehört. Haben Sie die aktuelle CD hier?«

»Nein.«

»Möchten Sie sonst noch etwas über Beccas Aktivitäten in der letzten Zeit sagen?«

»Nein.« Tosh war wieder ganz der alte.

Sein Telefon läutete. Er schwenkte weg von ihr. Gleichzeitig kam eine Gruppe Leute zur Tür herein, dieselben Burschen, die sie bei den Videoaufnahmen am Kai gesehen hatte. Jane winkte ihnen zu, als sie an ihr vorbei ins Studio weitergingen. Es war Zeit, sich zu verabschieden.

Als sie auf der Treppe war, läutete ihr Handy, und sie meldete sich automatisch. Erst dann fiel ihr ein, daß sie vorgehabt hatte, es den ganzen Tag ausgeschaltet zu lassen.

»Miss Wade? Hier ist Kevin Dempsey.«

— 66 —

Als Jane in nördlicher Richtung durch den Phoenix Park fuhr, fühlte sie sich wie auf der Flucht. Sie war auf der Flucht! Sie war überzeugt, daß an den Parktoren eine Straßensperre wartete; in diesem Fall beabsichtigte sie, über eine Seitenstraße in die Stadtmitte zurückzufahren. Aber die Ausfahrt war frei, und sie durchquerte innerlich jubelnd das Tor und steuerte in Richtung der Grafschaft Meath.

Sie hatte das Handy abgeschaltet, ohne Dempsey zu antworten. Natürlich kannten sie ihre Nummer, sie hatte ja Taaffe ihre Visitenkarte gegeben. Aber Jane hatte nicht damit gerechnet, daß sie ihr so schnell auf den Fersen sein würden. Sie brauchte Zeit, ihre Gedanken zu ordnen, und sie mußte noch mit einer bestimmten Person Kontakt aufnehmen.

Eine halbe Stunde später fuhr sie über eine enge Landstraße. Die Asphaltdecke war voller Lehm, den Traktoren und andere Fahrzeuge beim Ausweichen auf den Randstreifen hinterlassen hatten. Sie bog in eine Einfahrt mit zwei baufälligen Torpfosten; auf dem von Schlaglöchern übersäten Zufahrtsweg war der Kies größtenteils verschwunden. Schließlich rollte sie auf der Rückseite eines Bauernhauses in einen morastigen Hof, der auf einer Seite von heruntergekommenen Ställen und Schuppen, auf der anderen von einer Scheune begrenzt wurde. Ein Schäferhund kam bellend aus der Scheune. Nachdem Jane ausgestiegen war, sprang er mit dreckigen Pfoten an ihr hoch, wedelte mit dem Schwanz und leckte ihr die Hände. Sie versuchte sie außer Reichweite des Hundes zu strecken, was diesen aber nur zu um so artistischeren Hochsprungleistungen anregte.

»Aus, Tam, aus!« Elizabeth war aus dem Haus gekommen. Sie mußte mehrmals rufen, bis sich Tam beruhigte.

»Jane! Wie schön, dich zu sehen. Bist du auf der Flucht?«

Wie recht sie doch hatte! »Ich habe nichts angestellt«, protestierte Jane.

Sie gingen in die Küche, die von einem langen Kieferntisch in der Mitte des Raums beherrscht wurde. Links von der Tür, unter dem

Fenster, waren Spüle, Ablauf und Arbeitsflächen. Am Ende des Raums stand ein großer schwarzer Herd in einer gemauerten Feuerstelle, und die gegenüberliegende Wand nahmen zwei Anrichten unterschiedlicher Größe und Stile ein, die eine Kiefer, die andere dunkles Mahagoni. Beiden waren mit allem erdenklichen Schnickschnack überladen, und keine zwei Teile schienen zusammenzupassen.

»Setz dich, Kind. Ich mach dir einen Kaffee.«

»Tee wäre mir lieber, danke.«

»Gut, dann setz ich den Kessel auf. Nick ist heute im Laden. Ich hab ihm erzählt, ich möchte ein Inventarverzeichnis von all den Möbeln und wertlosen Gemälden machen, die er in den Ställen aufbewahrt. Uns geht der Platz aus. Wir müssen eine Auktion machen, sagte ich.« Sie hatte den Kessel gefüllt und angeschaltet und nahm gegenüber von Jane am Tisch Platz. »Und dieser Priester hat dich also in Schwierigkeiten gebracht, was? Wir haben es in der *Times* gesehen.«

»Es ist alles ganz anders. Man hat ihn hereingelegt. Es hat keinen Sinn, wenn ich jetzt in die Details gehe, du mußt mir einfach glauben. Ich bin hier herausgefahren, damit ich für ein paar Stunden weg vom Schuß bin, wenn es dir recht ist. Ich muß ein paar Probleme lösen.«

»Natürlich glaube ich dir, Kind.«

Sie ging zu dem Küchenschrank aus Kiefer, holte zwei Tassen heraus und stellte sie neben den Teekessel. »Ich habe Hazel gesagt, daß er dir helfen wollte, sie zu suchen.«

»Sag das noch mal. Du hast Hazel gesagt – du hast mit *Hazel* gesprochen? Wann, um Himmels willen, Mutter? Wo ist sie?«

»Sie hat gestern abend angerufen. Ich weiß nicht, von wo. Sie wollte es partout nicht sagen. Sie klang ein bißchen merkwürdig. Ich sagte ihr, du machst dir Sorgen und hättest diesen Priester zu Rate gezogen, der sich in Sektenfragen auskennt. Sie lachte. Sie sagte, du hättest sie nie verstanden.«

»Was hat sie noch gesagt? Warum hat sie dich angerufen?«

»Wie ich es sage. Sie hatte so einen komischen Ton in der Stimme. Als würde sie es ablesen ...«

»Was ablesen, Mutter? Bitte komm zur Sache.«

»Sie sagte: ›Dieser Anruf ist für dich, Mummy. Ich kann Jane nicht anrufen, aber ich werde ihr ebenfalls etwas schicken, und sie wird es verstehen. Aber ich tue es für Scott. Ich fühle mich ihm jetzt so nahe.‹ Das war so ziemlich alles, was sie gesagt hat, bevor abrupt Schluß war. Vermutlich sind ihr die Münzen ausgegangen, oder ihre Telefonkarte war leer, wie ich Hazel kenne.«

»Ach, ich wußte es, Mutter. Sie muß eine Überdosis genommen und dann beschlossen haben, dich anzurufen. Sie könnte jetzt tot irgendwo liegen. Hast du denn um Himmels willen nicht herauszufinden versucht, von wo sie anrief?« Jane war aufgebracht und ließ es an ihrer Mutter aus.

»Beruhige dich, Kind. Du befürchtest gleich das Schlimmste. Ich glaube, sie wollte erklären, warum sie sich dieser Sekte angeschlossen hat, oder was es auch ist. Wie ein Mädchen, das ins Kloster geht.«

»Ich wünschte, du hättest recht. Wirklich. Aber die Organisation, bei der sie ist, hat etwas vor, täusch dich da nicht. Erinnerst du dich noch an diese Leute in San Diego, die Gift genommen haben und gestorben sind? Die Heaven's-Gate-Sekte? Das hat großen Eindruck auf Hazel gemacht.«

»Und warum bist du dir so sicher, daß diese Leute etwas Ähnliches planen?«

»Sie interpretieren ein Buch mit Prophezeiungen. Lassen sie in Erfüllung gehen. Dabei schrecken sie auch vor Gewalttaten nicht zurück ... diese Morde in letzter Zeit. Alles läuft auf etwas Bestimmtes hinaus. Die Konferenz in Jerusalem ... das kann kein Zufall sein ... die Wahl des Zeitpunkts ...«

Elizabeth sah ihre Tochter mit einer Mischung aus Skepsis und Sorge an. »Weißt du was, Kind, du siehst sehr erschöpft aus. Was hältst du von ein paar Stunden Schlaf? Dann sieht die Welt wieder ganz anders aus.«

Sie hatte recht. Jane war müde. Sie war seit fünf Uhr morgens wach.

»Also gut, ich lege mich hin. Danke. Weck mich um drei, das müßte reichen. Tut mir leid, daß ich wütend geworden bin.«

»Kein Problem. Ich hätte mich mehr anstrengen sollen, um herauszufinden, wo Hazel ist. Aber ich glaube nicht, daß sie es mir gesagt hätte.«

— 67 —

Es war dunkel. Jane streckte die Hand aus, um ihre Nachttischlampe anzuknipsen. Ihre Fingernägel kratzten über kalten Verputz. Sie setzte sich verwirrt auf und versuchte sich zu orientieren. Sie war im Haus ihrer Mutter, im vorderen Gästezimmer. Vorsichtig tastete sie nach der anderen Seite, fühlte einen Lampenschirm, darunter die Glühbirne und dann den Schalter. Sie blinzelte ein, zwei Sekunden in das blendende Licht, dann sah sie auf ihre Armbanduhr. Es war kurz nach sechs.

Sie stöhnte und schälte sich aus der Bettdecke. Ihre Jeans und der Pullover hingen über einer Stuhllehne, sie zog sie an und schüttelte den Kopf, um die Schläfrigkeit zu vertreiben, die immer noch auf ihr lastete. In der vergeblichen Hoffnung, ihre Uhr könnte falsch gehen, zog sie den Vorhang auf und sah die Bäume vor dem Haus dunkel vor einem lila Himmel aufragen, an dem die Sonne gerade hinter den Horizont schlüpfte.

Als sie nach unten kam, brannte Licht, aber in der Küche war niemand. Sie stellte sich mit dem Rücken zum warmen Herd. Vom Auto ihrer Mutter, das vorhin vor dem Fenster stand, war nichts zu sehen. Bestimmt holte sie Nick in der Stadt ab und hatte Janes Bitte, sie zu wecken, einfach ignoriert. Manchmal hätte sie die Frau erwürgen können!

Jane gähnte und streckte sich. Dann fiel ihr plötzlich die Neugkeit über Hazel wieder ein, und sie war mit einem Ruck hellwach. Was sollte sie glauben? Aber jetzt war keine Zeit für langes Grübeln. Sie mußte einfach weitermachen. Sie ging wieder nach oben, zog ihre Stiefel an und packte ihre Tasche zusammen.

Im Flur holte sie Notizbuch und Kalender heraus und suchte Raymond O'Loughlins Privatnummer. Dann griff sie zum Telefon auf der Garderobe und wappnete sich, während es läutete.

»Ja?«

»Raymond, hier ist Jane Wade ... es tut mir so leid wegen Kara. Das muß schrecklich für Sie sein.«

»Jane Wade? Ach ja, danke.« Seine Stimme war traurig und tonlos.

»Haben Sie etwas von einem Pfarrer Lavelle und dem Fall in Kilbride gehört oder gelesen?« Sie hoffte, er hatte ihren Namen nicht in der Zeitung gesehen. Es wäre zu kompliziert, ihm alles zu erklären.

»Ich weiß nur, daß die Polizei nach einer Verbindung zwischen ihm und mir sucht, was ein gottverdammter Witz ist.«

»Ich weiß, aber hören Sie. Aus Gründen, auf die ich nicht näher eingehen kann, habe ich vielleicht die Möglichkeit, Sie beide zu entlasten. Aber fragen Sie nicht, wie, bitte vertrauen Sie mir einfach.«

»Wird mir wohl nichts anderes übrigbleiben.«

»Gut. Wenn Sie ein paar Minuten Zeit haben, hätte ich eine Frage an Sie. Ich versuche mir ein Bild von einem gewissen David Edwards zu machen, und ich dachte, Sie haben ihn vielleicht bei Becca de Lacys CD-Präsentation getroffen. Ich hatte den Eindruck, Sie und Kara wollten anschließend noch zu einer Party bei ihr zu Hause.«

»Er ist ein Wichser. Ein ausgemachter Kotzbrocken.« Das klang schon eher nach Raymond.

»Dann haben Sie ihn also getroffen?«

»Ja. Wir sind an diesem Abend noch mit George Masterson zu Becca gefahren. Sie selbst war allerdings nicht da.«

»Ich weiß. Sie ist in die Staaten geflogen.«

»Richtig. Sie hatte Masterson das Erdgeschoß überlassen, damit er einen Empfang für den türkischen Botschafter und Vertreter der Plattenfirma aus Istanbul geben konnte. Und für ein paar Kletten wie uns.«

»Und was ist passiert?«

»Ich hatte eine Auseinandersetzung mit Edwards, diesem arroganten Arschloch.«

»Wie kam es dazu?«

»Er ist ein Schleimer, wie er im Buche steht. Lauter bescheuerte Ansichten über Dinge, von denen er keine Ahnung hat. Er ist mir auf die Nerven gegangen. Ich war betrunken, deshalb weiß ich nicht mehr genau, was alles gesagt wurde.«

»Aber was hat den Streit ausgelöst?«

»Wir sind unten im Haus herumspaziert. Die Party fand nur im Erdgeschoß statt, niemand durfte nach oben ins Studio oder in die anderen Räume. Ich hatte beim Herumgehen das Gefühl, als befänden wir uns in einer Geschichtsausstellung. Falsches Mittelalter, elisabethanische Zeit, Art nouveau, all der Schnickschnack aus diesen verschiedenen Epochen. Und wir kamen gerade von der Präsentation eines Albums, das Byzanz nostalgisch verklärt. Eine elitäre Kultur, die ihre Bürger in Unwissenheit ließ. Jedenfalls wurde ich ärgerlich darüber, und Kara ... Kara ...« Er machte eine lange Pause.

»Ich verstehe, wie schwierig das für Sie ist, Raymond. Ich kann morgen wieder anrufen.«

»Nein, schon gut. Wo war ich? Ach ja, Kara bat mich, ruhig zu bleiben, sie wies mich darauf hin, daß zwischen dem vielen Kitsch auch echte Gemälde und Möbel seien. Wir waren also in der Halle unten, am Fuß dieser großen Treppe, und ich glaube, es ging um Gotik oder diese Scheiß-Neogotik, hol's der Teufel, und dieser ganze Mist noch dazu in einem echten georgianischen Herrenhaus. Jedenfalls hing so ein religiöses Gemälde an der Wand, eine Märtyrerin, der man die Brüste abschneidet, soviel ich mich erinnere. Muß aus der Zeit übriggeblieben sein, als den Nonnen das Haus gehörte. In diesem Moment kommt Edwards die Treppe herunter und führt sich auf wie ein echter Gutsherr. ›Wundervolles Gemälde, finden Sie nicht?‹ meint er, worauf ich sage: ›Wenn ich sadomasochistisch veranlagt wäre, würde ich Ihnen vielleicht zustimmen.‹ Darüber ist er sehr eingeschnappt und fragt mich, worum es meiner Meinung nach bei Kunst gehe. ›Kommen Sie in meine Ausstellung‹, sage ich. ›Wenn Sie das Innere von echten Leichen, wenn Sie die Realität eines gewaltsamen Todes sehen würden, vielleicht wären Sie dann nicht mehr so fasziniert von diesen glorreich gefolterten Märtyrern und dem ganzen Mist.‹ An diesem Punkt hat sich Kara eingemischt, sie meinte, ich sei ein bißchen betrunken, und hat mich weggezogen.«

Jane hatte den Telefonhörer in die Halsbeuge geklemmt und bemühte sich, möglichst viel mitzuschreiben. Sie hatte eigentlich nur gehofft, ein Bild von der Persönlichkeit des Mannes zu erhalten, aber sie bekam mehr, viel mehr. »Und war es das? Oder haben Sie noch einmal mit ihm gesprochen?«

»Ja. Wir hatten wie gesagt einen Streit. Ich weiß noch, daß ich von der Toilette zurückkam, die Party war noch in vollem Gange, und ich konnte Kara zunächst nicht finden. Dann sehe ich sie in einer Ecke sitzen, und Edwards beugt sich über sie und redet mit ihr. ›Raymond‹, sagt sie, ›dieser nette Herr hat mir einen Stuhl besorgt, damit ich mich setzen kann.‹ Er hat dieses affektierte Grinsen im Gesicht und sagt: ›Man muß sich um eine Dame kümmern, wenn sie in diesem Zustand ist.‹ ›Ihr Zustand geht Sie nichts an‹, sage ich. Zu diesem Zeitpunkt war ich schon sternhagelvoll, und es hat mich geärgert, daß Kara ihm von ihrer Schwangerschaft erzählt hat. Er dreht sich also zu jemandem neben ihm um und meint auf mich bezogen: ›Manche Leute haben eben keine Manieren.‹ Ich gehe hin zu ihm und sage: ›Sie sind ein verdammter Faschist, genau wie Yeats ein Faschist war. Aber der hatte wenigstens Talent. Sie sind bloß ein Opportunist und ein Schnorrer.‹ Wahrscheinlich habe ich noch einen Haufen anderes Zeug gesagt, aber das ist alles, woran ich mich erinnere.«

»Aber warum waren Sie so aggressiv gegen ihn? Gut, Sie hatten viel getrunken, aber war das wirklich alles?«

»Er strahlte diese ... Arroganz aus. Ich weiß, ich kann stur und alles sein, aber die Haltung von diesem Kerl hat mich gereizt. Und ich hasse diese aalglatten Verkäufertypen, die mit ihrer verlogenen Spiritualität hausieren gehen und sich an reiche Leute heranmachen. Sie sind das Äquivalent zu diesem nachgemachten Kitsch. Es geht nur darum, alte Glaubensüberzeugungen auf ihre gemütlichen Bestandteile hin zu plündern.«

Jane fand, das war ein seltsamer, wenngleich interessanter Standpunkt. Doch ironischerweise lag »gemütlich« wahrscheinlich weit daneben, was Edwards Überzeugungen betraf.

»Ich danke Ihnen, Raymond. Ich weiß, die Polizei hat Sie verhört, und es muß schrecklich für Sie gewesen sein, bei aller Trauer auch das noch ertragen zu müssen.«

Draußen vor der Haustür ging ein Licht an, offenbar kamen ihre Mutter und Nicky nach Hause. »Ich muß los. Danke noch mal.«

Sie wollte sofort aufbrechen, deshalb holte sie ihre Autoschlüssel aus der Küche und traf die beiden beim Hinausgehen in der Tür.

»Ich mach mich auf den Weg, Mutter. Hallo, Nicky, tut mir leid, daß ich nicht bleiben kann. Ich sollte eigentlich schon vor drei Stunden fahren. Mutter erklärt dir alles.«

Am Tor hielt sie noch mal kurz an und schaltete die Innenbeleuchtung ein. Sie überprüfte die Nachrichten auf ihrem Handy. Dempseys kummervolle Stimme drängte sie, unverzüglich mit ihm oder der Polizei in Lucan Kontakt aufzunehmen. Er hatte mehrere Telefonnummern hinterlassen. Sie rief seine Mobilnummer an.

»Detective Inspector Dempsey.«

»Hier ist Jane Wade. Hören Sie genau zu. Ich möchte, daß Sie mich heute abend treffen. Ich habe wertvolle Informationen. Aber es gilt folgende Abmachung: Sie kommen um zehn Uhr zu mir nach Ryevale, nicht früher. Wenn Ihre Leute mein Haus im Augenblick überwachen, sollen sie sich zurückziehen. Ich muß einige Zeit ungestört sein.«

Sie legte auf, bevor er antworten konnte.

— 68 —

Nachdem Jane eine chinesische Fast-food-Mahlzeit verzehrt und ausgiebig heiß geduscht hatte, beschloß sie, ein dunkelgrünes Kostüm anzuziehen, das sie nur selten trug. Dazu suchte sie eine cremefarbene Bluse, eine Strumpfhose im Bronzeton und ein Bernsteinhalsband aus, das zu ihren Haaren paßte, die sie zu einem Nackenknoten hochsteckte. Dann zog sie ihre neuen italienischen Schuhe an.

»Würden Sie dieser Frau eine schier unglaubliche Geschichte abkaufen?« fragte sie ihr Spiegelbild.

Die äußerst seriös wirkende Frau im Spiegel sagte: »Ja.«

In den nächsten beiden Stunden bereitete sie ihr Treffen mit den Polizisten vor. Als es auf zehn Uhr zuging, wurde sie langsam nervös, und als es schließlich an der Haustür läutete, fuhr sie zusammen.

Die beiden Männer vor der Tür waren nicht gut gelaunt.

»Miss Wade«, sagte Dempsey, »Sie haben unsere Abmachung gebrochen. Ich dachte, ich könnte Ihnen trauen.«

»Sie haben den Inspector ganz schön in die Scheiße getunkt«, fiel Taaffe ein. »Wir könnten Sie auf der Stelle aufs Revier bringen, wenn wir wollten.«

Jane wartete eine Sekunde, bevor sie etwas sagte. Ein Trick, den Radiosprecher benutzen.

»Aber ich weiß, wer der Mörder ist.«

Die beiden Polizeibeamten sahen einander an.

»Dann sollten wir wohl lieber ins Haus gehen«, schlug Dempsey vor.

»Bevor ich Ihnen verrate, wer Sarah Glennon und Kara McVey ermordet hat, möchte ich, daß wir über ein paar Dinge Einverständnis herstellen: erstens, daß die Bedeutung der Buchstaben auf den Füßen der Toten ein wichtiges Indiz ist, und zweitens, daß die Lettern für *Demon est deus inversus* stehen, es sei denn, Sie haben einen besseren Vorschlag.«

»Dann ist das Fax also tatsächlich von Ihnen«, bemerkte Dempsey.

»Ja, ich wollte, daß Sie den Inhalt in Ruhe verdauen können, bevor wir uns wieder treffen. Aber ich frage Sie noch einmal: Stimmen Sie mir zu, daß die Buchstaben das bedeuten, was ich sage?« Sie sprach ausschließlich Dempsey an und vermied jeden Blickkontakt mit Taaffe.

»Ja, dem stimmen wir zu.«

»Und akzeptieren Sie, daß es sich dabei um einen Namen handelt, den W. B. Yeats als Mitglied des Ordens der Goldenen Morgenröte benutzte?«

»Okay, wir akzeptieren es.«

»Wenn ich beweisen könnte, daß es eine unbestreitbare Verbindung zwischen den beiden Morden und Becca de Lacy gibt, würden Sie dann den Rest von dem, was ich zu sagen habe, etwas ernster nehmen, als Sie es bisher tun?«

Taaffe versuchte in den Dialog zwischen Jane und Dempsey einzugreifen. »Das ist ein bißchen viel verlangt, Sie wollen doch nicht etwa sagen, daß –«

Jane brachte ihn mit einem vernichtenden Blick zum Schweigen. »Ich stelle dem Inspector diese Fragen, weil ich die Angelegenheit möglichst logisch und vernünftig behandeln will.« Sie wandte sich wieder Dempsey zu und drängte auf eine Antwort. »Wenn es so wäre, wie ich sagte, würden Sie mich dann ernst nehmen, oder würden Sie ein Beweisstück übergehen, das Ihnen auf dem Silbertablett präsentiert wird?«

»Wenn Sie die Verwendung der Buchstaben auf den Füßen der Opfer mit einer Person in Verbindung bringen könnten, die hier und jetzt in diesem Land lebt, dann wäre ich daran mehr als interessiert«, sagte Dempsey, der ahnte, worauf sie zusteuerte.

»Den ersten Teil kann ich erfüllen, die zweite Hälfte Ihres Satzes ist vielleicht ironischer, als Sie beabsichtigt haben, Inspector. Jetzt halten Sie sich fest.«

Sie griff zur Fernbedienung ihrer Hifi-Anlage.

»Elf Minuten und sechs Sekunden nach dem letzten Stück auf

Beccas CD, also sechshundertundsechsundsechzig Sekunden, 666, die Zahl des Tiers, gibt es eine versteckte Botschaft. Hier ist sie.«

Eine männliche Stimme dröhnte aus dem Lautsprecher; sie war so bearbeitet, daß sie unnatürlich tief und mächtig klang, und sie intonierte die Worte: »*Demon est deus inversus.*«

Es folgte ein langsam anschwellendes Summen, das schließlich zur beeindruckenden Klangfülle eines orthodoxen Männerchors wurde; darüber legte sich schnell lateinischer Sprechgesang und sofort darauf die Solostimme eines jüdischen Kantors, den sodann der Ruf eines Muezzins überlagerte, und diese ganze Kakophonie begann sich wirbelnd zu vermischen und wurde immer lauter. Dann stieg die Tonhöhe an, bis es wie ein Heer von Todesfeen und Geistern klang, die kreischend und klagend durch die Nacht ziehen, immer höher, als würden sie durch einen spitz zulaufenden Schornstein verschwinden, bis die beiden Polizisten nur noch einen einzigen hohen Schrei hörten, der ihnen durch Mark und Bein ging. Aber es ging noch höher, und schließlich war der Ton ein purer Schmerz, der wie ein Insektenstich an ihrem Trommelfell kratzte und fast bis über ihr Hörvermögen hinaus anstieg, aber immer noch wie eine Nadelspitze aus konzentriertem Lärm auf ihre Ohren wirkte ... und dann verließ der Ton den wahrnehmbaren Bereich, und sie spürten mehr, als daß sie es hörten, wie er zu einer Reihe abgehackter Impulse zerfiel ...

Dempsey dachte an Fledermäuse, die schreiend über den Fluß zogen. Dann hörte es auf.

Die beiden Detectives hatten die Hände an die Ohren gelegt und lösten sie gerade erleichtert, weil der Schmerz nachließ. In diesem Moment traf sie ein tiefer Ton wie eine Druckwelle, ein mächtiger Akkord stürzte herab, und darüber dröhnte erneut die Stimme los, triumphierend, jubelnd: »*Demon est deus.*«

Es war vorbei. Die beiden Detectives waren wie vom Donner gerührt, wegen des Lärms ebenso wie wegen des Inhalts dessen, was sie gehört hatten. Jane nahm zwei Watteböllchen aus den Ohren. Die Beamten sahen sie an wie eine Betrügerin.

»Einmal in voller Lautstärke hat mir gereicht. Es hat trotzdem noch ganz gut gewirkt. Und vorhin ist ein Glas zerbrochen.« Sie deutete zu dem Regal mit ihrer Sammlung, um die sie Tücher und Handtücher wie einen Schutzwall aus Sandsäcken gestopft hatte.

»Wer war das?« fragte Dempsey.

»Ich glaube, das ist die Stimme des Mannes, der Sarah und Kara getötet hat. Er heißt David Edwards und ist Becca de Lacys spiritueller Berater oder Guru, wenn Sie so wollen. Denken Sie einmal an die *Vision des Gorman*. Eine Jungfrau in einer Kirche – Sarah Glennon. Eine Mutter mit Kind in einem Beinhaus – Kara McVey. Sie war im dritten Monat schwanger, und die ›Cryptology‹-Ausstellung kann man sicherlich als Beinhaus beschreiben. Möglicherweise hatte Edwards ursprünglich die Gruft in der Kirche St. Michan im Sinn, aber da er außerdem noch ein persönliches Motiv verfolgte, kam es ihm gelegen, daß er die Prophezeiung auch in der Galerie erfüllen konnte.«

Sie erzählte von Raymond O'Loughlins Bericht über seine Auseinandersetzung mit Edwards.

»Aber warum hat O'Loughlin zu uns nie ein Wort davon gesagt?« Taaffe zweifelte noch immer.

»Sind Sie völlig verblödet, oder was?« Jane hatte diesmal nicht die Absicht, ihn zu schonen. »Versetzen Sie sich doch einmal in seine Lage. Er hat seine Freundin und das Kind auf die denkbar grausamste Weise verloren. Seine ganze Prahlerei von wegen die Realität des menschlichen Inneren zeigen – was war die jetzt noch wert? Er stand seit der Tat unter Schock, er empfand Trauer, um nicht zu sagen Schuld. Dann muß er es sich gefallen lassen, daß ein Dummkopf wie Sie ihn verhört. Und da wundern Sie sich, daß er nicht an alles denkt? Hören Sie doch auf. Selbst heute abend ist ihm noch nicht in den Sinn gekommen, daß es zwischen Edwards und dem, was Kara zugestoßen ist, einen Zusammenhang geben könnte. So unschuldig ist der arme Teufel nämlich – unschuldig wie ein Kind.«

Taaffe musterte verlegen seine Krawatte.

»Was ist mit Roberts und Mathers und den Hütern des Siebten

Siegels?« fragte Dempsey, den es nicht im geringsten aus dem Tritt brachte, daß sein Kollege so zurechtgestutzt wurde.

»Vielleicht sind Roberts und Mathers ein und dieselbe Person«, entgegnete Jane.

Dempsey dachte einen Augenblick darüber nach. »Und wie paßt Edwards da hinein?«

»Er ist ein weiteres Sektenmitglied. Von Roberts damit beauftragt, sich an eine prominente Persönlichkeit von internationalem Rang heranzumachen, mit dem Ziel, die Botschaft der Sekte auf breiter Front zu verkünden. Vergessen Sie nicht, sie waren ›missionarisch‹ tätig. Ich habe mit Beccas Tontechniker gesprochen und mit Leuten, die an der Produktion des Videos beteiligt waren. Edwards hat kräftig bei ihrem Projekt mitgemischt. Als Maulwurf für die Sekte.«

»Aber wie ist er an Becca herangekommen?«

»Wahrscheinlich ist sie ihm in den Staaten begegnet, zu einer Zeit, als es ihr an Ideen für ein Album mangelte. Vielleicht brauchte sie eine spirituelle Erfahrung. Er treibt sich in Randkreisen der Unterhaltungsbranche herum und wird Becca von Janet Klein vorgestellt, der Künstlerin, die ihre Plattencover entwirft und der sie vertraut. Er zieht sie in seinen Bann mit seinem Wissen über Yeats' Lyrik und Anschauungen und weiß der Himmel was noch. Dann begeistert er sie für das Byzanzprojekt, weil er darin eine Gelegenheit sieht, die Überzeugungen seiner Sekte zu verbreiten. Becca mag sich ihrer Rolle als Trägerin seiner Botschaft bewußt sein oder auch nicht. Ich vermute, sie weiß es nicht, das dürfte ihnen lieber sein. Es ist so, wie jemand einen tödlichen Virus haben kann, ohne selbst davon angegriffen zu werden. Das heißt, sie kann ihre Sache weitermachen, ohne daß man sie mit Sekten in Verbindung bringt.«

»Lassen Sie uns noch einmal auf die Morde zurückkommen.« Dempsey war um eine klare Linie bemüht. »Edwards mochte ja mit O'Loughlin noch eine Rechnung zu begleichen haben, aber es gibt nichts, was ihn mit Lavelle verbindet. In diesem Fall war es Roberts, der das Rachemotiv hatte. Warum also nicht ihm den ersten Mord zuschreiben?«

»In diesem Fall hätten wir zwei Mörder, die ihre aus persönlichem Haß begangenen Taten jeweils mit religiösem Quatsch tarnen«, fügte Taaffe an.

»Ich sage Ihnen, was ich denke.« Jane setzte sich, endlich überzeugt, daß man sie ernst nahm. »Roberts ist der oberste Chef dieser Sekte, der führende Kopf. Er hat Leute rekrutiert, die auf seiner Wellenlänge sind, hat ihnen die Prophezeiungen in der *Vision des Gorman* zu lesen gegeben, sie verehren Yeats als den Propheten eines neuen und gewalttätigen Zeitalters und so weiter. Nachdem sich Edwards bei Becca fest etabliert hat, bekommt er von Roberts den Auftrag, die Morde auszuführen, die den Prophezeiungen zufolge in Irland stattfinden. Das heißt, Roberts selbst muß überhaupt nicht hier sein. Edwards ist wunderbar getarnt, im Grunde kennt ihn niemand, und er kann sich überall frei bewegen. Roberts befiehlt ihm, Lavelles Pfarrkirche als Fundort für das erste Mordopfer auszuwählen. Um sich bei seinem einstigen Kollegen für den Vorfall im Seminar zu rächen. Und um ihn in eine Art rituelles Rätsel zu verwickeln, denn er weiß um Lavelles Tätigkeit im Kampf gegen Sekten. Aber letztendlich bestand sein Ziel auf der persönlichen Ebene darin, daß man Lavelle den Mord anlastete. Wie wir nun wissen, hatte er damit Erfolg. Eine rundum geglückte Rache. Danach beschließt Edwards, seinem Meister nachzueifern, indem er auch den nächsten Mord mit einem persönlichen Anliegen verbindet. Seinem eigenen.«

»Das klingt ganz einleuchtend«, sagte Dempsey. »Aber es gibt auch noch eine andere Möglichkeit – Edwards ist gleich Roberts ist gleich Mathers. Ein Mann, der für alles verantwortlich ist.«

»Das würde erklären, warum wir die anderen beiden nicht finden«, warf Taaffe ein.

»Der Haken dabei ist«, entgegnete Jane, »daß der Name Edwards überhaupt nicht paßt, wenn Roberts die Alter egos von Yeats als Decknamen benutzt. Wie bei Mathers. Dann hätte er sich Aherne oder Hanrahan oder eine Abwandlung davon aussuchen müssen. Und abgesehen davon glaube ich, daß Roberts selbst in diesem Augenblick noch etwas anderes im Schilde führt. Etwas, das ihn auf jeden Fall von Irland weggeführt hat. Und damit stehen wir vor einem Rätsel. Denn wenn Edwards ebenfalls außer Landes ist, wer soll dann den letzten Mord begehen, um die Prophezeiung zu erfüllen?«

»Der ebenfalls in Irland geschehen muß«, bemerkte Dempsey.

»Und zwar sehr bald. In den nächsten zwei Tagen, um genau zu sein«, sagte Jane mit Bestimmtheit.

»Wieso das?« Dempsey sah besorgt aus.

»Weil die Erfüllung dieser Prophezeiungen auf etwas hinführt. Erinnern Sie sich, was Lavelle sagte – Reinigung als *Vorbereitung* auf etwas.«

»Und worauf genau führt es hin?«

»Wenn Sie mir inzwischen nicht glauben würden, hätte ich jetzt einen weiteren Beweis für Sie. Und er ist der Grund, warum ich glaube, daß sich Roberts und Edwards zur Zeit woanders aufhalten.«

Sie ging zu einem kleinen Tisch und hob einige Blätter Papier auf.

»Ich habe heute erfahren, daß sich meine Schwester zu Hause gemeldet und versprochen hat, mir eine Art Nachricht zu schicken. Ich überlegte, wie sie das gemeint haben könnte, und vorhin kam mir der Gedanke, auf der Website der Hüter des Siebten Siegels nachzusehen. Die war seit Monaten inaktiv, aber ich erwartete halbwegs, daß sie eine Mitteilung von ihr enthält. Als ich mich einklinkte, entdeckte ich, daß tatsächlich etwas Neues aufgetaucht war, aber es handelte sich um keinen Brief von Hazel.«

Sie gab den beiden je einen Satz Ausdrucke.

Auf dem ersten Blatt stand das Wort BYZANZ.

Auf dem zweiten waren das negative Chi-Rho mit den drei umgekehrten Engeln und der Ziffer 7 zu sehen.

Und auf dem dritten stand BETHLEHEM.

— 69 —

In Liam Lavelles Haus läutete das Telefon, und das Geräusch drang in alle Räume, einschließlich des Gästezimmers, wo Charlie Plunkett betrunken in einem Schlaf lag, der einem halben Koma gleichkam. Es hatte in den vergangenen vierundzwanzig Stunden wiederholt geläutet, aber diesmal war der Anrufer geduldig, und schließlich zahlte sich seine Hartnäckigkeit aus. Charlie Plunkett schleppte sich murrend zu dem Telefon, das neben Lavelles Schlafzimmer an der Wand befestigt war. Ein Mann mit amerikanischem Akzent fragte nach dem Priester, und Charlie erklärte ihm gähnend und nuschelnd, der sei im Krankenhaus, aber auf dem Wege der Besserung.

Der Mann schien Charlies benebelten Zustand nicht zu bemerken, oder er verstand ihn falsch, denn er bat ihn, Pfarrer Lavelle auszurichten, daß in dessen Computer eine wichtige Nachricht warte. Es sei dringend, sagte der Mann. Charlie legte auf, und da er merkte, daß er eine volle Blase hatte, stolperte er zur Toilette. Bis er wieder draußen im Flur war, wußte er schon nicht mehr, was ihn geweckt hatte, und er ging zurück ins Bett, wo er einschlief, bevor sein Kopf das Kissen berührte.

Lavelle konnte nicht schlafen, aber er hatte es aufgegeben, auf lateinisch von eins bis hundert zu zählen oder die Bücher des Alten Testaments in der richtigen Reihenfolge zu memorieren. Es war ein Jammer, daß die meisten Tricks, zu denen er bei Schlaflosigkeit griff, ihn irgendwie zu Religion führten, denn das war genau das Thema, über das er nicht nachdenken wollte. So vieles war in letzter Zeit geschehen, was seinen Glauben aushöhlte, und keines der Argumente, die ihn stützten, der Prinzipien, die er für sich in Anspruch nahm, half ihm. Seine Gedanken drehten sich im Kreis.

Er holte im Dämmerlicht des Krankenzimmers Janes Discman aus dem Nachtkästchen, den er von der Polizei wiederbekommen hatte. Die CD darin hatte sie ihm gekauft – ein Sampler namens *Geistige Lieder*. Ich komme nicht los davon, dachte er resigniert.

Er setzte die Kopfhörer auf und wählte Tomaso Albinonis »Die Seligpreisungen« aus, den Anfang der Bergpredigt aus dem Matthäusevangelium. Auf dem Rücken liegend, übersetzte er sich die lateinisch gesungenen Worte, die jeder Christ kennt:

Selig die im Geist Armen,
Denn ihnen gehört das Himmelreich ...

So vieles von dem, was Jesus bei dieser Gelegenheit gesagt hatte, war auch heute noch radikal, überlegte Lavelle. Er pries die Tugenden der Demut, des Mitgefühls, der Sanftmut, des Strebens nach Rechtschaffenheit, die Arbeit der Friedensstifter. Und welche der Seligpreisungen war die radikalste von allen? Diejenige, die am lächerlichsten klang, war letzten Endes:

Selig die sanftmütig sind,
denn sie werden das Land erben.

Man brauchte einigen Glauben, um das zu unterschreiben. Und die Überzeugung, daß der Mann, der es gesagt hatte, gestorben und wiederauferstanden war. Aber der Glaube war eine Wahl, die man hatte, nicht das Ergebnis vernünftiger Argumentation. Man hatte die Wahl, zu glauben. Manchmal auch entgegen dem Augenschein.

Und von diesem Fundament aus begann er eine Leiter zu bauen, die ihn zu seinem Glauben zurückführte, und als die Musik zu Ende war, legte er die Kopfhörer beiseite, flüsterte »Danke, Jane« und schlief ein.

In Jerusalem träumte Becca de Lacy von einer monströsen Lilie, die aus einem dicken grünen Stiel wuchs, in dem das Blut zahlloser, die Pflanze nährender Leichen pulsierte, und Becca selbst saß anstelle der Jungfrau Maria auf dem Thron, und das Blut gelangte durch die fleischigen Blütenstengel in ihren Körper, und es floß auch wieder aus ihr heraus, aber da war es faulig und zähflüssig geworden.

Und als sie ihre langen Gewänder öffnete und nach unten blickte, sah sie, daß sie rittlings auf dem Staubgefäß der Lilie saß, aber eigentlich war es ein verwesender Pilz, dessen eichelförmige Spitze gallertartig und klebrig von ihrer Körperausscheidung war. Insekten krabbelten darüber, und Maden bohrten sich hinein und tauchten wieder auf aus seinem Fleisch, und gerade als sie spürte, daß der aufsteigende Gestank sie zu überwältigen drohte, wachte sie auf.

Das Telefon neben ihrem Bett läutete. George Masterson rief aus der Hotelbar an, wo er sich noch spät einen Drink mit dem Tourmanager, den Musikern und anderem Personal auf Beccas Gehaltsliste genehmigte.

»Tut mir aufrichtig leid, dich zu wecken. Aber die Polizei von Dublin hat darauf bestanden, ist das zu fassen? Sie waren auf meinem Handy, Jessica muß ihnen die Nummer gegeben haben.«

»Schon gut, George, ich war ohnehin gerade aufgewacht. Was wollten sie?« Sie hatte nichts gegen die Störung. Es half ihr, nicht an die Traumbilder zu denken, die immer noch vor ihrem geistigen Auge tanzten.

»Sie haben gefragt, ob David hier bei uns oder sonst irgendwo in Israel ist. Er kommt nicht, oder?«

»Nein, nicht daß ich wüßte. Warum?«

»Keine Ahnung. Jedenfalls sagte ich, ich frage dich und würde sie zurückrufen, falls er hier ist. Außerdem soll ich dich fragen, ob in der Band oder in der Tourcrew Mitglieder einer Organisation namens ... Moment, ich hab's aufgeschrieben ... Hüter des Siebten Siegels seien. Nie von ihnen gehört. Du?«

»Nein.«

»Kennst du jemanden, der Roberts oder Mathers heißt?«

»Nein.«

»Gut, dann muß ich sie nicht zurückrufen. Entschuldige nochmals die Störung, aber wenn ich dich nicht angerufen hätte, dann hätten sie es getan. Ich sagte, ein Anruf von der Polizei hätte dich wegen des Konzerts morgen ausflippen lassen. Aber was rede ich – es ist ja schon heute!«

»Und damit Zeit, daß alle ein bißchen Schlaf bekommen. Wer schlafen kann«, fügte sie ängstlich hinzu.

Sie legte den Hörer auf und wunderte sich, warum die Polizei nach David fragte. Sie hätte ihn jetzt selbst gebraucht. Er würde ihre sonderbaren Träume erklären können. Aber noch etwas anderes bereitete ihr Sorgen.

Etwas, das sie ihm versprochen hatte.

— 70 —

Dempsey war frustriert. Er kam sich vor, als versuchte er auf trokkenem Land zu fischen.

In einer Nacht von Freitag auf Samstag war es schwierig, vom Außenministerium in Dublin eine Reaktion auf die Befürchtungen einiger polizeilicher Ermittler zu erhalten, die offenbar über ein Komplott zur Störung der Friedenskonferenz in Israel gestolpert waren.

Das Problem war nicht nur die nächtliche Stunde. Seit Wochen schon gab es beinahe täglich Drohungen gegen die Friedenskonferenz, und sowohl Israeli wie Palästinenser waren in erhöhter Alarmbereitschaft. Und in diesem Fall konnte man den zuständigen Behörden wenig mehr mitteilen, als daß eine irische Künstlerin, die bei einem aufsehenerregenden internationalen Konzert mitwirkte, möglicherweise eine zwielichtige Figur in ihrem Gefolge hatte. Eine Streichung des Auftritts würde nach Überreaktion aussehen und dem Namen Irlands keinen Gefallen tun. Die Palästinenser wollten unbedingt zeigen, daß sie die Veranstaltung in Bethlehem im Griff hatten, und die Sicherheitsmaßnahmen dort und in Jerusalem waren vermutlich die besten, die man gegenwärtig weltweit treffen konnte. Am vernünftigsten war es, man überließ die Sache den Anti-Terrorkräften in beiden Ländern, die sich untereinander kurzschließen sollten. Und die Hauptsache war, besagte Person zu finden und zu vernehmen, und zwar mit möglichst wenig Aufsehen. Soweit die politische Analyse.

Als dann aus Jerusalem die Nachricht kam, daß sich in Becca de Lacys Gefolgschaft keine der genannten Personen befanden, begann sich Dempsey Sorgen zu machen, daß eine von ihnen auf der Suche nach einem neuen Opfer durch die Straßen Dublins pirschen könnte. Streifenwagen und uniformierte Beamte zu Fuß wurden in die Stadtgebiete geschickt, in denen Prostituierte arbeiteten, um sie zum Verlassen der Straßen aufzufordern. Man warnte bekannte Massageclubs und Escortagenturen. Viele würden die Warnungen allerdings in den Wind schlagen. Prostituierte lebten zu jeder Zeit gefährlich.

Dempsey war noch immer nicht zufrieden und beschloß, ungeachtet der frühen Stunde Chief Superintendent McDonagh anzurufen. Er wußte, McDonagh war verstimmt, weil sich die Untersuchung so rasch von seiner Drogentheorie wegbewegte. Und vielleicht war das der Grund, warum ihm McDonagh erst jetzt mitteilte, daß ein hochrangiger Kontaktmann beim FBI zwar nichts von Drogenaktivitäten seitens der Sekte wußte, ihm aber vor einigen Tagen erzählt hatte, seine Behörde habe aus Sicherheitsgründen eine Liste mit Namen, die von Rawlings stammte, an die US-Flughäfen weitergeleitet. Das FBI hatte die Hüter des Siebten Siegels weiter im Visier. Dempsey fluchte in sich hinein, als das Gespräch mit McDonagh beendet war. Er erfuhr sehr spät davon, aber es war immerhin etwas.

Sehr vieles an diesem Fall paßte noch nicht zusammen, aber Dempsey war hundemüde; es war fünf Uhr morgens, und er brauchte ein paar Stunden Schlaf, bevor er mit frischer Kraft weitermachen konnte.

Jane fuhr so früh ins Krankenhaus, wie sie konnte, ohne das Personal zu stören. Sie war um acht Uhr aufgestanden, hatte geduscht, ihre Unterwäsche gewechselt und dann beschlossen, das grüne Kostüm noch einmal anzuziehen. Diesmal trug sie ihr Haar offen, aber sie hatte Make-up aufgelegt und weit mehr Parfum benutzt, als sie es um diese Uhrzeit üblicherweise tat. Lag es daran, daß sie Lavelle besuchte? Als sie aus dem Auto stieg, wurde ihr plötzlich klar, was es war. Immer wenn ihre Regel bevorstand, neigte sie dazu, sich herauszuputzen, im Gegensatz zu manchen Frauen unter ihren Bekannten, die genau das Gegenteil taten. Ihr wurde leicht ums Herz. Sie war nicht schwanger. Obwohl ihr die Aussicht in ihrer jetzigen Gefühlslage gar nicht mehr so furchterregend erschien.

Den Polizisten vor dem Krankenzimmer hatte man abgezogen, und als Jane eintrat, saß Liam im Bett und las. Er legte sein in Leder gebundenes Brevier beiseite, als sie sich auf den Bettrand setzte und ihn auf die Wange küßte. Dann zog er sie an sich, und sie umarmten sich, bis ihn seine Verletzungen schmerzlich zusammenzukken ließen.

»Liam, es tut mir so leid«, sagte sie und seufzte.

»Schon gut, ich bin nur noch ein bißchen empfindlich.«

»Nein, du Dummkopf«, lachte sie. »Ich meinte, es tut mir leid, daß ich an dir gezweifelt habe. Ich hatte einige ziemlich negative Gedanken, als ich Italien war.«

»Das ist verständlich. Unsere Freunde von der Polizei haben sich bestimmt alle Mühe gegeben, dich aus der Fassung zu bringen. Aber die Schwester hat mir deine Nachricht ausgerichtet. Das war genau das, was ich zu diesem Zeitpunkt brauchte – nicht nur die Tatsache, daß du einen Beweis gefunden hast. Hätte ich in diesem Moment mit dir reden können, dann hätte ich dir gesagt ... daß ich genauso empfinde.«

Sie suchte in seinen Augen nach Bestätigung und fand sie. Die beiden hielten sich an den Händen, Jane drückte seine Finger an ihre Lippen und küßte sie, und dann machte er seine Hand frei und fuhr ihr durchs Haar. In diesem Augenblick wurden sie von einer Schwester gestört, die ins Zimmer kam. Sie lächelte ihnen wissend zu. Lavelle war erleichtert, daß es nicht diejenige war, die ihm neulich so zugesetzt hatte.

Jane nahm in einem Sessel Platz, während die Schwester nach der Stichverletzung sah. »Heilt ganz gut ab«, sagte sie. »Ich glaube, den können wir wegmachen.« Sie löste vorsichtig den Verband und warf ihn in eine Metallschüssel, die sie anschließend hinaustrug.

Lavelle wollte nun unbedingt alles wissen, was seit Janes Rückkehr passiert war. »Die Polizei hat mir nichts erzählt, nur daß sie die Anklage nicht weiterverfolgen und daß Dempsey irgendwann im Laufe des Tages vorbeikommt.«

Jane erzählte ihm der Reihe nach die Ereignisse seit ihrer Entdeckung der *Vision des Gorman*, und sie hatte ihm die aktualisierte Website des Siebten Siegels als Ausdruck zum Lesen mitgebracht.

»Dann planen sie also etwas in Bethlehem«, sagte Lavelle, »wenn die dritte Bedingung erfüllt ist. Und genau dort hält sich Becca de Lacy auf. Es muß doch mit ihr persönlich zu tun haben. Denn in der Prophezeiung heißt es, das Tier wird von einer Frau losgelassen werden.«

»Das habe ich gesehen. Aber was soll das heißen – sie werde die drei Farben des Martyriums erfahren?«

»Noch ein Hinweis auf keltische Spiritualität. Die irischen Mönche behaupteten, Askese und Exil seien höchste Formen der Selbsthingabe, sie nannten sie grünes und weißes Martyrium.«

»Und die dritte?«

»Rotes Martyrium – Tod.«

Jane sah verwirrt aus. »Du glaubst doch nicht, daß Becca de Lacy sich auf der Bühne ...?«

»Umbringen wird? Das bezweifle ich. Ich glaube, ›auf der Bühne sterben‹ bedeutet für Künstler etwas völlig anderes – vielleicht liefert sie ein lausiges Konzert ab.«

Jane lachte. Anscheinend entdeckte einer von den beiden noch in der düstersten Lage stets ein Quentchen Humor. »Wollen wir hoffen, daß beides vereitelt wird, die Prophezeiung und was sie weiter im Schilde führen. Inzwischen mache ich mich auf den Weg, ich muß noch etwas erledigen. Ich brauche den Discman für ein paar Stunden. Dempsey hat mich gebeten, mir das letzte Gedicht noch einmal anzusehen und mir auch das Album anzuhören, für den Fall, daß wir etwas übersehen haben. Aber ich bin nicht weit weg. Ich fahre hinüber zum Rundfunkhaus und bin in ein paar Stunden wieder da.«

Lavelle reichte ihr den tragbaren CD-Player. »Du siehst übrigens umwerfend aus«, sagte er bewundernd.

»Ich habe mich schließlich mit einem sehr wichtigen Mann getroffen.« Es stimmte immerhin teilweise. Bei einem Blick aus dem Fenster sah sie, was für ein schöner Tag es geworden war. »Weißt du was, ich war seit Tagen nicht an der frischen Luft. Ich lasse mein Auto hier stehen und gehe zu Fuß zum Sender. So weißt du, daß ich auf jeden Fall zurückkomme.« Sie lächelte ihm zu und ging.

Lavelle schaltete das Fernsehgerät ein. Es gab eine ausführliche Berichterstattung von der Eröffnung der Friedens- und Versöhnungskonferenz, und später am Abend würde das Konzert in Bethlehem live übertragen werden. Während er mit der Fernbedienung zwischen den Kanälen hin und her wechselte, kam die Schwester von zuvor wieder und sagte, ein Mann sei zur Station durchgestellt worden, und er hätte eine dringende Nachricht für ihn. Er solle bei sich zu Hause in Kilbride anrufen. Lavelle holte sein Handy aus dem Nachtkästchen. Das hatte ihm die Polizei zwar zunächst abgenommen, aber inzwischen zusammen mit Janes Discman zurückgegeben.

Charlie ging ans Telefon und erzählte ihm von dem Amerikaner, der angerufen hatte.

»Ist das Telefon im Arbeitszimmer schon repariert, Charlie?«

Als Charlie bejahte, sagte Lavelle: »Dann möchte ich, daß du etwas für mich tust. Geh ins Arbeitszimmer und nimm den Apparat dort ab. Ich sag dir, wie du den Computer anmachst und an die E-Mail für mich kommst, okay?«

Eine Minute später ließ er Charlie den PC hochfahren. Dann bat er ihn, die Maus zu benutzen, so wie er es an dem Tag bei Lavelle gesehen hatte, als die erste Mitteilung von Brad Guterson kam. Er ermahnte ihn, nichts anzuklicken, bis sie gemeinsam festgestellt hatten, daß es sich um das richtige Symbol handelte. Die Prozedur dauerte eine Weile, aber schließlich waren sie in Lavelles Mail, und er mußte Charlie nur noch die Nachricht aus Chicago auf den Schirm holen lassen.

»Jetzt lies mir ein paar Zeilen vor.«

Charlie las stockend ein, zwei Stellen aus der E-Mail vor, wobei er gelegentlich ein Wort buchstabierte, bei dessen Aussprache er sich nicht sicher war. So würde es eine ziemlich mühselige Angelegenheit werden, bis er Gutersons Nachricht verstanden hatte.

»Ausgezeichnet, Charlie. Jetzt schalte bitte den Drucker an, gleich neben dir.« In fünf Minuten war die E-Mail heruntergeladen und ausgedruckt. »Ich werde Pfarrer Lyons bitten, den Brief möglichst bald abzuholen. Kannst du so lange warten?« Charlie konnte. Lavelle fragte, wie es Pete gehe.

»Dem geht's wunderbar. Er erzählt überall herum, daß er Pfarrer Lavelle das Leben gerettet hat, indem er einem Mann mit dem Spaten den Kopf abgehackt hat.«

»Sag ihm, ich bin ihm sehr dankbar, aber er muß dafür beten, daß der Mann wieder gesund wird. Und Charlie, ich weiß, ich wäre ohne dich und Pete jetzt tot. Ach ja, und danke, daß du dich um das Haus kümmerst, solange ich weg bin.« Ihm war klar, daß Charlie seine Abwesenheit ausgenutzt hatte, um im Haus zu schlafen, aber der Alte fühlte sich bestimmt besser, wenn er offiziell als Verwalter anerkannt wurde.

Zu Lavelles Erleichterung war Lyons daheim, als er anrief. Er bat ihn, so bald wie möglich zu seinem Haus zu fahren und den Brief ins Krankenhaus zu bringen. Der junge Priester versprach, binnen einer Stunde bei ihm zu sein.

— 71 —

Da Samstag war, hielten sich kaum Leute in dem Teil des Rundfunkgebäudes auf, in dem Jane arbeitete. Sie hatte sich das Album noch einmal gründlich angehört, aber keine Hinweise darauf gefunden, wie sich die Dinge in Irland oder Palästina weiterentwickeln könnten. Nun tippte sie einige Notizen über die abschließenden Verszeilen, aus denen wie in dem Gedicht »Der Jüngste Tag« das Absinken der Zivilisation in Anarchie herausklang. Sie versuchte sie im Lichte dessen zu interpretieren, was sie bereits über die Sekte wußte.

EIN MÄCHT'GES BILDNIS / DICHTET' ICH ZUM HOHNE / UND SING ES REIM UM REIM / ZUM HOHNE EINER ZEIT / HALB TOT AUF DER MAUERKRONE.

(Das Chi-Rho X. Das Album. Das Ende des gegenwärtigen Kreisels.)

EINE BLUTIGE, ANMASSENDE MACHT / STIEG AUF AUS DIESER RASSE ...

(Die »wüste Bestie« und ihre irische Abstammung. Das Tier aus dem Siebten Siegel. Das Tier mit den Eisenzähnen.)

Ihr Handy läutete.

»Jane, ich bin's, Liam. Inspector Dempsey ist gerade bei mir. Der Polizei ist ein kleiner Durchbruch gelungen. Sie haben Michael Roberts' Mutter ausfindig gemacht – und er hat sie besucht.«

»Wo? Wann?«

»Sie wohnt in Blackrock, allein. Offenbar ist sie ein bißchen wunderlich und scheint zu glauben, daß ihr Sohn Priester ist. Aber sie behauptet felsenfest, er hätte sie in den letzten Wochen mehrmals besucht. Sie haben das Haus unter Beobachtung gestellt. Und noch etwas. Conor Lyons ist mit einer E-Mail, die mir Brad Guterson geschickt hat, auf dem Weg zu mir. Falls etwas drinsteht, das du wissen solltest, rufe ich dich wieder an.«

»Okay. Sag Dempsey, ich habe bis jetzt nichts gefunden. Ich versuche es aber noch weiter.«

»Wie lange bleibst du noch?«

»Nicht mehr sehr lange, denke ich. Obwohl ...« Sie sah zu einer Uhr an der Wand. Wo immer man sich im Gebäude aufhielt, war eine Uhr in Sichtweite. Es war drei Uhr. »Ich brauche ein Sandwich und eine Tasse Tee. Ich gehe in die Kantine, dann arbeite ich hier noch ein bißchen. Sagen wir, in ein, zwei Stunden. Bis dann.«

Der Anruf hatte ihren Gedankengang unterbrochen. Sie speicherte die Datei und verließ das Radio Centre, um das kurze Stück zur Kantine zu gehen.

Dempsey schilderte gerade, wie Taaffe im Seminar von Clonliffe eine Durchsicht der Unterlagen verlangt hatte und tatsächlich eine Heimatanschrift von Roberts zur Zeit seiner Aufnahme gefunden wurde. Sie hatten Glück gehabt, daß seine Mutter noch lebte und noch immer unter der gleichen Adresse wohnte. Das war möglicherweise der Durchbruch, den sie brauchten. Die Eröffnungsfeierlichkeiten der Konferenz in Jerusalem flimmerten während ihres Gesprächs ohne Ton über den Bildschirm. Lavelle wollte wissen, ob es Neuigkeiten zu Edwards oder dem Konzert in Bethlehem gebe.

»Wir wissen nur, daß die Warnung mit den Namen und allem, was wir an Beschreibungen hatten, weitergeleitet wurde. Nun ist es an den Palästinensern, wachsam zu sein. Die Open-Air-Arena wurde extra für dieses Ereignis und unter Berücksichtigung des Sicherheitsaspekts aufgebaut, man kann also von keinem Gebäude hineinsehen. Alle Konzertbesucher werden gefilzt, und wenn nur der Schatten eines Zweifels besteht, gibt es eine Leibesvisitation. Die Bühnencrews und die Musiker müssen sich über Netzhaut und Fingerabdrücke legitimieren, und für die Delegierten der verschiedenen Religionen, die das Konzert besuchen, gibt es einen gesonderten Sitzplatzbereich hinter kugelsicherem Glas, wo zudem UN-Truppen patrouillieren.«

»Hatten Sie noch weiteren Kontakt mit Becca de Lacys Leuten?«

»Ich habe versucht, sie vor Mittag noch einmal im Hotel zu erreichen, aber sie waren schon abgereist. Sie sind unserer Zeit zwei Stunden voraus, das heißt, sie müssen jetzt schon in Bethlehem sein. Und Masterson hatte sein Handy abgeschaltet. Die Sache ist nämlich die, daß ich nicht nur wissen wollte, ob Edwards im Nahen Osten ist oder nicht. Es hätte mich interessiert, wo genau er sich derzeit aufhält, und Becca dürfte das ziemlich sicher wissen.«

»Vielleicht wohnt er bei ihr. Sie hat ein Haus in den Bergen bei Dublin, oder?«

»Ja, Glencullen House. Ich habe heute morgen zwei Leute hingeschickt. Auf dem Gelände wohnt nur noch eine Wirtschafterin in einem eigenen Häuschen. Sie sagte, außer Becca wohnt niemand im Haus.«

Lavelle wollte unbedingt etwas klären. »Sagen Sie, haben Sie Raymond O'Loughlin und mich inzwischen ganz von der Liste der Verdächtigen gestrichen?«

»Ich denke, ja. Und Sie können sich bei Miss Wade bedanken, daß sie –«

Er wandte den Kopf, als Conor Lyons ins Zimmer trat.

»Ach, der Inspector, immer noch beim Inspizieren, wie ich sehe, ha, ha. Na, Liam, wie geht's? Ich hätte dich ja besucht, aber man sagte uns, daß gewissermaßen Zutritt verboten ist bei dir. Hier, ich habe den Umschlag von Charlie Plunkett abgeholt.« Er gab Lavelle das Kuvert, der sich bedankte und den Inhalt auszupacken begann. Lyons sah sich nach einem weiteren Stuhl um, aber Dempsey hatte anderes im Sinn.

»Pfarrer Lyons, wenn Sie nichts dagegen haben, dann würden wir –«

»Conor«, warf Lavelle ein, »ich hätte für mein Leben gern ein Eis.«

»Ein Eis?«

»Ich wäre dir wirklich sehr dankbar, wenn du mir eines holen könntest. Im Erdgeschoß gibt es einen Laden. Die Sorte ist egal.«

»Na gut, hab schon verstanden.«

Als Lyons gegangen war, las Lavelle den Inhalt von Brad Gutersons E-Mail laut vor, so daß Dempsey ihn hören konnte.

»Lieber Liam, das FBI hat uns endlich die Informationen zukommen lassen, die Jerry Rawlings bis zu seinem Tod über die Hüter des Siebten Siegels zusammengestellt hat. Sie fanden sich in seinem Computer, und er hatte offenbar vor, sie uns zu schicken, wenn er fertig wäre. Sie machen ziemlich deutlich, womit Du es zu tun hast.

Rawlings schätzte den Kern der Mitglieder in den Staaten auf fünfzig bis siebzig, aber da ihre Website jede Woche einige tausendmal angewählt wird, rechnete er damit, daß sie weltweit laufend neue Anhänger gewannen. Die Masche der Sekte besteht darin, daß sie die Ankündigungen verschiedener Religionen über die letzten Tage zu einer zusammenhängenden Botschaft verschmelzen. In Wirklichkeit aber wollen sie alle diese Anschauungen übertreffen, eine ›Plage über all eure Häuser‹, sozusagen.

Wie es aussieht, kommen wir in die Epoche der Öffnung des siebten Siegels im Buch der Offenbarung, die das Auftauchen eines schrecklichen, dreifaltigen Wesens keltischer Abstammung mit sich bringt. Der keltische Aspekt spielt bei allen ihren Aktivitäten eine große Rolle und beinhaltet asketische Übungen, die auf das frühe Mönchstum zurückgehen, ebenso wie die Huldigung grimmiger Opfer- und Rachegötter. Sie feiern keltische Feste und praktizieren druidische Riten. Der Dichter W. B. Yeats steht als Prophet dieser kommenden Zeit in hohem Ansehen, besonders was seine Hoffnung auf das Erscheinen einer neuen Aristokratie betrifft, die der Zivilisation ihren Willen aufzwingt.

Sie haben sich Yeats an ihre Fahne geheftet, nachdem Roberts entdeckte, daß er fast genauso heißt wie eines der Alter egos des Dichters. Sie faßten es als ein Zeichen auf, das zu weiteren Studien von Yeats' Schriften führte. Dann behauptete Roberts, er hätte ein altes Buch mit Prophezeiungen entdeckt, in dem ein keltischer Seher das Ende der ›Religionen der Heiligen Schrift‹ voraussagte und den Aufstieg einer Kaste asketischer Krieger, gegen deren Herrschaft fundamentalistische Gottesstaaten vergleichsweise blaß aussehen würden.

In dieser neuen Zeit ist Fortpflanzung ein strafbares Vergehen, es sei denn, ein Paar wurde zur Zucht neuer Jünger ausgewählt. Und jede Paarung zu diesem Zweck ist rein funktional und gleicht eher einer Vergewaltigung als einvernehmlichem Geschlechtsverkehr.

In der Sekte gibt es drei Stufen asketischer Entwicklung für beide Geschlechter – Eingeweihte, Meister und Auserwählte. Zur Eingeweihtenstufe bei Frauen gehört sexuelle Enthaltsamkeit und rigoroses Fasten, das bis zur Unterdrückung der Menstruation führt. Die Meisterstufe erfordert freiwillige Sterilisation. Die Stufe der Auserwählten beinhaltet operatives Entfernen der Brustwarzen und teilweise oder ganze Beschneidung der Genitalien.

Männliche Eingeweihte haben strenge Kasteiungen auszuhalten, darunter Geißeln, entweder selbst beigebracht oder von anderen Gruppenmitgliedern verabreicht. Meister lassen sich freiwillig kastrieren und bleiben auf dieser Stufe. Die wahre Herausforderung besteht aber offenbar darin, die Meisterstufe zu überspringen und mittels eines radikalen Operationsverfahrens an den Genitalien den Status des Auserwählten zu erreichen. Bei dieser Form der Entmannung bleiben Hormone und Geschlechtstrieb erhalten, aber das Verlangen kann nicht auf angenehme Weise erfüllt werden. Weibliche Anfänger werden bisweilen aufgefordert, die Auserwählten zu ›versuchen‹, die dann ihre Reinheit unter Beweis stellen, indem sie nicht reagieren.

Rawlings kam zu dem Schluß, daß Roberts und andere Mitglieder unter verschiedenen sexuellen Problemen litten. Und daß alle eine Abneigung gegen die etablierten Religionen hegen. Er glaubt außerdem, daß Roberts psychopathische Neigungen hat, die er mit seinen religiösen Doktrinen verschleiert.

Die für Dich wichtigste Beobachtung von Rawlings ist, daß sich die Sekte nur scheinbar aufgelöst hat, in Wirklichkeit aber plant, sich weltweit auf verschiedene Orte zu verteilen, um Gewalttaten zu begehen. Deren zeitlicher Ablauf wird durch vorher vereinbarte und von Irland ausgestrahlte Signale gesteuert. Die Absicht der Sekte ist es, einen Religionskrieg unerhörten Ausmaßes herbeizuführen, möglicherweise mit Einsatz von Atomwaffen, d. h. dem Öffnen des siebten Siegels. Denn das soll – wenn ich mich recht erinnere – ein Ereignis sein, das ›selbst den Himmel verstummen läßt‹.«

Lavelle legte die Seiten auf seine Bettdecke. »Dann stimmt es also. Was sich hier bei uns abspielt, ist nur eine Episode am Rande des Hauptereignisses. Und auch wenn ich ungern meine eigene Person hervorhebe – Roberts bekommt doch noch seine Rache an mir.«

»Wie das?«

»Wissen Sie noch, wie ich Bonners Behauptungen abtat, daß es eine Störung der Konferenz geben würde? Er wußte mehr als ich. Aber Roberts hat damit gerechnet, daß ich Bonner für einen Spinner halten würde.«

»Sie wollen doch nicht etwa andeuten, daß Bonner die ganze Zeit zu Roberts' Lager gehörte? Großer Gott, er kann doch nicht alle Fäden in der Hand halten.«

»An Bonners Katalog der Prophezeiungen war einiges merkwürdig. Zum Beispiel, daß Hildegard von Bingen darin vorkam. Michael Roberts war im Seminar der erste, von dem ich den Namen hörte.«

»Das könnte reiner Zufall sein.«

»Möglich. Nur habe ich Ihnen nie erzählt, daß eine ihrer Prophezeiungen beschreibt, wie die Kirche – dargestellt als weiblicher Körper – von einem Tier mit einem Mund voll Eisenzähnen vergewaltigt wird.«

Dempsey sah zur Seite und blinzelte ein paarmal, während er über etwas nachdachte. »Als Dr. Figgis die Autopsie bei Kara McVey vornahm ... da sagte sie, die Verletzungen seien ihr hastiger zugefügt worden als im Fall von Sarah. Sie erwähnte eine Reihe Rißwunden, von denen beim ersten Mord nichts zu sehen war und die von einer Art gezacktem Werkzeug verursacht wurden.«

»Eisenzähne.«

»Gut möglich. Damals veranlaßte es mich zu der Theorie von einem Kondom, das mit scharfen Eisenstücken besetzt ist. Daraufhin hat sie mir ausführlich erklärt, wie weitgehend die inneren Verletzungen tatsächlich waren. Was immer benutzt wurde, es hat praktisch alle Organe im Beckenbereich aufgerissen und zu Brei zerstoßen. Da war nicht nur Blut auf dem Boden der Galerie, das kann ich Ihnen sagen.«

»Lieber Himmel.« Lavelle legte den Kopf auf das Kissen und starrte an die Decke. »Und ich jammere hier wehleidig herum.«

»Na ja, ein bißchen Grund dazu haben Sie vielleicht doch«, sagte Dempsey. »Aber sagen Sie, was läßt Sie außerdem noch vermuten, daß Bonner unter dem Einfluß von Roberts stand?«

Lavelle setzte sich wieder auf. »Es ist eigentlich nicht so wichtig. Ich habe mich nur gefragt, woher Bonner wußte, daß ich nicht da bin, als er sich Zutritt zu meinem Haus verschaffte. Wie ist der Wachsdocht in meinen Garten gekommen? Glauben Sie im Ernst, daß er unberührt vom Wetter die ganze Zeit unter der Hecke lag?«

»Das ließe sich zur Not alles erklären. Aber Sie deuten an, daß jemand Ihre Schritte verfolgt hat. Auch das ist möglich. Aber es müßte jemand sein, der mit Ihren täglichen Verrichtungen vertraut ist ... jemand aus Ihrer näheren Umgebung ...« Er sah Lavelle in die Augen. »Vermuten Sie etwa –«

»Nein. Vergessen wir die Sache. War nur so eine verrückte Idee. Ich darf es nicht soweit kommen lassen, daß mich Roberts mit seinen Gedankenspielen unterkriegt.« Er nahm die zweite Seite der E-Mail zur Hand. »Würden Sie den Rest vorlesen? Ich bin außer Puste.«

Dempsey fuhr in der Mitte der zweiten Seite fort.

»Beim Eintritt in die Sekte erhalten die Mitglieder einen Codenamen, der den Schriften von Yeats entnommen wird. Das macht die Kontaktaufnahme untereinander sicherer und erschwert es Außenstehenden, ihre Schritte zu verfolgen. Rawlings hatte mit einer Liste der Decknamen begonnen, an die er sich erinnerte, das war der letzte Eintrag in seinem Computer. Das FBI glaubte zunächst, sie hätten ein Appellverzeichnis mit den richtigen Namen der Sektenmitglieder gefunden. Inzwischen wissen sie, daß ihre Liste zur Überprüfung von Identitäten nicht taugt.«

Dempsey sah Lavelle über den Rand des Blattes an. »Soviel zur Überwachung der Flughäfen«, sagte er grimmig, fuhr dann mit Gutersons Schreiben fort.

»Zusätzlich läßt die Führung der Sekte gelegentlich einer gewissen postmodernen Ironie freien Lauf, indem sie sich gegenseitig mit einer von Yingers drei Definitionen bezeichnen.«

Dempsey sah erneut vom Blatt auf. »Wir wissen jetzt über die anderen Decknamen Bescheid, aber was um alles in der Welt sind ›Yingers drei Definitionen‹?«

»Drei Typen von Sektenpersönlichkeit – der Prophet, der Asket und der Mystiker. Zu kompliziert, als daß ich es auf die Schnelle erklären könnte.«

»Na, wie Sie meinen. Damit kommen wir zum Schluß des Briefs:

P.S.: Es folgt die Abschrift einer Nachricht, die eine unbekannte Anruferin, heute, Freitag, auf unserem Anrufbeantworter hinterlassen hat. Ich glaube, es wurde vorher aufgeschrieben und dann beim Telefonieren abgelesen, möglicherweise unter Aufsicht – es hörte sich jedenfalls so an. Die Anruferin hatte einen irischen Akzent und sagte: ›Bitte leiten Sie das an Jane Wade in Dublin weiter, deren Komplize Liam Lavelle Ihnen bekannt ist, soviel ich weiß. Da du dich eingemischt hast, Jane, mußt du jetzt auch die Folgen tragen. Das dreifaltige Wesen hört alles, sieht alles, weiß alles. Ich bin nicht länger deine Schwester, zwischen uns gibt es keine persönlichen Gefühle mehr. Ich hinterlasse dir diese Zeilen, sie sind die Summe meiner Erleuchtung und hätten deine sein können, wenn du zugehört hättest.‹ An dieser Stelle kam eine Pause, und dann sagte sie in nicht mehr ganz so hölzerner Sprechweise noch folgende Worte …«

Aber hier war die Seite zu Ende. Dempsey schaute in das Kuvert, aber Charlie hatte die letzte Seite entweder vergessen, oder dem Drucker war das Papier ausgegangen.

»Das klingt alles sehr bedrohlich«, sagte Dempsey und runzelte die Stirn. »Ich möchte, daß Miss Wade auf der Stelle zu uns ins Krankenhaus fährt. Dann lasse ich jemanden kommen, der sie bewacht, wenn sie hier weggeht.«

»Sie hat ihren Wagen hiergelassen.«

»Mist. Dann machen wir folgendes: Taaffe hat mich auf dem Weg nach Blackrock hier abgesetzt. Aber das ist nur zehn Minuten entfernt. Er soll sie auf dem Rückweg abholen. Bis dahin darf sie sich nicht vom Fleck rühren.« Er rief den Sergeant an, aber dessen Handy war besetzt.

In diesem Augenblick kam Conor Lyons mit Lavelles Eis zurück.

»Ich muß dich um einen weiteren Gefallen bitten, Conor«, sagte Lavelle. »Es dauert nur ein paar Minuten.« Er griff zu seinem Telefon und rief Jane an.

»Hör zu, Brad Guterson hat uns weitere Einzelheiten über die Pläne der Hüter des Siebten Siegels geschickt, und die sind erschrekkend. Außerdem hat er eine Nachricht angefügt, die anscheinend von Hazel an dich gerichtet ist. Wir haben sie nicht vollständig, ich rufe Charlie an, damit er mir den Rest vorliest. Aber worauf es ankommt: Wir glauben, daß du in Gefahr bist. Conor Lyons wird dich jetzt gleich im Radio Centre abholen und hierherbringen. Du kannst bei mir bleiben, bis du Polizeischutz bekommst. Geh auf keinen Fall zu Fuß zum Krankenhaus.«

— 72 —

In der Eingangshalle des Krankenhauses stand Pfarrer Lyons vor einem öffentlichen Telefon und wählte eine Nummer, die er inzwischen auswendig kannte. Am Tag nach dem Fund von Sarah Glennons Leiche hatte ihn einer der Weihbischöfe der Diözese Dublin angerufen und gebeten, ihm ab sofort vertraulich vom Fortgang der Ermittlungen und insbesondere von Lavelles Aktivitäten zu berichten. Es war eine ungewöhnliche Bitte, aber sie war keineswegs beispiellos. Die Kirche brauchte überall Augen und Ohren. Und Lyons fühlte sich geschmeichelt.

Bischof Kennedy meldete sich sofort. Lyons erzählte ihm, was in den letzten Stunden durchgesickert war, und faßte den wesentlichen Inhalt der E-Mail zusammen, die er aus dem Kuvert genommen und gelesen hatte. Als er sagte, er sei auf dem Weg, um Jane Wade abzuholen, wurde der Bischof sehr interessiert und sagte ihm, was er zu tun habe. Lyons verließ das Krankenhaus hoch erfreut, weil man soviel Vertrauen in ihn setzte.

Eine Minute später kam Dempsey in die Eingangshalle. Er und Taaffe hatten zur gleichen Zeit versucht, miteinander Kontakt aufzunehmen. Eine Reihe von Prostituierten hatte tätliche Angriffe in den frühen Morgenstunden gemeldet. Taaffe war auf dem Weg zum Krankenhaus; von dort wollten sie zusammen ins Polizeirevier Harcourt Street fahren und die betreffenden Frauen vernehmen.

Jane machte sich keine Sorgen um ihre Person. Viel mehr war sie daran interessiert, was Hazel gesagt haben könnte. Und sie bemühte sich immer noch, das letzte Gedicht zu entschlüsseln.

DOCH WINDE VOM MEER HER AUFBRAUSEN ... ALTE KNOCHEN ...

(Das Beinhaus im Katharinenkloster auf dem Sinai? Eine Verbindung zum Turm?)

GESEGNETER NOCH DIESES TURMES WACHT ...

Eine Weile hatte sie geglaubt, damit sei ein Kirchturm gemeint. Aber die erste Leiche wurde in einer Kirche gefunden, und es war sehr wahrscheinlich, daß es sich beim dritten Fundort um etwas anderes handelte. Ein Rundturm aus der Zeit der keltischen Klöster war eine offenkundige Möglichkeit, vielleicht allzu offenkundig, und auch diese Türme waren sakrale Gebäude. Yeats hatte in einer normannischen Burg gewohnt, die er als Turm bezeichnete, deshalb erwog sie die Möglichkeit, daß die nächste Prophezeiung in einer Burg erfüllt werden sollte. Dann hatte sie eine Idee. Ihr Exfreund Alastair war Architekt und kannte sich gut mit historischen Gebäuden aus. Einen Anruf bei ihm war die Sache wert. Sie benutzte ihr Handy, damit der Pförtner sie benachrichtigen konnte, wenn Lyons eintraf.

Alastair meldete sich sofort. »Jane, freut mich, von dir zu hören«, sagte er. »Heißt das, du hast es dir anders überlegt?«

»Nein, Alastair, ich will kein Treffen vereinbaren. Ich brauche deinen Sachverstand.«

»Und davon habe ich reichlich, wie du weißt.«

Sie hatte vergessen, was für ein Macho er sein konnte.

»Ich meine dein Wissen über Architektur, historische Gebäude. Ich kann dir nicht erklären, wozu, und du mußt schnell überlegen.«

»Also gut. Was willst du wissen?«

»Türme. Burgen. In der Gegend von Dublin.«

»Das ist zu ungenau. Da reden wir noch, wenn der Mond aufgeht. Definiere es genauer, oder sag, was ich weglassen soll.«

»Okay. Keine Kirchen oder Rundtürme.«

»Immer noch zuviel. Darf ich einen Vorschlag machen: Türme oder Burgen? Was ist näher am Thema deiner Recherche?« Er nahm an, daß sie an einer Rundfunksendung arbeitete.

»Türme«, entschied sie.

»Bewohnbare oder Monumente?«

»Bewohnbare.«

»Leuchttürme? Martellotürme?«

Obwohl das Meer in der zweiten Zeile vorkam, hatte Jane das Gefühl, wegen des erwähnten Berges müsse der Ort weiter landeinwärts liegen. Die Martellotürme, die man in napoleonischer Zeit überall in der Bucht von Dublin gebaut hatte, waren außerdem eckig, und sie stellte sich etwas anderes vor. »Weder noch. Geh ein bißchen weiter landeinwärts ...«

Sie wollte gerade auf die Berge zu sprechen kommen, als er sagte: »Paß auf, ich nenne einfach wahllos ein paar Gebäude. Wie wär's mit The Wonderful Barn auf dem Gut Castletown?«

»Was ist das?«

»Ein steinerner Getreidespeicher in der Form eines Turms. Eine gewisse Lady Conolly hat ihn im achtzehnten Jahrhundert errichtet. Ungewöhnliches Gebäude, fast flaschenförmig ... konisch, mit einer Treppe, die wie eine Spirale außen herum führt.«

Jane wurde neugierig. Konisch. Eine Wendeltreppe. Ein Kreisel?

»Wo, sagst du, liegt der?«

»Etwa zehn Meilen außerhalb von Dublin, in der Grafschaft Kildare. Im Grunde gar nicht weit von dort, wo du wohnst.«

»Also nicht auf einem Berg, oder?« sagte sie enttäuscht.

»Wohl kaum, in Kildare. Aber Lady Conollys Schwester hat sich eine exakte Nachbildung auf ihrem Landsitz in den Dubliner Bergen errichten lassen.«

»Wie heißt er?«

»Dreimal darfst du raten: The Granary – der Kornspeicher. Naheliegend, oder?«

»Nein, ich meine den Landsitz.«

»Ach so – Glencullen House.«

Jane blieb fast das Herz stehen. Becca de Lacys Herrensitz!

»Und ... steht der Kornspeicher noch?«

»Ja, er wurde sogar kürzlich renoviert. Worum geht es hier eigentlich? Hast du eine Phallusfixierung? Vermißt du das Original?«

»Alastair, du bist ein aufgeblasenes Arschloch, aber im Moment verzeihe ich dir alles. Mach's gut.« Sie legte auf, ohne eine Antwort abzuwarten.

Jane tippte die Information in ihre Computernotizen und klickte auf Drucken. Sie stand gerade auf, als das Telefon läutete. Der Wachmann am Empfang teilte ihr mit, daß ein Pfarrer Lyons sie abholen komme. Sie schaute auf die Uhr. Er hätte bereits vor einer halben Stunde hiersein müssen. Was für ein Glück, daß er sich verspätet hatte, dachte sie, schaltete den PC aus und hängte sich ihre Tasche um.

Am Empfang saß nur der Wachmann hinter seinem Schalter. Er sagte, der Priester würde draußen auf dem Parkplatz warten. »Sie sehen seine Standlichter da drüben«, fügte er an. Obwohl es erst auf die Dämmerung zuging, war es dunkler als normal, weil eine Wolke, die sich auftürmte wie eine gelblichgraue Aschensäule bei einem Vulkanausbruch, die untergehende Sonne verdüsterte und einen unheimlichen Schatten auf die Erde warf.

Als sie auf den Wagen zuging, wurden die Scheinwerfer aufgeblendet, und hinter dem Steuer winkte ein Mann zum Zeichen, daß er sie erwartete. In diesem Augenblick ging Jane durch den Kopf, daß sie Pfarrer Lyons noch nie begegnet war. Aber der Priesterkragen leuchtete weiß aus dem Halbdunkel, als er sich über den Beifahrersitz streckte und ihr die Tür öffnete. Sie stieg ein.

Er ließ den Motor an und sagte: »Tut mir leid wegen der Verspätung. Ich bin auf dem Weg aus dem Krankenhaus noch einem Bekannten begegnet.«

Jane war beruhigt.

Die Parkplatzausfahrt führte vom Radio Centre weg an einigen leeren Nebengebäuden vorbei. Vor einem davon bremste er, holte ein Taschentuch hervor und sagte: »Entschuldigen Sie, ich bin böse erkältet.« Jane stieg ein Hauch von Menthol in die Nase, als er sich mit dem starren Lächeln einer Bauchrednerpuppe zu ihr umdrehte.

Jetzt niest er gleich, dachte sie.

Er stürzte sich auf sie, preßte ihr mit einer Hand das Tuch auf Mund und Nase und packte sie mit der anderen an den Haaren. Sie versuchte, sich zu wehren und zu schreien, aber er drückte sie mit seinem Körpergewicht fest in den Sitz, und ihre Augen starrten panisch in ein Gesicht, das sie sehr wohl kannte.

— *73* —

Lavelle hatte Charlie wegen der fehlenden Zeilen der E-Mail angerufen, aber es ging niemand ans Telefon. Um sich die Zeit bis zu Janes Eintreffen zu vertreiben, hob er das Kuvert von seinem Bett auf und begann auf die Rückseite zu kritzeln.

Michael Roberts = Michael Robartes
Greg Mathers = McGregor Mathers
David Edwards = ???

Gutersons Mitteilung hatte bestätigt, daß die Sekte Decknamen aus den Schriften von Yeats verwendete. Wieso paßte dann der Name David Edwards nicht in das Schema? Wenn Roberts und Mathers tatsächlich dieselbe Person waren, dann sprach einiges dafür, daß Edwards ein dritter Falschname war. Das paßte auch zu dem Dreiermuster, das sich durch alles zog, was die Sekte vertrat. Die *Vision des Gorman* hatte *drei* Morde prophezeit, das Tier aus dem siebten Siegel sollte *drei* Köpfe haben, es gab *drei* Erlöser in den düsteren Weissagungen des zoroastrischen Priesters, und sie wurden, wie ihm jetzt erst klarwurde, wahrscheinlich von den *drei* umgedrehten Engeln auf der Chi-Rho-Seite dargestellt.

Umgedrehte Engel. Invertierte Engel.

Er kritzelte: *Demon est deus inversus.*

Und wenn er das Motto selbst umdrehte? Er versuchte verschiedene Kombinationen.

Est inversus demon deus. Deus inversus demon est. Demon inversus est deus. Inversus deus est demon.

Auch dazu fiel ihm nichts ein. Dann schrieb er: DEDI.

Und rückwärts: IDED.

Er setzte sich auf und schrieb es noch einmal, wobei er die Buchstaben in zwei Gruppen aufteilte.

Er blinzelte, als könnte er seinen Augen nicht trauen. Er schrieb es zur Sicherheit in voller Länge aus. Dann griff er zum Telefon und wählte Dempseys Nummer.

»Detective Inspector Dempsey.«

»Hier ist Liam Lavelle. Ich muß Ihnen etwas sagen.«

»Ich bin gerade mitten in einer Vernehmung. Kann es warten?«

»Nein. Das müssen Sie sofort erfahren.«

»Dann warten Sie, ich gehe nur eben nach draußen.«

Lavelle hörte, wie sich Dempsey entschuldigte. Sekunden später war er wieder am Telefon. »Was wollen Sie mir sagen?«

»Edwards ist die dritte Identität, die Michael Roberts annimmt. Roberts, Mathers, Edwards – sie sind ein und dieselbe Person!«

Dempsey zweifelte nicht mehr, als Lavelle es ihm erklärte.

»Dann haben wir also die ganze Zeit wirklich nur eine Person gejagt. Das erklärt alles. Und wir wissen, daß er hier ist, weil er seine Mutter besucht hat. Jetzt können wir das Netz enger ziehen. Hoffentlich ist es nicht zu spät. Ist Miss Wade übrigens schon bei Ihnen angekommen?«

»Nein, müßte aber jede Minute da sein.«

»Gut. Ich mach mich dann mal lieber auf die Socken.«

Lavelle legte sein Handy auf das Nachtkästchen. Es hatte keinen Sinn, Jane anzurufen, sie war ja schon unterwegs.

Er sank zurück aufs Kissen und schaltete das Fernsehgerät ein. Das Friedenskonzert, das annähernd vier Stunden dauern sollte, würde in Kürze beginnen. Er schloß die Augen. Eigentlich nicht sehr überraschend, daß Michael Roberts aus seiner Identität eine Parodie auf das theologische Geheimnis der Dreifaltigkeit gemacht hatte – drei göttliche Personen in dem einen Gott. Und dann das Spiel mit einem Motto, das den Teufel mit Gott gleichsetzt, was ihn ... ja, richtig ... zum Tier mit den drei Köpfen machte ...

Die Fernbedienung glitt aus Lavelles Hand auf die Bettdecke. Eine Schwester kam ins Zimmer und schlich auf Zehenspitzen wieder hinaus.

Lavelle schlief tief und fest.

Am unteren Rand des Kuverts, das er noch immer in der anderen Hand hielt, standen in seiner Schrift die Worte:

ID ED
DavID EDwards
DEDI umgedreht!

— 74 —

Jane sah ihre Füße. Oder wenigstens nahm sie an, daß die weißen Flecke, die sie verschwommen in der Dunkelheit ausmachen konnte, ihre Füße waren. Sie lagen höher als ihr übriger Körper und waren weit voneinander entfernt. Jane fragte sich, wie das möglich war. Sie hatte das Gefühl, ihre Füße wurden irgendwie dort oben festgehalten. Ihre Arme schmerzten und waren über ihren Kopf gestreckt. Sie fror, aber als sie ihren Körper befühlen wollte, konnte sie die Hände nicht bewegen. Sie waren gefesselt.

An einer Stelle über ihrem Kopf sprang plötzlich ein Licht an, das sich über eine Reihe von Feldern direkt über ihrem nackten Körper fortsetzte. Das Licht ging flackernd aus, aber dann war es wieder da und tauchte Jane und ihre Umgebung in grellen Neonschein. Was sie sah, ließ sie erneut ohnmächtig werden, eine Gnade, die ihr jedoch nur für wenige Sekunden gewährt war.

Sie befand sich halb liegend, halb hängend in einem Raum, der am für sie sichtbaren Ende von einem schwarzen Vorhang begrenzt wurde. An den kahlen Wänden links und rechts von ihr waren Haken angebracht, und an ihnen hingen Geräte aus Leder und Metall, mit Stacheln versehene Ketten und Gürtel, ein Schwert in einer Bambusscheide, ein Instrument mit Eisenklauen, das einer Kohlenzange ähnelte.

Ihr Hinterkopf und ihr Körper von den Schultern bis zum Gesäß lagen auf einer blanken Stahloberfläche, ihre Arme waren hinter dem Kopf an den Handgelenken gefesselt und mit gelben Plastikstreifen an einem Ring in der Wand festgemacht. An Flaschenzügen in der Decke hingen zwei weitere Plastikriemen, die um ihre Fußknöchel geschlungen waren. Ihre Beine waren gespreizt, als würde man sie im Kreißsaal auf eine Entbindung vorbereiten. Aber sie wußte, es ging um etwas anderes. Und als David Edwards den Vorhang zurückzog, stöhnte sie unwillkürlich auf, weil ihr Verstand den ganzen Horror ihrer Lage zu erfassen begann.

Edwards trug ein weißes Leinengewand, das mit den dunklen Stoppeln auf seinem hageren Gesicht kontrastierte. Seine Miene war die gleiche, die sie schon im Wagen gesehen hatte. Ein starres Lächeln, das Zähne wie in einem Totenschädel sehen ließ. Aber in seinen Augen, die wie Steinkohle funkelten, lag nicht die Spur eines menschlichen Gefühls. Der Umstand, daß sie bei Bewußtsein war, schien ihn nicht zu interessieren, während er sich einem der Geräte an der Wand näherte.

Sie mußte ihn ablenken. Das Unvermeidliche so lange wie möglich hinausschieben. Auf Rettung hoffen. »Ich habe der Polizei gesagt, wo Sie zu finden sind.« Anders als beabsichtigt, klang es wie ein Wimmern. »Wir sind auf dem Landsitz von Becca de Lacy«, sagte sie mit festerer Stimme. »Im Kornspeicher. Sie sind schon unterwegs.«

»Das ist aber komisch«, reagierte er endlich. »Denn *wenn* Sie es der Polizei gesagt hätten, müßte sie längst hier sein.« Sie erkannte seinen Tonfall von der CD wieder. »Aber vielleicht sind Sie es ja nicht wert, daß man Sie rettet.« Er wählte ein Gerät aus, das ganz aus poliertem Metall bestand, hielt es in die Höhe und begann daran zu drehen oder zu schrauben.

Lieber Gott, laß nicht zu, daß er mir weh tut! Sie sagte es beinahe laut. Dann dachte sie an ihre Schwester. »Was haben Sie mit Hazel gemacht? Wo ist sie?«

Edwards beachtete sie nicht, sondern fuhr fort, sich an dem Gerät zu schaffen zu machen, das ein wenig wie eine in die Länge gezogene Birne aussah, aus deren dickerem Ende ein Dorn herausragte. Aus dem schmaleren Ende kam ein gerillter Stiel oder eine Schraube, etwa so stark und lang wie ein Finger, und darauf saß ein verzierter Griff, an dem er drehte. Seine Bewegungen erinnerten Jane an den Typ von Korkenzieher, bei dem man den Korken durch kontinuierliches Drehen aus dem Flaschenhals zieht. In diesem Fall war die Wirkung jedoch die, daß der bauchige Teil des Geräts größer wurde oder, genauer gesagt, sich öffnete, denn Jane sah nun, daß er aus drei Teilen bestand, die auseinanderzuklaffen begannen.

»O mein Gott«, stöhnte sie.

»Ach ja, Hazel«, antwortete er schließlich. »Wie geschaffen zur Märtyrerin. Jetzt passen Sie auf.« Er kam ans Ende des Tisches und hielt das Gerät so, daß sie es sehen konnte.

»Zahlreich und mannigfaltig waren die Erfindungen von Inquisitoren und Folterknechten durch die Jahrhunderte. Manche waren plump.« Er sah zu dem kohlenzangenähnlichen Instrument an der Wand. »Das dort manscht die Brüste zu Brei«, sagte er nüchtern. »Aber einige waren von erlesener Bauart, und besonders dieses hier, das ebenfalls am weiblichen Körper Verwendung findet, ist ein Meisterstück. Es ist unter verschiedenen Namen bekannt, mir persönlich gefällt am besten Madonnenlilie. Ein hübscher Einfall, finden Sie nicht?«

Als sie nicht antwortete, verzog er die Lippen zu einem höhnischen Grinsen. »Ach, kommen Sie. Haben Sie etwa keinen Sinn für so etwas? Oder kann es sein, daß Sie aus unserer Heiligen Schrift wissen, was es ist, und die biblische Namensgebung bevorzugen? Nun denn, so sei es. Bereiten Sie sich darauf vor, Jane Wade, daß Ihre Lüsternheit geläutert wird durch ... die eisernen Zähne des Tiers!«

Er begann wieder an dem Griff zu drehen, und sie sah, wie die drei stählernen Abschnitte des Geräts sich langsam wie eine Blume öffneten; die Ränder der Blütenblätter waren mit kleinen, messerscharfen Zähnen besetzt, und der Dorn am Ende bestand nun aus drei bösartigen Klauen, die bedrohlich in die Luft ragten.

Jane schloß die Augen.

Edwards setzte seinen Monolog fort. »Ich bin überzeugt, daß an diesem Punkt der Vorführung so manche Frau gestand, was sie getan oder auch nicht getan hatte. Aber dazu sind wir nicht hier. Vielmehr müssen wir die Wirksamkeit des Geräts unter Beweis stellen. Wie es tatsächlich funktioniert. Ob es etwa Hilfe braucht auf seinem Weg?« Und er machte stoßende und seitwärts gerichtete Bewegungen, während er es wieder zuschraubte.

Jane versuchte, gegen die überwältigende Panik anzukämpfen. »Warum tun Sie *mir* das an? Die Prophezeiung muß ... korrekt erfüllt werden ... Eine Metze in einem Turm.«

»Ich verstehe. Dann sind Sie also tatsächlich vertraut mit unserer Heiligen Schrift. Nun, wir sind in einem Turm, oder?« Er ließ den Blick über den Raum und nach oben schweifen.

»Und ich denke, eine Frau, die einen Priester verführt, kann zu Recht als Metze bezeichnet werden, oder etwa nicht? Hure!« Er schrie ihr das Wort ins Gesicht.

Inzwischen hatte er aufgehört, an dem Griff zu drehen, und das Instrument war wieder eingefahren. »Die Madonnenlilie«, stimmte er an und betrachtete sie fast ehrfurchtsvoll. »Wie unschuldig, wenn sie ruht, wie schrecklich, wenn sie blüht und beginnt, ihren Durst mit dem Blut der Begierde zu stillen – genau wie ihr es tut, mit eurer Kloake der Versuchung.«

Schwer atmend kam er näher. Jane schloß die Augen und betete darum, ohnmächtig zu werden. Der Dorn berührte sie tastend. Sie spannte alle Muskeln an und versuchte vor ihm zurückzuweichen. Das Instrument fand sie erneut, und schaudernd spürte sie, wie er sie mit den Fingern berührte, um es einzuführen. Doch als sie sich schon in der Erwartung wappnete, daß er es gewaltsam in sie schieben würde, hörte sie das Gerät klirrend auf den Betonboden fallen, während Edwards sie mit überschnappender Stimme beschimpfte.

»Du stinkendes Dreckstück ... du verfluchte, giftige Blutbeule ...«

Jane war so benommen vor Angst, daß sie nicht begriff, was geschah. Er begann zu blöken wie ein verwundetes Tier, und sie merkte, daß er sich entfernte. Sie wagte es, die Augen zu öffnen, und sah, wie er durch den Vorhang zurückwich, die Hände auf Augenhöhe vor sich haltend und nervös von einer zur anderen blickend. An den Händen war Blut.

Als er sich durch den Vorhang schob, erhaschte Jane einen Blick auf den Bereich dahinter. Es sah aus wie das Erdgeschoß einer Scheune – er hielt sie in einem der Verschläge fest, in denen früher Getreide gelagert war. Edwards verschwand aus ihrem Blickfeld, und es klang, als würde er eine Treppe zu einer anderen Ebene des Turms hinaufsteigen.

Als er einige Minuten später wiederkam, war sein Gesicht aschgrau vor Wut. Er hatte sich die Hände gewaschen und trocknete sie nun mit einem Handtuch. Er schritt an ihr vorbei, holte eine Schere aus einer Tasche seines Gewands und schnitt einen der Plastikriemen entzwei, um ihre rechte Hand zu befreien. Dann warf er ihr das Handtuch zu und stürmte wieder hinaus.

— 75 —

Die Musik des Friedenskonzerts erfüllte den Raum, als Taaffe eintrat. Er sah, daß Lavelle schlief, und wollte gerade wieder hinausgehen, um mit einer der Schwestern zu sprechen, als er eine erschrockene Stimme hinter sich hörte.

»Wie spät ist es? Wo ist Jane?«

Taaffe machte kehrt.

Lavelle schlug erregt die Bettdecke zurück. »Ist sie hier? Was ist los?«

»Ganz ruhig, Hochwürden. Worum geht es denn?«

Lavelle schwang die Beine aus dem Bett, während er erklärte, daß Conor Lyons Jane abholen sollte.

»Ja, ich weiß. Das war ...«, Taaffe sah auf die Uhr, »vor gut zwei Stunden. Sie muß hiergewesen sein und gesehen haben, daß Sie schlafen. Vielleicht ist sie in die Kantine gegangen.«

Lavelle saß auf der Bettkante und dachte angestrengt nach. »Das bezweifle ich. Sie hätte bestimmt auf der Stelle die Nachricht von ihrer Schwester lesen wollen.«

»Verdammt. Ich habe mich eigentlich freiwillig für den Bewachungsjob gemeldet, aber ich wurde aufgehalten. Wir mußten mehrere Frauen vernehmen, Prostituierte, die behaupteten, sie seien in der vergangenen Nacht unserem Verdächtigen begegnet. Allerdings kam nichts dabei heraus. Warum versuchen Sie es nicht zuerst auf ihrem Handy, bevor wir etwas unternehmen.«

Lavelle nahm sein Telefon vom Nachtkästchen und tippte Janes Nummer ein. Ihr Apparat war auf die Mailbox umgeleitet.

»Vielleicht ist sie noch im Radio Centre«, meinte Taaffe. »Haben Sie die Nummer?«

Lavelle nickte und wählte ihren Anschluß, aber auch dort war nur der Anrufbeantworter. Die Ansage enthielt eine Nummer für die Telefonzentrale, und von dort ließ er sich an die Pforte vermitteln. Der Wachmann bestätigte, daß Jane gegangen war und daß ein gewisser Pfarrer Lyons sie abgeholt hatte.

»Dann wissen wir also, daß Lyons sie geholt hat. Aber was zum Teufel hat er dann gemacht?« wunderte sich Taaffe. »Wir müssen ihn sofort fragen. Lassen Sie mich reden.«

Er wählte eine Nummer, die ihm Lavelle diktierte, und Lyons meldete sich. Taaffe sagte seinen Namen und fragte den Kurat, ob er Jane abgeholt hätte.

»Was?« Taaffe sah entsetzt aus. »Ich glaub's einfach nicht. Auf wessen Veranlassung? Wer? Was zum Teufel hat der damit zu tun? Bei uns hat kein Bischof angerufen, und Jane Wade ist nicht aufgetaucht. Also wer –? Ich sage Ihnen, Sie stecken ganz schön in der Scheiße, Hochwürden. Wenn ihr etwas zustößt, lassen wir Sie und diesen Bischof verhaften. Jetzt geben Sie mir seine Nummer, und zwar dalli.«

Lavelle hatte verwirrt zugehört. Taaffe notierte die Nummer, die ihm Lyons gab, warf ihn ohne ein weiteres Wort aus der Leitung und erklärte Lavelle, was ihm der Kurat erzählt hatte.

»Er sagt, ein Weihbischof der Diözese hätte ihn gebeten, ein Auge auf die Untersuchung des Falls zu haben. Und dieser Bischof hätte ihn heute angewiesen, Jane nicht abzuholen, er könnte sich damit in Gefahr begeben, und er, der Bischof, würde die Angelegenheit direkt mit uns regeln.«

»Welcher Weihbischof? Hat er einen Namen genannt?«

»Ja. Dominic Kennedy.«

»Lyons ist ein blödes Arschloch«, sagte Lavelle. »Dominic Kennedy ist seit einem halben Jahr in Israel. Er gehört zum Organisationskomitee für die Konferenz. Aber wer hat Jane dann abgeholt?«

»Lyons hat mir eine Nummer gegeben. Ich ruf mal an.« Die Leitung war belegt. »Vielleicht liegt der Hörer nicht auf.«

Lavelle ließ sich die Nummer zeigen. »Das ist eine Telefonnummer im Süden von Dublin. Kennedy wohnt im Norden. Hören Sie, wir wissen sowieso, daß es nicht der Bischof war. Es muß Roberts sein. Können Sie die Adresse ermitteln?«

»Wenn ich Zeit habe, ja. Aber ich habe keine. Ich rufe Kevin an, mal sehen, was er vorschlägt.«

Lavelle war wütend auf sich, weil er eingeschlafen war, und frustriert, weil er nicht aus dem Bett durfte. Er mußte aufstehen und sich bewegen.

»Herr Pfarrer, sind Sie sicher, daß Sie –? Kevin, hier ist Jack. Schlechte Nachrichten.« Er erzählte ihm von Jane. »Dieser Bischof ist wahrscheinlich Edwards oder Roberts, oder wie man ihn nennen soll. Aber mit dieser Telefonnummer könnte er sich verraten haben. Wir brauchen jemanden bei Telecom, der den Anschluß für uns ausfindig macht ... ja, das ist auch eine gute Idee. Ich treffe dich dort. Noch was Neues bei dir? Im Ernst? Gut. Ja, bis dann.« Taaffe steckte sein Handy weg. »Er sagt, sie hat im Radio Centre gerade an etwas gearbeitet. Wir treffen uns in ein paar Minuten dort und reden mit dem Sicherheitsdienst, damit wir ihren Schreibtisch durchsuchen dürfen. Außerdem setzen wir Telecom auf die Sache an.«

»Was hat er noch gesagt?«

»Wegen Becca de Lacy. Er hat die Security beim Konzert dazu gebracht, daß sie die Halle und den Bühnenbereich noch einmal genau durchkämmen. Dann kam er schließlich zu ihrer Backstagecrew durch und fragte, ob irgendwer wüßte, wo sich Edwards in Irland aufhält. Sie stellten sich alle dumm, deshalb bat er darum, daß man ihn entweder mit der guten Frau selbst verbindet oder daß jemand geht und sie fragt. Dieser Masterson hat sich glatt geweigert und gemeint, sie würde gerade ihre spirituellen Übungen vor dem Konzert machen, und er würde sie unter keinen Umständen stören. Wofür halten sich diese Leute eigentlich, verdammt noch mal?«

Er ging zur Tür. »Ich habe mich freiwillig für Miss Wades Schutz gemeldet, weil ich auf diese Weise meinen Frieden mit Ihnen beiden machen wollte. Sieht aus, als hätte ich es wieder vermasselt.«

»Ja«, sagte Lavelle, während er zu seinem Schrank schlurfte. »Aber jetzt müssen wir Jane finden, und zwar schnell. Ich komme mit Ihnen.«

»Ausgeschlossen, Herr Pfarrer. Wir beherrschen –«

»Ihren Job?« fragte Lavelle sarkastisch und begann sich anzuziehen. »Dann haben Sie jetzt die Gelegenheit, es endlich zu beweisen.«

In der Eingangshalle des Rundfunkgebäudes ging Lavelle ungeduldig auf und ab und wartete auf die beiden Detectives, die in einem Büro den Wachmann vernahmen. Seine Ablösung sah sich hinter dem Schalter das Konzert im Fernsehen an.

»Jetzt kommt Becca de Lacy«, sagte der Wachmann, als Lavelle ein weiteres Mal an ihm vorbeiging. »Sie spielt eine ganze Stunde, sie ist die Hauptattraktion.«

Lavelle sah zum Bildschirm. Beccas Erscheinen auf der Bühne in einem Hagel von Licht- und Toneffekten wurde mit frenetischem Beifall begrüßt. Sie verbeugte sich und nahm an einer Batterie von Keyboards und Synthesizern Platz, während ihre Background-Musiker und die Computertechniker ein wesentlich höher gelegenes Podest besetzten. Aus der Ferne war sie eine winzige, in grelles Licht getauchte Figur, aber ihr Bild blickte riesenhaft von Videowänden zu beiden Seiten der Bühne herab.

Als Becca ihr erstes Lied anstimmte, begann Lavelle wieder auf und ab zu laufen. Wenn er nur irgendwie mit Michael Roberts reden könnte. Falls Roberts' Vorhaben eine Rache an seinem früheren Studienkollegen beinhaltete, dann könnte sich Lavelle vielleicht im Austausch gegen Jane anbieten. Und er war auch an einer Antwort auf einige Fragen interessiert. Geschah das alles, weil man Roberts nicht zur Priesterweihe zugelassen hatte? War er für Jeff Clarks Absturz verantwortlich? An dieser Stelle gebot sich Lavelle Einhalt – bevor er sich gänzlich von der Wirklichkeit entfernte. Wieso brauchten Dempsey und Taaffe nur so lange?

Zur Ablenkung schaute er sich das Konzert wieder an. Becca veranstaltete eine aufwendige Show, mit schnell wechselnden Lichteffekten und einem sich ständig ändernden Hintergrund, der aus mosaikartigen Bildern von Gesichtern bestand. Es handelte sich dabei um berühmte Vertreter der verschiedenen Konfessionen, die an der Konferenz teilnahmen, und bei jedem Bildwechsel kam eine zustimmende Reaktion aus der Menge.

Die Kameras schwenkten über das Publikum einschließlich des abgesperrten Bereichs im hinteren Teil der Arena, wo die Delegierten der Religionen und eine Reihe Politiker saßen. Lavelle sah Kaftane, Kreuze, Turbane, Bärte, Priesterkrägen und sonstiges Drumherum verschiedener religiöser Kulturen. Allen gemeinsam war der Umstand, daß sie zumeist jünger waren als der Teilnehmerdurchschnitt bei der Eröffnung der Konferenz am Nachmittag.

Lavelle wartete nicht, bis das Lied zu Ende war. Beccas auf- und absteigender Gesang war seinen Ohren unangenehm, und er fand ihre selbstgeschriebene Lyrik kindisch, aber ohne den rettenden Charme des Kind*lichen*. Doch darum ging es gar nicht. Er fühlte, daß sich Janes Überlebenschancen mit jeder verstreichenden Minute des Konzerts verringerten. Er ging nach draußen, um frische Luft zu schöpfen.

Jane hatte ihren Schreibtisch ordentlich hinterlassen. Nirgendwo lagen Notizen herum, und auch der Abfallkorb gab nichts her. Taaffe bemühte sich, in ihre Dateien zu gelangen, während ein Wachmann einen Mitarbeiter der technischen Abteilung aufzutreiben versuchte, dem der Zugang vielleicht gelingen würde. Dempsey hatte inzwischen den Wachmann befragt, der Dienst hatte, als Jane das Gebäude verließ. Seine Beschreibung des Mannes, der sie abgeholt hatte, paßte auf David Edwards, und er war sich sicher, daß der Mann Priesterkleidung getragen hatte.

»Dann wissen wir jetzt also, daß er sich als Geistlicher verkleidet«, rief Dempsey seinem Kollegen zu.

Taaffe war frustriert von seinen Versuchen, den Computer zu knacken. Er ging zu einem Drucker in der Ecke des Büros, während Dempsey in seinen Überlegungen fortfuhr. »Auf diese Weise hat er Sarah Glennon in sein Auto gelockt. Hat ihr wohl angeboten, sie mitzunehmen, und zufällig ist er an ein Mädchen geraten, das Priestern vertraute, das in Lourdes schon mit ihnen zusammengearbeitet hatte, und –«

»Kevin!« rief Taaffe aus und hielt einige Blätter Papier hoch. »Schau dir das an – sie hat ihr Zeug ausgedruckt und muß es beim Weggehen hier vergessen haben.«

Zusammen lasen sie ihre Vermerke durch. Unter die letzten Gedichtzeilen hatte sie getippt:

EINE METZE IN EINEM TURM
AUF BECCA DE LACYS LANDSITZ GIBT ES EINEN TURM
WOHNT EDWARDS DORT?
IM KORNSPEICHER AUF GLENCULLEN HOUSE?

»Mist, von diesem Turm wußten wir nichts«, sagte Dempsey. »Der Polizist von Rathfarnham hat nur im Haus selbst nachgefragt. Los jetzt. Wir werden zwanzig Minuten bis eine halbe Stunde brauchen.«

»Wo liegt es?« fragte Taaffe, während sie in Richtung Ausgang eilten.

»In den Bergen, nicht weit von Ticknock.«

Beide blieben wie angewurzelt stehen.

»Das ist dort, wo …«, begann Dempsey.

»… Sarah Glennon verschleppt wurde«, beendete Taaffe den Satz.

»Dann ist er zweifelsfrei unser Mann«, sagte Dempsey und holte sein Handy hervor, während sie ihr forsches Tempo wiederaufnahmen. »Ich rufe das Revier in Rathfarnham an. Sie sollen uns den Weg beschreiben und Verstärkung schicken. Du telefonierst mit Lucan und alarmierst das Team. Und übrigens – du fährst.«

Sie stürmten durch die Halle und die Eingangstreppe hinab zu ihrem Wagen, beide in ihr Handy sprechend.

Lavelle wartete auf sie. Dempsey beendete sein Gespräch. »Wir wissen, wo er sie hingebracht hat«, unterrichtete er Lavelle. »Es ist nicht sehr weit – steigen Sie ein.« Er öffnete ihm die hintere Tür. Dann klopfte er auf die Handfeuerwaffe unter seinem Mantel und rief seinem Kollegen über das Wagendach zu: »Bist du bewaffnet?«

»Was denkst du denn«, sagte Taaffe und nahm auf dem Fahrersitz Platz.

»Becca de Lacy ist schon auf der Bühne«, sagte Lavelle nervös und ließ sich auf dem Rücksitz nieder, »uns bleibt weniger als eine Stunde. Glauben Sie, wir schaffen es?«

Taaffe fing Lavelles Blick im Rückspiegel auf, während er den Zündschlüssel umdrehte. »Nur die Ruhe. Wenn es jemand schafft, dann wir. Außerdem hat dieser Edwards Sarah Glennon einen ganzen Tag lang gefangengehalten, bevor er –«

»Sie haben es immer noch nicht kapiert, oder?« sagte Lavelle. »Er hat die Absicht, Jane zu töten, bevor das Konzert zu Ende ist.«

— 76 —

Er hatte ein Tuch über sie geworfen und ihre Beine auf das Niveau der Oberfläche gesenkt, auf der sie lag und die sie inzwischen als Autopsietisch identifiziert hatte. Sie war aber weiterhin an den Knöcheln gefesselt. Beim abermaligen Hinausgehen hatte er versehentlich den Vorhang einen Spalt offengelassen, so daß sie einen Blick ins Erdgeschoß des Turms werfen konnte. Edwards saß da draußen an einer Werkbank und zerschnitt etwas mit der Schere.

Nach einer Weile gab er diese Beschäftigung auf und ging aus Janes Blickfeld. Sie vermutete, daß er nach oben gegangen war, denn sie hörte von irgendwoher Beccas Musik kommen, und dazu hörte sie Edwards sprechen. Er mußte wohl telefonieren. Bestätigte er, daß die dritte Prophezeiung kurz vor ihrer Erfüllung stand?

Dann bewegte ein Luftzug draußen auf der Werkbank etwas. Ein weißes Papier rutschte auf den Stuhl herab und hing so über den Rand, daß Jane es sehen konnte. Edwards hatte aus Papier eine Reihe Mädchen ausgeschnitten, gelocktes Haar, einander an den Händen haltend, rechtwinklige Körper und simple Dreiecke als Röcke über den dürren Beinen. Aber er hatte sie zerstört, indem er ein auf dem Kopf stehendes V bis hoch zum Schritt in die Röcke geschnitten hatte, dann seitlich in die Leisten, und in die Füße und die kleinen Brüste hatte er je zwei Löcher gestoßen.

Sie hörte, wie er zurückkam, dann zog er den Vorhang zur Seite, und sie sah eine Leiter, die von der Ebene darüber herabführte und die bis jetzt vor ihrem Blick verborgen gewesen war.

Edwards trat an den Tisch. Er trug Chirurgenhandschuhe und sagte: »Nun ist es soweit. Die dreifache Reinigung muß vollendet werden.«

Er ging zu der Wand auf Janes linker Seite und zog das Schwert ein kleines Stück aus der Bambusscheide. »Dieses Schwert«, sagte er, und seine Augen verrieten eine gefährliche Mischung aus Niederlage und Triumph, als hätte er sich für die zweitbeste Lösung entschieden, »wird dir eine große Ehre erweisen. Als unser verehrter Poet und Prophet es als Geschenk erhielt, war es in Tuch aus dem Kleid einer Dame vom japanischen Kaiserhof gewickelt – eine höchst angemessene Hülle für eine so wundervolle Arbeit, wie du zugeben mußt. Und nun wirst *du* seine Hülle sein!«

Er stieß das Schwert wieder in die Scheide und begann zu schreien. »Dein Vergehen ist unaussprechlich! Nur ein Gegenstand, der durch seine Verbindung mit dem größten Seher seiner Zeit gesegnet ist, vermag dich zu läutern. Und einen sicheren Abstand zwischen mir und deinem ... deinem Schmutz zu gewähren, während ich meine heilige Aufgabe erfülle. Und da du mich auf höchst widerwärtige Weise besudelt hast, wirst du lebend erdulden, was die anderen erst im Tod erfuhren. Das Ritual muß umgekehrt werden!«

Der Aufschub ihres Schicksals hatte Jane beinahe schon optimistisch gestimmt, was ihre Lage betraf. Während sie auf Edwards' Rückkehr wartete, hatte sie sich überlegt, daß ein Mensch eine solche Intensität des Schreckens nicht unbegrenzt lange ertragen konnte. Daß der menschliche Verstand es vorzog, auf eine Illusion der Hoffnung umzuschalten. Doch nun gähnte der Abgrund der Verzweiflung wieder offen unter ihr, bereit, sie zu verschlingen. Es war eine Entscheidungsschlacht zwischen ihrer geistigen Gesundheit und Edwards' Wahn.

Er war an ihre rechte Seite gekommen und zog die Schere aus der Tasche. Er öffnete und schloß sie erregt. Sein Tonfall wurde ruhiger, und er begann zu rezitieren, während er in die Luft schnippelte.

»Die Fleischesblumen der Lust zuerst ... denn sie werden zu den Warzen, welche die Welpen säugen, die ihren blutigen Eingeweiden entspringen, und solcherart wird der Mann auf ewig versklavt ...« Aus irgendeinem Grund hielt er inne und steckte die Schere zurück in die linke Tasche seines Gewandes.

Dann ging er an die gegenüberliegende Wand und nahm das Instrument zum Zerquetschen der Brust vom Haken.

— 77 —

Der Turm des Kornspeichers ragte drohend in den Nachthimmel, durch dessen Wolkenschleier ein milchiger Mond schien. Unter den nahen Bäumen lag ein halbes Dutzend Detectives und uniformierte Polizisten auf der Lauer. Dempsey und Taaffe standen mit gezogenen Revolvern links und rechts der Tür zu Edwards' Wohnung auf der Treppe, die um den Turm herumführte. Sie hatten ein paar Schritte oberhalb der Tür durch ein vergittertes Fenster gespäht. Der runde Raum dahinter wurde von einem flackernden Fernsehschirm erhellt, aus einer offenen Falltür in der Mitte des Raums kam ebenfalls ein Lichtschein. Sie nahmen an, daß Edwards mit Jane da unten war.

Taaffe legte die flache Hand an die massive Tür und drückte. Es klapperte. »Von innen verriegelt«, flüsterte er seinem Kollegen zu. »Wir bräuchten eine Axt, um sie einzuschlagen.«

»Aber wir haben keine. Wir werden sie mit den Maschinenpistolen kurz und klein schießen müssen und dann von unseren kräftigsten Jungs eintreten lassen.«

»Scheiße. Bis wir da drinnen sind, hat er sie garantiert erledigt.«

»Wir haben aber kaum eine andere Wahl.«

Dempsey hatte ausdrücklich verboten, daß auf dem Weg nach Glencullen House Sirenen eingesetzt wurden oder daß Fahrzeuge weiter als bis zur Abzweigung von der Hauptzufahrt fuhren. Falls Jane Wade noch lebte, wollte er Edwards' Handlungen nicht beschleunigen. Oder die Sache zu einer Belagerung werden lassen.

Von der Zufahrt aus waren sie zu Fuß weitergegangen. Lavelle, der bei ihrem Tempo nicht mithalten konnte, hinkte in Begleitung eines eigens von Dempsey abgestellten Beamten hinterher.

Sobald der Kornspeicher in Sicht kam, war Taaffe abrupt stehengeblieben. »Genau so einen hab ich schon mal gesehen«, sagte er, wobei er trotz seiner Überraschung flüsterte. »Auf dem Landsitz Castletown, nicht weit von dort, wo ich aufgewachsen bin.«

»Den Turm, meinst du?«

»Ja. The Wonderful Barn – der hier sieht genauso aus. Unser Hof war ungefähr zwei Meilen entfernt. Als Kinder haben wir darin gespielt.«

»Dann weißt du also, wie man hineinkommt.«

»Schon, aber das wird nicht einfach. Im wesentlichen war er als Getreidelager für den Winter gedacht. Aber er wurde eben auch so gebaut, daß er Plünderer abhielt.«

Dempsey machte ihm ein Zeichen, still zu sein. Der Kotflügel eines rückwärts an der Treppe geparkten Wagens glänzte im Mondlicht. Mit einer Handbewegung bedeutete der Inspector den Männern hinter ihnen, stehenzubleiben. Taaffe ging in die Hocke, kroch zu dem Fahrzeug und leuchtete vorsichtig mit einer Taschenlampe hinein, bevor er wieder zu Dempsey schlich.

»Jetzt wissen wir definitiv, daß sie da drinnen ist«, sagte er mit Blick zum Turm.

»Wieso?«

»Ihre Tasche ist im Wagen, sie liegt auf dem Rücksitz.«

»Also gut, Jack, denk genau nach. Wie kommen wir da rein?«

»Es gibt keine Fenster im Erdgeschoß, aber irgendwo müßte ein großes Scheunentor sein.« Er sah zum Turm. »Vielleicht auf der Rückseite. Die Treppe führt zu kleineren Türen auf den anderen sechs Ebenen, so wie die eine, die wir von hier aus sehen.« Sie blickten beide zum ersten Treppenabsatz.

»Aber falls die Türen verschlossen sind«, fuhr Taaffe fort, »kommen wir vielleicht durch eines der Fenster hinein.« Dempsey konnte eine Reihe dreieckiger Vertiefungen in jedem Stockwerk erkennen. »Früher waren das nur offene Schlitze, damit die Luft über dem Getreide zirkulieren konnte. Vielleicht sind manche noch im Originalzustand.«

Dempsey schickte sofort zwei uniformierte Beamte zur Inspektion des Turms, nachdem er ihnen rasch erklärt hatte, wonach sie Ausschau halten mußten. Nach wenigen Minuten erstatteten die Männer Bericht. Bei der Renovierung waren sämtliche Türen mit Steinblöcken, die zu dem ursprünglichen Material paßten, versiegelt worden. Die einzige Ausnahme war die Tür, die sie sahen und die zu einer Wohnung führte, wie die Polizisten bestätigten. Und die Fenster hatte man nicht nur verglast, sondern zusätzlich vergittert.

Die Zeit lief ihnen davon. Lavelle hatte gerade den Turm erreicht und saß atemlos einige Schritte unterhalb der beiden Detectives auf der Treppe. Er kam sich nutzlos vor. Es mußte doch irgendeine Möglichkeit geben, sie zu retten – anders als beim letzten Mal, dachte er wehmütig.

Dempsey sah wieder durch das Fenster. »Was ist das für ein komischer Apparat dort drüben bei der Falltür?« fragte er seinen Kollegen.

Taaffe spähte ins Halbdunkel. »Eine Winde«, antwortete er. »Davon gab es früher auf jeder Etage eine, damit sie das Getreide heraufholen konnten. Edwards hat Wade wahrscheinlich damit nach unten abgeseilt.«

»Ich sehe außerdem eine Leiter da drin, die von der Wohnung in das Stockwerk darüber führt«, sagte Dempsey. »Vermutlich kommt er also mit Hilfe einer weiteren Leiter hinab ins Erdgeschoß, und das heißt, wir kommen ebenfalls hinunter.«

»Wahrscheinlich gibt es auf jeder Ebene eine«, sagte Taaffe. »Das sind Inspektionsleitern.« Erinnerungen an ein Spiel seiner Kindheit stiegen in ihm auf.

»Also gut, holen wir die Artillerie herauf«, sagte Dempsey und wollte den wartenden Detectives mit ihren Maschinenpistolen ein Zeichen geben.

Aber Taaffe packte ihn am Arm. »Verdammt, ich hab's, Kevin. Wenn es tatsächlich Leitern zwischen allen Ebenen gibt, dann müßte ich hineinkommen. Aber ich muß ganz nach oben.«

»Wir haben keine Zeit mehr«, sagte Dempsey.

Lavelle hörte sie flüstern. Zeit. Zeit schinden. Er winkte Taaffe zu sich. Der Detective Sergeant kam ein paar Stufen herab und kauerte sich neben ihn.

»Ihr Notizbuch«, flüsterte Lavelle. »Die Nummer, die Ihnen Lyons gegeben hat. Mir ist da was eingefallen.«

Taaffe begriff sofort, was Lavelle vorhatte, und riß die Seite mit der Nummer aus seinem Buch. Dann leuchtete er dem Priester mit der Taschenlampe, während dieser die Nummer in sein Handy eintippte.

Taaffe gesellte sich wieder zu Dempsey.

»Was ist los?« fragte der Inspector irritiert.

»Lavelle ruft ihn an – um Zeit zu schinden. Gib mir ein, zwei Minuten, bis ich ganz oben bin, dann ruf mich auf dem Handy an, und ich sag dir, was los ist. Wenn ich glaube, daß ich es nicht schaffe, kannst du die Jungs holen, damit sie die Tür zu Kleinholz schießen.«

Dempsey wölbte die Hand über seine Uhr und stellte die Stoppuhr ein. »Also gut, zwei Minuten. Und keine Sekunde länger. Wie viele Stufen sind das?«

»Ungefähr hundert.«

»Dann mußt du noch schneller sein, als du als Junge warst. Los jetzt!«

Taaffe streckte Lavelle einen erhobenen Daumen entgegen und rannte mit eingeschalteter Taschenlampe los.

Lavelle drückte die Ruftaste auf seinem Handy. Es läutete.

Dempsey konnte ganz schwach das Telefonklingeln im Turm hören. Dann sah er einen Schatten im Licht schwanken, das durch die Falltür kam. Es funktionierte. Edwards war auf dem Weg nach oben.

Dempsey rückte vom Fenster weg und sah auf seine Uhr. Eine Minute war vorbei. Er rief den Detective Sergeant an, der schwer atmend antwortete. »Ich bin fast oben ... Ich habe bei den meisten Stockwerken hineingesehen ... die Leitern scheinen bis ganz hinauf zu gehen.«

Dempsey drückte das Gesicht wieder an die Scheibe. Im Halbdunkel des Raums sah er gerade noch, wie eine Gestalt in weißem Gewand aus seinem Blickfeld ging.

Lavelle hörte, wie das Telefon abgenommen wurde. Er holte tief Luft.

»Michael. Hier ist Liam Lavelle.«

Taaffe vollendete die letzte Windung der Treppe zur Spitze des Turms, die von einer Brüstung mit Zinnen gekrönt war. In der Ferne sah er die Lichter der Stadt und davor die Silhouette einer hölzernen Winde, zwei Pfosten mit einer Seiltrommel dazwischen. Einige leere Zementsäcke lagen herum und der zerbrochene Stiel eines Pickels. Offenbar hatten sich die Bauarbeiter bei der Renovierung das jahrhundertealte Prinzip zunutze gemacht, um Material auf den Turm zu schaffen. Aber Taaffe suchte nach etwas anderem.

»Ich bin jetzt innerhalb der Brüstung ... in der Mitte müßte eine Falltür sein. Wenn ich nach unten komme, mache ich Edwards' Tür von innen auf und laß euch rein ... Moment noch ...«

Dempsey sah nervös auf die Uhr.

»Bingo!« hörte er Taffe rufen.

»Ach, Liam. Schlauer Einfall, mich anzurufen. Um Fürsprache für deine Konkubine einzulegen, nehme ich an. Und vom Krankenbett aus, wie rührend.«

Gut. Er hatte keine Ahnung, daß sie in der Nähe waren.

»Michael, wir wissen, daß du, Edwards und Mathers dieselbe Person seid.«

»Die *eine* Person, Liam. Nicht dieselbe, die eine. Wieso verfällst du in diesen Irrtum?«

Der Akzent war amerikanisch. Von der CD her bekannt. Aber wie hatte Roberts' Stimme damals geklungen? Er erinnerte sich nicht mehr. Wie konnte er das Gespräch in die Länge ziehen? Er mußte mit ihm debattieren.

Der Strahl von Taaffes Taschenlampe fand einen eisernen Riegel. Er schob ihn zurück, zog die Falltür auf und leuchtete hinab ins Dunkel.

»Verdammte Scheiße«, hörte ihn Dempsey fluchen. »Von hier geht keine Leiter nach unten. Bis zum Boden sind es mindestens fünf Meter. Mist.«

»Jack, er ist jetzt oben, wo wir ihn haben wollten. Schaff deinen Arsch hier runter. Wir gehen rein.« Er winkte den Männern unter den Bäumen, und sie strömten auf die Treppe.

»Nein, Kevin, warte. Ich komme trotzdem rein. Warte.«

Taaffe ging zu der Winde und zog an einem herabhängenden Stück Seil. Es gab nicht nach.

Dempsey wich ein paar Stufen nach oben aus, während zwei Beamte der Garda sich in einigem Abstand vor der Tür aufbauten und ihre Automatikwaffen entsicherten. »Wir brauchen ein Loch, das so groß ist, daß man hineinlangen und den Riegel zurückschieben kann«, wies Dempsey sie leise an. »Wenn das nicht klappt, dann durchsiebt die verfluchte Tür einfach.«

»Deine sogenannte Dreieinigkeit« – Lavelle hatte einen Ansatzpunkt gefunden –, »ist das so wie mit der ›Filioque-Klausel‹ im

Nizäischen Glaubensbekenntnis? Eine dogmatische Spitzfindigkeit?« Zurück zu den gemeinsamen Tagen im Seminar.

Keine Antwort.

»Das griechische Schisma, Rom und Byzanz, weißt du nicht mehr?« drängte Lavelle.

»Schisma? Ach ja, jetzt verstehe ich, Liam. Höchst passend. Vor allem, da ein Ereignis bevorsteht, das alle Schismen der Geschichte wie ein harmloses Kaffeekränzchen aussehen lassen wird. Lebwohl.«

Taaffe untersuchte mit Hilfe seiner Taschenlampe die Winde. Aus einem Sperrad ragte ein Griff heraus, mit dem man die Trommel drehen konnte. Bevor er das Rad in Bewegung setzte, löste er noch einen Metallriegel, der es fixierte. Dann probierte er den Griff. Er ließ sich bewegen. Das Seil begann sich abzuspulen. Er steckte die Taschenlampe weg und sprach in sein Handy.

»Warte noch, Kevin.«

»Wir haben keine Zeit mehr. Er geht wieder nach unten. Wir schießen uns den Weg frei.«

»Nein, warte, das ist zu riskant. Der Scheißkerl bringt sie garantiert um.«

Taaffe spulte das Seil in ausreichender Länge ab, wie er hoffte, kniete neben der Falltür nieder und steckte den Kopf in die Öffnung. Dann warf er das Seil hinab. Er sah nicht, wie es sich entwirrte, aber er hörte es dumpf auf dem Boden aufschlagen. Er ging zur Winde und sicherte das Rad mit dem Sperriegel.

»Kevin, hörst du mich? Ich versuche jetzt etwas ...«

Doch Dempseys Antwort war nicht mehr zu hören.

Edwards hatte das Klaueninstrument ans Fußende des Tisches gelegt, als er zum Telefon ging. Nach seiner Rückkehr begann er nun das Tuch wegzuziehen, um Janes Brüste freizulegen. »Und es wird geschehen«, psalmodierte er, »in jener Zeit, wenn das Tier über die Erde streift, daß es besser ist für eine Frau, wenn sie unfruchtbar ist, wenn ihr Schoß welkt und die Milch ihrer Brüste sich in Blut verwandelt ...«

Er zitierte die *Vision des Gorman* aus dem Gedächtnis. Jane sagte sich in Gedanken die nächste Zeile vor. Wie konnte ihr Verstand auf diese Weise arbeiten? Offenbar glich er den Schrecken aus, der sie umgab, weil er unfähig war, ihn ganz zu erfassen. Aber sie weinte auch. Noch war es nur ein lautloser Tränenfluß, aber sie hätte gern geheult wie ein Kind und dieses Ungeheuer gebeten, sie zu verschonen. Dazu würde es noch kommen, sie wußte es.

Durch den Tränenschleier bemerkte sie, daß die Schere mit dem Griff nach oben aus Edwards' Tasche ragte. Ihre rechte Hand war immer noch frei, und sie ließ sie unter dem Tuch hervorgleiten. Edwards bewegte sich auf der rechten Tischseite. Die Schere war nur Zentimeter von ihrer Hand entfernt. Das Tuch lag noch halb auf ihrer linken Brust, und er beugte sich über sie, um es wegzuziehen.

In diesem Augenblick lenkte ihn ein leises Geräusch irgendwo oben im Turm ab. Er sah für einen Moment weg, und den nutzte Jane, um die Schere zu packen.

Als er sich rasch wieder zu ihr umdrehte, schnellte sie vom Tisch hoch und stieß beide Klingen in das Fleisch unter seiner Kinnlade, bis hinauf in seinen weichen Gaumen. Er taumelte rückwärts gegen die Wand, während Jane vor Angst und Haß kreischte.

Sie hörte Männer, die ihren Namen riefen. »Hier unten«, schrie sie, »hier unten!« Edwards rappelte sich inzwischen wieder hoch, Blut tropfte von seinen Lippen und von seinem Hals. Er versuchte zu sprechen, aber die Schere hatte seine Zunge an das Gaumendach gespießt, und er brachte nur erstickte, gurgelnde Laute heraus. In seiner Wut und seinem Schmerz packte er die Schere mit beiden Händen und zog sie sich aus der Kehle.

Jane schrie und kreischte immer noch. Edwards schleuderte die Schere auf den Boden und taumelte zur Wand links von Jane. Er knickte kurz ein, dann fing er sich und zog das Zeremonienschwert aus der Scheide.

»Fallen lassen«, sagte eine Stimme.

Dempsey und Taaffe waren am Fuß der Leiter und zielten mit ihren Revolvern auf ihn.

»Fallen lassen, du Dreckskerl«, rief Taaffe.

»Weg von ihr – sofort.« Dempsey kam näher.

Edwards erhob die Waffe mit beiden Händen über den Kopf und torkelte auf die Beamten zu. Dann schwenkte er plötzlich zu Jane herum und schwang das Schwert in einem seitlich abwärts führenden Bogen, der auf ihren Hals zielte.

Die beiden Detectives feuerten gleichzeitig.

Edwards' Gesicht zerbarst in einem Regen aus Blut und Knochensplittern, als die Kugeln seinen Schädel durchschlugen. Das Schwert löste sich aus seinem Griff und sauste pfeifend über Janes Kopf hinweg, bevor es klirrend gegen die Wand prallte. Edwards stürzte vornüber und krachte mit dem, was von seinem Kiefer noch übrig war, gegen die Tischecke. Der Aufschlag ließ ihn seitwärts kippen, und er kam mit dem Gesicht nach oben auf dem Betonboden zu liegen.

Jane öffnete die Augen. Lavelle stand neben ihr. »Ist mit dir alles in Ordnung, Jane?«

Sie nickte. »Ich … Ich glaube, ja.«

Taaffe schnitt mit der Klinge des Schwerts die Plastikstreifen entzwei, mit denen ihre Füße gefesselt waren.

»Geben Sie es mir«, sagte Lavelle. Taaffe reichte ihm das Schwert und trat zu Dempsey, der Anweisungen an die übrigen Polizisten erteilte, die inzwischen die Leiter herabgestiegen waren. Lavelle schnitt die Fessel am linken Handgelenk durch, dann nahm er Jane in die Arme. »Ist auch bestimmt alles okay?«

»Ja, hilf mir nur von diesem gräßlichen Ding herunter.«

Er half ihr vom Tisch, und während sie das Laken um sich schlang, zog er seine Lederjacke aus und legte sie ihr über die Schultern.

Bevor sie den Raum verließen, warfen sie einen letzten Blick auf Edwards. Sein Gewand war aufgegangen, Blut lief an seinem Körper hinab, bis dorthin, wo seine Genitalien hätten sein müssen, aber da war nur ein geschwollener, stummelartiger Knorpel, aus dem eine Flüssigkeit sickerte.

— 79 —

Becca de Lacy war am Ende ihrer Vorstellung angelangt. Sie erhob sich, um den Applaus der Menge entgegenzunehmen. Dann griff sie zu einem Mikrophon und kam an den vorderen Bühnenrand. Die Lichter gingen aus, und als sie zu sprechen begann, richtete sich ein einziger blauer Scheinwerfer durch die Dunkelheit auf sie.

»Wir können den heutigen Abend nicht mit einem Feuerwerk beenden, wie wir es gerne getan hätten. Aber ich denke, das ist verständlich. Man könnte es für Geschützfeuer halten.«

Donnerndes Gelächter hallte aus dem Publikum, gefolgt von begeistertem Applaus.

»Deshalb wollen wir Sie mit etwas entlassen, worüber Sie auf dem Heimweg nachdenken können. Wenn Gott, derselbe Gott, an den Sie alle glauben, heute abend herabsteigen und zu Ihnen sprechen würde, was würde er wohl sagen?« Sie blickte zu den Delegierten in ihren Sitzreihen. »Würde er nicht sagen: ›Ihr alle müßt euch zusammentun, eure Streitigkeiten vergessen, eins werden?‹ Aber er würde es nicht mit einer dünnen kleinen Stimme wie meiner sagen. So etwa könnte es klingen …« Sie ging zu einem ihrer Instrumente, der blaue Punktstrahler folgte ihr.

Für einige Augenblicke herrschte Stille.

Dann brüllte eine männliche Stimme aus den Lautsprechertürmen zu beiden Seiten der Bühne, während gewaltige Scheinwerferbatterien angingen und das gesamte Publikum in gleißendes Licht tauchten. Und schließlich begann ein Geräusch wie das Summen einer Million Bienen sich über die Menge auszubreiten.

Lavelle half Jane die Leiter hinauf, während Taaffe den Ton des Fernsehers in Edwards' Wohnung anmachte. Dempsey stand in der offenen Tür und sprach in sein Handy. Er beendete das Gespräch abrupt, als er sah, wie sich Becca an das Publikum wandte.

Alle vier standen nun vor dem Gerät und schauten zu. Der kleine Lautsprecher vermochte den anschwellenden Geräuschpegel in Bethlehem nicht angemessen wiederzugeben. Aber sie sahen, welche Wirkung er hatte.

Das Publikum begann die Hände an die Ohren zu legen. Dann wichen die ersten Leute zurück, zum Ende der Arena. Man sah ihre verzerrten Münder, manche weit aufgerissen, nach einem Ende des Geräuschs rufend, aber man hörte nur den Mißklang von der Bühne. Die Aufnahmewinkel der Kameras wurden schräg, weil die Kameraleute sich in dem Getöse krümmten. Sie gaben jeden Versuch auf, Ansichten von der Bühne zu filmen, und es war nur noch eine feste Kameraposition zu sehen, und die zeigte, was sich in und um den Ehrengastbereich abspielte. Man sah die Delegierten und die Blauhelme der UN. Alle wanden sich vor Schmerz, sie hatten sich von der Bühne weggedreht und kauerten nieder, ein hilfloser Versuch, dem Lärm zu entgehen. Massen von Menschen drängten nun gegen die Sicherheitsschranken vor dem Sitzplatzbereich.

»Was zum Teufel ist da los?« fragte Taaffe.

»Das ist das, was ich Ihnen bei mir zu Hause vorgespielt habe«, sagte Jane. »Nur tausendmal lauter.«

Lavelle bemerkte eine Frau mit kurzen Haaren, in Jeans und T-Shirt, die sich offenbar unbeeindruckt von dem Lärm einen Weg durch die Menge bahnte.

Noch etwas fiel ihm auf: Sie erinnerte ihn an jemanden.

»Jane ...« Er stieß sie mit dem Ellenbogen an. Als Jane die Frau ebenfalls sah, erstarrte sie.

Plötzlich brach eines der Sperrgitter, und die Menschen, die dagegen gepreßt gewesen waren, fielen in einem Haufen sich krümmender Leiber in die abgesperrte Zone vor den Sitzplätzen. Die junge Frau ging auf die Lücke zu, kletterte über den Berg gestürzter Menschen und schritt die Stufen zum Ehrengastbereich hinauf.

Lavelle nahm Janes Hand, seine Knöchel waren weiß vor Anspannung. »O Gott«, flüsterte er. Jane starrte ungläubig auf den Schirm.

Der Lärm hörte abrupt auf.

Die Delegierten rappelten sich langsam wieder hoch, eine größere Gruppe von ihnen, die sich ganz hinten versammelt hatte, stand auf und begann den Mittelgang entlang wieder nach vorn zu gehen, während sie untereinander über das eben Erlebte diskutierten.

Jane und Lavelle hielten den Blick weiter auf die junge Frau gerichtet. Sie drehte sich um. Ihr Gesicht war im gleißenden Scheinwerferlicht nun deutlich erkennbar.

»O nein! Nein! Nein!« flehte Jane und streckte ihre Arme beschwörend in Richtung des Fernsehgeräts.

Dempsey und Taaffe sahen Lavelle beunruhigt an. »Das ist ihre Schwester«, sagte er grimmig. »Das ist Hazel.«

Hazel hatte ebenfalls die Arme erhoben, wie um Janes Geste zu erwidern. Sie drehte sich wieder um und blieb stocksteif stehen, während die Menge der Delegierten die Stufen herabkam und an ihr vorbeiströmte. Es war, als würden sie nicht bemerken, daß Hazel da war. Dann explodierte sie.

— 80 —

Zwei Gestalten gingen Arm in Arm am Strand entlang. Das Meer hatte sich so weit aus der Dublin Bay zurückgezogen, daß es aussah, als könnte man Howth Head auf der gegenüberliegenden Seite mit einem Spaziergang über den Sand erreichen. Eine optische Täuschung, die durch den klaren Tag noch verstärkt wurde. Der wolkenlose Himmel verschwand förmlich im Gleißen der Sonne, und nur an den Rändern des Gesichtsfelds blieb ein Stich ins Blaue. Es war so warm, daß die Sonntagsausflügler auf dem Parkplatz mit Blick über die Bucht beim Zeitunglesen die Fenster öffneten. Manche hörten Radio, und die Nachrichten und Kurzmeldungen waren ein Widerhall der Schlagzeilen, die sie lasen.

FÜNFUNDZWANZIG TOTE BEI VERHEERENDEM SELBSTMORDANSCHLAG. KONFERENZ ABGESAGT. DELEGIERTE FLIEGEN NACH HAUSE. ISRAEL MACHT PALÄSTINENSER VERANTWORTLICH. STRASSENKÄMPFE IN JERUSALEM. AUTOBOMBE DER HAMAS DEMOLIERT AMERIKANISCHE BOTSCHAFT. DREI ARABISCHE LÄNDER RUFEN ZUM HEILIGEN KRIEG GEGEN DEN WESTEN AUF.

Altbekannt und doch irgendwie anders. Als würde etwas in Gang gesetzt werden, das sich nicht mehr kontrollieren ließ.

Das Paar am Strand langte wieder bei den Felsen an, die zum Parkplatz hinaufführten.

»In gewisser Weise ist es wie bei Scott«, sagte Jane. »Hazel hat versucht, mich zu beschützen. Dieser Anruf bei Cultwatch sollte mich warnen, daß ich in Gefahr bin.«

»Aber er wirkte so unpersönlich. Als wäre sie ein Roboter, der aufsagt, was man ihm befohlen hat.«

»Nein. Es gelang ihr sogar, eine sehr persönliche Note hineinzubringen, und zwar die Zeilen, die sie am Schluß anfügte. Niemand außer mir konnte sie kennen. Sie hatte sie auf die Karte geschrieben, als sie mir vor Jahren diesen Briefbeschwerer schenkte: ›Auch wenn ich nur der Staub des Universums bin, sind aus diesem Stoff doch die Sterne gemacht.‹ Ich glaube, das war ihr kleines persönliches Motto«, sagte Jane unter Tränen. »Und trotz des ganzen Mülls, den man ihr eingeredet hatte, hielt sie noch daran fest.«

Lavelle umarmte sie.

»Hey, *ich* lebe ja noch«, sagte Jane bitter.

»Ich weiß, es ist schwer, im Augenblick irgendwas positiv zu sehen. Laß dir Zeit.«

»Ja, du hast recht. Ich lebe, und ich bin sehr undankbar. Wenn Taaffe nicht so gehandelt hätte, wie er es tat ... Wenn du den Anruf nicht gemacht hättest ...«

»Was das betrifft, gibt es eine Sache, die mich immer noch zwickt«, sagte Lavelle.

»Und was?«

»Diese *Filioque*-Klausel, über die wir damals im Seminar gestritten haben. Da hätte bei Roberts etwas klingeln müssen. Aber ich glaube nicht, daß er überhaupt wußte, wovon ich rede.«

»Hmm ... er war jedenfalls äußerst beschlagen, was das Alte Testament angeht ... die Tabus bezüglich Menstruationsblut, du hast sie in deinem Bericht auch erwähnt, weißt du noch?«

»Wie kommst du jetzt darauf?«

»Weil ich denke, das hat mich zunächst mal gerettet. Meine Periode hatte gerade angefangen.«

»Die vermeintliche Schwäche von Frauen, was?«

Aus einem der Autos oben auf dem Parkplatz drang ein engelhafter Chor, auf den jemand von den düsteren Prognosen umgeschaltet hatte, die aus aller Welt eintrafen.

»Das ist wunderschön. Was ist das?« Jane legte zärtlich die Arme um ihn.

»›In Paradisum‹. Aus dem Requiem von Gabriel Fauré. Ein hoffnungsvolles Stück, das gespielt werden soll, wenn die Prozession die Kirche verläßt. Wußtest du, daß Fauré den *Dies Irae*-Teil in seiner Messe weggelassen hat?«

»Dies Irae?«

»Tag des Zorns – ein Gedicht über das jüngste Gericht: ›Kommen wird der Schreckenstag, / Da die Welt in Asche lag.‹ Aber ich bin auf Faurés Seite«, sagte Lavelle. »Genug von Feuer und Schwefel. Hören wir lieber, wie uns die Engel ins Paradies bringen.«

Während die erhabene Musik in den sonnigen Tag klang, wußte Jane, daß sie ihn jetzt mehr denn je brauchte. Und seinen Glauben. Sie sah ihn an. Er wandte ihr den Kopf zu, und sie küßten sich lange und liebevoll.

Detective Inspector Dempsey las zu Hause in seinem Wohnzimmer die Sonntagszeitungen. Auf einer ganzen Innenseite waren in Paßbildgröße die Delegierten abgebildet, die ums Leben kamen, als Ultraschallsignale von der Bühne die Bombe im Körper von Hazel Wade zündeten. Ein Miniaturempfänger, der irgendwo an ihr versteckt war, hatte den vorher eingestellten Code wahrscheinlich entschlüsselt. Sie war in tausend Stücke gerissen worden. Die Sprengstoffexperten nahmen an, daß ihre inneren Organe mit Semtex vollgepackt waren, das sie in Plastikbeuteln geschluckt hatte, und daß ihre zersplitterten Knochen als Schrapnelle dienten, die Tod und Verstümmelung brachten.

Ein Artikel auf der folgenden Seite umriß die Zusammenhänge zwischen Irland und der Greueltat in Bethlehem. Becca de Lacy hatte ihre Welttournee abgebrochen und wurde von den Palästinensern festgehalten und vernommen. Edwards' Hintergrund wurde skizziert. Die Polizei hatte Grund zu der Annahme, daß sein richtiger Name Michael Roberts lautete, der in Sligo auch als Greg Mathers aufgetreten war. Die Mitgliederzahl der Sekte war nicht bekannt. Islamische Extremisten hatten in Verlautbarungen behauptet, sie werde von der CIA finanziert.

In einem kleinen Abschnitt las Dempsey, eine christliche Organisation namens Zehnter Kreuzzug hätte darauf hingewiesen, daß die Konferenz wegen des islamischen Strebens nach Weltherrschaft von Beginn an zum Scheitern verurteilt gewesen sei.

Er legte die Zeitung weg und schlenderte zum Fenster. Ein guter Tag für einen Ausflug zum Fluß. Er brauchte Zeit, um sich über etwas klarzuwerden, das ihm keine Ruhe ließ.

Mrs. Roberts hatte ihren Sohn am Vormittag im Leichenschauhaus des St. Vincent's Hospital identifiziert, wo sie ironischerweise früher als Putzfrau gearbeitet hatte und wo Liam Lavelle offiziell immer noch Patient war. Dempsey hatte Lavelle gebeten, ebenfalls bei der Identifikation behilflich zu sein, aber die Kugeln hatten Roberts' Gesicht größtenteils zerstört, und sein früherer Seminarkollege konnte sich unmöglich sicher sein. Und dann hatte Mrs. Roberts beim Hinausgehen etwas gesagt, während sie in ihr Taschentuch schniefte.

Dempsey kaute es in Gedanken zum hundertstenmal durch. »Ach, bestimmt sehe ich ihn bald wieder.« Die Hoffnung einer religiösen Frau, die den Blick starr auf den Himmel richtete? Oder doch etwas anderes? Und wer war dieser Priester, der sie möglicherweise am Morgen, bevor sie vom Tod ihres Sohnes erfuhr, besucht hatte? Die Polizisten, die ihr Haus bewachten, waren informiert worden, daß die Detectives den Täter gefaßt hatten, und sie warteten nur noch, bis man sie von ihrem Posten abrief. Deshalb hatten sie sich keine großen Gedanken gemacht, als ein Priester in vollem Ornat auftauchte, um den alten Menschen in dem Wohnblock die heilige Kommunion zu bringen. Sie hatten ihn einfach durchgelassen. Der Mann war bisher nicht identifiziert.

Über Sligo liegt ein bleigrauer Himmel. Grau wie der Stein, der die letzte Ruhestätte des Dichters W. B. Yeats markiert. Auf einem Parkplatz neben dem Friedhof von Drumcliff spricht ein Mann in ein Handy. Nennen wir ihn den Mystiker. Er hört, daß Jane Wade und Liam Lavelle im strahlenden Sonnenschein der Dublin Bay gerade vom Strand heraufkommen. Vielleicht ist der Tod des – nennen wir ihn den Asketen – schließlich doch von Vorteil, sagt der Beobachter in Dublin, den wir den Propheten nennen wollen. Und kann man erwarten, daß auch ein zweiköpfiges Tier die Bestimmung erfüllt, fragt sich der Mystiker. Der Prophet zweifelt nicht daran. Selbst unter den Göttern kommt es zu Opfern. Und was ist mit Lavelle und seiner Konkubine, will der Mystiker wissen. Der Prophet ist damit zufrieden, daß Lavelle sein Priesteramt aufgibt. So oder so wird sein Leben bald in Aufruhr geraten. Jetzt stehen wichtigere Dinge auf der Tagesordnung. Das Krisengespräch führender Politiker des Nahen Ostens, das in wenigen Tagen in Washington stattfinden soll, ist nur eines davon.

Der Mystiker läßt in Sligo seinen Wagen an und wirft beim Verlassen des Parkplatzes noch einen Blick auf Yeats' Grabstein. Mit einem grimmigen Lächeln liest er die Inschrift:

Kalt blicke du
Auf Leben, Tod,
Reiter, reit zu!